滿文原檔

《滿文原檔》選讀譯注

太祖朝（四）

莊 吉 發譯注

滿 語 叢 刊
文史哲出版社印行

國家圖書館出版品預行編目資料

滿文原檔《滿文原檔》選讀譯注：太祖朝.四
/ 莊吉發譯注. -- 初版. -- 臺北市：文史哲出版社, 民 110.08
頁： 公分. --（滿語叢刊；43）
ISBN 978-986-314-562-2（平裝）

1.滿語 2.讀本

802.918 110012002

滿 語 叢 刊 43

滿文原檔《滿文原檔》選讀譯注

太祖朝 (四)

譯 注 者：莊 吉 發
出 版 者：文 史 哲 出 版 社
http:// www.lapen.com.tw
e-mail:lapen@ms74.hinet.net
登記證字號：行政院新聞局版臺業字五三三七號
發 行 人：彭 正 雄
發 行 所：文 史 哲 出 版 社
印 刷 者：文 史 哲 出 版 社
臺北市羅斯福路一段七十二巷四號
郵政劃撥帳號：一六一八〇一七五
電 話 886-2-23511028 · 傳真 886-2-23965656
實價新臺幣七二〇元

二〇二一年（民一一〇）八月初版

ISBN 978-986-314-562-2 65143

滿文原檔

《滿文原檔》選讀譯注

太祖朝（四）

目　　次

《滿文原檔》選讀譯注
導　讀

內閣大庫檔案是近世以來所發現的重要史料之一，其中又以清太祖、清太宗兩朝的《滿文原檔》以及重抄本《滿文老檔》最為珍貴。明神宗萬曆二十七年（1599）二月，清太祖努爾哈齊為了文移往來及記注政事的需要，即命巴克什額爾德尼等人以老蒙文字母為基礎，拼寫女真語音，創造了拼音系統的無圈點老滿文。清太宗天聰六年（1632）三月，巴克什達海奉命將無圈點老滿文在字旁加置圈點，形成了加圈點新滿文。清朝入關後，這些檔案由盛京移存北京內閣大庫。乾隆六年（1741），清高宗鑒於內閣大庫所貯無圈點檔冊，所載字畫，與乾隆年間通行的新滿文不相同，諭令大學士鄂爾泰等人按照通行的新滿文，編纂《無圈點字書》，書首附有鄂爾泰等人奏摺[1]。因無圈點檔年久齡舊，所以鄂爾泰等人奏請逐頁托裱裝訂。鄂爾泰等人遵旨編纂的無圈點十二字頭，就是所謂的《無圈點字書》，但以字頭釐正字蹟，未免逐卷翻閱，且無圈點老檔僅止一分，日久或致擦損，乾隆四十年（1775）二

1 張玉全撰，〈述滿文老檔〉，《文獻論叢》（臺北，臺聯國風出版社，民國五十六年十月），論述二，頁 207。

月，軍機大臣奏准依照通行新滿文另行音出一分，同原本貯藏[2]。乾隆四十三年（1778）十月，完成繕寫的工作，貯藏於北京大內，即所謂內閣大庫藏本《滿文老檔》。乾隆四十五年（1780），又按無圈點老滿文及加圈點新滿文各抄一分，齎送盛京崇謨閣貯藏[3]。自從乾隆年間整理無圈點老檔，托裱裝訂，重抄貯藏後，《滿文原檔》便始終貯藏於內閣大庫。

近世以來首先發現的是盛京崇謨閣藏本，清德宗光緒三十一年（1905），日本學者內藤虎次郎訪問瀋陽時，見到崇謨閣貯藏的無圈點老檔和加圈點老檔重抄本。宣統三年（1911），內藤虎次郎用曬藍的方法，將崇謨閣老檔複印一套，稱這批檔冊為《滿文老檔》。民國七年（1918），金梁節譯崇謨閣老檔部分史事，刊印《滿洲老檔祕錄》，簡稱《滿洲祕檔》。民國二十年（1931）三月以後，北平故宮博物院文獻館整理內閣大庫，先後發現老檔三十七冊，原按千字文編號。民國二十四年（1935），又發現三冊，均未裝裱，當為乾隆年間托裱時所未見者。文獻館前後所發現的四十冊老檔，於文物南遷時，俱疏遷於後方，臺北國立故宮博物院現藏者，即此四十冊老檔。昭和三十三年（1958）、三十八年（1963），日本東洋文庫譯注出版清太祖、太宗兩朝老檔，題為《滿文老檔》，共七冊。民國五十八年（1969），國立故宮博物院影印出版老檔，精裝十冊，題為《舊滿洲檔》。民國五十九年（1970）三月，廣祿、

---

2 《清高宗純皇帝實錄》，卷 976，頁 28。乾隆四十年二月庚寅，據軍機大臣奏。

3 《軍機處檔・月摺包》（臺北，國立故宮博物院），第 2705 箱，118 包，26512 號，乾隆四十五年二月初十日，福康安奏摺錄副。

李學智譯注出版老檔，題為《清太祖老滿文原檔》。昭和四十七年（1972），東洋文庫清史研究室譯注出版天聰九年分原檔，題為《舊滿洲檔》，共二冊。一九七四年至一九七七年間，遼寧大學歷史系李林教授利用一九五九年中央民族大學王鍾翰教授羅馬字母轉寫的崇謨閣藏本《加圈點老檔》，參考金梁漢譯本、日譯本《滿文老檔》，繙譯太祖朝部分，冠以《重譯滿文老檔》，分訂三冊，由遼寧大學歷史系相繼刊印。一九七九年十二月，遼寧大學歷史系李林教授據日譯本《舊滿洲檔》天聰九年分二冊，譯出漢文，題為《滿文舊檔》。關嘉祿、佟永功、關照宏三位先生根據東洋文庫刊印天聰九年分《舊滿洲檔》的羅馬字母轉寫譯漢，於一九八七年由天津古籍出版社出版，題為《天聰九年檔》。一九八八年十月，中央民族大學季永海教授譯注出版崇德三年（1638）分老檔，題為《崇德三年檔》。一九九〇年三月，北京中華書局出版老檔譯漢本，題為《滿文老檔》，共二冊。民國九十五年（2006）一月，國立故宮博物院為彌補《舊滿洲檔》製作出版過程中出現的失真問題，重新出版原檔，分訂十巨冊，印刷精緻，裝幀典雅，為凸顯檔冊的原始性，反映初創滿文字體的特色，並避免與《滿文老檔》重抄本的混淆，正名為《滿文原檔》。

二〇〇九年十二月，北京中國第一歷史檔案館整理編譯《內閣藏本滿文老檔》，由瀋陽遼寧民族出版社出版。吳元豐先生於「前言」中指出，此次編譯出版的版本，是選用北京中國第一歷史檔案館保存的乾隆年間重抄並藏於內閣的《加圈點檔》，共計二十六函一八〇冊。採用滿文原文、羅馬字母轉寫及漢文譯文合集的編輯體例，在保持原分編函冊的特點和聯繫的前提下，按一定厚度重新分冊，以滿文原文、羅馬字母轉寫、漢文譯文為序排列，合編成二十冊，其中第一冊至第十六冊為滿文原文、第十七冊至十八冊為羅馬字母轉寫，第十九冊至二十冊為漢文譯文。為了存真起見，滿文原文部分逐頁掃描，仿真製版，按原本顏色，以紅黃黑三色套印，也最大限度保持原版特徵。據統計，內閣所藏《加圈點老檔》簽注共有 410 條，其中太祖朝 236 條，太宗朝 174 條，俱逐條繙譯出版。為體現選用版本的庋藏處所，即內閣大庫；為考慮選用漢文譯文先前出版所取之名，即《滿文老檔》；為考慮到清代公文檔案中比較專門使用之名，即老檔；為體現書寫之文字，即滿文，最終取漢文名為《內閣藏本滿文老檔》，滿文名為“dorgi yamun asaraha manju hergen i fe dangse”。《內閣藏本滿文老檔》雖非最原始的檔案，但與清代官修史籍相比，也屬第一手資料，具有十分珍貴的歷史研究價值。同時，《內閣藏本滿文老檔》作為乾隆年間《滿文老檔》諸多抄本內首部內府精寫本，而且有其他抄本沒有的簽注。《內閣藏本滿文老檔》首次以滿文、羅馬字母轉寫和漢文譯文合集方式出版，確實對清朝開國史、民族史、東北地方史、滿學、八旗制度、滿文古籍版本等領域的研究，提供比較原始的、系統的、基礎的第一手資料，其次也有助於準確解讀用老滿文書寫《滿文老檔》原本，以及深入系統地研究滿文的創制與改革、滿語的發展變化[4]。

臺北國立故宮博物院重新出版的《滿文原檔》是《內閣藏本

4　《內閣藏本滿文老檔》（瀋陽，遼寧民族出版社，2009 年 12 月），第一冊，前言，頁 10。

滿文老檔》的原本，海峽兩岸將原本及其抄本整理出版，確實是史學界的盛事,《滿文原檔》與《內閣藏本滿文老檔》是同源史料，有其共同性，亦有其差異性，都是探討清朝前史的珍貴史料。為詮釋《滿文原檔》文字，可將《滿文原檔》與《內閣藏本滿文老檔》全文併列，無圈點滿文與加圈點滿文合璧整理出版，對辨識費解舊體滿文，頗有裨益，也是推動滿學研究不可忽視的基礎工作。

以上節錄：滿文原檔:《滿文原檔》選讀譯注導讀
—太祖朝（一）全文 3-38 頁。

一、遣還逃人

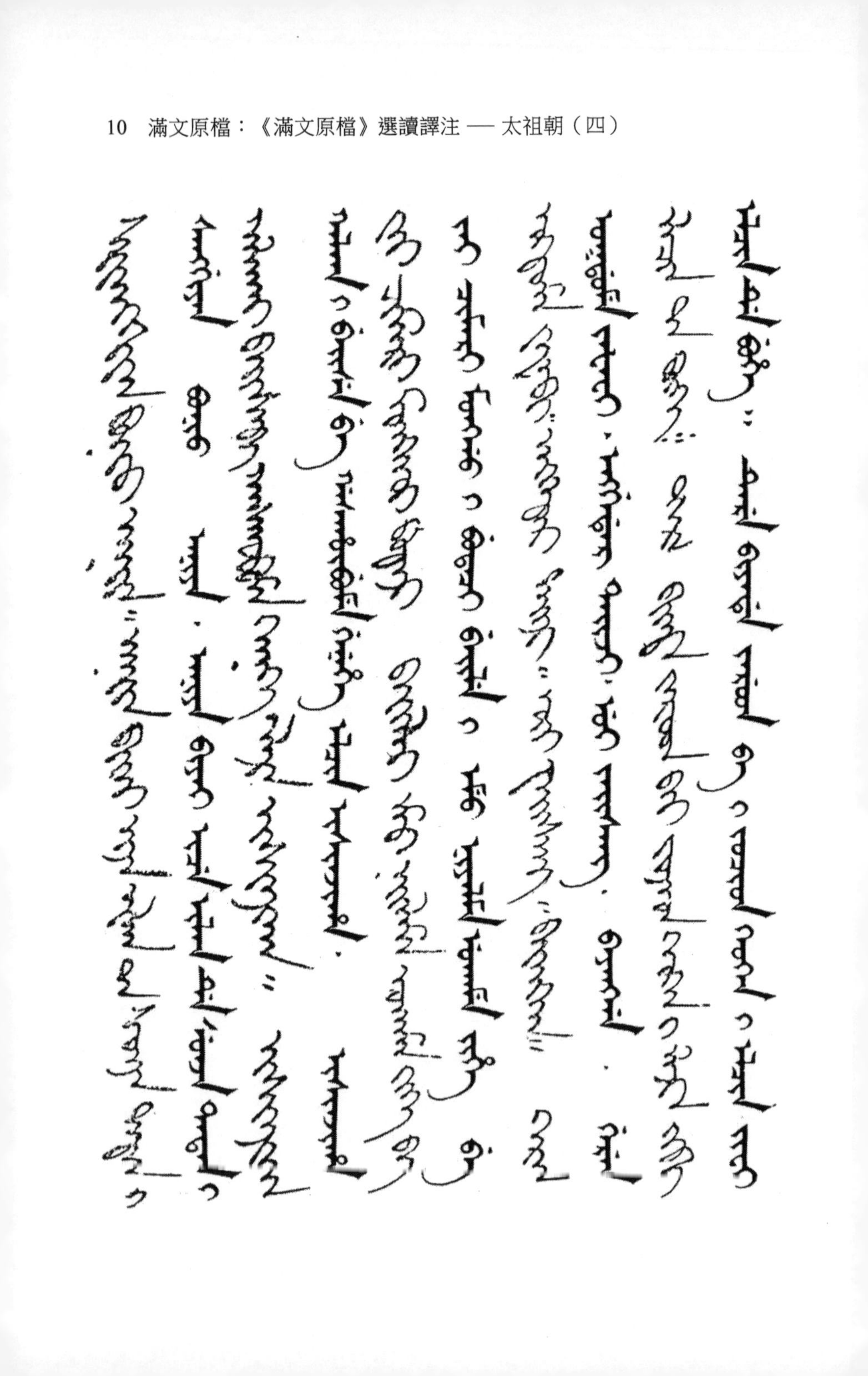

šanggiyan bonio aniya, aniya biyai ice ilan de sunja tatan i kalka i beisebe gashūbume genehe elcin isinjiha. isinjiha jai cimari monggoi butaci beile i emu niyalma ukame jihe be okdome jafafi, enggeder taiji, ui jaisang, bayangga geren elcin de buhe. tere biyade jarut bai jocit keoken i elcin jifi

---

庚申年正月初三日，前去與五部喀爾喀諸貝勒盟誓之使者回來。回來之次晨，截拏蒙古布塔齊貝勒屬下逃來一人，交與恩格德爾台吉、衛宰桑、巴揚阿眾使者。是月，扎魯特地方卓齊特扣肯之使者來云：

庚申年正月初三日，前去与五部喀尔喀诸贝勒盟誓之使者回来。回来之次晨，截拏蒙古布塔齐贝勒属下逃来一人，交与恩格德尔台吉、卫宰桑、巴扬阿众使者。是月，扎鲁特地方卓齐特扣肯之使者来云：

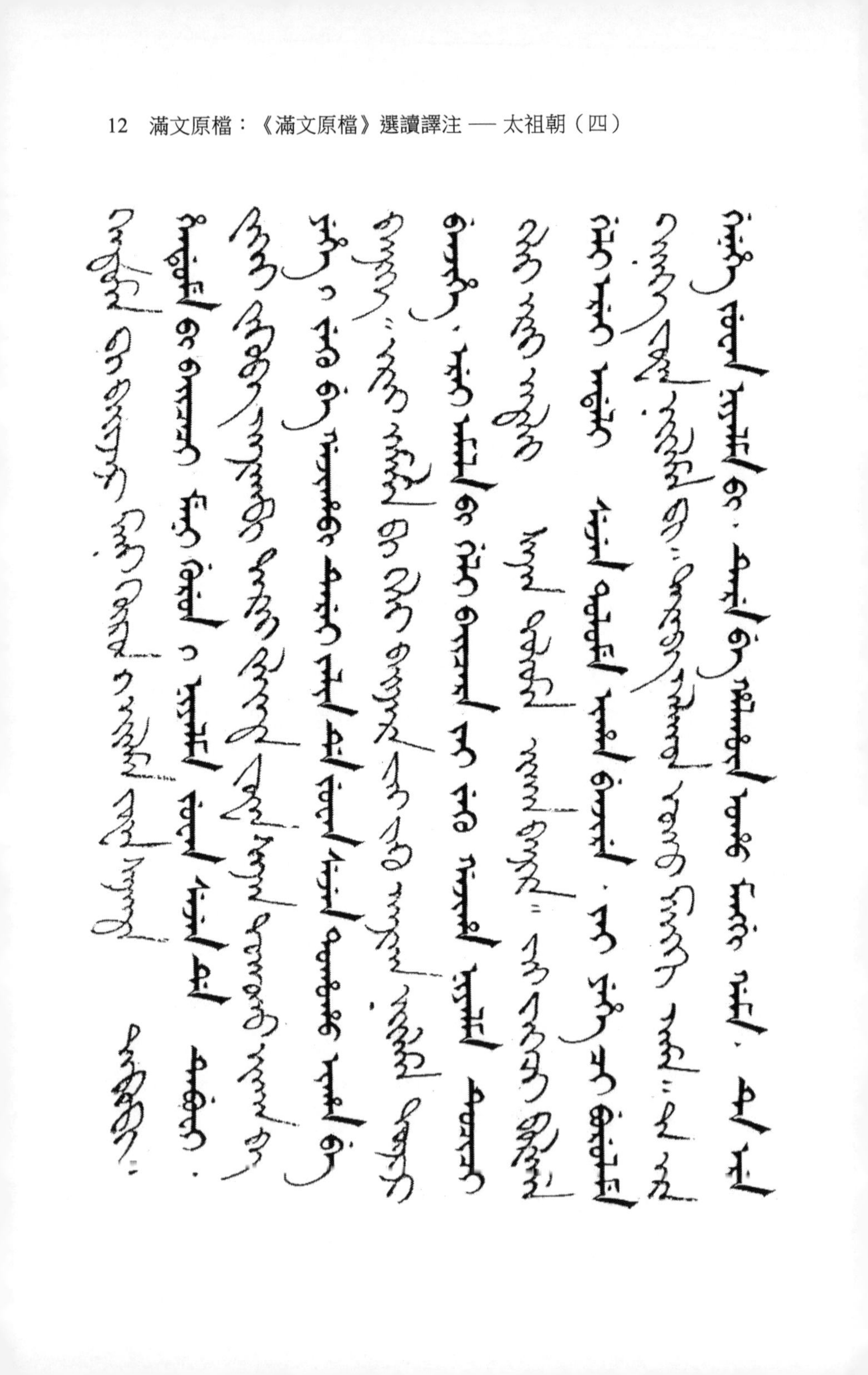

hendume bi baicaci meni gurun i niyalma juwan sejende tebufi, yehei jekube gajihabi terei jalinde juwan sejen tohoho ihan be benjihe. erei amala bi geli baicara jai jeku gajiha niyalma tucici geli erei adali sejen tolome ihan benjire. jai yeheci burulame genehe juwan niyalma bi, terebe halhūn oho manggi gama, te ere

---

「我查出我國人曾將葉赫糧食裝載十車回來，因此將套駕十車之牛送來。嗣後我再行查明，若再查出拿取糧食之人，仍同樣將駕車之牛送來。另有從葉赫逃來[5]之十人，待天暖[6]後捕拏送來。

「我查出我国人曾将叶赫粮食装载十车回来，因此将套驾十车之牛送来。嗣后我再行查明，若再查出拿取粮食之人，仍同样将驾车之牛送来。另有从叶赫逃来之十人，待天暖后捕拏送来。

---

5 逃來，《滿文原檔》讀作 “buralame genehe”，《滿文老檔》讀作 “burulame genehe”。

6 天暖，句中「暖」，《滿文原檔》、《滿文老檔》俱讀作 “halhūn”，係蒙文 “qalaɣun”借詞，意即「熱的」。

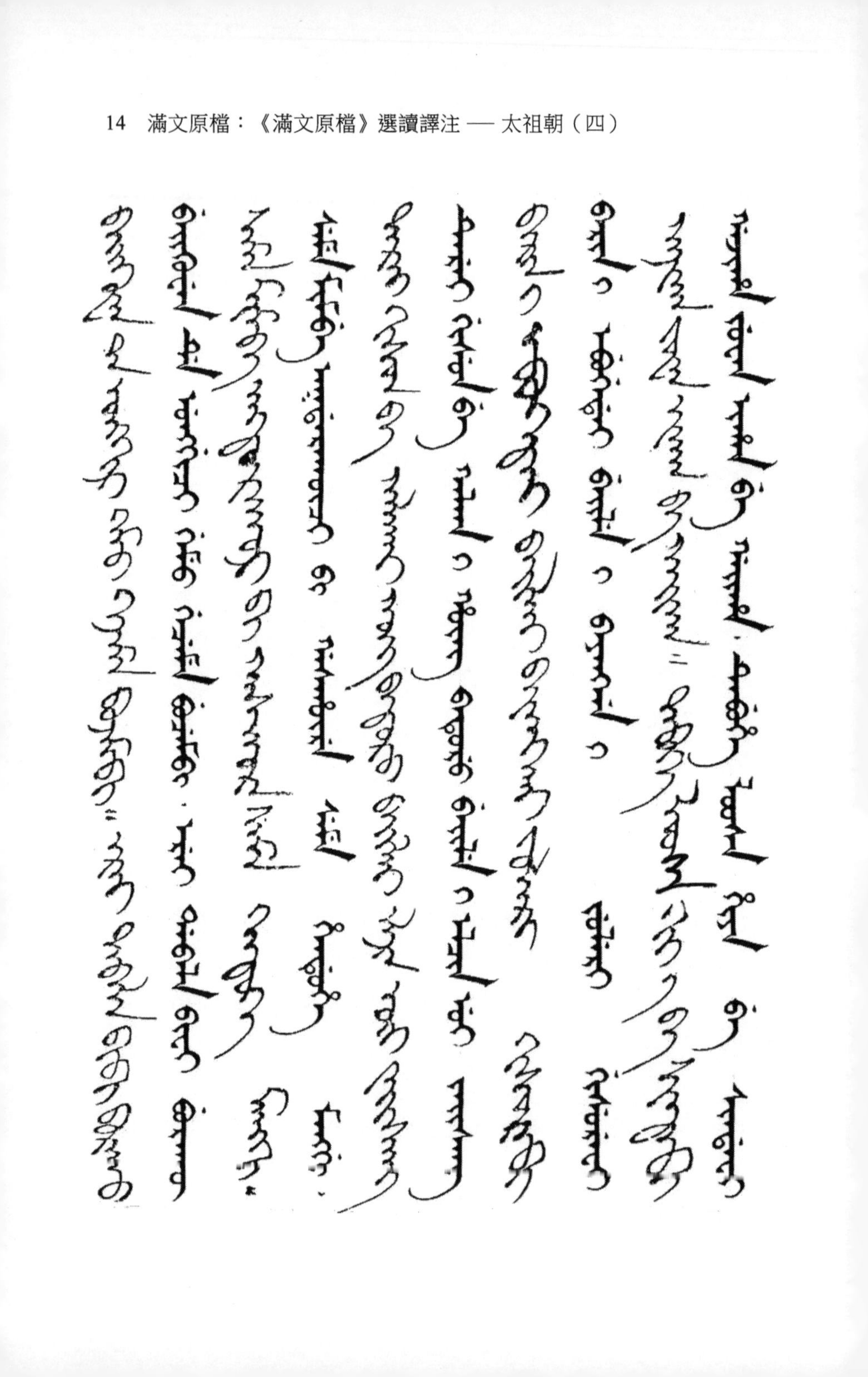

beikuwen de unggici gemu geceme bucembi, erei dabala bifi burakū seme mimbe akdarakūci bi gashūre seme henduhe manggi, terei gisun be kalkai hūng baturu beilei elcin ui jaisang, barin i ebugedei beilei bayanggai juleri gisurefi gajiha juwan ihan be gaiha, tebuhe loosa hiya be sindafi

---

若於現今天寒時遣還，皆將凍死。只是如此而已，並非不送。若不相信我，我願發誓。」遂將其言於喀爾喀洪巴圖魯貝勒之使者衛宰桑、巴林額布格德依貝勒之巴揚阿面前言明後，遂收取送來十牛，釋還所拘留之勞薩侍衛[7]。

若于现今天寒时遣还，皆将冻死。只是如此而已，并非不送。若不相信我，我愿发誓。」遂将其言于喀尔喀洪巴图鲁贝勒之使者卫宰桑、巴林额布格德依贝勒之巴扬阿面前言明后，遂收取送来十牛，释还所拘留之劳萨侍卫。

---

[7] 侍衛，《滿文原檔》寫作“kiy-a”，《滿文老檔》讀作“hiya”。係蒙文“kiy-a”借詞。按此為無圈點滿文“kiy-a”尾音節的「分寫左撇」過渡至“hiya”字尾「右撇」之現象。

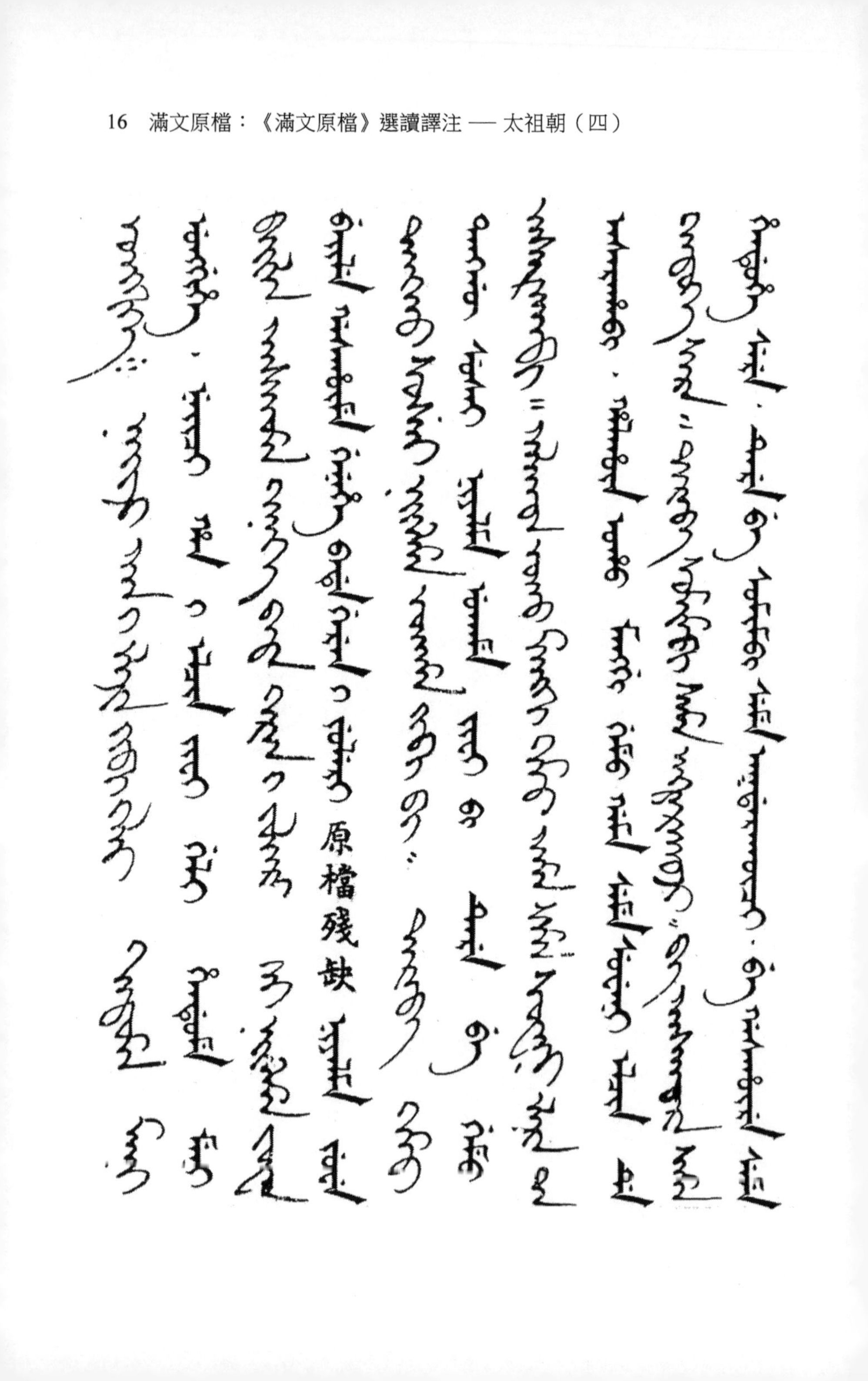

原檔殘缺

unggihe, neici han i elcin jifi geli hendume, meni beile gashūme genehe bade geren i juleri〔原檔殘缺〕niyalma juwe tanggū susai niyalma ukame jifi bi. terebe gemu asarahabi. halhūn oho manggi gemu gama seme suweni elcin de henduhe sere, terebe somimbi seme akdarakūci, be gashūre seme

---

訥齊汗之使者來後亦云：「我們貝勒曾於盟誓處當眾向爾等使者言明，有〔葉赫〕人二百五十名逃來，我將其人皆收容之，待天暖後拏獲送來，若不相信，疑我藏匿不送回，我們願意發誓。」

讷齐汗之使者来后亦云：「我们贝勒曾于盟誓处当众向尔等使者言明，有〔叶赫〕人二百五十名逃来，我将其人皆收容之，待天暖后拏获送来，若不相信，疑我藏匿不送回，我们愿意发誓。」

二、卡倫額真

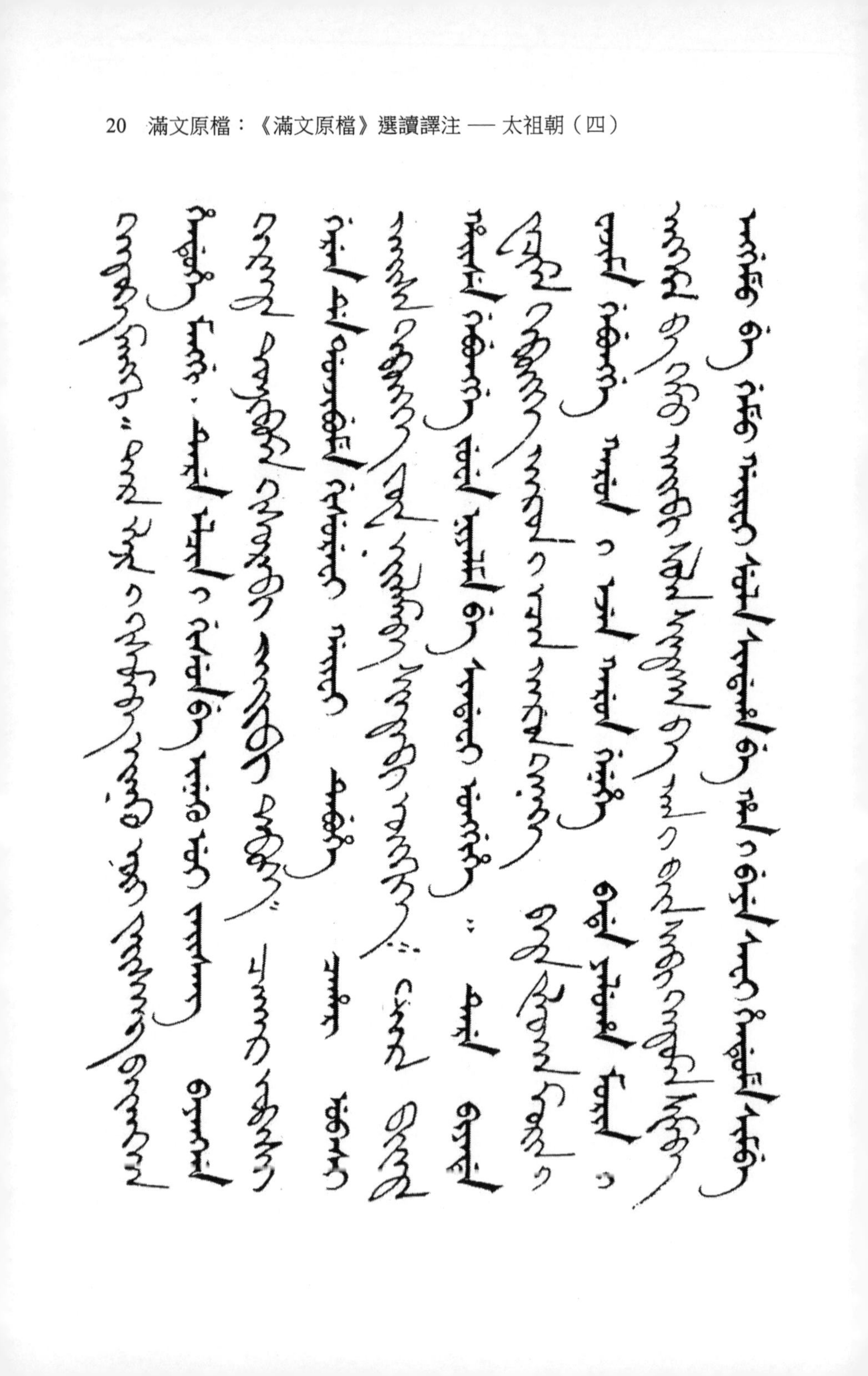

henduhe manggi, tere elcin i gisumbe ineku ui jaisang bayangga gerende donjibume gisurefi gaifi tebuhe cahar ubasi haise gebungge juwe niyalmabe sindafi unggihe. tere biyade wajima gebungge karun i ejen karun genehe bade yaluha morin i enggemu be gemu gaifi sula sindaha be han i beye safi hendume, simbe

言畢，遂將其使者之言，仍舊照前亦向衛宰桑、巴揚阿等人說明使其聞知，乃將所拘留察哈爾之烏巴什、海色二人釋還。是月，有卡倫[8]額真名叫瓦濟瑪者於放哨處，將所騎馬鞍皆取下放空。汗親見[9]之曰：

言毕，遂将其使者之言，仍旧照前亦向卫宰桑、巴扬阿等人说明使其闻知，乃将所拘留察哈尔之乌巴什、海色二人释还。是月，有卡伦额真名叫瓦济玛者于放哨处，将所骑马鞍皆取下放空。汗亲见之曰：

[8] 卡倫，《滿文原檔》、《滿文老檔》俱讀作 “karun”，與蒙文“qaraɣul”為同源詞（字尾 “n” 與 “l” 音轉），意即「邊哨」。

[9] 親見，《滿文原檔》寫作 “beje sabi”，《滿文老檔》讀作 “beye safi”。按此為無圈點滿文 “je” 與 “ye”、 “bi”與 “fi”之混用現象。

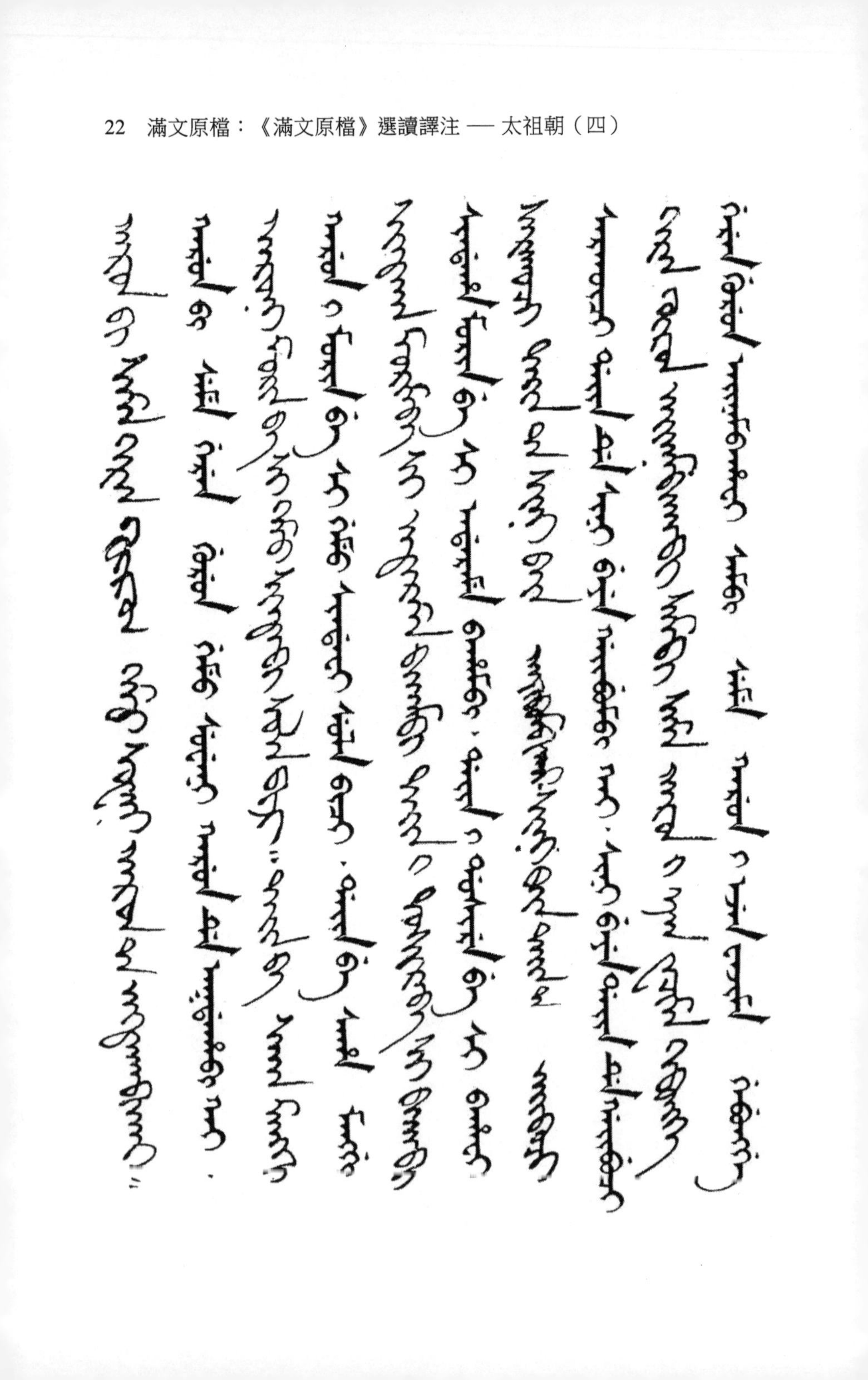

karun bi seme geren gurun gemu suweni karun de akdahabikai, karun i morin be si gemu sindafi sula bici, dain be saha manggi sindaha morin be si adarame bahambi. dain i dosirebe si bahafi sarkūci dain de sini beye gaibumbikai. sini beye dain de gaibuci geren gurun ainambahafi sambi seme, karun i ejen wajima gebungge

---

「令爾為哨，眾國人皆倚靠爾等卡倫也。爾等若將卡倫之馬皆盡行放空，一旦見敵來侵後，放空之馬，爾如何獲得？設若敵人進來，爾不能得知，爾自身必為敵人所擄也。爾自身若為敵人所擄，則眾國人又何由而得知耶？」遂殺卡倫額真名叫瓦濟瑪之人。

「令尔为哨，众国人皆倚靠尔等卡伦也。尔等若将卡伦之马皆尽行放空，一旦见敌来侵后，放空之马，尔如何获得？设若敌人进来，尔不能得知，尔自身必为敌人所掳也。尔自身若为敌人所掳，则众国人又何由而得知耶？」遂杀卡伦额真名叫瓦济玛之人。

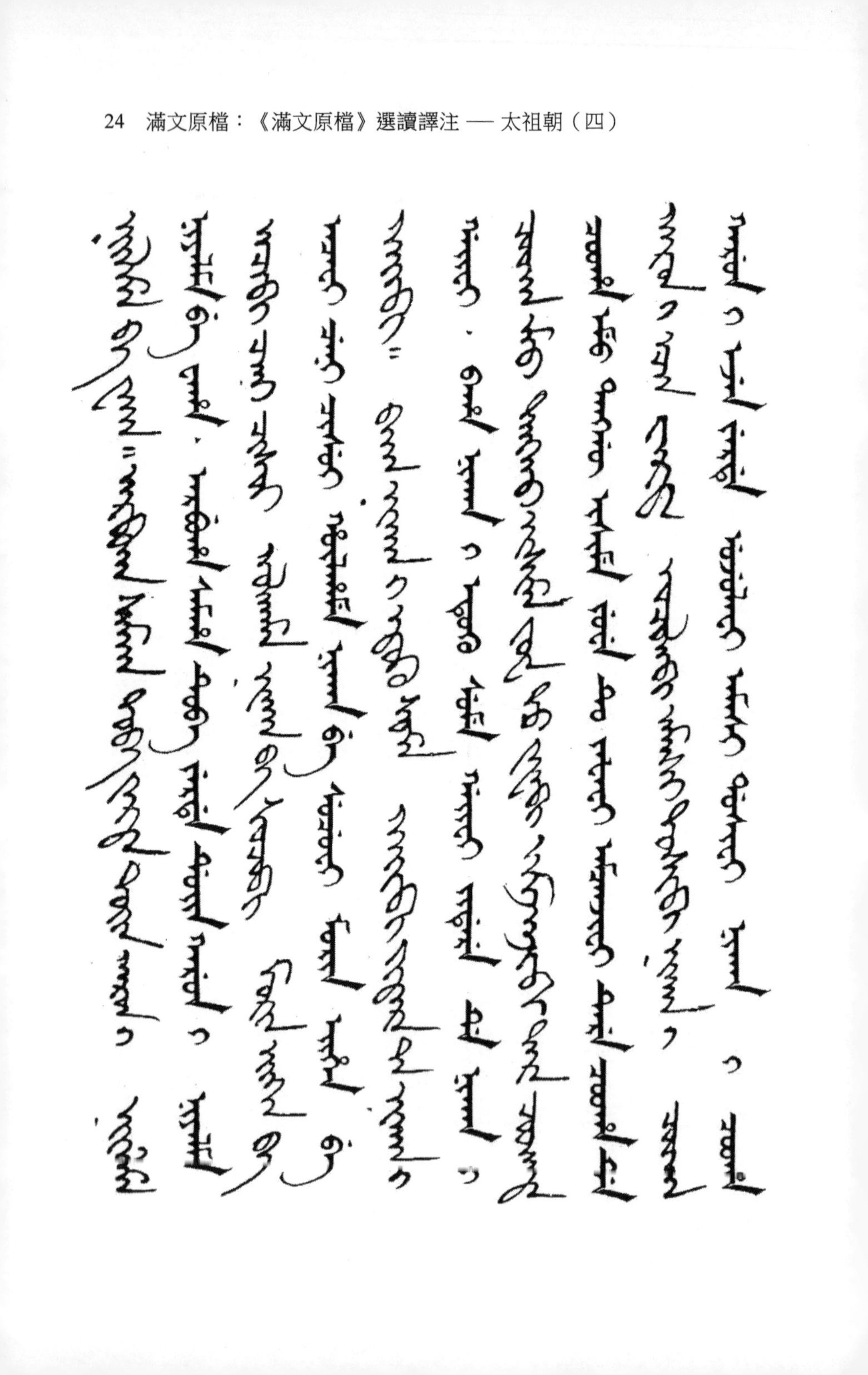

niyalma be waha. arbuha, samha, tuba, jerde duin karun i niyalma acafi ceni cisui hūlhame nikan be sucufi morin eihen be gaifi, baha nikan i etuku sume gaifi jidere de nikan i cooha emu tanggū isime juwe tu jafafi amcanjifi tere coohade karun i ejen jerde ujulafi amasi dosifi nikan i cooha

---

又有阿爾布哈、薩木哈、圖巴、哲爾德四卡倫之人會合擅自偷襲漢人，搶掠馬、驢，將所獲漢人衣服解脫而回時，明兵一百持兩纛來追，卡倫額真哲爾德為首回擊其兵，

又有阿尔布哈、萨木哈、图巴、哲尔德四卡伦之人会合擅自偷袭汉人，抢掠马、驴，将所获汉人衣服解脱而回时，明兵一百持两纛来追，卡伦额真哲尔德为首回击其兵，

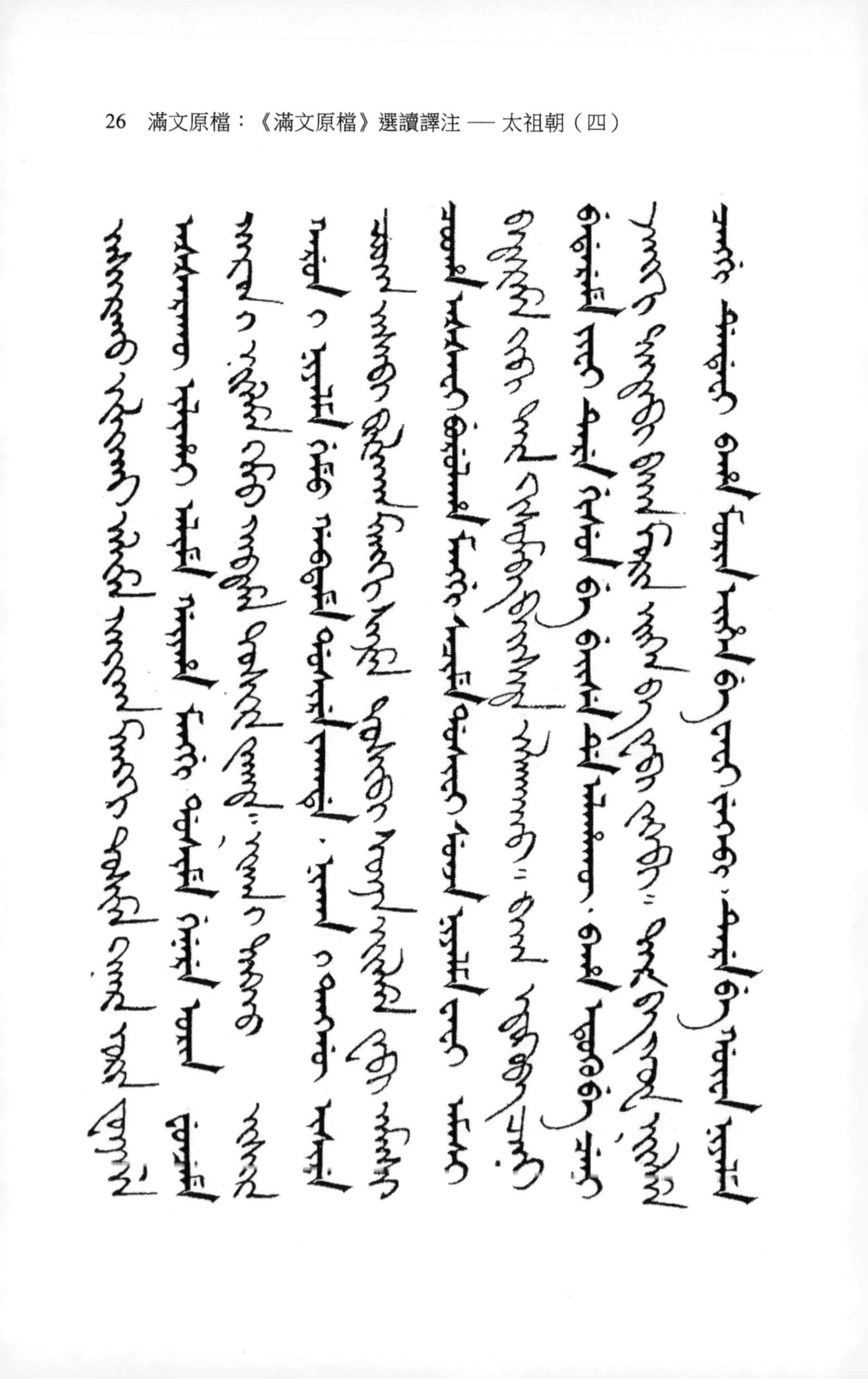

[illegible]

aššarakū ilihai alime gaiha manggi dosime genere orin funceme karun i niyalma gemu gabtame dosire jakade, nikan i tanggū isire cooha aššafi burulaha manggi sacime dosifi sunja niyalma wafi amasi bedereme jifi tere gisumbe beisede alahakū, baha etukube ceni canggi dendefi baha morin eihen be wafi jekebi. tere be gūwa niyalma

---

明兵迎戰屹立不動[10]，殺入敵陣二十餘卡倫之人，皆射箭殺入，明及百之兵動搖潰逃，砍殺進攻，殺五人後返回，此事未報諸貝勒，私分所獲衣服，將所獲馬、驢宰殺而食，此事為他人

明兵迎战屹立不动，杀入敌阵二十余卡伦之人，皆射箭杀入，明及百之兵动摇溃逃，砍杀进攻，杀五人后返回，此事未报诸贝勒，私分所获衣服，将所获马、驴宰杀而食，此事为他人

---

[10] 屹立不動，《滿文原檔》寫作"asarako"，《滿文老檔》讀作"aššarakū"。

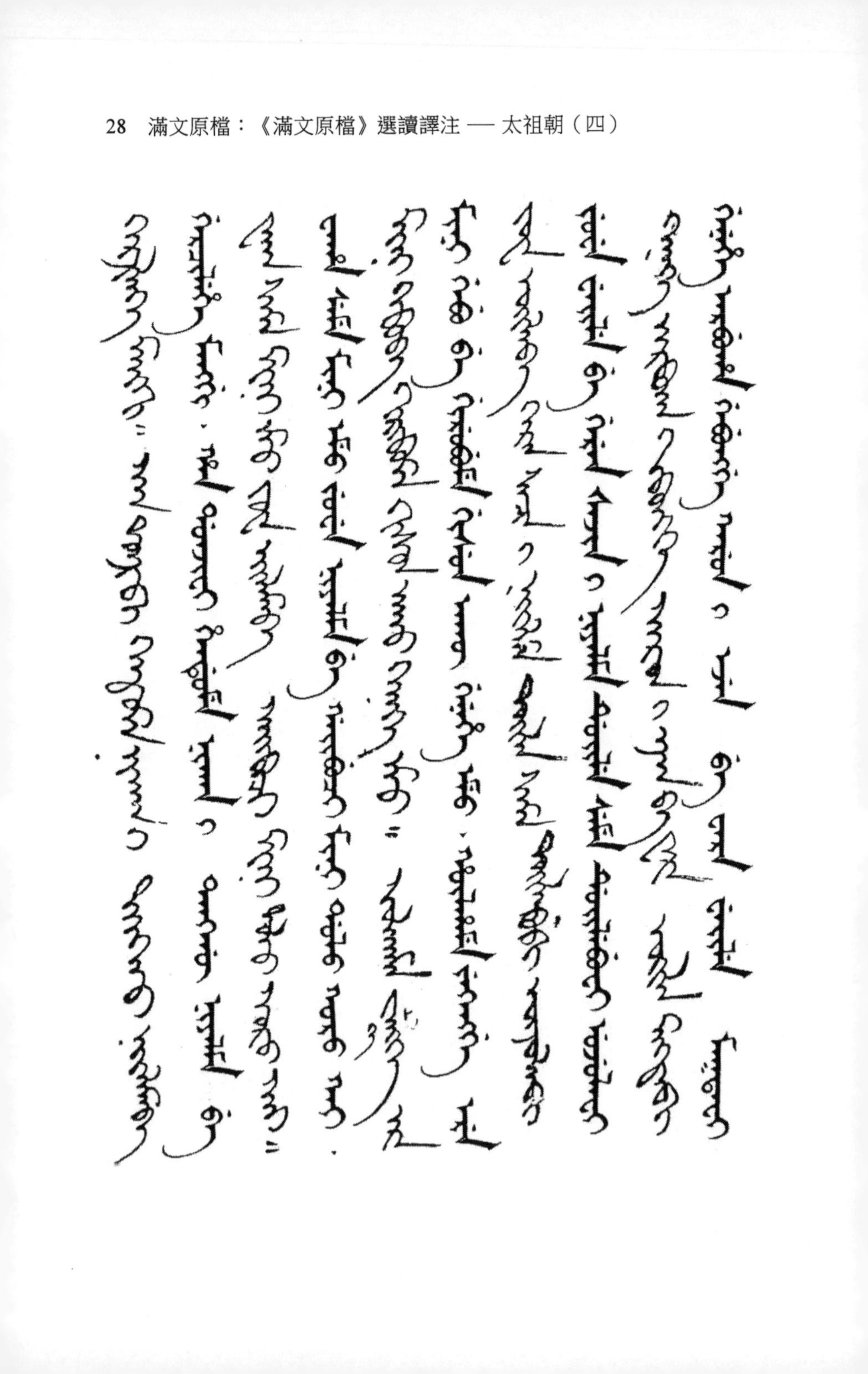

gercilehe manggi, han donjifi hendume, nikan i tanggū niyalmabe waha seme mini emu juwe niyalmabe gaibuci mini dolo koro kai. mini gebube girubume gisun akū genehe emu, hūlhame jekengge ere juwe weilebe geren šajin i niyalma duile seme duilebufi ujulafi genehe arbuha gebungge karun i ejen be wara weile maktafi

---

舉發。汗聞之曰：「雖殺明百人而若我一二人被擒，我心中亦悲傷也，辱我名聲[11]，無命擅往，此罪一。偷食陣獲馬驢，此罪二，著交眾執法之人審理。」經審理後，為首前去名叫阿爾布哈卡倫額真，擬以死罪[12]。

举发。汗闻之曰：「虽杀明百人而若我一二人被擒，我心中亦悲伤也，辱我名声，无命擅往，此罪一。偷食阵获马驴，此罪二，着交众执法之人审理。」经审理后，为首前去名叫阿尔布哈卡伦额真，拟以死罪。

---

11 辱我名聲，句中「辱」，《滿文原檔》寫作"kiribume"，《滿文老檔》讀作"girubume"，意即「羞辱、污辱」。

12 死罪，句中「罪」，《滿文原檔》寫作"üile"，《滿文老檔》讀作"weile"。按滿文"weile"與"üile"係同源詞。

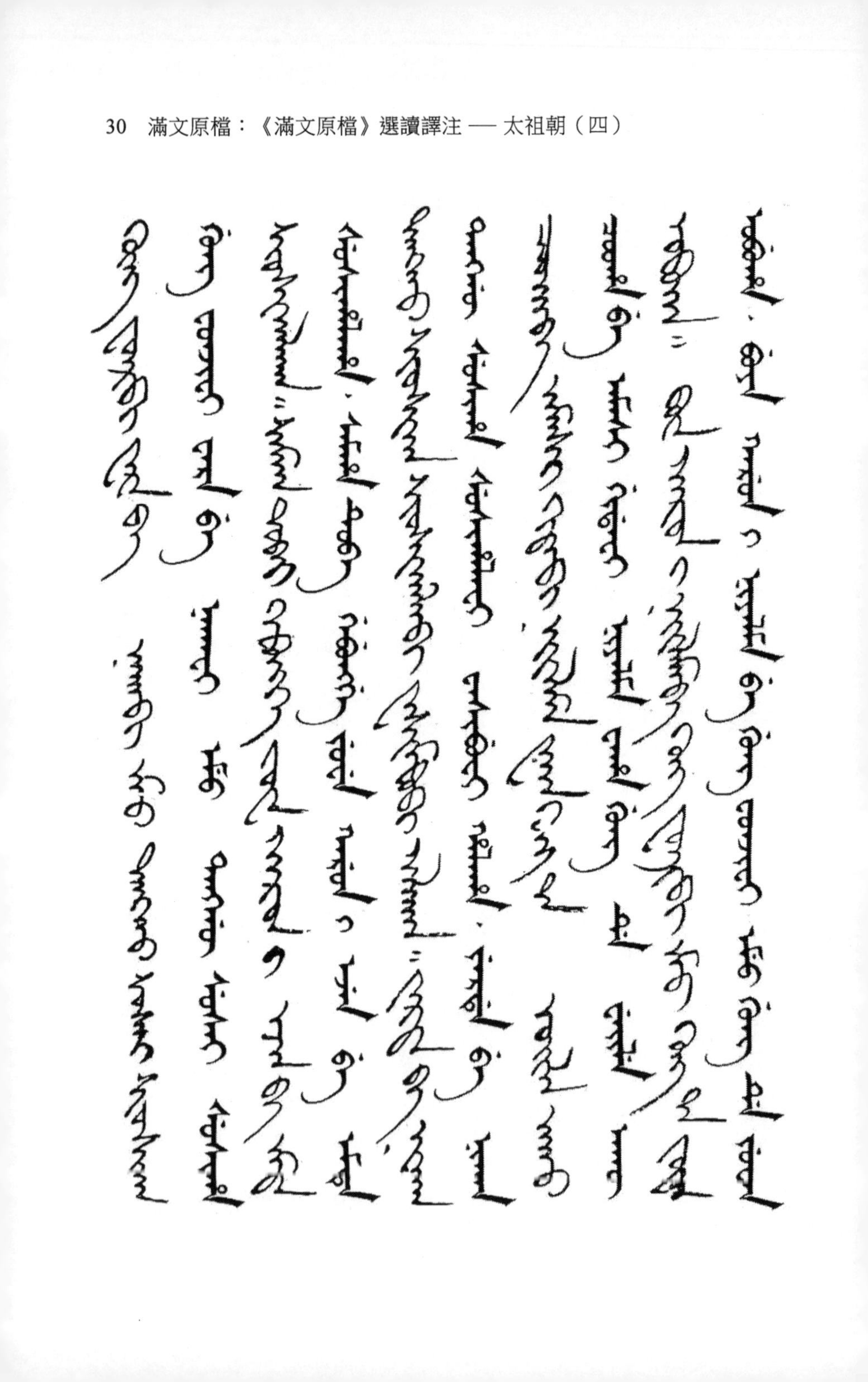

gung fonjifi wara be nakafi emu tanggū susai šusiha šusihalaha. samha, tuba gebungge juwe karun i ejen be emte tanggū šusiha šusihalafi wasibufi halaha. jerde be nikan coohabe amasi gidafi niyalma waha gung de weile akū obuha. buya karun i niyalmabe gung fonjifi emu gung de juwan

---

惟念其功，宥其死罪，擬鞭一百五十；名叫薩木哈、圖巴二卡倫額真，各鞭一百，並降調[13]；哲爾德回擊明兵殺人有功，免其罪。其屬下微末小卡倫之人，則論功免鞭，一次功免十鞭，

惟念其功，宥其死罪，拟鞭一百五十；名叫萨木哈、图巴二卡伦额真，各鞭一百，并降调；哲尔德回击明兵杀人有功，免其罪。其属下微末小卡伦之人，则论功免鞭，一次功免十鞭，

---

[13] 降調，《滿文原檔》讀作 "wasimbufi"，《滿文老檔》讀作 "wasibufi"。按滿文 "wasimbumbi"，舊與 "wasibumbi"通用；其後定 "wasimbumbi"，漢義為「降旨、奉旨」，"wasibumbi" 漢義為「降黜、貶謫」，遂分用。

三、水濱諸申

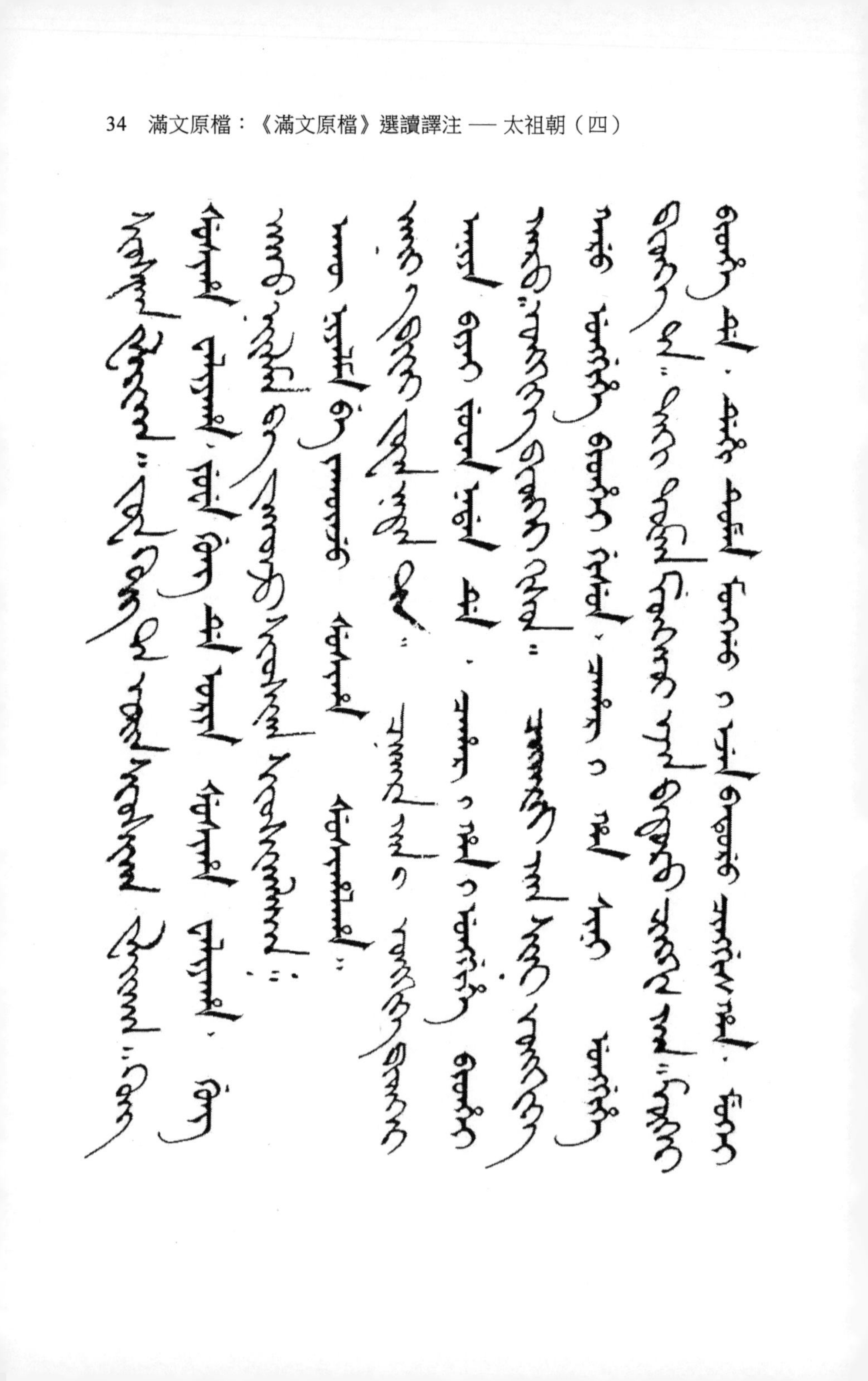

šusiha waliyaha. juwe gung de orin šusiha waliyaha. gung akū niyalma be jakūnju šusiha šusihalaha. aniya biyai juwan nadan de, cahar han i unggihe bithei karu, unggihe bithei gisun, cahar i han sini unggihe bithe de, dehi tumen monggoi ejen baturu cinggis han, mukei

---

二次功免二十鞭，無功之人鞭打八十鞭。正月十七日，復察哈爾汗來書，書曰：「察哈爾汗爾來書內稱，四十萬蒙古之主巴圖魯青吉思汗[14]

二次功免二十鞭，无功之人鞭打八十鞭。正月十七日，复察哈尔汗来书，书曰：「察哈尔汗尔来书内称，四十万蒙古之主巴图鲁青吉思汗

---

[14] 巴圖魯青吉思汗，《滿文原檔》、《滿文老檔》俱讀作 “baturu cinggis han”，係察哈爾林丹汗稱號。按漢文「青吉思汗」，乃避諱元太祖鐵木真成吉思汗稱號。

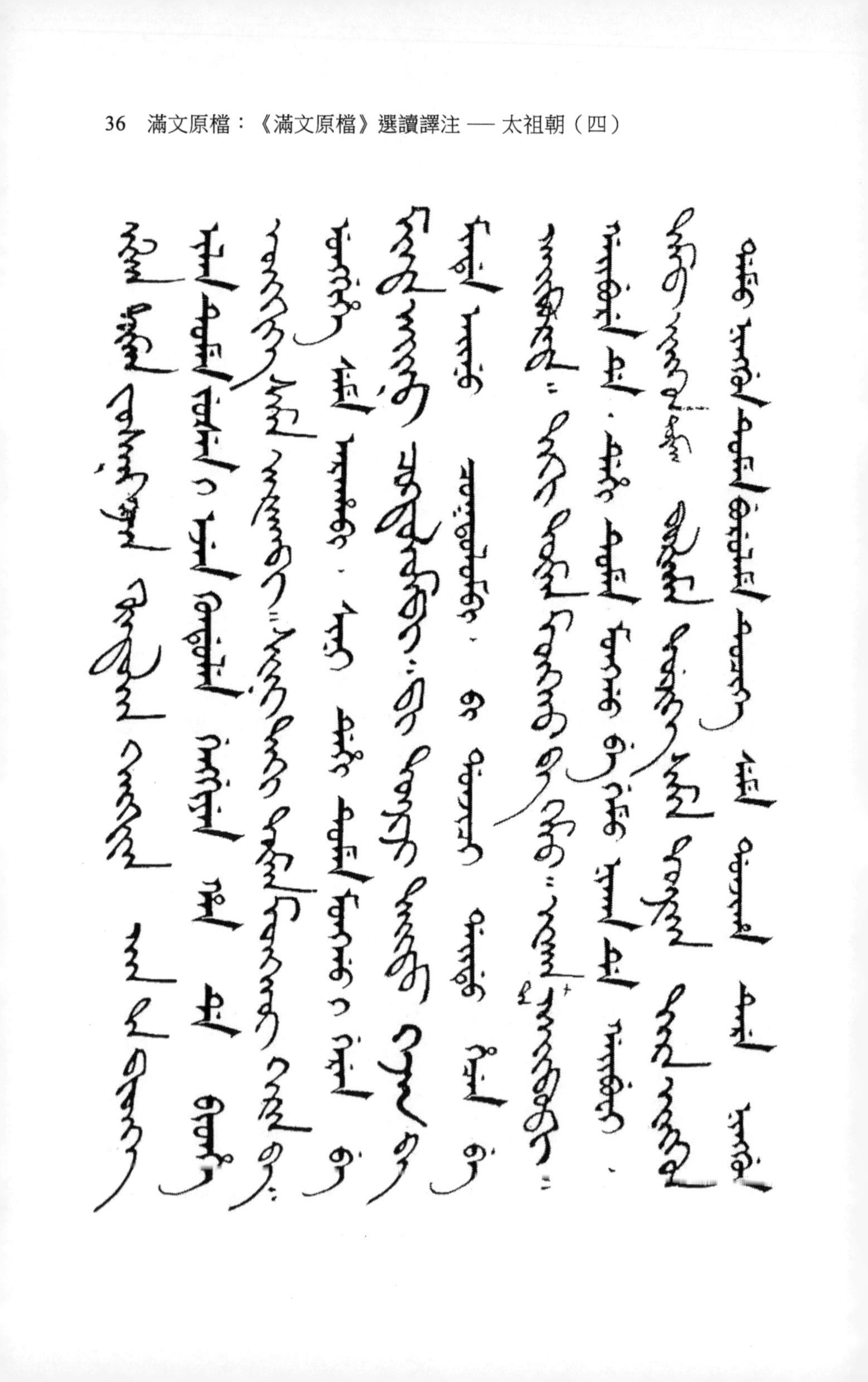

ilan tumen jušeni ejen kundulen genggiyen han de bithe unggihe seme arahabi. sini dehi tumen monggoi geren be minde ainu coktolombi. bi donjici daidu hecen be gaiburede, dehi tumen monggo be gemu nikan de gaibufi, damu ninggun tumen burulame tucike seme, donjiha tere ninggun

---

致書水濱三萬諸申之主恭敬英明汗云云。爾何故恃四十萬蒙古之眾，以驕我耶？我聞大都城被攻取時，四十萬蒙古皆為明人所擄，僅六萬人逃出。

致书水滨三万诸申之主恭敬英明汗云云。尔何故恃四十万蒙古之众，以骄我耶？我闻大都城被攻取时，四十万蒙古皆为明人所掳，仅六万人逃出。

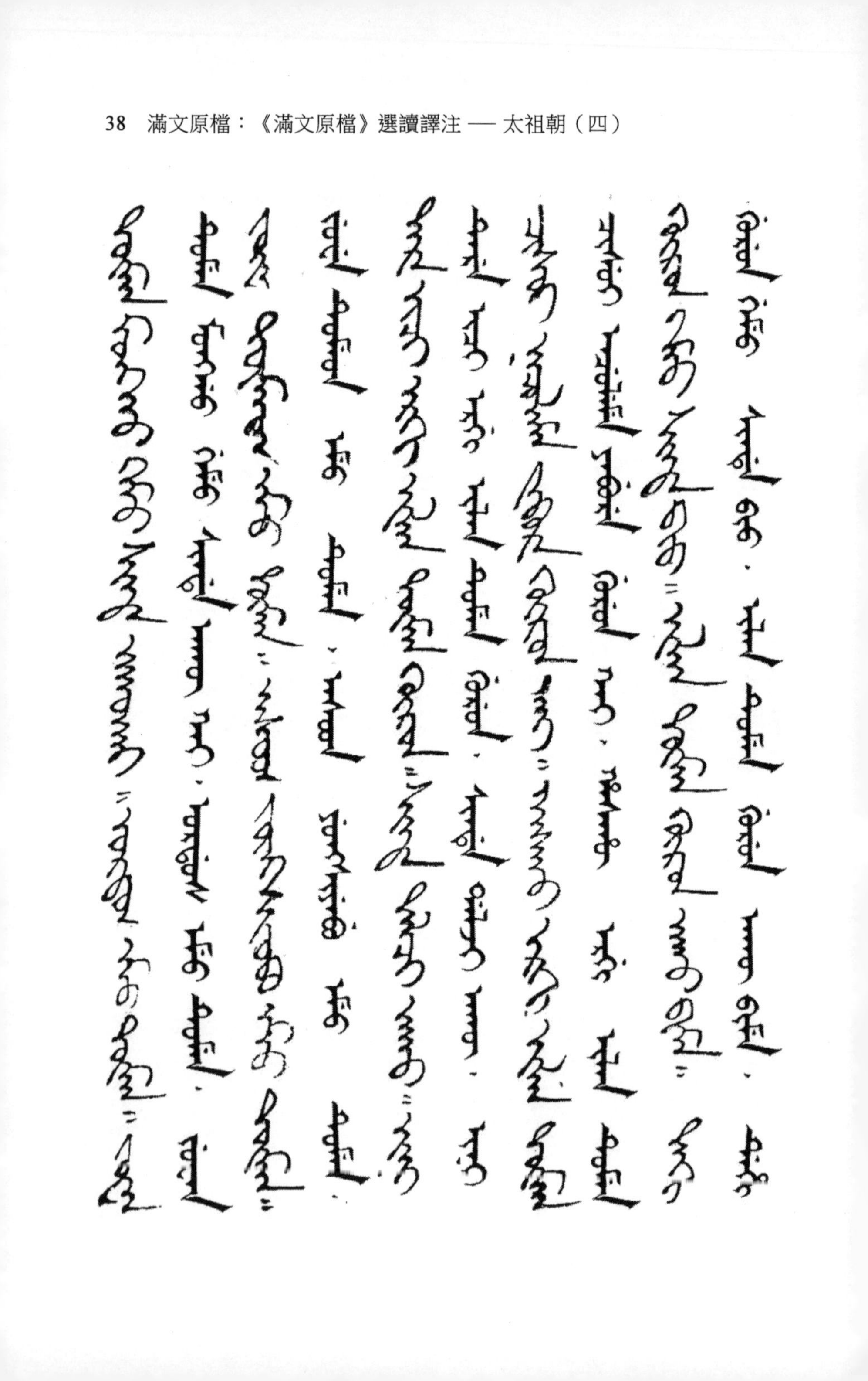

tumen monggo gemu sinde akūkai. ordos emu tumen, juwan juwe tumet emu tumen, asot yungsiyebu emu tumen. tere ici ergi ilan tumen gurun, sinde dalji akū, ini cisui enculeme yabure gurun kai. hashū ergi ilan tumen gurun gemu sinde bio. ilan tumen gurun akū bime, dehi

---

且此六萬蒙古又不盡屬於爾，屬鄂爾多斯者一萬，屬十二土默特者一萬，屬阿索忒雍謝布[15]者一萬，此右翼三萬之眾，於爾不相干，任意縱橫之眾也。即左翼三萬之眾亦皆盡為爾有耶？三萬之國人尚且不足，

且此六万蒙古又不尽属于尔，属鄂尔多斯者一万，属十二土默特者一万，属阿索忒雍谢布者一万，此右翼三万之众，于尔不相干，任意纵横之众也。即左翼三万之众亦皆尽为尔有耶？三万之国人尚且不足，

---

15 阿索忒雍謝布，句中「雍謝布」，《滿文原檔》寫作“jüngsiubu”，《滿文老檔》讀作“yungsiyebu”。 按此即無圈點滿文“jü”與“yu”、“siu”與“siye”之混用現象。

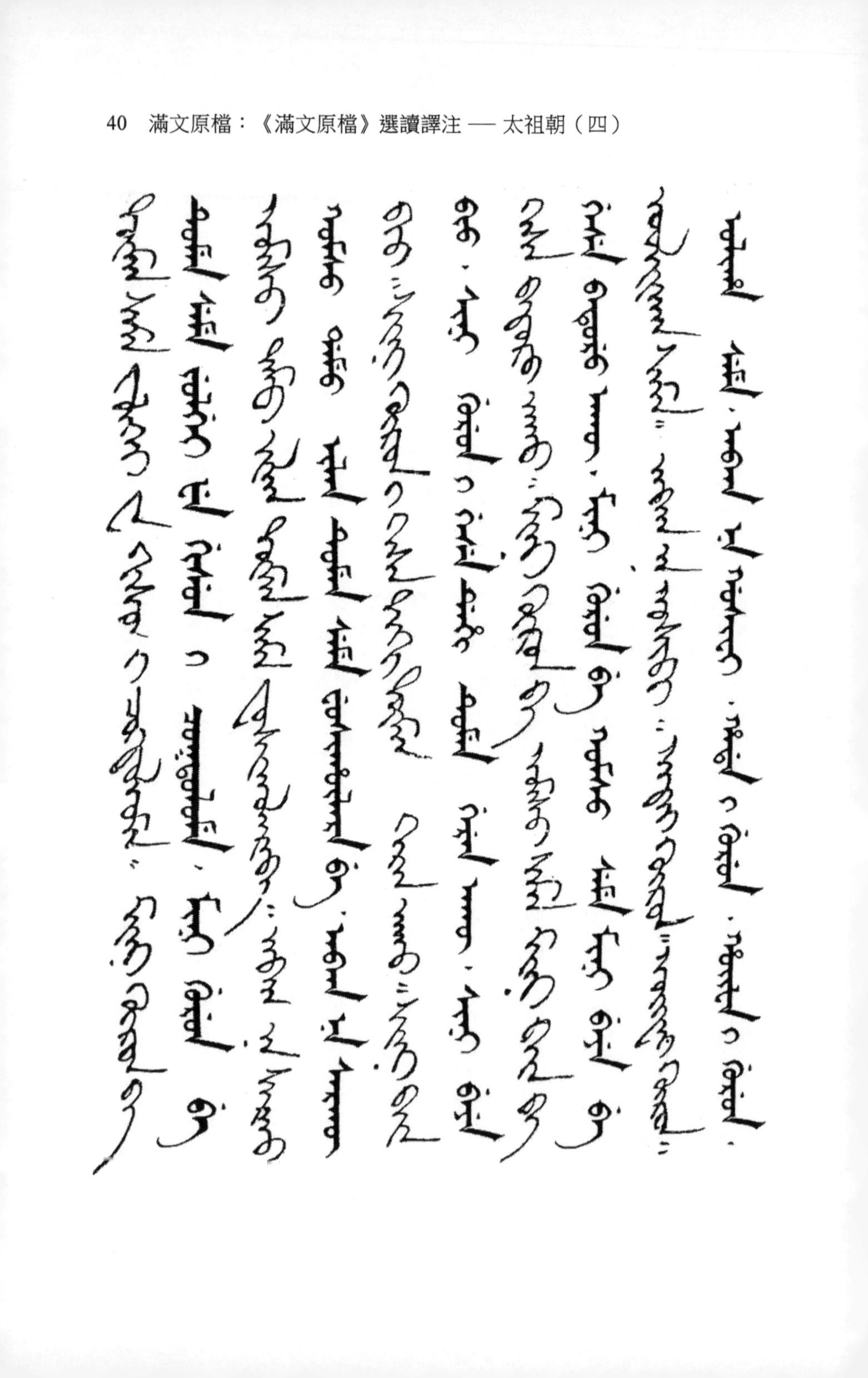

tumen seme julgei fe gisun i coktolome, mini gurun be komso damu ilan tumen seme fusihūlarabe, abka na sarkū bio. sini gurun i gese dehi tumen geren akū, sini beye gese baturu akū, mini gurun be komso seme mini beye be oliha seme, abka na gosifi, hadai gurun, hoifai gurun,

---

乃以昔日之陳言[16]，驕語四十萬，而輕我國人少，僅三萬人，天地豈不知之耶？我固不若爾國四十萬之眾，不若爾之勇。我國人雖少，我雖怯弱[17]，但蒙天地眷佑，以哈達國、輝發國、

乃以昔日之陈言，骄语四十万，而轻我国人少，仅三万人，天地岂不知之耶？我固不若尔国四十万之众，不若尔之勇。我国人虽少，我虽怯弱，但蒙天地眷佑，以哈达国、辉发国、

---

16 陳言，《滿文原檔》寫作“wa(e) kiso(u)n”，《滿文老檔》讀作“fe gisun”。按此即無圈點滿文“we”與“fe”、“ ki”與“gi”之混用現象。

17 怯弱，《滿文原檔》讀作“ooliyaha”，《滿文老檔》讀作“oliha”。

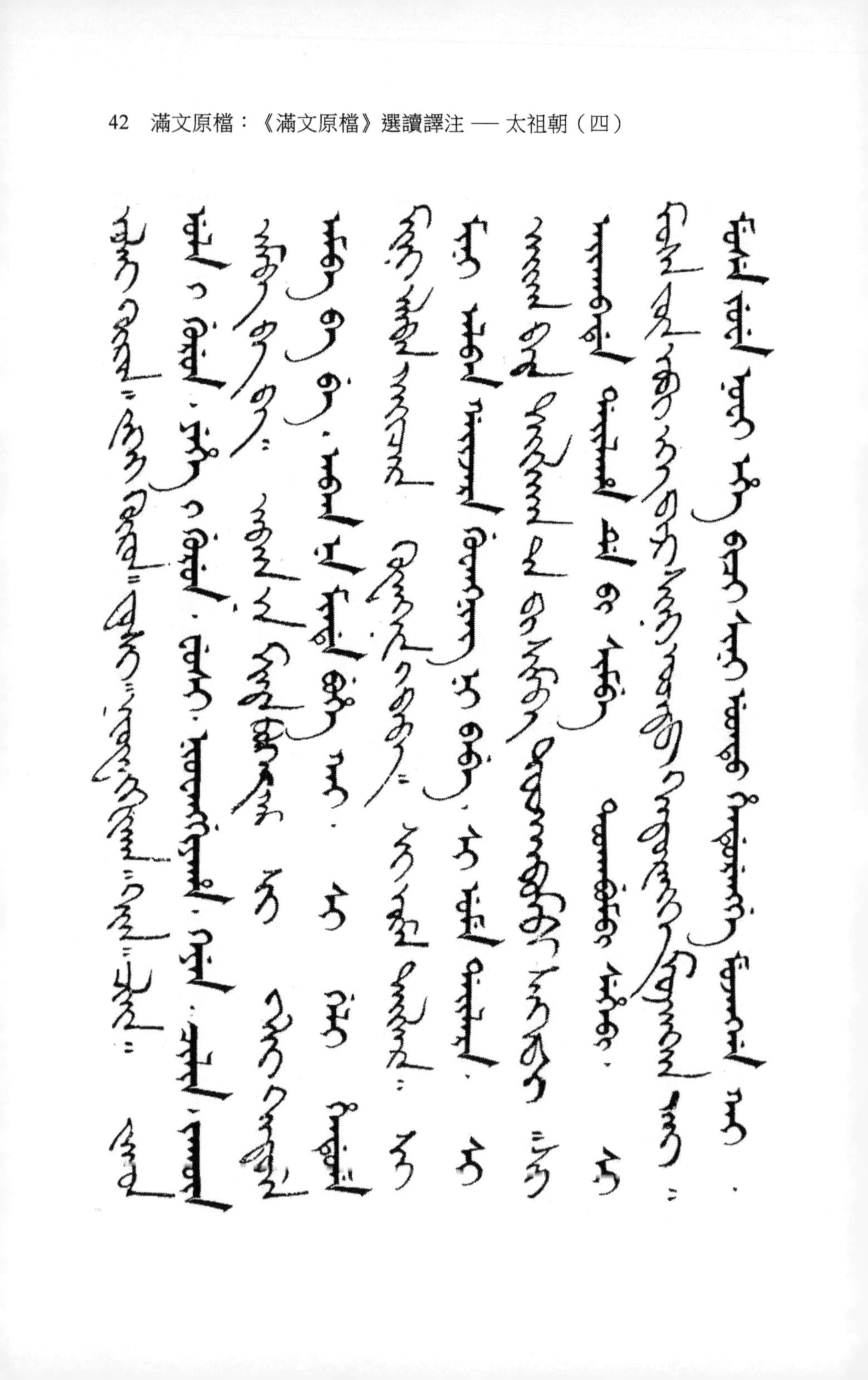

ulai gurun, yehe i gurun, fusi, niowanggiyaha, keyen, cilin, jakūn amba ba be, abka na minde buhekai. si geli hendume, mini alban gaijara guwangnin i babe, si ume dailara, si aikabade dailaha de bi simbe tookabumbi sehebi. si muse juwe nofi ehe bici sini uttu hendurenge mujangga kai.

烏拉國、葉赫國及撫順、清河、開原、鐵嶺[18]等八處畀我焉。爾又言，我收取貢賦之廣寧地方，爾勿征討，爾若征之，我將為爾所誤等語。若爾我二人向有仇隙，爾為此言宜也。

乌拉国、叶赫国及抚顺、清河、开原、铁岭等八处畀我焉。尔又言，我收取贡赋之广宁地方，尔勿征讨，尔若征之，我将为尔所误等语。若尔我二人向有仇隙，尔为此言宜也。

---

[18] 撫順、清河、開原、鐵嶺，《滿文原檔》寫作“fosi”、“niowangkijaka”、“kejen”、“cilin”，《滿文老檔》讀作“fusi”、“niowanggiyaha”、“keyen”、“cilin”。滿蒙漢三體《滿州實錄》卷六，滿文作“fušun šo”、“cing ho”、“k'ai yuwan”、“tiyei ling”。

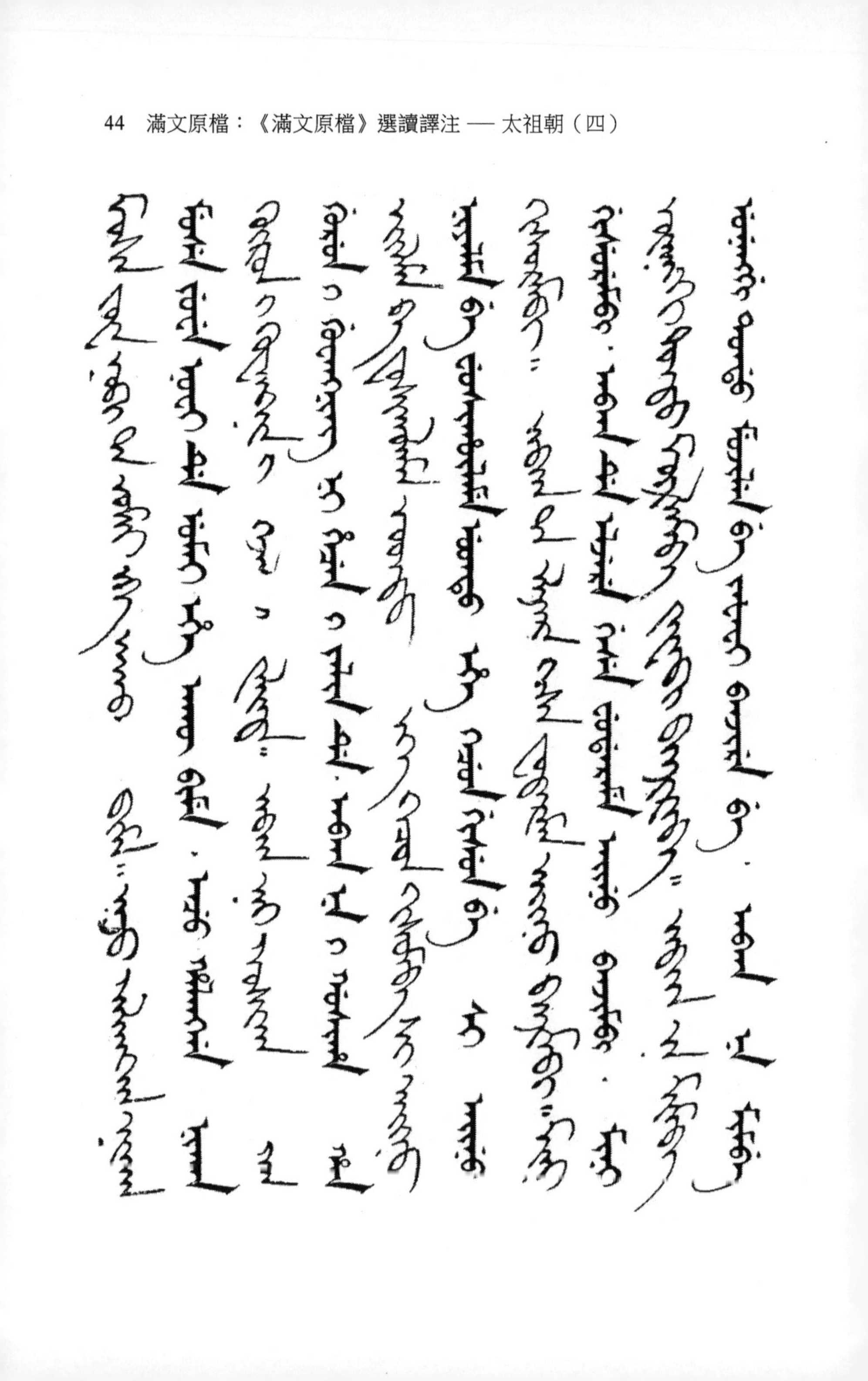

muse juwe nofi de umai ehe akū bime, encu halangga nikan gurun i guwangning ni hecen i jalinde, abka nai gosiha han niyalma be fusihūlame uttu ehe kecun gisumbe si ainu gisurembi. abka de eljere gese fudarame ainu banjimbi. mini unenggi tondo mujilen be jafafi banjire be, abka na mimbe

---

然我二人本無仇隙，爾何故為異姓明國廣寧一城，遂輕視天地眷佑之人主，而出此惡言？為何如抗天而倒行逆施耶？吾惟存公誠之心，

然我二人本无仇隙，尔何故为异姓明国广宁一城，遂轻视天地眷佑之人主，而出此恶言？为何如抗天而倒行逆施耶？吾惟存公诚之心，

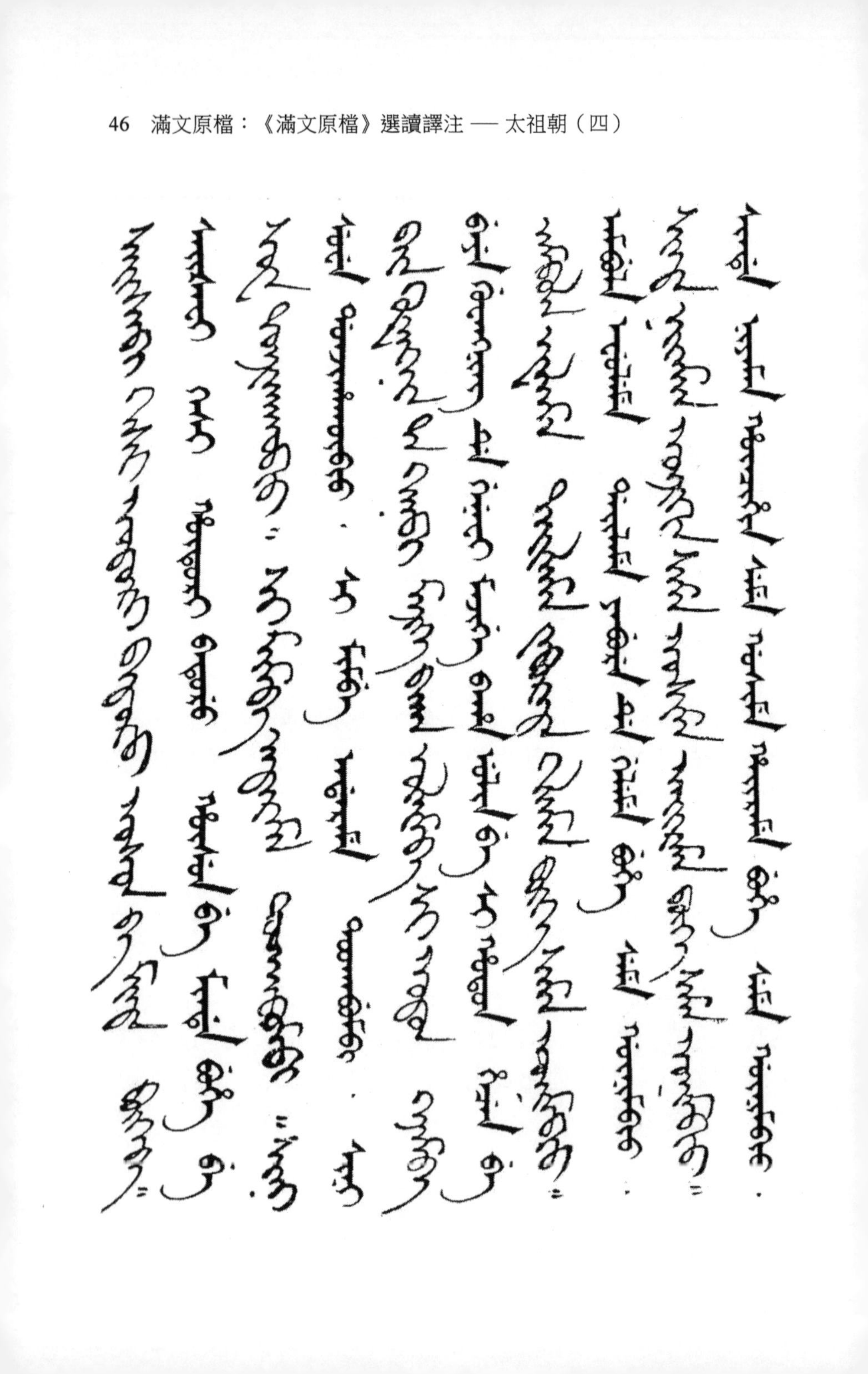

saišafi, kesi hūturi baturu hūsun be minde buhe be suwe donjihakūbio. si mimbe adarame tookabumbi. sini beye guwangnin de genefi majige baha ulimbe si hoton hecembe ambula efuleme dailame yaburede geleme buhe seme gūnimbio. sinde niyaman hūncihin seme gosime hairame buhe seme gūnimbio.

仰蒙天地嘉許，賜我福祿智勇[19]，爾等豈未之聞乎？爾焉能誤我？爾親往廣寧所獲錙銖之財，即以為爾能興師多破城池畏而與爾耶？或以為係爾親戚因憐愛而與之耶？

仰蒙天地嘉许，赐我福禄智勇，尔等岂未之闻乎？尔焉能误我？尔亲往广宁所获锱铢之财，即以为尔能兴师多破城池畏而与尔耶？或以为系尔亲戚因怜爱而与之耶？

---

19 福祿智勇，《滿文老檔》讀作 “kesi”、“hūturi”、 “baturu”、“hūsun”。 句中 “kesi” 係蒙文 “kesig”借詞；“hūturi” 係蒙文“qutuɣ”借詞；“baturu” 係蒙文“baɣatur”借詞。滿文“hūsun”。與蒙文“küčün”為同源詞。(字中“s”與“č”音轉)，意即「力量」。

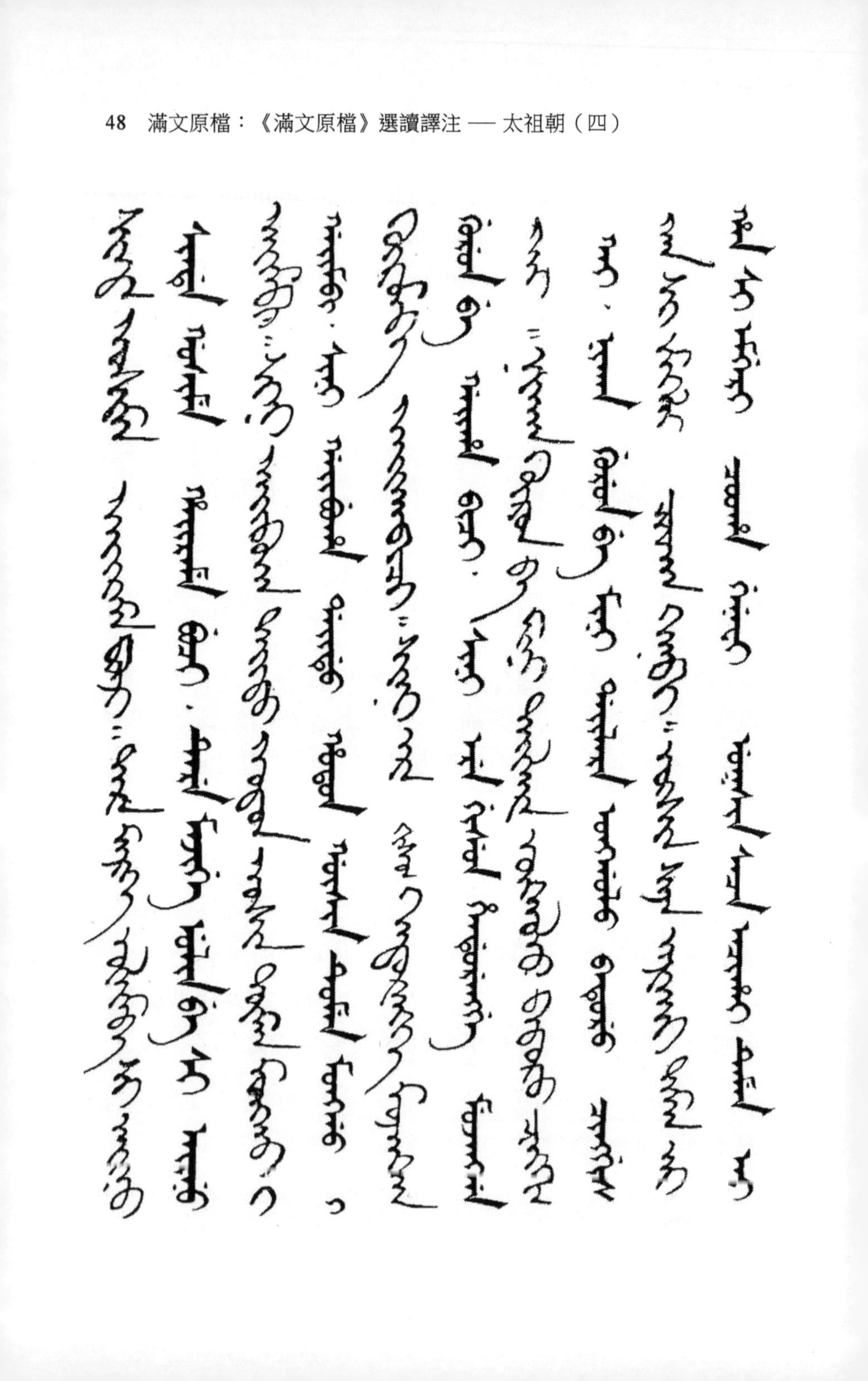

sinde gosime hairame buci, tere majige ulimbe si ainu gaimbi. sini gaibuha daidu hoton gūsin tumen monggo i gurumbe gaihabici, sini ere gisun hendurengge mujangga kai. nikan gurun be mini dailara onggolo baturu cinggis han si emgeri cooha genefi, uksin saca acihai temen ai

---

若因憐愛而與之，爾為何受其錙銖之財？且爾果能收復爾大都城三十萬蒙古國人，則爾之出此言誠然也。我未征明之前，爾巴圖魯成吉思汗曾出兵往征[20]，盡棄盔甲[21]、駝馬等

若因怜爱而与之，尔为何受其锱铢之财？且尔果能收复尔大都城三十万蒙古国人，则尔之出此言诚然也。我未征明之前，尔巴图鲁成吉思汗曾出兵往征，尽弃盔甲、驼马等

---

[20] 曾出兵往征，句中「曾」，《滿文原檔》讀作"emgeli"，《滿文老檔》讀作"emgeri"，意即「已經、業已」。滿文本《大清太祖武皇帝實錄》卷三，作"emgeli"，滿蒙漢三體《滿州實錄》卷六，滿文作"emgeri"

[21] 盔甲，《滿文原檔》讀作"uksin（陰性 k）saja"，《滿文老檔》讀作"uksin（陽性 k）saca"。按此為無圈點滿文首音節字尾 k 陰性（舌跟音）與陽性（小舌音）、"ja" 與 "ca"之混用現象。

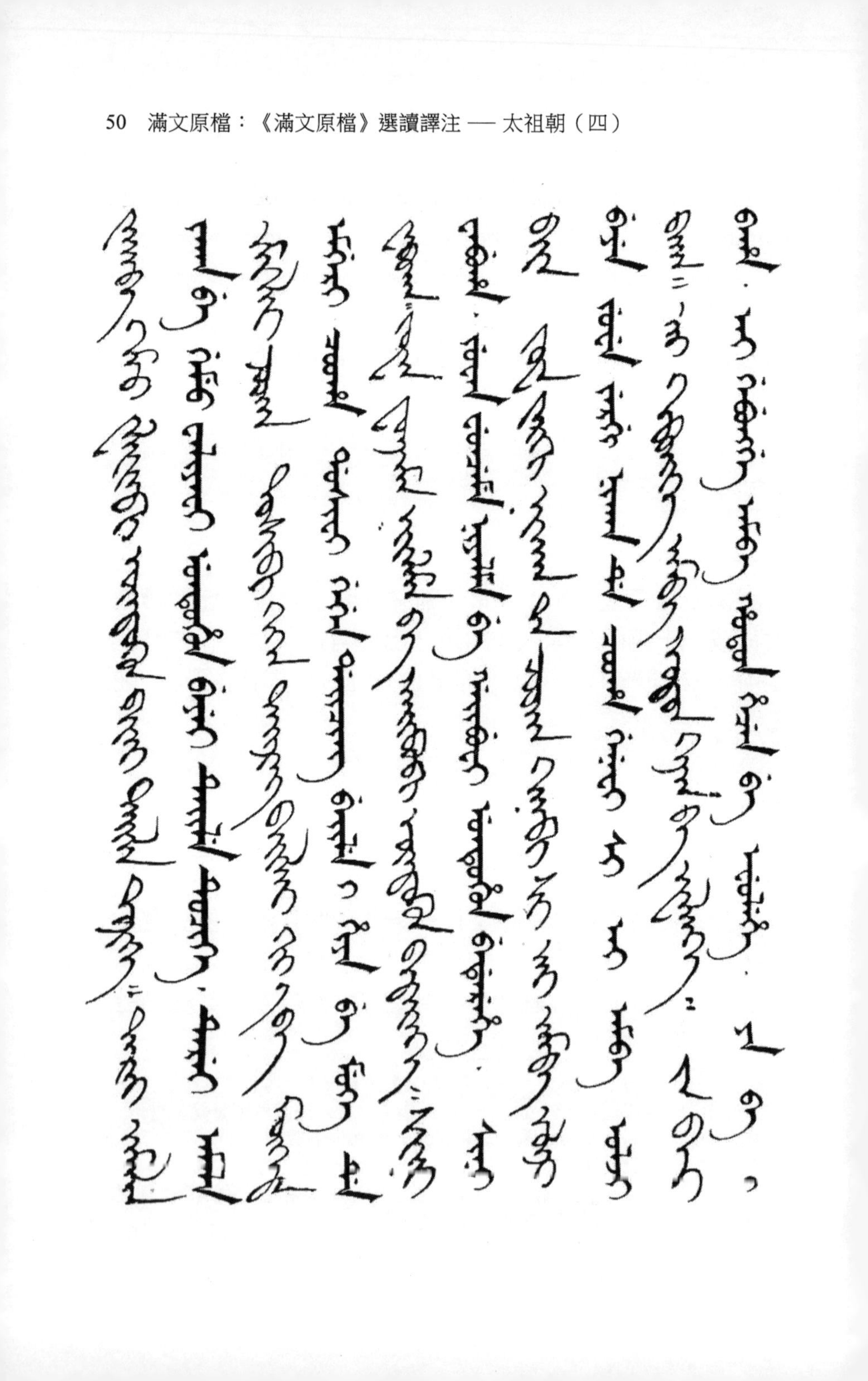

jakabe gemu waliyafi untuhun beyei teile tucike. terei amala emgeri cooha dosifi gegen daicing beilei hiya be mukede wabuha. juwan funceme niyalma be gaibufi untuhun bederehe. sini beye juwe jergi nikan de cooha genefi si ai amba olji baha. ai gebungge amba hoton hecen be efulehe. ya bai

---

一應器械，僅隻身脫出。其後又曾進兵，格根戴青貝勒之侍衛，被殺於水中，十餘人被擒，一無所獲而回。爾親自二次率兵征明，爾有何大俘獲[22]？曾攻克何處有名大城池？

一应器械，仅只身脱出。其后又曾进兵，格根戴青贝勒之侍卫，被杀于水中，十余人被擒，一无所获而回。尔亲自二次率兵征明，尔有何大俘获？曾攻克何处有名大城池？

---

[22] 大俘獲，《滿文原檔》、《滿文老檔》俱讀作 “amba olji baha”，句中 “olji” 係蒙文“olǰa”借詞，意即「俘獲物」。

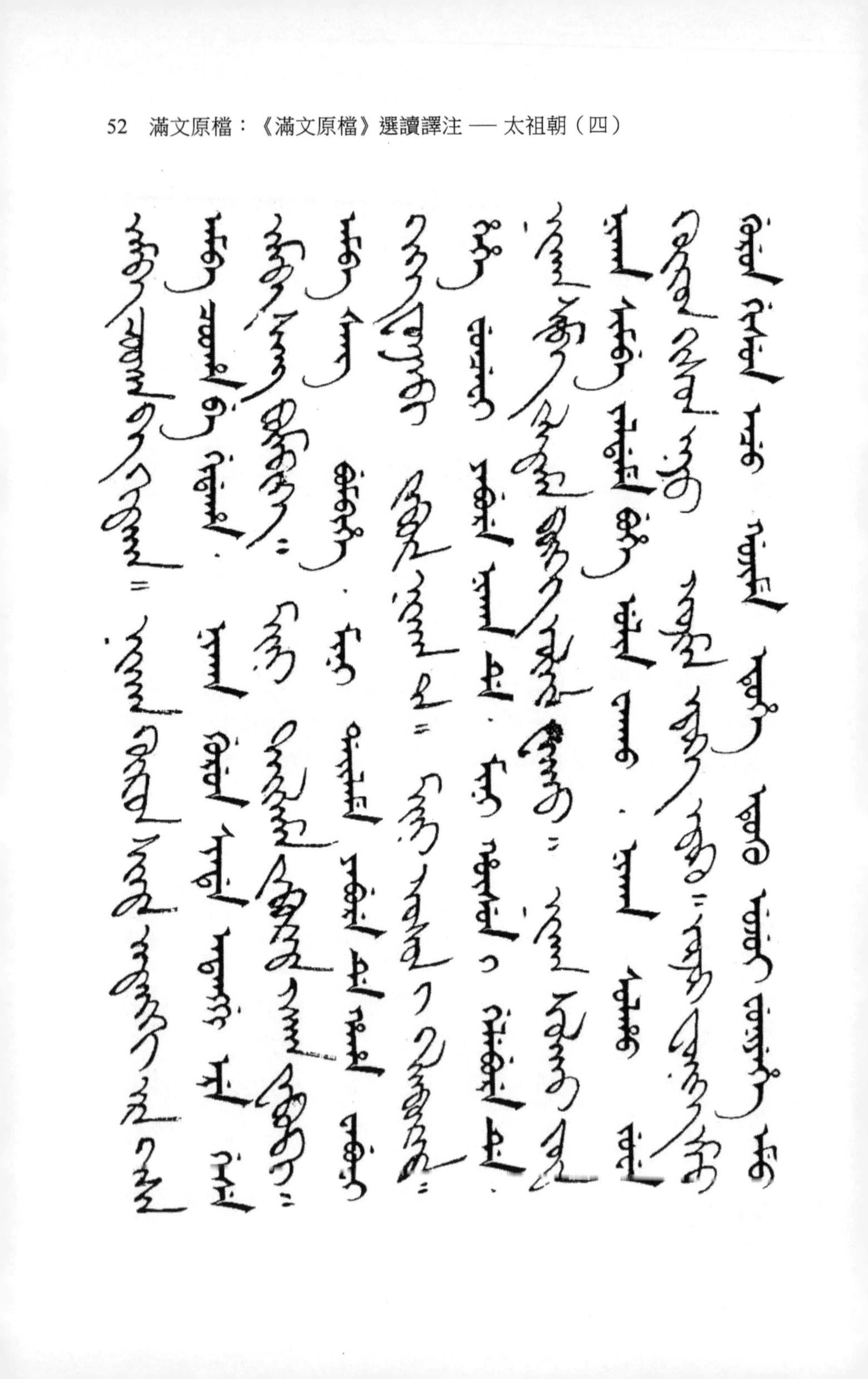

amba cooha be gidaha. nikan gurun sinde atanggi ere gese amba šang bumbihe. mini dailame yaburede haha wabufi hehe funcefi yabure nikan de, mini hūsun i geleburede, nikan simbe jaldame buhe ulin wakao. nikan solho juwe gurun gisun encu gojime etuhe etuku ujui funiyehe emu

---

曾敗何處大兵？明國何時曾與爾如此厚賞？豈非以我征之時，殺其男子，遺留其婦女，明畏我兵威，姑與財物，以誘騙爾耶？且明與朝鮮[23]二國言語雖殊，然衣服、頭髮[24]却相類，

曾败何处大兵？明国何时曾与尔如此厚赏？岂非以我征之时，杀其男子，遗留其妇女，明畏我兵威，姑与财物，以诱骗尔耶？且明与朝鲜二国言语虽殊，然衣服、头发却相类，

---

23 朝鮮，《滿文原檔》寫作“solko”，《滿文老檔》讀作“solho”，滿文本《大清太祖武皇帝實錄》卷三，作“solgo”，滿文音譯作“coohiyan”。 按滿文“solho”語源可追溯自蒙文“solongɣos”(意即「朝鮮」)一詞，其演變過程：“solongɣos”＞“solongɣo”(s 表複數，詞綴脫落)＞“soloɣo”(ng 脫落)＞“solɣo” (第二音節 o 脫落)＞“solqo” (“solho”)。

24 頭髮，《滿文原檔》讀作“ūjui funihe”，《滿文老檔》讀作“ujui funiyehe”。

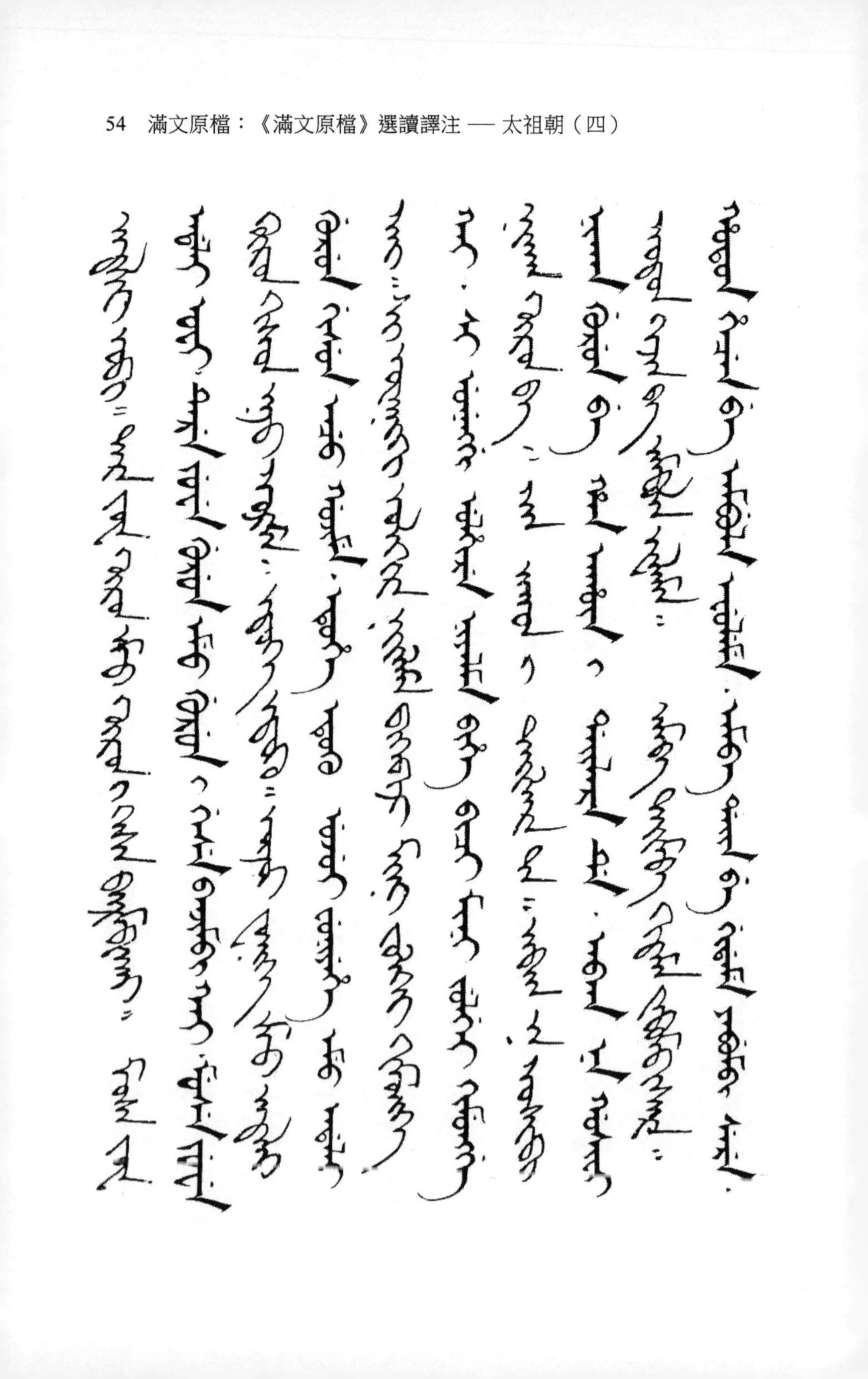

adali ofi, tere juwe gurun emu gurun i gese banjimbikai. muse juwe gurun gisun encu gojime, etuhe etuku, ujui funiyehe emu adali kai. si unenggi ulhire niyalma bihebici mini julgei kimungge nikan gurun be, han ahūn i dailarade, abka na gosifi hoton hecen be ambula efuleme, amba daimbe gidame yabumbisere,

---

故其二國如同一國而生活也。爾我二國言語雖殊，然衣服、頭髮却相類也。爾若果係有識之人，則來書當云：『汗兄往征我舊日有仇之明國，蒙天地眷佑，多破其城池，敗其大軍，

故其二国如同一国而生活也。尔我二国言语虽殊，然衣服、头发却相类也。尔若果系有识之人，则来书当云：『汗兄往征我旧日有仇之明国，蒙天地眷佑，多破其城池，败其大军，

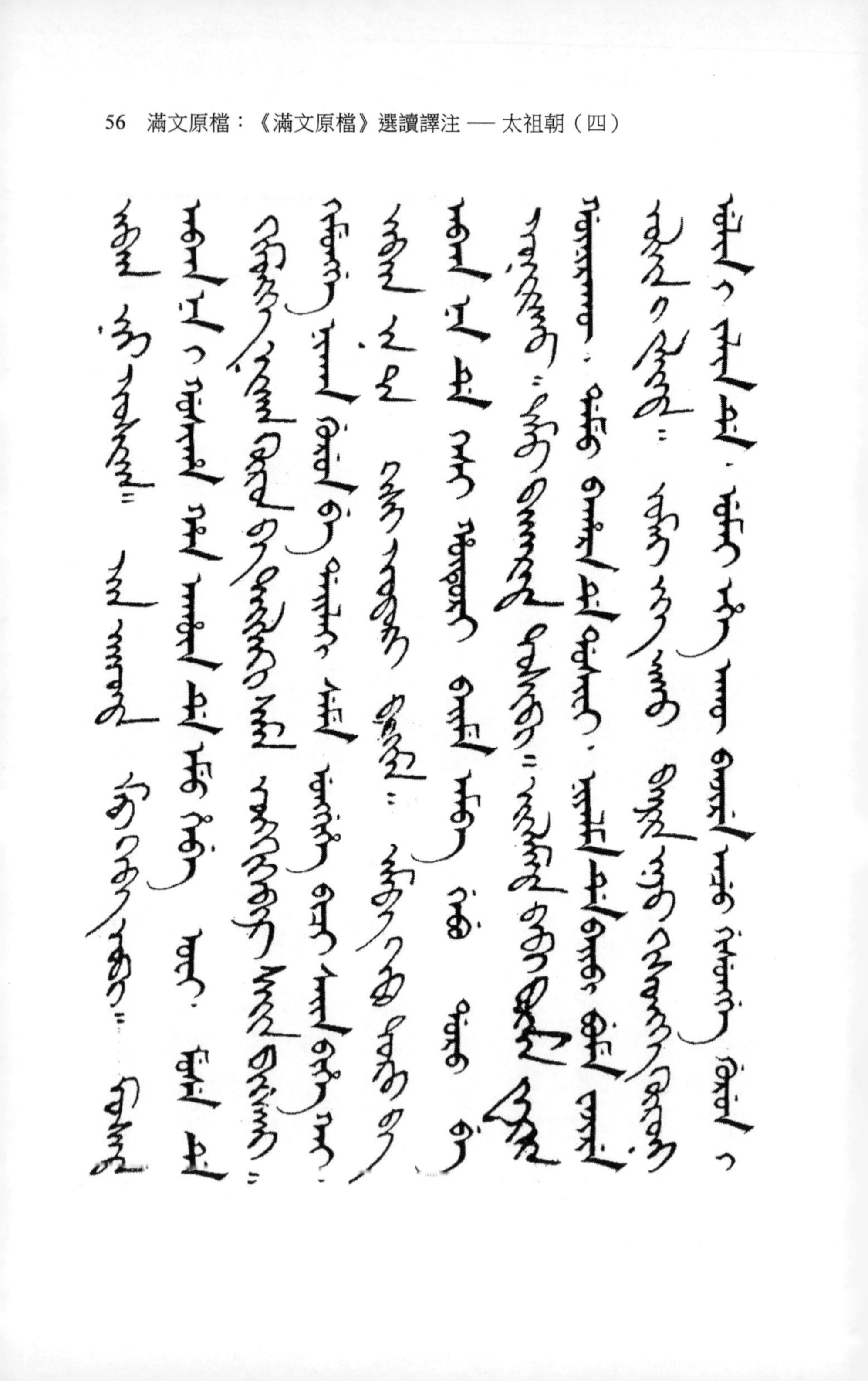

abka nai gosiha han ahūnde emu hebe ofi, musede kimungge nikan gurun be dailaki seme unggihebici sain bihekai. abka na de kesi hūturi baime, amba gebu doro be gūnirakū, damu baharade dosifi, niyalmade baibi bume wajire ulin i jalinde, umai ehe akū banjire encu gisungge guruni

---

並願與天地眷佑之汗兄合謀，以征與我等有仇隙之明國。』豈不亦善乎？乃不思祈求福祿於天地，以全令名，以立大業，乃惟利是圖，為貪得他人平白所與[25]有盡之財貨，爾竟輕慢中傷，與爾並無絲毫嫌隙、言語不同異國人之汗。

并愿与天地眷佑之汗兄合谋，以征与我等有仇隙之明国。』岂不亦善乎？乃不思祈求福禄于天地，以全令名，以立大业，乃惟利是图，为贪得他人平白所与有尽之财货，尔竟轻慢中伤，与尔并无丝毫嫌隙、言语不同异国人之汗。

---

[25] 平白所與，句中「平白」，《滿文原檔》讀作 “babi”，《滿文老檔》讀作 “baibi”。

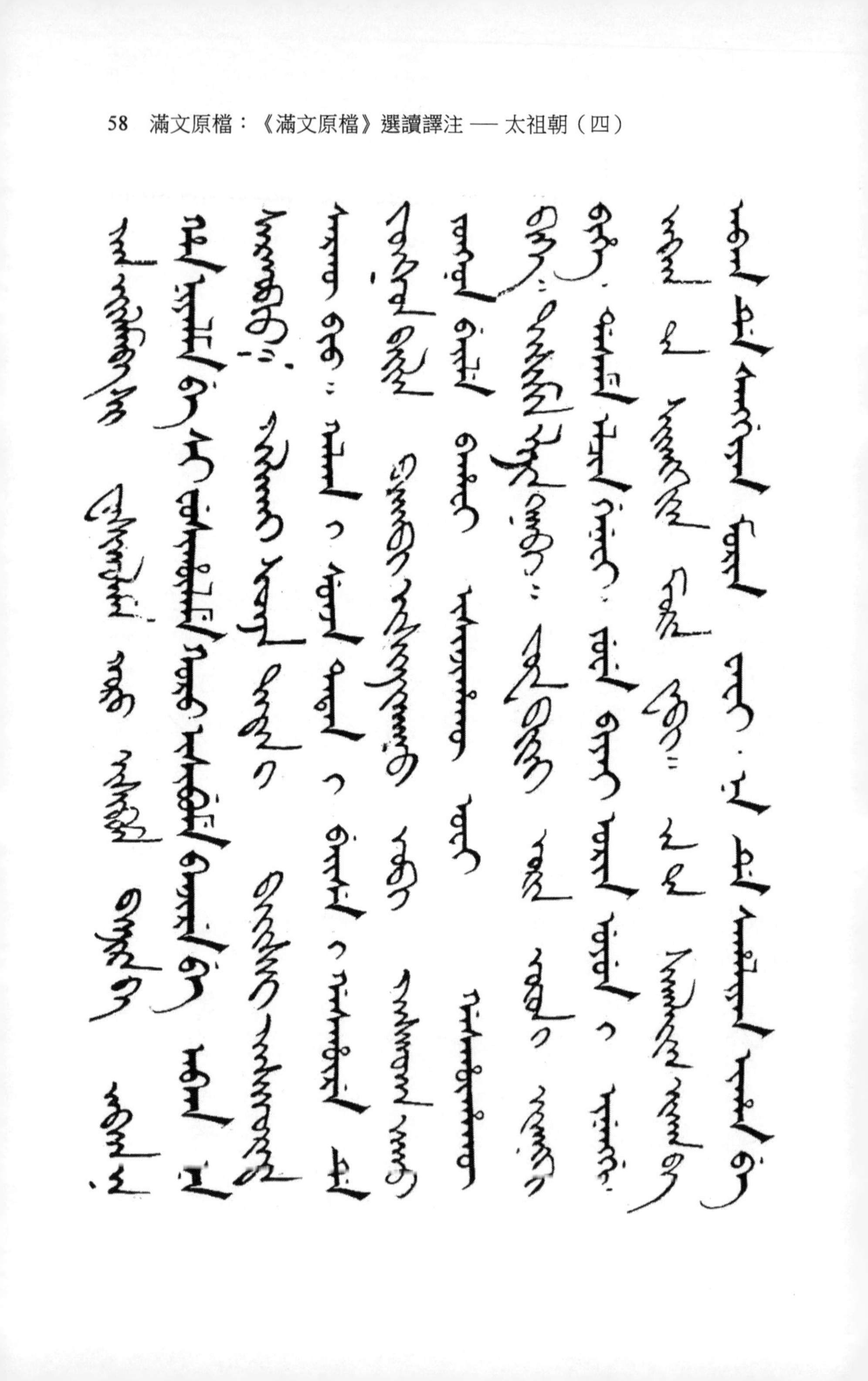

han niyalmabe si fusihūlame koro isibume banjire be abka na sarkūbio. kalkai sunja tatani beisei gashūrede jongnon beile bahafi isinjihakū ofi gashūha akū bihe. dasame elcin genefi, juwe biyai orin uyun i inenggi, abka de šanggiyan morin waif, na de sahaliyan ihan be

---

天地豈不鑒之乎？」喀爾喀五部諸貝勒盟誓時，鍾嫩貝勒因未能到來，故未盟誓。茲復遣使前往，於二月二十九日對天刑白馬，對地刑烏牛，

天地岂不鉴之乎？」喀尔喀五部诸贝勒盟誓时，锺嫩贝勒因未能到来，故未盟誓。兹复遣使前往，于二月二十九日对天刑白马，对地刑乌牛，

四、不違盟約

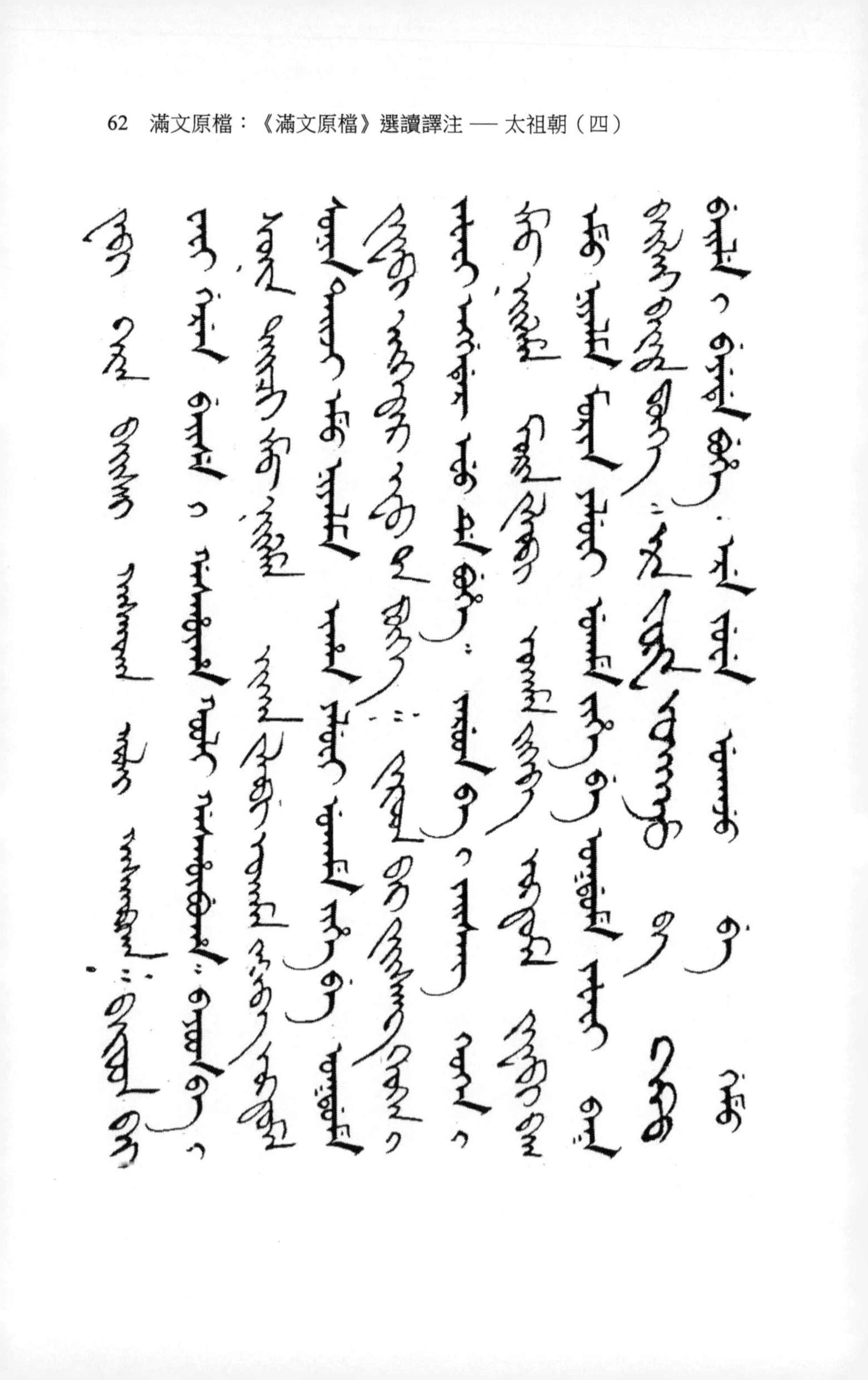

wafi geren beisei gashūha kooli gashūbuha. bayot bai sonin taiji emu niyalma ihan yalufi ukame jihe be okdome jafafi, enggeder efu de buhe. jarut bai jaisang keoken i emu niyalma morin yalufi ukame jihebe okdome jafafi bak beilei beyede buhe. ere juwe ukanju be gemu

---

依照眾貝勒盟誓之例盟誓。有把岳忒地方索凝台吉屬下一人騎牛逃來被截獲，交給恩格德爾額駙。有扎魯特地方宰桑扣肯屬下一人騎馬逃來被截獲，交給巴克貝勒本人，將此二逃人，

依照众贝勒盟誓之例盟誓。有把岳忒地方索凝台吉属下一人骑牛逃来被截获，交给恩格德尔额驸。有扎鲁特地方宰桑扣肯属下一人骑马逃来被截获，交给巴克贝勒本人，将此二逃人，

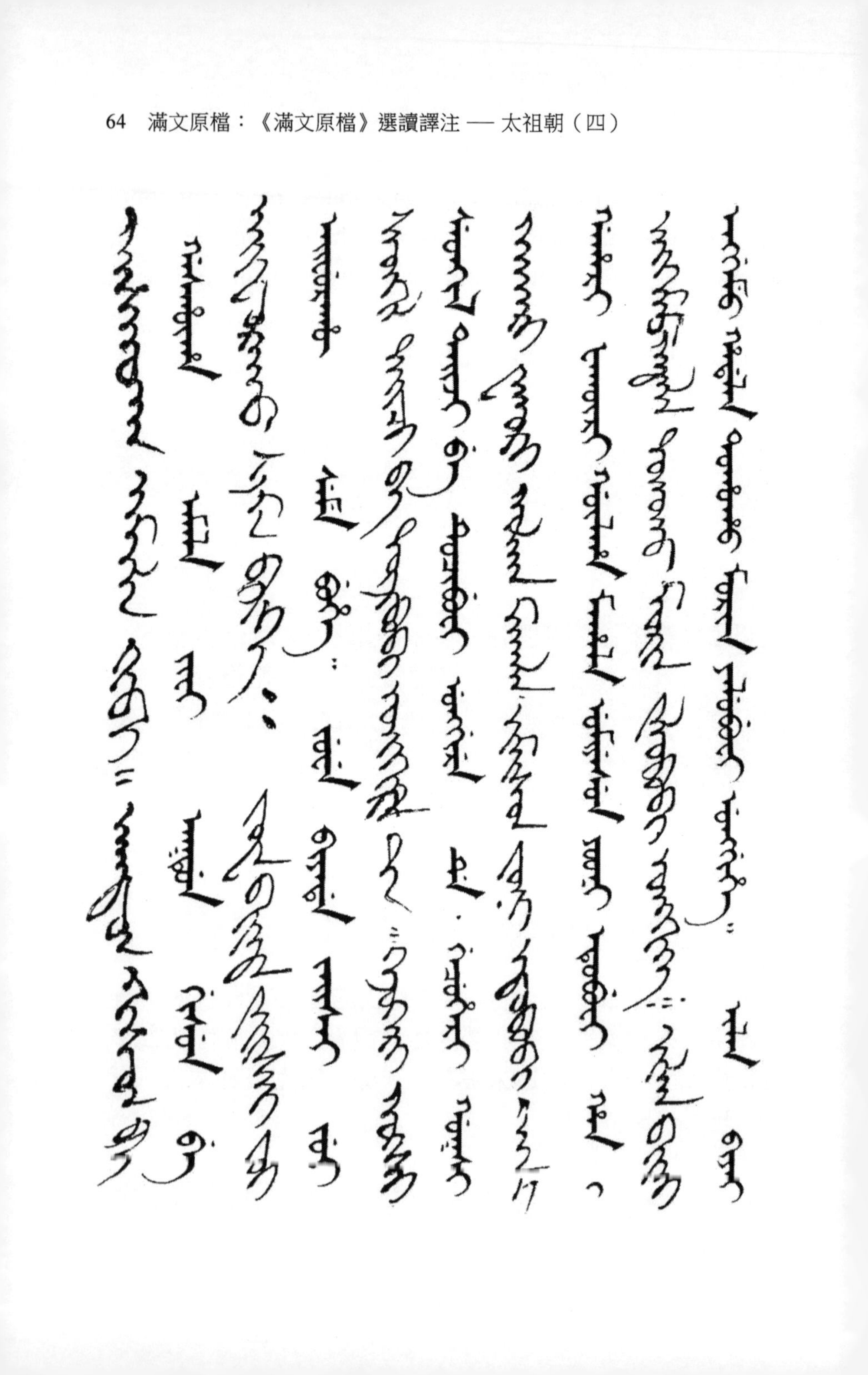

gashūha amala jifi, akdun gisun be aifurahū seme buhe. juwe biyade jaisai jui setkil taiji be tucibufi unggire de, gecuheri, goksi gahari, fakūri, gūlha, mahala, umiyesun yooni etubufi han i enggemu hadala tohoho morin yalubufi unggihe. ilan biyai

---

俱係盟誓後逃來，恐有違盟約，故各給還。二月，釋宰賽子色特希爾台吉還。令其身上俱穿着[26]蟒衣、布衫、褲、靴、帽、腰帶，乘騎汗用套備鞍轡之馬而遣還。

俱系盟誓后逃来，恐有违盟约，故各给还。二月，释宰赛子色特希尔台吉还。令其身上俱穿着蟒衣、布衫、裤、靴、帽、腰带，乘骑汗用套备鞍辔之马而遣还。

---

[26] 俱穿着，句中「俱」，《滿文原檔》寫作“joni”，《滿文老檔》讀作“yooni”。按此為無圈點滿文“jo”與“yo”、之混用現象。

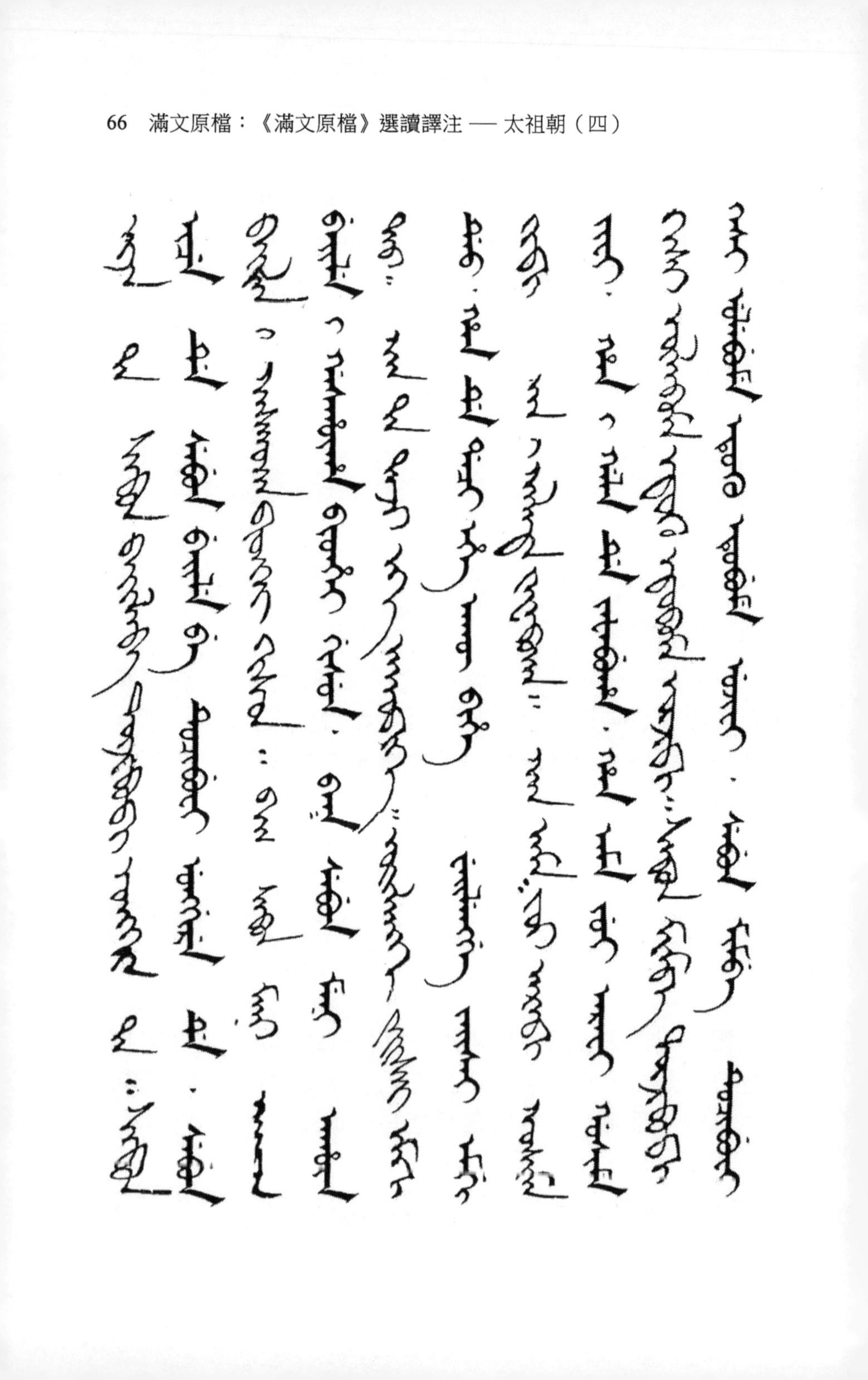

ice de sebun beile be tucibufi unggire de, sebun beile i gashūha bithei gisun, bak, sebun meni ahūn deo, han de daci ehe akūbihe, weilengge jaisai emgi jifi han i galade jafabuha. han ama, jui arafi gosime kesi ulebume etuku etubume ujifi, sebun mimbe tucibufi

---

三月初一日，釋色本貝勒還。色本書誓曰：「我巴克、色本兄弟二人，素與汗無嫌隙，因與有罪之宰賽同來，被汗親手擒獲。汗父仁愛，視我如子，蒙恩賜衣食豢養。今又釋色本我還國，

三月初一日，释色本贝勒还。色本书誓曰：「我巴克、色本兄弟二人，素与汗无嫌隙，因与有罪之宰赛同来，被汗亲手擒获。汗父仁爱，视我如子，蒙恩赐衣食豢养。今又释色本我还国，

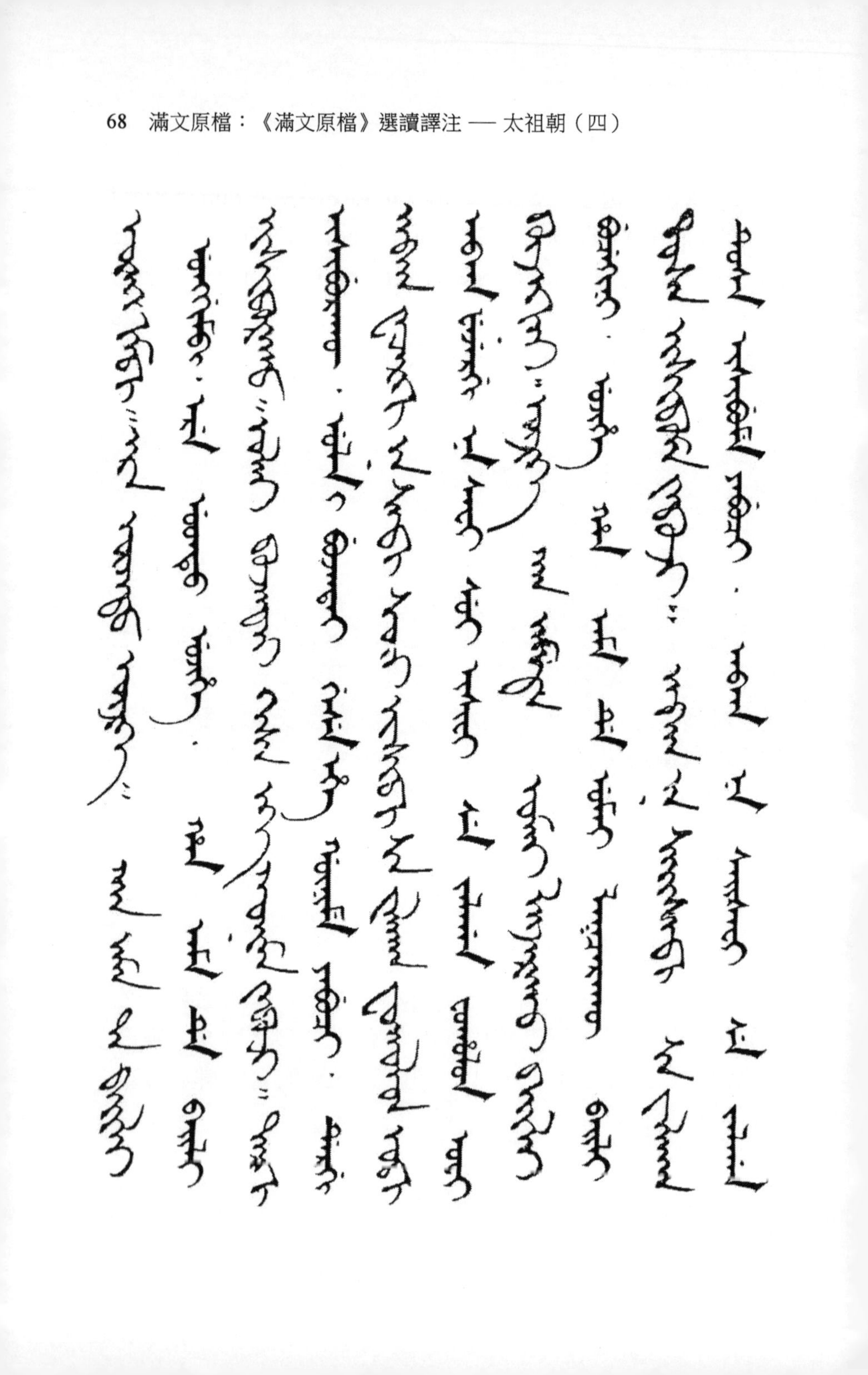

unggimbi, ere uttu ujihe, han ama de baili isiburakū, ulai bujantai gese ehe gūnime yabuci, dergi abka fejergi na safi sui isifi se jalgan foholon ofi bucekini. ujihe han ama de umai lakcarakū baili tusa isibume yabuci, abka na saišafi se jalgan

---

若不思報汗父之恩養，而如烏拉布占泰懷藏惡心，則皇天后土鑒之，降以罪戾，奪吾之壽算，短命而死。若此心不斷感恩常思圖報豢養之汗父，則天地嘉佑，

若不思报汗父之恩养，而如乌拉布占泰怀藏恶心，则皇天后土鉴之，降以罪戾，夺吾之寿算，短命而死。若此心不断感恩常思图报豢养之汗父，则天地嘉佑，

五、同其休戚

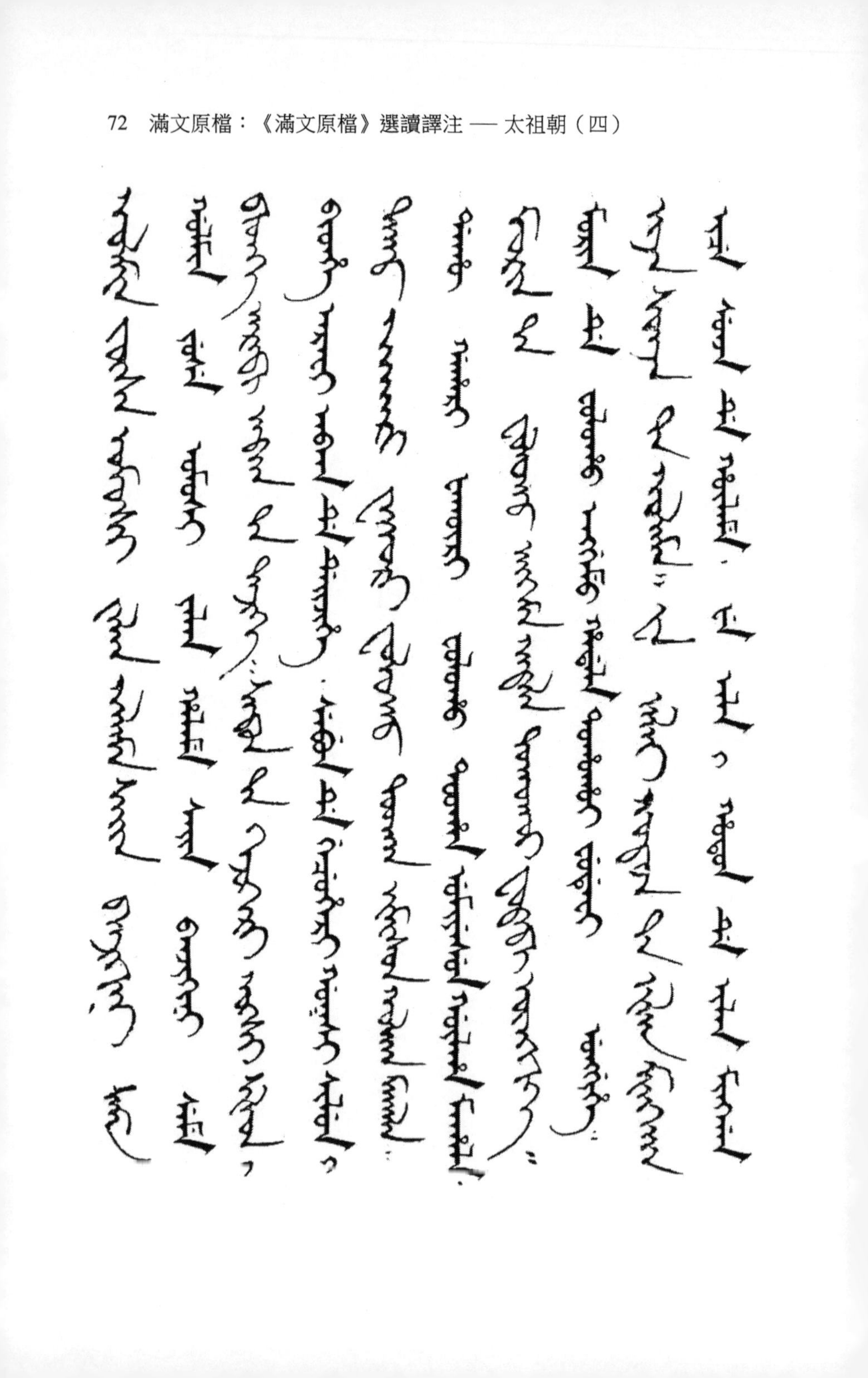

golmin juse omosi jalan halame sain banjikini seme, bithe arafi abka de deijihe. sebun de gecuheri goksi, silun i dahū, gahari, fakūri, foloho toohan umiyesun, gūlha, mahala, morin de foloho enggemu hadala tohohoi fudefi unggihe. ice sunja de hūlame, fe alai hoton de ilan minggan

---

壽算綿長，子孫世代安樂生活。」書畢，對天焚之[27]。遂賜色本蟒衣、猞狸猻裘及布衫、褌、雕花腰帶、靴、帽，套備雕花鞍轡之馬送還。初五日，命於費阿拉城

寿算绵长，子孙世代安乐生活。」书毕，对天焚之。遂赐色本蟒衣、猞狸狲裘及布衫、裤、雕花腰带、靴、帽，套备雕花鞍辔之马送还。初五日，命于费阿拉城

---

[27] 對天焚之，句中「焚」，《滿文原檔》讀作 “dejihe”，《滿文老檔》讀作 “deijihe”，意即「焚燒」。

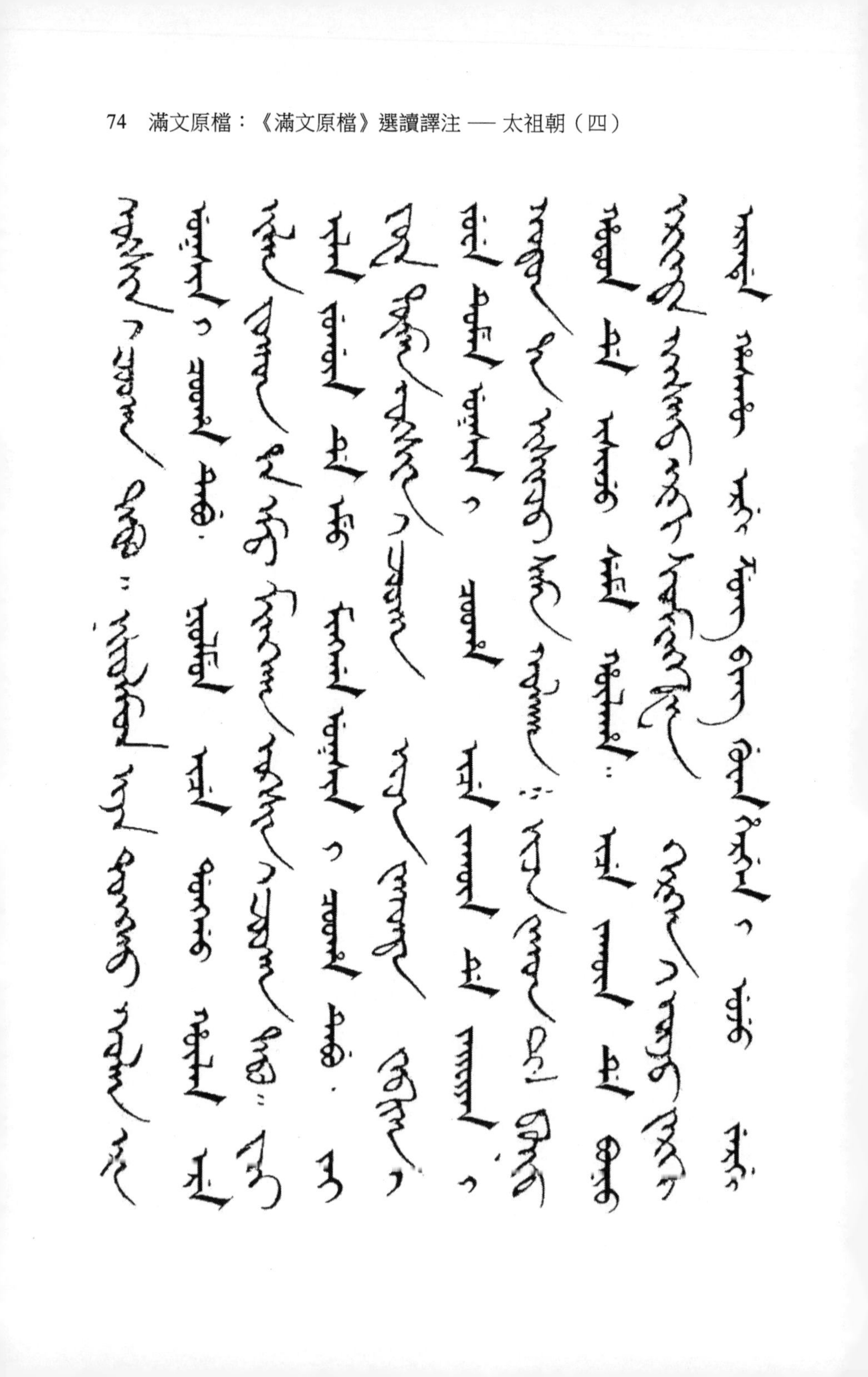

[illegible]

uksin i cooha tebu. niolmun, ice donggo, hūlan ere ilan jugūn de emu minggan uksin i cooha tebu. jai juwe tumen uksin i cooha ice jakūnde jaifiyan i hoton de isinju seme hūlaha. ice jakūn de bonio erinde hashū ergi dzung bing guwan hergen i uju jergi

---

駐甲兵三千，紐爾門、新董鄂、呼蘭三路，駐甲兵一千。又命二萬甲兵於初八日至界藩城[28]。初八日申時，左翼總兵官[29]銜一等大臣

驻甲兵三千，纽尔门、新董鄂、呼兰三路，驻甲兵一千。又命二万甲兵于初八日至界藩城。初八日申时，左翼总兵官衔一等大臣

---

[28] 界藩城，句中「界藩」，《滿文原檔》寫作"jabijan"，《滿文老檔》讀作"jaifiyan"。按此為無圈點滿文"bi"與"fi"、"ja"與"ya"之混用現象。

[29] 總兵官，《滿文原檔》寫作"somingkuwan"，《滿文老檔》讀作"dzung bing guwan"。

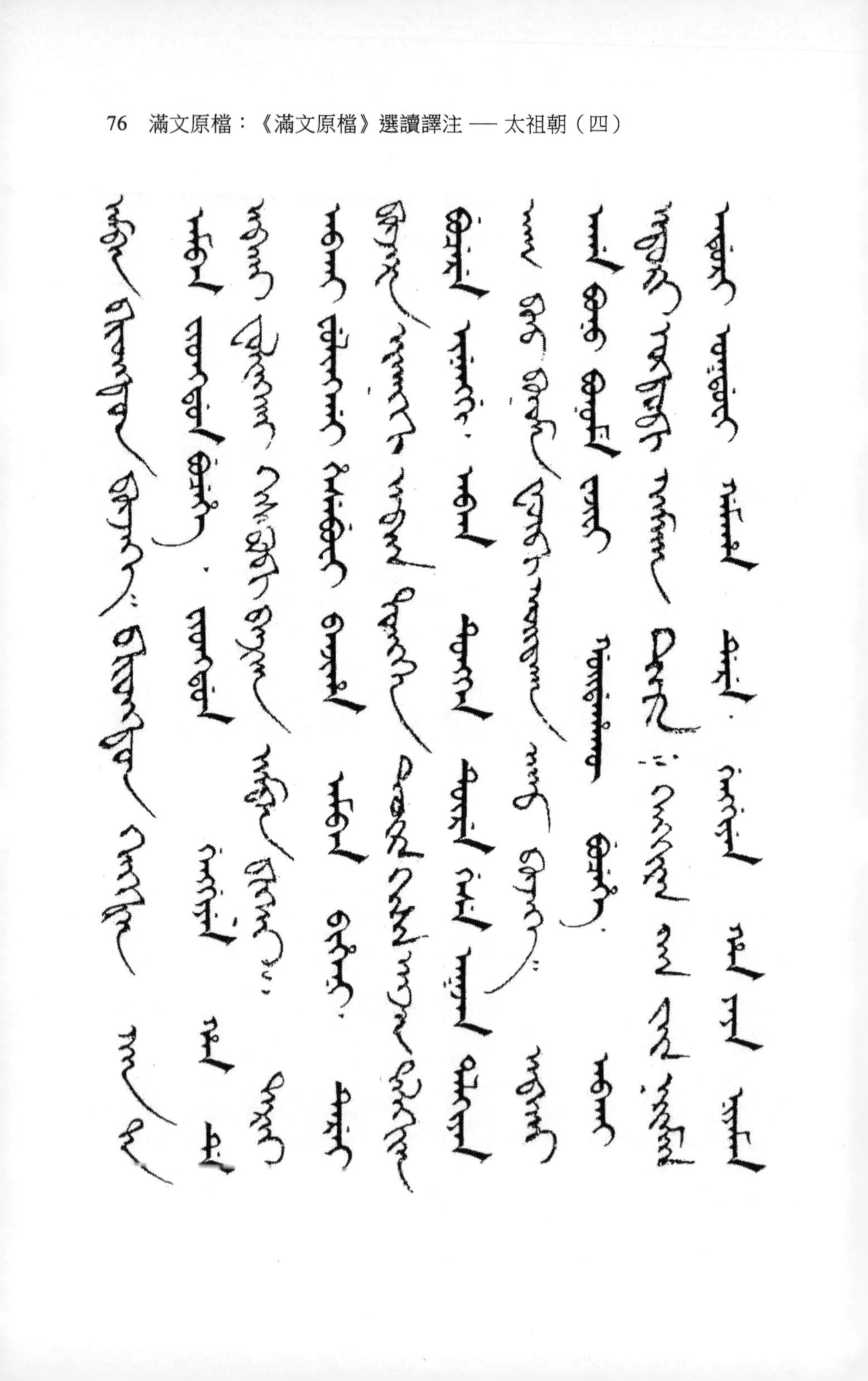

amban fiongdon bucehe. fiongdon genggiyen han de abkai fulinggai hesebufi banjiha amban biheni. terei bucere inenggi, abka tungken tūre gese akjan talkiyan aga bono bonome wajifi goidahakū bucehe, abkai enduri okdofi gamaha dere. genggiyen han yaya niyaman

---

費英東卒。費英東乃奉天命所生賜英明汗之大臣。其卒日，天上雷電交加，如同擊鼓，雨雹驟至，雨雹方止，未幾遂卒，想是天神迎接去也，英明汗

费英东卒。费英东乃奉天命所生赐英明汗之大臣。其卒日，天上雷电交加，如同击鼓，雨雹骤至，雨雹方止，未几遂卒，想是天神迎接去也，英明汗

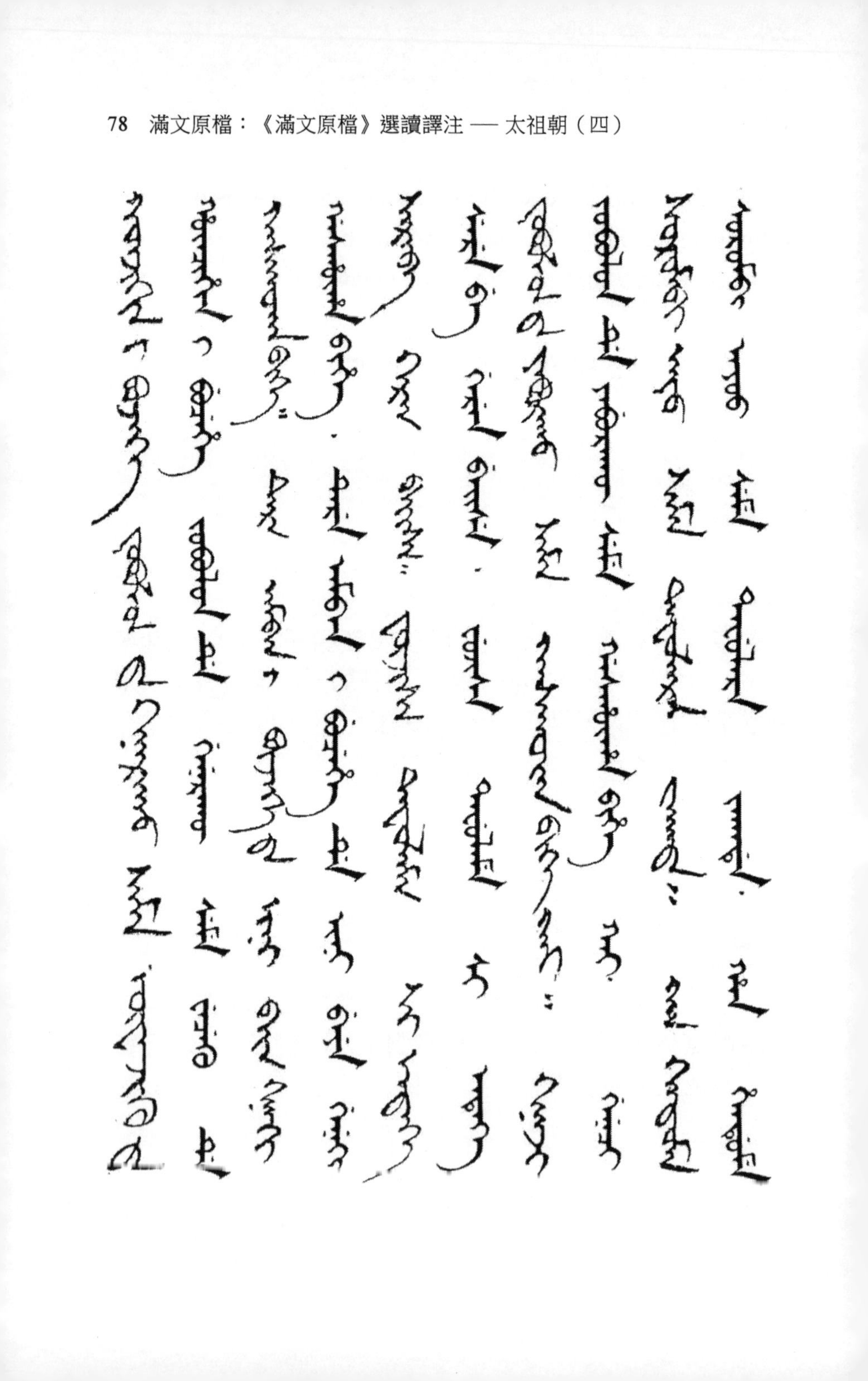

hūncihin i bucehe jobolon de generakū seme weceku de gashūha bihe. tere amban i bucehe de ini beye geneki serebe geren beise, fujisa tafulame si enteke jobolon de yaburakū seme gashūha bihe kai. geneci sorombi ayoo seme tafulara jakade, han hendume,

---

曾對家內神主[30]立誓，凡親戚死亡，概不臨喪。該大臣卒時，欲親臨其喪。眾貝勒及福晉諫曰：「爾曾立誓，此等之喪，不親臨也，若親臨恐有所忌諱。」汗曰：

曾对家内神主立誓，凡亲戚死亡，概不临丧。该大臣卒时，欲亲临其丧。众贝勒及福晋谏曰：「尔曾立誓，此等之丧，不亲临也，若亲临恐有所忌讳。」汗曰：

---

30 神主，《滿文原檔》寫作“ūwejeku”，《滿文老檔》讀作“weceku”。按此為無圈點滿文“ūwe”與“we”、“je”與“ce”之混用現象。

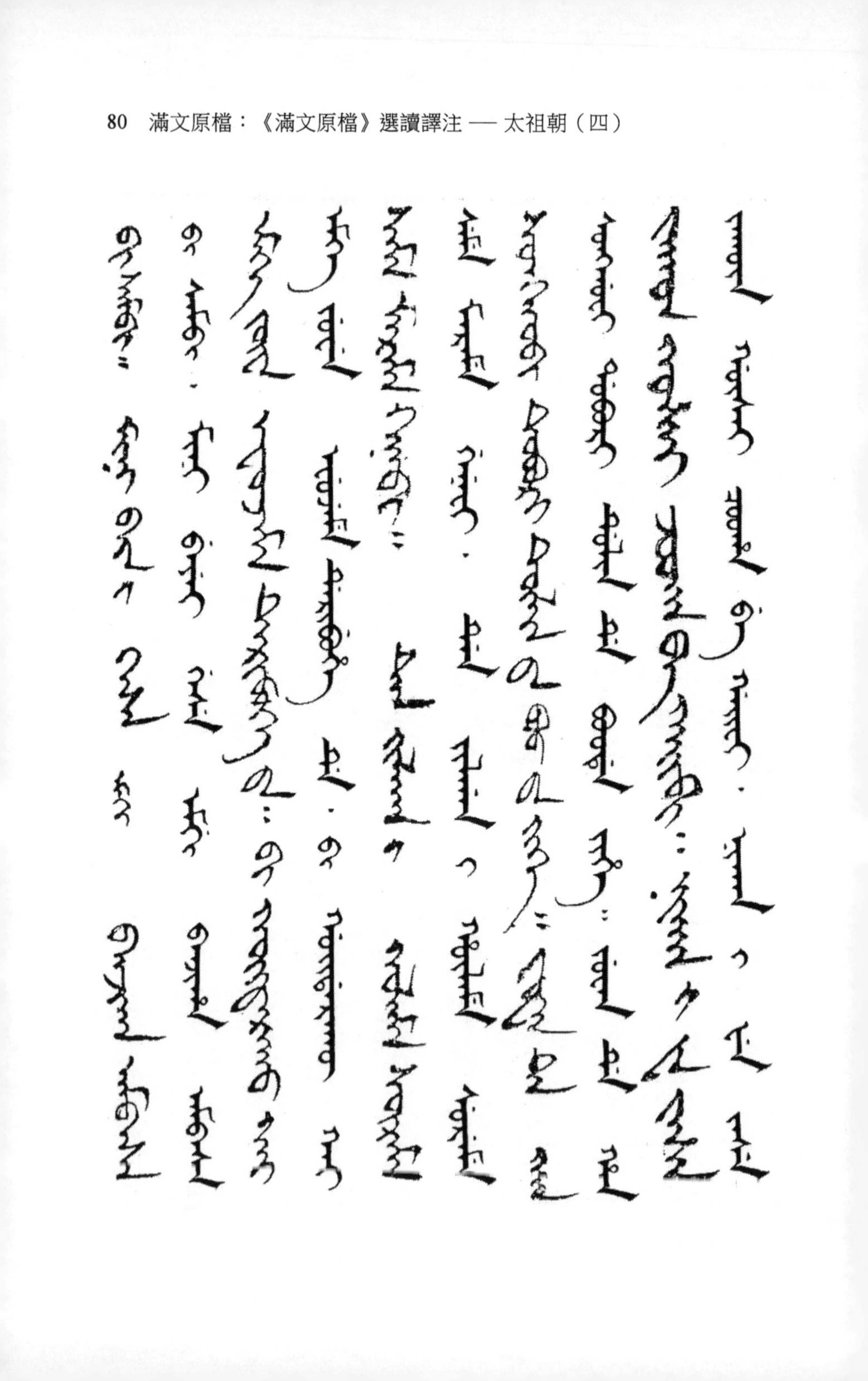

bi sambi, mini beye i gese emgi banjiha ambasa emke juwe efujeme deribuhe de, bi goidarakū kai seme marame genefi, den jilgan i hūlame sureme songgofi dobori dulin de boo de jihe. juwan de han jakūn gūsai cooha be gaifi, nikan i fe jase

---

我知道，與我自身一樣同其休戚大臣，已開始有一二人殞歿矣，我亦不久於人世。」遂拒諫以往，高聲慟哭，惆悵多時，直至半夜始返回家中。初十日，汗率八旗兵沿明舊邊

我知道，与我自身一样同其休戚大臣，已开始有一二人殒殁矣，我亦不久于人世。」遂拒谏以往，高声恸哭，惆怅多时，直至半夜始返回家中。初十日，汗率八旗兵沿明旧边

六、福晉禁約

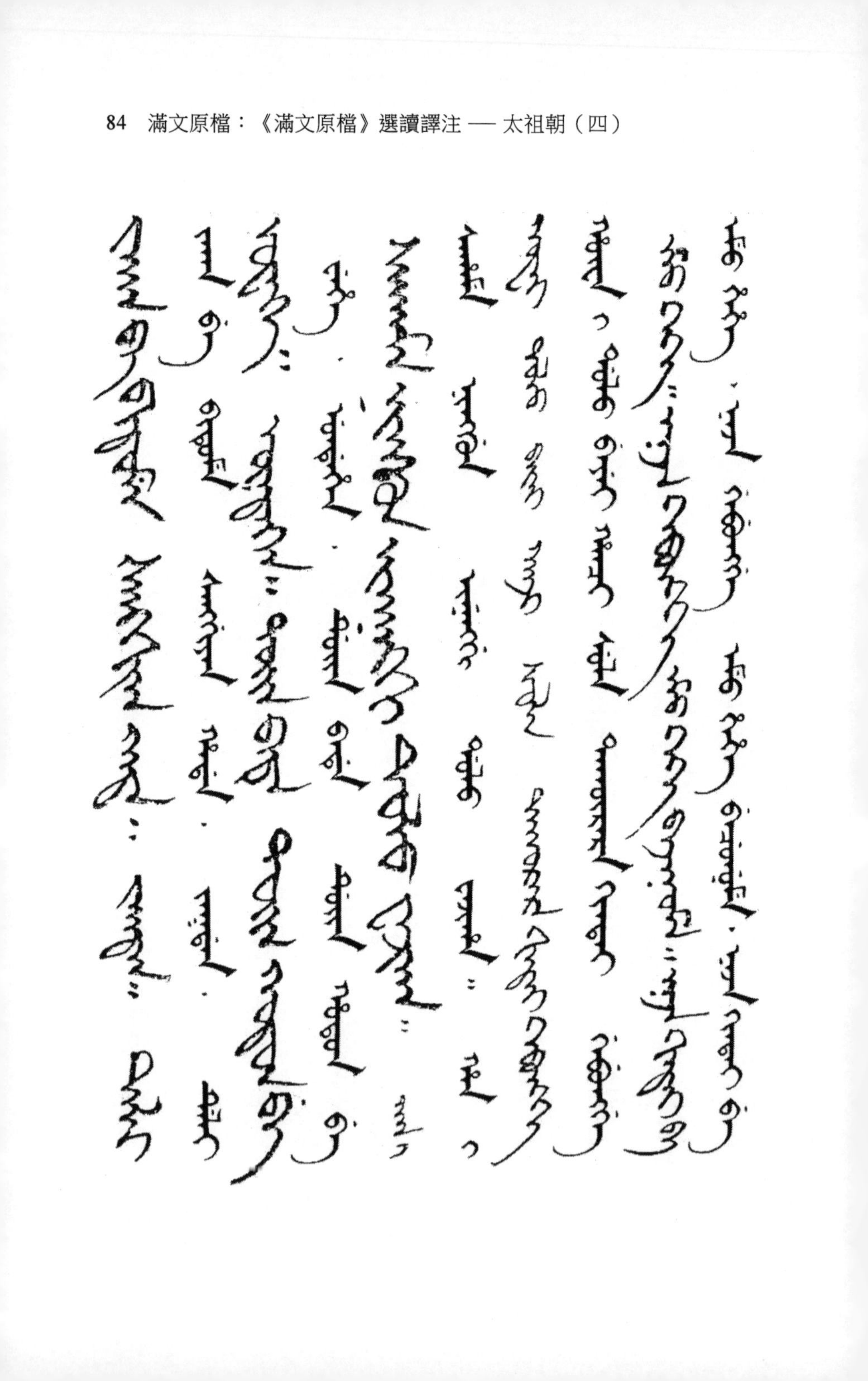

jaka be bitume šanggiyan hada, jakdan, deli wehe, undehen duin bade duin hoton be sahame ninggun inenggi dolo wajiha. han i hūwai dolo beyei hanci sula takūrara kintai gebungge emu hehe, naja gebungge emu hehe becunume, naja kintai be

---

於尚間崖、扎克丹、德里斡赫[31]、溫德痕四處修築四城，於六日內竣工。汗庭院內有一名近身使喚閒散侍女名叫秦泰，與一名叫納扎女子口角鬥毆，

于尚间崖、扎克丹、德里斡赫、温德痕四处修筑四城，于六日内竣工。汗庭院内有一名近身使唤闲散侍女名叫秦泰，与一名叫纳扎女子口角斗殴，

---

[31]德里斡赫，《滿文原檔》寫作"teli uweke"，《滿文老檔》讀作"deli wehe"，意即「磐石、臥牛石」。

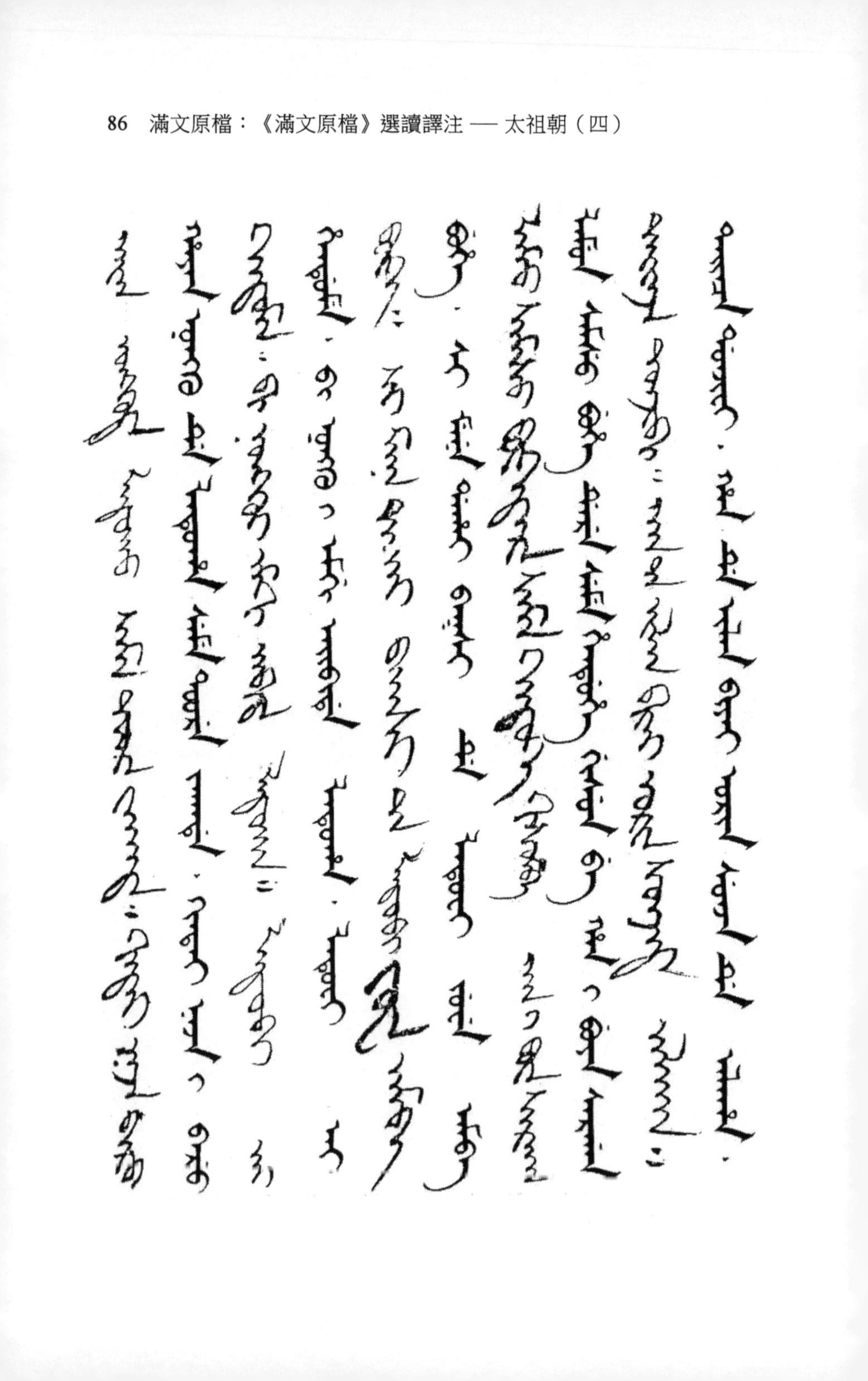

hayan nongkude latuha seme toore jakade, kintai naja i baru hendume, bi nongkui emgi aibide latuha. latufi ai buhe. si mene dahai baksi de latufi juwe amba lamun samsu buhedere seme henduhe gisumbe han i buya sargan tainca donjifi, han de ilan biyai orin sunjade alaha.

納扎罵秦泰淫蕩，曾與農庫通姦。秦泰問納扎說：「我與農庫於何處通姦？犯姦後給與何物？你與達海巴克什通姦是實，並曾給與大翠藍布二疋。」汗之小妻塔因察聞知此言，於三月二十五日告之於汗。

纳扎骂秦泰淫荡，曾与农库通奸。秦泰问纳扎说：「我与农库于何处通奸？犯奸后给与何物？你与达海巴克什通奸是实，并曾给与大翠蓝布二疋。」汗之小妻塔因察闻知此言，于三月二十五日告之于汗。

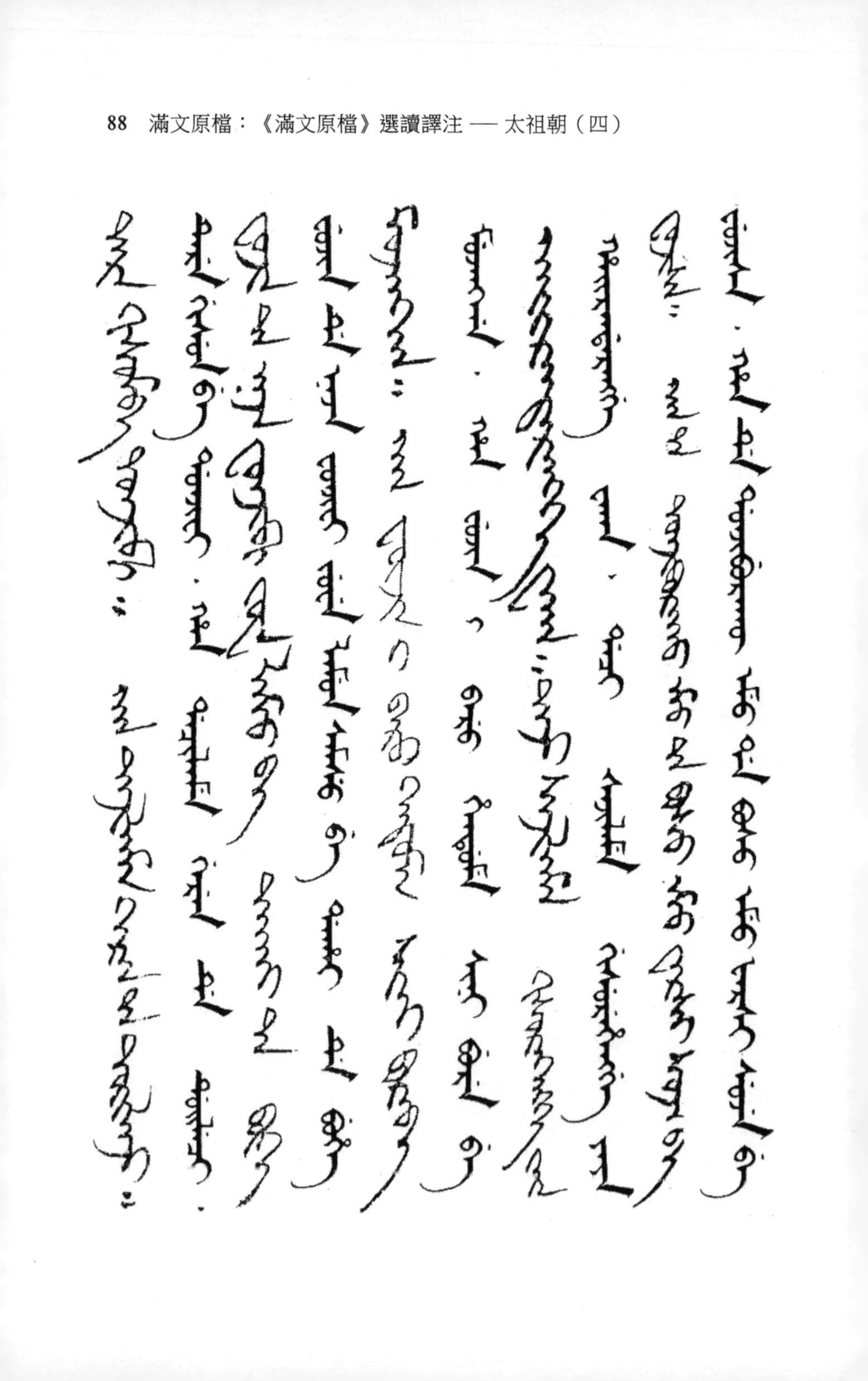

tere gisumbe donjifi, han dacilame geren de duileci, fujin de naja fonjifi juwe lamun samsu be dahai de buhe mujangga. han fujin i baru hendume, sini burebe hairandarangge waka, daci šajilame gisurehengge yaya fujisa, han de donjiburakū emu da boso, emu farsi suje be

---

汗聞知此言，令當眾對質勘斷。納扎曾問過福晉，給與達海翠藍布二疋是實。汗謂福晉曰：「爾以物與人，我不吝惜。但從前禁約規定，諸凡[32]福晉，未讓汗聞知，雖一庹布、一塊緞，

汗闻知此言，令当众对质勘断。纳扎曾问过福晉，给与达海翠蓝布二疋是实。汗谓福晉曰：「尔以物与人，我不吝惜。但从前禁约规定，诸凡福晋，未让汗闻知，虽一庹布、一块缎，

---

[32] 諸凡，《滿文原檔》寫作"jaja"，《滿文老檔》讀作"yaya"。按此為無圈點滿文"ja"與"ya"之混用現象。

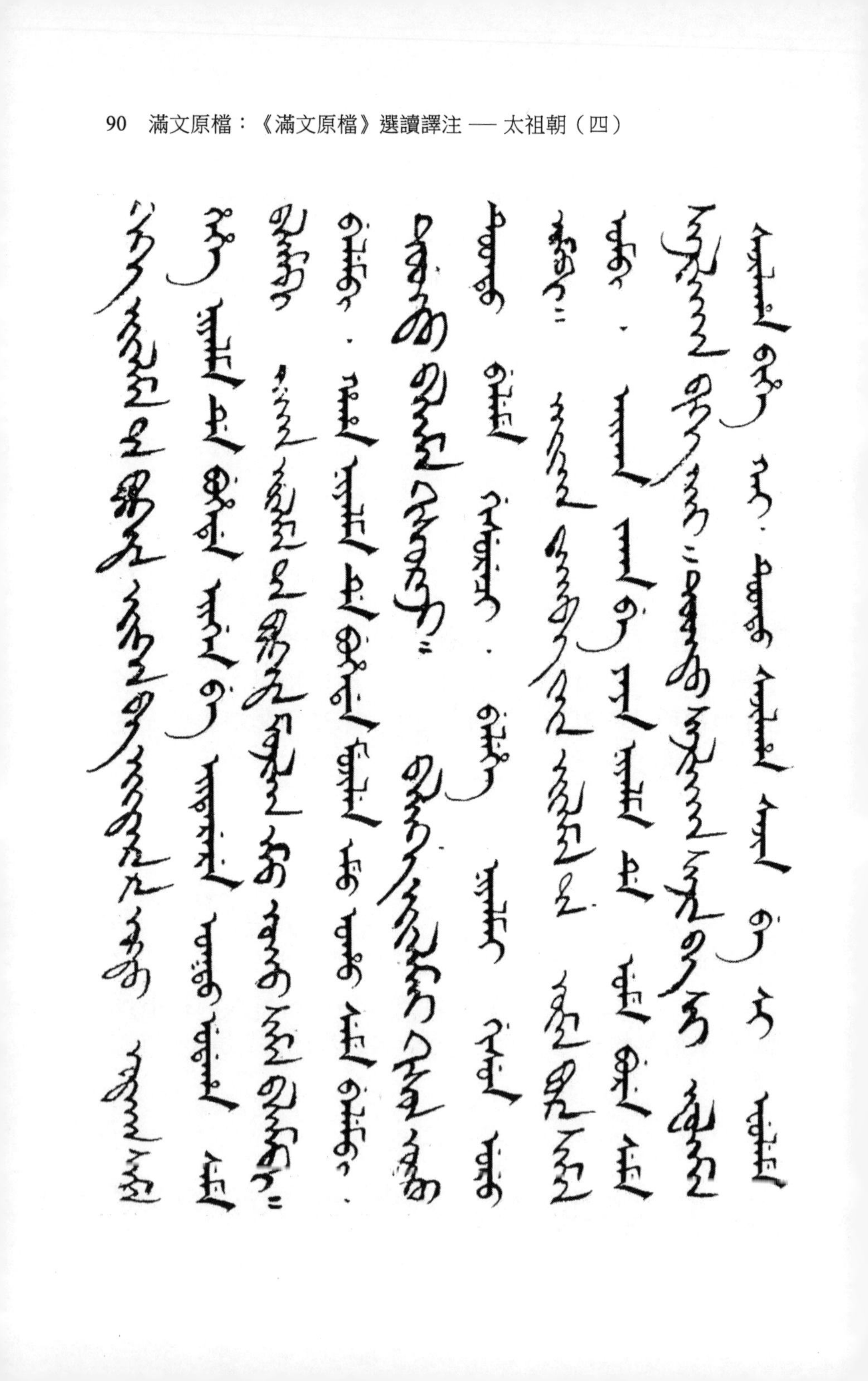

hehe niyalma de buhede eigen be eiterere okto udaha seme belembi. haha niyalma de buhede mujilen emu oho seme belembi. tuttu beleme gisureci, belehe niyalmai gisun uru ombi, aika jakabe yaya niyalma de ume bure seme šajilaha bihe kai. tuttu šajilaha šajin be si efuleme

---

給與婦女時，則被誣告為購買欺夫藥；給與男人時，則被誣告為傾心一人。倘若如此誣告，則以誣告人之言為是。故無論何物，俱不得給與任何人也。爾如此破壞禁約，

给与妇女时，则被诬告为购买欺夫药；给与男人时，则被诬告为倾心一人。倘若如此诬告，则以诬告人之言为是。故无论何物，俱不得给与任何人也。尔如此破坏禁约，

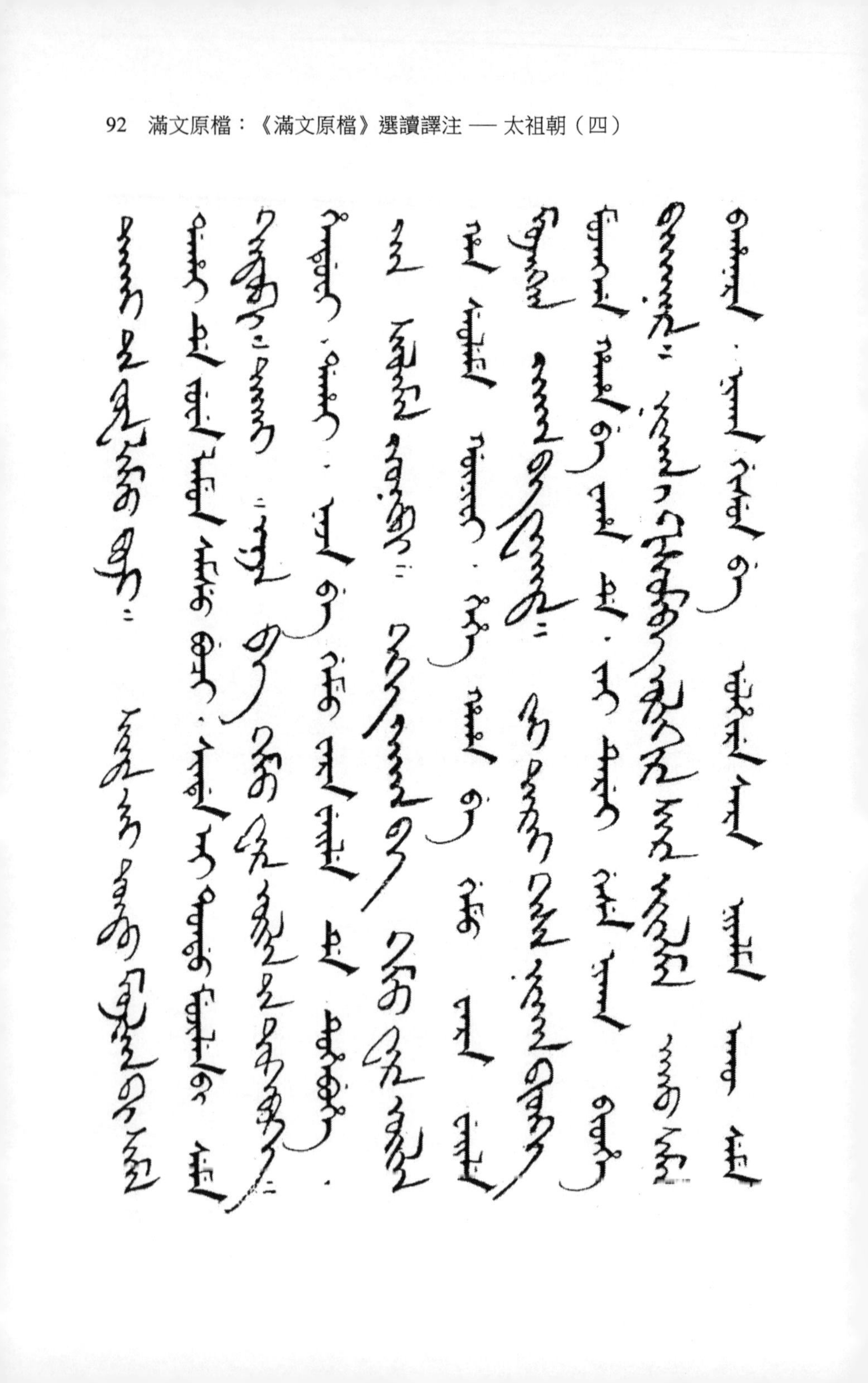

dahai de juwe lamun samsu buci, sinde ai tondo mujilen bi seme hendufi, dahai, naja be gemu wara weile de tuhebuhe. han seoleme gūnifi, hehe haha be gemu wara weile mujangga haha be wahade, jai terei gese nikan bithe bahanara, nikan i gisumbe ulhire sara niyalma akū seme

---

給與達海翠藍布二疋，爾有何忠心可言耶？」遂將達海、納扎俱擬以死罪。汗復尋思：「男女實應擬以死罪。惟殺男子時，則再無如其了解漢文，知曉漢語之人矣。」

给与达海翠蓝布二疋，尔有何忠心可言耶？」遂将达海、纳扎俱拟以死罪。汗复寻思：「男女实应拟以死罪。惟杀男子时，则再无如其了解汉文，知晓汉语之人矣。」

七、竊藏財物

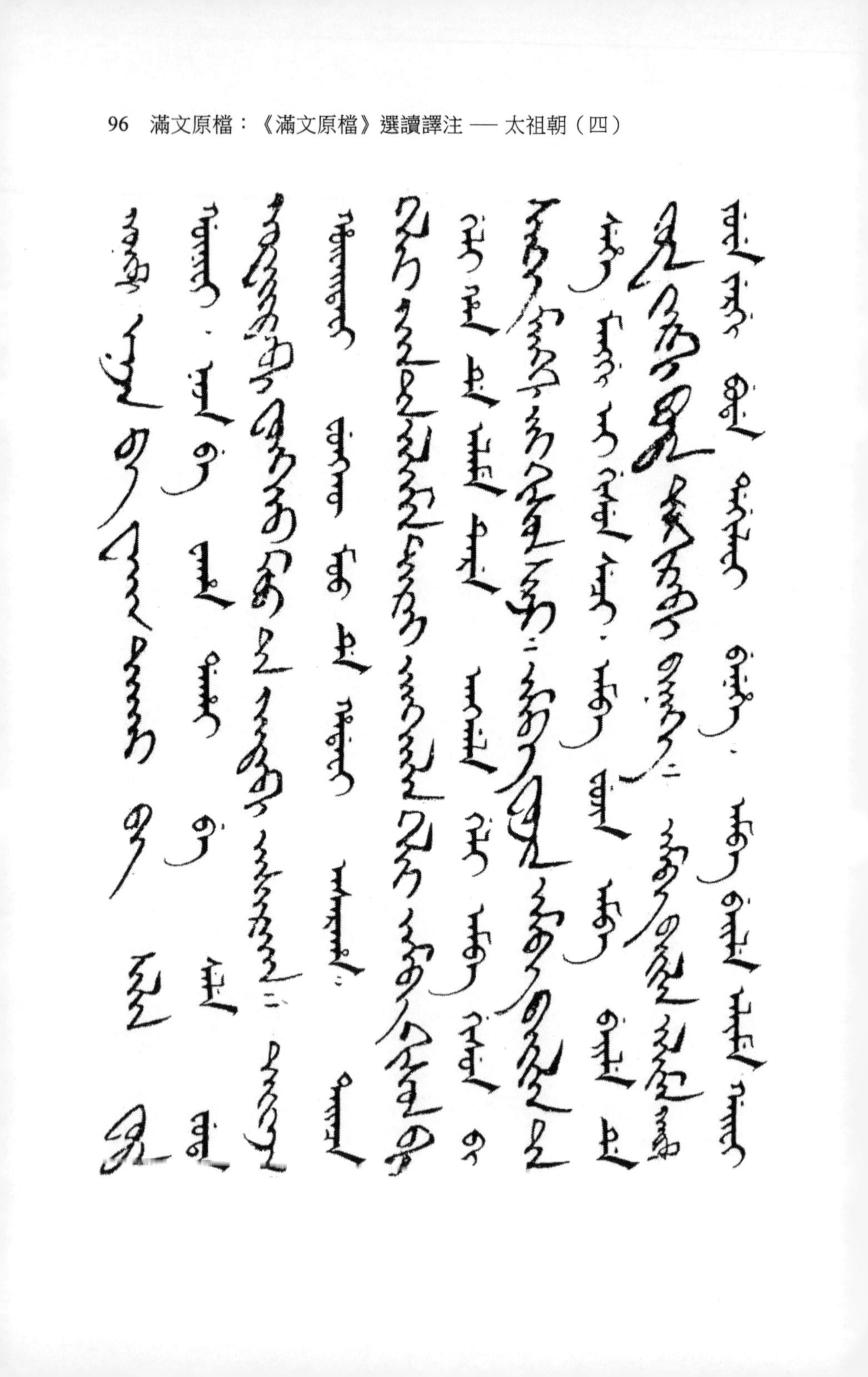

gūnifi naja be waha dahai be sele futa hūwaitafi fungkū moo de hadafi asaraha. tainca geli han de alame tere anggala geli amba gisun bi sehe manggi, ai gisun seci, amba fujin amba beile de juwe jergi buda dagilafi benehe, amba beile alime gaifi

遂殺納扎，而將達海繫以鐵索釘於木頭墩囚之。塔因察又告知汗：「不僅如此，尚有要言。」詢以何言？告曰：「大福晉曾二次備飯[33]送給大貝勒，大貝勒接受

遂杀纳扎，而将达海系以铁索钉于木头墩囚之。塔因察又告知汗：「不仅如此，尚有要言。」询以何言？告曰：「大福晋曾二次备饭送给大贝勒，大贝勒接受

33 備飯，句中「備」，《滿文原檔》讀作 "dagirafi"，《滿文老檔》讀作 "dagilafi"。

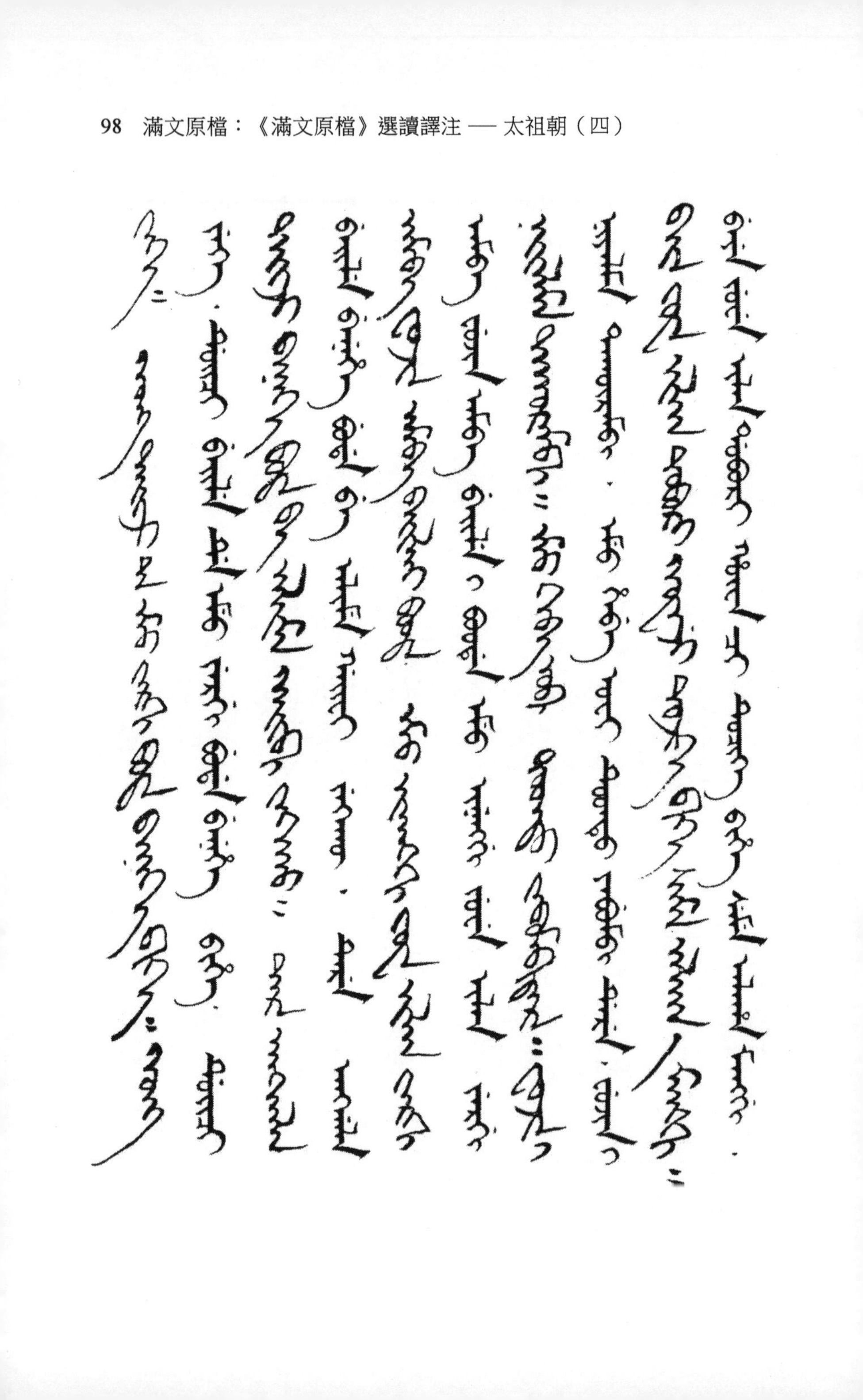

Jeke. hong taiji de emu jergi buda benehe bihe, hong taiji benehe buda be alime gaifi jekekū. tere anggala amba fujin amba beilei boode emu inenggi juwe ilan jergi niyalma takūrambi, emu hebe ofi tuttu yabumbidere. fujin i beye juwe ilan dobori hūwaci tucike bihe seme alaha manggi,

---

而食之。又曾一次送飯給洪台吉[34]，洪台吉接受所送之飯而未食。不但如此，大福晉一日二、三次差人至大貝勒家，想是有同謀方才如此也。福晉自身亦曾二、三夜晚從庭院出去。」

而食之。又曾一次送饭给洪台吉，洪台吉接受所送之饭而未食。不但如此，大福晋一日二、三次差人至大贝勒家，想是有同谋方才如此也。福晋自身亦曾二、三夜晚从庭院出去。」

---

[34] 洪台吉，即清太宗皇太極，清太祖第四子。《滿文原檔》讀作"hong taiji"，《滿文老檔》讀作"duici beile"，意即「四貝勒」。

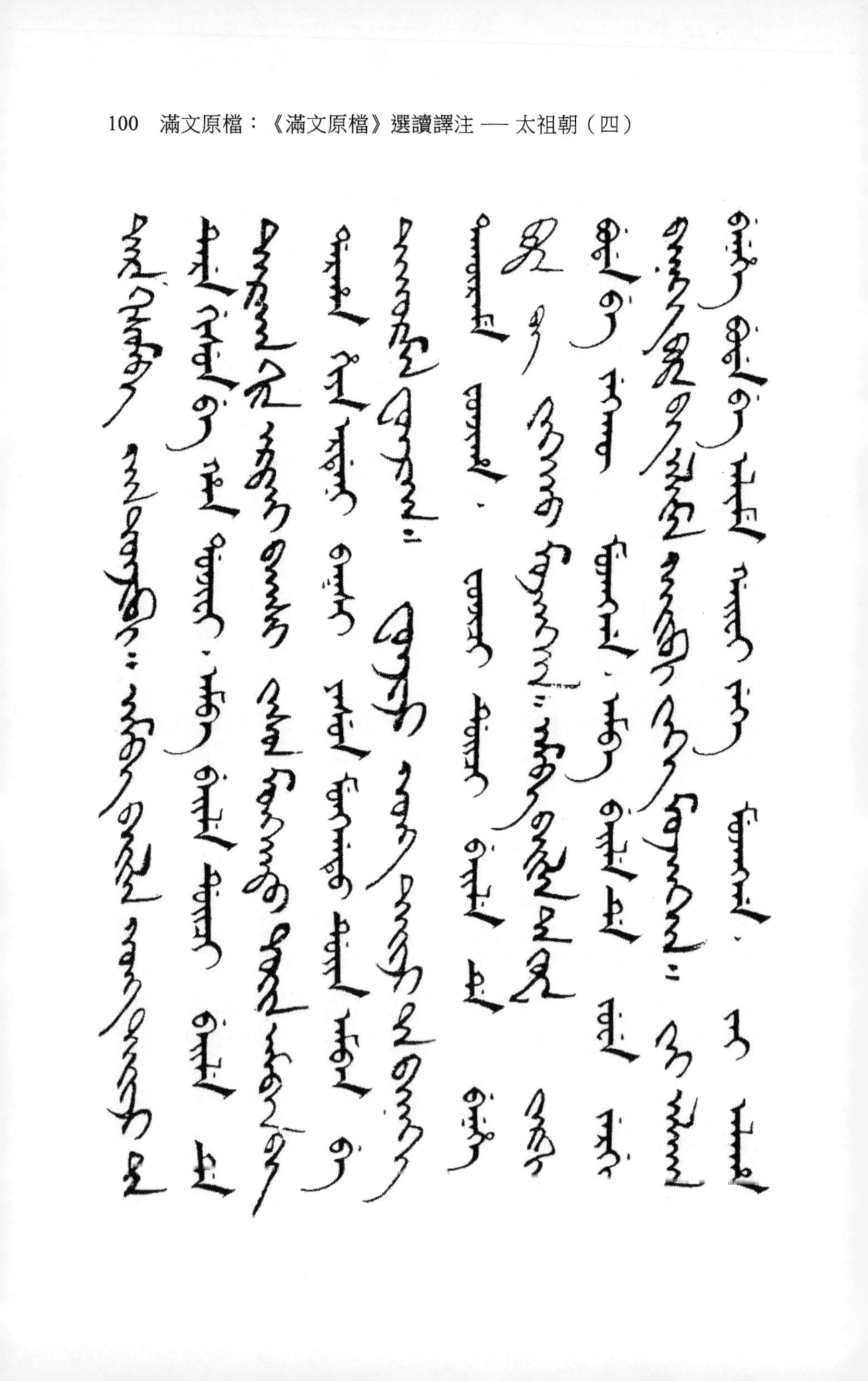

tere gisumbe han donjifi, amba beile, hong taiji de darhan hiya, erdeni baksi, yasun, munggatu duin amban be takūrame fonjiha. fonjici hong taiji de benehe buda be jakekū mujangga, amba beile de juwe jergi benehe buda be alime gaifi jeke mujangga. jai alaha

---

汗聞此言後，即遣達爾漢侍衛、額爾德尼巴克什、雅遜、蒙阿圖四大臣詢問大貝勒及洪台吉。經詢問得知洪台吉未食所送之飯屬實，大貝勒二次接受食用所送之飯屬實。

汗闻此言后，即遣达尔汉侍卫、额尔德尼巴克什、雅逊、蒙阿图四大臣询问大贝勒及洪台吉。经询问得知洪台吉未食所送之饭属实，大贝勒二次接受食用所送之饭属实。

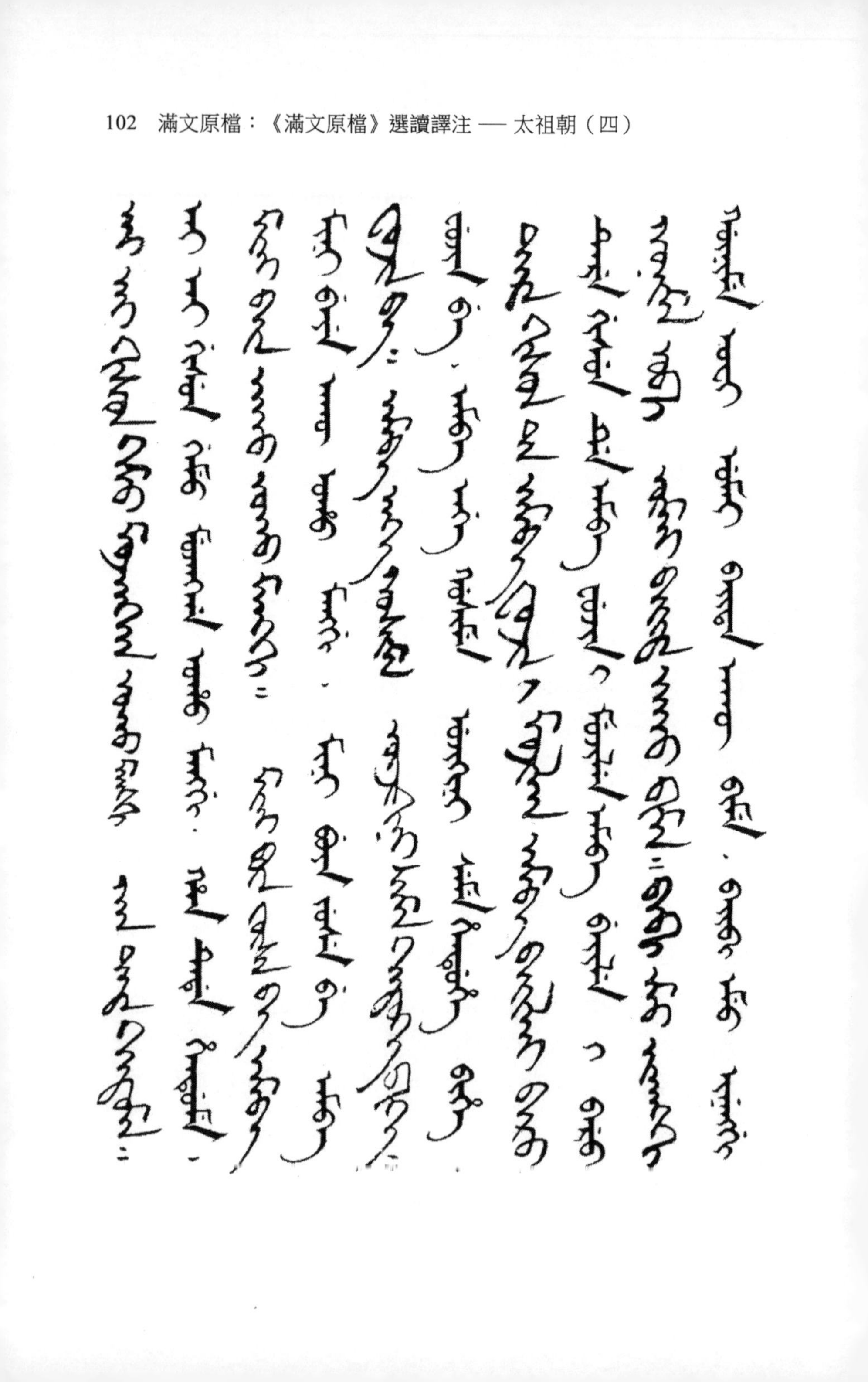

ai ai gisun gemu mujangga oho manggi, han tede hendume, mini beye akū oho manggi, mini buya juse be amba fujin be, amba age gosime ujikini seme henduhe bihe, tere gisun de amba fujin i mujilen amba beilei baru gūnime ofi umai baita akū bime, baibi emu inenggi

---

又所告知諸事均皆屬實。為此汗曰：「我曾說過，待我本身卒後，要將我諸幼子及大福晉交由大阿哥照顧撫養。或因有此言，所以大福晉之心才向着大貝勒，並無任何事情，

又所告知诸事均皆属实。为此汗曰：「我曾说过，待我本身卒后，要将我诸幼子及大福晋交由大阿哥照顾抚养。或因有此言，所以大福晋之心才向着大贝勒，并无任何事情，

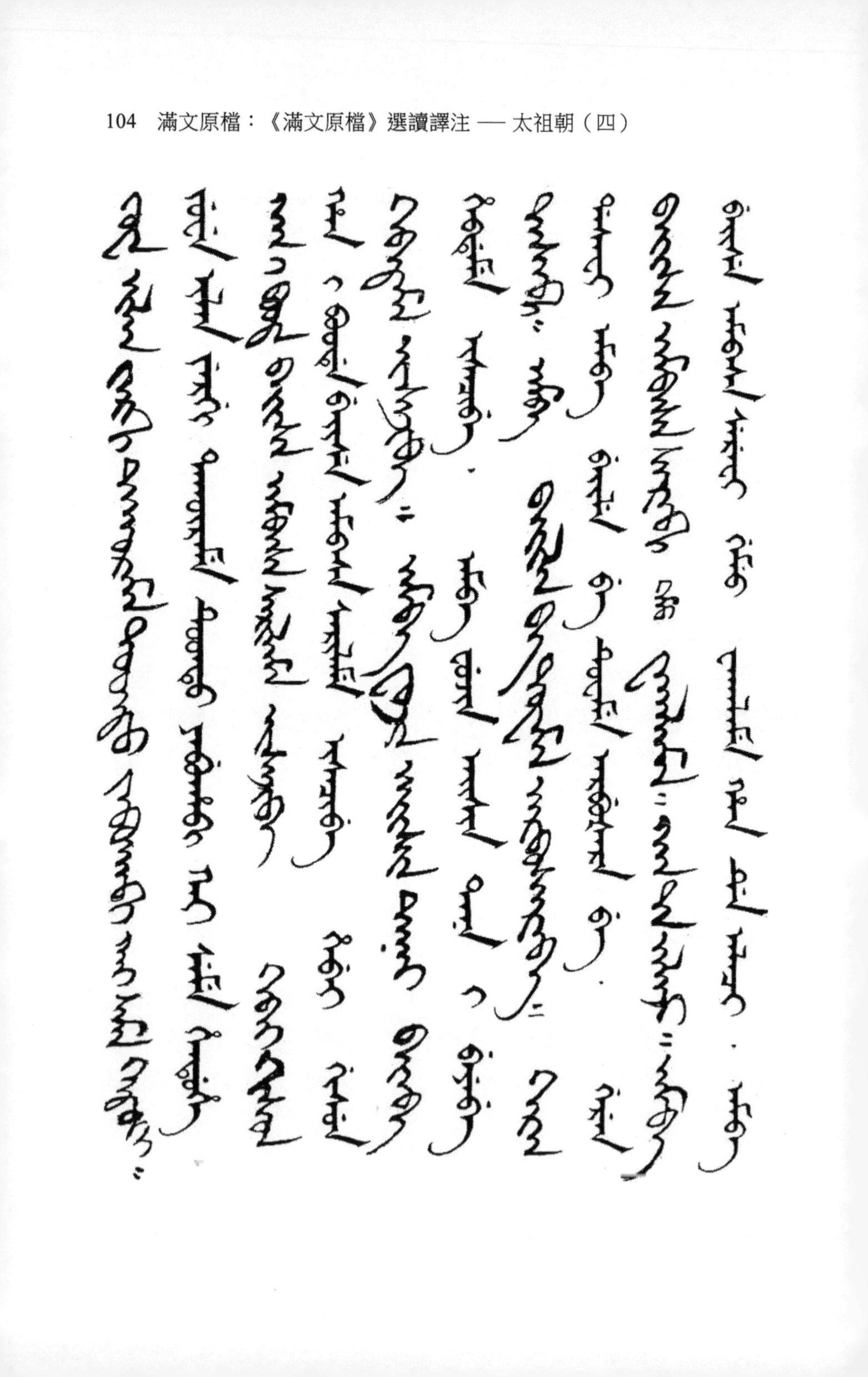

juwe ilan jergi takūrame tuttu yabuhabi kai seme henduhe. han i boode beise ambasa sarilame isacibe hebei gisun hebdeme isacibe, amba fujin aisin tanai beyebe dasafi, amba beile be tuwame arbušarabe, geren beise ambasa serefi gemu wakalame, han de alaci, amba

---

閒空無事才如此差人一日往來行走二、三次也。」每當諸貝勒大臣於汗之家中筵宴聚會時，或商議政事聚會時，大福晉皆以金珠妝扮身上，而獻媚於大貝勒。諸貝勒大臣發覺後俱非議之，若告知汗，

闲空无事才如此差人一日往来行走二、三次也。」每当诸贝勒大臣于汗之家中筵宴聚会时，或商议政事聚会时，大福晋皆以金珠妆扮身上，而献媚于大贝勒。诸贝勒大臣发觉后俱非议之，若告知汗，

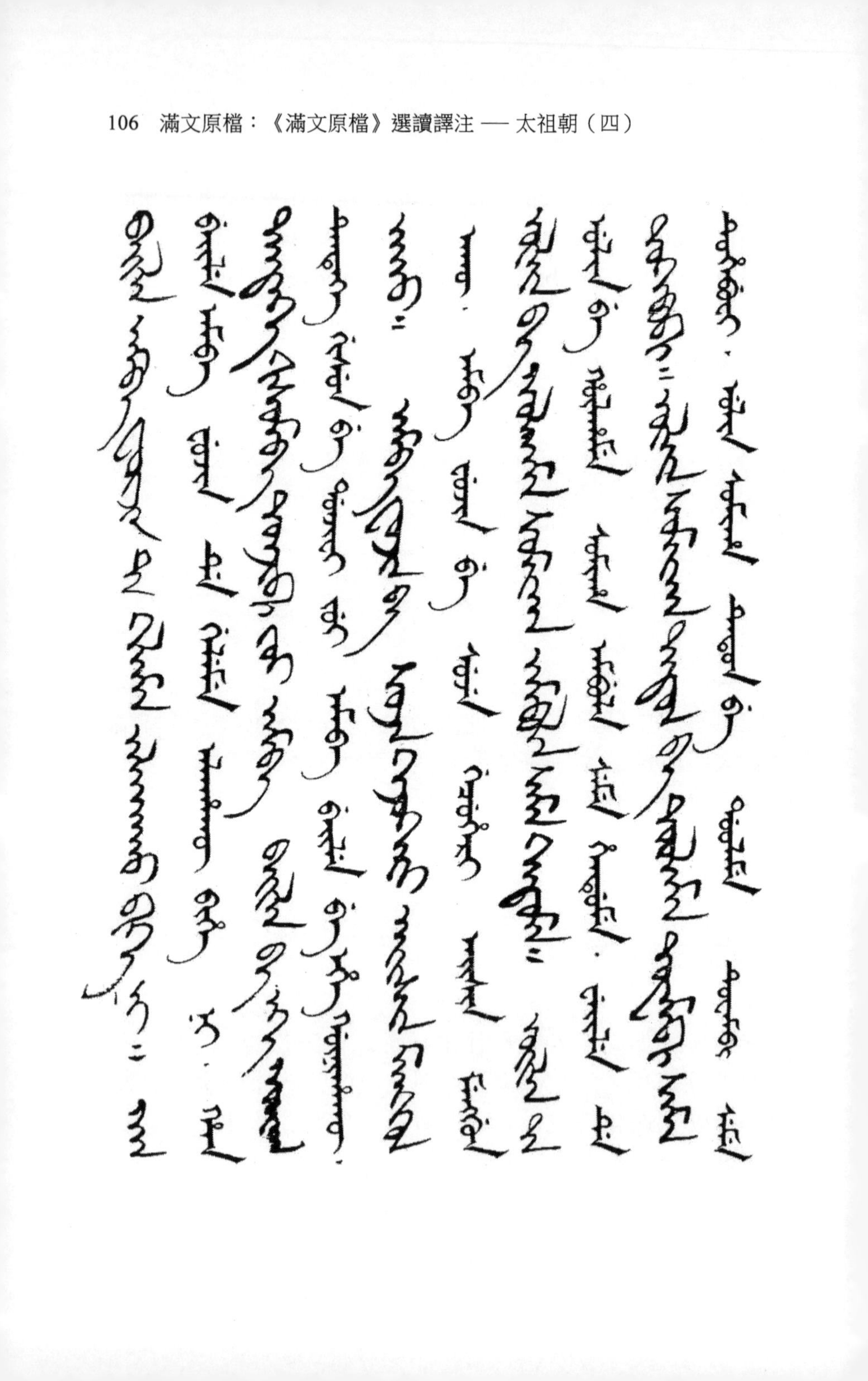

beile amba fujin de geleme alahakū bihe ni. han tenteke gisumbe donjifi jui amba beile be ehe gūniha akū, amba fujin be suje, gecuheri, aisin, menggun ulin be hūlhame somiha ambula seme hendume, weile de tuhebufi, ulin somiha tetun be doolame tuwambi seme

---

却又因畏懼大貝勒和大福晉，而未曾告知。汗聞此言，對其子大貝勒並無惡意加罪，却以大福晉竊藏綢緞、蟒緞、金、銀、財物甚多為詞而定其罪，遂命將財物所藏器皿翻出查看。

却又因畏惧大贝勒和大福晋，而未曾告知。汗闻此言，对其子大贝勒并无恶意加罪，却以大福晋窃藏绸缎、蟒缎、金、银、财物甚多为词而定其罪，遂命将财物所藏器皿翻出查看。

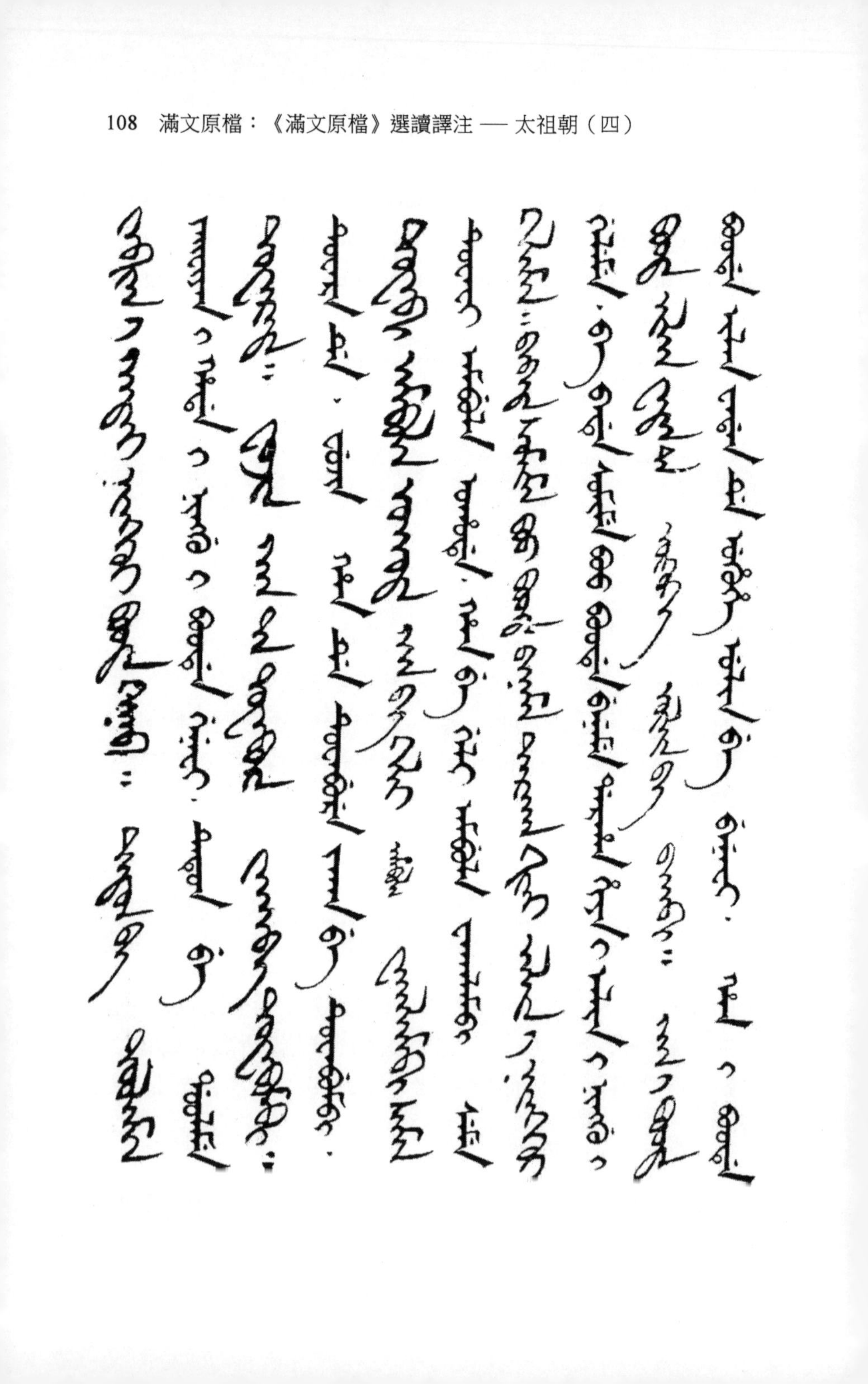

jaifiyan i hadai ninggui boode genefi tetun be doolame tuwarade, fujin han de tuwabure jakabe tuwabumbi, tuwafi ambula ohode han be geli ambula wakalambi seme geleme, babade somime boo boode beneme, darhan hiyai alin i ninggui boode ilan wadan de uhuhe ulin be benefi, han i boode

---

遣人前往界藩峯上家中翻看搜查時，福晉恐怕汗看見搜查之物，看見甚多時，汗又大加責備，而到處藏匿，分送各家。將三包袱所包財物送至達爾漢侍衛山上家中，

遣人前往界藩峯上家中翻看搜查时，福晋恐怕汗看见搜查之物，看见甚多时，汗又大加责备，而到处藏匿，分送各家。将三包袱所包财物送至达尔汉侍卫山上家中，

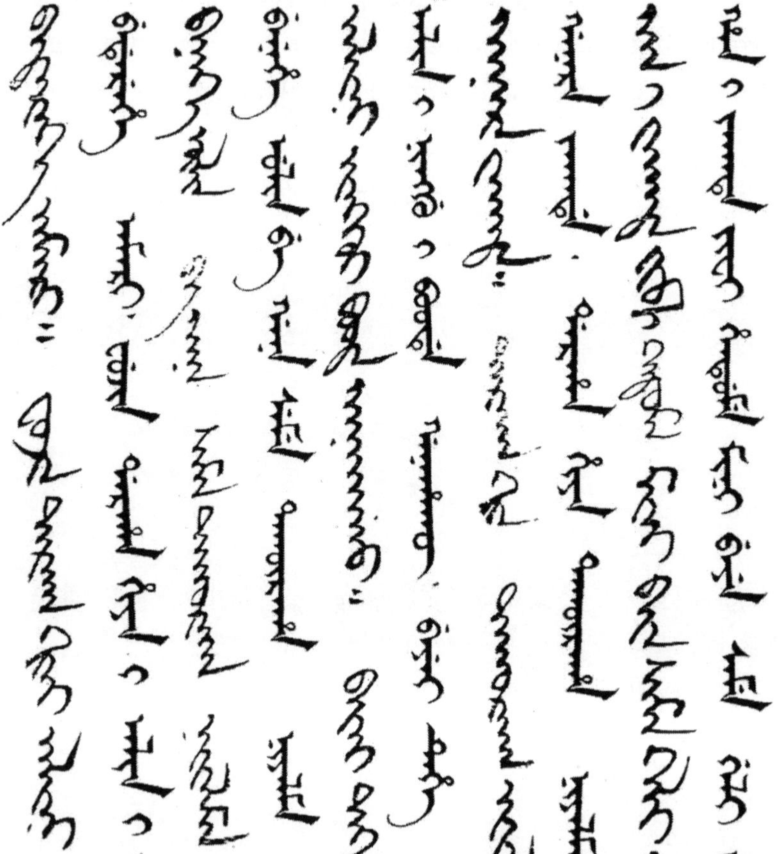

bederehe amari, fujin darhan hiyai alini ninggui boode benehe ulin be gana seme takūraha niyalma tabarafi, alini ninggui boode ganahakū, beyei tehe wargi boode ganara jakade, darhan hiya takūraha niyalmai emgi, han i jakade jifi hendume, mini beye same geli fujin i somire

---

奉派查看之人返回汗家中後，福晉即差人前往達爾漢侍衛山上家中取回所送財物。因差人犯了錯誤，未至山上家中取回，而至達爾漢侍衛自身所住西屋去取，達爾漢侍衛與差人一同來至汗跟前說：「我自身若知之，

奉派查看之人返回汗家中后，福晋即差人前往达尔汉侍卫山上家中取回所送财物。因差人犯了错误，未至山上家中取回，而至达尔汉侍卫自身所住西屋去取，达尔汉侍卫与差人一同来至汗跟前说：「我自身若知之，

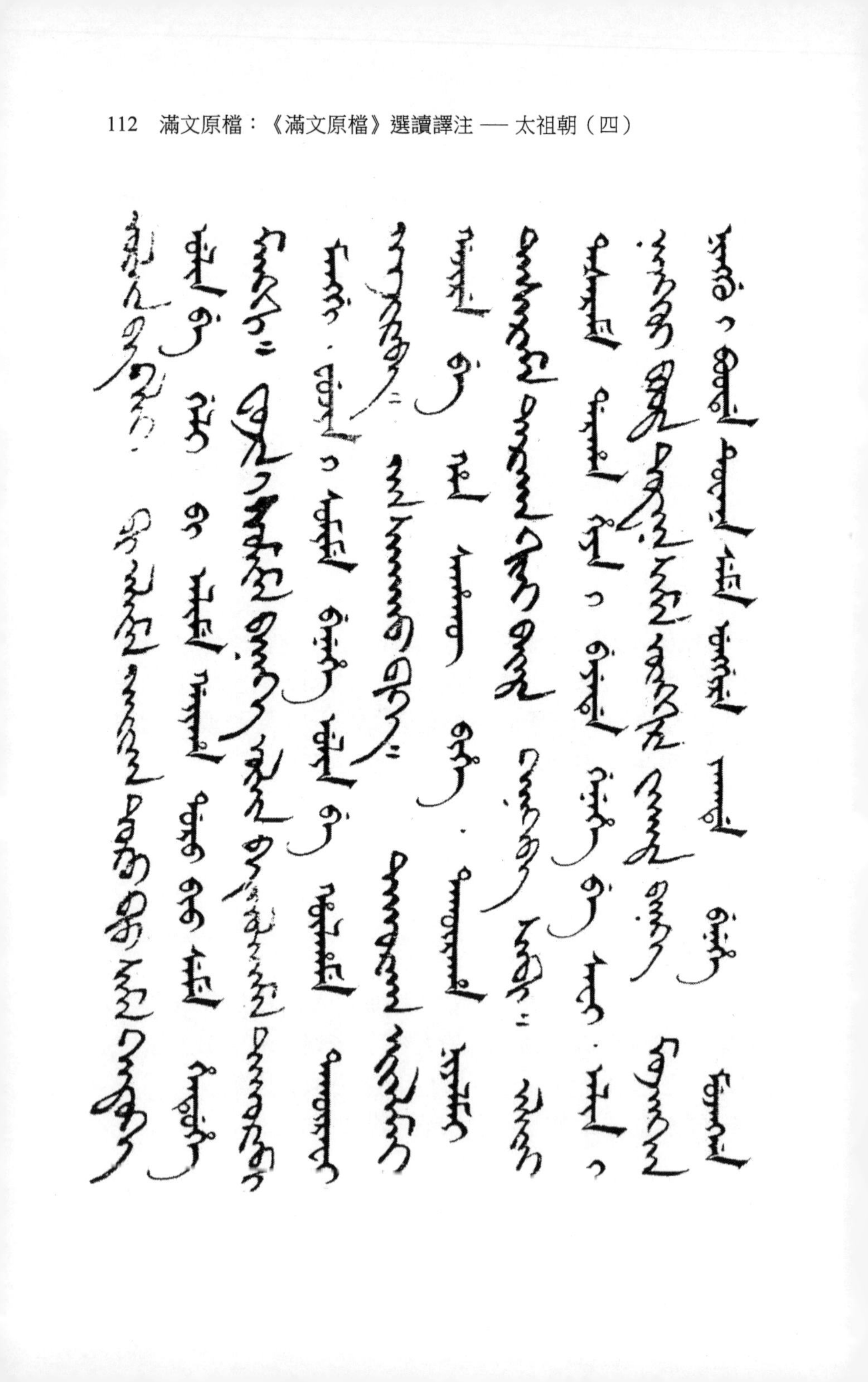

ulin be geli bi alime gaiha doro bio seme henduhe manggi. fujin i somime benehe ulin be hūlhame takūrafi gajirebe, han sahakū bihe, takūraha niyalmai tašarame darhan hiyai beyede genehe be safi, alini ninggui boode tuwana seme unggire jakade, benehe mujangga

---

豈又有接受福晉藏匿財物之理耶？」福晉暗中遣人去取回送往藏匿之財物，汗原本不知；得知差人錯往達爾漢侍衛自己住家後，即命人往山上家中去查看。因所送屬實，

岂又有接受福晋藏匿财物之理耶？」福晋暗中遣人去取回送往藏匿之财物，汗原本不知；得知差人错往达尔汉侍卫自己住家后，即命人往山上家中去查看。因所送属实，

八、蒙古福晉

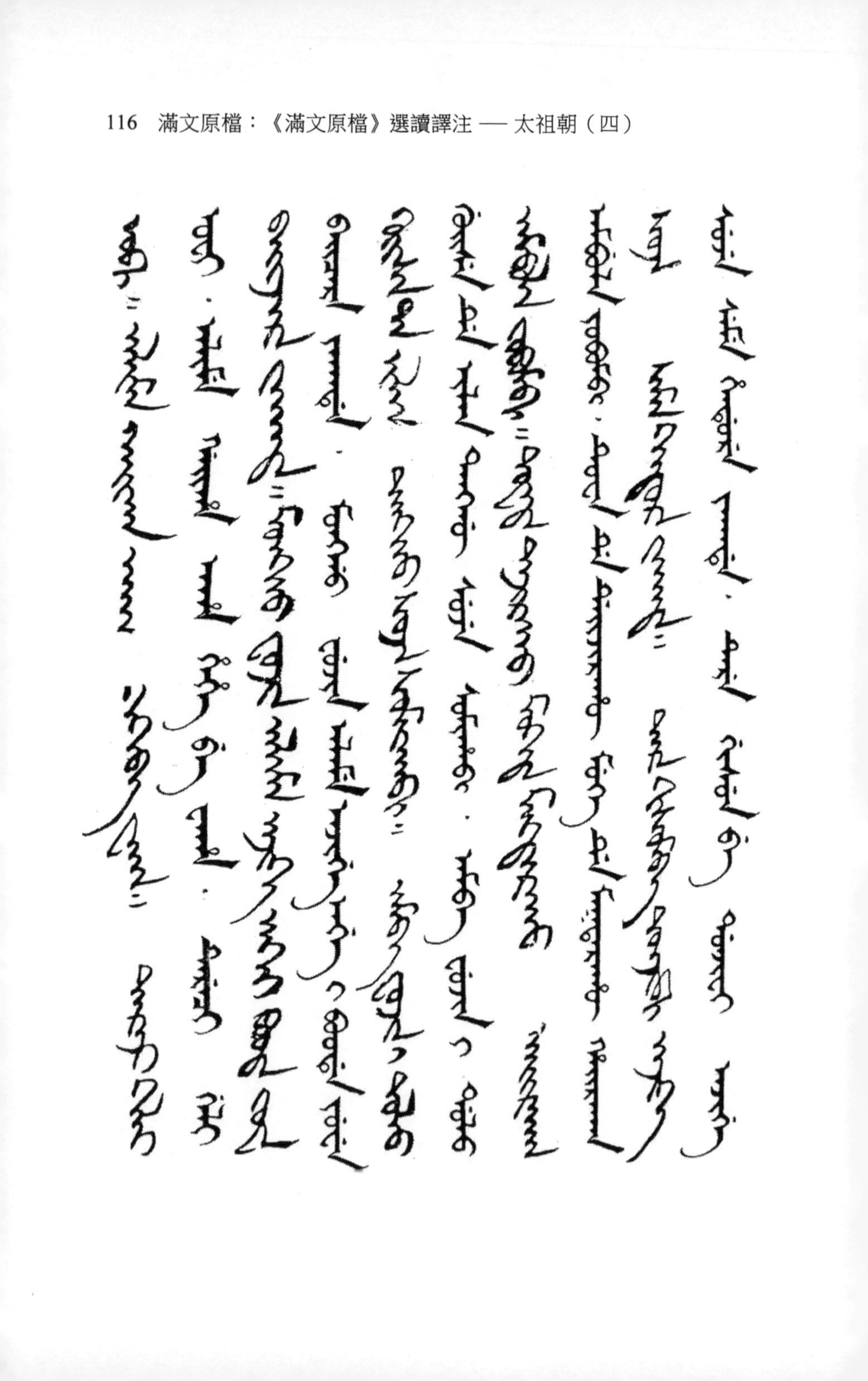

[illegible]

ofi, alime gaiha aha hehebe waha. tereci geli baicara jakade, monggo fujin alame, ajige agei boode juwe guise de ilan tanggū suje somihabi. amba fujin i dolo ambula jobombi, tuwade deijirahū mukede maktarahū hairakan suje seme hendure jakade, tere gisumbe donjifi ajige

---

遂殺接受之女僕。繼之又查，蒙古福晉告稱：「阿濟格阿哥家中兩個櫃內藏有綢緞三百疋。大福晉心中甚為憂慮，曾說惟恐所愛惜之綢緞為火焚燒，恐怕拋到水中淋濕。」汗聞此言，

遂杀接受之女仆。继之又查，蒙古福晋告称：「阿济格阿哥家中两个柜内藏有绸缎三百疋。大福晋心中甚为忧虑，曾说惟恐所爱惜之绸缎为火焚烧，恐怕抛到水中淋湿。」汗闻此言，

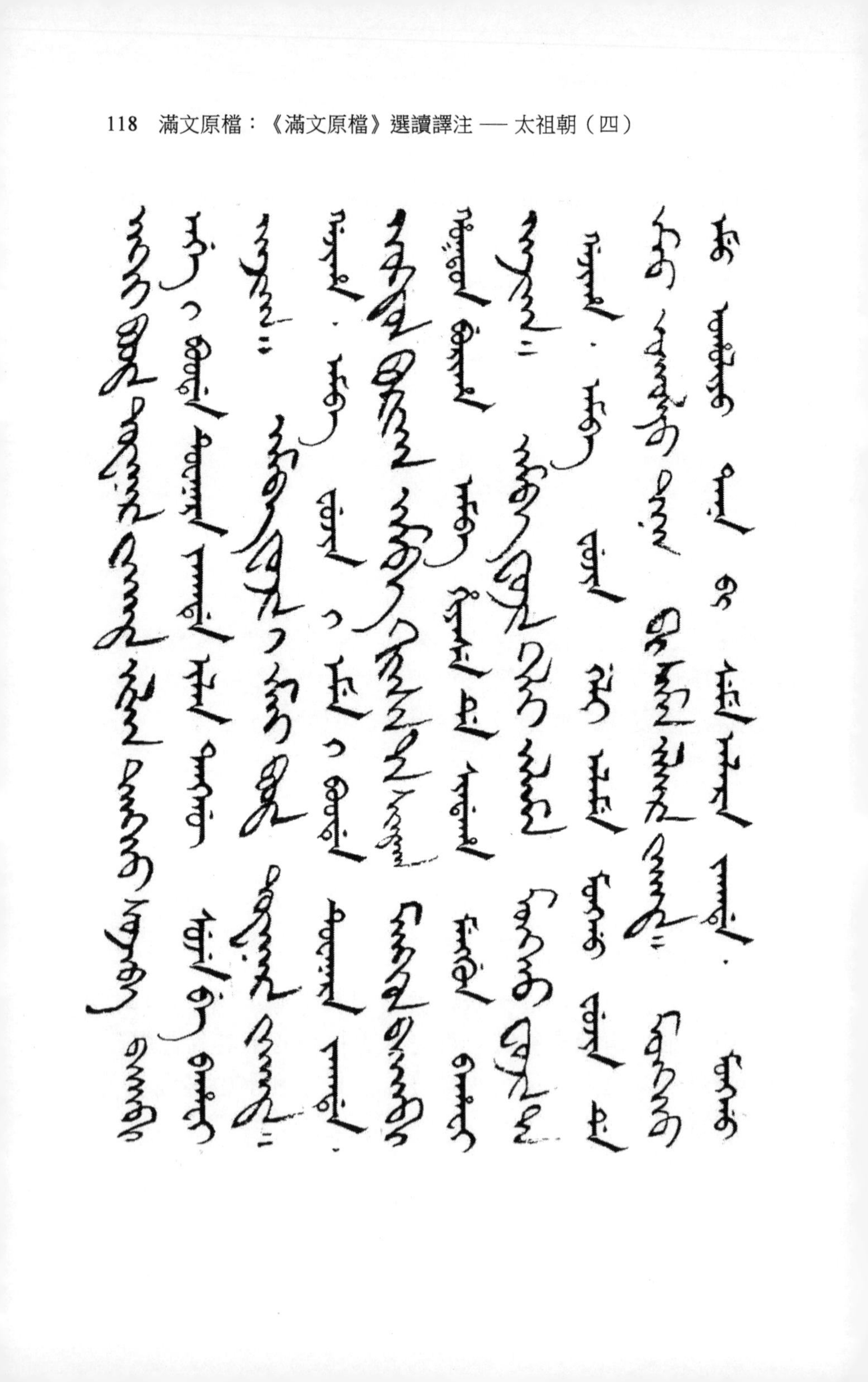

agei boode tuwanara jakade ilan tanggū sujebe bahafi gajiha. amba fujin i emei boode tuwanara jakade, hokton buriha amba hiyase de sindaha menggun bahafi gajiha. amba fujin geli alame, monggo fujin de emu oholiyo tana bi seme alara jakade, monggo

---

即往阿濟格阿哥家中查看，起獲綢緞三百疋。又至大福晉娘家去查看，起獲蒙蓋暖木皮面大匣中所存放之銀兩。大福晉又告稱：「蒙古福晉有一捧東珠。」

即往阿济格阿哥家中查看，起获绸缎三百疋。又至大福晋娘家去查看，起获蒙盖暖木皮面大匣中所存放之银两。大福晋又告称：「蒙古福晋有一捧东珠。」

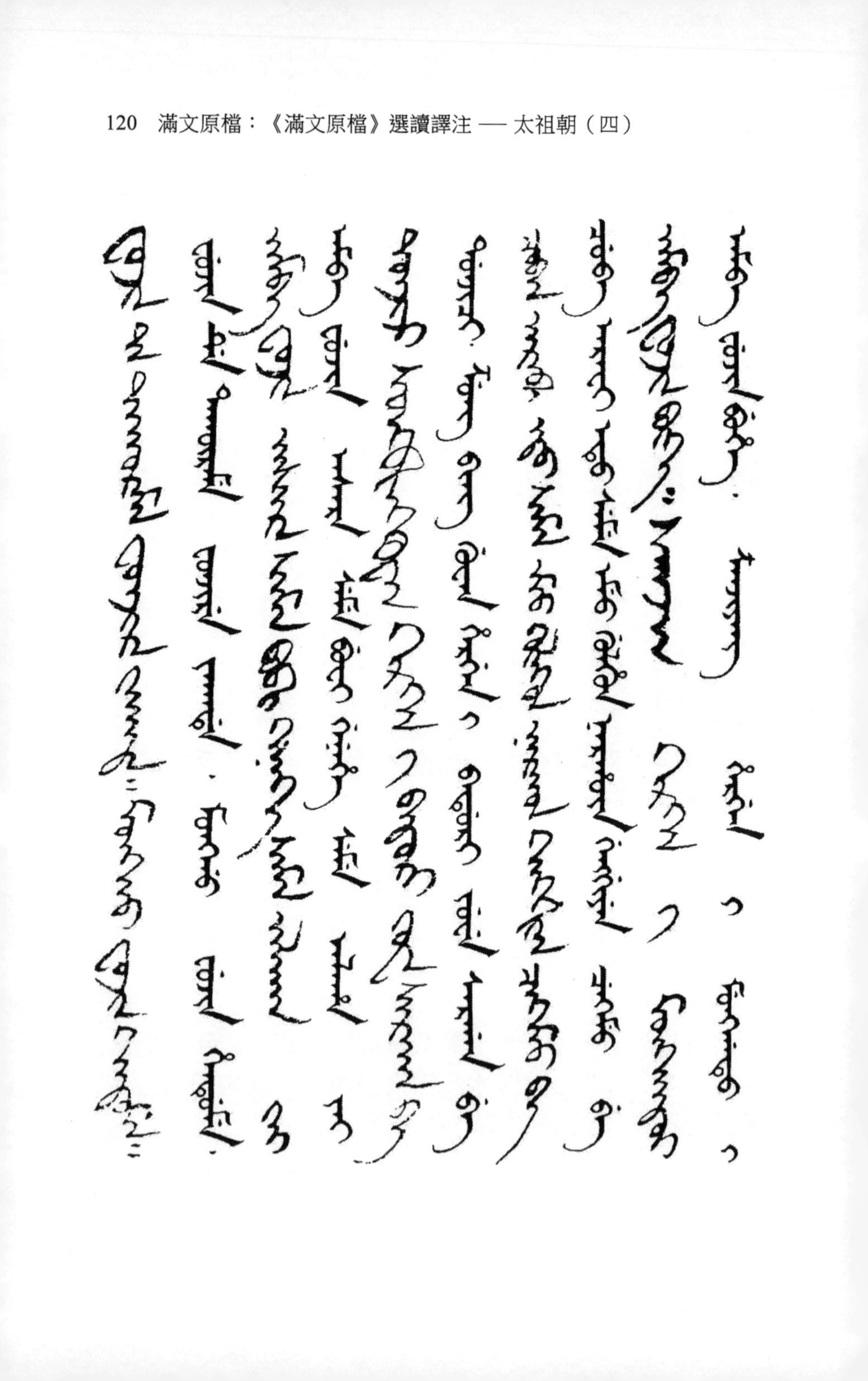

fujin de takūrame fonjire jakade, monggo fujin hendume, amba fujin asara seme bufi genehe seme alaha. jai donjici dzung bing guwan hergen i baduri juwe sargan be cuba arafi etu seme emu gulhun narhūn genggiyen cekemu be amba fujin buhe, sanjan hergen i monggatui

---

遂遣人往問蒙古福晉，蒙古福晉說：「大福晉告知收藏，交給我後走了。」又聽說，大福晉曾給總兵官銜巴篤禮之二妻一整疋精細青倭緞，製做朝衣穿著；給參將銜蒙阿圖之

遂遣人往问蒙古福晋，蒙古福晋说：「大福晋告知收藏交，给我后走了。」又听说，大福晋曾给总兵官衔巴笃礼之二妻一整疋精细青倭缎，制做朝衣穿着；给参将衔蒙阿图之

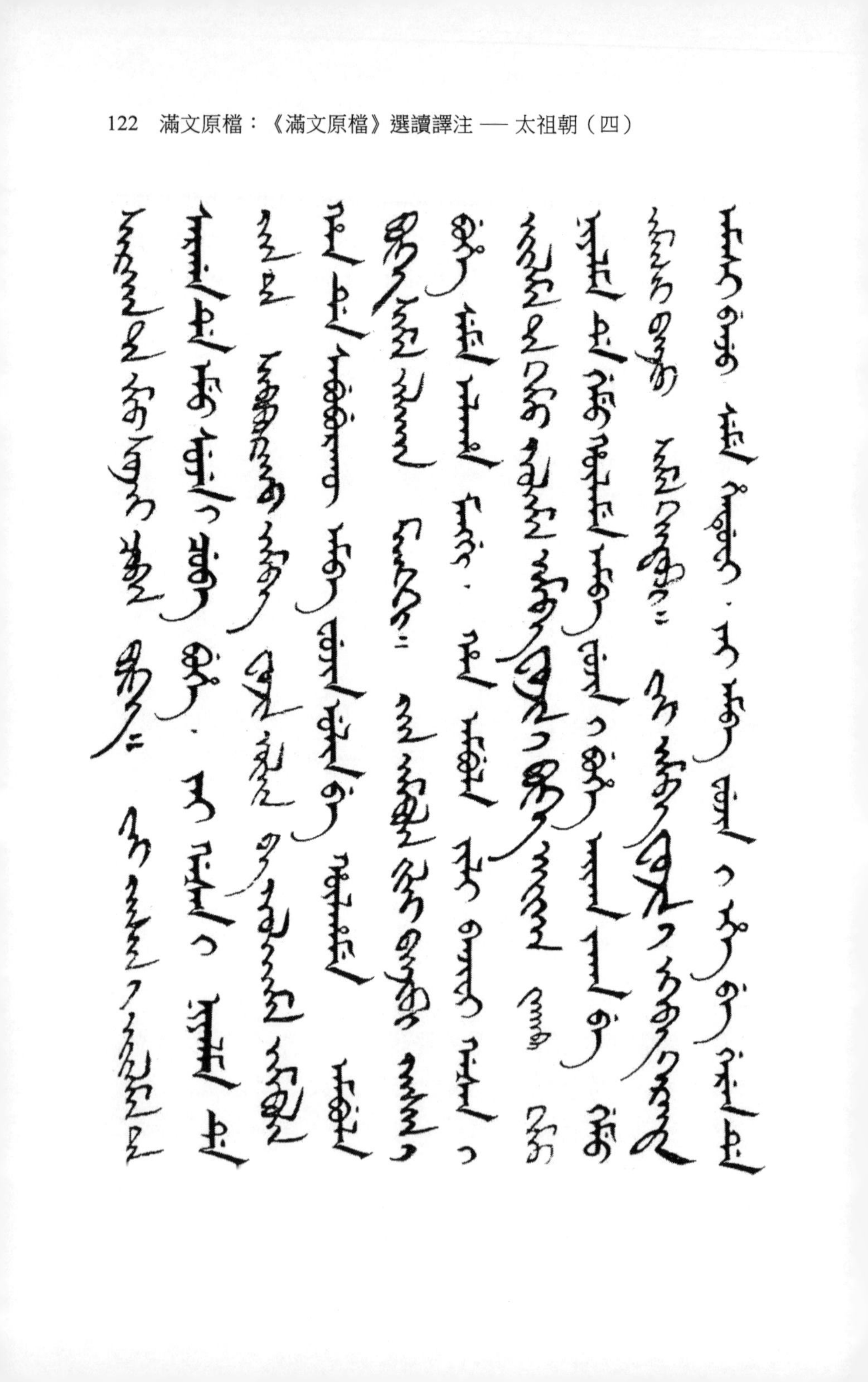

sargan de emu sujei cuba buhe. jai gašan i niyalma de han de sabuburakū amba fujin ulin be hūlhame ambula buhe seme alaha manggi, han ambula jili banjifi gašan i niyalma de gemu hūlame amba fujin i buhe aika jaka be gemu amasi benju seme hendufi, jai amba fujin i ehebe gerende

---

妻綢緞朝衣一件。又告知，大福晉背著汗，竊取許多財物給與村中之人。汗乃大怒，諭令所有村中之人，將大福晉所給種種物件俱行送回。再當眾宣告大福晉之惡行，

妻绸缎朝衣一件。又告知，大福晋背着汗，窃取许多财物给与村中之人。汗乃大怒，谕令所有村中之人，将大福晋所给种种物件俱行送回。再当众宣告大福晋之恶行，

九、廢大福晉

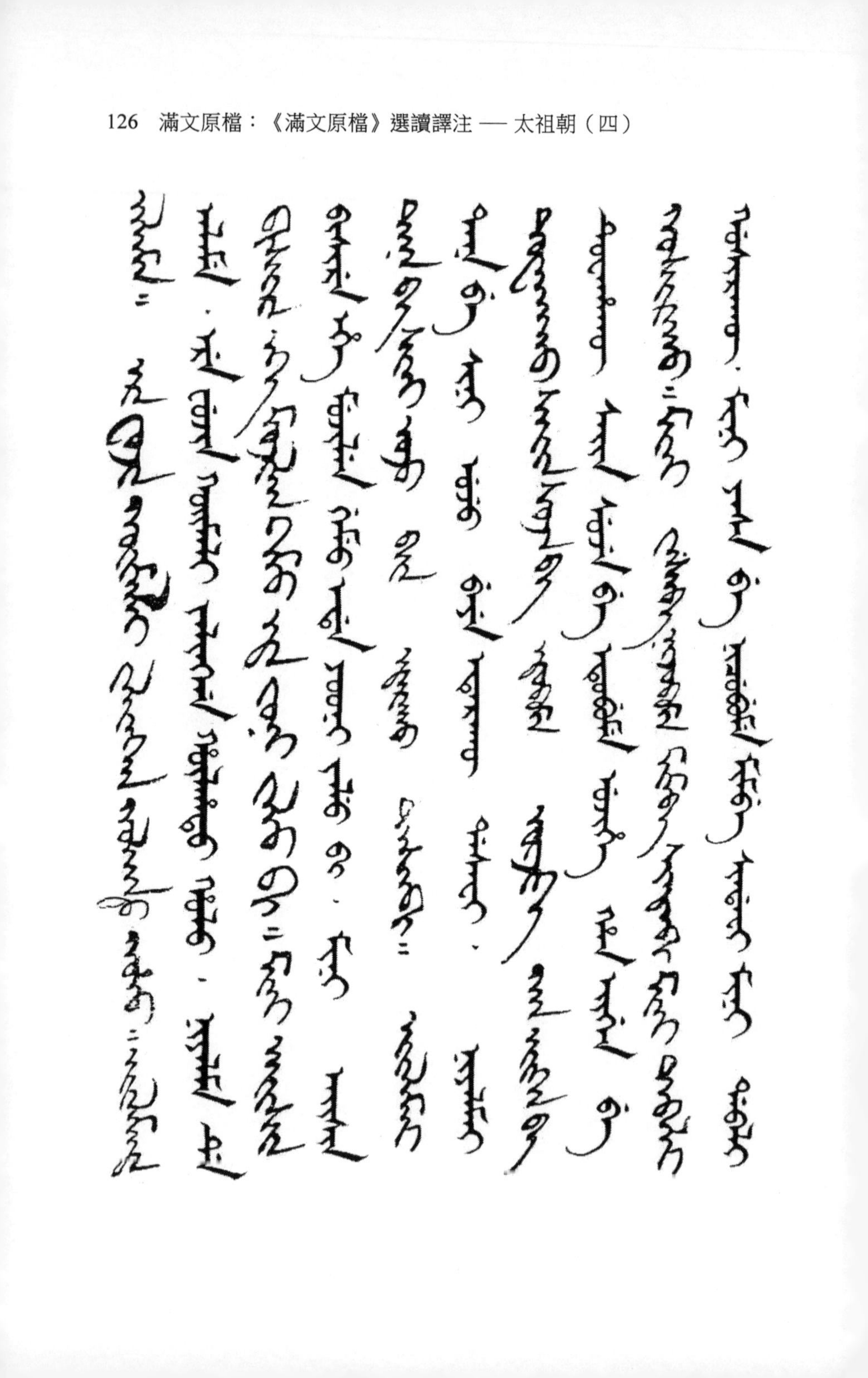

alame, ere fujin koimali jalingga hūlhatu holo, niyalmade bisire ehe mujilen gemu ede yooni jalu bi. mini aisin tana be sini uju beye eterakū dasafi, niyalmai tuwahakū sain suje be etubume ujihe, han eigen be gosirakū, mini yasa be nicubume mimbe sindafi mini dabali

---

曰：「此福晉乃奸詐賊盜，凡人所有之惡心，爾皆俱備。我以金珠妝扮爾頭爾身，不勝其用，以人所未見之美好綢緞供爾穿戴，加以恩養。爾不愛為汗之夫，蒙閉我眼睛，將我放在一旁，

曰：「此福晋乃奸诈贼盗，凡人所有之恶心，尔皆俱备。我以金珠妆扮尔头尔身，不胜其用，以人所未见之美好绸缎供尔穿戴，加以恩养。尔不爱为汗之夫，蒙闭我眼睛，将我放在一旁，

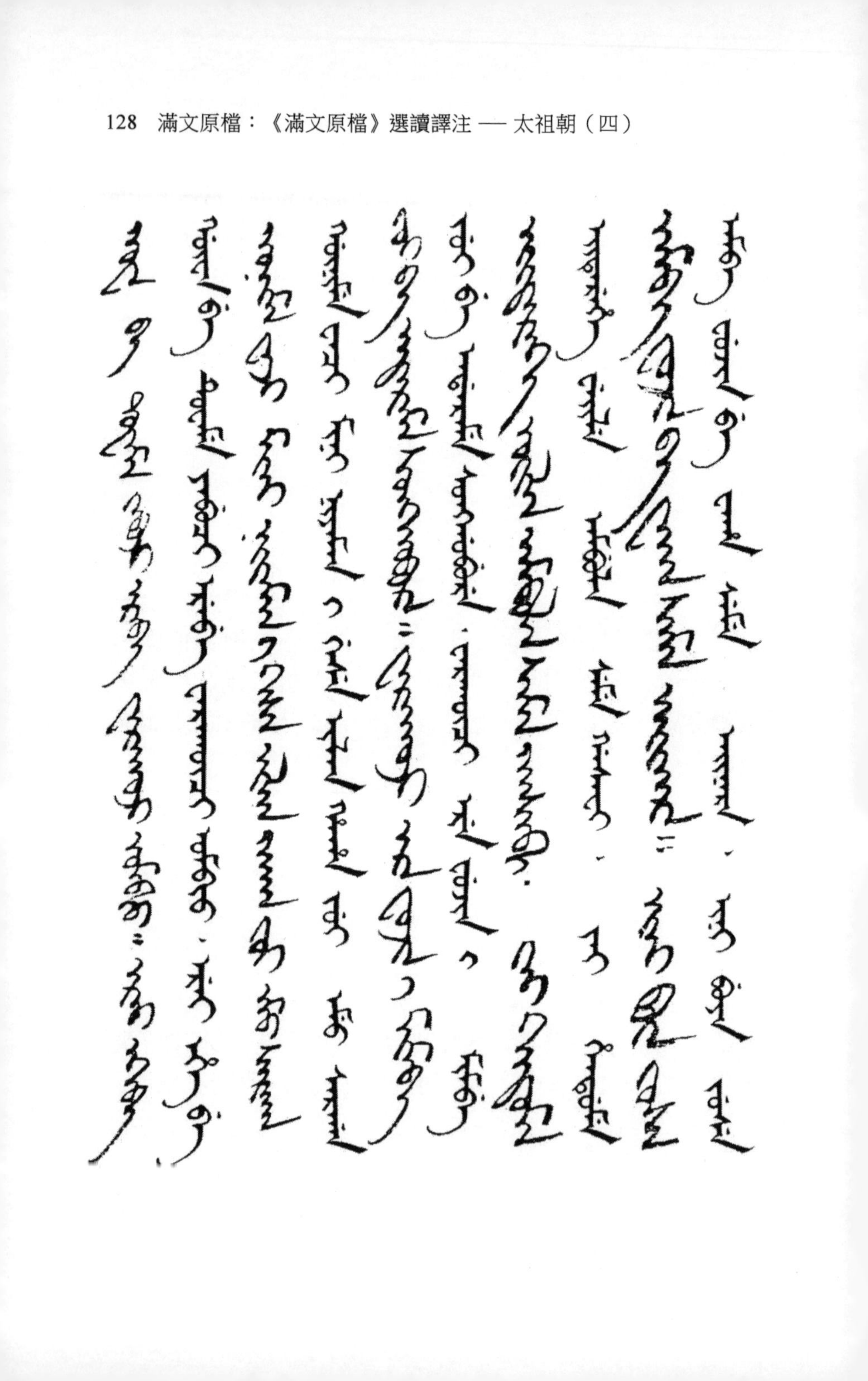

gūwa be tuwame yabuci erebe warakūci ombio. erei ehebe gūnime waci mini niyaman i gese ilan haha jui emu sargan jui be adarame songgobure. warakūci ere fujin i mimbe eiterehe weile ambula seme gasafi, jai hendume, amba fujin be waha seme ainara, ini buya juse

---

越過我而去探視別人，不殺可乎？若念其惡行而殺之，則如同我心之三子一女，將如何忍心令其哭泣耶？若是不殺，又怨恨此福晉欺我之罪甚大。」又曰：「大福晉可不殺，

越过我而去探视别人，不杀可乎？若念其恶行而杀之，则如同我心之三子一女，将如何忍心令其哭泣耶？若是不杀，又怨恨此福晋欺我之罪甚大。」又曰：「大福晋可不杀，

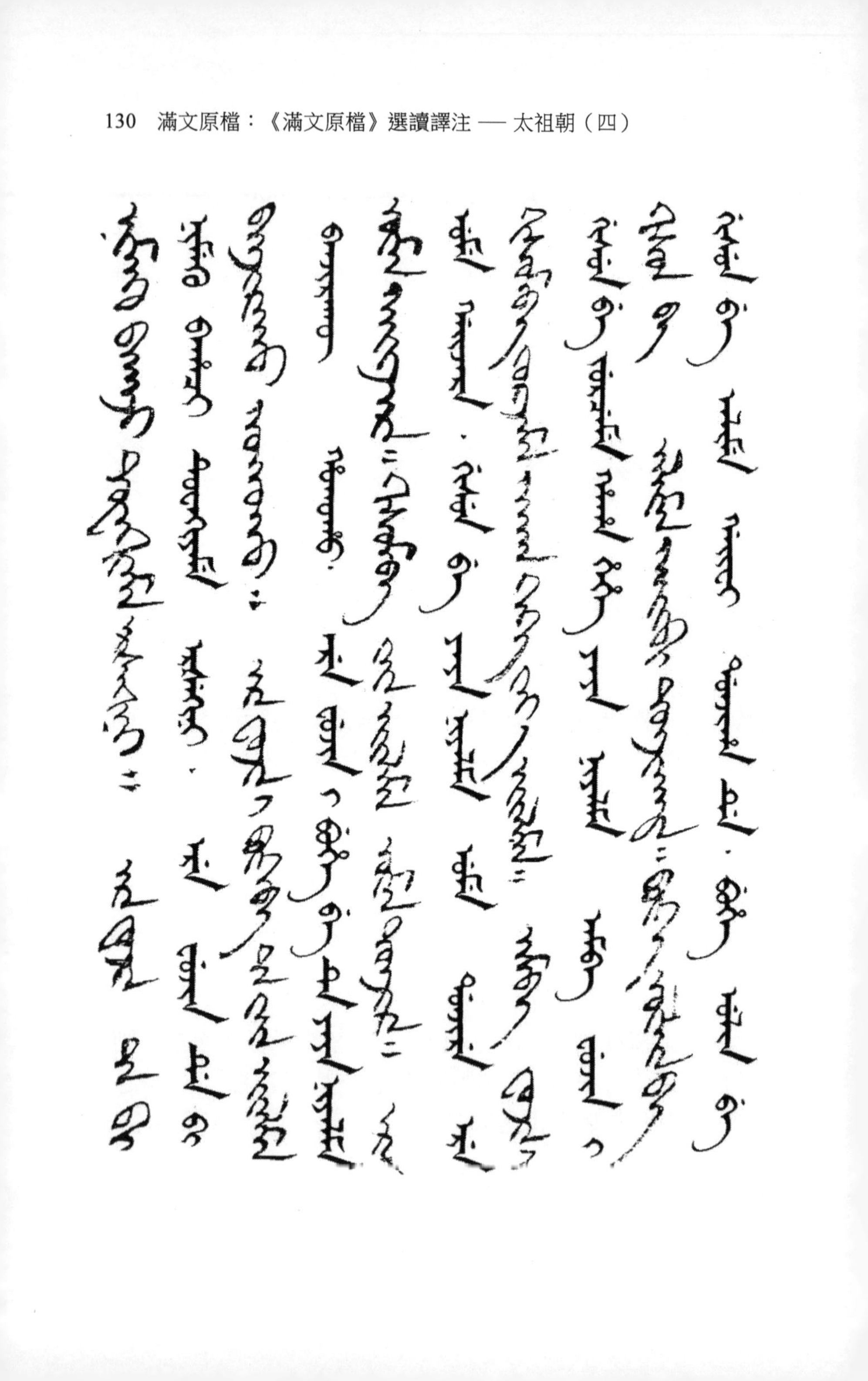

nimeku bahaci tuwakiyame eršekini. ere fujin de bi banjirakū hokoho. ere fujin i buhebe te yaya niyalma ume gaijara, gisumbe yaya niyalma ume donjire. ere gisumbe jurceme haha hehe yaya niyalma amba fujin i gisun be alime gaifi donjiha de, buhe ulin be

---

若其幼子生病，令其看護照顧。此福晉我不再同居，即休棄之。今後此福晉所給之物，無論何人皆不要收受，無論何人都不要聽信其言。凡是男女違悖此言聽從大福晉之言，接受所給財物時，

若其幼子生病，令其看护照顾。此福晋我不再同居，即休弃之。今后此福晋所给之物，无论何人皆不要收受，无论何人都不要听信其言。凡是男女违悖此言听从大福晋之言，接受所给财物时，

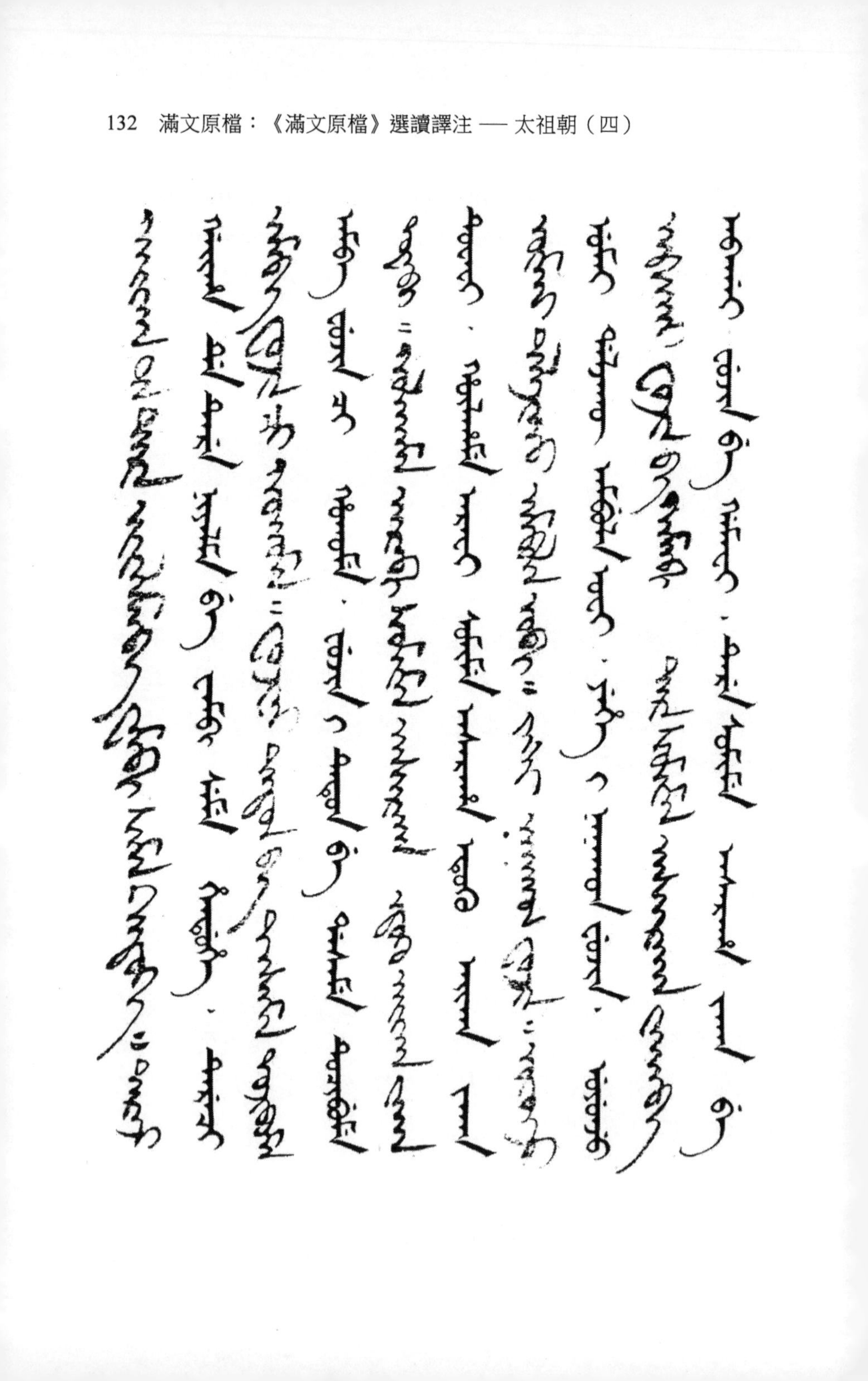

gaiha de tere niyalmabe wambi seme henduhe. tereci amba fujin ci hokome, fujin i tetun be dasame tucibume tuwafi, hūlhame arafi somime asaraha etuku aika jaka umai daljakū ambula ofi, yehe i nanakon fujin, uyunju abagai fujin be gamafi tere somime asaraha jakabe

---

即殺其人。」於是休棄大福晉，命人取出觀看整理福晉器皿。其偷偷地製做藏匿之衣物，因多為大福晉所不應有之物，遂命帶領葉赫之納納昆福晉、烏雲珠阿巴蓋來看大福晉藏匿之物，

即杀其人。」于是休弃大福晋，命人取出观看整理福晋器皿。其偷偷地制做藏匿之衣物，因多为大福晋所不应有之物，遂命带领叶赫之纳纳昆福晋、乌云珠阿巴盖来看大福晋藏匿之物，

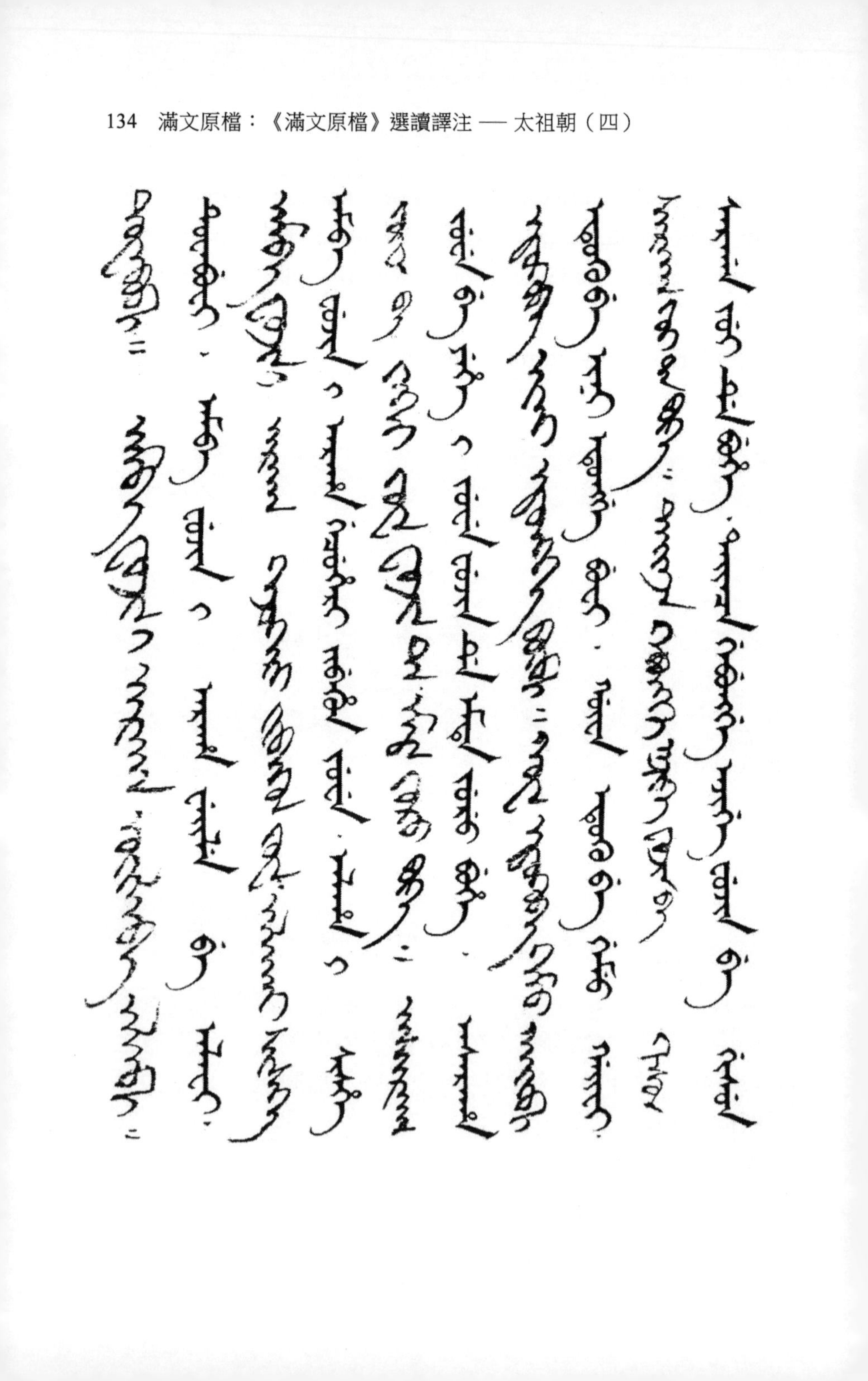

[illegible]

tuwabufi, amba fujin i araha weilebe alafi, amba fujin i araha gecuheri jibehun juwe, alhai sishe juwe be yehe i juwe fujin de emte juru buhe. asaraha etukube ini etungge bufi, gūwa etukube gemu gaifi sargan jui de buhe. tainca gebungge ajige fujin be gisun

---

告知大福晉所犯之罪，並將大福晉所製做之蟒緞被二床，閃緞褥二床賜給葉赫二福晉，每人各一套。將其所藏衣服除其穿用者仍給其本人外，其餘衣服皆行取回，賜給女兒。因名叫塔因察小福晉

告知大福晋所犯之罪，并将大福晋所制做之蟒缎被二床，闪缎褥二床赐给叶赫二福晋，每人各一套。将其所藏衣服除其穿用者仍给其本人外，其余衣服皆行取回，赐给女儿。因名叫塔因察小福晋

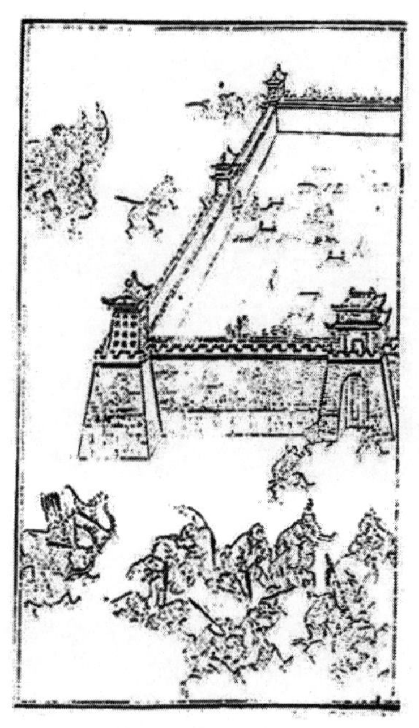

十、安居樂業

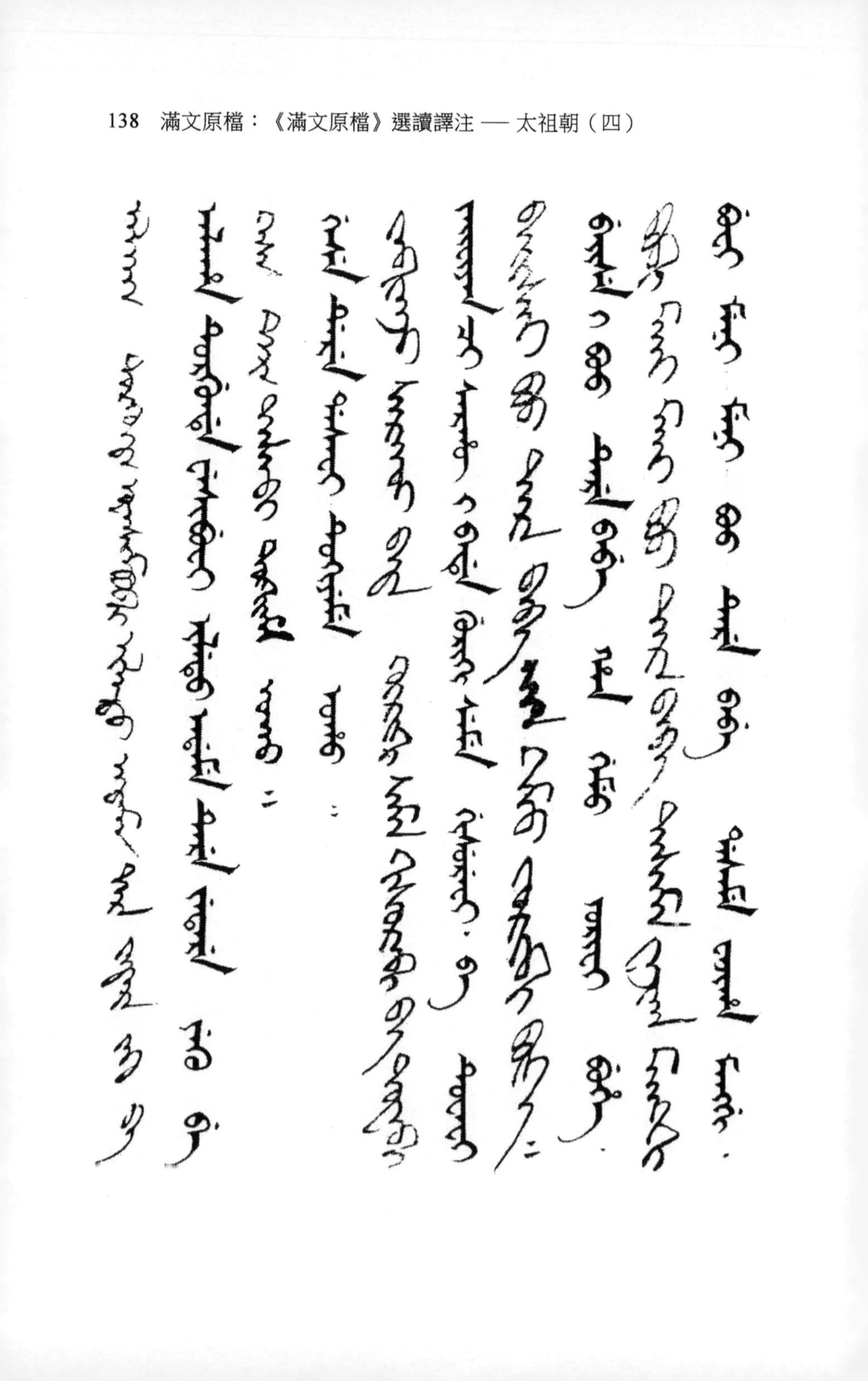

alaha turgunde wesibufi iletu adame tere jetere jeku be gese dere dasafi tukiyeme oho.
jaifiyan ci sarhūi bade guriki seme gisurefi, ba tuwafi beisei boo tere babe han gemu jorifi buhe, bufi meni meni boo tere babe dasame wajiha manggi

---

以告發之故，薦陞[35]為公開陪汗同桌坐着用膳而不避。
議欲自界藩遷往薩爾滸地方，勘察地勢，諸貝勒建造房屋居住之處，汗皆指定，指撥各自建造房屋居住之處整修完竣後，

以告发之故，荐升为公开陪汗同桌坐着用膳而不避。
议欲自界藩迁往萨尔浒地方，勘察地势，诸贝勒建造房屋居住之处，汗皆指定，指拨各自建造房屋居住之处整修完竣后，

---

35 薦陞，《滿文原檔》讀作 "uwesimbufi"，《滿文老檔》讀作 "wesibufi"。按滿文 "wesimbumbi"，舊與 "wesibumbi"通用。其後定 "wesimbumbi" 漢義為「啟奏、上表章」，wesibumbi" 漢義為「陞用、拔擢」，遂分用。

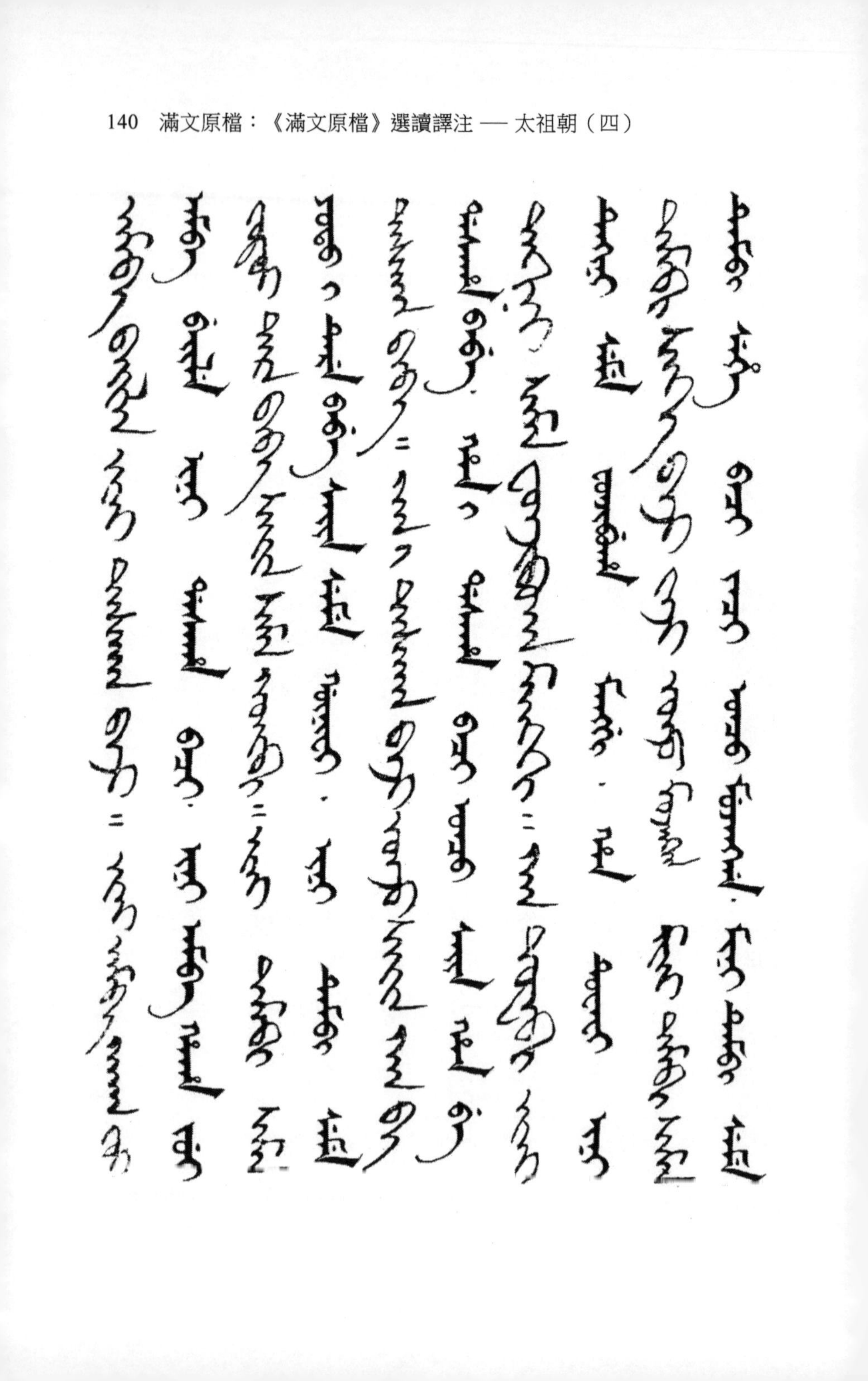

amba beile ini dasaha baci, ini amba haha jui yoto i tere babe sain seme gūnifi, ini tembi seme dasaha babe, han i dasaha baci onco sain han be tekini seme fonjibuha manggi, han tuwafi ini tembi sehe baci jaci onco mujangga, mini tembi seme

---

大貝勒認為其長子岳託居住之處，較汗所整修之處寬敞更好，請汗居住。汗前往察看，較其欲居住之處甚是寬敞是實，

大贝勒认为其长子岳托居住之处，较汗所整修之处宽敞更好，请汗居住。汗前往察看，较其欲居住之处甚是宽敞是实

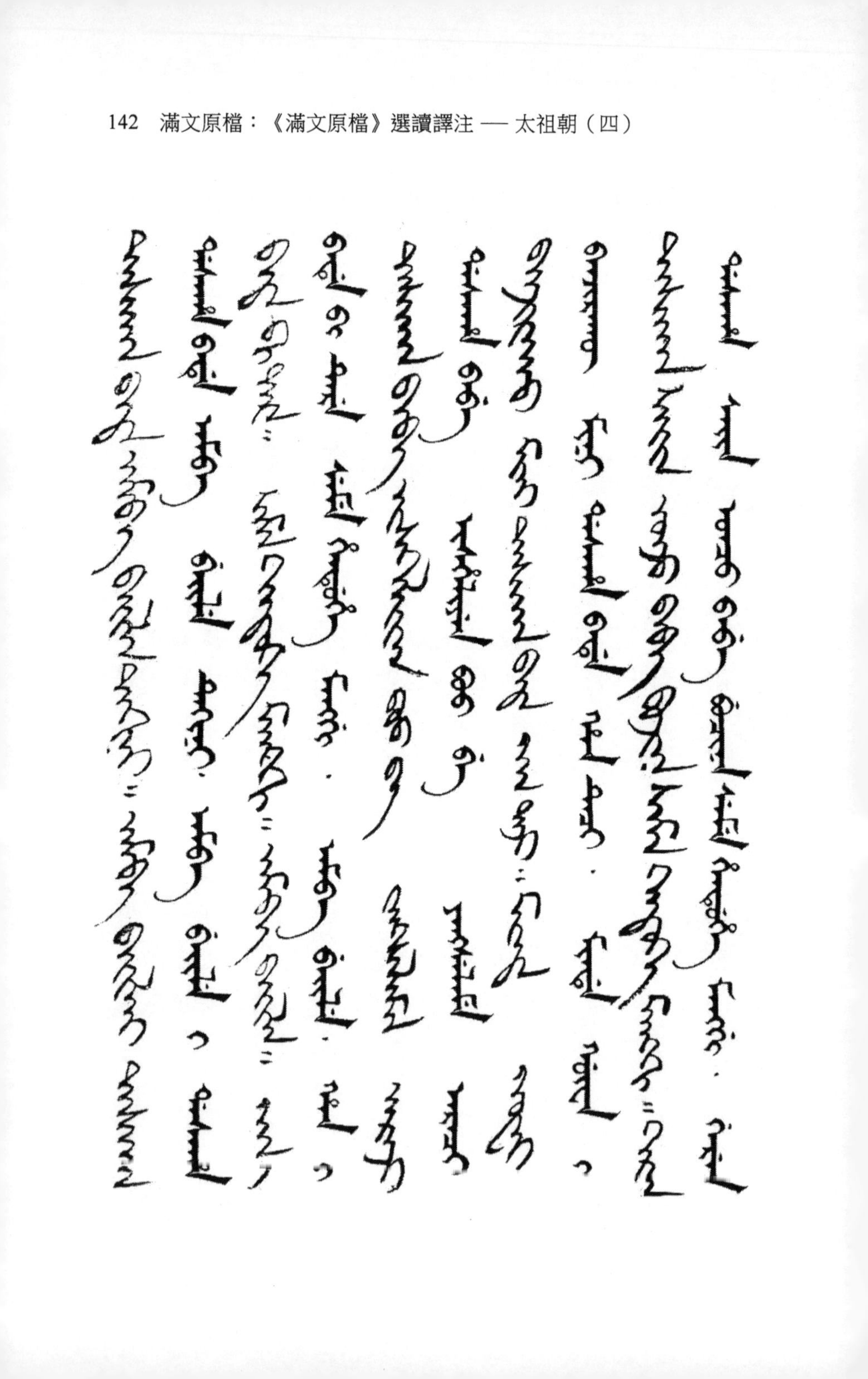

dasaha bade amba beile tekini, amba beilei dasaha bade, bi tere seme henduhe manggi, amba beile, han i dasaha babe isheliyen boo be yangselame araci banjirakū mini dasaha bade han teci, minde gūwai dasaha sain onco babe bucina seme henduhe manggi, geren

---

遂曰：「我整修欲居住之處，可令大貝勒居住，我居住大貝勒整修之處。」大貝勒以為汗所整修之處窄狹，不便建造裝潢房屋。遂請曰：「汗若居住我所整修之處，則將他人所整修良好寬敞之處給我。」

遂曰：「我整修欲居住之处，可令大贝勒居住，我居住大贝勒整修之处。」大贝勒以为汗所整修之处窄狭，不便建造装潢房屋。遂请曰：「汗若居住我所整修之处，则将他人所整修良好宽敞之处给我。」

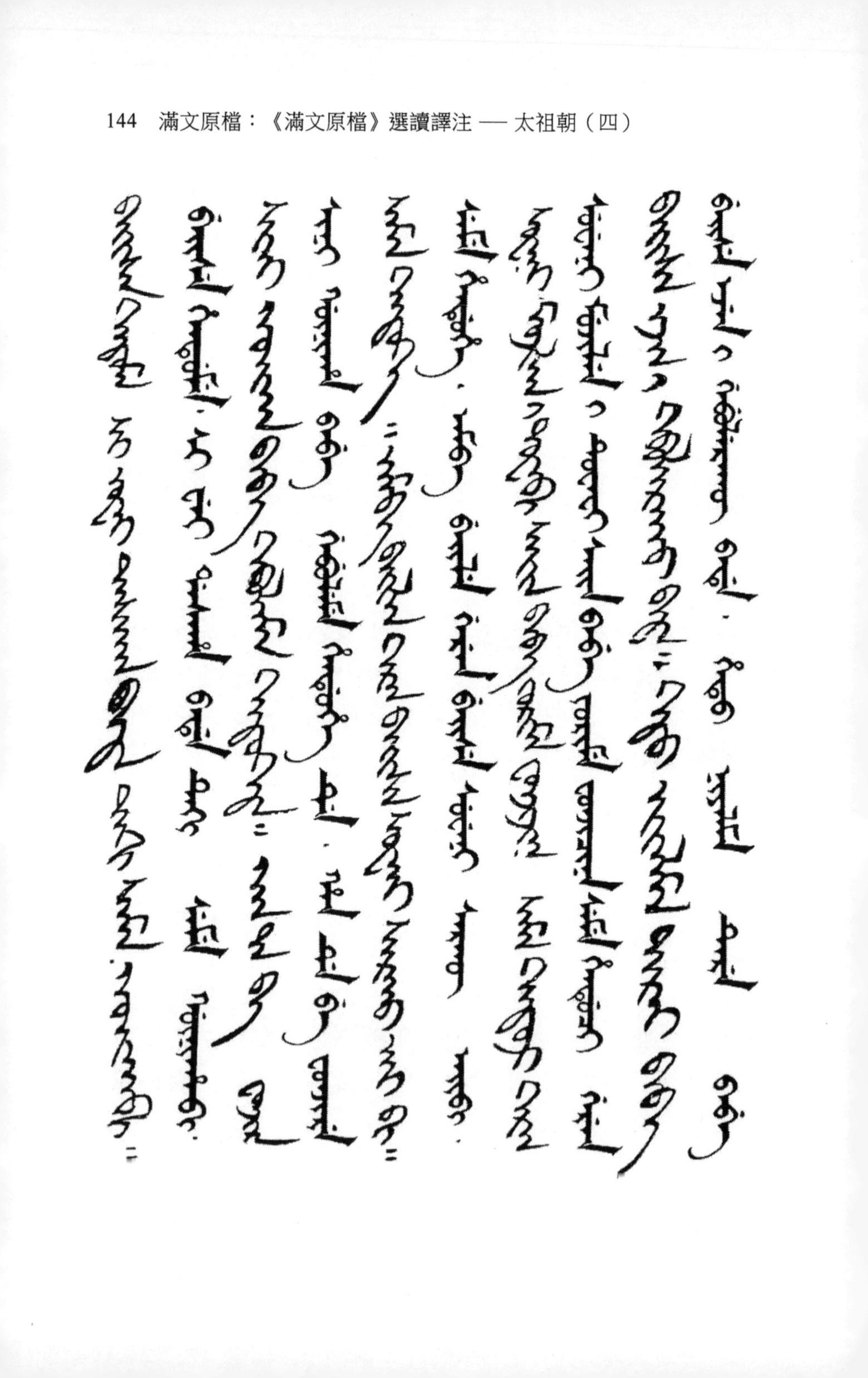

beise hendume, si wei dasaha bade teki seme gūnihabi, sini gūniha babe gebuleme henduhede, han de be fonjire seme henduhe. amba beile geren beise suweni sarkū ai bi, suweni mujilen i tuwafi sain babe jorime fonjicina seme henduci geren beise ejen i gebulerakū bade, hetu niyalma terei babe

---

眾貝勒曰：「爾欲居住何人整修之處耶？將爾想要之處說出姓名，我等便去問汗。」大貝勒曰：「諸貝勒爾等何以不知，即指爾等中意良好之處問之可也。」眾貝勒認為不指明其主姓名，而想給旁人居住之處，

众贝勒曰：「尔欲居住何人整修之处耶？将尔想要之处说出姓名，我等便去问汗。」大贝勒曰：「诸贝勒尔等何以不知，即指尔等中意良好之处问之可也。」众贝勒认为不指明其主姓名，而想给旁人居住之处，

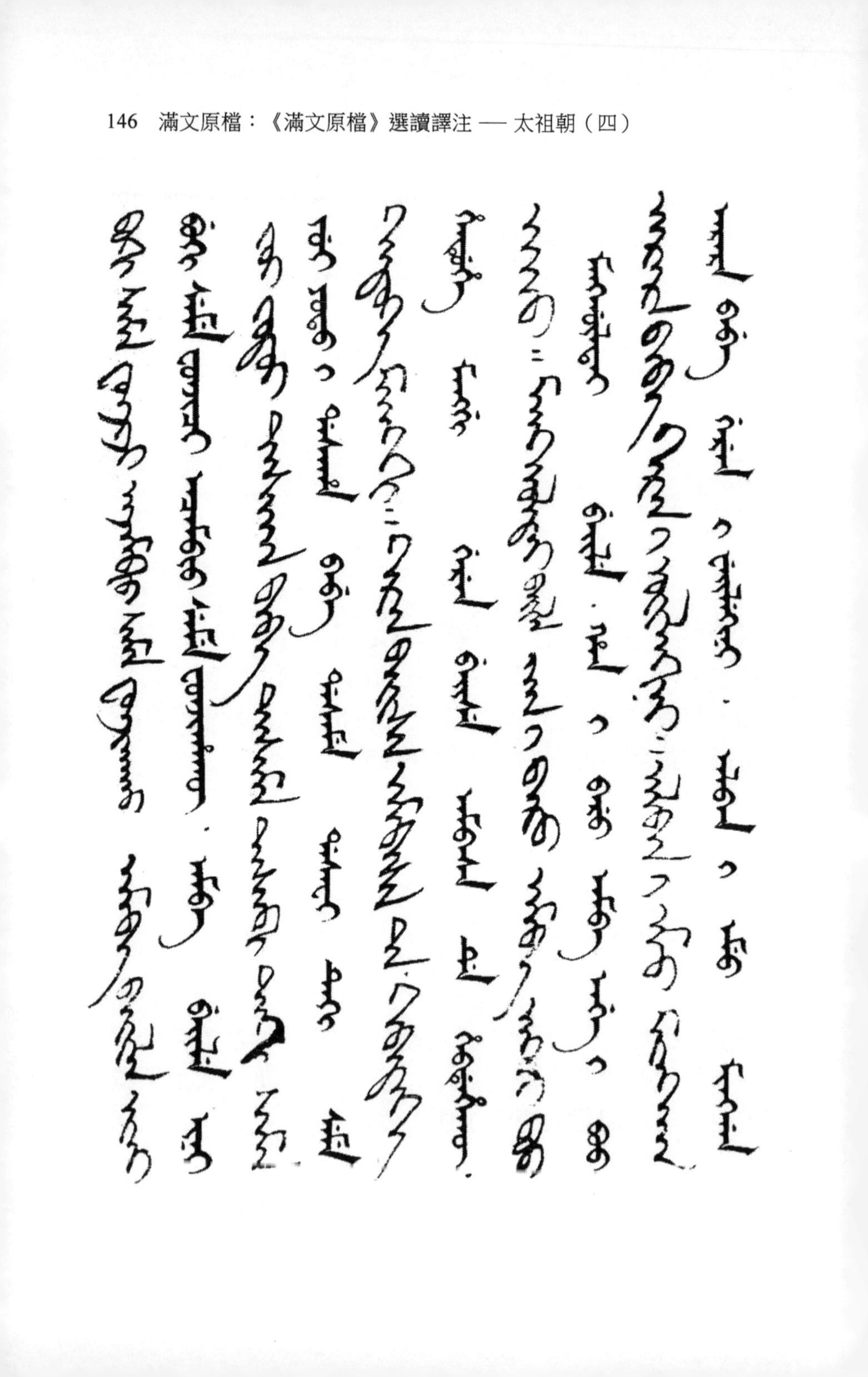

buki seme fonjici acambio seme fonjihakū. amba beile ini jui yotoi dasaha babe dasame dasafi teki seme henduhe manggi, geren beise ambasa de hebdehe akū, manggūltai beile han i baru amba age i boo arara babe geren i weilekini, alban i emu minggan

---

是否應當去問？故未去問汗。大貝勒遂言欲重修其子岳託所整修之處居住。莽古爾泰貝勒未與諸貝勒大臣商議，而向汗曰：「大阿哥建造房外之處，可令眾人建造，請撥差役千人

是否应当去问？故未去问汗。大贝勒遂言欲重修其子岳托所整修之处居住。莽古尔泰贝勒未与诸贝勒大臣商议，而向汗曰：「大阿哥建造房外之处，可令众人建造，请拨差役千人

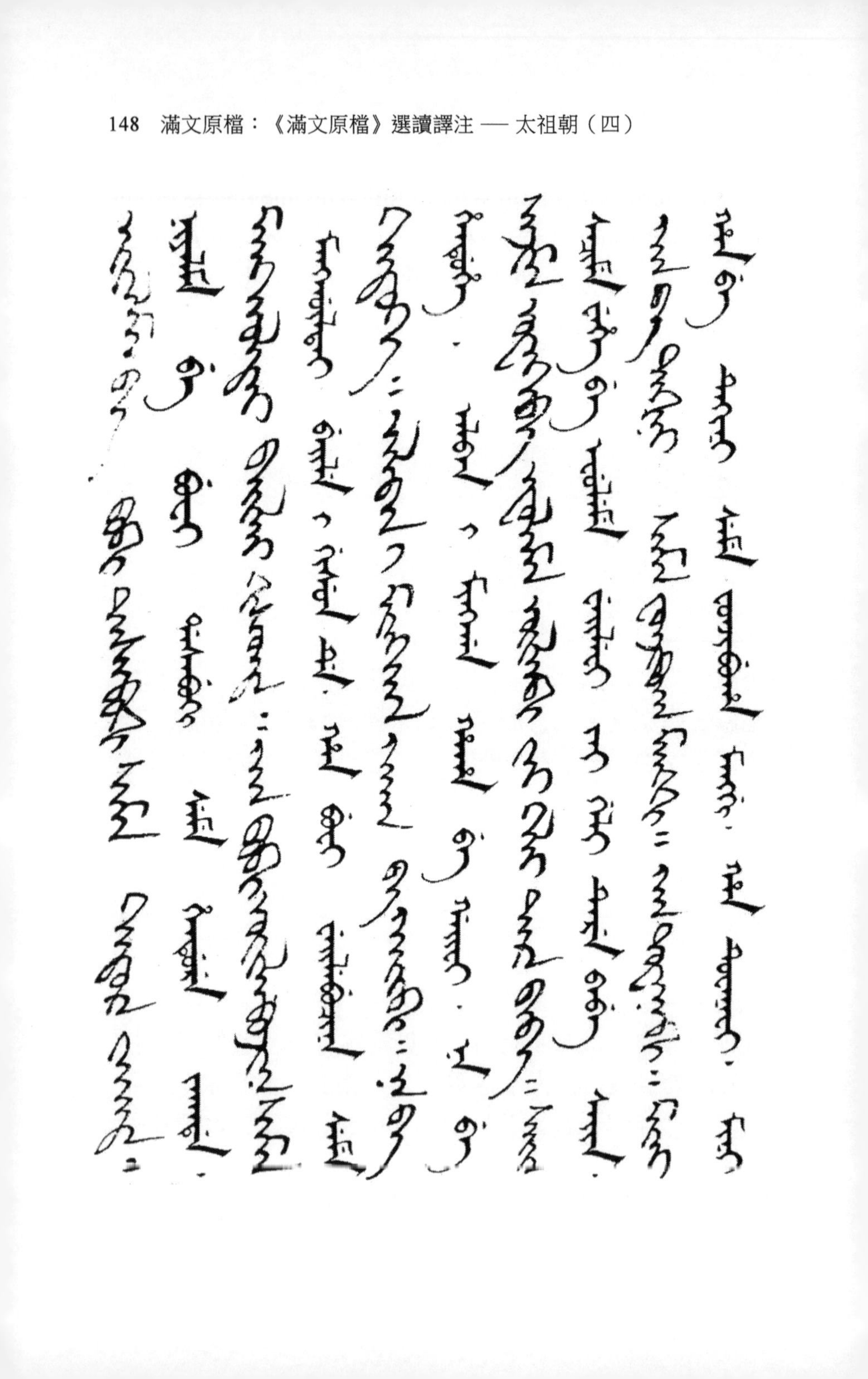

niyalma be bufi dasabuki seme hendure jakade, manggūltai beile i gisunde, han, bufi weilebucina seme henduhe. alban i minggan haha be gaifi, na be sacime wehebe efuleme weilefi, jai geli tere babe sain han be tekini seme fonjibuha manggi, han tuwanafi, mini

---

整修之。」汗聞莽古爾泰貝勒之言曰：「撥給差役修建可也。」遂領差役男丁千名鋤地破石動工修建。復又遣人問汗曰：「該處甚好，請汗居住。」汗前往察看後曰：

整修之。」汗闻莽古尔泰贝勒之言曰：「拨给差役修建可也。」遂领差役男丁千名锄地破石动工修建。复又遣人问汗曰：「该处甚好，请汗居住。」汗前往察看后曰：

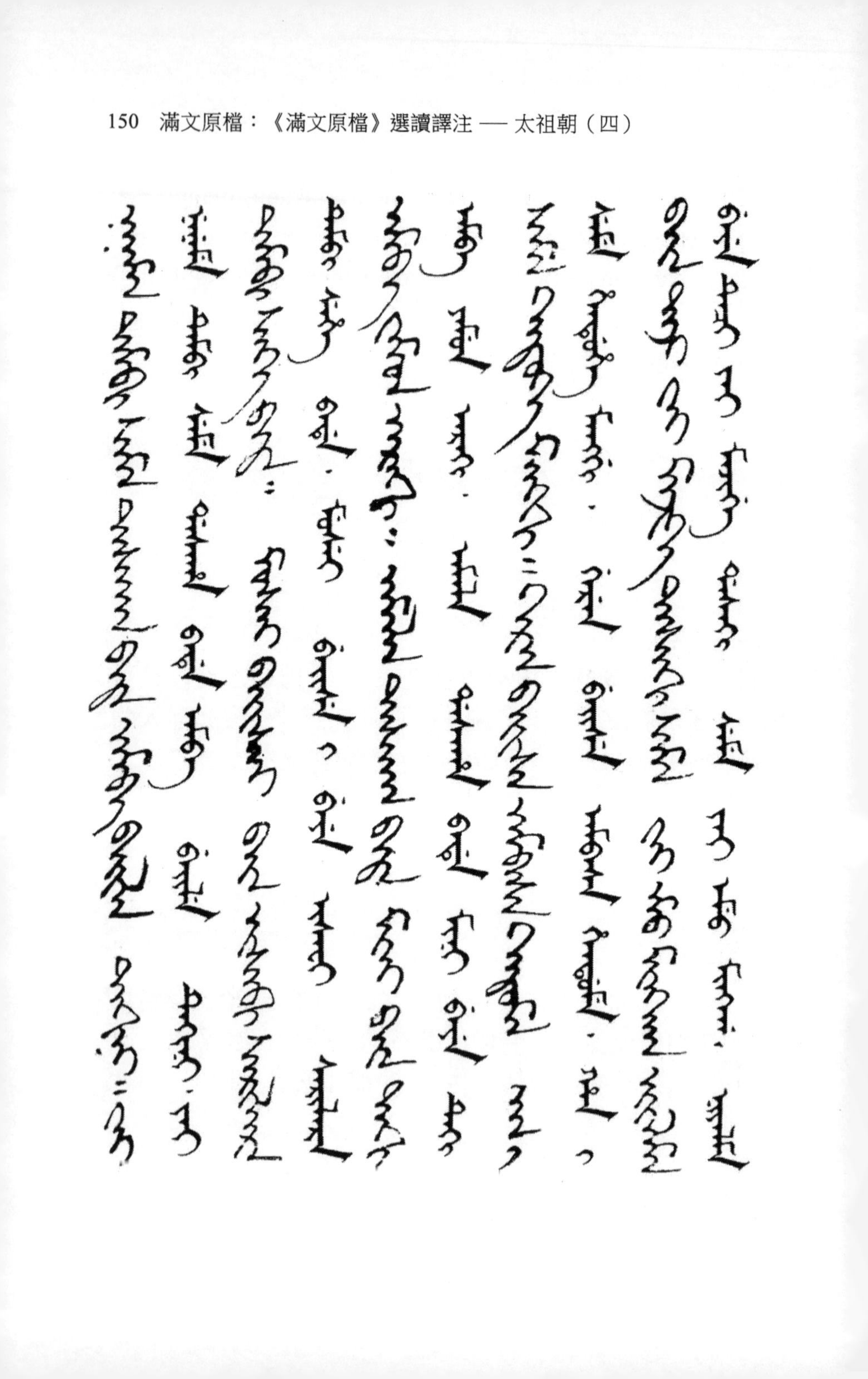

neneme tembi seme dasaha bade amba beile tekini. jai tembi sehe bade, musei beisei beye isafi sarilara amba yamun araki. amala dasaha bade mini beye teki seme henduhe manggi, geren beise ambasa hendume, han i beye teci jai majige dasaki seme, jai emu minggan niyalma

---

「我原先整修欲居住之處，令大貝勒居住。後來欲居住之處，修建為我諸貝勒自身聚會筵宴之大衙門。我自身居住後來整修之處。」諸貝勒大臣曰：「汗若自居，請再稍加整修。」乃再撥千人

「我原先整修欲居住之处，令大贝勒居住。后来欲居住之处，修建为我诸贝勒自身聚会筵宴之大衙门。我自身居住后来整修之处。」诸贝勒大臣曰：「汗若自居，请再稍加整修。」乃再拨千人

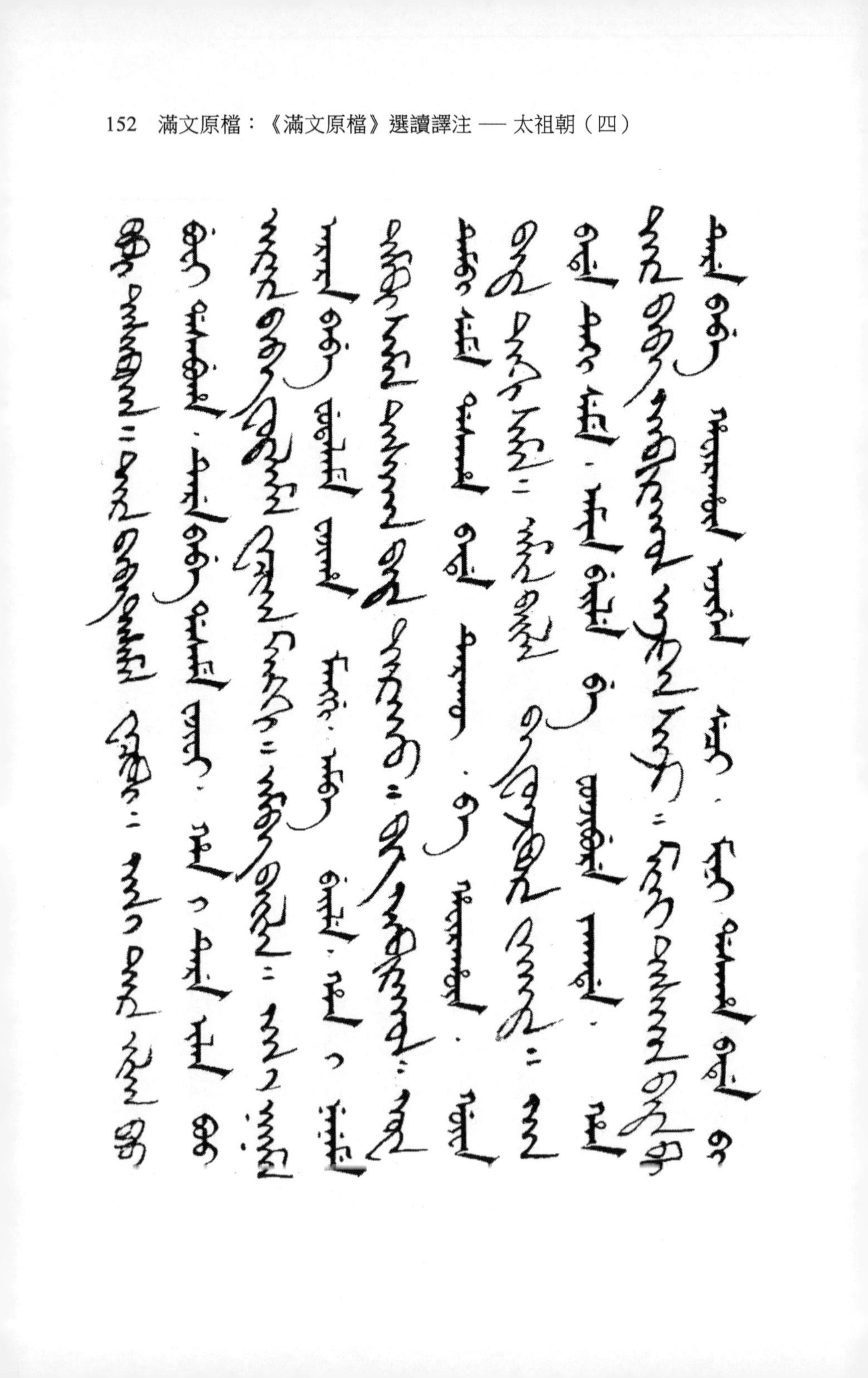

[illegible]

bufi dasabuha. tere babe dasame wajifi, han i tere ilan boo arara babe futalame wajiha manggi, amba beile, han i neneme tembi seme dasaha bade terakū, ba hafirahūn, gūwa bade teki seme, amin beile be fonjibure jakade, han tere babe hafirahūn ajigen seci, mini dasaha bade bi

---

整修之。該處整修工竣，建造汗欲居住三座房屋之處丈量完成後，大貝勒又以汗原先整修欲居住之處，地方窄狹[36]，不願居住，欲居他處，使阿敏貝勒去請示。汗曰：「若以該處狹小，則我仍居住我所整修之處。

整修之。该处整修工竣，建造汗欲居住三座房屋之处丈量完成后，大贝勒又以汗原先整修欲居住之处，地方窄狭，不愿居住，欲居他处，使阿敏贝勒去请示。汗曰：「若以该处狭小，则我仍居住我所整修之处。

---

[36] 窄狹，《滿文原檔》寫作"kabirakon"，《滿文老檔》讀作"hafirahūn"。按此為無圈點滿文"ka"與"ha"、"bi"與"fi"、"ko"與"hū"之混用現象。

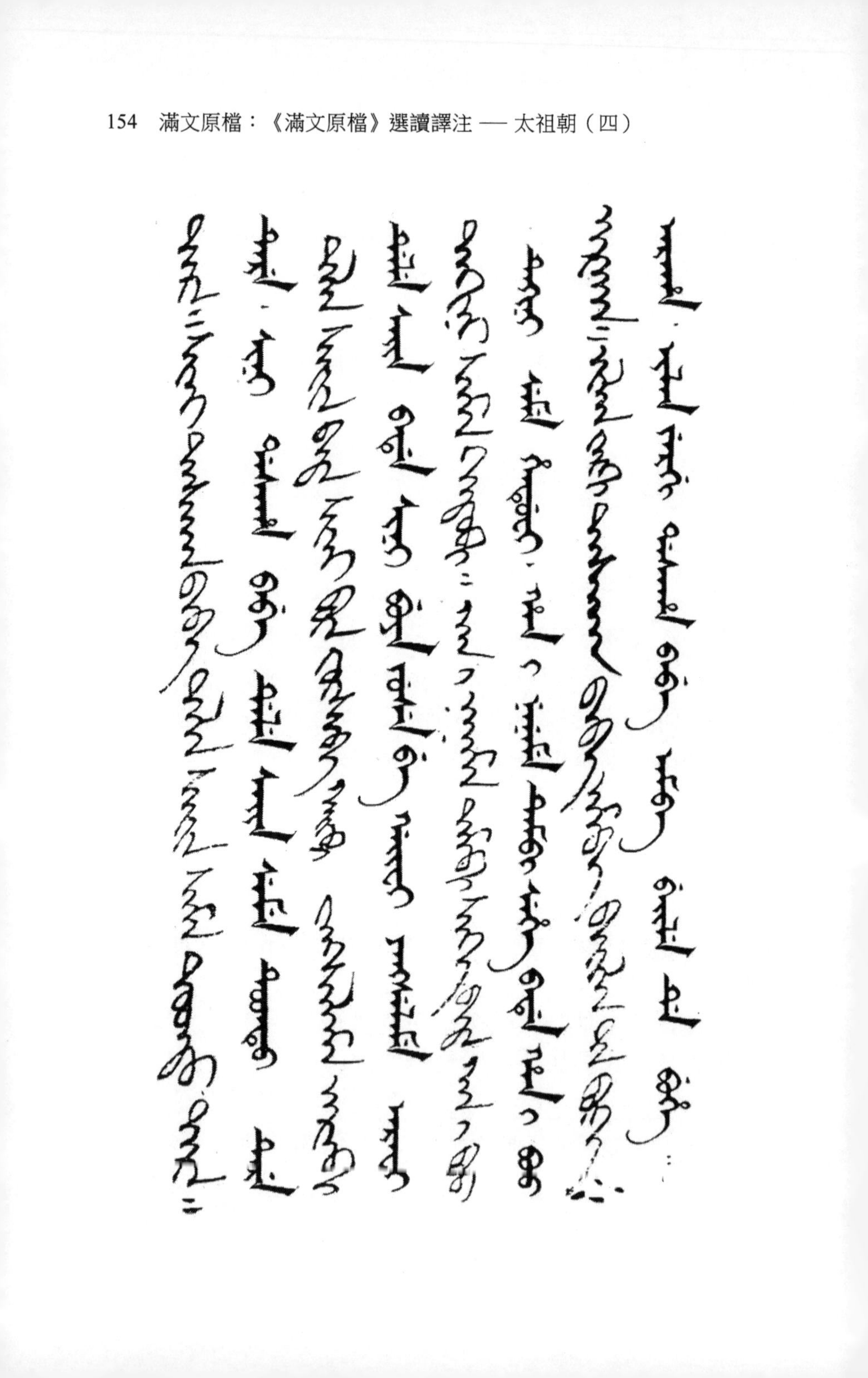

tere, sini dasaha babe dele sain seme tuttu tere, dele sain bade sini buya jusebe gaifi yangselame arafi tekini seme hendufi, han i neneme tembi sehe bade han i boo araha, ilan jergi dasaha babe amba beile de buhe.

既然以為爾所整修之處上好，可攜爾諸幼子於該上好之處建造房屋裝潢居住。」汗仍於原先欲居住之處，建造汗之房屋居住，而將三次整修之處給與大貝勒。

既然以为尔所整修之处上好，可携尔诸幼子于该上好之处建造房屋装潢居住。」汗仍于原先欲居住之处，建造汗之房屋居住，而将三次整修之处给与大贝勒。

十一、勒碑盟誓

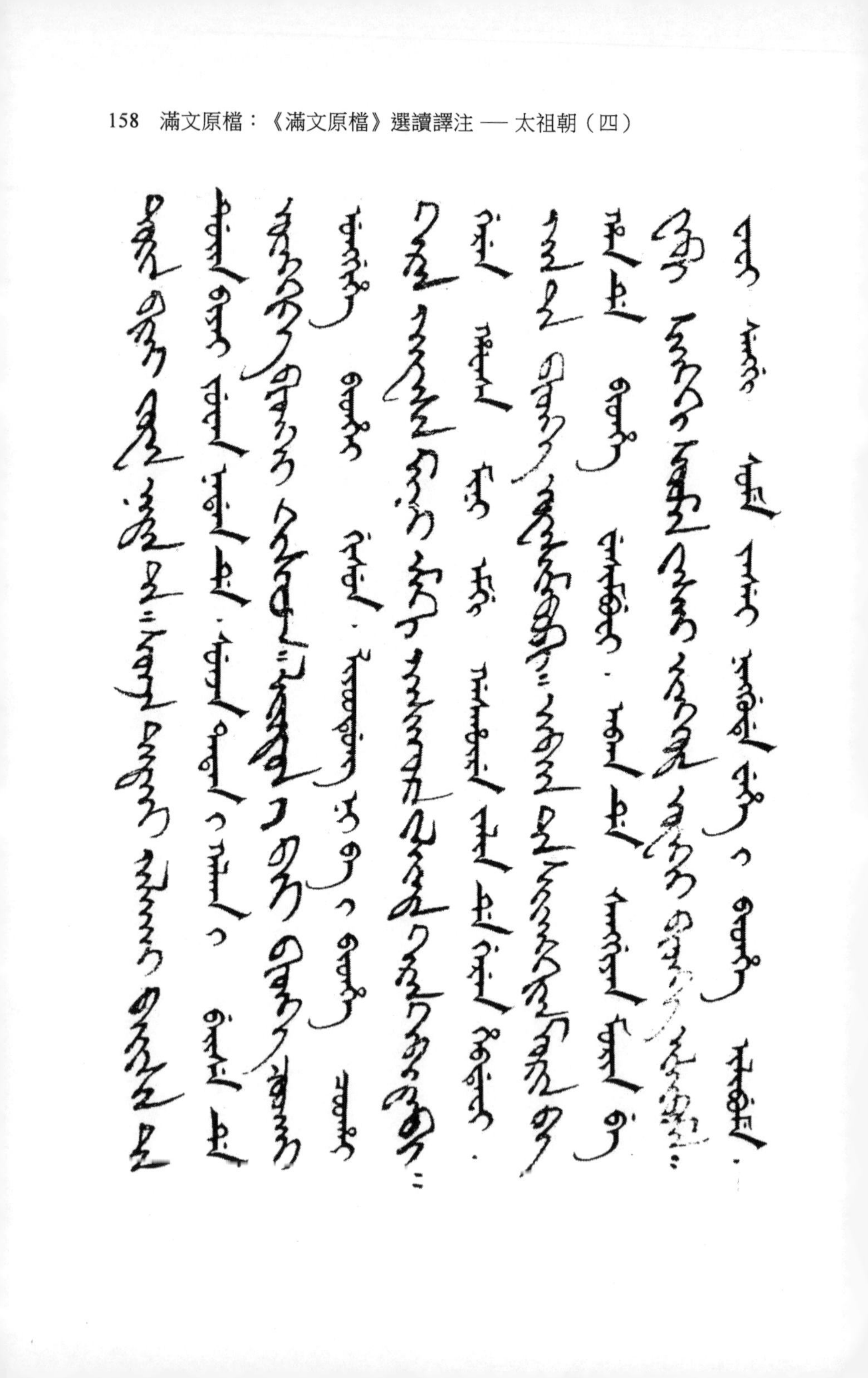

duin biyai juwan nadan de, sunja tatani kalkai beise de unggihe bithei gisun, liyoodun i bai bithe coohai geren hafasa mini emgi gashūre jalinde geren hebdefi, han de bithe wesimbufi, abka de šanggiyan morin be wafi senggi some jasei ninggude wehe i bithe ilibume,

---

四月十七日，致書五部喀爾喀諸貝勒曰：「為遼東[37]地方文武眾官與我盟誓，眾人議定，上書於帝，對天刑白馬，拋灑鮮血[38]，勒碑於邊界之上，

四月十七日，致书五部喀尔喀诸贝勒曰：「为辽东地方文武众官与我盟誓，众人议定，上书于帝，对天刑白马，抛洒鲜血，勒碑于边界之上，

---

[37] 遼東，《滿文原檔》寫作“lioton”，《滿文老檔》讀作“liyoodung”。

[38] 拋灑鮮血，句中「拋灑」，《滿文原檔》讀作“soome”，《滿文老檔》讀作“some”。

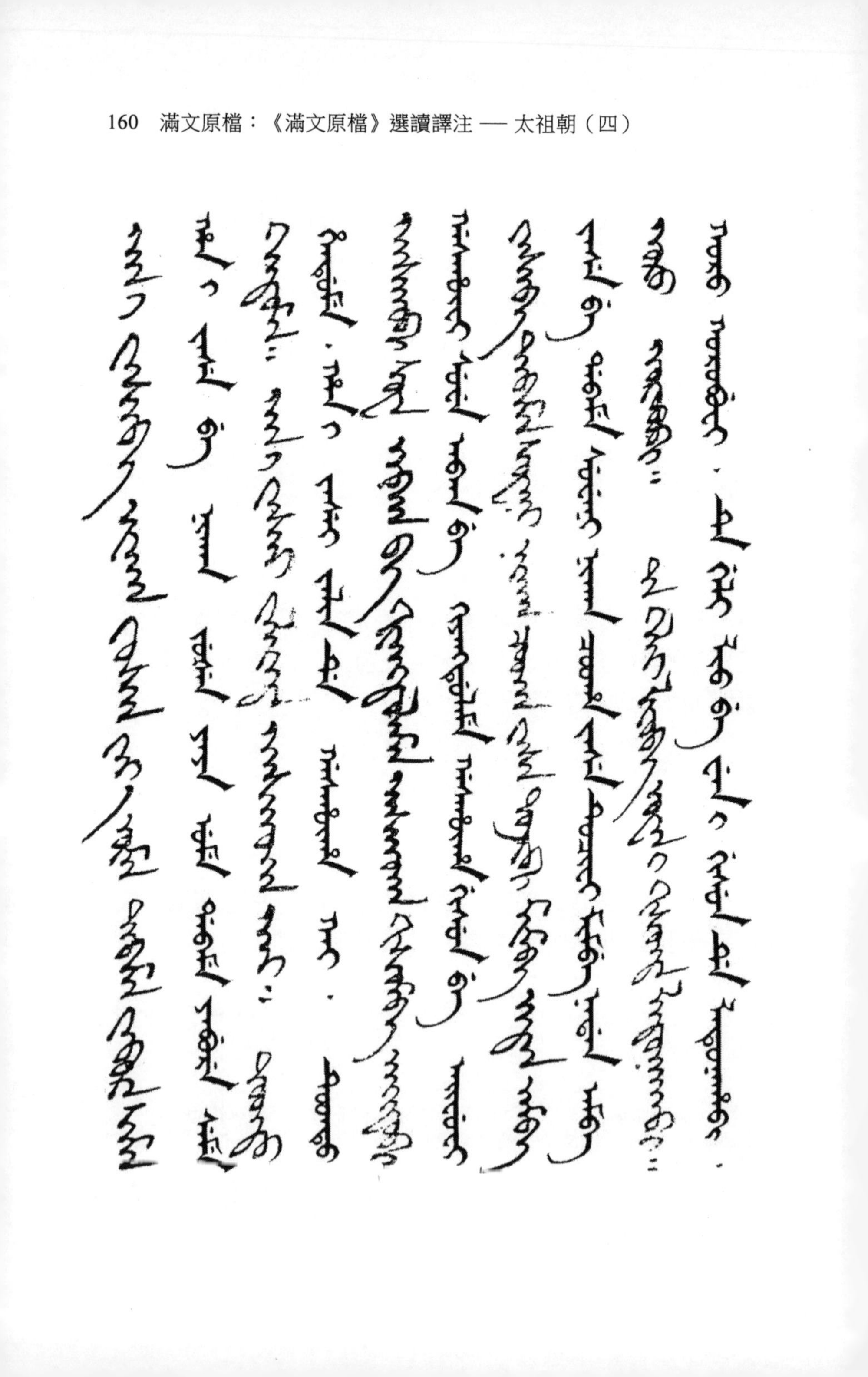

han i jase be nikan jušen yaya ume dabame yabure seme hendume, han i jasei jalinde gashūha kai, tuttu gashūfi suwe abka be kiyangdulame gashūha gisun be aifufi jasebe dabame suweni nikan cooha jase tucifi mimbe nadan amba koro korobufi, te geli liobe wen i gisunde latunahabi,

---

無論漢人、諸申毋踰帝界，為帝界盟誓也。如此盟誓，爾等竟逞強於天，違悖誓言，踰越邊界，爾等明兵出界，致釀我七大恨。今又靠托[39]劉伯溫之言，

无论汉人、诸申勿毋踰帝界，为帝界盟誓也。如此盟誓，尔等竟逞强于天，违悖誓言，踰越边界，尔等明兵出界，致酿我七大恨。今又靠托刘伯温之言，

---

39 靠托《滿文原檔》、《滿文老檔》俱讀作 “latunahabi”，意即「靠緊、緊挨」。

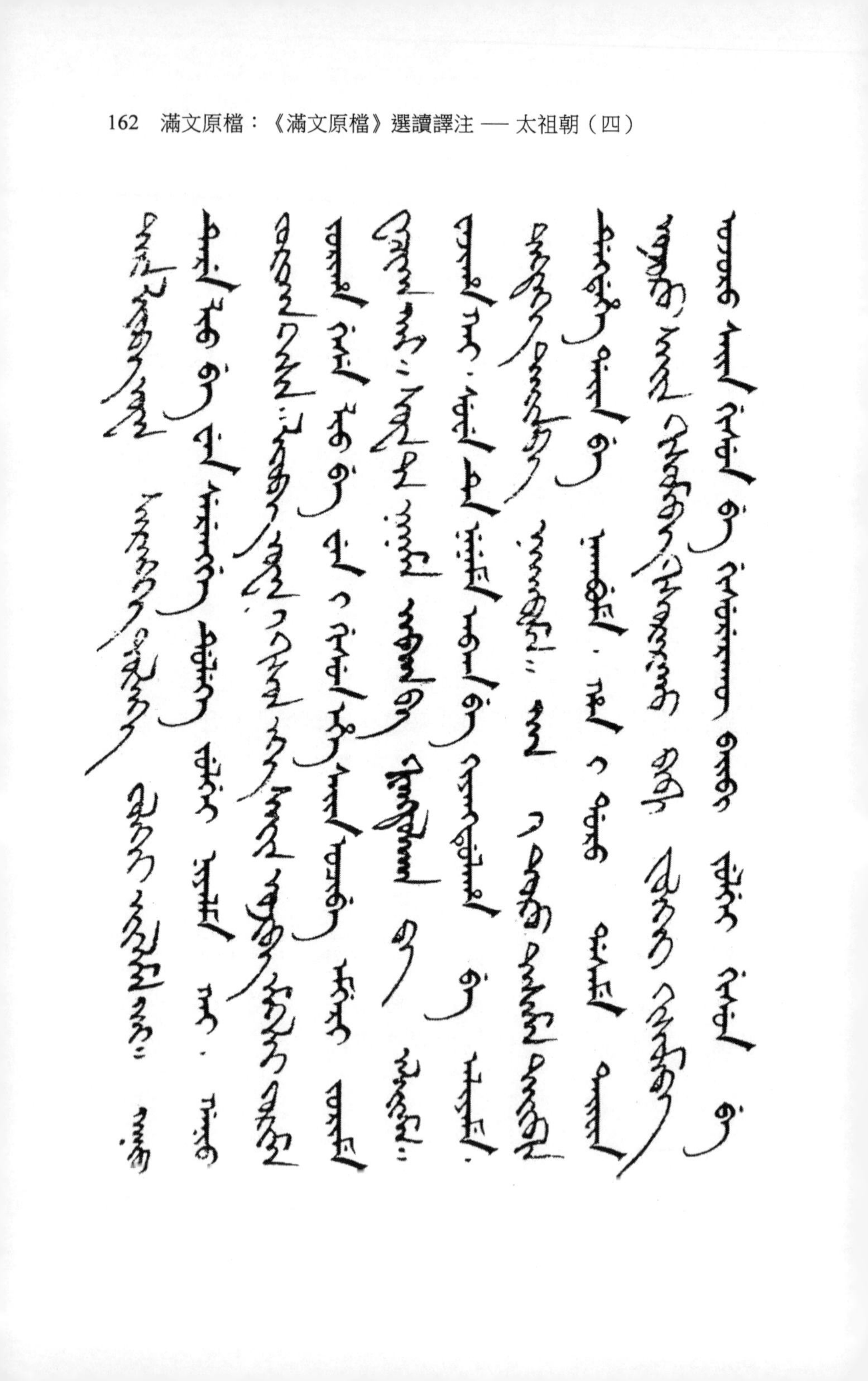

tere liobe wen serengge duleke julgei niyalma kai, ganio joriha gese liobe wen i gisun ehe sain ocibe emgeri jorime wajiha kai. suwe te neneme abka be kiyangdulaha be aliyame, dekdehe dain be nakabume, han i doro dasame taifin ojoro sain gisumbe gisurerakū, baibi julgei gisum be

---

此劉伯溫者乃過去古人也，劉伯溫如同妖異怪誕之言，縱有善惡，所指已過去也。爾等如今不先行後悔抗天之過，不停止興兵，不說治理帝政以求太平之善言，徒然改變昔日誓言

此刘伯温者乃过去古人也，刘伯温如同妖异怪诞之言，纵有善恶，所指已过去也。尔等如今不先行后悔抗天之过，不停止兴兵，不说治理帝政以求太平之善言，徒然改变昔日誓言

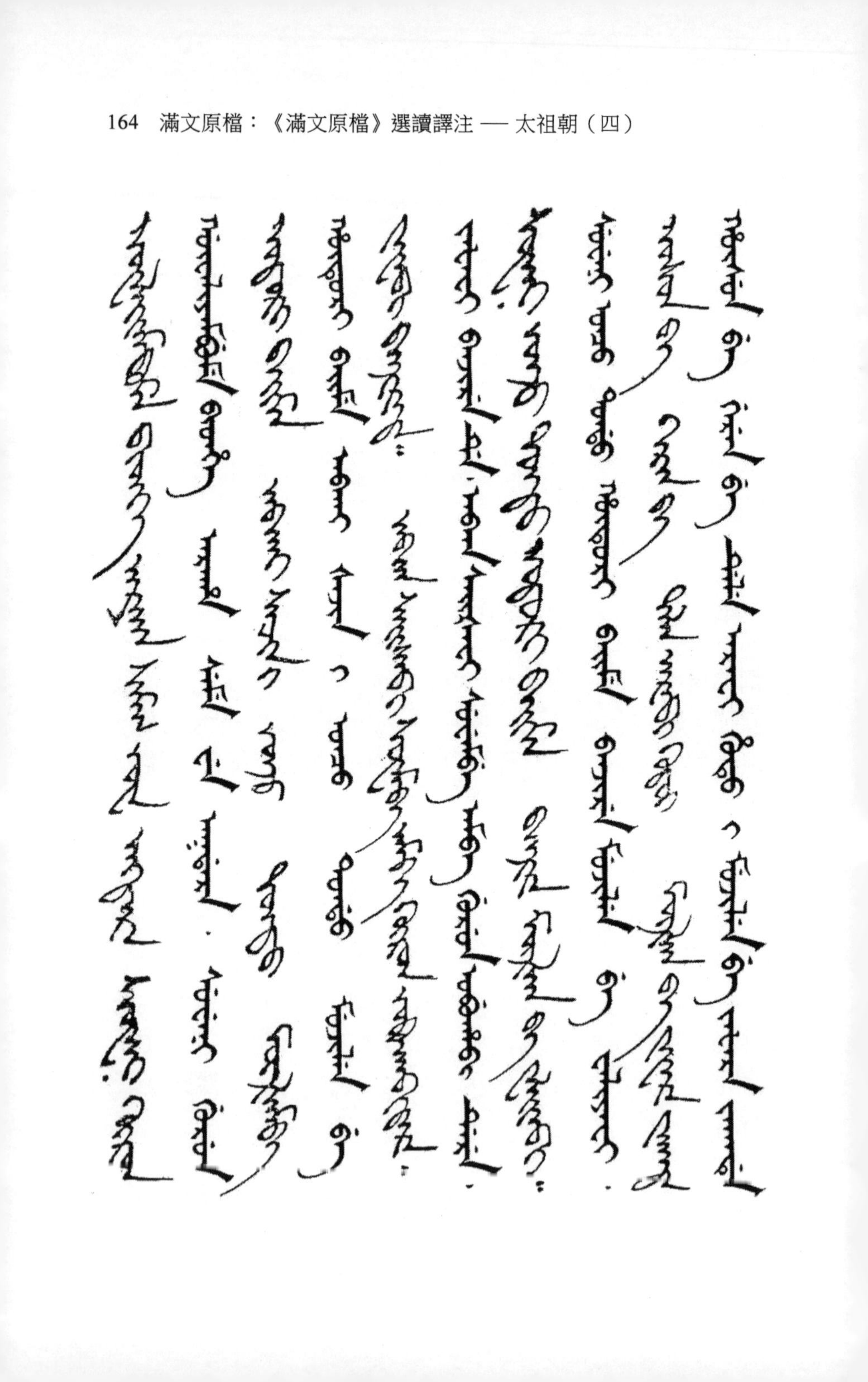

gūwaliyambume bithe araha seme we akdara. suweni gurun hūturi baime abkai šajin i onco tondo mujilembe jafafi banjirede, abka saišafi suwembe amba gurun obuhabidere. suweni onco tondo hūturi baime banjire mujilen be waliyafi, hūsun be geren be dele arafi hutui mujilen be jafara jakade

---

而致書於我，又有誰相信？爾國遵守天紀持寬宏公正之心，故蒙天嘉佑，使爾等成為大國也。今爾擯棄寬宏公正祈福維生之心，以力強人眾為上，而持鬼祟之心，

而致书于我，又有谁相信？尔国遵守天纪持宽宏公正之心，故蒙天嘉佑，使尔等成为大国也。今尔摈弃宽宏公正祈福维生之心，以力强人众为上，而持鬼祟之心，

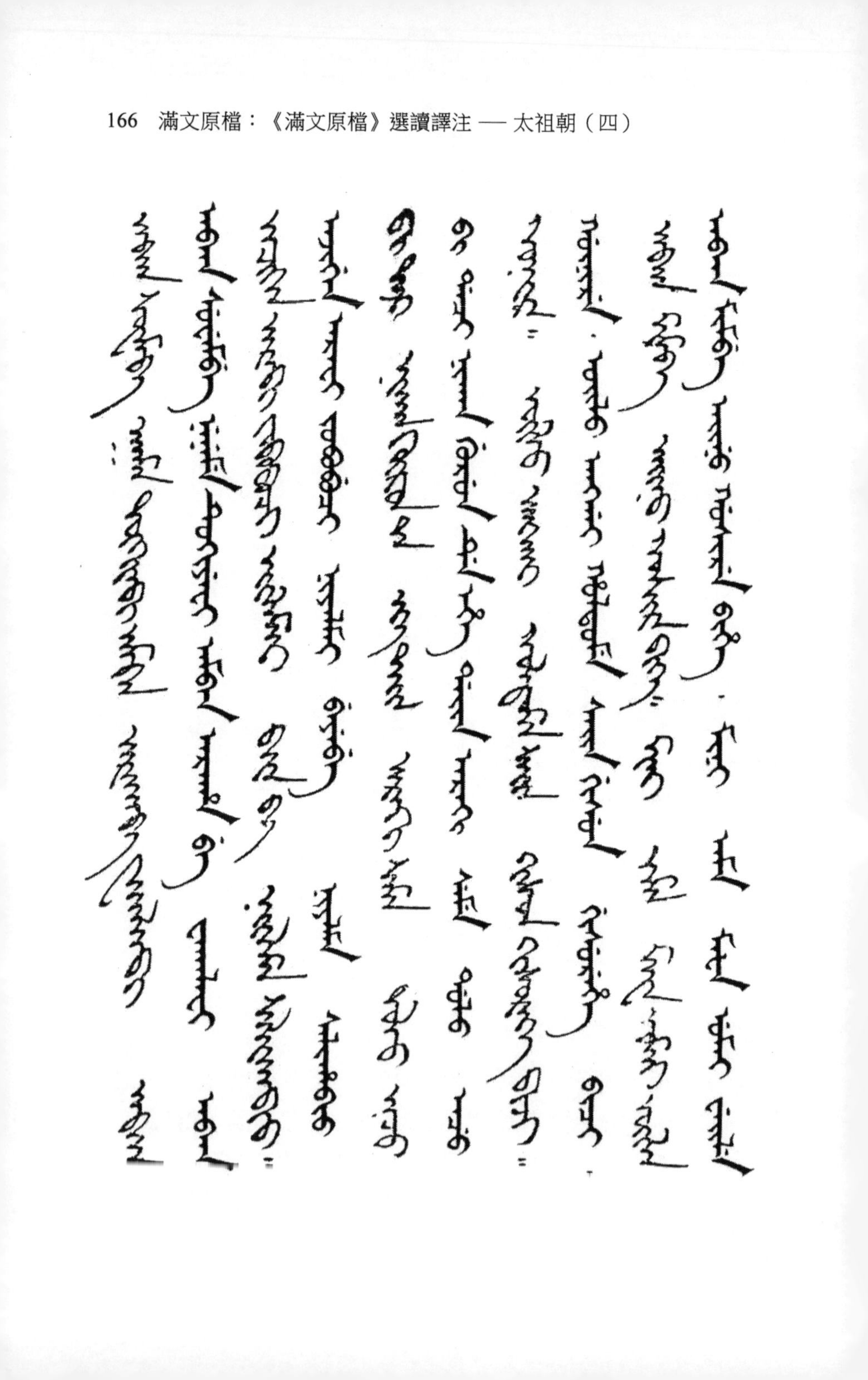

[illegible]

abka suwembe neneme tukiyefi amban arahabe wakalafi, abka ajigen arafi jobobuci niyalmai beye be niyalma salihabio. bi daci nikan gurun de ehe dain araki seme dolo encu gūnire, oilo anggai holtome sain gisun gisurehe bici, abka mimbe ainu gosire bihe. mini ama mafa umai weile

---

故而天譴責先前舉為大國之爾等，天使爾成為小國而苦之，人自身豈人所能自主耶？向來我對明國若欲交惡，欲啟兵端，心存異心，在表面上口中却說好話相欺，則天為何眷佑我耶？我父祖原本無辜，

故而天谴责先前举为大国之尔等，天使尔成为小国而苦之，人自身岂人所能自主耶？向来我对明国若欲交恶，欲启兵端，心存异心，在表面上口中却说好话相欺，则天为何眷佑我耶？我父祖原本无辜，

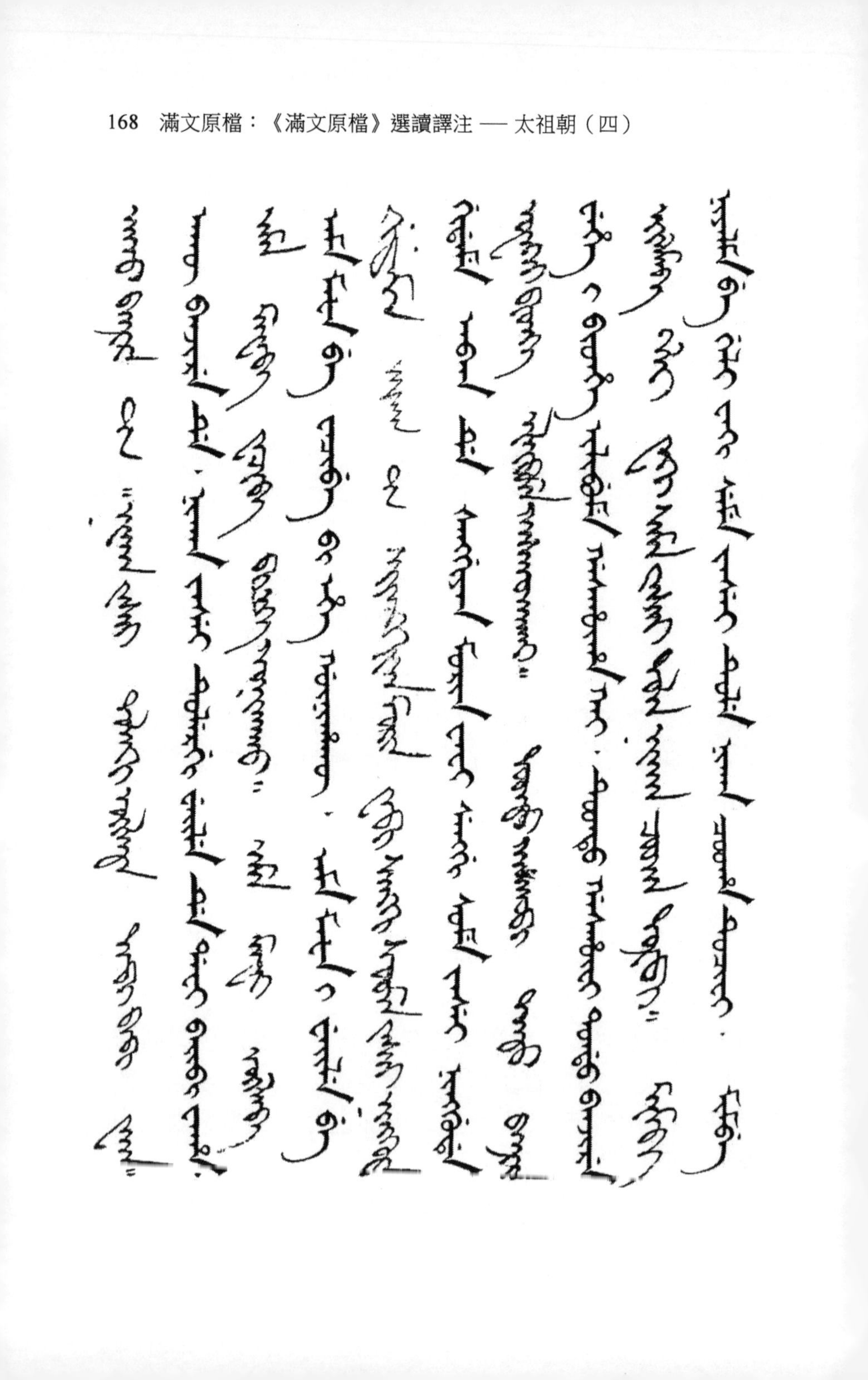

akū banjire de, nikan jasei tulergi weile de dafi baibi waha, ama, mafa be wacibe bi ehe gūnihakū, ama mafa i weile be gidame abka de šanggiyan morin wafi senggi some jasei ninggude wehe i bithe ilibume gashūhakai. tuttu gashūfi tondo banjire niyalma be geli waki seme jasei tule nikan cooha tucifi, mimbe

---

明人啟釁於邊外，平白無端殺之，雖殺我父祖，我仍不念其惡，隱忍殺害父祖之罪，仍對天刑白馬拋灑鮮血，於邊界之上勒碑盟誓也。如此盟誓之後，明兵又出邊外，又欲殺害正直維生之人，

明人启衅于边外，平白无端杀之，虽杀我父祖，我仍不念其恶，隐忍杀害父祖之罪，仍对天刑白马抛洒鲜血，于边界之上勒碑盟誓也。如此盟誓之后，明兵又出边外，又欲杀害正直维生之人，

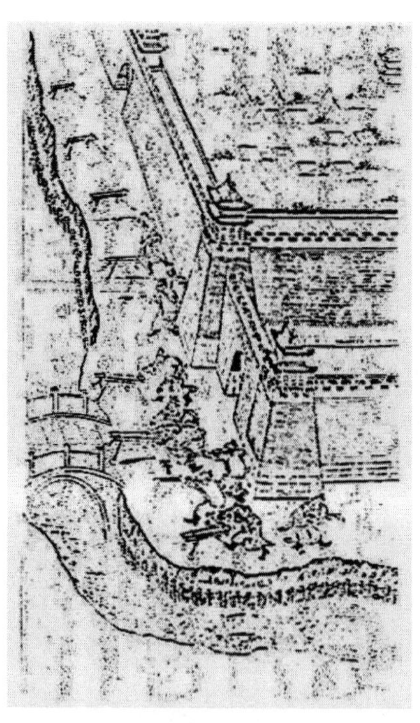

十二、物阜民康

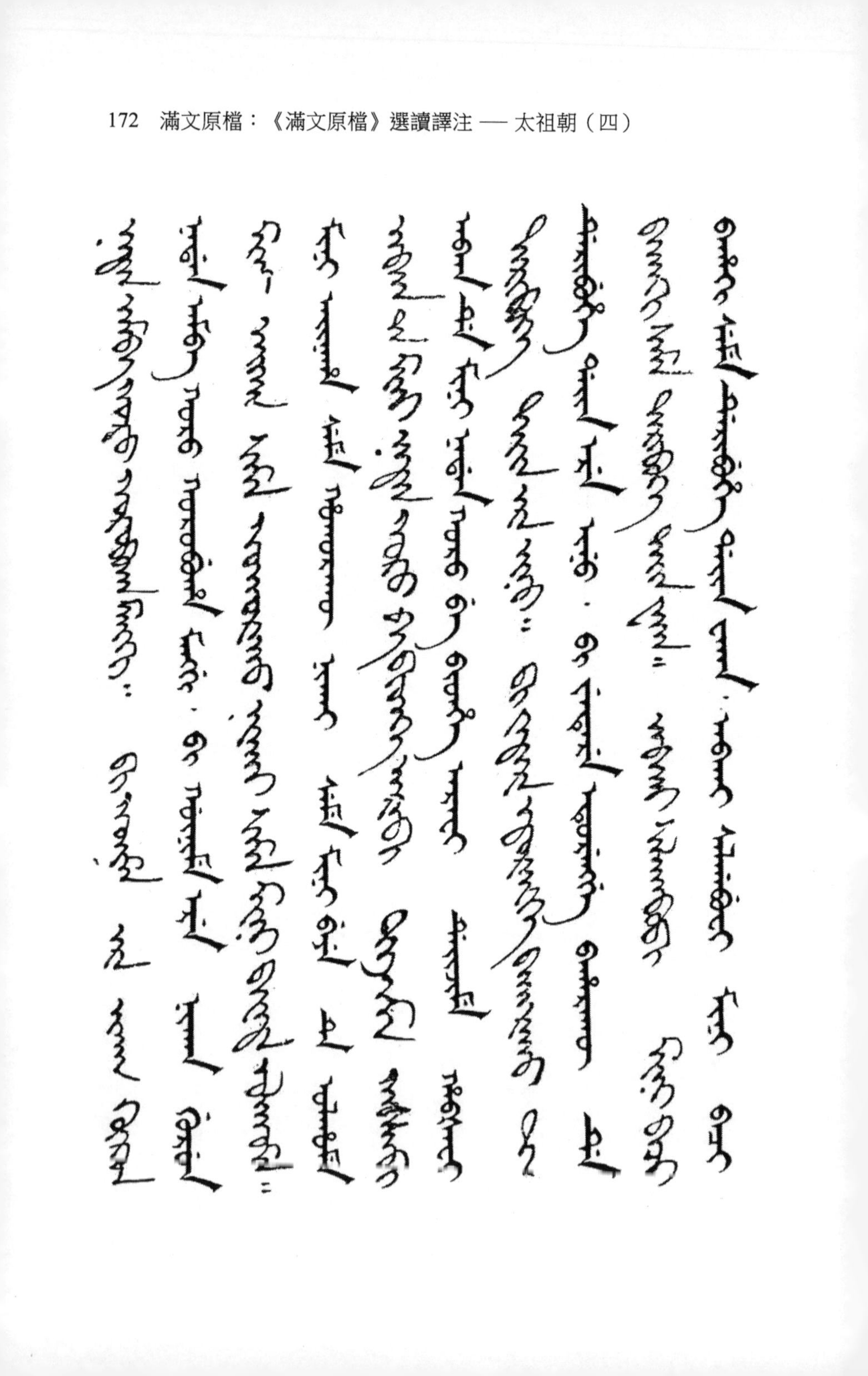

nadan amba koro korobuha manggi, bi gūnime ere nikan gurun mini ainaha seme hokorakū nikai seme mini beye te olhome, abka de mini nadan koro be bithe arafi deijime habšafi deribuhe dain ere inu. bi jetere eturengge baharakū de bahaki seme deribuhe dain waka, abkai salgabufi mini baci

以致使我釀成七大恨。我想，明國對我斷不罷休，如今我自身謹慎[40]書寫七大恨，焚燒告天，始興師是也。我之興師，非為衣食匱乏，天賦與我之地，

以致使我酿成七大恨。我想，明国对我断不罢休，如今我自身谨慎书写七大恨，焚烧告天，始兴师是也。我之兴师，非为衣食匮乏，天赋与我之地，

40 如今我自身謹慎，《滿文原檔》讀作“mini beyede olhome”，句中“de”係與位格，意即「於（自身）」；《滿文老檔》讀作“mini beye te olhome”，句中“te”係時間副詞，意即「如今、現在」。

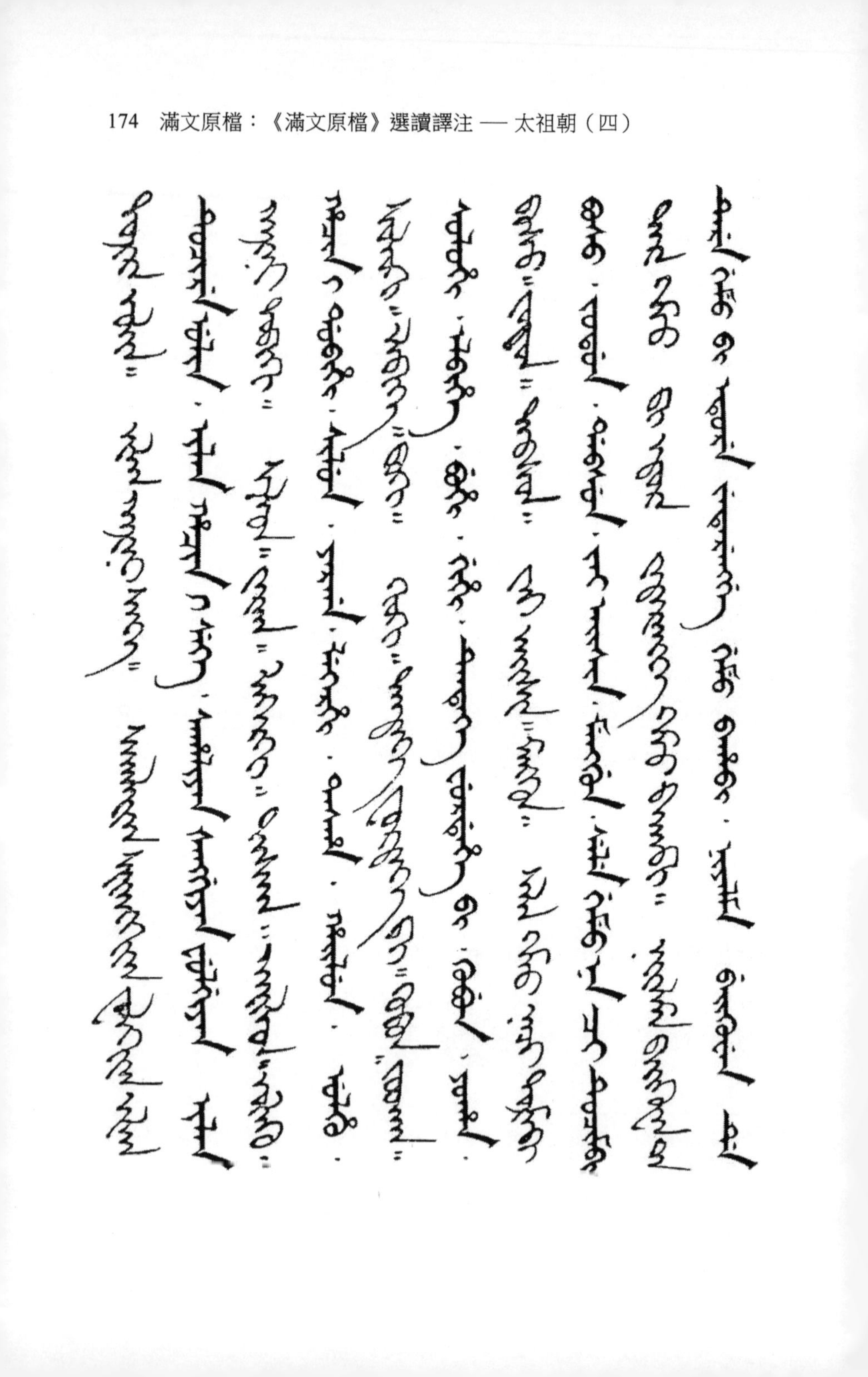

tucire ulin, ilan hacini seke, sahaliyan šanggiyan fulgiyan ilan hacini dobihi, silun, yarga, lekerhi, tasha, hailun, ulhu, solohi, elbihe, buhi, gihi, tenteke furdehe bi, kubun, yohan, boso, jodon, dabsun, jai aisin, menggun, sele gemu naci tucimbi. tere gemu bi eture jeterengge gemu bahabi, niyalma beikuwen de

---

出產財貨，有三色貂皮，黑、白、紅三色狐皮、猞猁猻皮、豹皮、海獺皮、虎皮、水獺皮、灰鼠皮、騷鼠皮、貉子皮、去毛鹿皮、帶毛麅皮[41]等如許皮毛；有棉花[42]、絲綿[43]、布疋、葛布、鹽[44]及金、銀、鐵等物，皆自地中出產，應有盡有，衣食皆可獲得，人有因嚴寒

出产财货，有三色貂皮，黑、白、红三色狐皮、猞猁狲皮、豹皮、海獭皮、虎皮、水獭皮、灰鼠皮、骚鼠皮、貉子皮、去毛鹿皮、带毛狍皮等如许皮毛；有棉花、丝绵、布疋、葛布、盐及金、银、铁等物，皆自地中出产，应有尽有，衣食皆可获得，人有因严寒

---

41 帶毛麅皮，《滿文原檔》寫作“kioki”，《滿文老檔》讀作“gihi”。按此為無圈點滿文“ki”與“gi”、“ki”與“hi”之混用現象。

42 棉花，《滿文原檔》、《滿文老檔》俱讀作“kubun”，係蒙文“böbüng”借詞。

43 絲綿，《滿文原檔》寫作“jookan”，《滿文老檔》讀作“yohan”。按此為無圈點滿文“jo”與“yo”、“ka”與“ha”之混用現象。

44 鹽，《滿文原檔》、《滿文老檔》俱讀作“dabsun”，係蒙文“dabusu(n)”借詞。

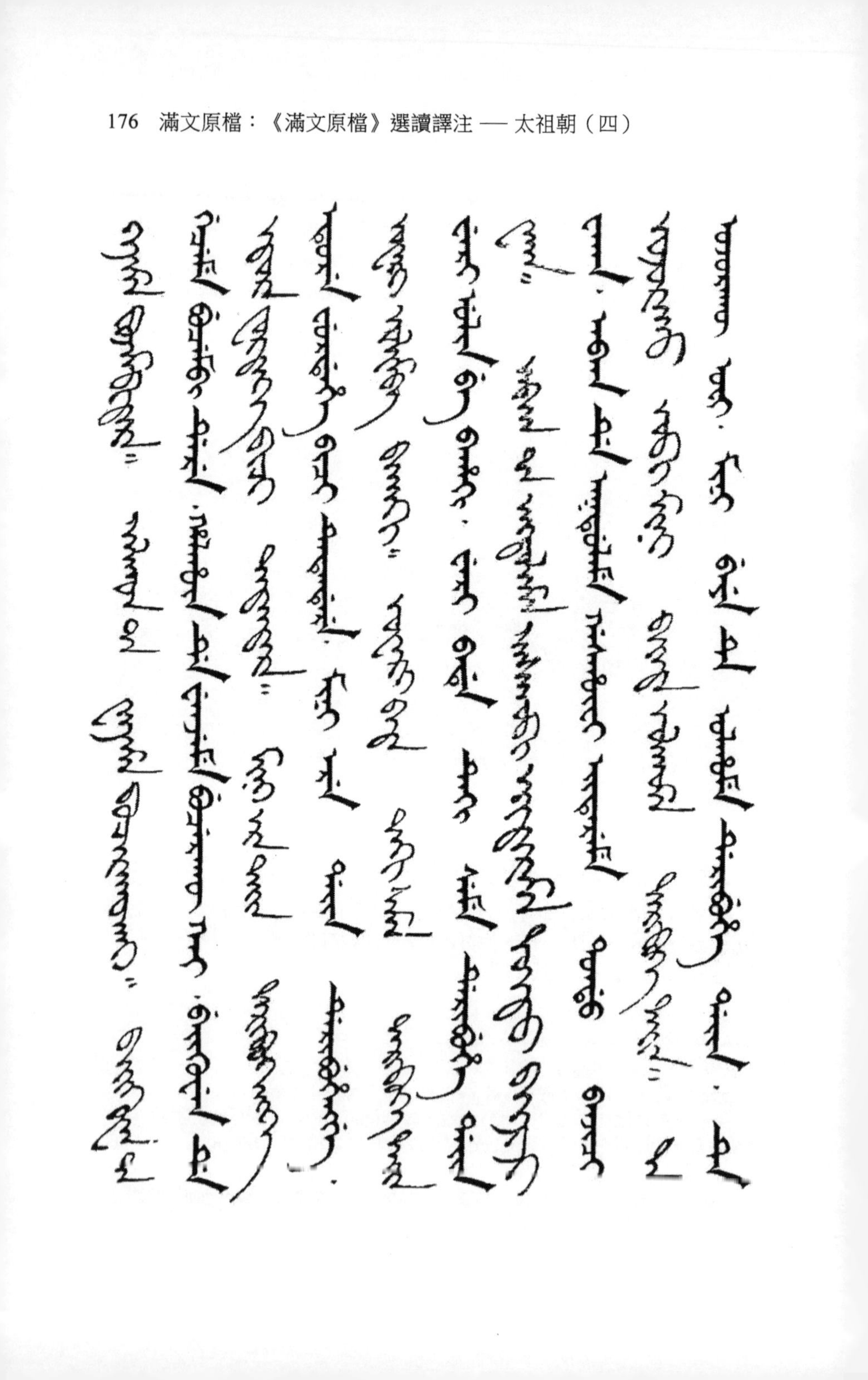

geceme bucembidere, halhūn de wenjeme bucerakūkai. beikuwen de eture furdehe bici tetendere. mini ere dain deribuhengge, weri ulin be bahaki, weri bade teki seme deribuhe dain waka, abka de akdulame gashūfi eitereme tondo banjici ojorakū ofi, mini beyede olhome deribuhe dain, te

---

而凍死，並無因酷熱而熱死者也。寒冷時既有穿用之皮毛則已。我此次興師，非欲獲得他人之財物，或欲佔據他人之地而興師，乃因對天保證盟誓後，仍受欺凌而不得正直安生之故，方今我自身始謹慎興師，

而冻死，并无因酷热而热死者也。寒冷时既有穿用之皮毛则已。我此次兴师，非欲获得他人之财物，或欲占据他人之地而兴师，乃因对天保证盟誓后，仍受欺凌而不得正直安生之故，方今我自身始谨慎兴师，

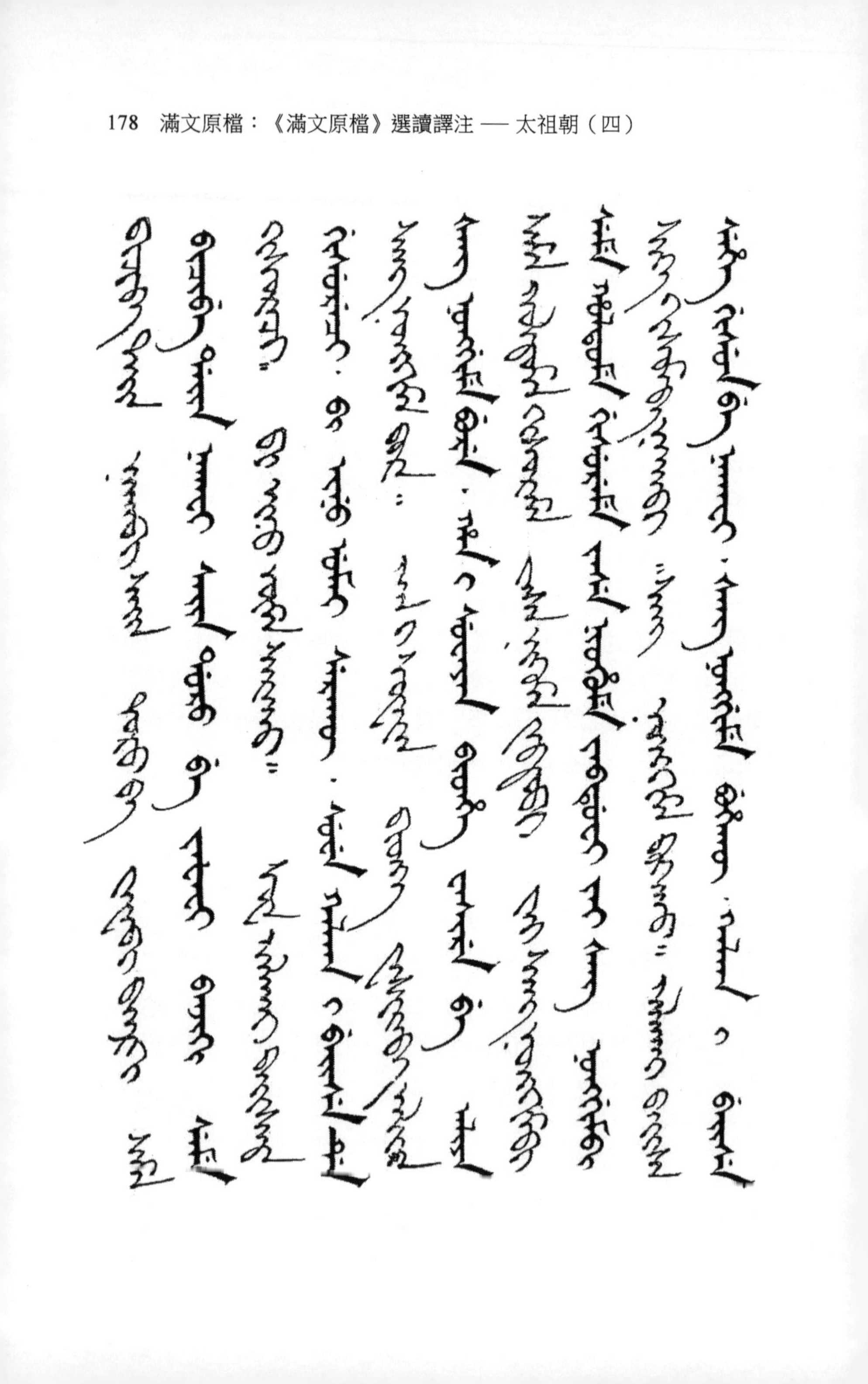

bicibe dain nakafi sain doro be jafafi banjiki seme gisureci, bi inu umai serakū. suwe kalkai beisede šang nonggime bure, han i suwayan bithe wasirebe aliya seme holtome gisureme jase niohume jabdufi jai šang nonggimbi sehe gisun be nakafi, šang nonggime buhekū, kalkai beise

---

如今倘若欲罷兵持善道修好安生而議之，我亦無異議[45]。爾等曾以加賞而候皇帝頒降詔書謊騙喀爾喀諸貝勒，後又允俟邊界修築土墻[46]工竣再行加賞，食言而未給加賞，

如今倘若欲罢兵持善道修好安生而议之，我亦无异议。尔等曾以加赏而候皇帝颁降诏书谎骗喀尔喀诸贝勒，后又允俟边界修筑土墙工竣再行加赏，食言而未给加赏，

---

45 無異議，《滿文原檔》寫作 “uma(e) sa(e)rako”，《滿文老檔》讀作 “umai serakū”意即「無所謂」。

46 修築土墻，《滿文原檔》寫作 “nikuma(e)”，《滿文老檔》讀作 “niohume”。

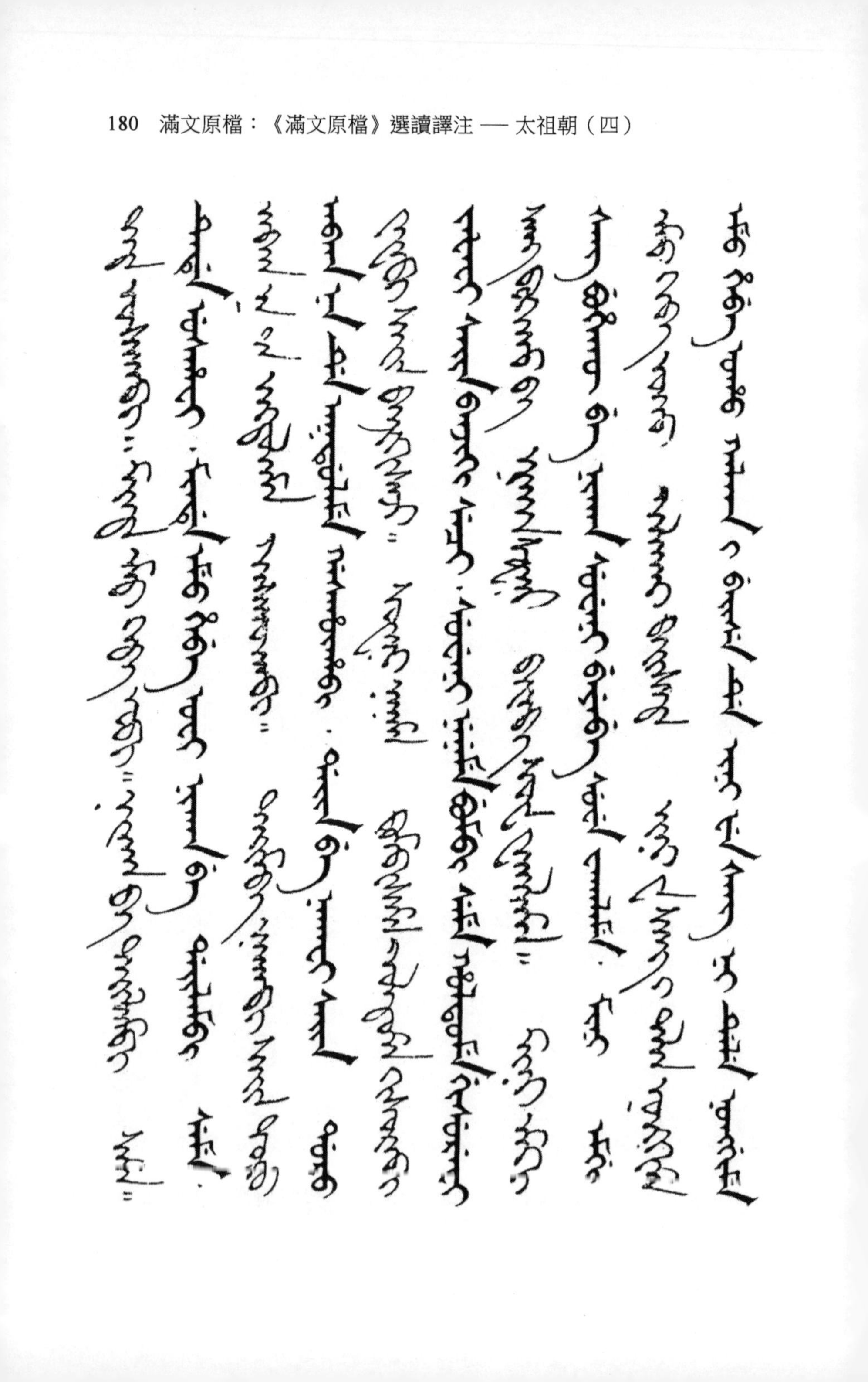

tede ushafi, minde emu hebe ofi nikan be dailambi seme, abka na de akdulame gashūhabi. daimbe nakafi sain doro jafafi sain banjikiseci, suweni neneme bumbi seme holtome gisurefi šang buhekū be nikan suweni beyebe suwe wakalame, mini emgi emu hebe oho kalkai beisede ini fe šang ni dele nonggime

---

致使喀爾喀諸貝勒為此惱怒，與我同謀，對天地保證盟誓以征明。若欲罷兵持善道修好安生，則爾等應將先前謊騙而未給加賞先行給賞。明人爾等自身應譴責爾等。與我同謀之喀爾喀諸貝勒於其舊賞[47]之上再行加賞，

致使喀尔喀诸贝勒为此恼怒，与我同谋，对天地保证盟誓以征明。若欲罢兵持善道修好安生，则尔等应将先前谎骗而未给加赏先行给赏。明人尔等自身应谴责尔等。与我同谋之喀尔喀诸贝勒于其旧赏之上再行加赏，

---

[47] 舊賞，《滿文原檔》寫作“wa(e) sang”，《滿文老檔》讀作“fe šang”。按此為無圈點滿文“we”與“fe”、“sa”與“ša”之混用現象。

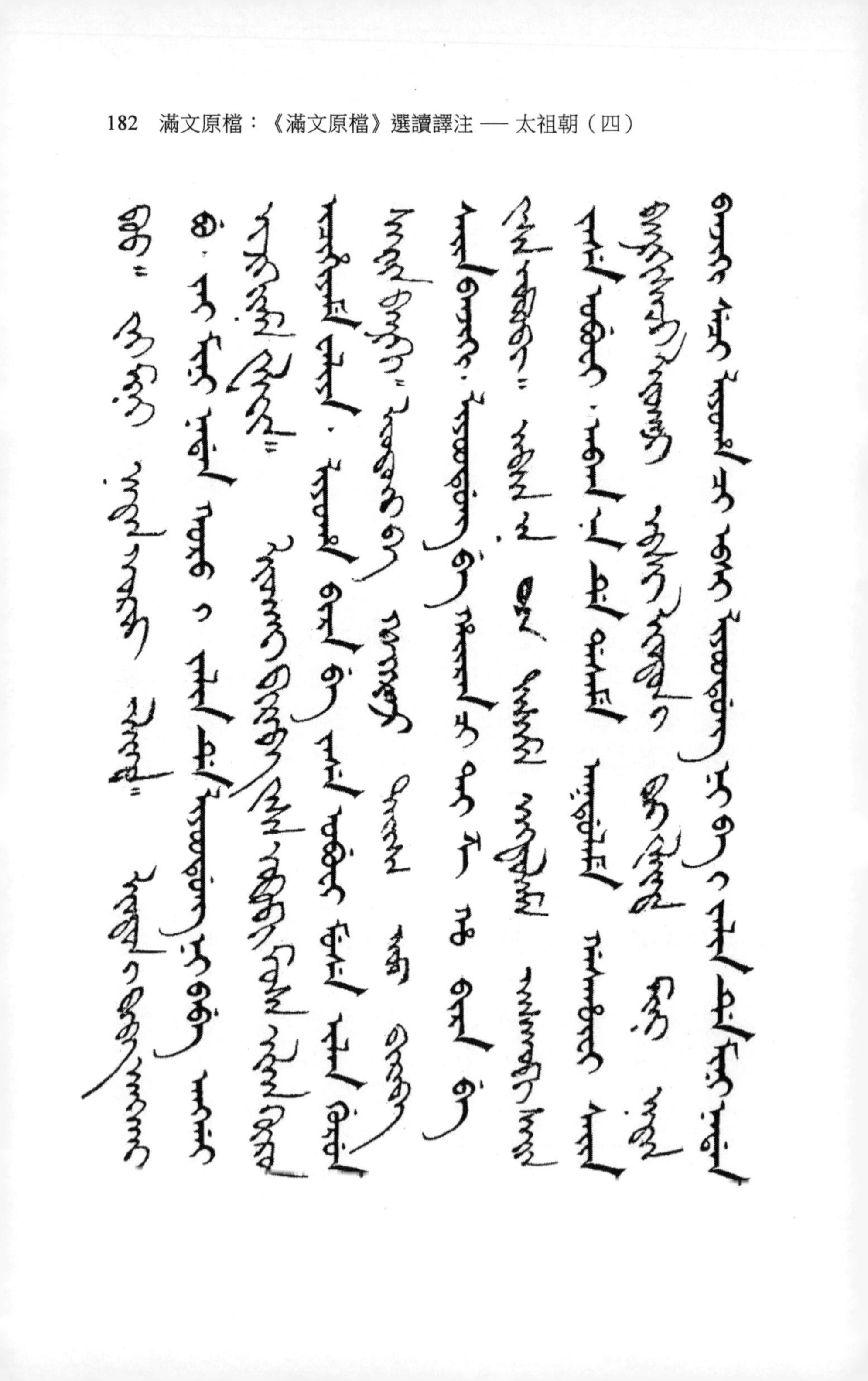

bu. jai mini nadan koroi jalinde, liyoodun i babe anggai icihiyame waliya, liyohai birabe jase obufi muse ilan gurun sain banjiki. liyoodun be hairanci tai dzi ho birabe jase obufi, abka na de dasame akdulame gashūfi sain banjiki seci liyohaci ebsi liyoodun i bai jalinde mini nadan

---

再者，為解我七恨，當面商放棄遼東地方，以遼河為界，俾我三國修好安生。若願將遼東自海蘭至太子河為界，復行對天地保證盟誓而修好安生，則為自遼河以東之遼東地方，

再者，为解我七恨，当面商放弃辽东地方，以辽河为界，俾我三国修好安生。若愿将辽东自海兰至太子河为界，复行对天地保证盟誓而修好安生，则为自辽河以东之辽东地方，

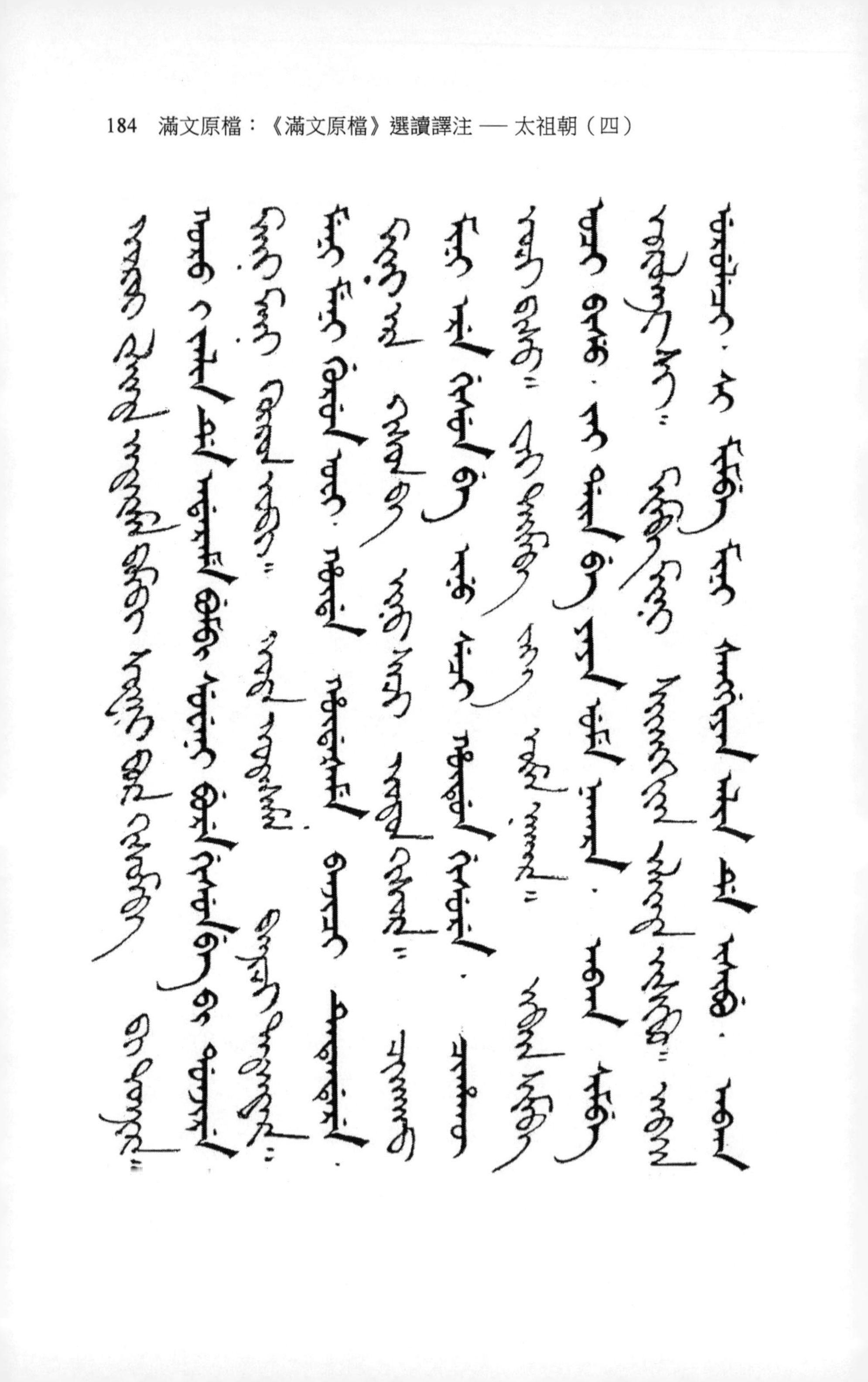

koroi jalinde adarame bumbi. suweni bure gisumbe bi donjire. meni meni gurun ofi, hūda hūdašame banjici tetendere, mini ere gisun be inu seci hūdun gisure, cihakū oci bisu. jai daimbe yaya ume nakara. abka simbe uruleci si mimbe mini šanggiyan alinde isibu, abka

---

為我七恨應如何割給？我願聞爾等回音。既然各自為國，可互通貿易。若以我此言為是，則請速行[48]回覆；若不情願，亦請自便，仍各行用兵不罷休。天若以爾為是，則爾可驅我至白山[49]；

为我七恨应如何割给？我愿闻尔等回音。既然各自为国，可互通贸易。若以我此言为是，则请速行回复；若不情愿，亦请自便，仍各行用兵不罢休。天若以尔为是，则尔可驱我至白山；

---

48 速行，《滿文原檔》寫作 “koton”，《滿文老檔》讀作 “hūdun”。係蒙文 “qurdun”借詞，意即「快速的」。

49 白山，《滿文原檔》寫作 “sijangkijan alin”，《滿文老檔》讀作 “šanggiyan alin”。按此為無圈點滿文 “sijang”與 “šang”、“ki”與 “gi”、“ja”與 “ya” 之混用現象。又「白山」規範滿文讀作 “golmin šanggiyan(šanyan) alin”，意即「長白山」。

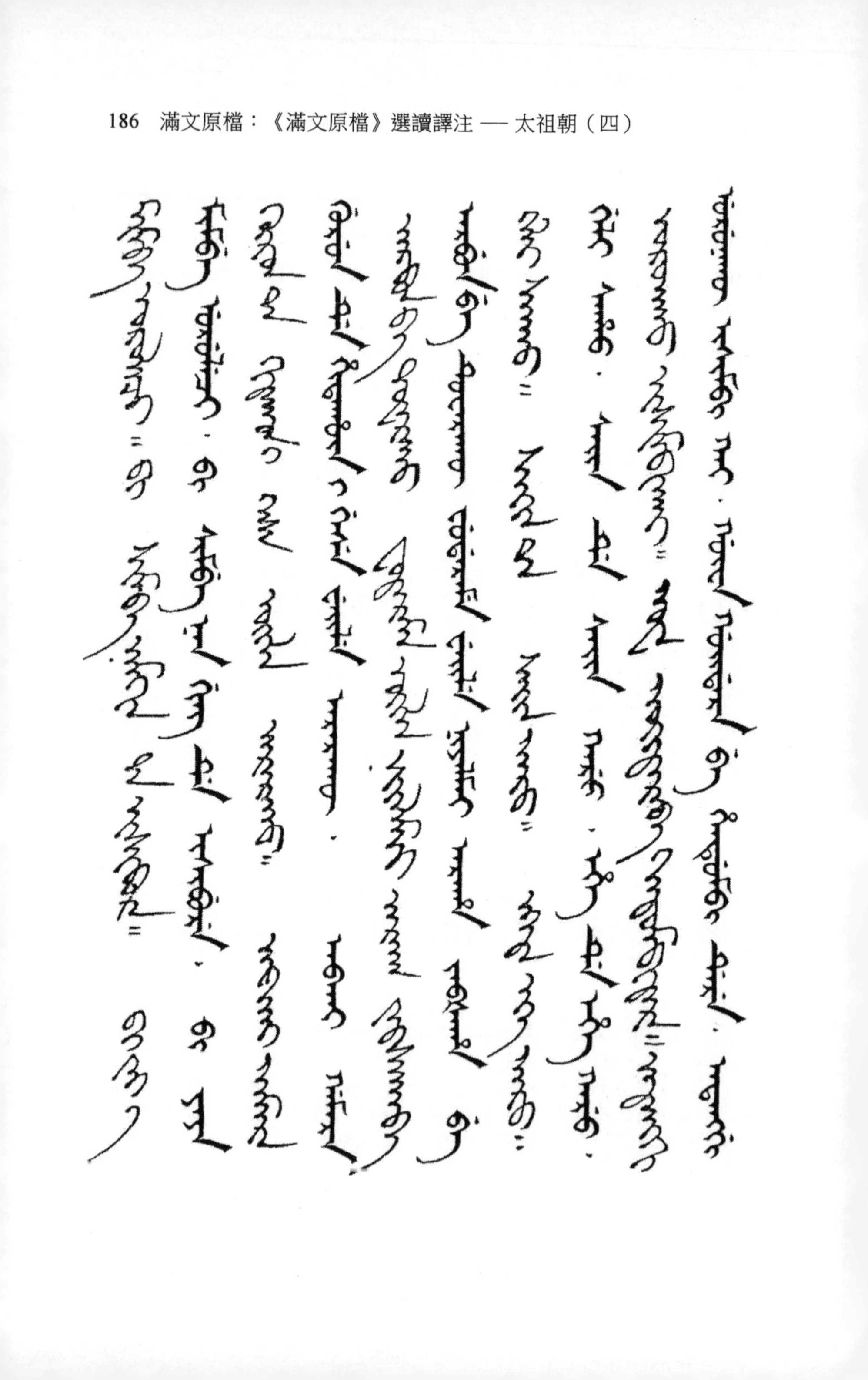

mimbe uruleci, bi simbe nan ging de isibure. bi yaya gurun de hitahūn i gese weile ararakū, abkai gamara arbun be tuwarakū fudarame weile niyalmai araha jabšahabe geli sahao. sain de sain karu, ehede ehe karu, urunakū isimbikai. gūwa goidarabe hendumbidere. atanggi

---

天若以我為是，我亦必驅爾至南京[50]。我對各國秋毫無犯，未見不順天意，又有誰知逆天作惡之人僥倖得逞者。善有善報，惡有惡報，無論遲早，終必有報應也。

天若以我为是，我亦必驱尔至南京。我对各国秋毫无犯，未见不顺天意，又有谁知逆天作恶之人侥幸得逞者。善有善报，恶有恶报，无论迟早，终必有报应也。

---

[50] 南京，《滿文原檔》讀作"namkin"，《滿文老檔》讀作"nan ging"。

十三、助兵葉赫

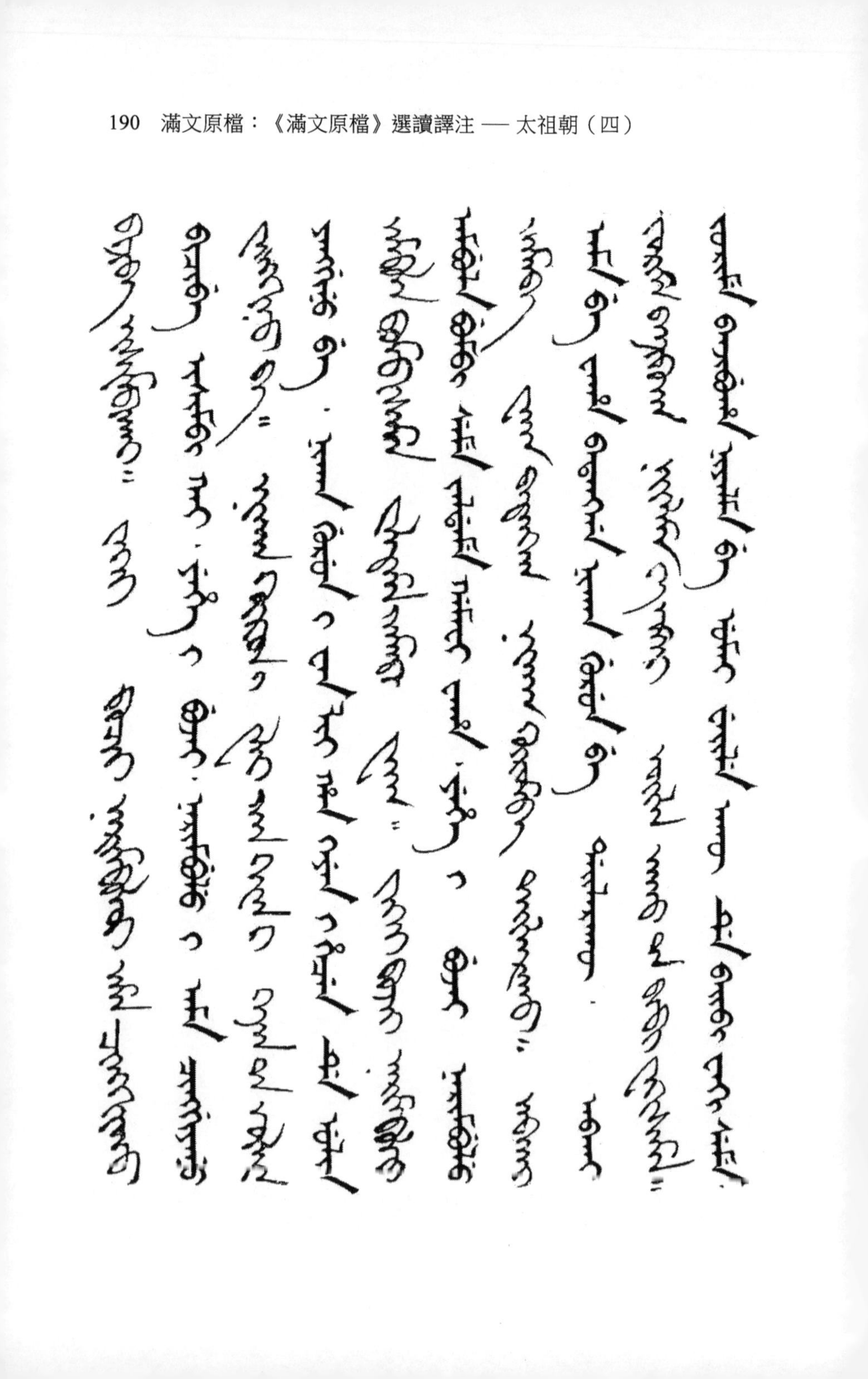

bicibe isimbi kai. yehei bujai, narimbului ama cinggiyanu, yangginu be, nikan gurun i wan lii han keyen i hecen de ulin ambula bumbi seme jaldame gamafi waha. yehei bujai, narimbulu ama be waha batangga nikan gurumbe dailarakū, abkai jorime banjibuha niyalma be umai weile akū de baibi waki seme,

---

明國萬曆帝以重賞財物為名哄誘葉赫之布寨、納林布祿之父青佳努、揚吉努至開原城殺之。葉赫之布寨、納林布祿不去征討殺父仇敵之明國，反而平白無故欲殺並無罪過順天指示而生之人。

明国万历帝以重赏财物为名哄诱叶赫之布寨、纳林布禄之父青佳努、扬吉努至开原城杀之。叶赫之布寨、纳林布禄不去征讨杀父仇敌之明国，反而平白无故欲杀并无罪过顺天指示而生之人。

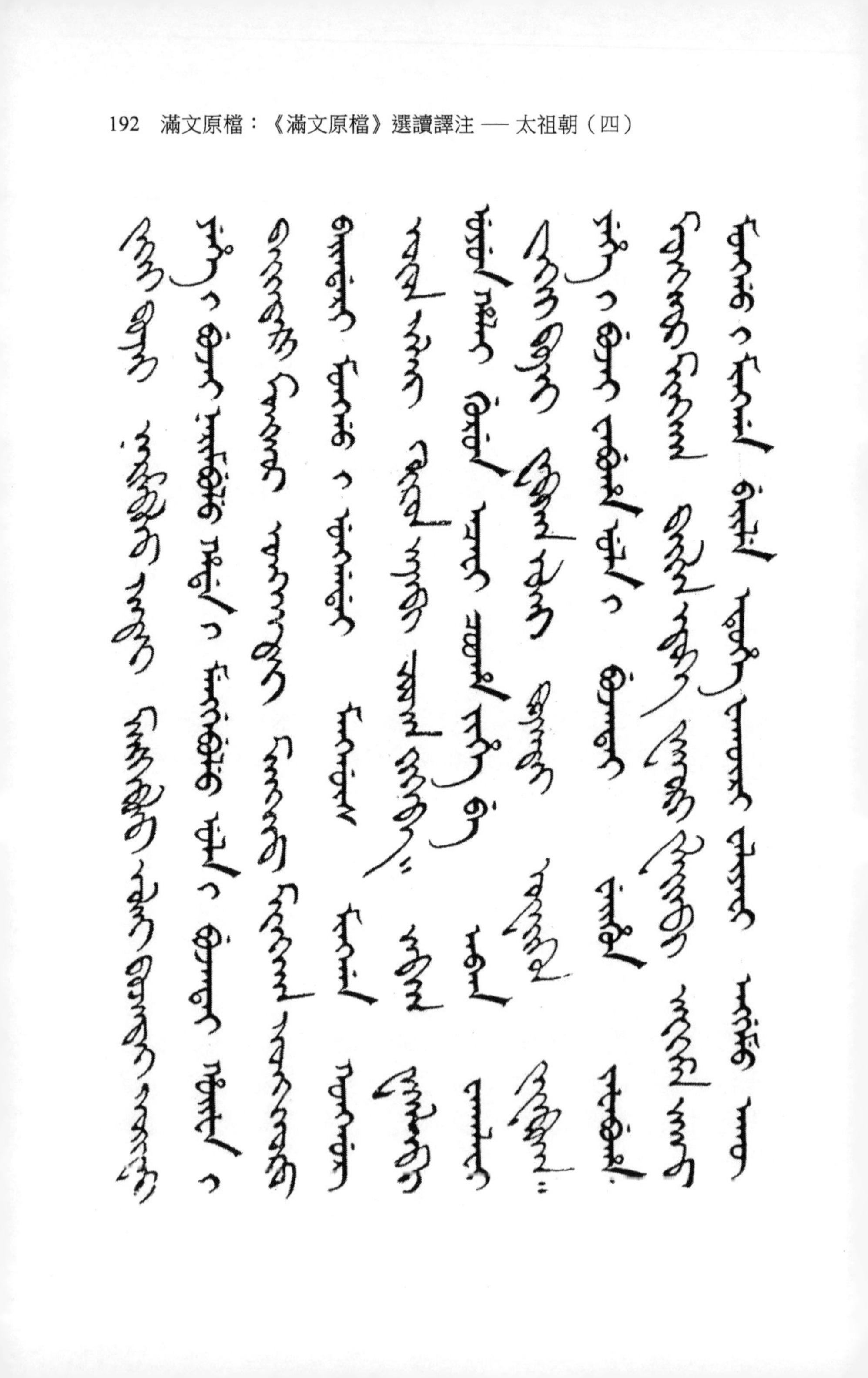

yehei bujai, narimbulu, hadai menggebulu, ulai bujantai, hoifai baindari, monggoi unggadai, manggūs, minggan, konggor uyun halai gurun acafi cooha jihebe. abka wakalafi yehei bujai wabuha, ulai bujantai weihun jafabuha, monggoi minggan beile etuhe fakūri waliyafi enggemu akū

葉赫之布寨、納林布祿、哈達之孟格布祿、烏拉之布占泰、輝發之拜音達里、蒙古之翁阿岱、莽古斯、明安、孔果爾等九姓之國，合兵來犯。因遭天譴，使葉赫之布寨被殺，烏拉之布占泰被生擒，蒙古之明安貝勒丟棄所穿之褲乘騎無鞍之

叶赫之布寨、纳林布禄、哈达之孟格布禄、乌拉之布占泰、辉发之拜音达里、蒙古之翁阿岱、莽古斯、明安、孔果尔等九姓之国，合兵来犯。因遭天谴，使叶赫之布寨被杀，乌拉之布占泰被生擒，蒙古之明安贝勒丢弃所穿之裤乘骑无鞍之

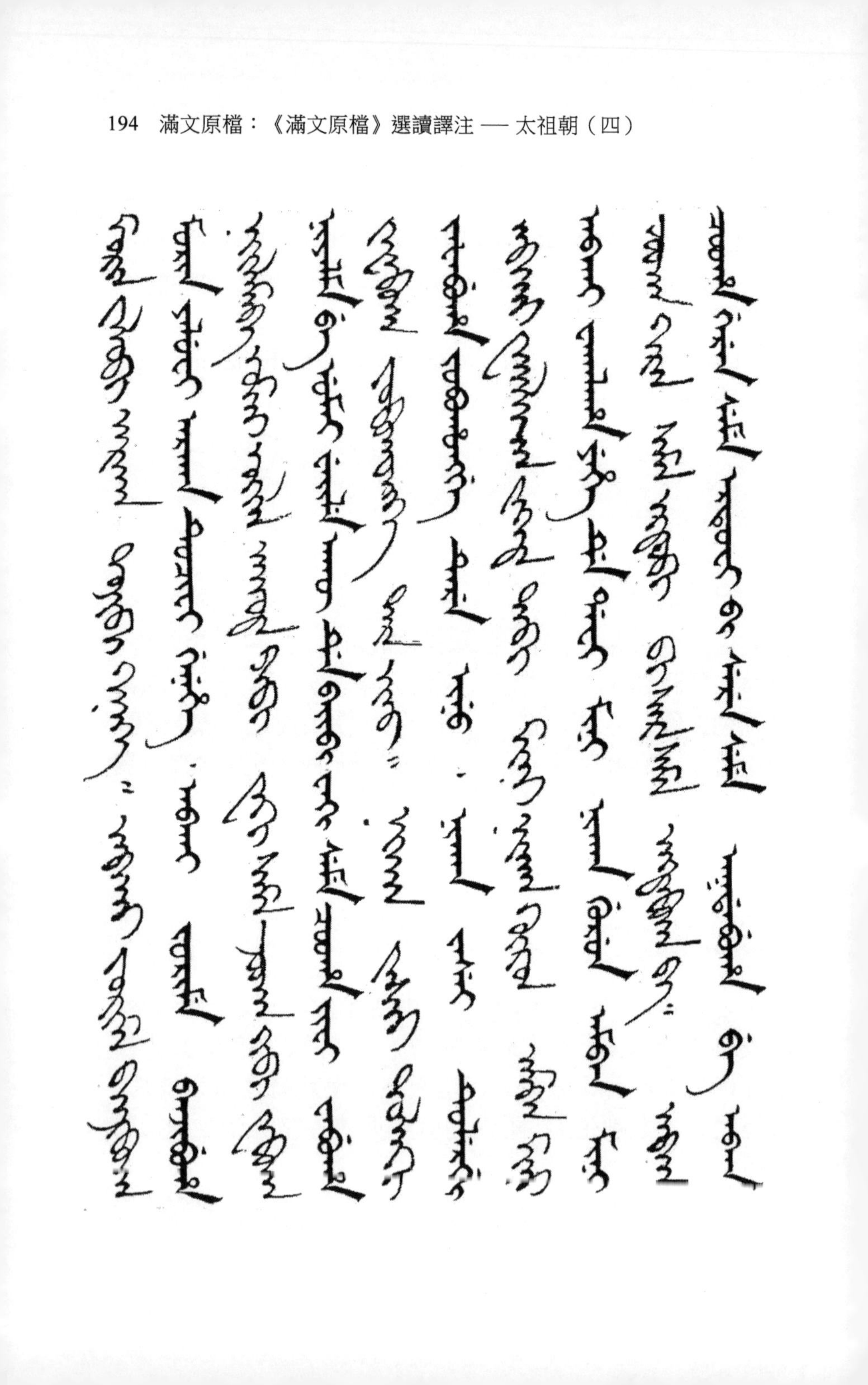

morin yalufi arkan tucifi genehe. abkai jorime banjibuha niyalmabe umai weile akūde baibi waki seme cooha jifi wabuha jafabuha jobohongge tere inu. nikan jasei tulergi abkai wakalaha yehede dafi mini nikan gurun amban mini cooha geren seme ertufi bi sere seme akdabuha be, abka

---

馬勉強逃脫。平白無故出兵，欲殺並無罪過順天指示而生之人，遂遭被殺、被擒，或受苦難者即此也。明人倚恃『我明國大，我兵眾多』，援助明邊外天譴之葉赫，相信我是蠅卵，

马勉强逃脱。平白无故出兵，欲杀并无罪过顺天指示而生之人，遂遭被杀、被擒，或受苦难者即此也。明人倚恃『我明国大，我兵众多』，援助明边外天谴之叶赫，相信我是蝇卵，

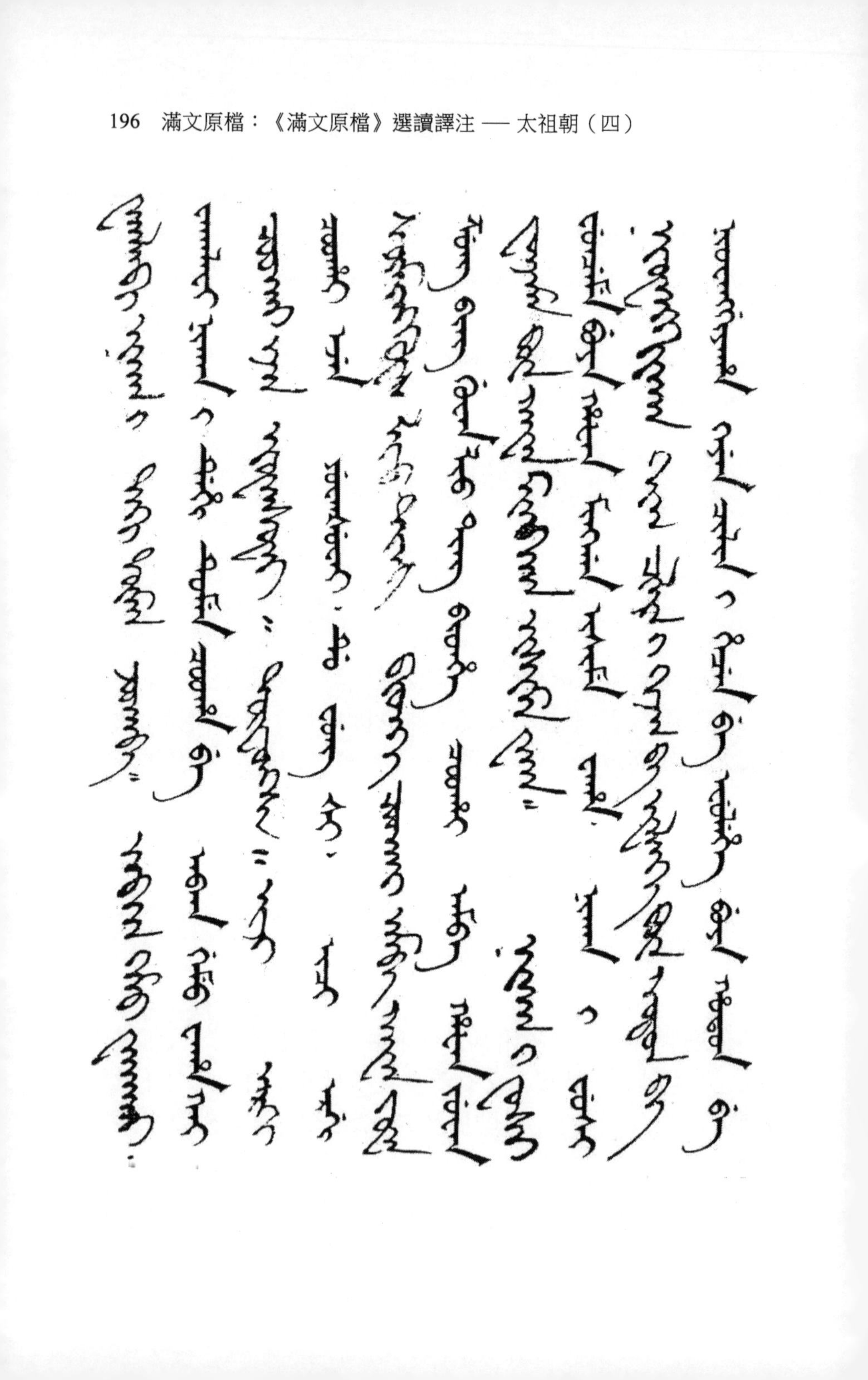

wakalafi nikan i dehi tumen cooha be abka gemu waha kai. coohai ejen yuwanšuwai du fung ši, ici ergi dzung bing guwan lio ting, bithe coohai amba hafan juwan funceme buya hafan minggan isime waha. nikan i fusi, niowanggiyaha, keyen, cilin i hecen be efulehe, buya hoton be

---

致遭天譴。明之四十萬兵皆為天所殺也。其領兵主將元帥杜瘋子、右翼總兵官劉綎及文武大官十餘人，小官近千人被殺。明之撫順、清河、開原、鐵嶺等城被燬，其餘小城

致遭天谴。明之四十万兵皆为天所杀也。其领兵主将元帅杜疯子、右翼总兵官刘綎及文武大官十余人，小官近千人被杀。明之抚顺、清河、开原、铁岭等城被毁，其余小城

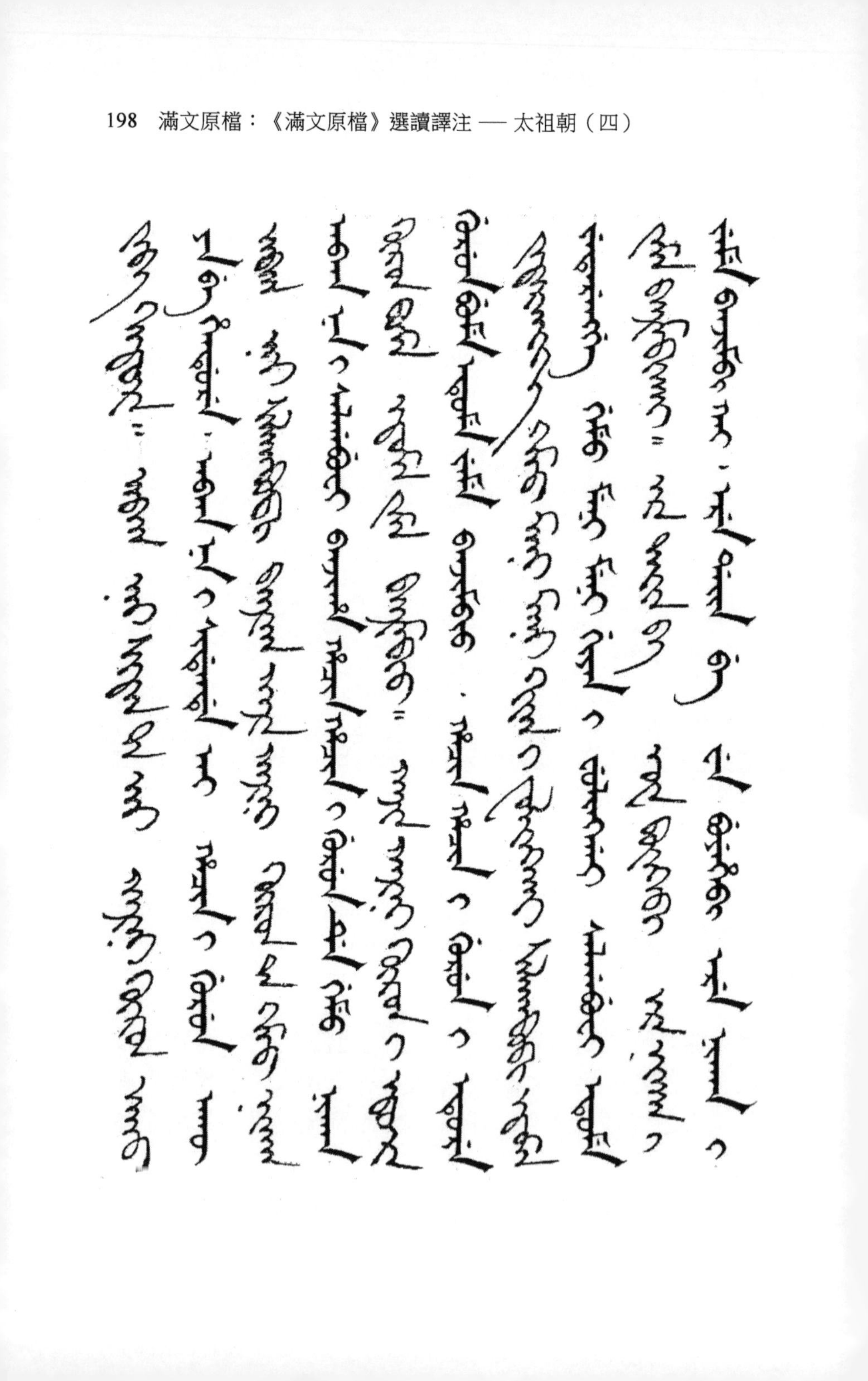

ya be hendure. abka na i siden de ai hacini gurun akū abka na i salgabufi banjiha hacin hacini gurun de gemu nikan gurun bume etume jeme banjimbio. hacin hacini gurun i eture jeterengge gemu meni meni giyan i fulinggai salgabufi etume jeme banjimbikai. ere dain be we buyehebi. ere nikan i

---

更無可言。天地之間，何種國沒有？天地賦與而生之各國，皆賴明國供給衣食而生耶？每個國家所以有穿有食者，皆有各自生存之理，各奉天命賦與衣食而生也。又有誰願意興此戰爭耶？

更无可言。天地之间，何种国没有？天地赋与而生之各国，皆赖明国供给衣食而生耶？每个国家所以有穿有食者，皆有各自生存之理，各奉天命赋与衣食而生也。又有谁愿意兴此战争耶？

十四、朝鮮助兵

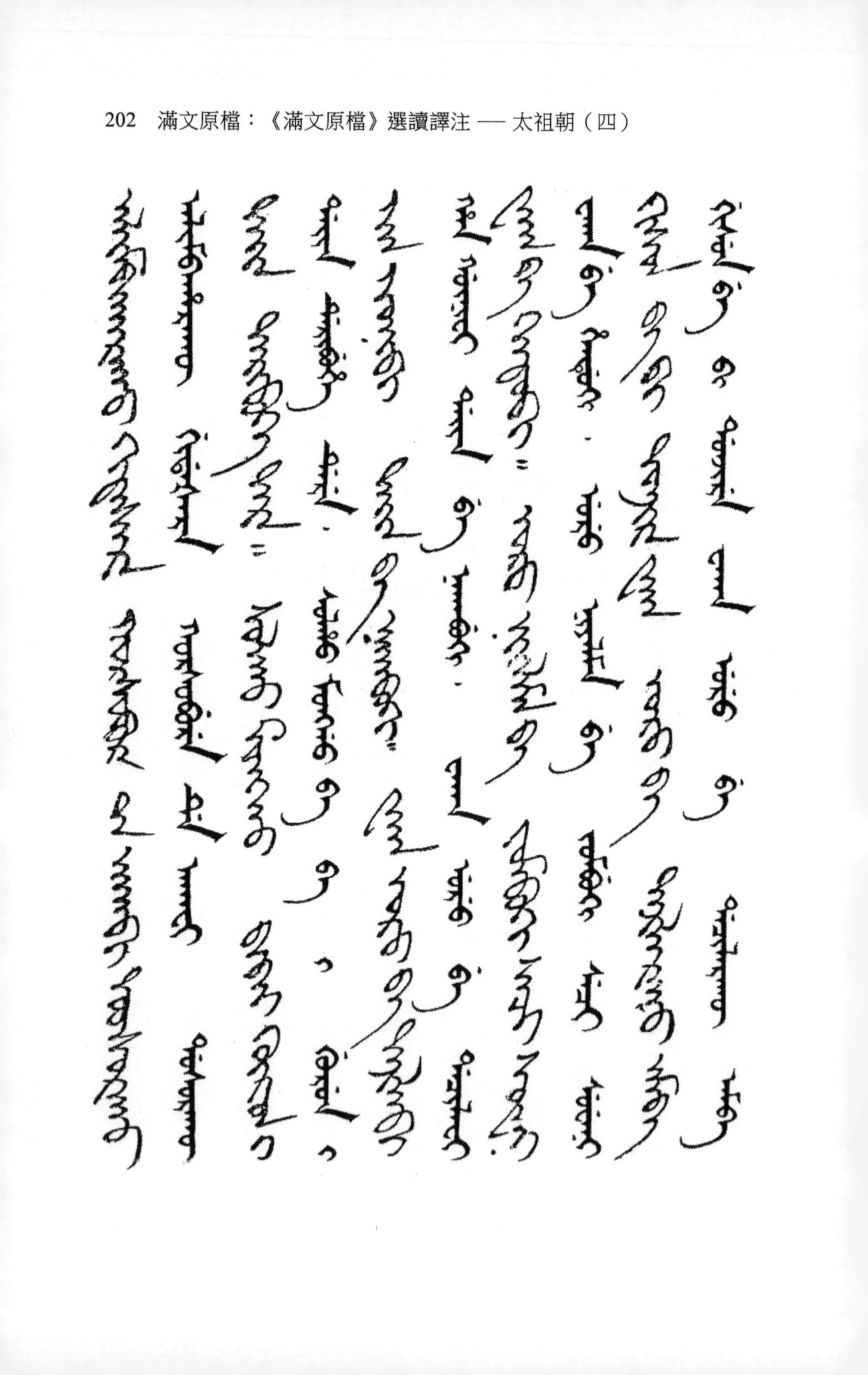

alimbaharakū gidašara korsobure de akafi dosorakū dain deribuhe dere. solho, monggo babai gurun i han gūnifi dain be nakabuki, waka uru be dacilafi waka be henduki, uru niyalma be jombuki seci suweni gisun be bi donjire, waka uru be dacilarakū, amba

---

實因明國為難，欺凌過甚，傷心不堪，始興戰爭而已。朝鮮、蒙古及各處國君想要阻止戰爭，必須明辨是非，斥責不對者，舉出是之人，則我聽從爾等之言。若不問是非，

实因明国为难，欺凌过甚，伤心不堪，始兴战争而已。朝鲜、蒙古及各处国君想要阻止战争，必须明辨是非，斥责不对者，举出是之人，则我听从尔等之言。若不问是非，

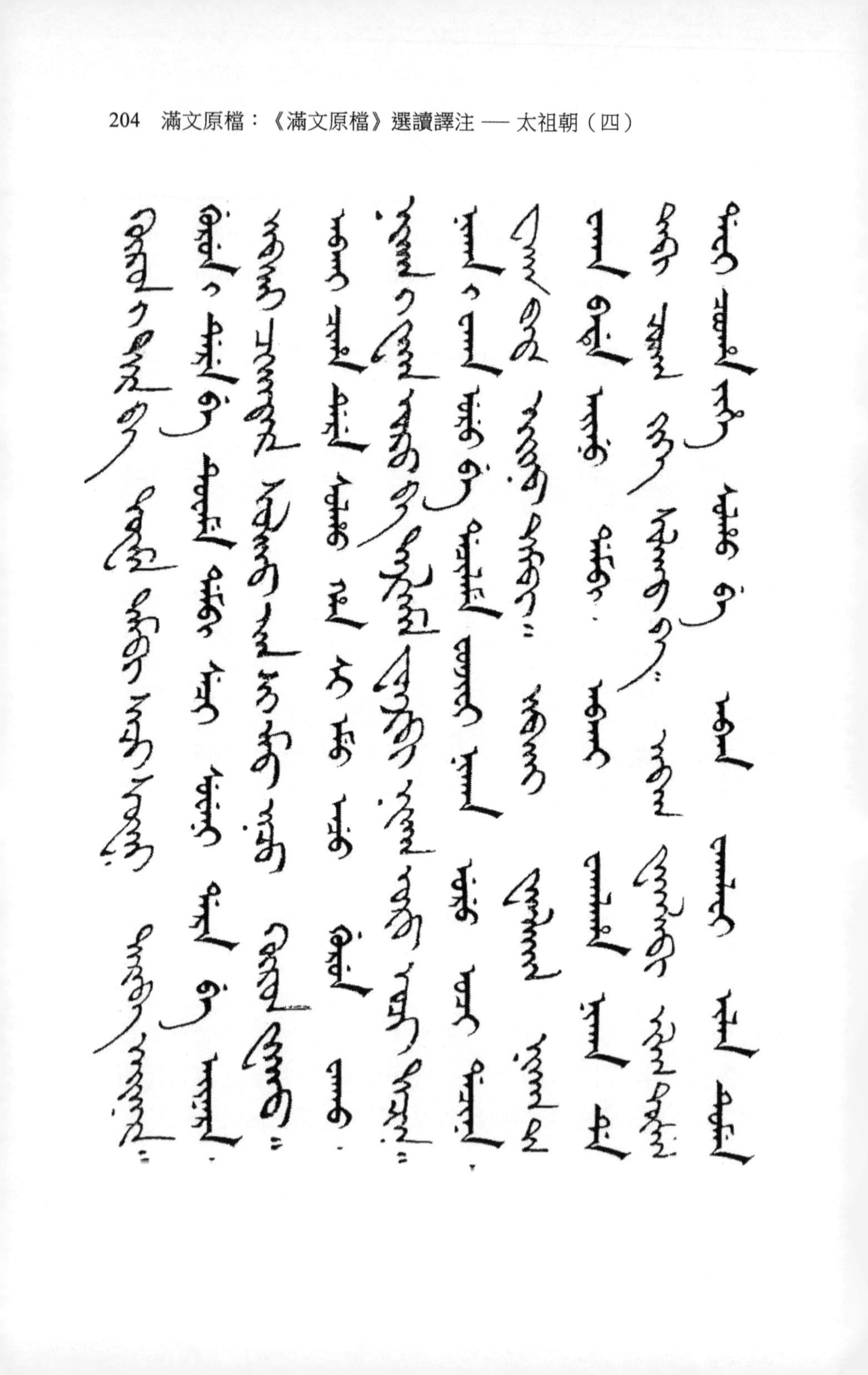

[illegible]

gurun i dere be tuwame dambi seci suweni dara be ainara. abkai ciha dere. solho han si emu encu gurun wakao. nikan i waka uru be dacilame fonjifi nikan uru oci dacina. waka bade ainu dambi. abkai wakalaha nikan de dafi cooha jihe solho be, abka wakalafi ilan tumen

---

但看大國顏面而助之，爾等為何相助？可聽從天意吧！朝鮮國王，爾非另外一國乎？應追問明之是非，若明為是，則助之，若為非，為何助之？爾出兵助天譴之明，致遭天譴，

但看大国颜面而助之，尔等为何相助？可听从天意吧！朝鲜国王，尔非另外一国乎？应追问明之是非，若明为是，则助之，若为非，为何助之？尔出兵助天谴之明，致遭天谴，

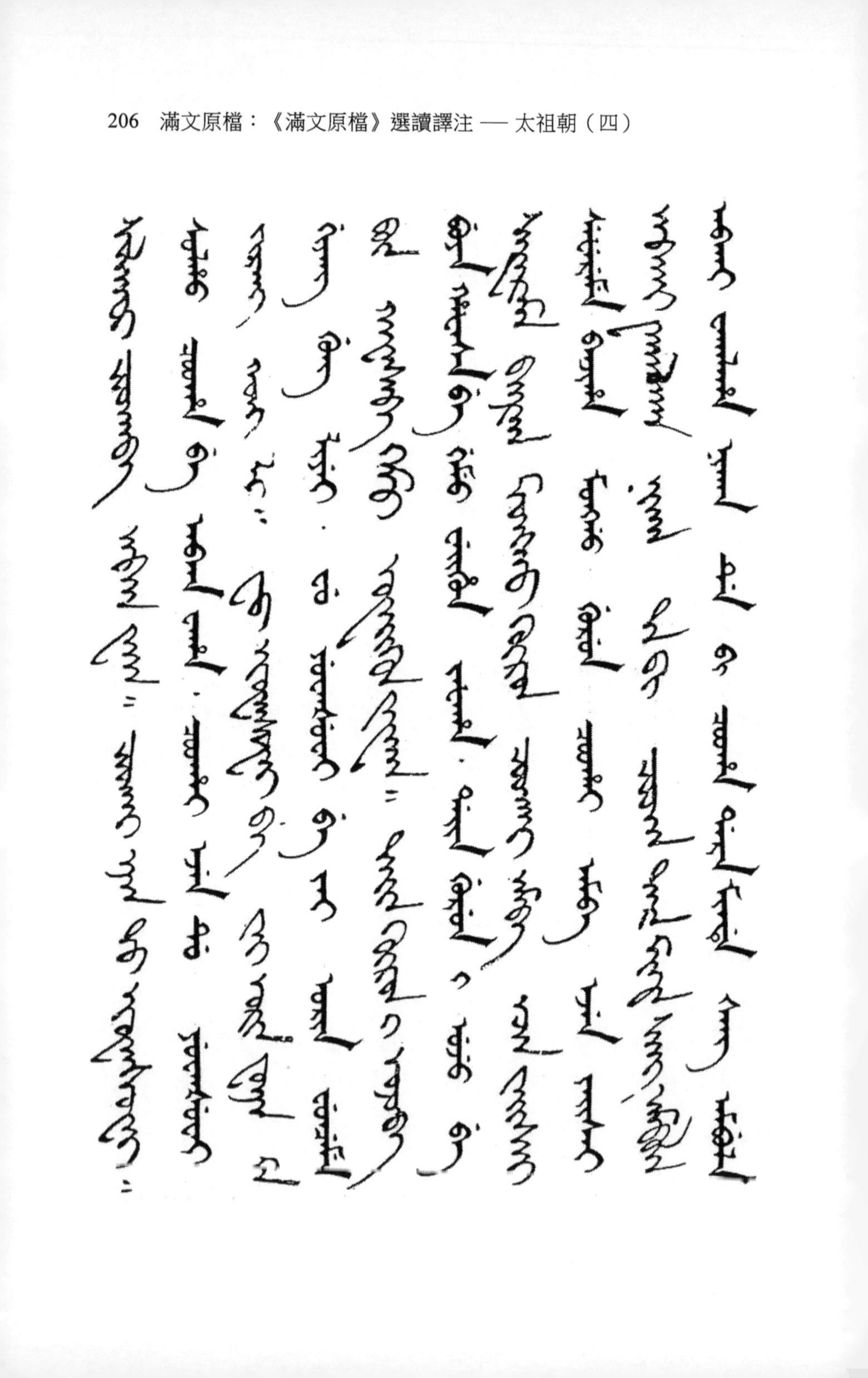

solhoi cooha be abka waha, coohai ejen du yuwanšuwai giyang gung liyei, fu yuwanšuwai be jai orin funceme buya hafasabe gemu weihun jafaha. dain gurun i ujube sefereme banjiha monggo gurun coohai amba ejen jaisai abkai wakalaha nikan de bi cooha dara minde šang ambula

---

三萬朝鮮兵被天所殺，統兵主將都元帥姜弘立[51]、副元帥及小官二十餘人皆被生擒。掌握敵國之首而生之蒙古國統兵大國主宰賽，屢次與天譴之明對天盟誓曰：「我以兵相助，賜我重賞。」

三万朝鲜兵被天所杀，统兵主将都元帅姜弘立、副元帅及小官二十余人皆被生擒。掌握敌国之首而生之蒙古国统兵大国主宰赛，屡次与天谴之明对天盟誓曰：「我以兵相助，赐我重赏。」

---

[51] 姜弘立，《滿文原檔》讀作 “jiyang hūng li”，《滿文老檔》讀作 “giyang gung liyei”。按崇德四年（1639）十二月立於朝鮮三田渡之滿蒙漢三體《大清皇帝功德碑》滿文作 “jiyang hūng li”，漢文作「姜弘立」；滿蒙漢三體《滿州實錄》卷五，滿文作 “giyang gung liyei”， 漢文作「姜功立」。《朝鮮王朝實錄・宣祖實錄》作「姜弘立」，韓文讀作 “gang hong lib”。

十五、遼金歷史

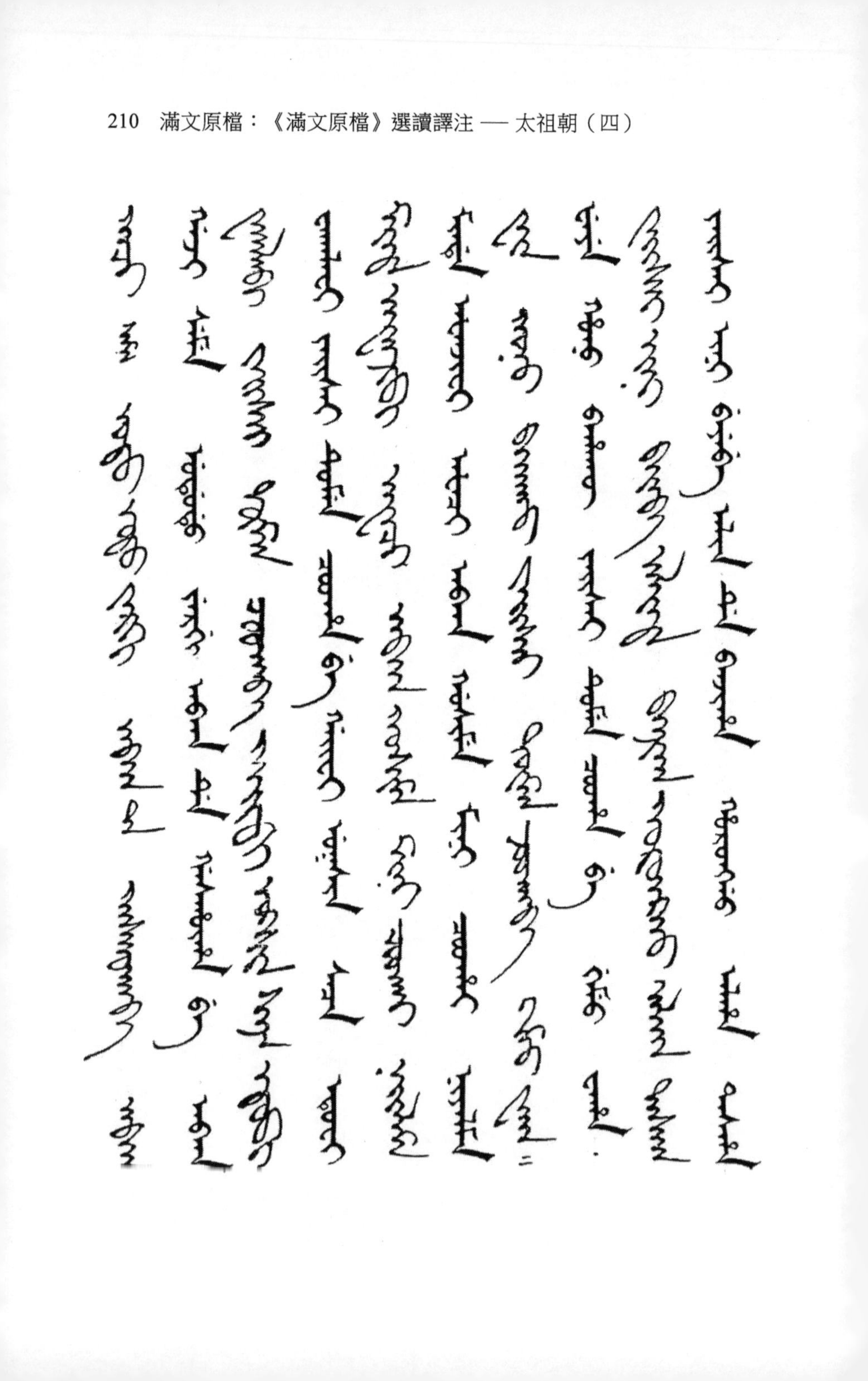

gaji seme ududu jergi abka de gashūha be abka wakalafi jaisai tumen coohabe gaifi uksin saca etufi minde afanjifi afaci abka gosime mini coohai niyalma feye hono bahakū jaisai tumen coohabe gemu waha. jaisai ini beyebe alin de banjiha horonggo alha tasha

---

遂為天譴。宰賽率兵一萬，身披甲冑，前來攻我。於攻戰時，蒙天眷佑，我之兵丁毫未傷損[52]，而宰賽萬兵皆被殺。宰賽自比山中所生威猛花虎[53]，

遂为天谴。宰赛率兵一万，身披甲胄，前来攻我。于攻战时，蒙天眷佑，我之兵丁毫未伤损，而宰赛万兵皆被杀。宰赛自比山中所生威猛花虎，

---

[52] 傷損，《滿文原檔》寫作 "wa(e)ja(e)"，《滿文老檔》讀作 "feye"，意即「傷口」。按此為無圈點滿文 "we" 與 "fe"、"je"與 "ye"之混用現象。

[53] 花虎，《滿文原檔》寫作 "alka taska"，《滿文老檔》讀作 "alha tasha"。滿文"alha"係蒙文"alaɣ"借詞，意即「花毛的、雜色的」。

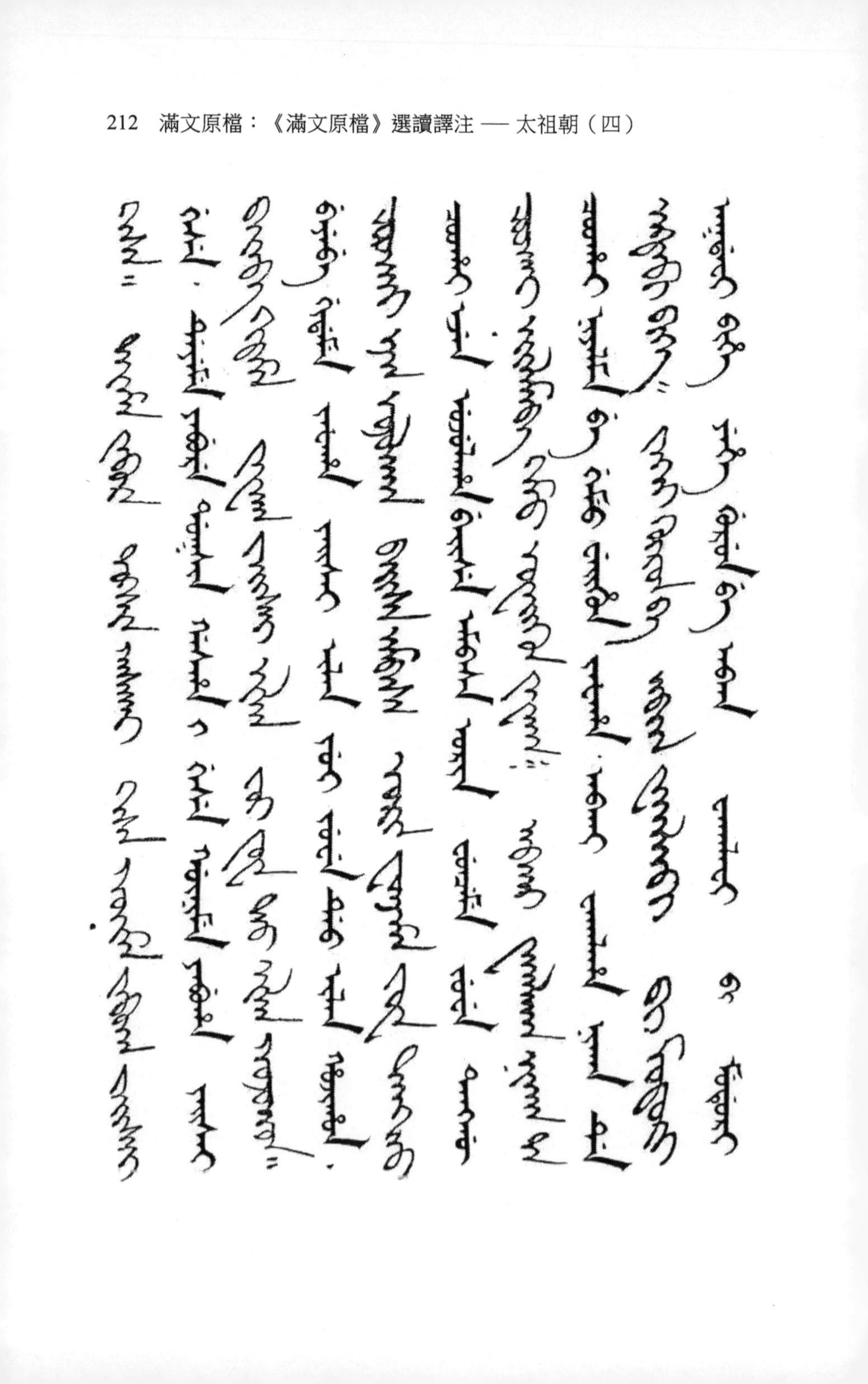

gese, deyeme yabure doksin gashai gese gūnime yabuha. jaisai beyebe gidame jafaha. jaisai ilan jui juwe deo ilan hojihon, coohai ejen ujulaha beise ambasa orin funceme juwe tanggū coohai niyalma be gemu weihun jafaha. abkai wakalaha nikan de akdafi bihe, yehe gurun be abka wakalafi bi muduri

---

翱翔之鷙鳥。宰賽自身竟兵敗被執。宰賽之三子、二弟、三婿及其領兵主將、為首諸貝勒大臣等二十餘人及兵丁二百餘人，皆被生擒。倚恃天譴明國之葉赫國，亦被天譴，

翱翔之鸷鸟。宰赛自身竟兵败被执。宰赛之三子、二弟、三婿及其领兵主将、为首诸贝勒大臣等二十余人及兵丁二百余人，皆被生擒。倚恃天谴明国之叶赫国，亦被天谴，

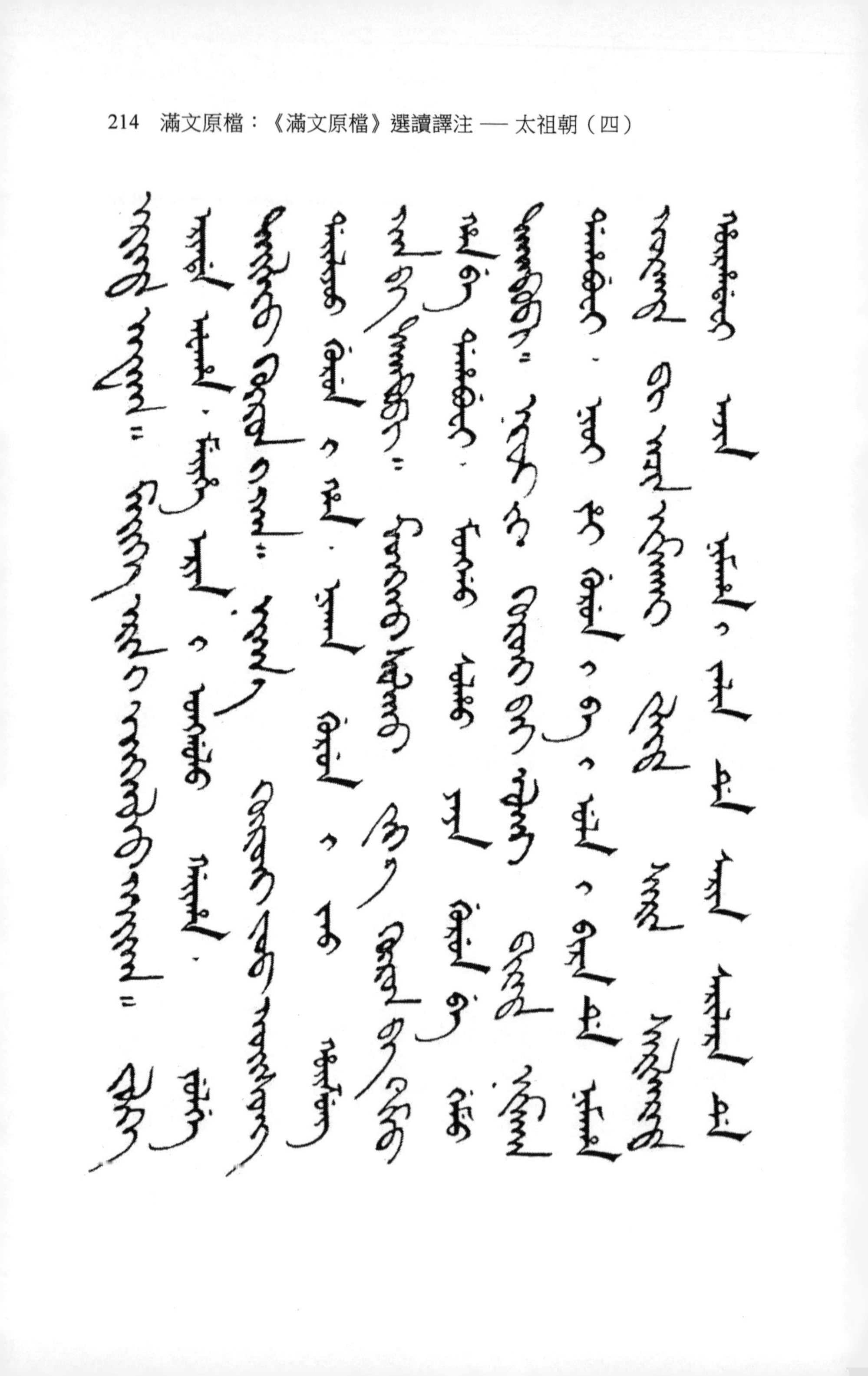

erinde afaha, meihe erin i onggolo gaiha. julge dailiyoo gurun i han, nikan guruni jao hoidzung han be dahabufi, monggo, solho yaya gurun be gemu dahabufi, nioi jy guruni bai ulai birade nimaha hūrhada fi ajin nimahai jalinde sarin sarilarade

---

我於辰時進攻，巳時之前即克之。昔日大遼國皇帝降服漢人國家之趙徽宗皇帝後，蒙古、朝鮮等各國亦皆被降服。於女直國地方烏拉河中張大網捕魚，為捕獲鱘鰉魚而設宴時，

我于辰时进攻，巳时之前即克之。昔日大辽国皇帝降服汉人国家之赵徽宗皇帝后，蒙古、朝鲜等各国亦皆被降服。于女直国地方乌拉河中张大网捕鱼，为捕获鳛鳇鱼而设宴时，

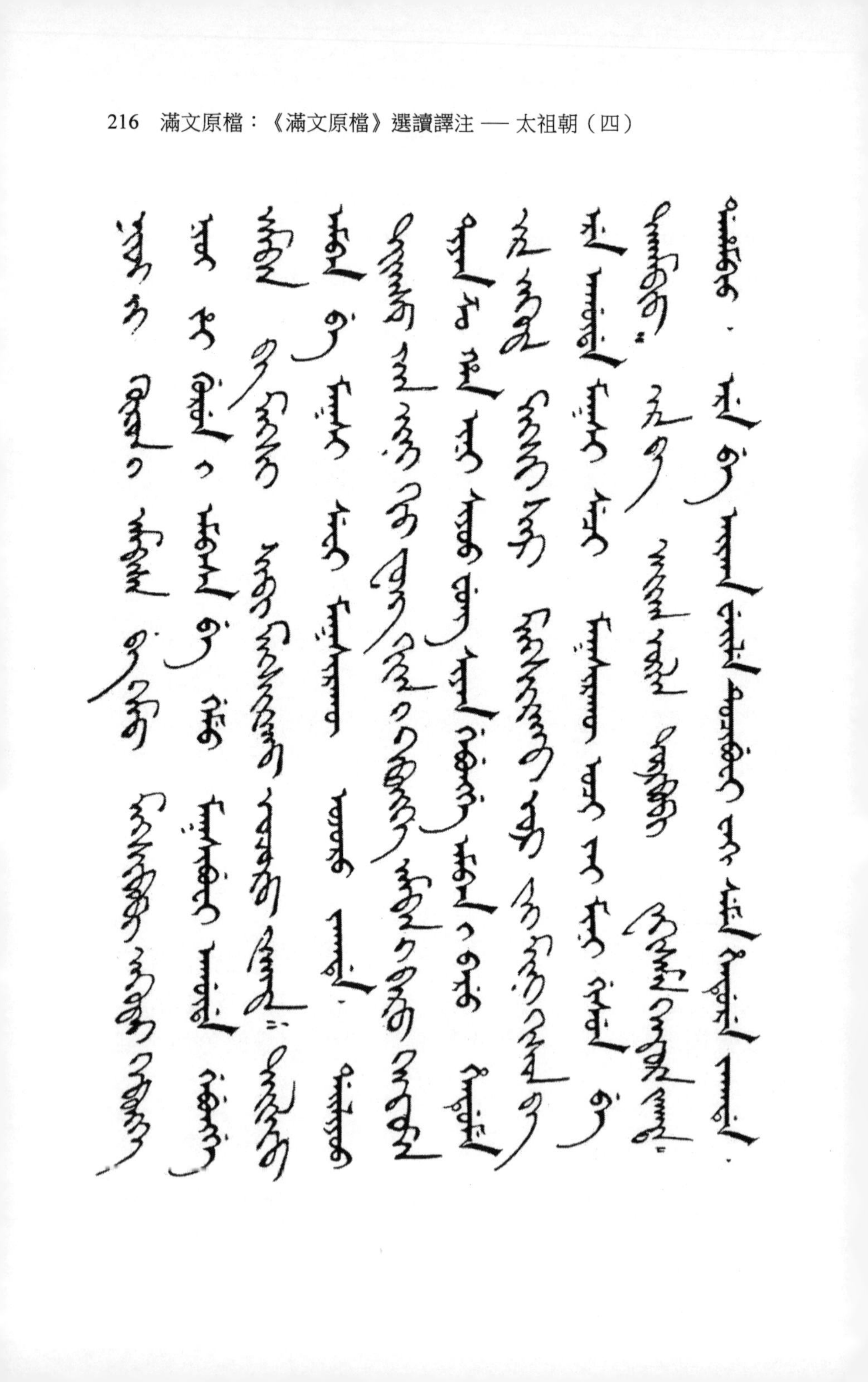

[illegible]

nioi jy gurun i ambasa be gemu maksibufi agūda gebungge amban be maksi sefi maksirakū ojoro jakade, dailiyoo tiyan dzo han ini siyoo fung siyan gebungge amban i baru hendume, ere agūda maksi seci maksirakū oci jai mini gisun be dahambio. ere be aika weile tucibufi waki seme hendure jakade,

---

命女直國之諸大臣俱皆起舞，令名叫阿骨打之大臣起舞，因抗命不起舞。大遼天祚皇帝謂其名叫蕭奉先之大臣曰：「此阿骨打若抗命不起舞，以後再肯聽從我言乎？可將其查出有何罪過殺之。」

命女直国之诸大臣俱皆起舞，令名叫阿骨打之大臣起舞，因抗命不起舞。大辽天祚皇帝谓其名叫萧奉先之大臣曰：「此阿骨打若抗命不起舞，以后再肯听从我言乎？可将其查出有何罪过杀之。」

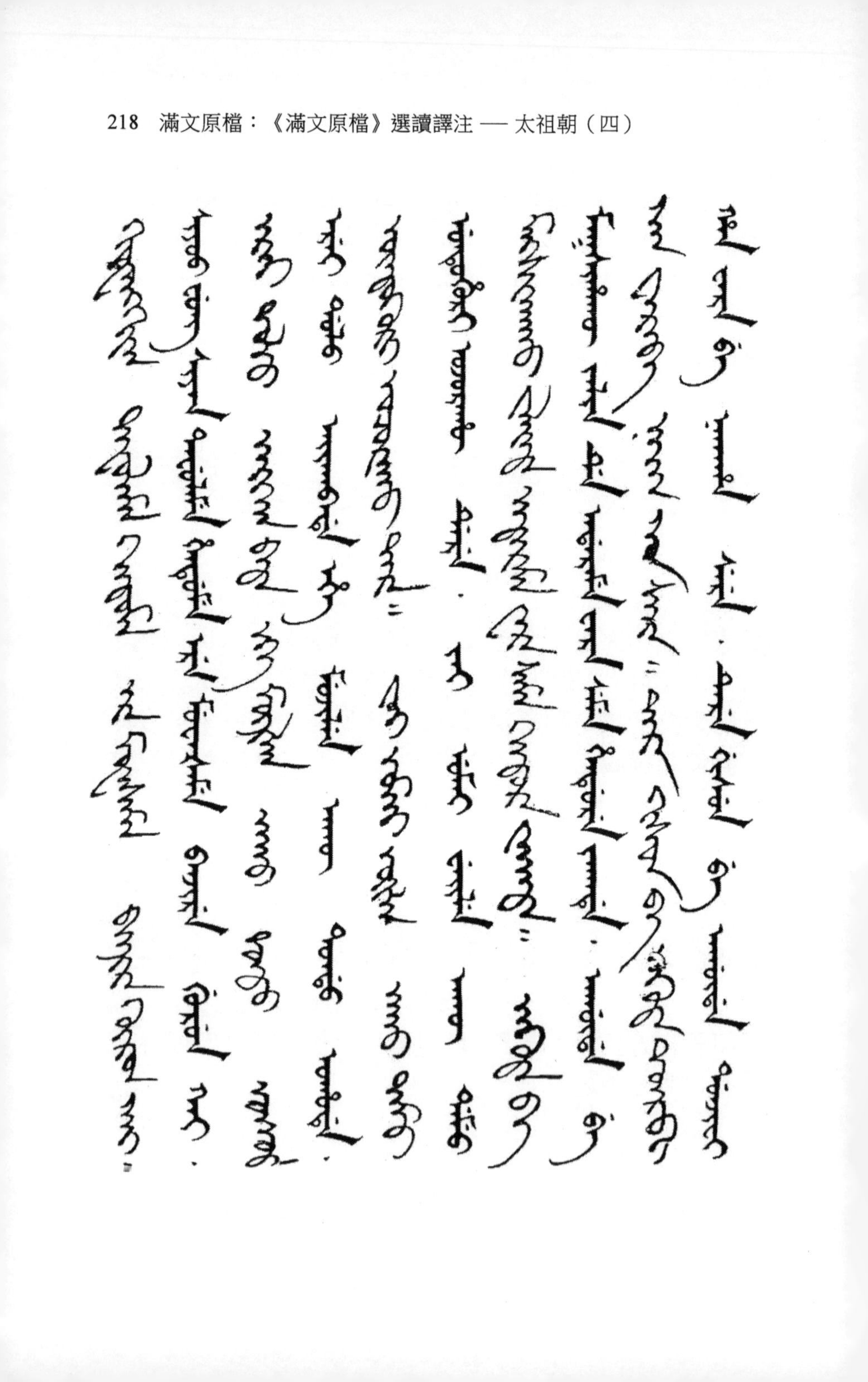

siyoo fung siyan tafulame hendume, ere muwašame banjire gurun kai, erei dolo aikabade ehe mujilen akū tondo ohode, untuhuri ojorahū dere. jai umai weile akū damu maksihakū jalin de adarame wara seme hendure jakade, agūda be, han wara be nakaha sere. tere gisun be agūda donjifi

---

蕭奉先諫曰：「此乃粗野生長之國人也，其心若正直無惡念，徒然殺之，恐不妥也。再者，並無罪過，如何為不起舞而殺之耶？」遂阻止殺阿骨打。阿骨打聞知此語後，

萧奉先谏曰：「此乃粗野生长之国人也，其心若正直无恶念，徒然杀之，恐不妥也。再者，并无罪过，如何为不起舞而杀之耶？」遂阻止杀阿骨打。阿骨打闻知此语后，

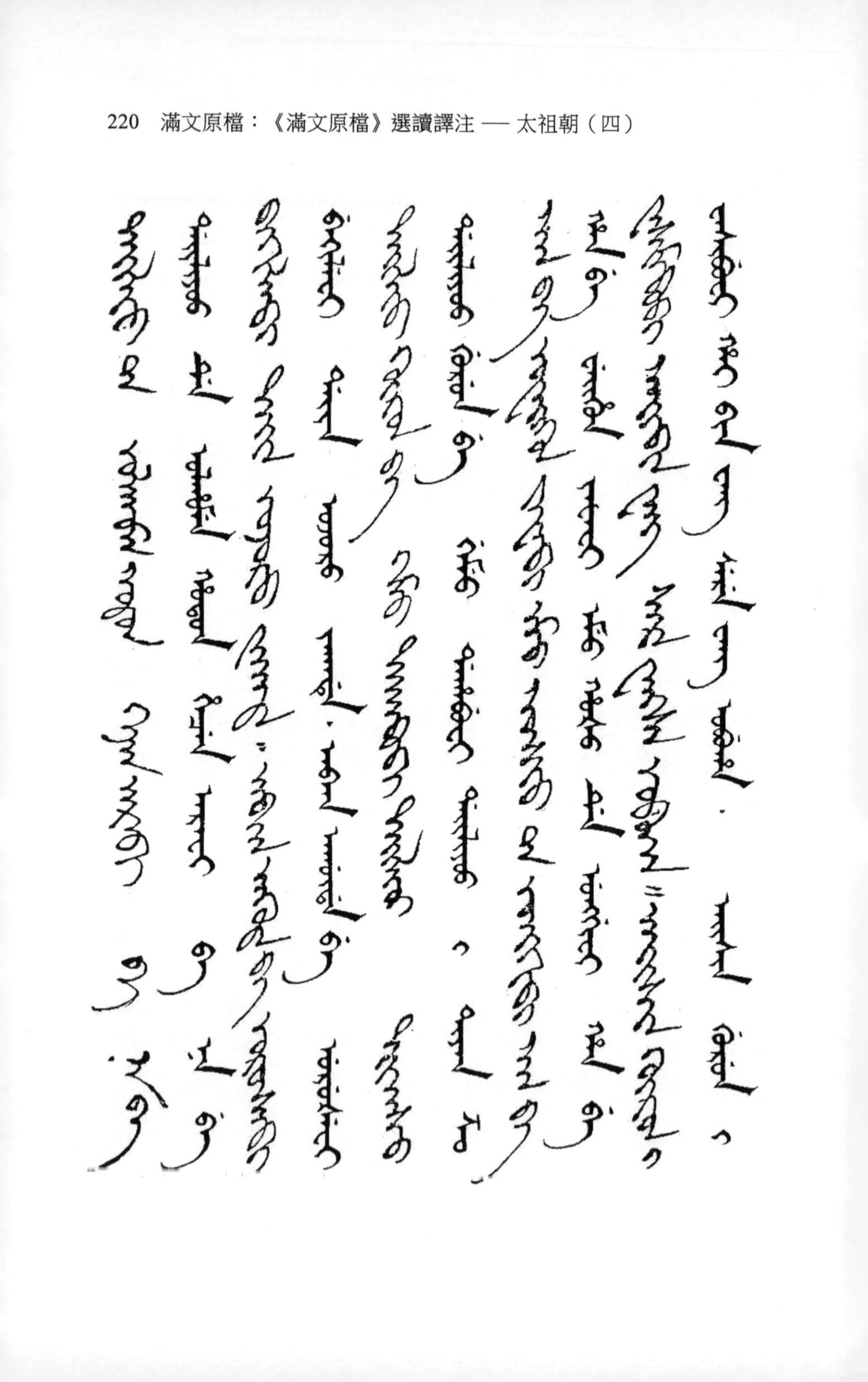

dailiyoo de olhome hoton hecen arafi ba na be bekilefi dain ojoro jakade, abka agūda be urušefi dailiyoo gurun be gemu dahabufi dailiyooi tiyan dzo han be weihun jafafi emu hošo de unggifi han be wasibufi hai bin wang sere wang obuha. aisin gurun i

---

畏懼大遼，而修築城池，固守地方，以致引起戰爭。天以阿骨打為是，大遼國俱皆降服，生擒大遼天祚皇帝，發往一隅，將皇帝降為王，稱海濱王。

畏惧大辽，而修筑城池，固守地方，以致引起战争。天以阿骨打为是，大辽国俱皆降服，生擒大辽天祚皇帝，发往一隅，将皇帝降为王，称海滨王。

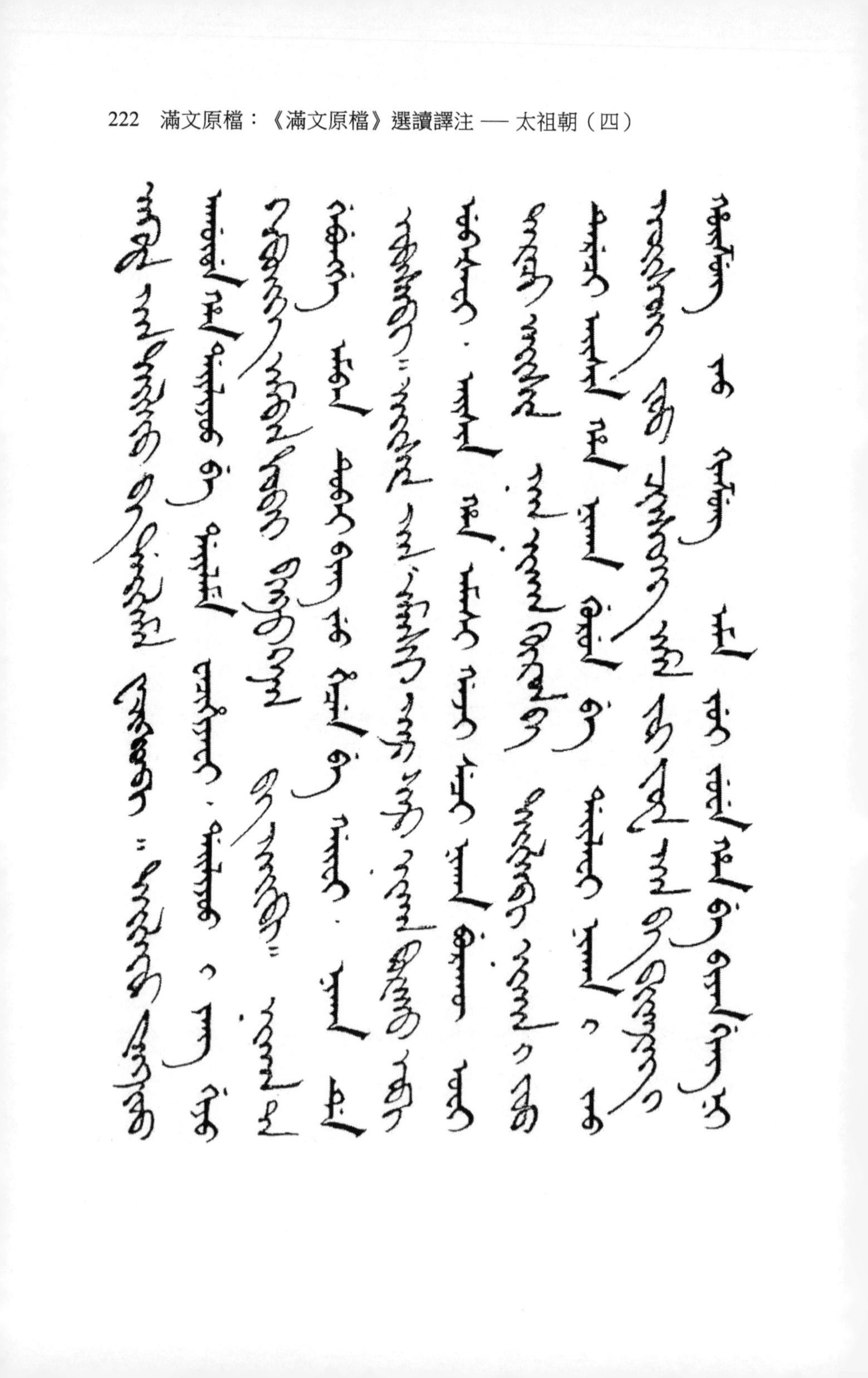

agūda han dailiyoo be dailame wacihiyafi, dailiyoo i jang giyo gebungge amban tubai bing jeo hecen be gaifi, nikan de ubašafi, aisin han amasi gaji seci nikan burakū ofi tereci aisin han nikan gurun be dailafi nikan i jao hoidzung jao kindzung ama jui juwe han be biyan ging ni

---

金國阿骨打皇帝征服大遼完成後，大遼有名叫張覺之大臣率平州城叛附漢人，金國皇帝索還時，因漢人不給，金國皇帝征討漢人之國，於汴京城中擒獲漢人之趙徽宗、趙欽宗父子二皇帝，

金国阿骨打皇帝征服大辽完成后，大辽有名叫张觉之大臣率平州城叛附汉人，金国皇帝索还时，因汉人不给，金国皇帝征讨汉人之国，于汴京城中擒获汉人之赵徽宗、赵钦宗父子二皇帝，

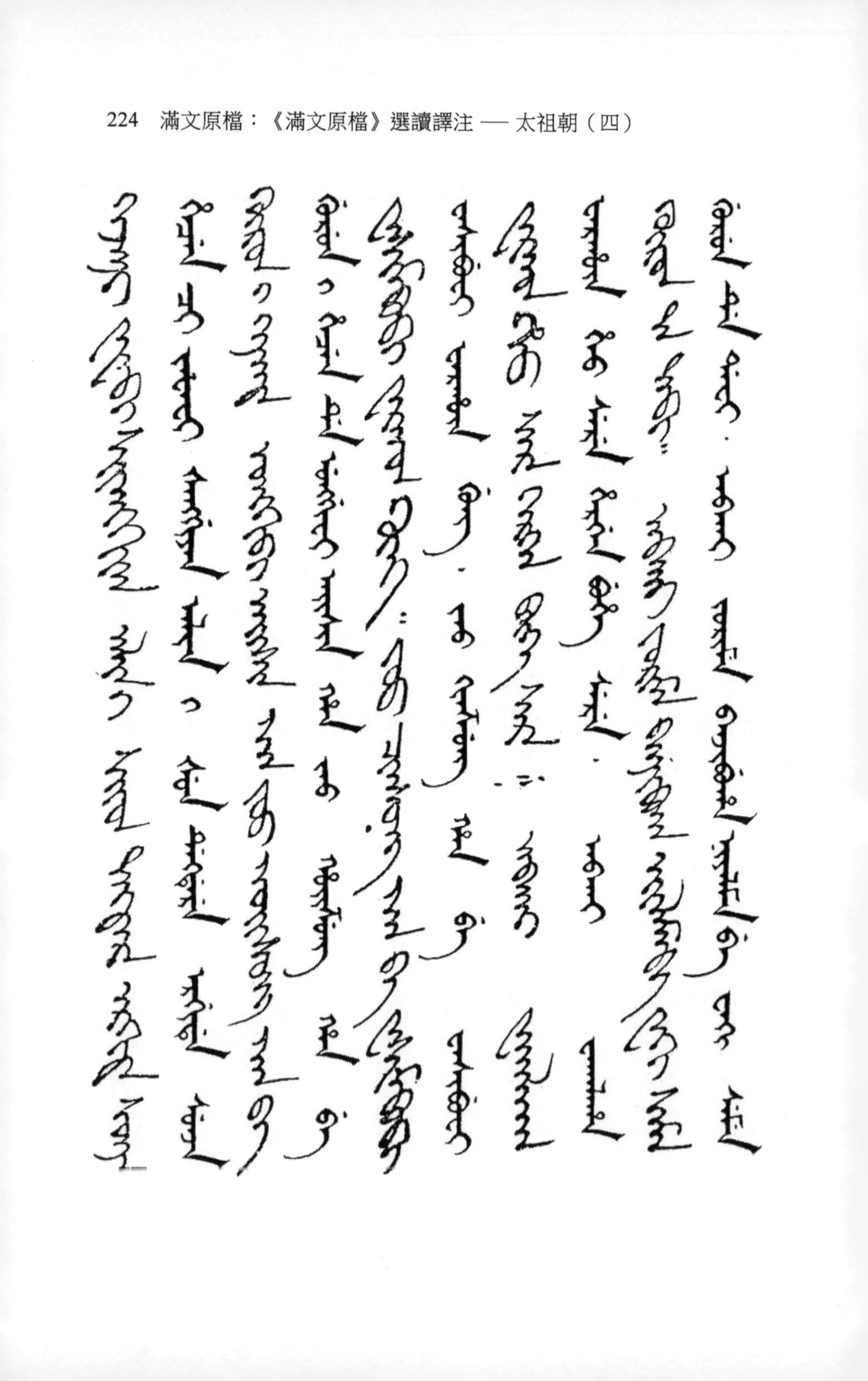

hecen ci jafafi šanggiyan alin i šun dekdere ergide sunja gurun i hecen de unggifi aisin han jao hoidzung han be wasibufi farhūn gung, jao kindzung han be wasibufi farhūn heo sere hergen buhe sere. abkai wakalaha gurun de dafi, abkai jorime banjibuha niyalmabe waki seme

---

發往長白山迤東之五國城，金國皇帝將趙徽宗皇帝降為昏公，將趙欽宗皇帝降為昏侯。助天譴之國，欲殺天指示而生之人，

发往长白山迤东之五国城，金国皇帝将赵徽宗皇帝降为昏公，将赵钦宗皇帝降为昏侯。助天谴之国，欲杀天指示而生之人，

十六、成吉思汗

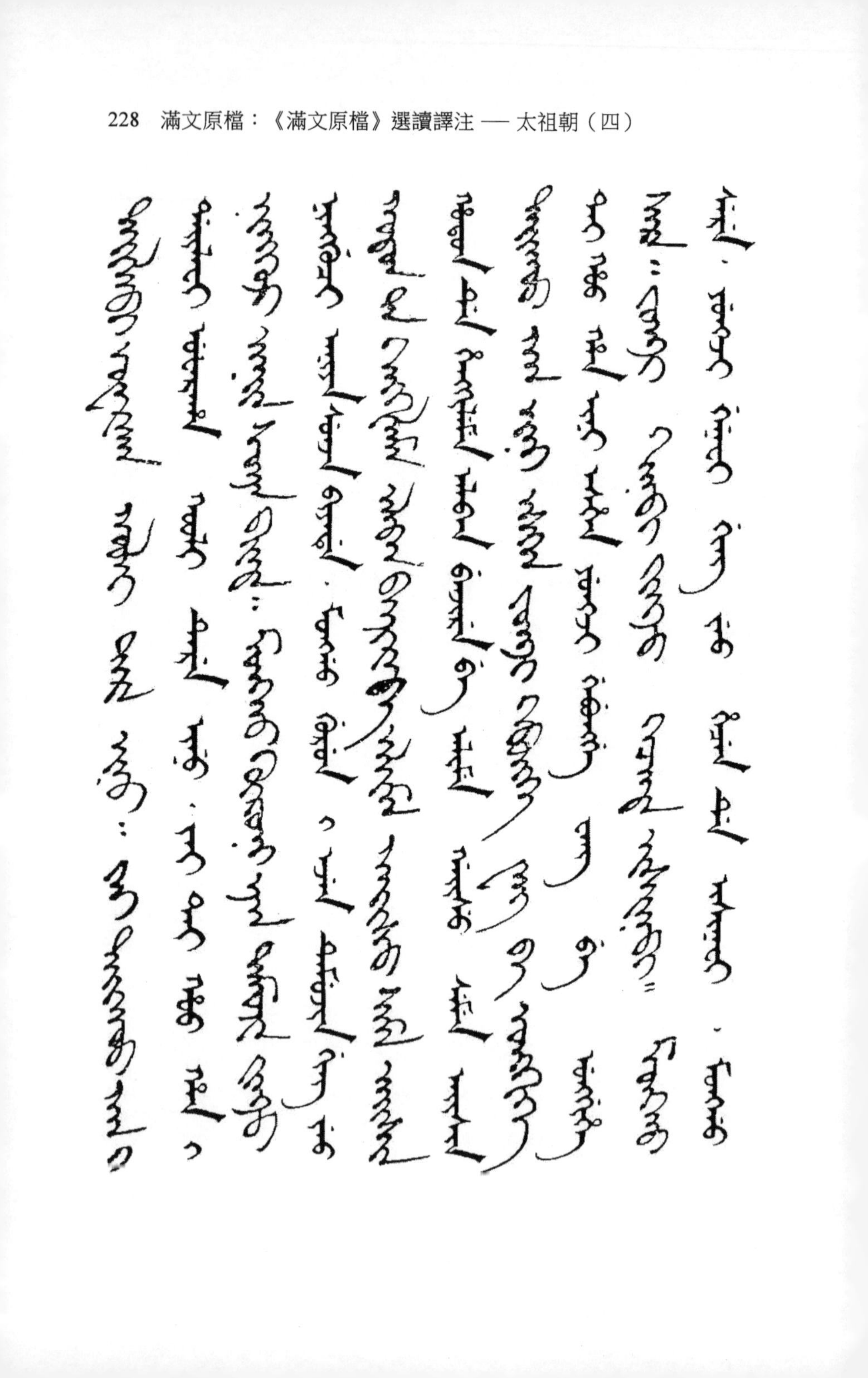

dailafi ufaraha kooli tere inu. jai tai hoo han i ningguci aniya sunja biyade, monggo guruni ejen temujin ging jeo hoton de hengkileme alban benjirebe alime gaisu seme aisin tai hoo han ini eshen yungji gebungge wang be unggihe sere, yungji genefi ging jeo hecende isinafi, monggo

---

致征討敗亡之例此也。再者，泰和帝六年五月，蒙古國主鐵木真至靜州城叩見進貢。金泰和帝派遣名叫永濟之王，永濟前往，來至靜州城後，

致征讨败亡之例此也。再者，泰和帝六年五月，蒙古国主铁木真至静州城叩见进贡。金泰和帝派遣名叫永济之王，永济前往，来至静州城后，

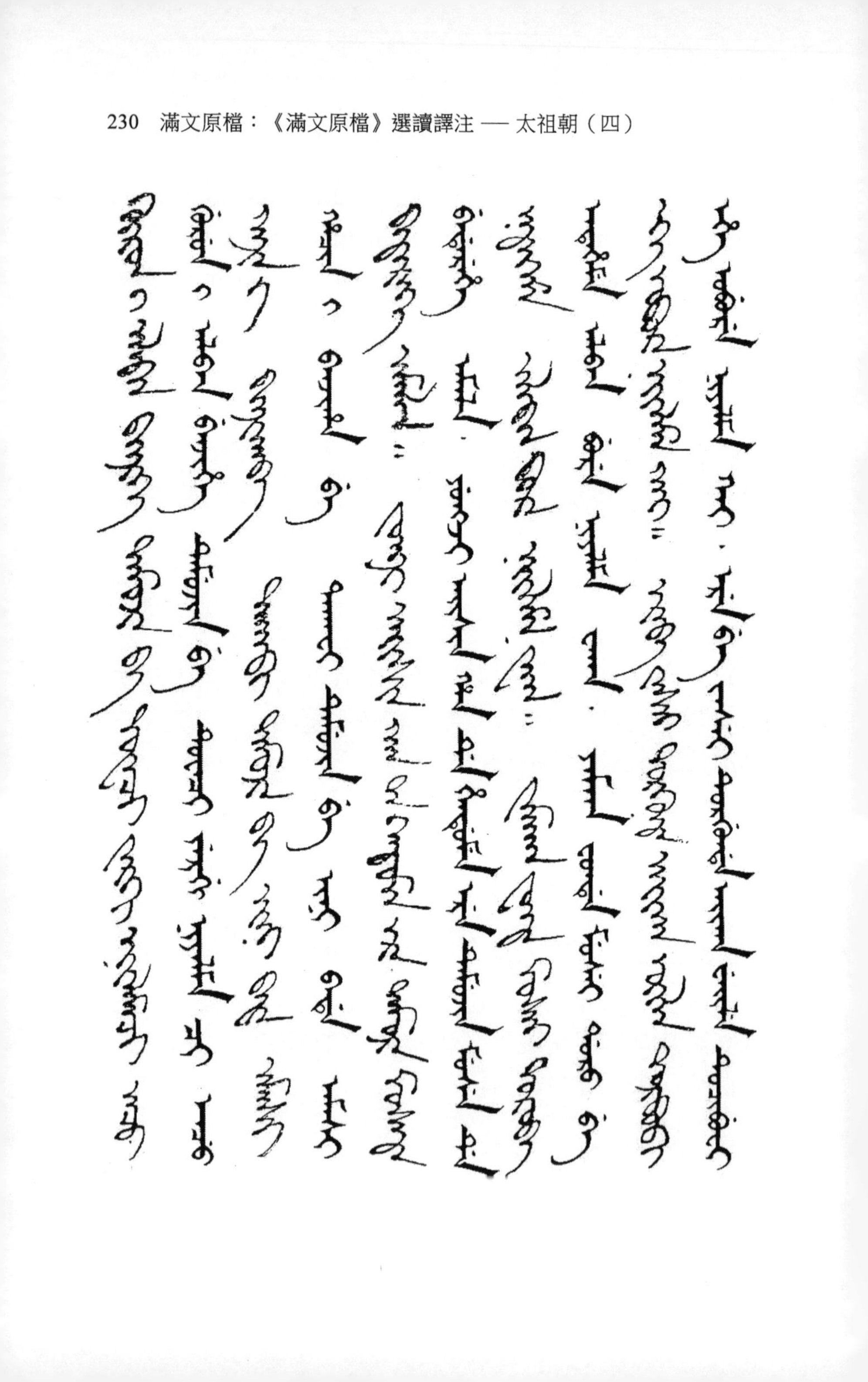

gurun i alban benjihe temujin be tuwaci jergi niyalmaci encu hacin i banjihabe takafi temujin be ini bade amasi bederehe amala, yungji aisin han de hendume, ere temujin musede enteheme alban bure niyalma waka, yamka fonde musei doro be ehe obure niyalma kai, ere be jasei turgunde aika weile tucibufi

---

見蒙古國前來進貢之鐵木真，知其相貌異於常人，鐵木真返回其地後，永濟謂金帝曰：「此鐵木真非長久與我納貢之人，有朝一日，或許不利我政權[54]之人也，可藉邊界任何罪名殺之。」

见蒙古国前来进贡之铁木真，知其相貌异于常人，铁木真返回其地后，永济谓金帝曰：「此铁木真非长久与我纳贡之人，有朝一日，或许不利我政权之人也，可藉边界任何罪名杀之。」

---

54 政權，《滿文原檔》寫作“toro”，《滿文老檔》讀作“doro”。係蒙文“törö”借詞。

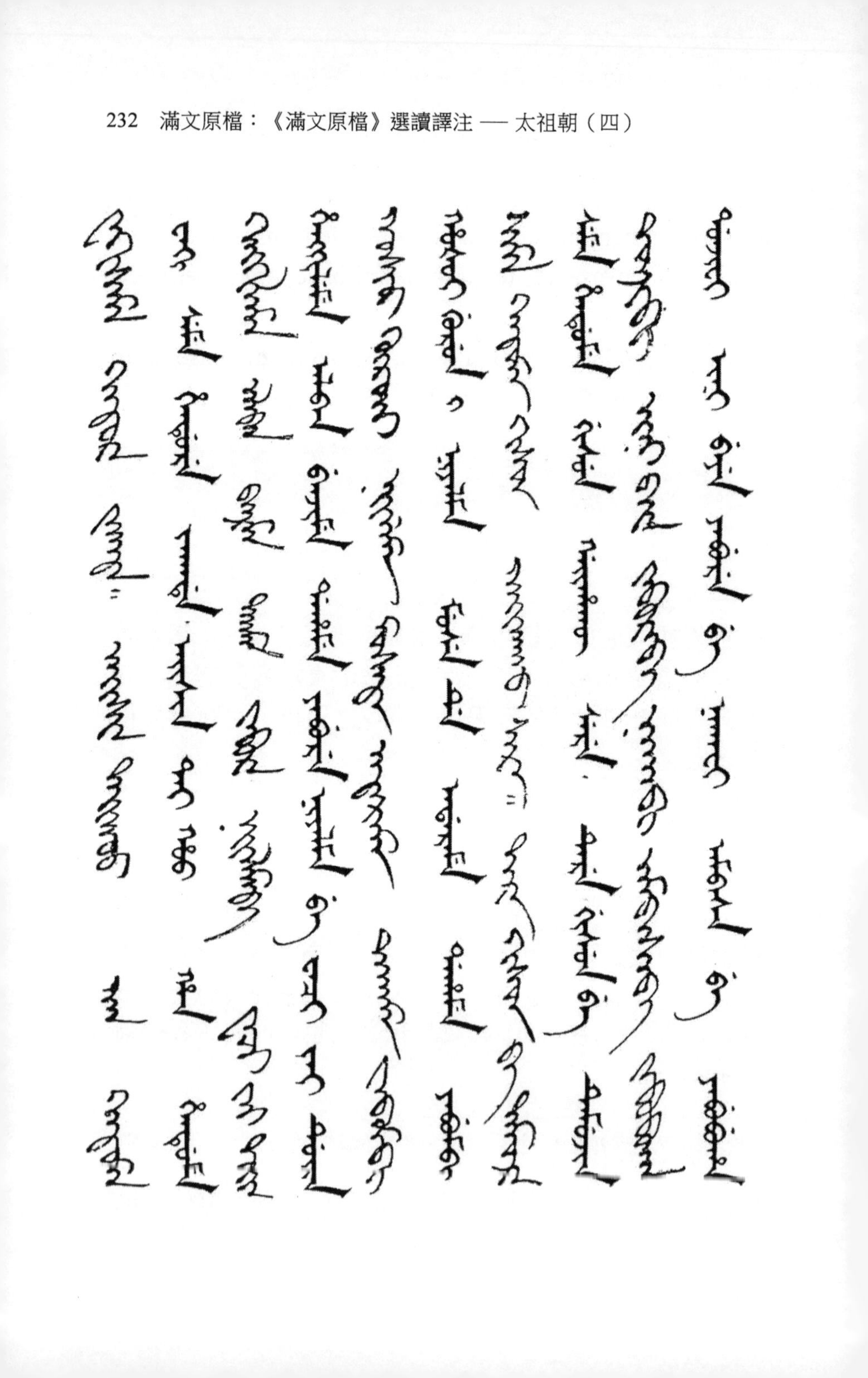

waki seme hendure jakade, aisin tai hoo han hendume, hengkileme alban benjime dahame yabure niyalma be waci jai duin hošoi guruni niyalma musede adarame dahame yabumbi seme hendume gisun gaihakū sere. tere gisun be temujin donjifi ini beye yaburebe nakafi ambasabe yabubuha

---

金泰和帝曰：「若殺前來叩見進貢之人，則四方國人如何肯再歸附我耶？」遂未從其言。鐵木真聞知此言，他不再親自前來，而另遣大臣前來。

金泰和帝曰：「若杀前来叩见进贡之人，则四方国人如何肯再归附我耶？」遂未从其言。铁木真闻知此言，他不再亲自前来，而另遣大臣前来。

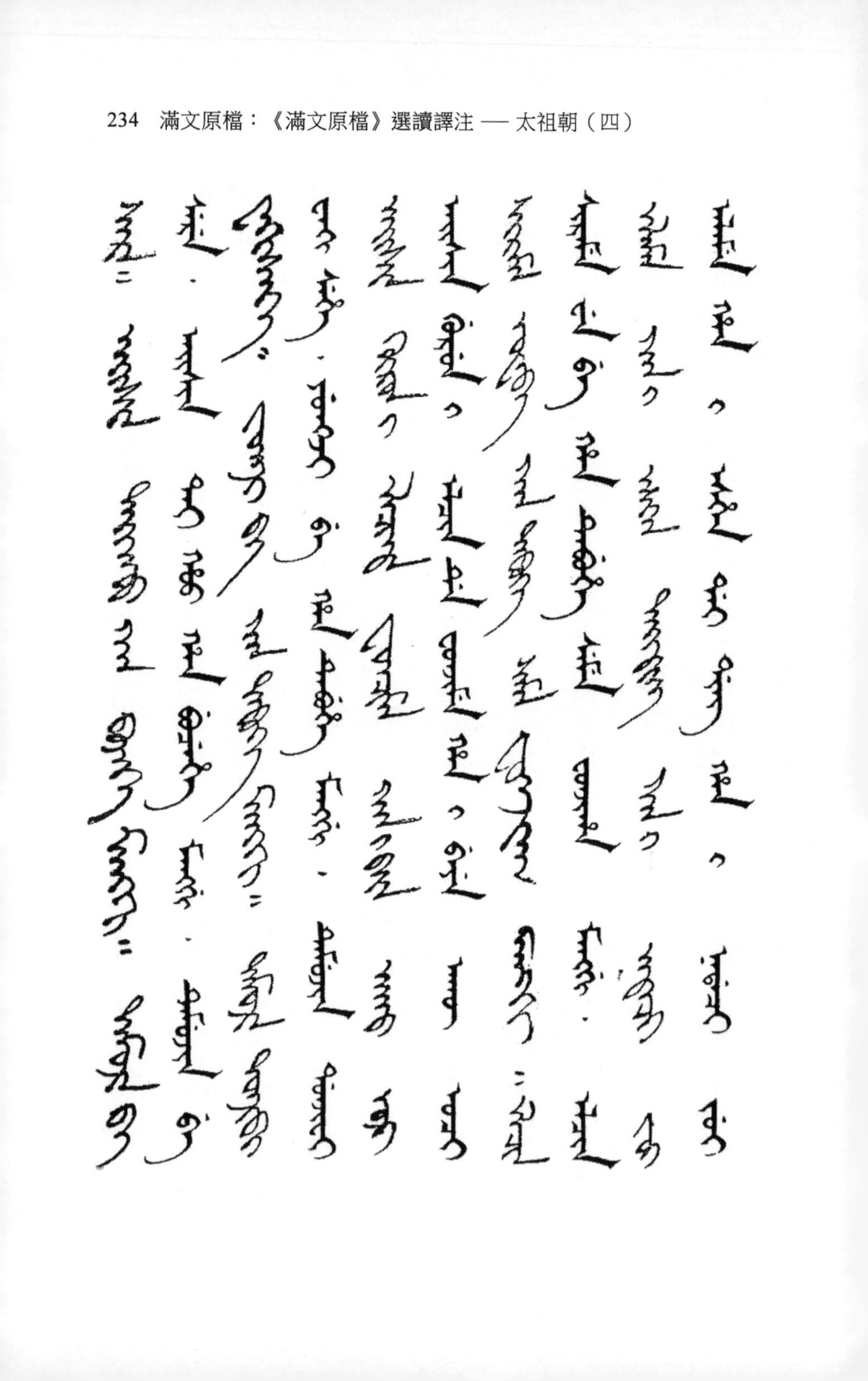

sere. aisin tai hoo han bucehe manggi, temujin be wakisehe yungji be han tebuhe manggi, temujin donjifi aisin gurun i elcinde fonjime, han i beye akū oci sirame we be han tebuhe seme fonjiha manggi, elcin alame han i eshen dai ding han i nadaci jui

---

金泰和帝駕崩後，以欲殺鐵木真之永濟即帝位。鐵木真聞之，詢問金國使者曰：「皇帝崩後，由何人繼承帝位？」使者告之曰：「由皇叔大定帝之第七子

金泰和帝驾崩后，以欲杀铁木真之永济即帝位。铁木真闻之，询问金国使者曰：「皇帝崩后，由何人继承帝位？」使者告之曰：「由皇叔大定帝之第七子

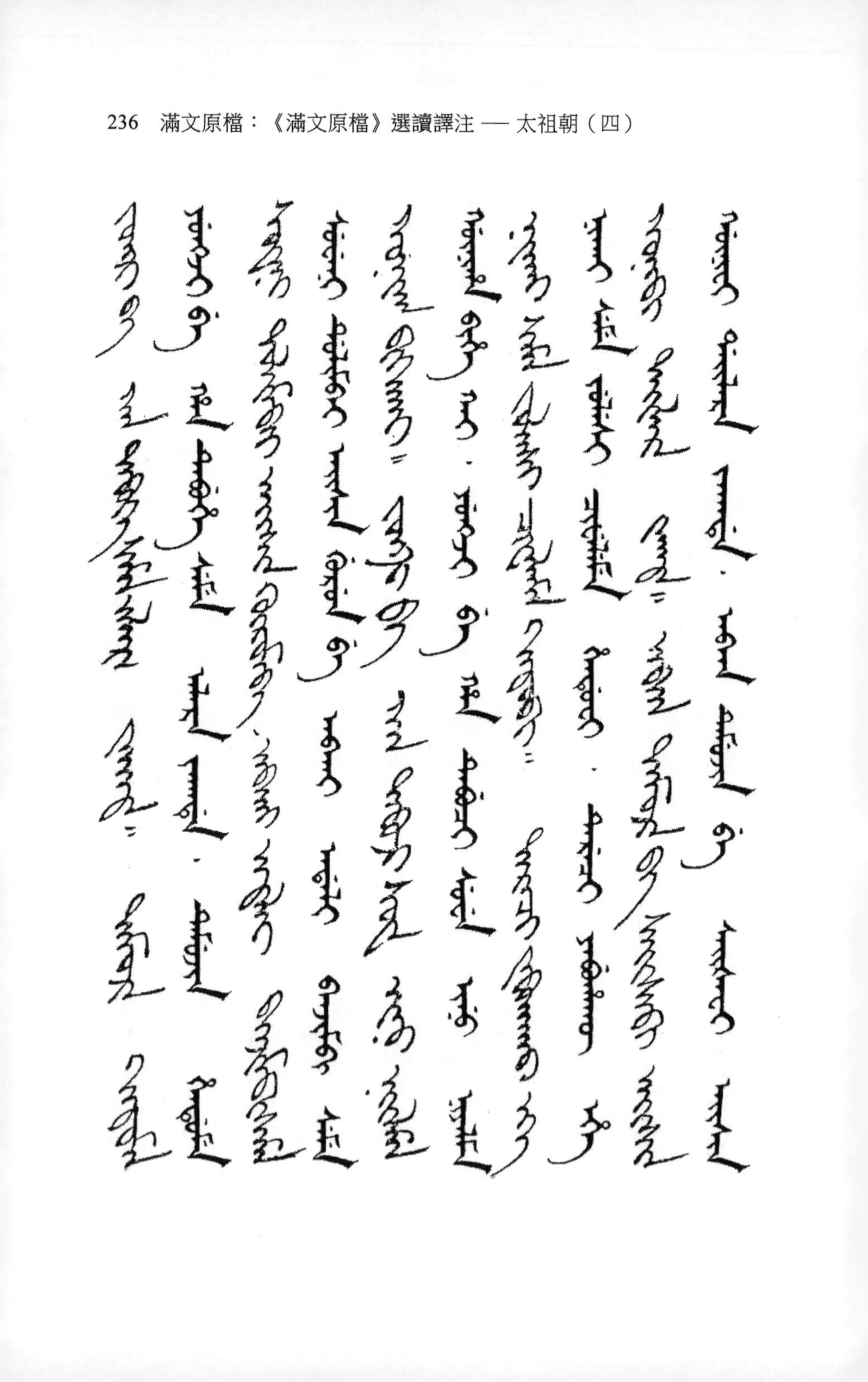

yungji be han tebuhe seme alara jakade, temujin hendume suweni dulimbai aisin gurunbe abkai adali banjimbi seme gūniha bihekai. yungji be han tebuci suwe inu niyalma nikai seme julesi cifeleme hendufi, tereci yabuhakū ehe gūnifi dailara jakade, abka temujin be saišafi aisin

---

永濟繼承帝位。」鐵木真南向唾曰：「原以為爾中原金國生活如天也，若由永濟繼承帝位，則爾等亦乃人也。」自此斷絕往來，心存惡念，興師征戰。天嘉佑鐵木真，

永济继承帝位。」铁木真南向唾曰：「原以为尔中原金国生活如天也，若由永济继承帝位，则尔等亦乃人也。」自此断绝往来，心存恶念，兴师征战。天嘉佑铁木真，

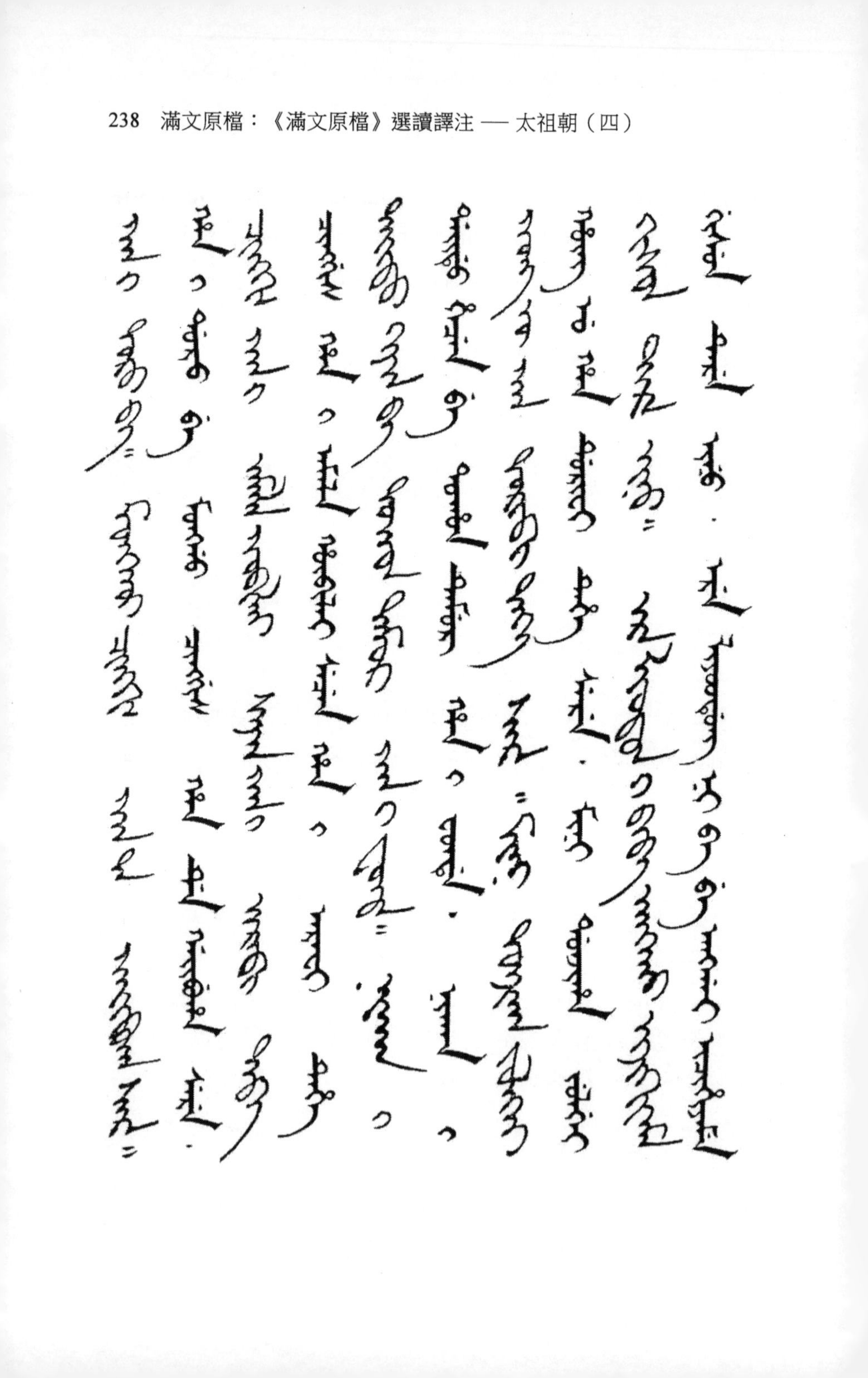

han i doro be monggo cinggis han de gaibuha sere. cinggis han i amala hūbilai secen han i arafi tehe daidu hecen be tohon temur han i fonde, nikan i hūng u han durifi tehe sere. mini donjiha julgei gisun tere inu. ere liyoodun i ba be anggai icihiyame

---

使金帝之政權為蒙古成吉思汗所取代。成吉思汗之後裔忽必烈薛禪汗[55]修建駐紮之大都城，迨至脫歡帖木兒汗時，為明洪武帝奪取駐之。此為我所聞古人所言往事。倘若商議放棄遼東地方，

使金帝之政权为蒙古成吉思汗所取代。成吉思汗之后裔忽必烈薛禅汗修建驻扎之大都城，迨至脱欢帖木儿汗时，为明洪武帝夺取驻之。此为我所闻古人所言往事。倘若商议放弃辽东地方，

---

[55] 薛禪汗，元世祖忽必烈汗號，蒙文讀作"sečen qaɣan"， 意即「聰睿」。《滿文原檔》寫作"sejen kan"，《滿文老檔》讀作"secen han"，俱係蒙文音譯詞；滿文同義詞為"sure han"。

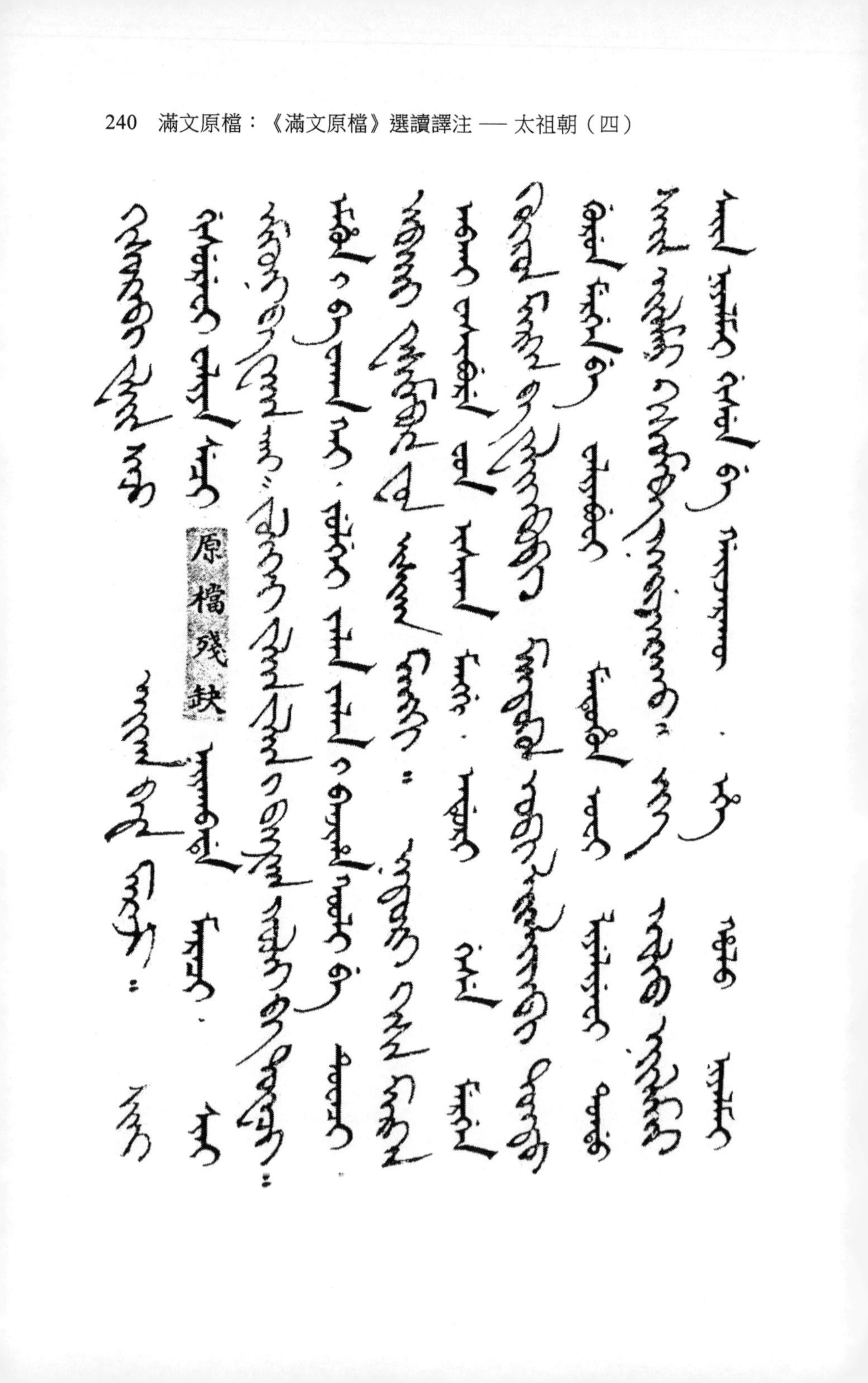

原檔殘缺

gisurefi waliya seci〔原檔殘缺〕aikabade maraci, sini emhuni ba waka kai. julgei jalan jalan i banjiha kooli be tuwaci, abkai wasibure fon isika manggi, enduri gese mergen gurun mergen be waliyabufi mentuhun ofi liyeliyefi tondo sain niyalmai gisumbe gaijarakū, ehe holo niyalmai

---

〔原檔殘缺〕，倘若拒之，則非爾獨佔之地也。縱觀歷代生存之例，凡遭天貶謫時，即便賢明如神之國人，亦必使之棄賢就愚，昏憒迷亂，不納忠良之言，

〔原档残缺〕，倘若拒之，则非尔独占之地也。纵观历代生存之例，凡遭天贬谪时，即便贤明如神之国人，亦必使之弃贤就愚，昏愦迷乱，不纳忠良之言，

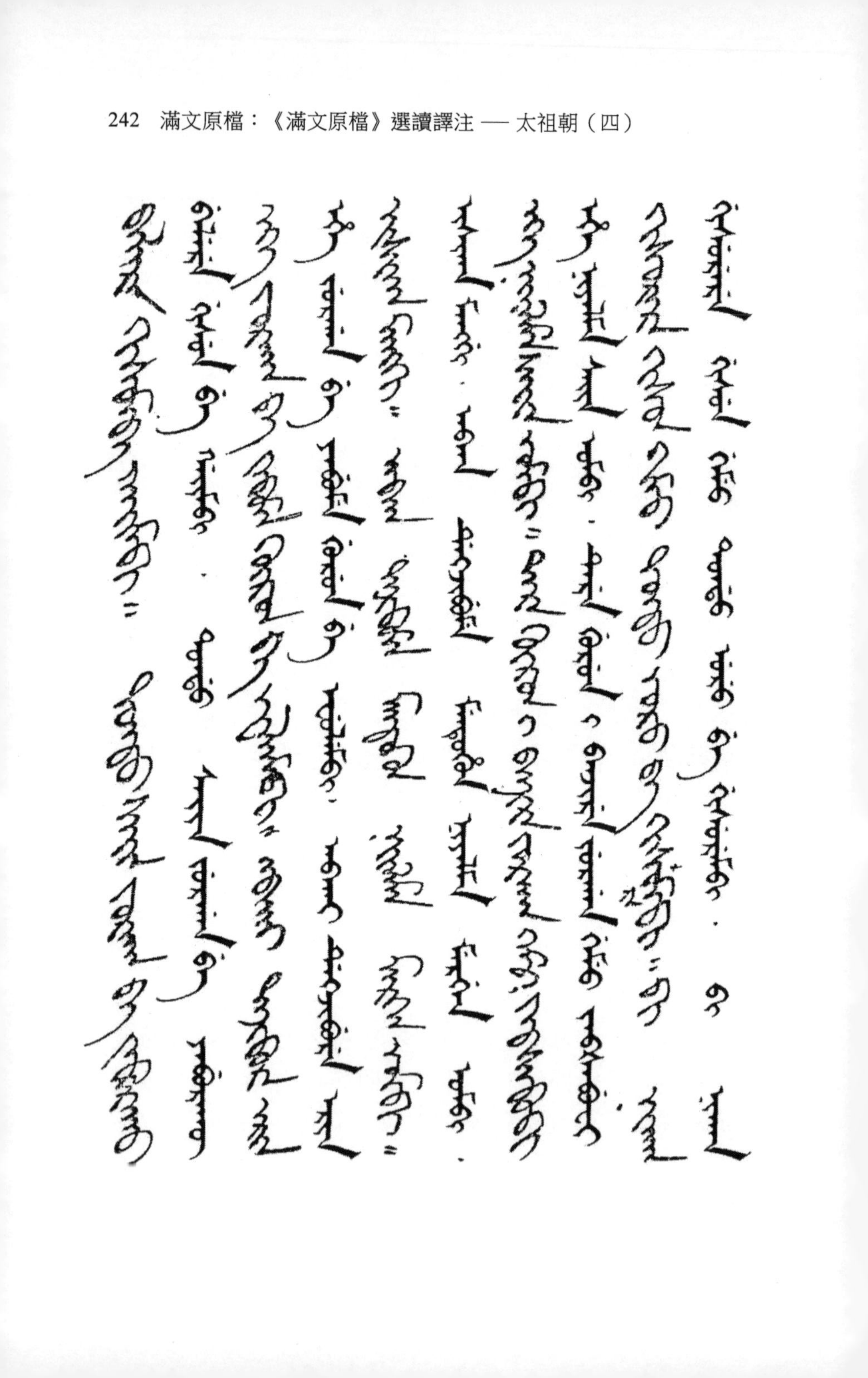

belere gisumbe gaimbi, tondo sain jurgan be yaburakū ehe jurgan be yabume gurun be efulembi. abkai dekjibure erin isika manggi, abka dekjibume mentuhun niyalma mergen ombi, ehe niyalma sain ombi, tere gurun i banjire jurgan gemu jabšabufi gisurere gisun gemu tondo uru be gisurembi. bi nikan

---

偏信惡徒誑語，不行忠良之義，而行惡道，以致國破敗亡。天命興起[56]之時到來後，天命即可化愚人為賢，改惡人為善，其國人生計皆可幸生，所言之語，皆說誠是之言。

偏信恶徒诳语，不行忠良之义，而行恶道，以致国破败亡。天命兴起之时到来后，天命即可化愚人为贤，改恶人为善，其国人生计皆可幸生，所言之语，皆说诚是之言。

---

[56] 興起，《滿文原檔》讀作"dejibume"，訛誤；《滿文老檔》讀作"dekjibume"。

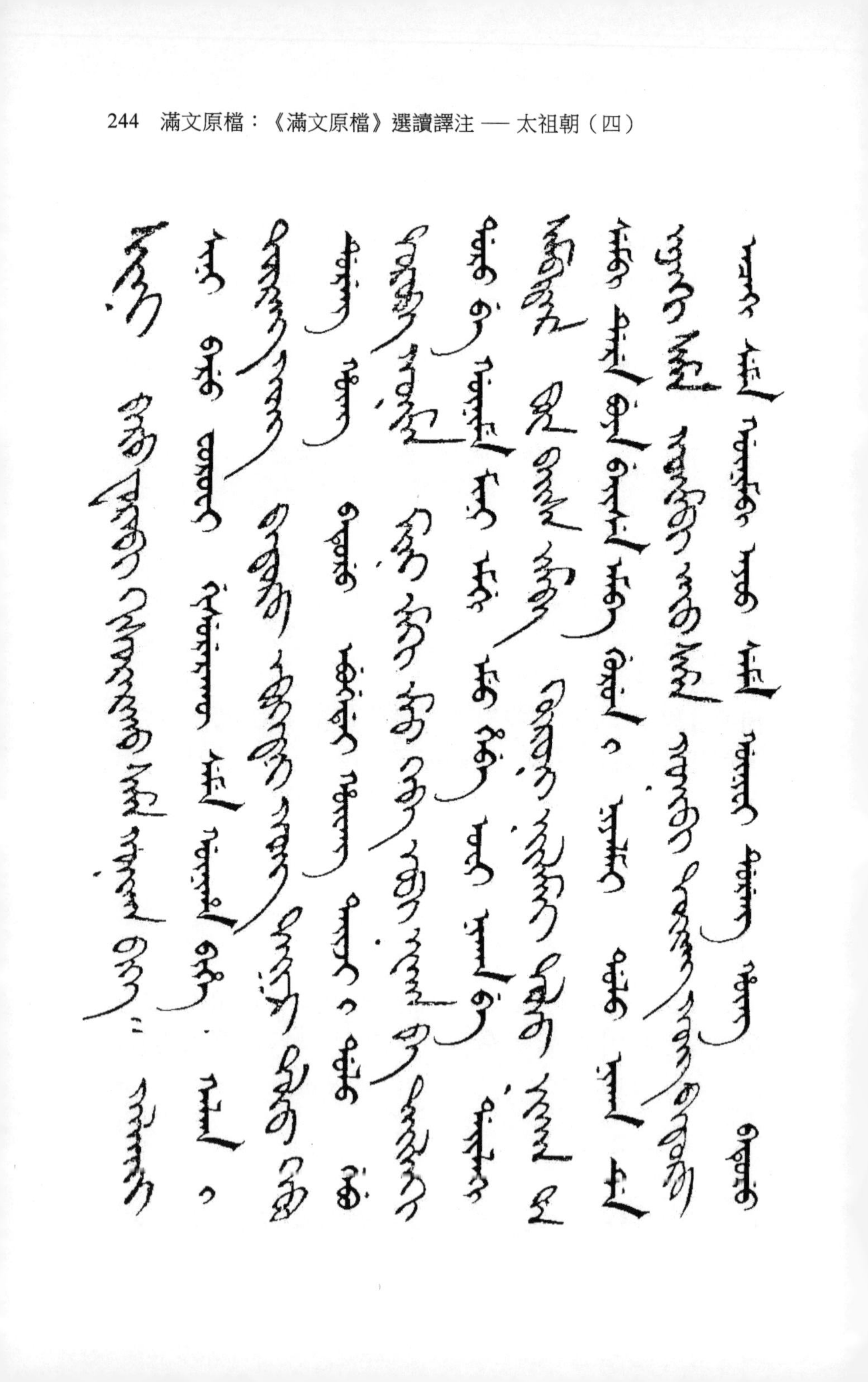

[illegible]

sini baru forofi gisurerakū seme gūniha bihe, kalkai dureng hūng baturu, ebugedei hūwang taiji i dolo gebu dorobe gūnime, mini emgi emu hebe ofi nikan be dailaki sembi dere. buya beise amba guruni niyalmai dolo nikan de acaki seme gūnimbi ayoo seme gūnifi, dureng hūng baturu,

---

我想，爾不至偏袒明國，喀爾喀杜楞洪巴圖魯、額布格德依洪台吉[57]之心中，必念及令名善道，欲與我同謀征明，惟恐諸小貝勒及大國之人中有欲與明修好者，

我想，尔不至偏袒明国，喀尔喀杜楞洪巴图鲁、额布格德依洪台吉之心中，必念及令名善道，欲与我同谋征明，惟恐诸小贝勒及大国之人中有欲与明修好者，

---

[57] 洪台吉，《滿文原檔》寫作 “kong taiji”，《滿文老檔》讀作 “hūwang taiji”。

十七、蒙古負盟

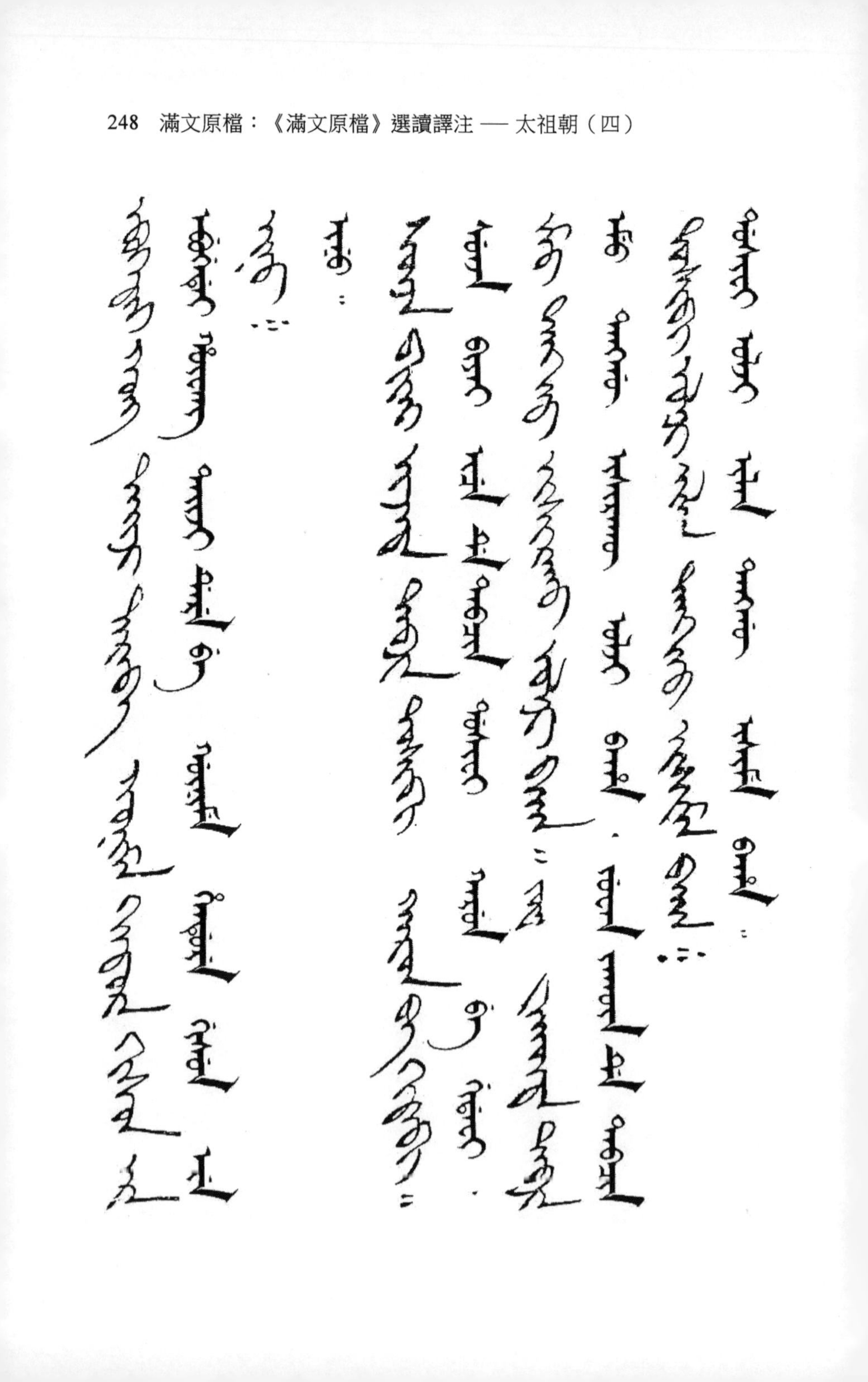

ebugedei hūwang taiji dere be gūnime hendure gisun ere inu. sunja biyai icede tabcin dosifi karun be gidafi, emu tanggū isirakū olji baha. juwan jakūnde tabcin dosifi olji ilan tanggū isime baha.

念及杜楞洪巴圖魯、額布格德依洪台吉之顏面，所言之語即此也。
五月初一日，入邊搶掠，敗明哨卒，獲俘虜不足一百。十八日，入邊搶掠，獲俘虜足足三百。

念及杜楞洪巴图鲁、额布格德依洪台吉之颜面，所言之语即此也。
五月初一日，入边抢掠，败明哨卒，获俘虏不足一百。十八日，入边抢掠，获俘虏足足三百。

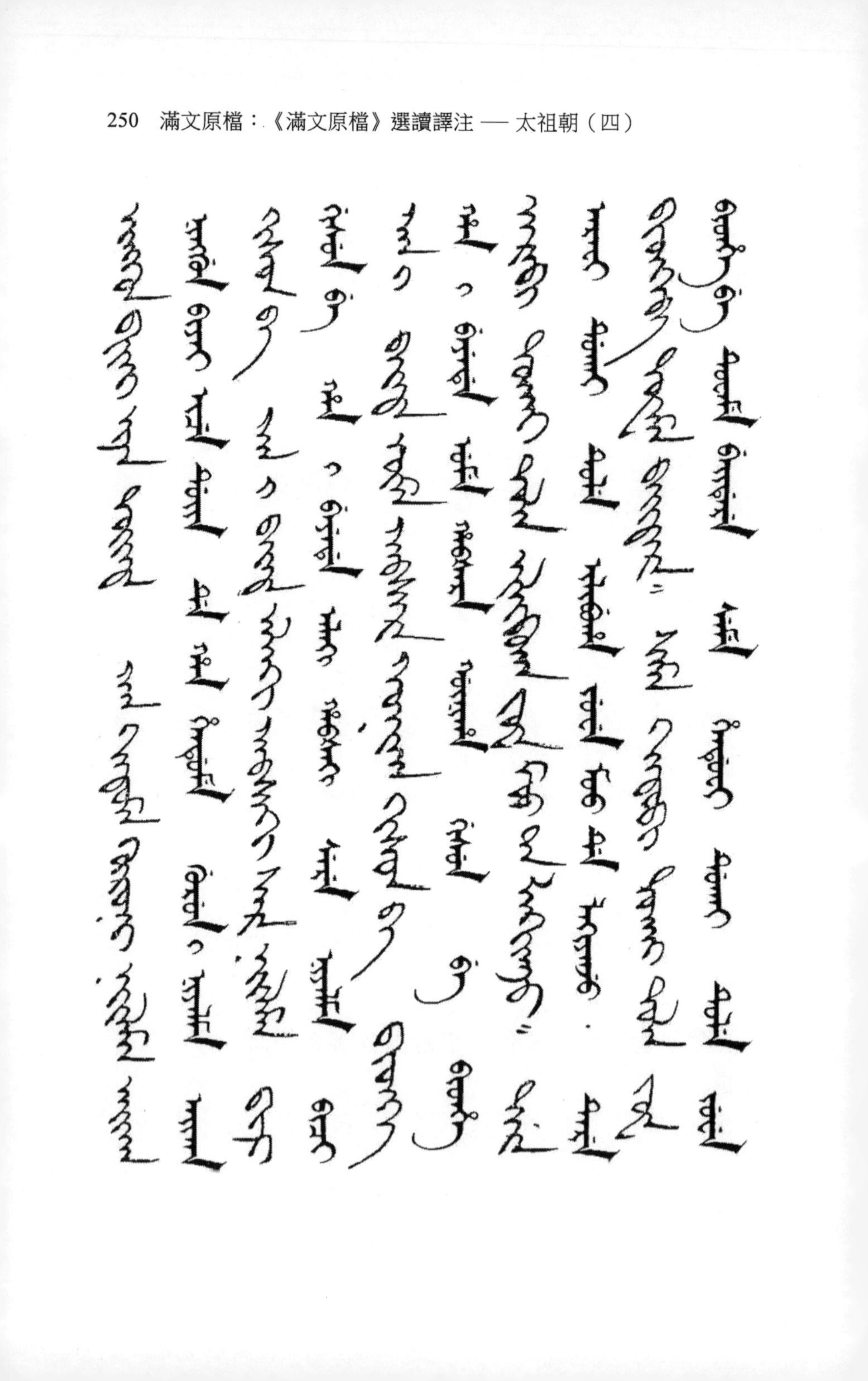

ninggun biyai ice duinde han hendume, guruni niyalma aika gisun be han i beyede alaki habšaki sere niyalma bici han i beyede ume habšara, gūniha gisun be bithe arafi dukai tule ilibuha juwe moo de lakiyanju, tere bithebe tuwame beidere seme hendufi, dukai tule juwe

---

六月初四日，汗曰：「國人凡有何言語，欲上訴於汗前者，勿需上訴於汗前，可書寫欲訴之言，懸於門外所豎二木之上，覽其訴詞，以便審閱。」言畢，遂豎二木於門外。

六月初四日，汗曰：「国人凡有何言语，欲上诉于汗前者，勿需上诉于汗前，可书写欲诉之言，悬于门外所竖二木之上，览其诉词，以便审阅。」言毕，遂竖二木于门外。

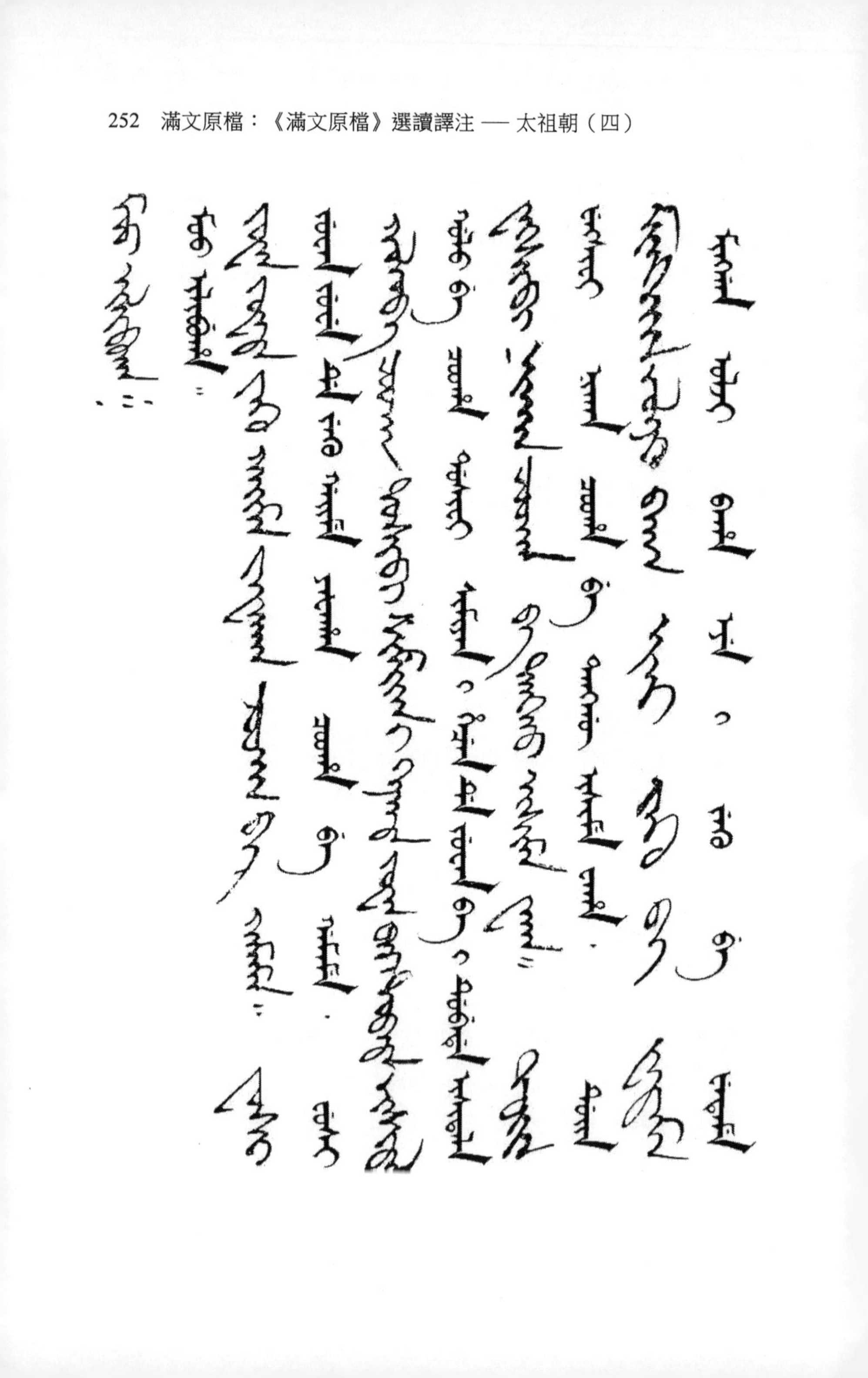

moo ilibuha.
juwan juwe de jeku gaime yafahan cooha be gamame, fusi golobe cooha dosifi simiyan i hecen de juwan bai dubede isitala feksifi nikan cooha be tanggū isime waha, duin minggan olji baha, eyei jeku be feteme

---

十二日，率步兵取糧，兵入撫順路，跑至瀋陽城外十里處，殺明兵百人，獲俘虜四千，掘出窖糧

十二日，率步兵取粮，兵入抚顺路，跑至沈阳城外十里处，杀明兵百人，获俘虏四千，掘出窖粮

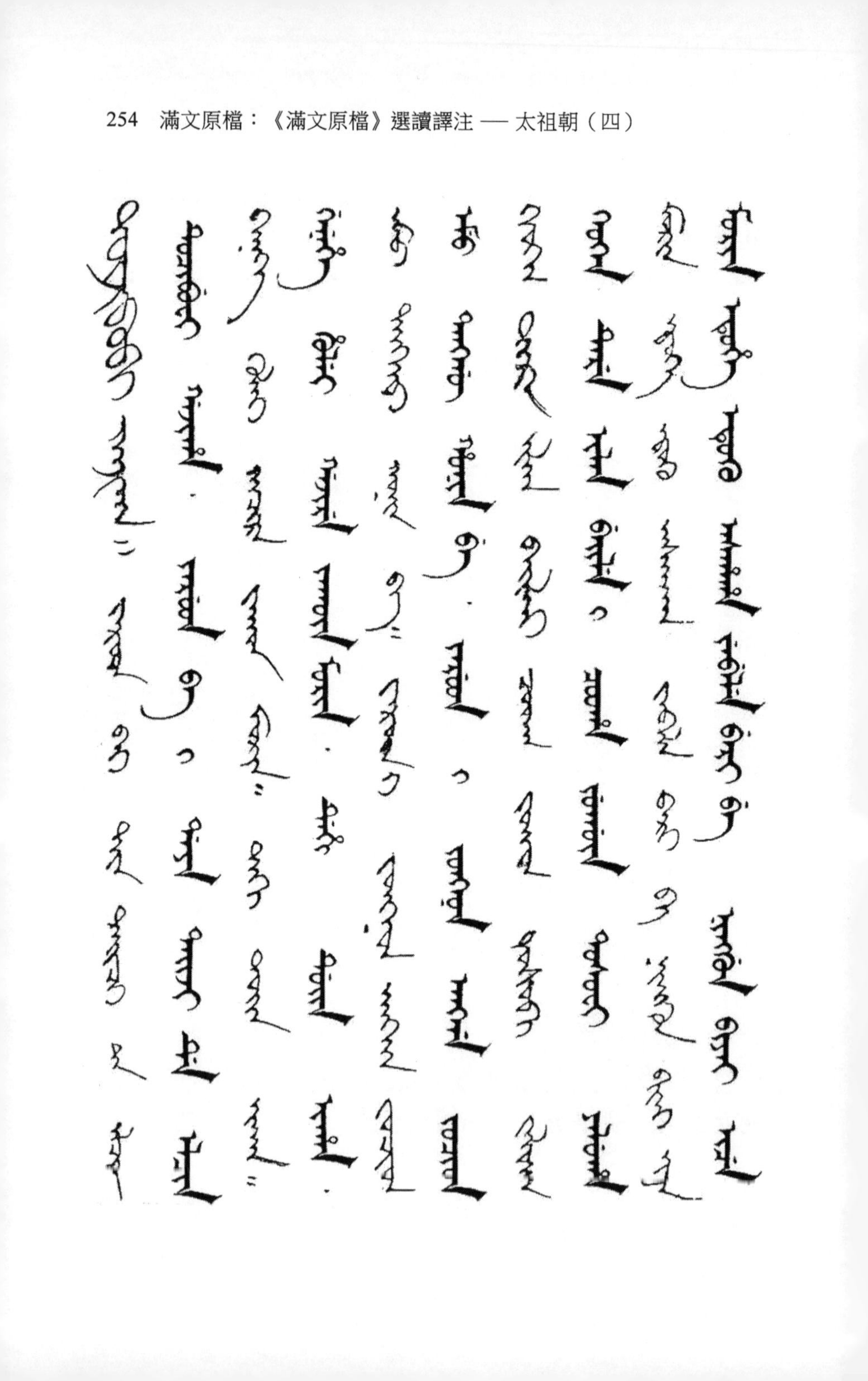

tucibufi gajiha. jarut bai daya taiji de elcin genehe hulei gajire jakūn morin, dehi duin ihan, emu tanggū honin be jarut i jongnon, angga, jocit keoken tere ilan beile i cooha jugūn tosofi yaluha morin etuhe etuku ashaha jebele beri be ninggun biyai ice

---

賚回。出使扎魯特地方達牙台吉處之扈壘賚回馬八匹、牛四十四頭、羊一百隻被扎魯特鍾嫩、昂阿、朱扯特扣肯三貝勒之兵腰截於路，將所乘之馬匹及所穿衣服、所佩帶撒袋弓箭等物，於六月初四日

赍回。出使扎鲁特地方达牙台吉处之扈垒赍回马八匹、牛四十四头、羊一百只被扎鲁特锺嫩、昂阿、朱扯特扣肯三贝勒之兵腰截于路，将所乘之马匹及所穿衣服、所佩带撒袋弓箭等物，于六月初四日

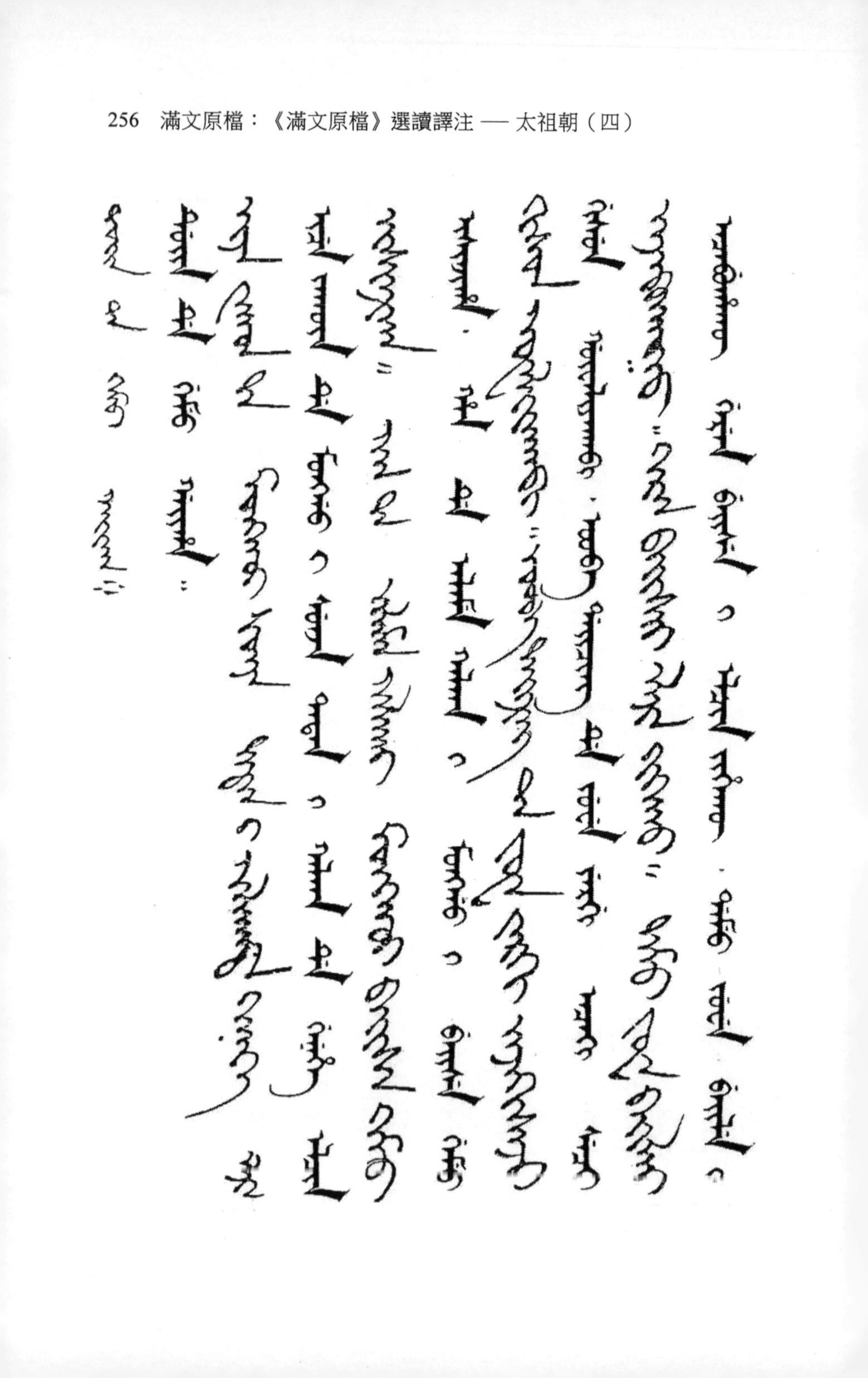

[illegible]

duin de gemu gaiha.
ice jakūn de monggoi sunja tatan i kalkade genehe elcin isinjiha, han de alame kalkai beise gemu gisun gūwaliyakabi. ooba daicing de juwe jergi acakiseci acabuhakū, geren beise i elcin jihekū, damu juwe beile i

---

俱被劫去。
初八日，遣往蒙古五部喀爾喀使者還，報汗曰：「喀爾喀蒙古諸貝勒俱已負盟矣。臣等二次欲會見奧巴戴青，不容相見。各貝勒使者俱未來，

俱被劫去。
初八日，遣往蒙古五部喀尔喀使者还，报汗曰：「喀尔喀蒙古诸贝勒俱已负盟矣。臣等二次欲会见奥巴戴青，不容相见。各贝勒使者俱未来，

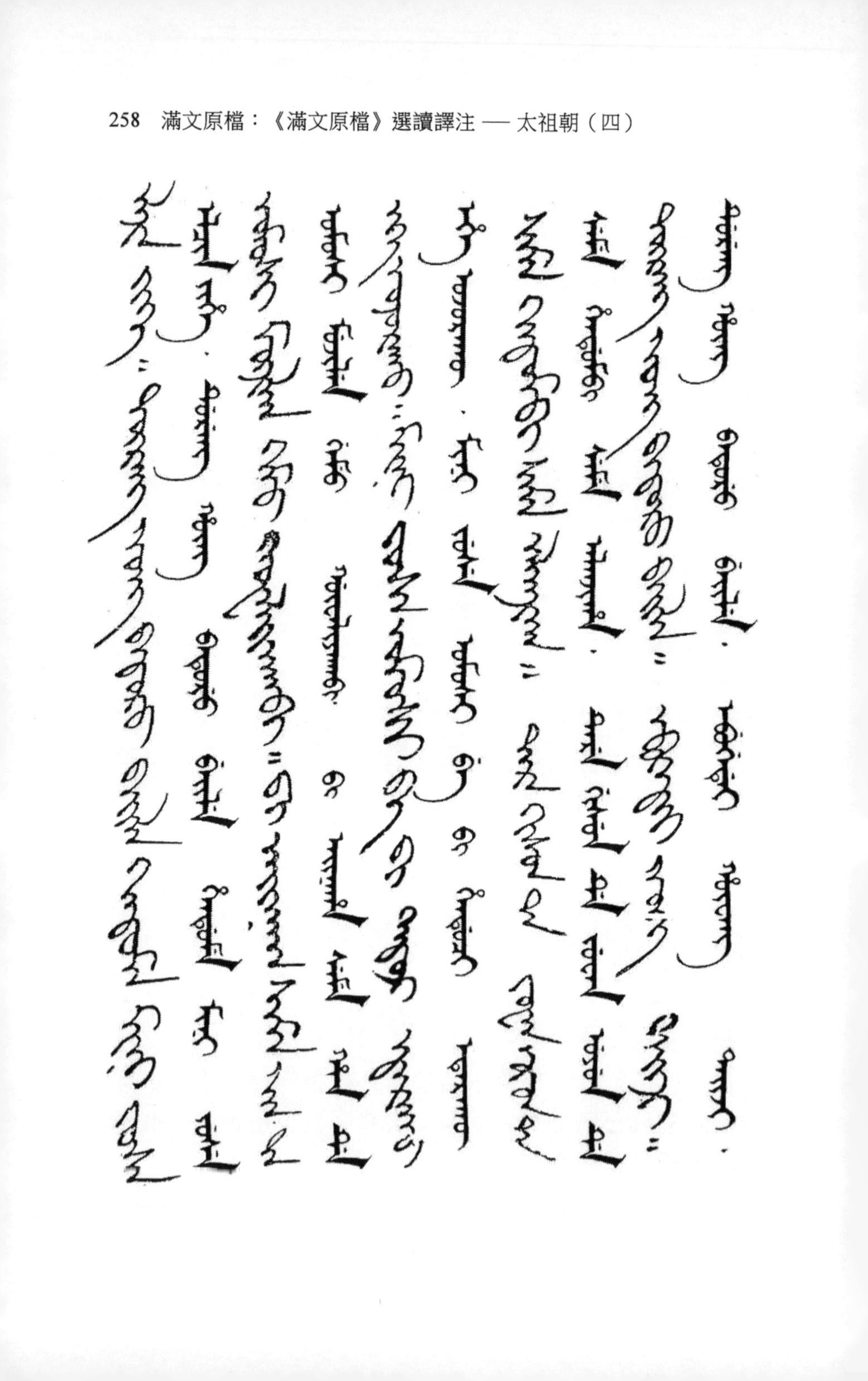

elcin jihe, dureng hūng baturu beile hendume, mini juse omosi mujilen gemu gūwaliyakabi, bi ainaha seme han de ehe ojorakū, mini juse omosi be bi henduci eterakū seme hendumbi sme alanjiha. tere gisun de juwan uyun de dureng hūng baturu beile, ebugedei hūwang taiji,

---

惟二貝勒之使者來。杜楞洪巴圖魯貝勒曰：『我子孫俱已變心，我絕不與汗交惡。我雖訓我子孫，然已不能制止。』」由於此言，於十九日致書於杜楞洪巴圖魯貝勒、額布格德依洪台吉、

惟二贝勒之使者来。杜楞洪巴图鲁贝勒曰：『我子孙俱已变心，我绝不与汗交恶。我虽训我子孙，然已不能制止。』」由于此言，于十九日致书于杜楞洪巴图鲁贝勒、额布格德依洪台吉、

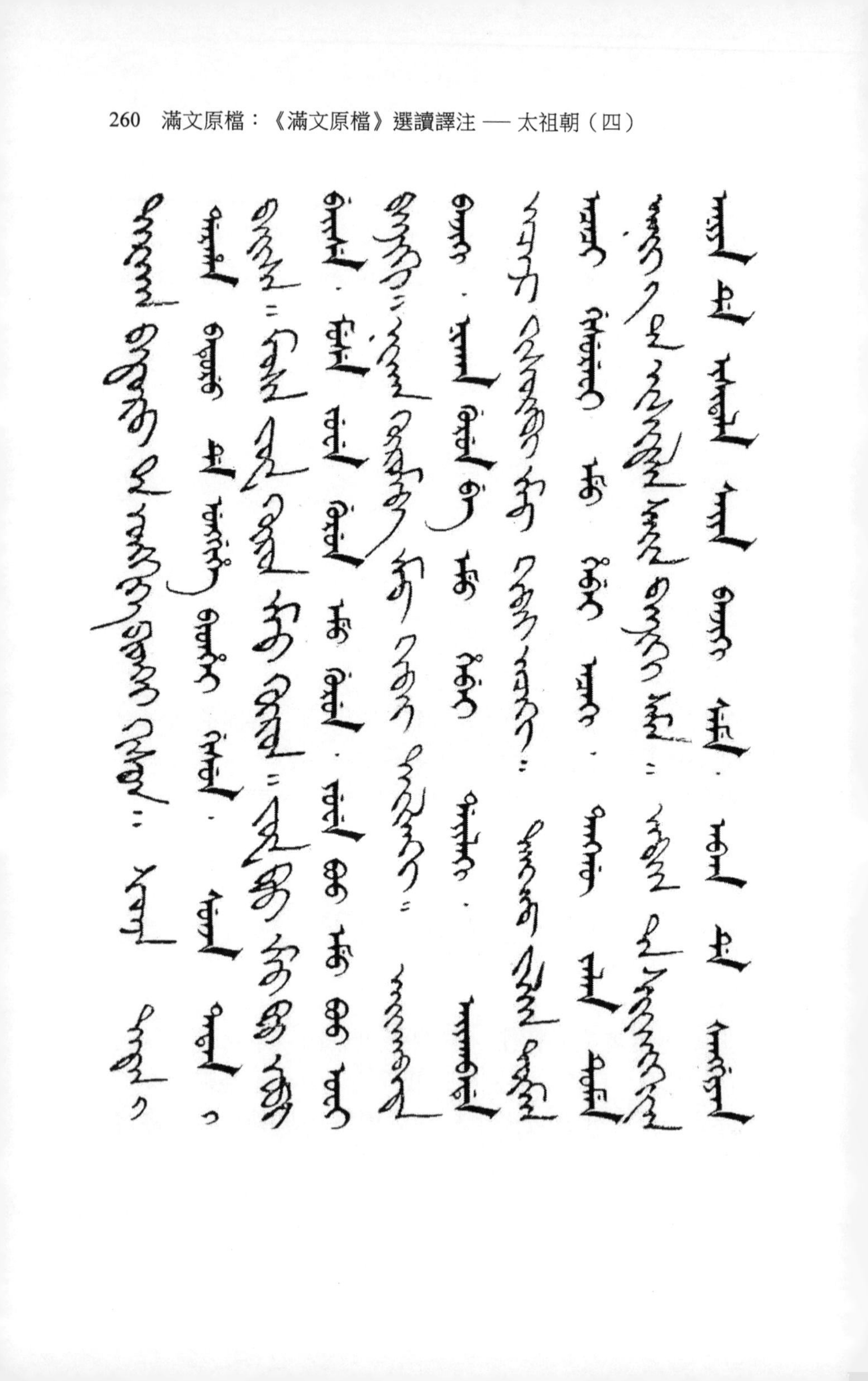

darhan baturu de unggihe bithei gisun, sunja tatan i beise, muse juwe gurun emu gurun, juwe boo emu boo ofi banjiki, nikan gurumbe emu hebei dailaki. aikabade acaci gisurefi emu hebei acaki, tanggū jalan tumen aniya de isitala sain banjiki seme, abka de šanggiyan

---

達爾漢巴圖魯曰：「五部諸貝勒，我等二國如同一國，兩家如同一家相處，同謀征明。倘欲修好，亦必同謀修好，直至百世萬年，和好相處，

达尔汉巴图鲁曰：「五部诸贝勒，我等二国如同一国，两家如同一家相处，同谋征明。倘欲修好，亦必同谋修好，直至百世万年，和好相处，

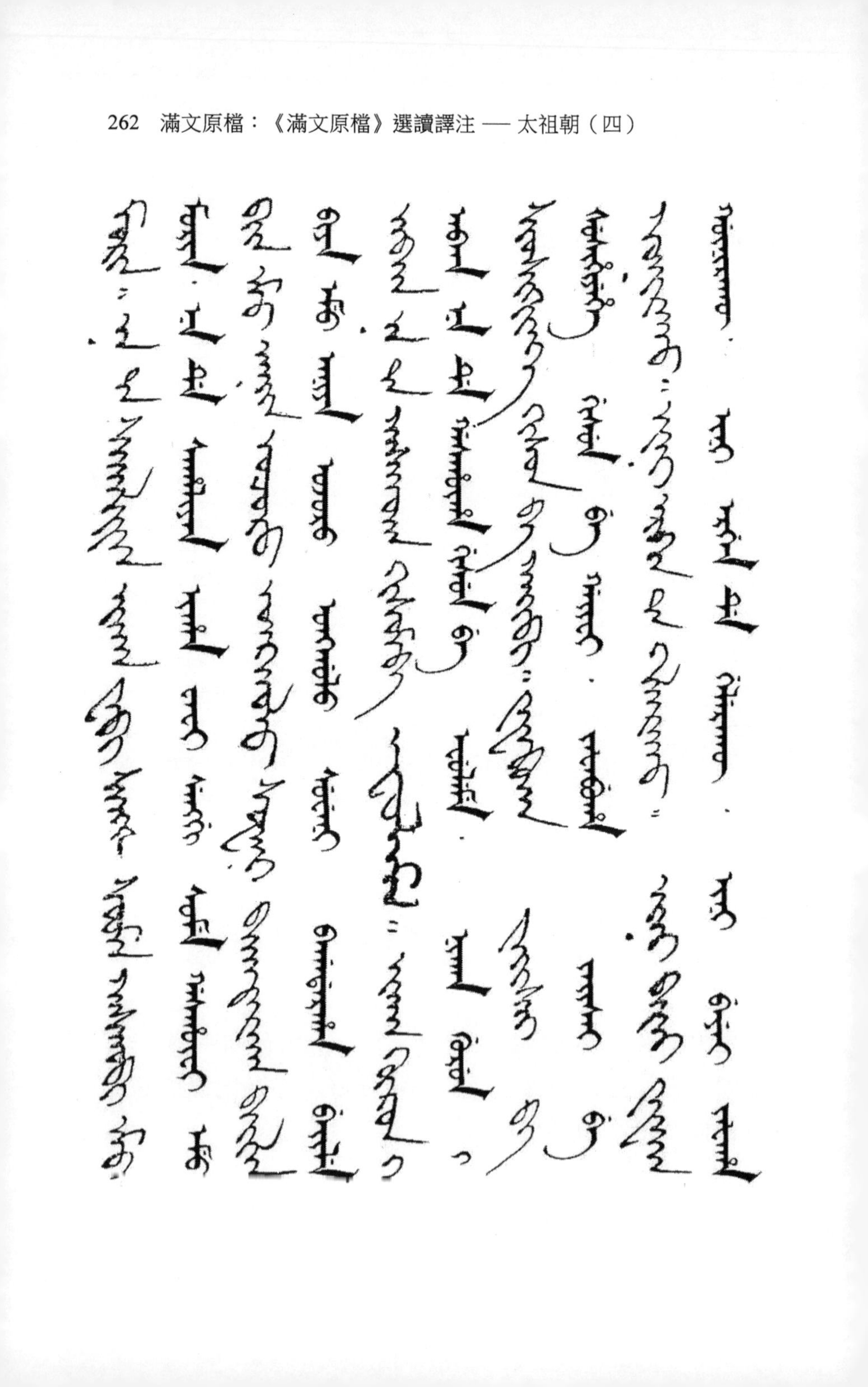

morin, na de sahaliyan ihan wafi senggi some gashūfi, emu biya emu aniya ojoro onggolo suweni bagadarhan beile abka na de gashūha gisun be efuleme, nikan gurun i šusihiyehe gisun be gaifi, jafabuha jaisai be gūnirakū, ini ergen de gelerakū, ini beyei jafaha

---

曾對天刑白馬，對地刑烏牛，拋撒鮮血盟誓。尚未一月或一年，爾巴噶達爾漢貝勒竟破壞祭告天地之誓言，而聽信明國挑唆之言，不顧被擒之宰賽，不畏懼其性命，

曾对天刑白马，对地刑乌牛，抛撒鲜血盟誓。尚未一月或一年，尔巴噶达尔汉贝勒竟破坏祭告天地之誓言，而听信明国挑唆之言，不顾被擒之宰赛，不畏惧其性命，

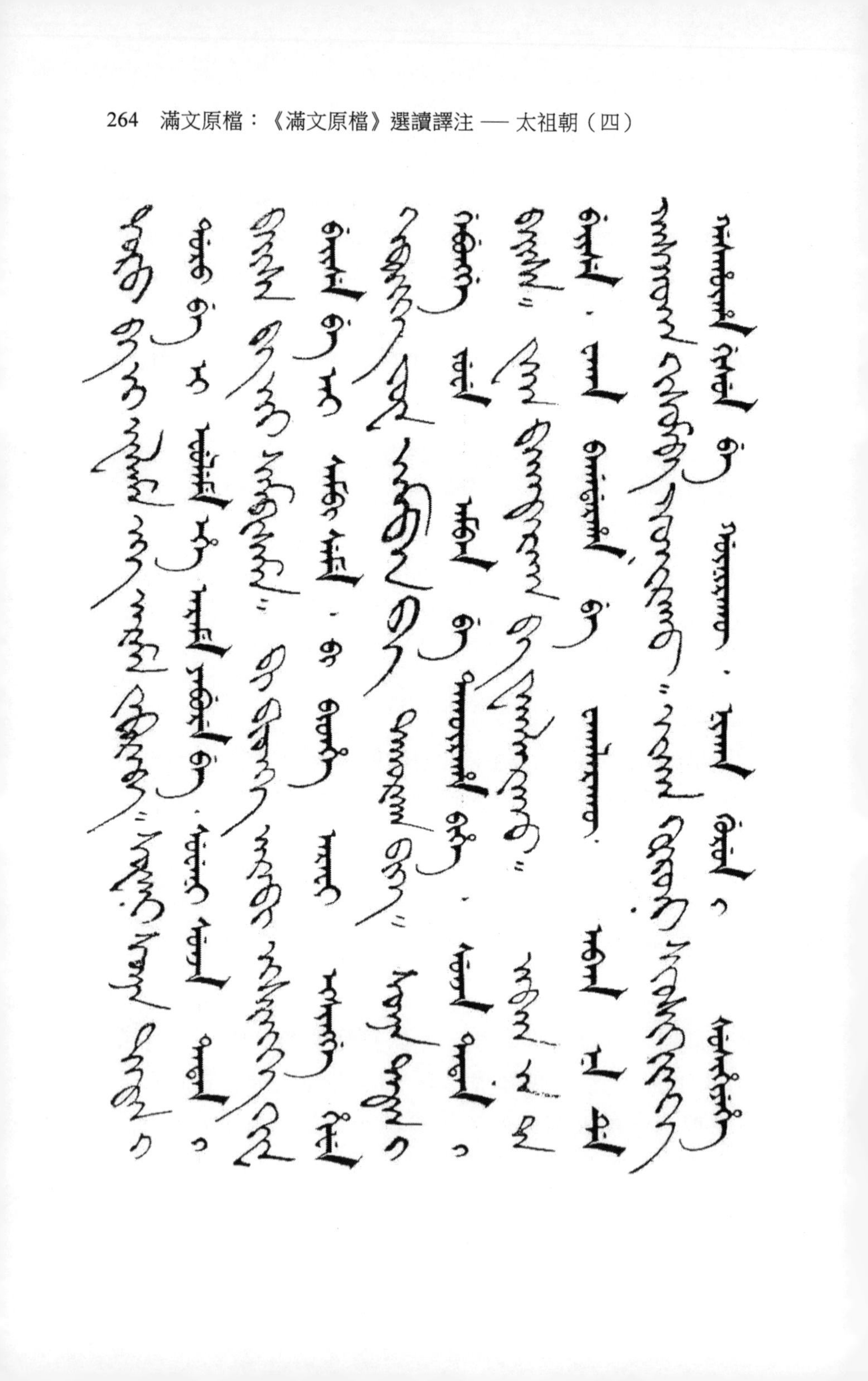

doro be i efuleme ehe arame yaburebe, suweni sunja tatan i beise be ai sambi seme, bi bithe arafi eksingge, hife gebungge juwe amban be takūraha bihe. sunja tatan i beise, waka bagadarhan be wakalarakū, abka na de gashūha gisun be gūnirakū, nikan guruni šusihiyehe

---

破壞其所執之政，為非作惡，諒爾等五部諸貝勒並不知情。我繕寫書信，遣額克興額、希福二大臣齎來。然而五部諸貝勒竟不譴責有過之巴噶達爾漢，不念祭告天地之誓言，

破坏其所执之政，为非作恶，谅尔等五部诸贝勒并不知情。我缮写书信，遣额克兴额、希福二大臣赍来。然而五部诸贝勒竟不谴责有过之巴噶达尔汉，不念祭告天地之誓言，

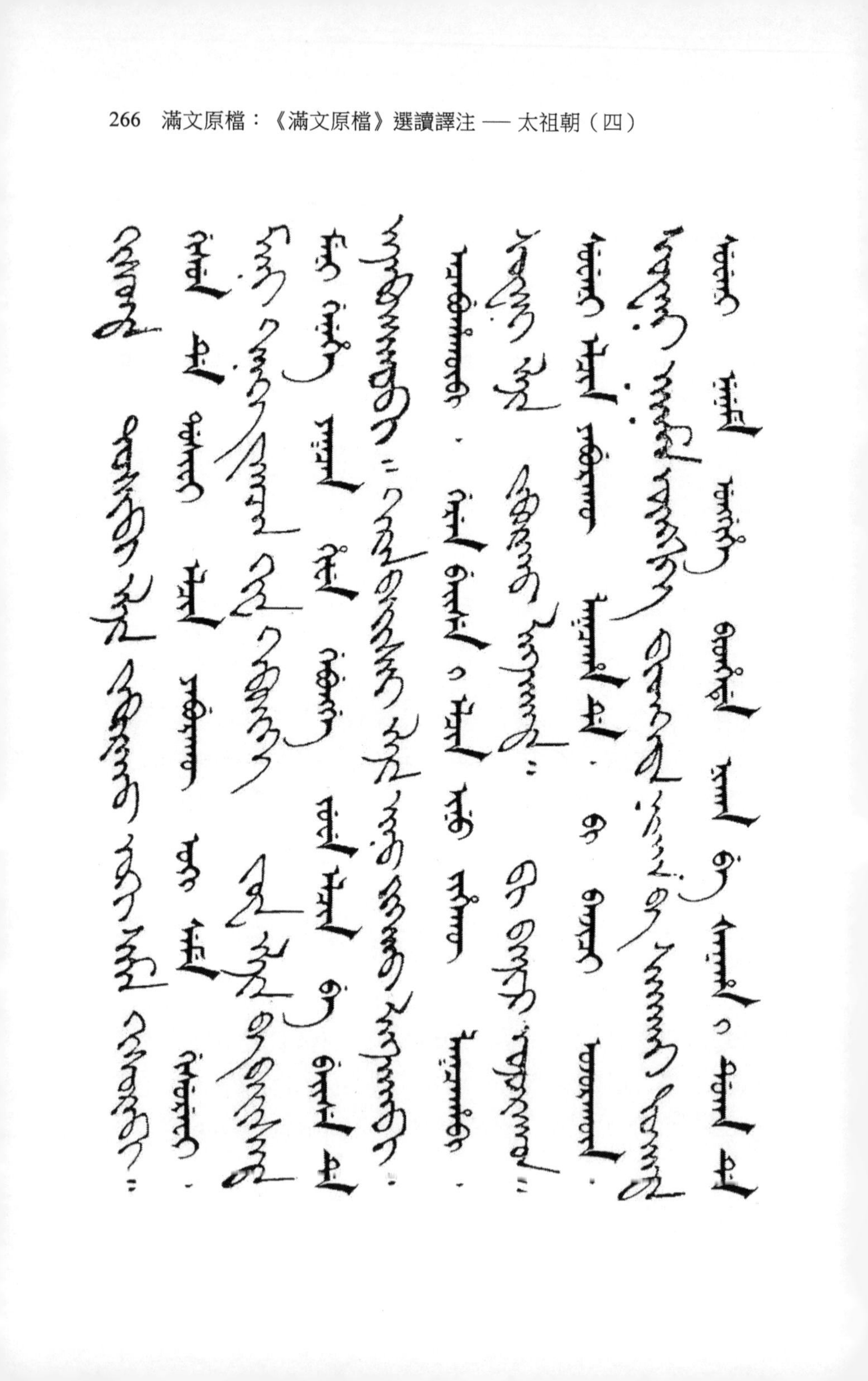

gisunde dosifi elcin yaburakū oki seme gisurefi, meni genehe yakcan hife gebungge juwe elcin be beise de acabuhakūbi, geren beise i elcin inu jihekū lakcahabi, suweni elcin yaburakū lakcaha de, bi banjici ojorakūn. suweni neneme unggihe bithede nikan be šanahai dukade

---

惑於明國挑唆之言，以停止遣使往來為詞，未准我前往名叫雅克禪、希福二使臣與諸貝勒相見，諸貝勒之使者不來，斷絕往來。爾等停止遣使，斷絕往來，我豈不能生存耶？爾等先前曾來書信稱：

惑于明国挑唆之言，以停止遣使往来为词，未准我前往名叫雅克禅、希福二使臣与诸贝勒相见，诸贝勒之使者不来，断绝往来。尔等停止遣使，断绝往来，我岂不能生存耶？尔等先前曾来书信称：

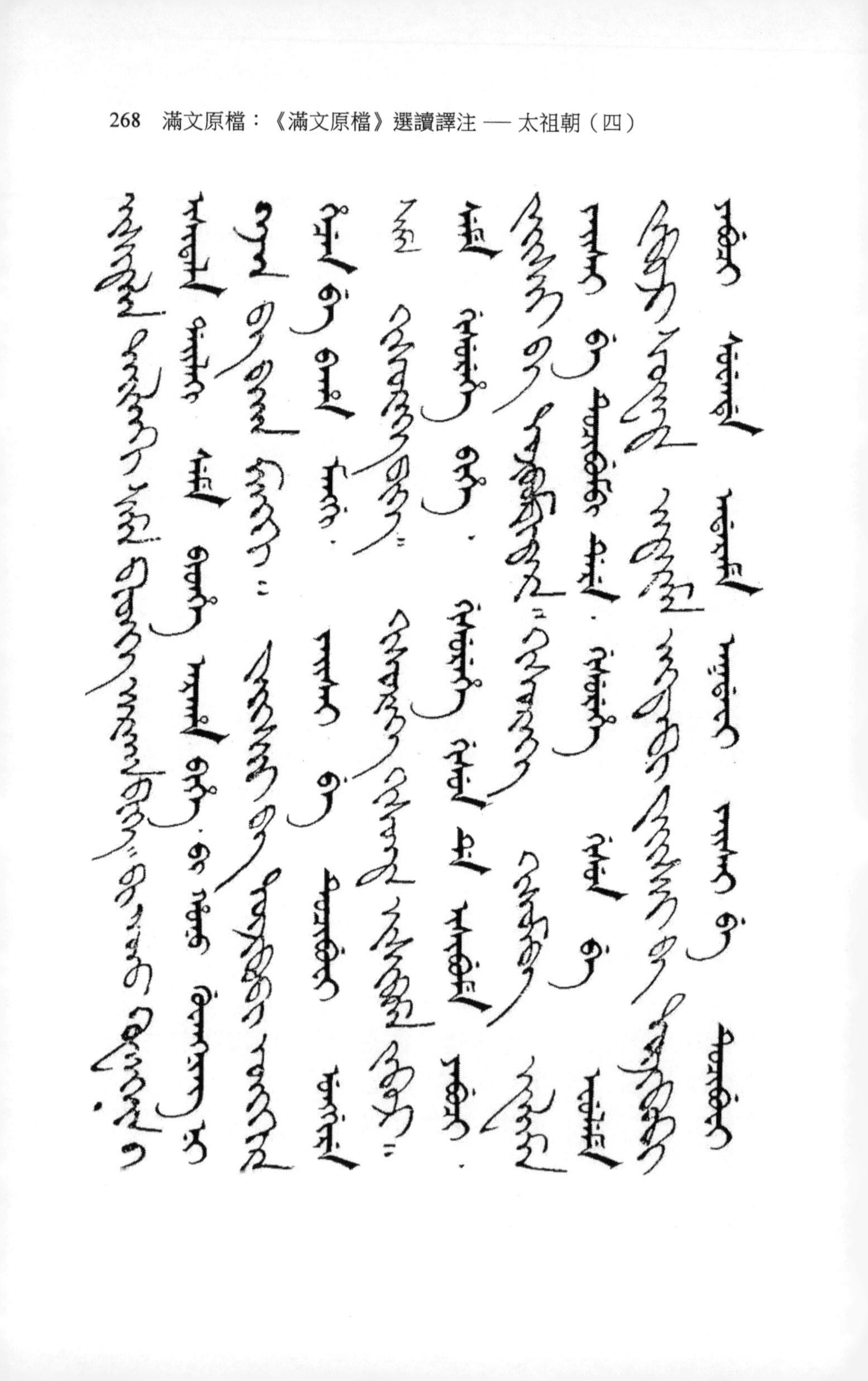

isitala dailaki seme bithe araha bihe, bi hono guwangning ni hecen be baha manggi, jaisai be tucibufi unggire seme gisurehe bihe. gisurehe gisunde isibume yabuci, jaisai be tucibumbidere, gisurehe gisumbe efuleme yabuci suwende adarame akdafi jaisai be tucibufi

---

『欲征明直至山海關。』我亦曾言：『待我攻取廣寧城後，即送回宰賽。』若履行諾言，即送回宰賽。若負諾言，則如何相信爾等而送回宰賽耶？

『欲征明直至山海关。』我亦曾言：『待我攻取广宁城后，即送回宰赛。』若履行诺言，即送回宰赛。若负诺言，则如何相信尔等而送回宰赛耶？

十八、斷絕遣使

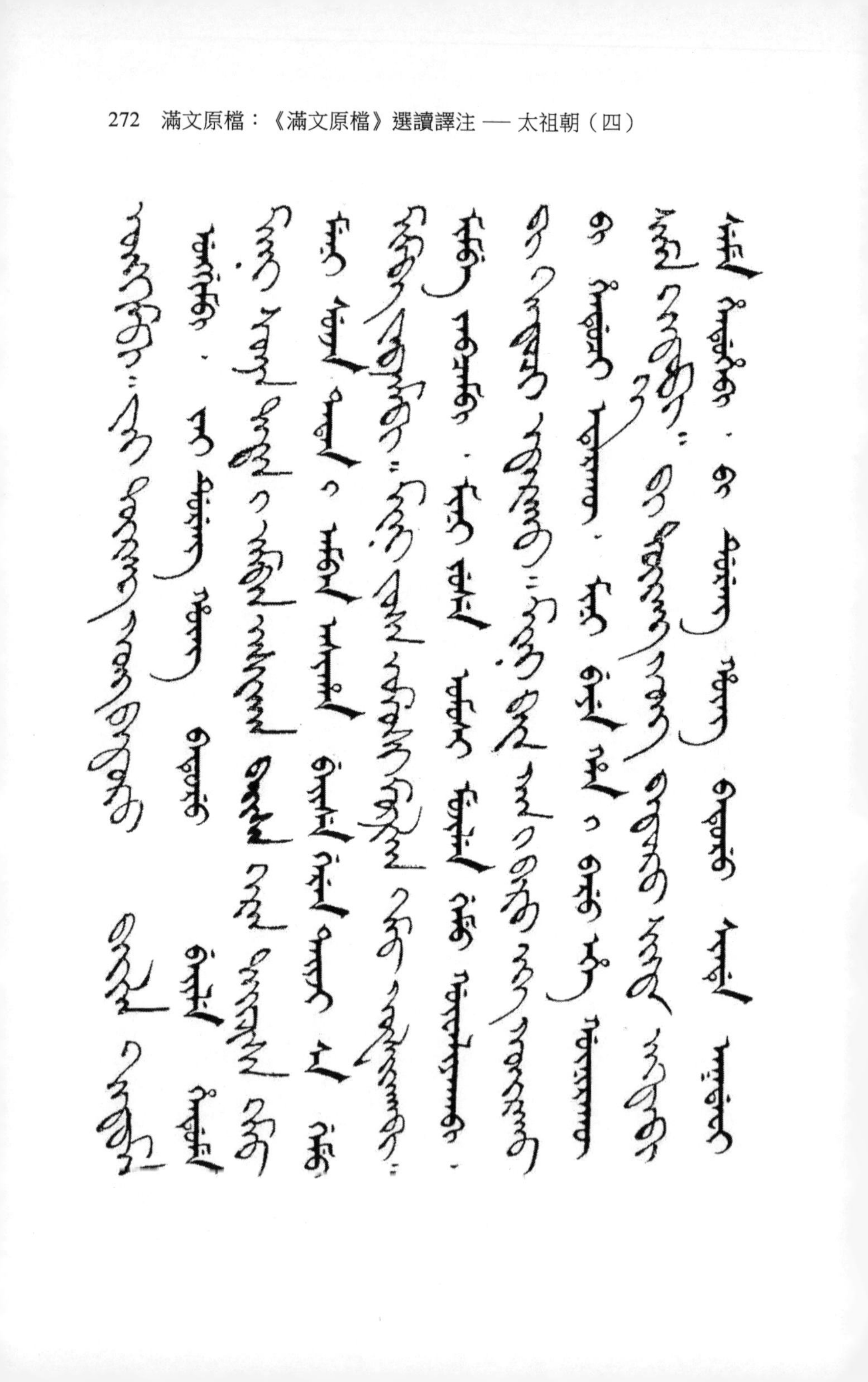

unggimbi. jai dureng hūng baturu beile hendume, meni sunja tatan i amban asihan beise geren taijisa gemu mimbe jabcambi, mini juse omosi mujilen gemu gūwaliyakabi, bi henduci eterakū, mini beye han i baru ehe gūnirakū seme henduhebi. bi dureng hūng baturu sinde akdafi

---

再者，杜楞洪巴圖魯貝勒曾言：『我等五部大小諸貝勒及眾台吉俱皆歸咎於我，我之子孫俱皆變心，我雖訓之，亦不能制止，然我自身絕不與汗交惡。』杜楞洪巴圖魯我信賴爾

再者，杜楞洪巴图鲁贝勒曾言：『我等五部大小诸贝勒及众台吉俱皆归咎于我，我之子孙俱皆变心，我虽训之，亦不能制止，然我自身绝不与汗交恶。』杜楞洪巴图鲁我信赖尔

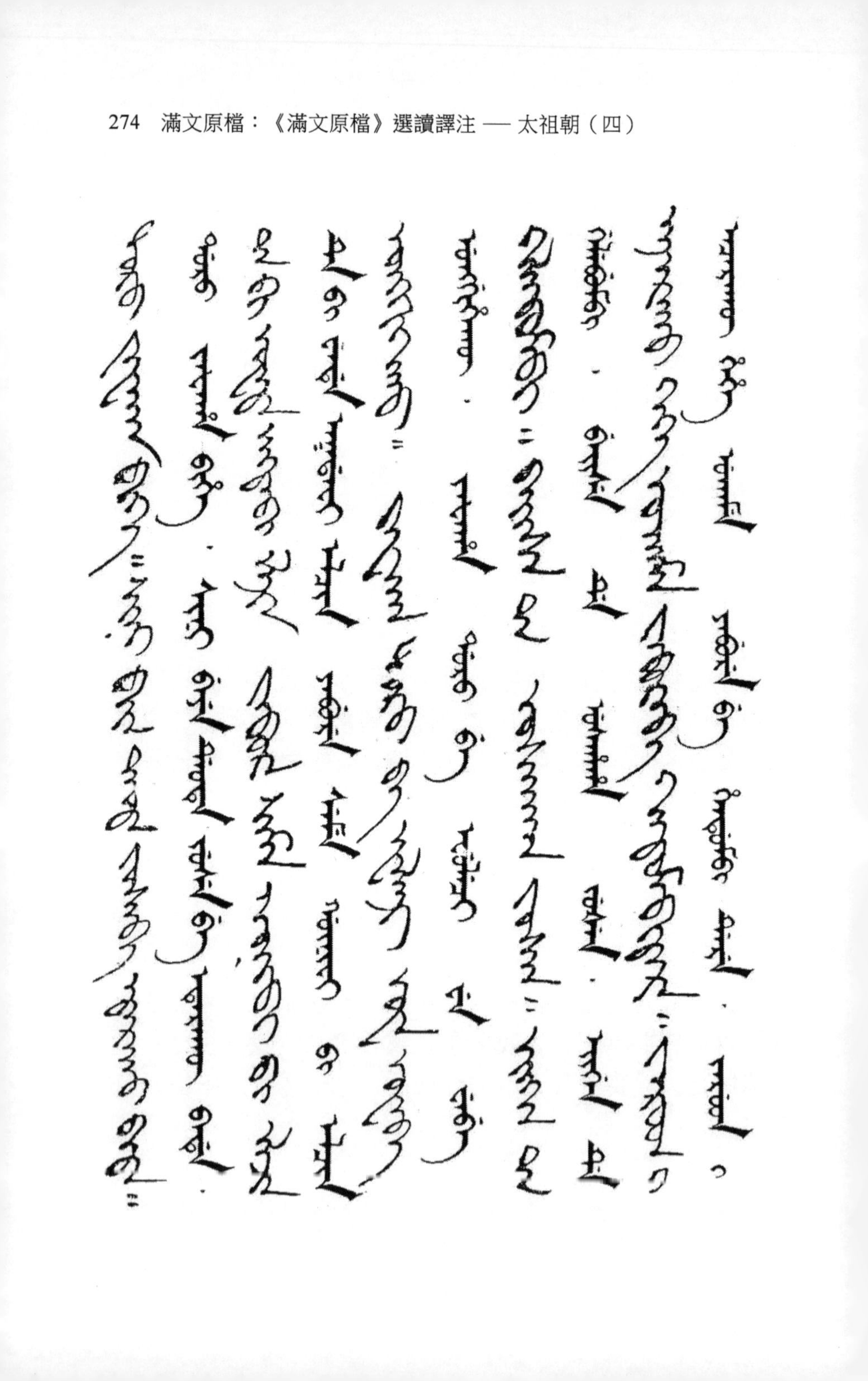

doro jafaha bihe, sini beye deote jusebe eterakū bade, te bi wede akdafi elcin yabure seme gūnifi bi elcin unggihekū. jafaha doro be efuleci we webe gelebumbi. beise de ushaha jušen, eigen de acarakū hehe, ukame yabure be hendumbidere. jarut i

---

曾執政，爾自身不能制止子弟，如今我信賴誰而遣使往來耶？念及此，我遂停止遣使。若破壞所執之政，誰怕誰？常言道：「怨恨貝勒之諸申，與夫不和之婦女，必皆逃走也。」

曾执政，尔自身不能制止子弟，如今我信赖谁而遣使往来耶？念及此，我遂停止遣使。若破坏所执之政，谁怕谁？常言道：「怨恨贝勒之诸申，与夫不和之妇女，必皆逃走也。」

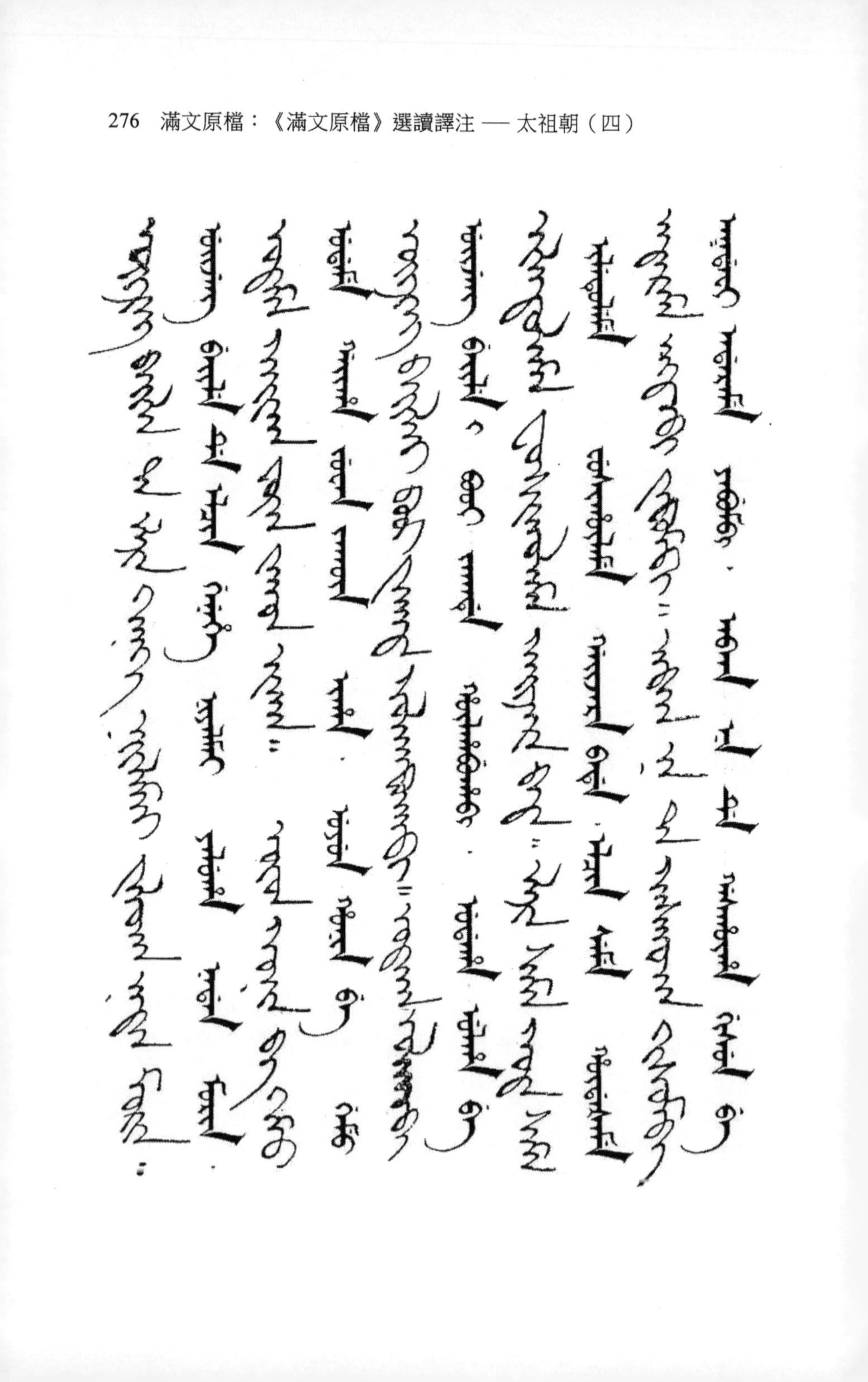

uijeng beile de elcin genehe niyalmai yaluha nadan morin, udame gaiha juwan jakūn ihan, uyun honin be gemu uijeng beile i booi jakade hūlhabuhabi. udaha ulhabe iletuleme fusihūlame gaijara bade, elcin seme hūdašame adarame akdafi yabumbi. abka na de gashūha gisun be

---

遣往扎魯特衛徵貝勒處之使者所乘之馬七匹，所購之牛十八頭、羊九隻，皆於衛徵貝勒宅前被盜。如此公然輕視盜取所購牲畜，如何信賴遣使貿易[58]耶？祭告天地之誓言，

遣往扎鲁特卫征贝勒处之使者所乘之马七匹，所购之牛十八头、羊九只，皆于卫征贝勒宅前被盗。如此公然轻视盗取所购牲畜，如何信赖遣使贸易耶？祭告天地之誓言，

---

58 貿易，《滿文原檔》寫作"kota sama(e)，訛誤，應連寫；《滿文老檔》讀作"hūdašame"，正確。

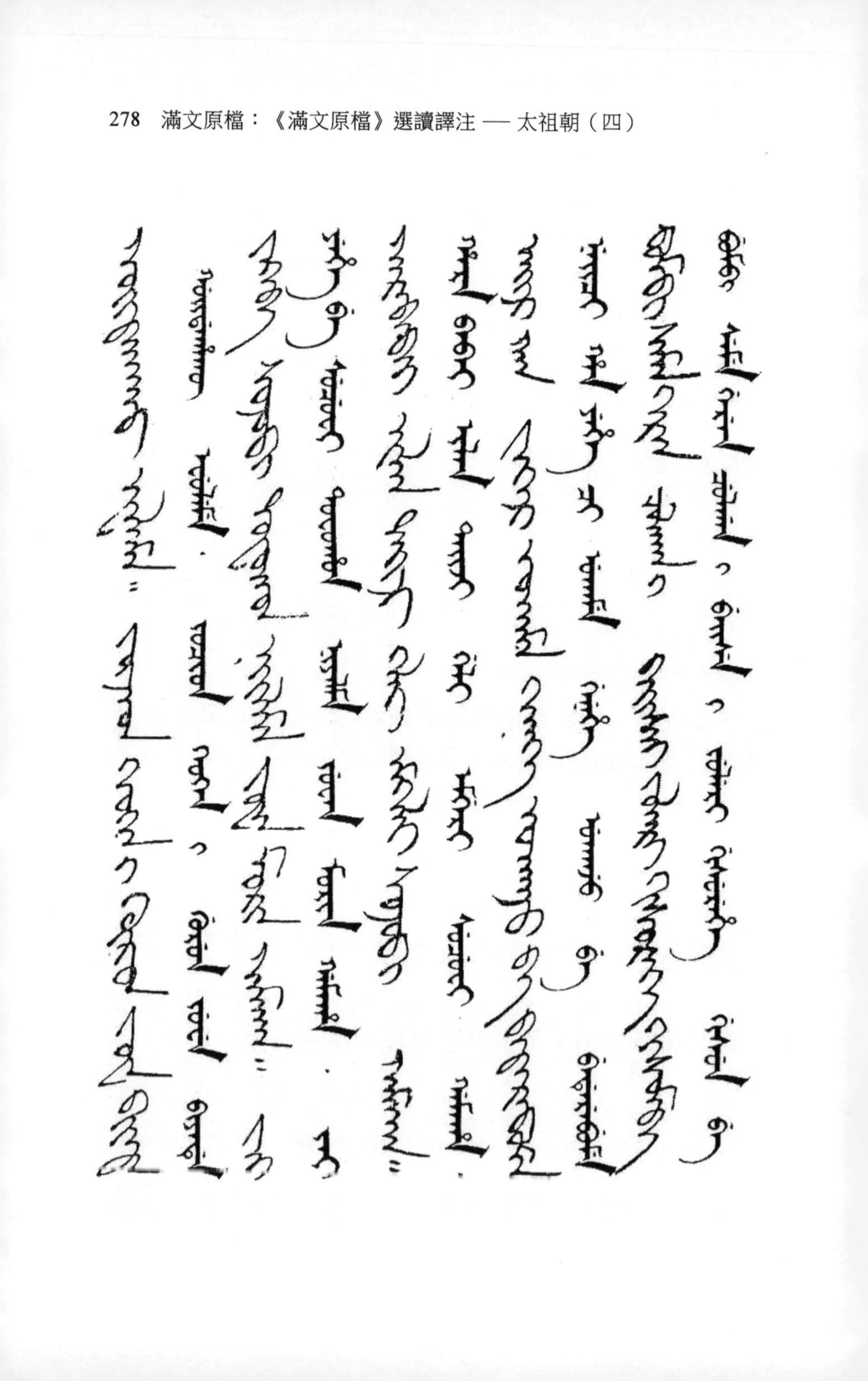

goidahakū efuleme, jocit keoken i gurun juwe biyade yehebe sucufi tofohon niyalma juwan morin gamaha. jai hara babai ilan taiji geli emgeri sucufi gamaha, neici han yehe ci ukame genehe ukanju be bederebume bumbi seme, geren culgan i beise i juleri gisurehe gisumbe

---

未久即破壞。卓齊特扣肯國人於二月往襲葉赫，搶掠十五人、馬十匹而去。再者，哈拉巴拜三台吉亦曾劫掠。內齊汗曾於會盟[59]之諸貝勒面前說，將葉赫之逃人遣還，

未久即破坏。卓齐特扣肯国人于二月往袭叶赫，抢掠十五人、马十匹而去。再者，哈拉巴拜三台吉亦曾劫掠。内齐汗曾于会盟之诸贝勒面前说，将叶赫之逃人遣还，

---

59 會盟，《滿文原檔》寫作“culkan”，《滿文老檔》讀作“culgan”，係蒙文“ciɣulɣan”借詞。

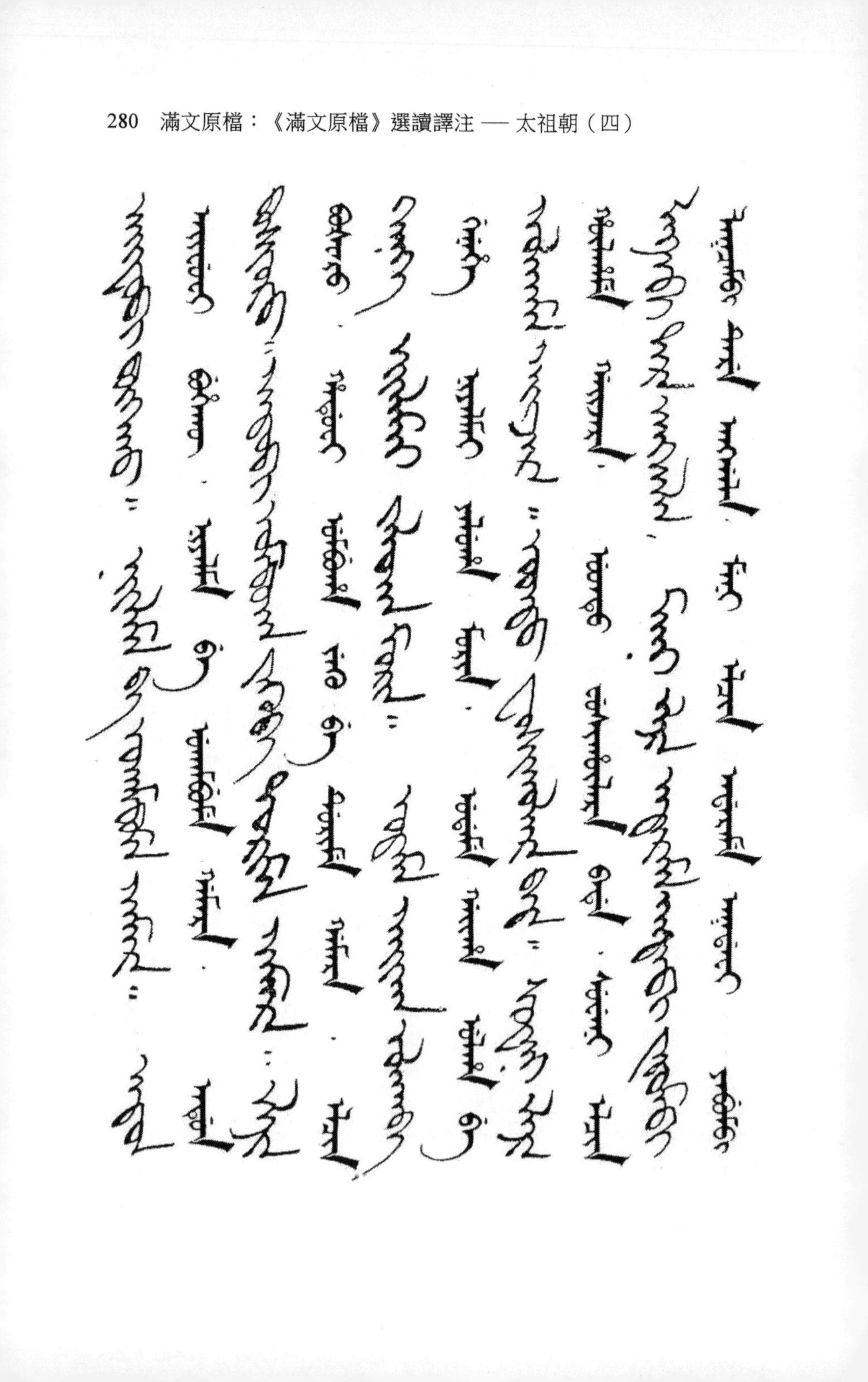

aifufi buhekū, niyalma be ukambume gamara, adun bošoro, hadufi umbuha jekube durime gamara, elcin genehe niyalmai yaluha morin, udame gaiha ulhabe hūlhame gaijara, uttu fusihūlara bade, suweni elcin lakcambi tere anggala, meni elcin adarame akdafi yabumbi.

却食言未給。收納逃人，驅趕牧群[60]，搶奪收割後埋藏之糧食，盜取遣往使者所乘之馬匹及所購買之牲畜，如此輕視欺辱，況且，爾等斷絕遣使往來，我之使者如何信賴往來耶？」

却食言未给。收纳逃人，驱赶牧群，抢夺收割后埋藏之粮食，盗取遣往使者所乘之马匹及所购买之牲畜，如此轻视欺辱，况且，尔等断绝遣使往来，我之使者如何信赖往来耶？」

---

60 牧群，《滿文原檔》寫作“aton”，《滿文老檔》讀作“adun”，係蒙文“aduɣu(n)”借詞。

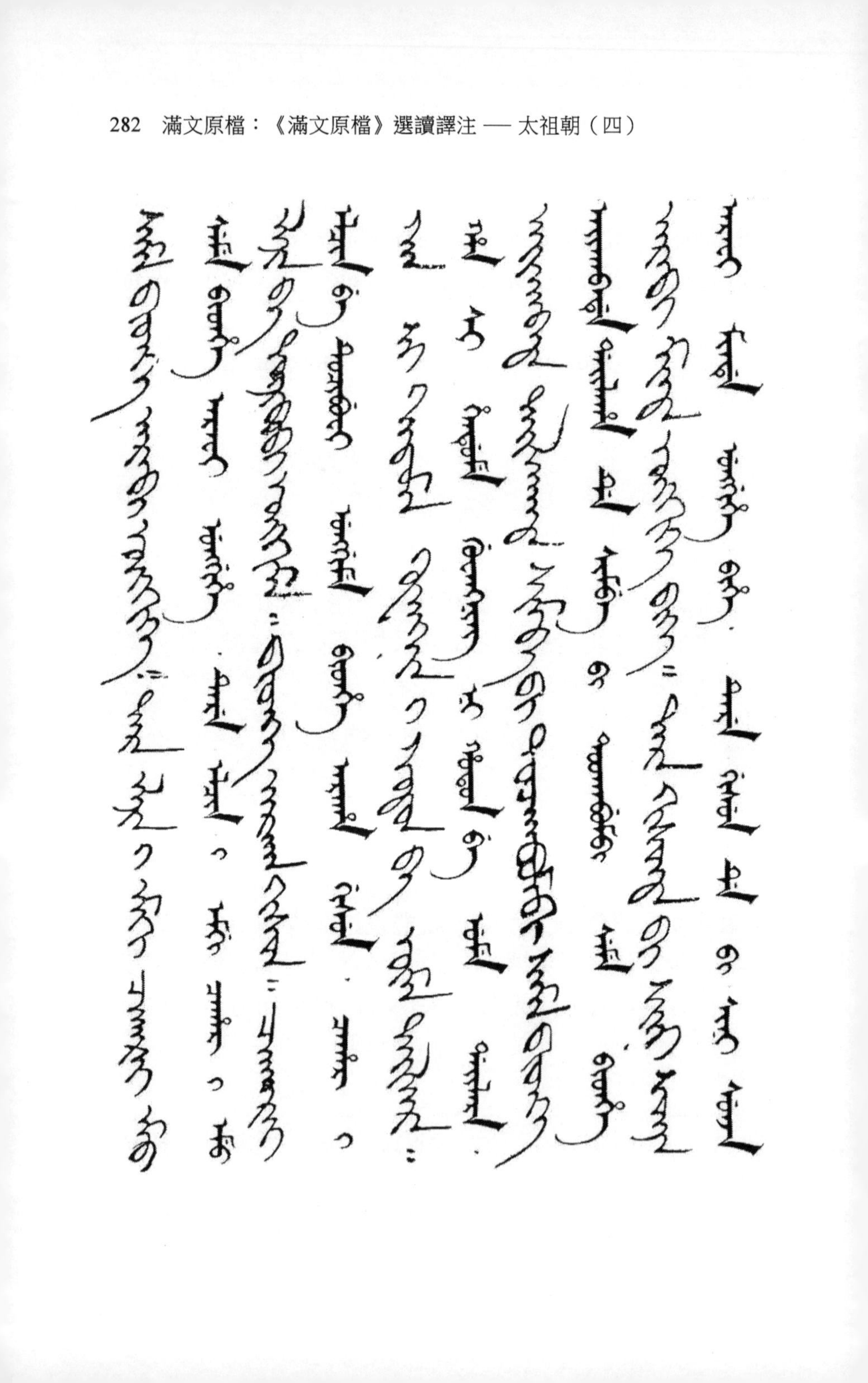

seme bithe arafi unggihe, tere elcin i emgi cahari emu elcin be tucibufi unggime, bithe araha gisun, cahar i han si hendume, guwangnin i hoton be ume dailara, aikabade dailahade simbe bi tookabumbi seme bithe arafi minde unggihe bihe. tere gisunde bi sini sunja

---

遣使致書，察哈爾所遣使者一人與該使者同往，並致書察哈爾。書曰：「察哈爾汗，爾前遣人致書於我云：『勿征廣寧，若征之，我將掣肘爾。』因為此言，

遣使致书，察哈尔所遣使者一人与该使者同往，并致书察哈尔。书曰：「察哈尔汗，尔前遣人致书于我云：『勿征广宁，若征之，我将掣肘尔。』因为此言，

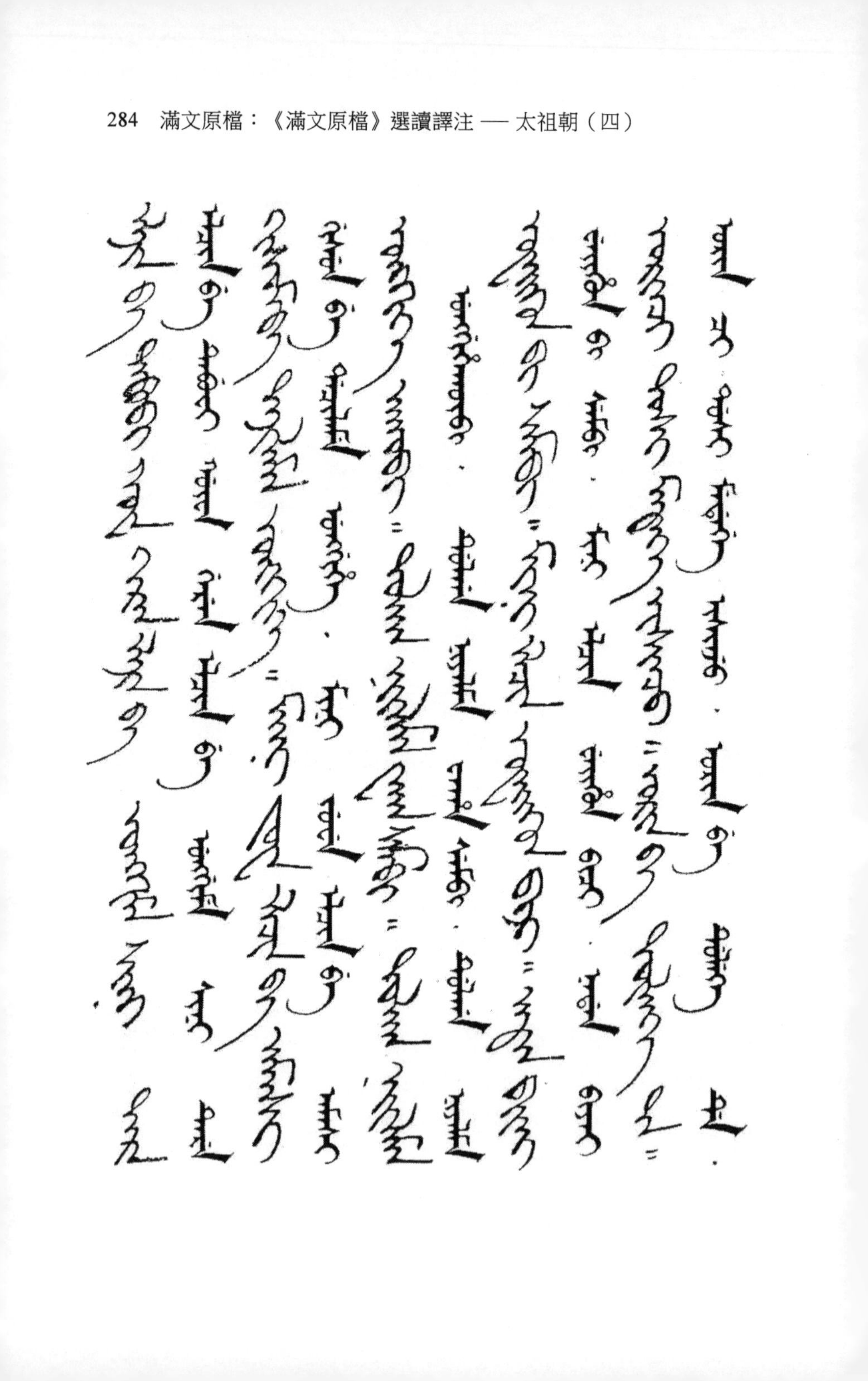

elcin be tebufi gūwa geren elcin be unggime sini tere gisumbe dacilame unggihe, mini juwe elcin be amasi unggihe akūbi. dulga niyalma waha sembi, dulga niyalma weihun bi sembi, mini elcin weihun bici, nadan biyai orin ci dosi medege isinju. orin be duleke de,

---

我將爾使者五人扣留，其他使者俱行遣回。遣往探聽爾言之我二使者未見遣還。有一半人說人已被殺，有一半人說人還活着。若我使者尚存，限於七月二十日前送到信息[61]，超過二十日

我将尔使者五人扣留，其它使者俱行遣回。遣往探听尔言之我二使者未见遣还。有一半人说人已被杀，有一半人说人还活着。若我使者尚存，限于七月二十日前送到信息，超过二十日

---

[61] 信息，《滿文原檔》寫作"meteke"，《滿文老檔》讀作"medege"，係蒙文"medege"借詞。

十九、致書朝鮮

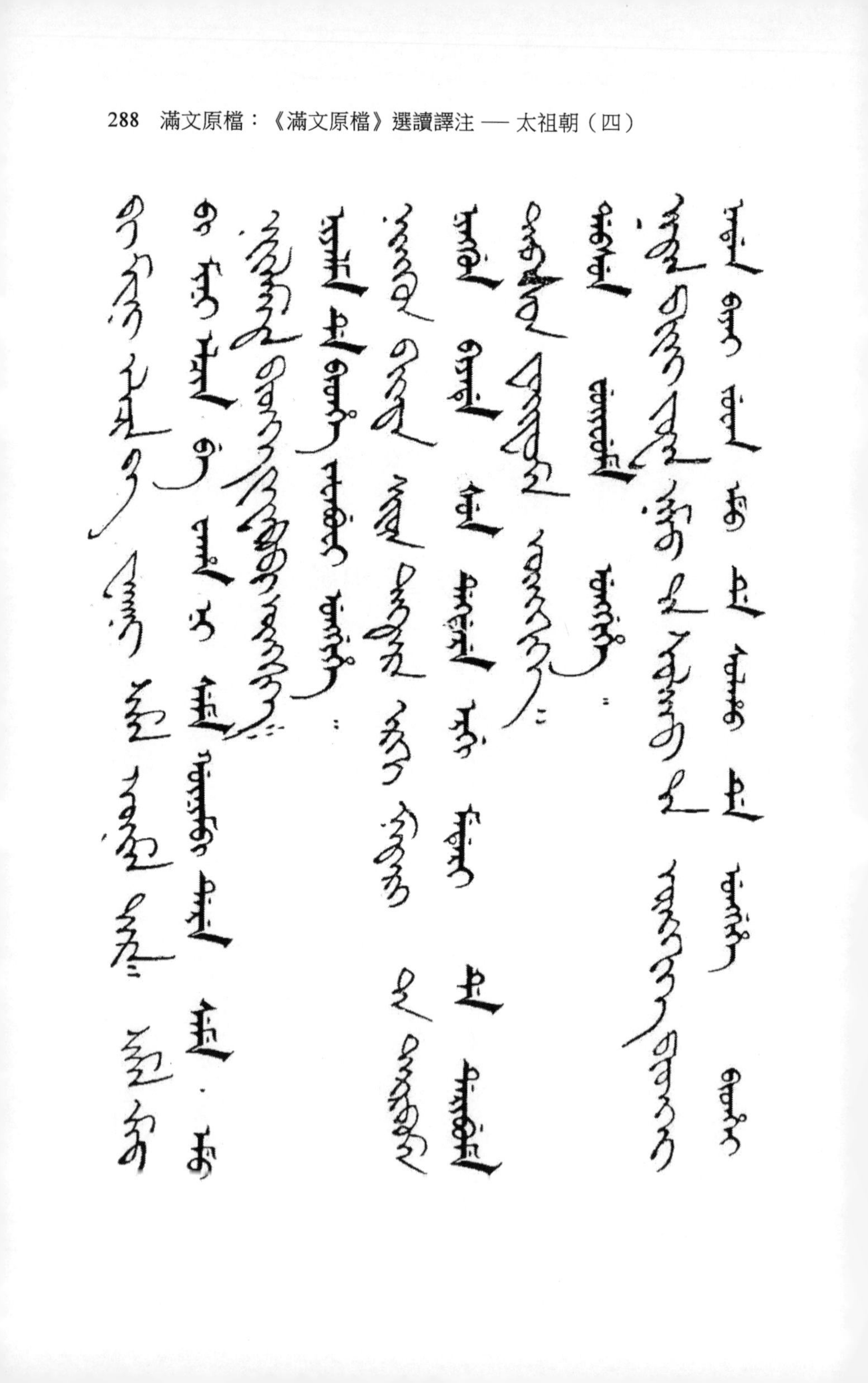

bi, mini elcin be waha ni seme gūnimbi dere seme, emu niyalmade bithe jafabufi unggihe.
ninggun biyade šun dekdere ergi mederi de deribume dabsun fuifume unggihe.
nadan biyai juwan emu de solho de unggihe, bithei

我將以為我之使者已被殺害矣。」遣一人賫書前往。
六月，始遣人往東海熬鹽。
七月十一日，致書朝鮮曰：

我将以为我之使者已被杀害矣。」遣一人赍书前往。
六月，始遣人往东海熬盐。
七月十一日，致书朝鲜曰：

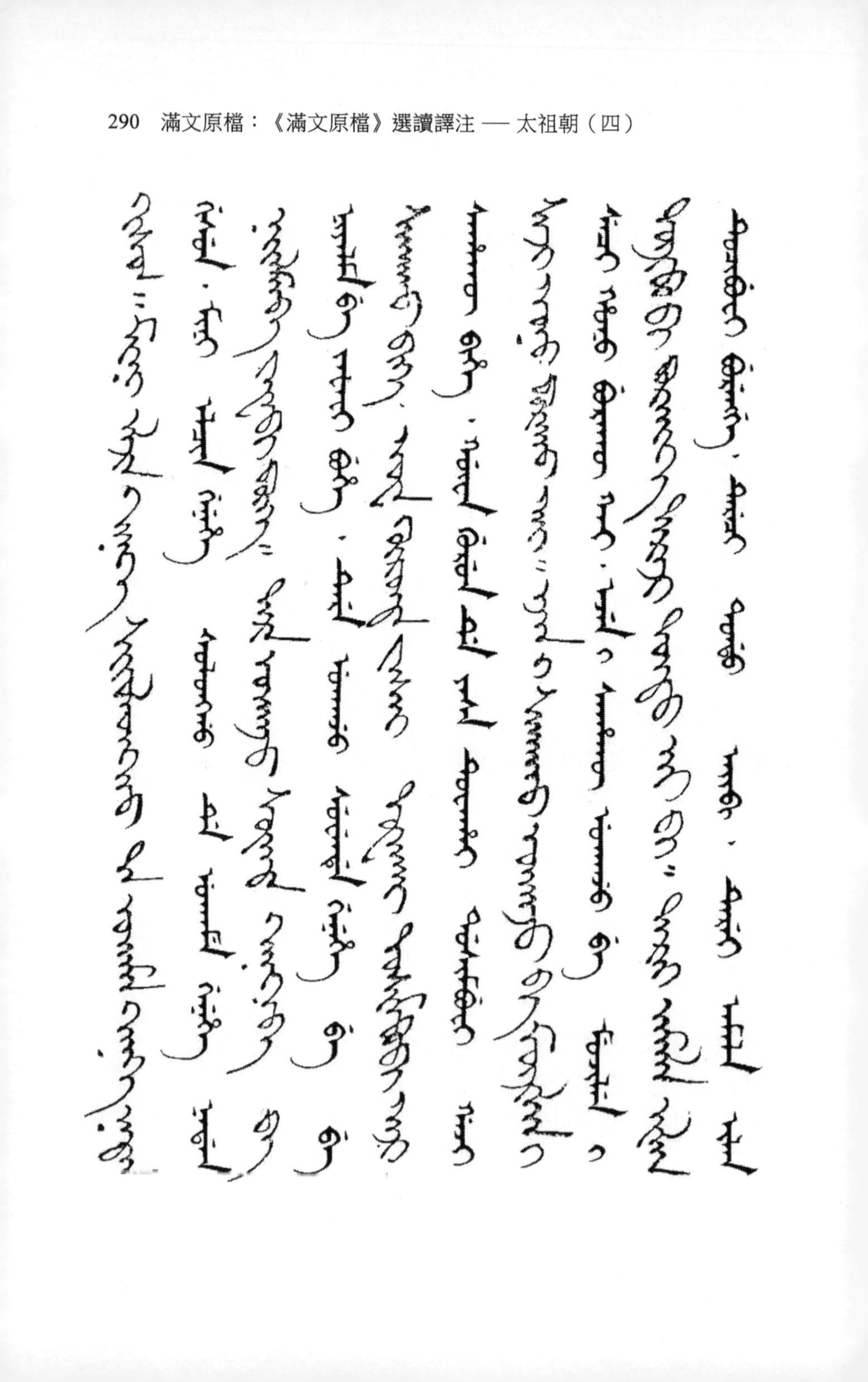

gisun, mini elcin genehe šolonggo de ukame genehe nadan niyalma be jafafi buhe. tere ukanju suwende genehebe be sahakū bihe, gūwa gurun de yasa tuwahai dosimbufi gaji seci hono burakū kai. ejen i sahakū ukanju be mujilen i tucibufi burengge, tereci tondo aibi. terei amala ilan

---

「爾將逃往爾國之七人擒拏交給我遣往爾國使者碩隆鄂。該逃人逃往爾處，我原本未知。眼見逃入他國，雖欲索還，尚且不給也。將主人所未知之逃人，主動給還，若論公正，莫過於此。其後，

「尔将逃往尔国之七人擒拏交给我遣往尔国使者硕隆鄂。该逃人逃往尔处，我原本未知。眼见逃入他国，虽欲索还，尚且不给也。将主人所未知之逃人，主动给还，若论公正，莫过于此。其后，

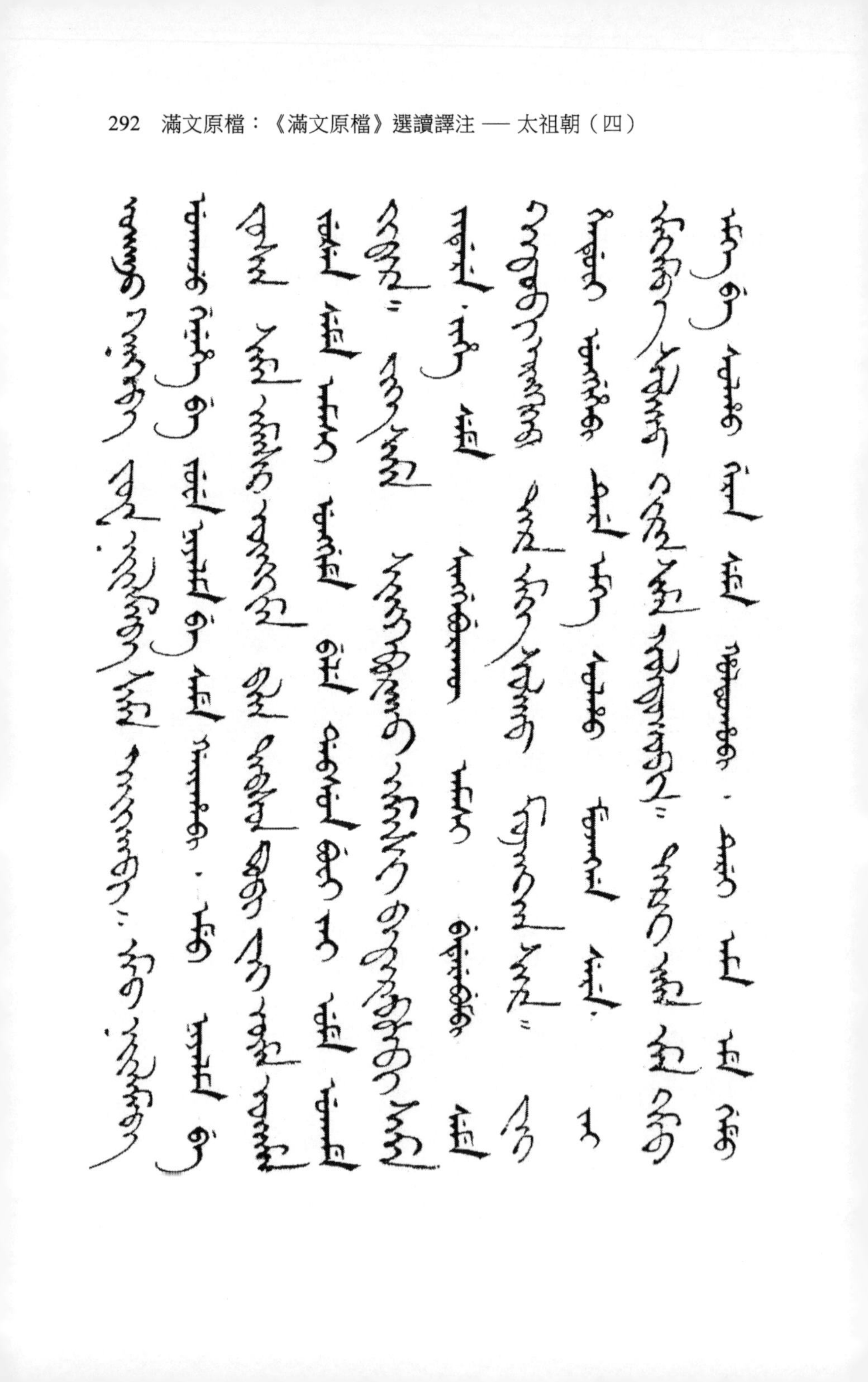

ukanju genehebe juwe niyalma be seme gaihabi, emu niyalmabe jušen seme amasi unggime bele dabsun bufi jai ume ukame jidere, jihe seme singgeburakū amasi bederebumbi seme hendufi unggihebi. tere emke solho mujangga sere, jai emkebe solho giran seme holtohobi, terei ama eme gemu

---

又有三人逃來，爾知而收留其中二人，一人因係諸申，給與鹽米而遣回，告以『再勿逃來，來則不納。』言畢遣回。其一人確實是朝鮮人，而另一人謊稱是朝鮮血統，其父母俱在。

又有三人逃来，尔知而收留其中二人，一人因系诸申，给与盐米而遣回，告以『再勿逃来，来则不纳。』言毕遣回。其一人确实是朝鲜人，而另一人谎称是朝鲜血统，其父母俱在。

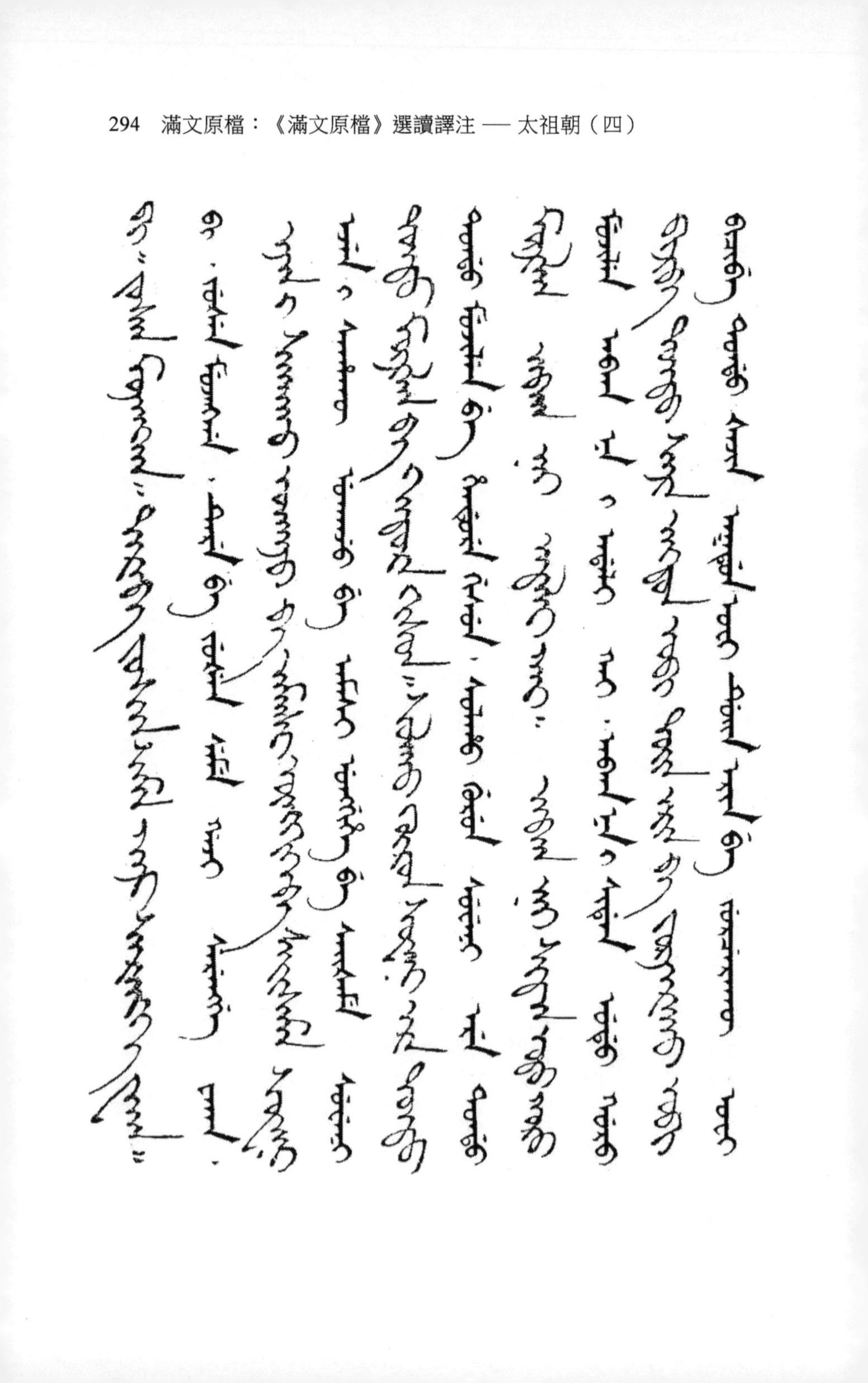

bi, jušen mujangga. terebe jušen seme gaji serengge waka, ejen i sahakū ukanju be amasi unggihebe saišame suweni tondo mujilen be hendure gisun, solho gurun suweni ere tondo mujilen abka na i adali kai. abka nai siden udu goro bicibe tondo šajin akdun ofi duin erin be jurcerakū ofi

---

諸申是寶。我並非因其為諸申而索還，乃嘉許爾遣還主人未知之逃人公正心之言也。爾朝鮮國此公正心，同於天地也。天地之間，相距雖遠，惟因信守公正法度，不違四時，

诸申是宝。我并非因其为诸申而索还，乃嘉许尔遣还主人未知之逃人公正心之言也。尔朝鲜国此公正心，同于天地也。天地之间，相距虽远，惟因信守公正法度，不违四时，

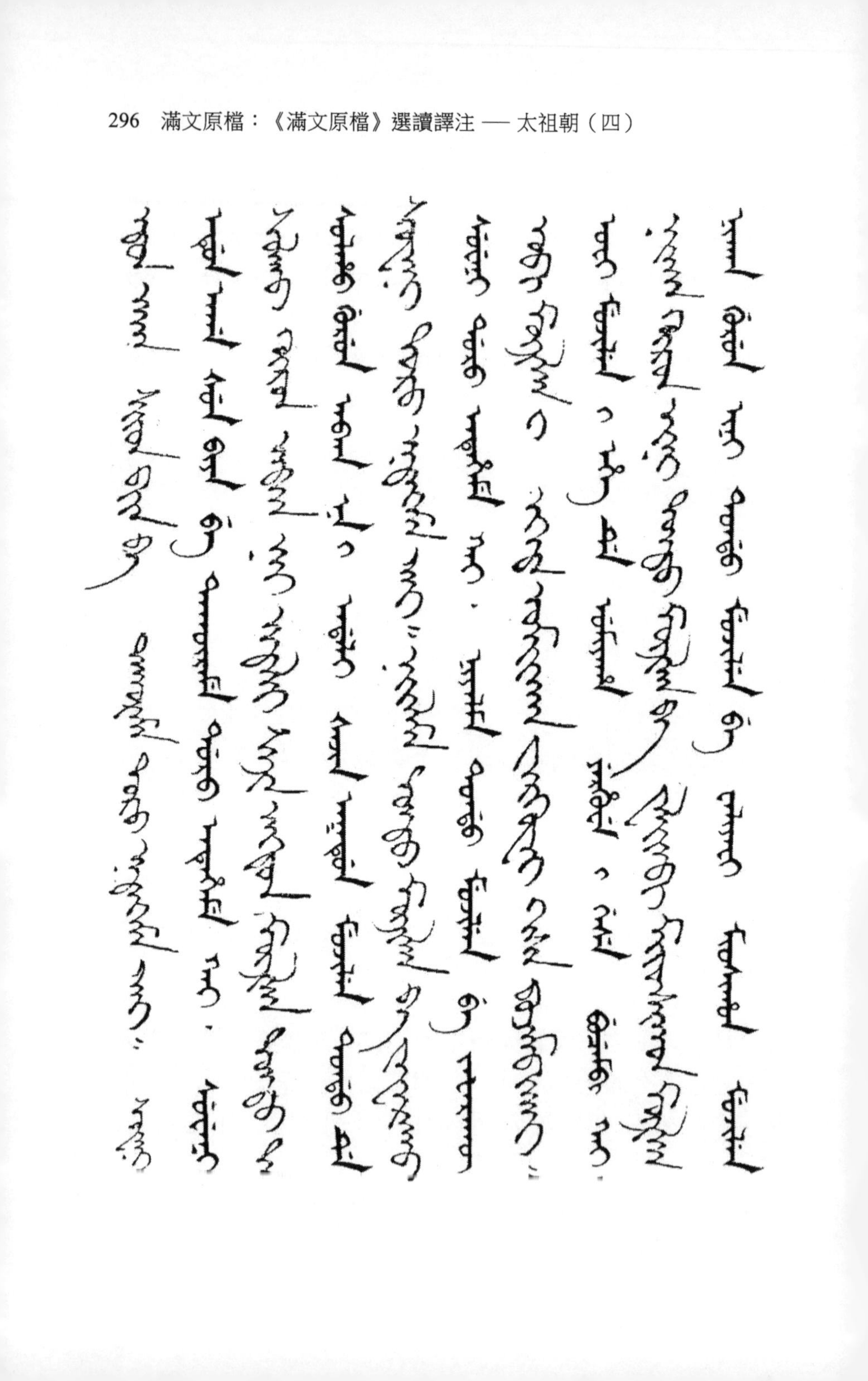

edun aga šun biya be takūrame doro enteheme kai. suweni solho gurun abka na i adali šajin akdun mujilen tondo de suweni doro enteheme kai. niyalma tondo mujilen be jafarakū ofi, mujilen i ehede umiyaha yerhuwei gese bucembikai. nikan gurun ini tondo mujilen be waliyafi miosihon mujilen

---

風雨日月運行之道永恒也。爾朝鮮國信守如天地法度之心公正，故爾政權永久也。人因不存公正之心，心存如同螻蟻之惡念而死也。明國棄其公正之心，而存邪念[62]，

风雨日月运行之道永恒也。尔朝鲜国信守如天地法度之心公正，故尔政权永久也。人因不存公正之心，心存如同蝼蚁之恶念而死也。明国弃其公正之心，而存邪念，

---

[62] 邪念，句中「邪」，《滿文原檔》寫作"mijosikon"，讀作"miyosihon"，《滿文老檔》讀作 miosihon，意即「邪惡的」。

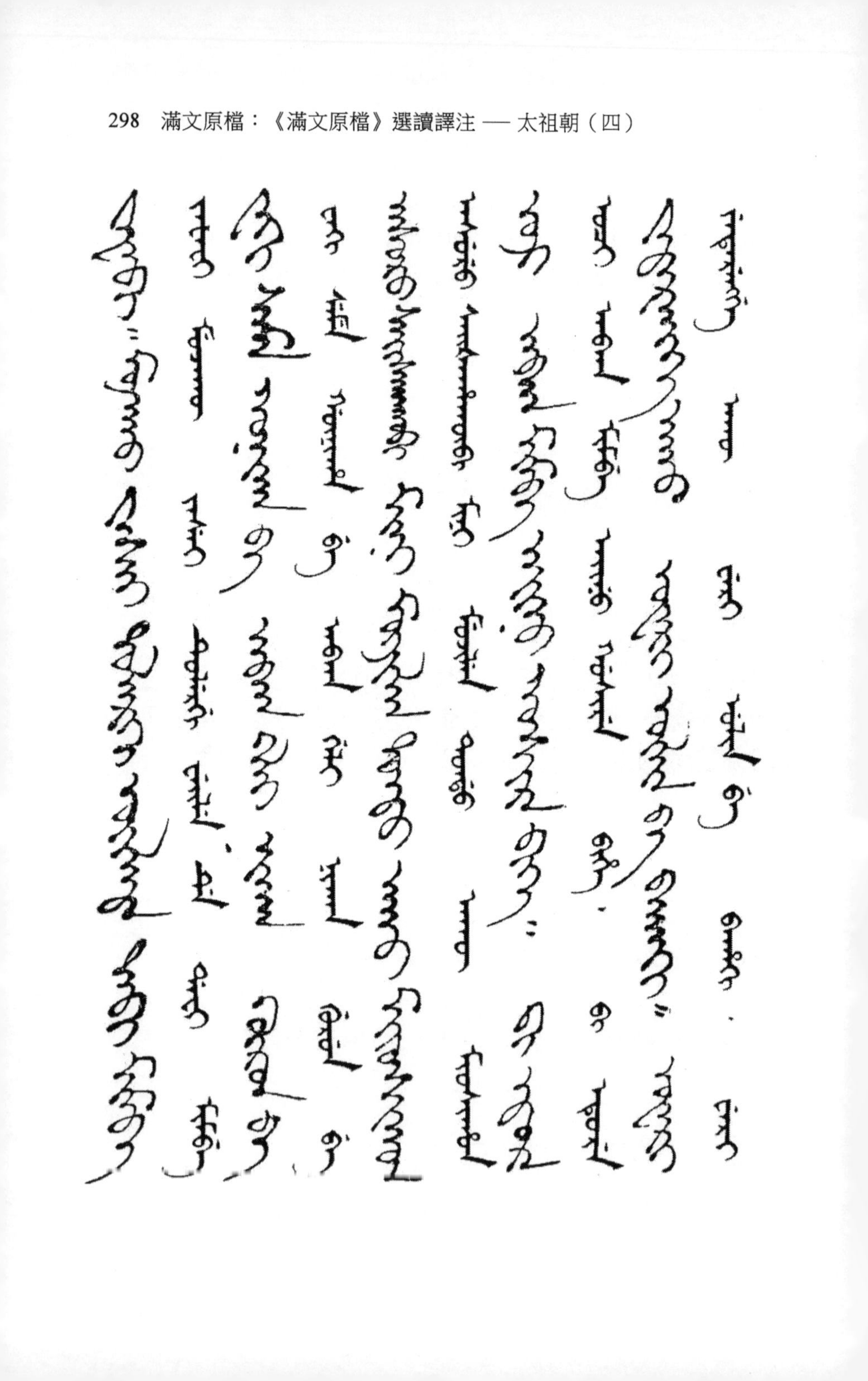

jafafi, mujakū jasei tulergi weilede dafi mimbe waki seme gūniha be, abka geli nikan gurun be asuru saišahakūbi. mini mujilen tondo akū miosihon oci abka mimbe ainu gosire bihe. bi eture jeterengge akū weri ulin be bahaki, weri

---

處處過問邊外之事，存欲殺我之念，天甚不嘉許明國。我心若不公正邪惡，天為何眷佑我？我非為衣食匱乏，欲得他人財物，

处处过问边外之事，存欲杀我之念，天甚不嘉许明国。我心若不公正邪恶，天为何眷佑我？我非为衣食匮乏，欲得他人财物，

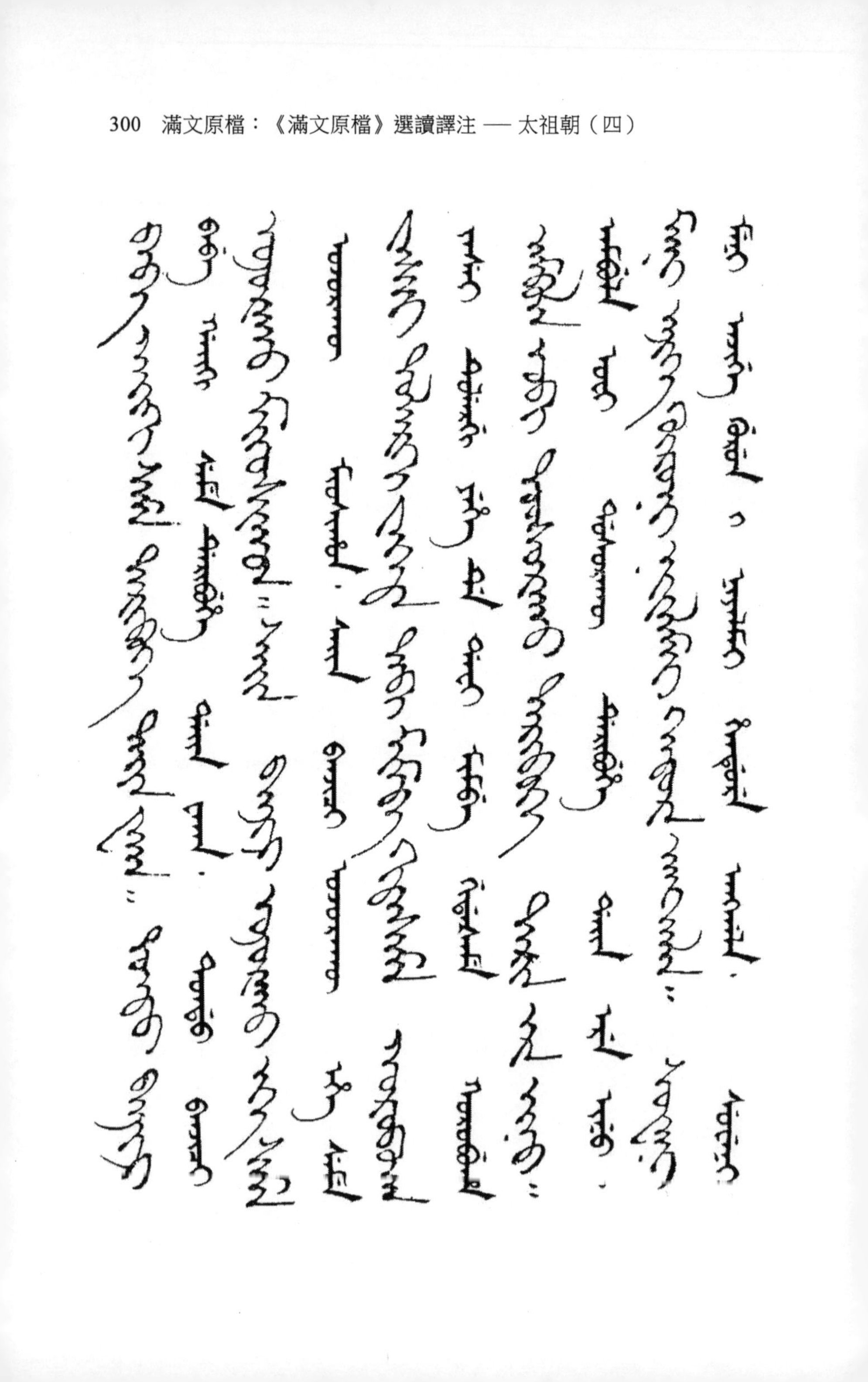

babe gaiki seme deribuhe dain waka. tondo banjiici ojorakū miosihon, sain banjici ojorakū ehe seme, jasei tulergi yehede dafi mimbe gidašame korobuha ambula ofi dosorakū deribuhe dain ere inu. meni ajige guruni niyalmai hendure anggala, suweni

---

或欲取他人土地，始興師也。乃因明國不肯公正安生，居心邪惡，不肯和好安生，為惡悖亂，助邊外之葉赫而欺凌壓迫我，怨恨過甚，不能忍受，始興師是也。我等小國之人尚且如此言之，

或欲取他人土地，始兴师也。乃因明国不肯公正安生，居心邪恶，不肯和好安生，为恶悖乱，助边外之叶赫而欺凌压迫我，怨恨过甚，不能忍受，始兴师是也。我等小国之人尚且如此言之，

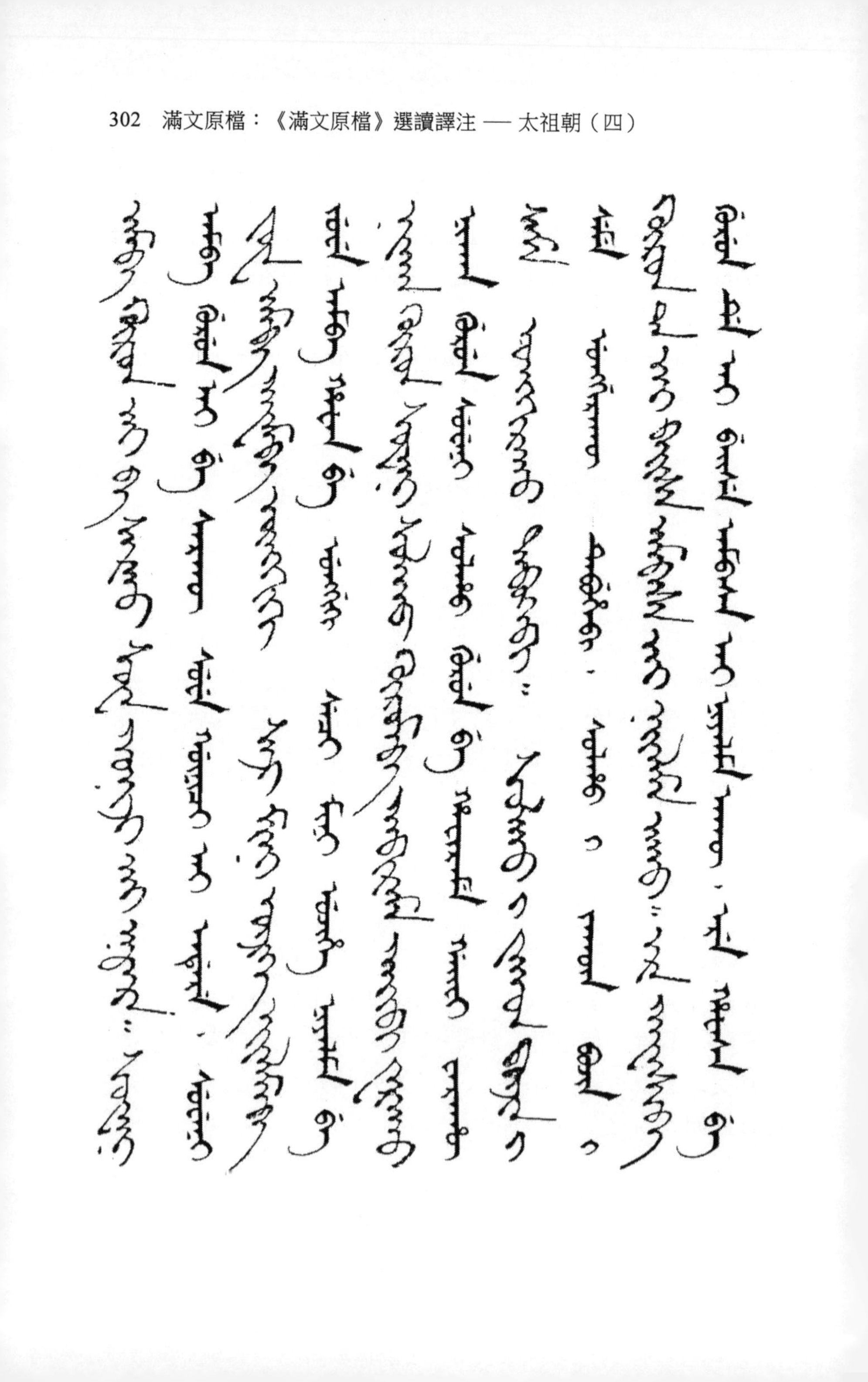

amba gurun ai be sarkū. suwe gūnici ai endere. suweni juwe amba hafambe unggiki seci mini ujihe niyalmabe nikan gurun suweni solho gurumbe hafirame gaifi warahū seme unggirakū tebuhebi. solho i jakūn bojin i gurun de ai beise ambasa ai niyalma akū. ere hafasabe

---

爾等大國有什麼不知道？爾等想隱瞞什麼？我欲遣還爾等大官二員，但恐明國逼迫爾朝鮮國擒殺我所豢養之人，故收留而未遣還。朝鮮八郡[63]之國中，什麼王公大臣、什麼人沒有？此等官員

尔等大国有什么不知道？尔等想隐瞒什么？我欲遣还尔等大官二员，但恐明国逼迫尔朝鲜国擒杀我所豢养之人，故收留而未遣还。朝鲜八郡之国中，什么王公大臣、什么人没有？此等官员

---

[63] 朝鮮八郡，句中「八郡」，《滿文原檔》寫作"jakon būjin"，《滿文老檔》讀作"jakūn bojin"。滿文 "bojin"似為「府郡」漢字音譯，即"fugiyūn">būjiyūn>būjin>bojin。按朝鮮王朝行政區劃為道、府、郡、縣等，此以「府郡」代稱「道」。

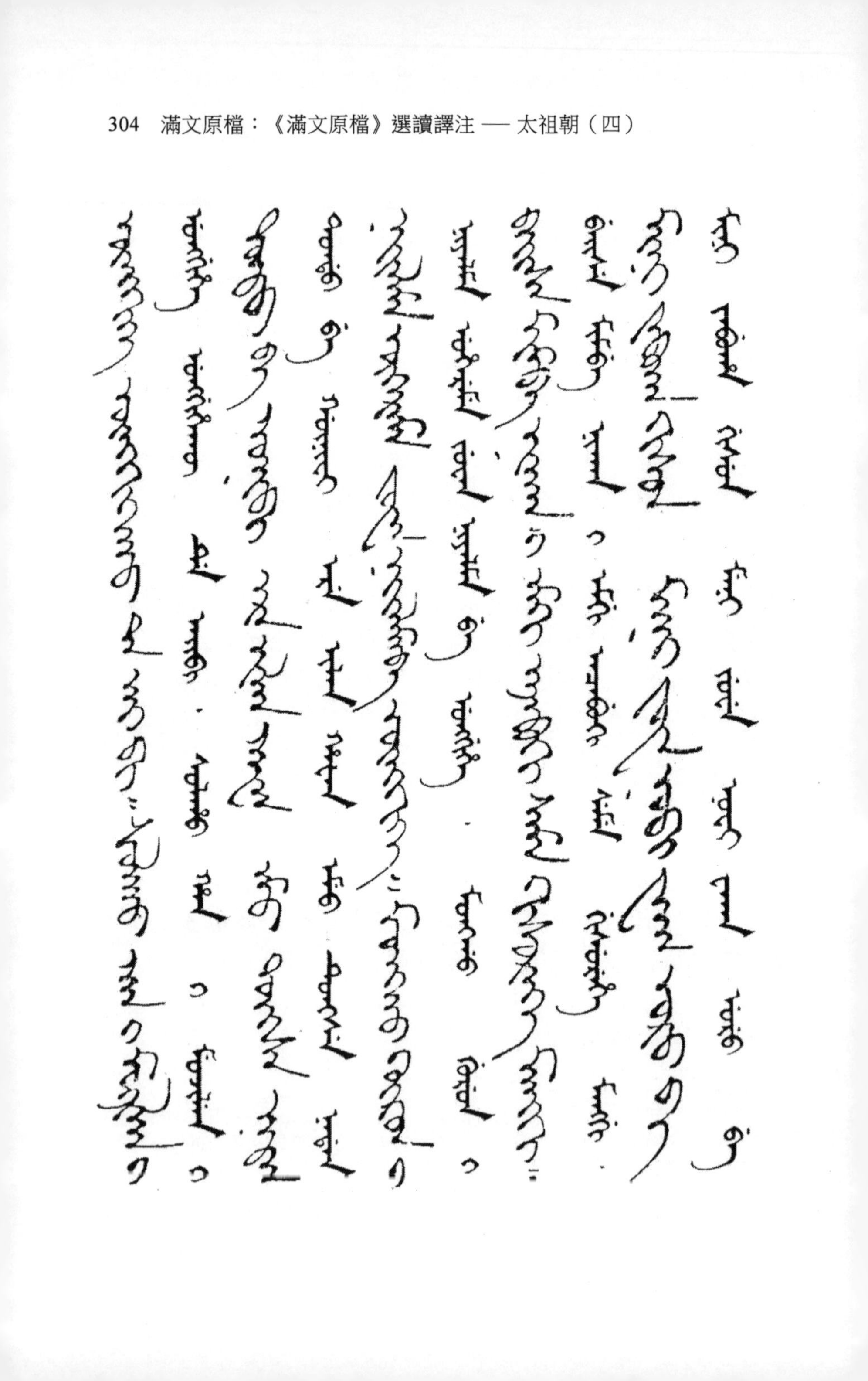

unggihe unggihekū de aibi. solho han i mujilen i tondo be gūnifi, ere ilan hafan emu tungse nadan niyalma uhereme juwan niyalmabe unggihe. monggo gurun i beise mimbe nikan i emgi acabuki seme gisurehe manggi, mini jabuha gisun, meni juwe nofi waka uru be

---

遣或不遣何妨？念及朝鮮王存心公正，乃將此官三員、通事一名及其他七人，共十人遣還。蒙古國諸貝勒曾勸我與明修好，我回答之言曰：『我與明兩人之是非，

遣或不遣何妨？念及朝鲜王存心公正，乃将此官三员、通事一名及其它七人，共十人遣还。蒙古国诸贝勒曾劝我与明修好，我回答之言曰：『我与明两人之是非，

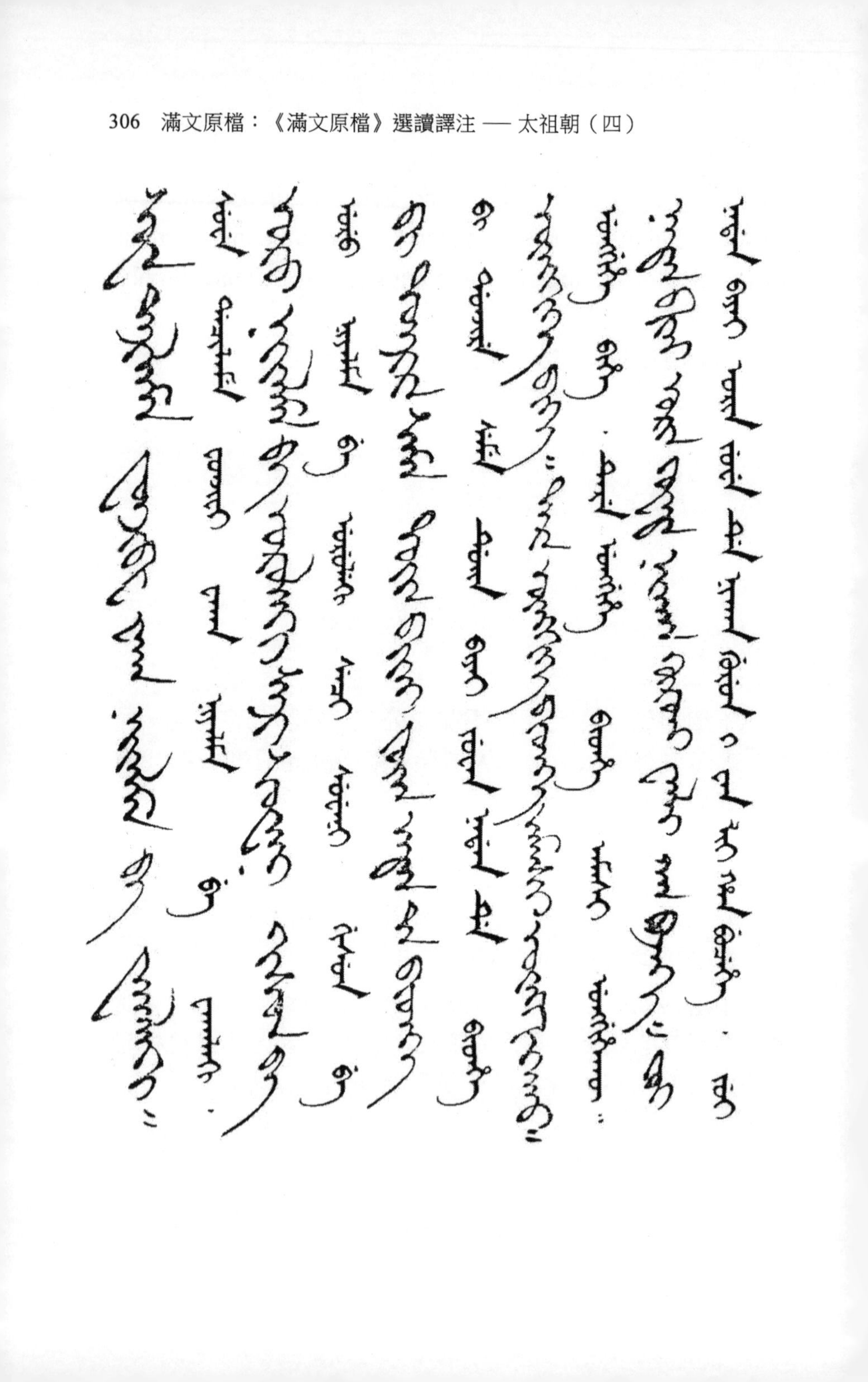

suwe dacilame fonjifi waka niyalma be wakalaki, uru niyalma be uruleki seci suweni gisun be bi donjire seme, duin biyai juwan nadan de bithe unggihe bihe, tere unggihe bithe amasi unggihekū.
nadan biyai orin juwe de nikan guruni wan lii han bucehe, jui

---

詢問爾等，非者非之，是者是之，我欲聞爾等之言。』」四月十七日致書後，所寄之書，未見回復。
七月二十二日，聞明國萬曆皇帝駕崩，

询问尔等，非者非之，是者是之，我欲闻尔等之言。』」四月十七日致书后，所寄之书，未见回复。
七月二十二日，闻明国万历皇帝驾崩，

二十、掠奪牲畜

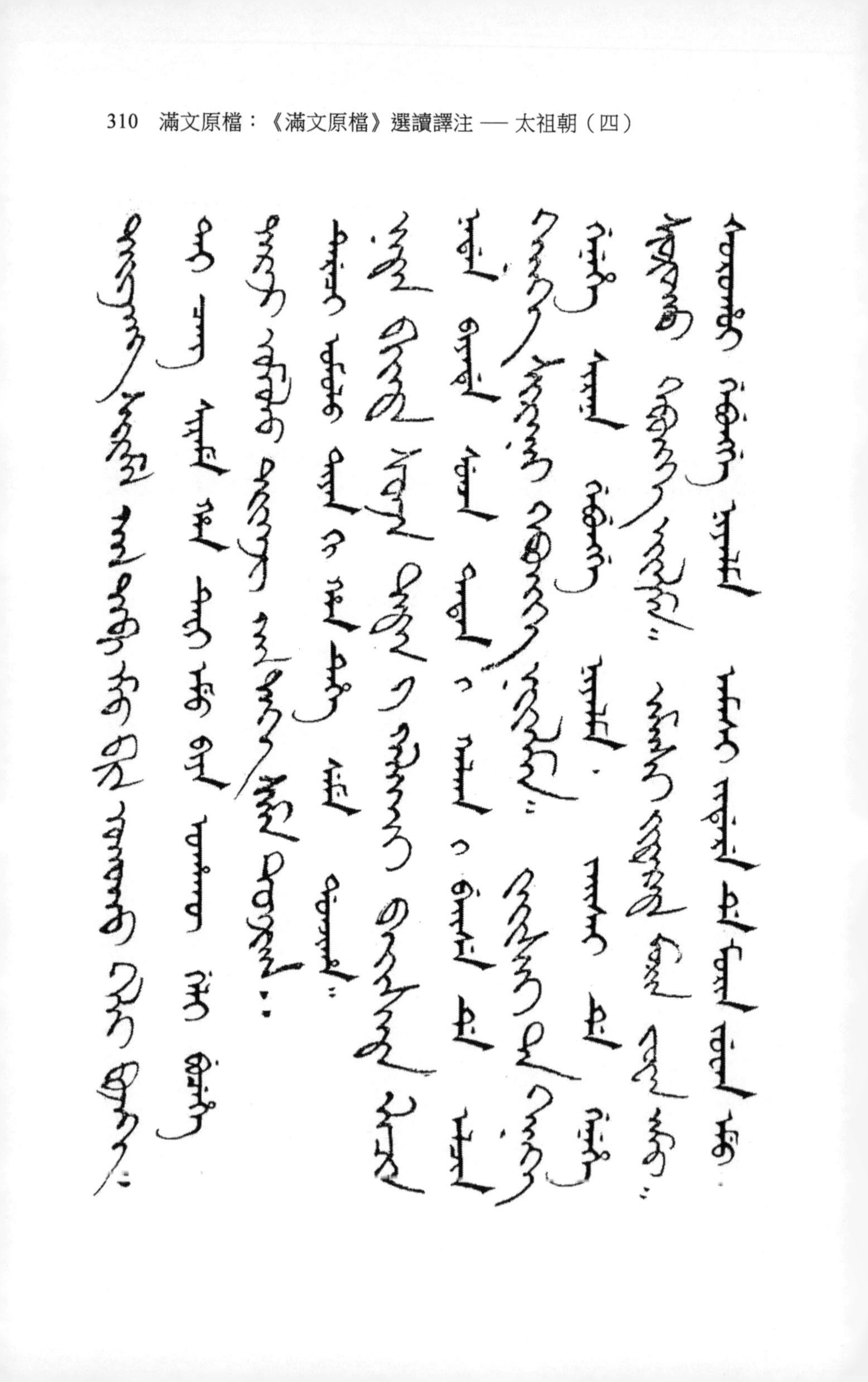

tai cang sirame han tefi emu biya ohakū geli bucehe, tereci omolo tiyan ki han tehe seme donjiha.
nadan biyade sunja tatan i kalkai beisede elcin genehe sirana gebungge niyalma, jaisai de genehe šorohoi gebungge niyalma, amasi jiderede morin juwan emu,

---

其子泰昌繼承帝位,未及一月又駕崩,其孫天啟繼承帝位。
七月,前往五部喀爾喀諸貝勒處名叫石拉納之人,前往宰賽處名叫碩洛輝之人返回時,所齎馬十一匹、

其子泰昌继承帝位,未及一月又驾崩,其孙天启继承帝位。
七月,前往五部喀尔喀诸贝勒处名叫石拉纳之人,前往宰赛处名叫硕洛辉之人返回时,所赍马十一匹、

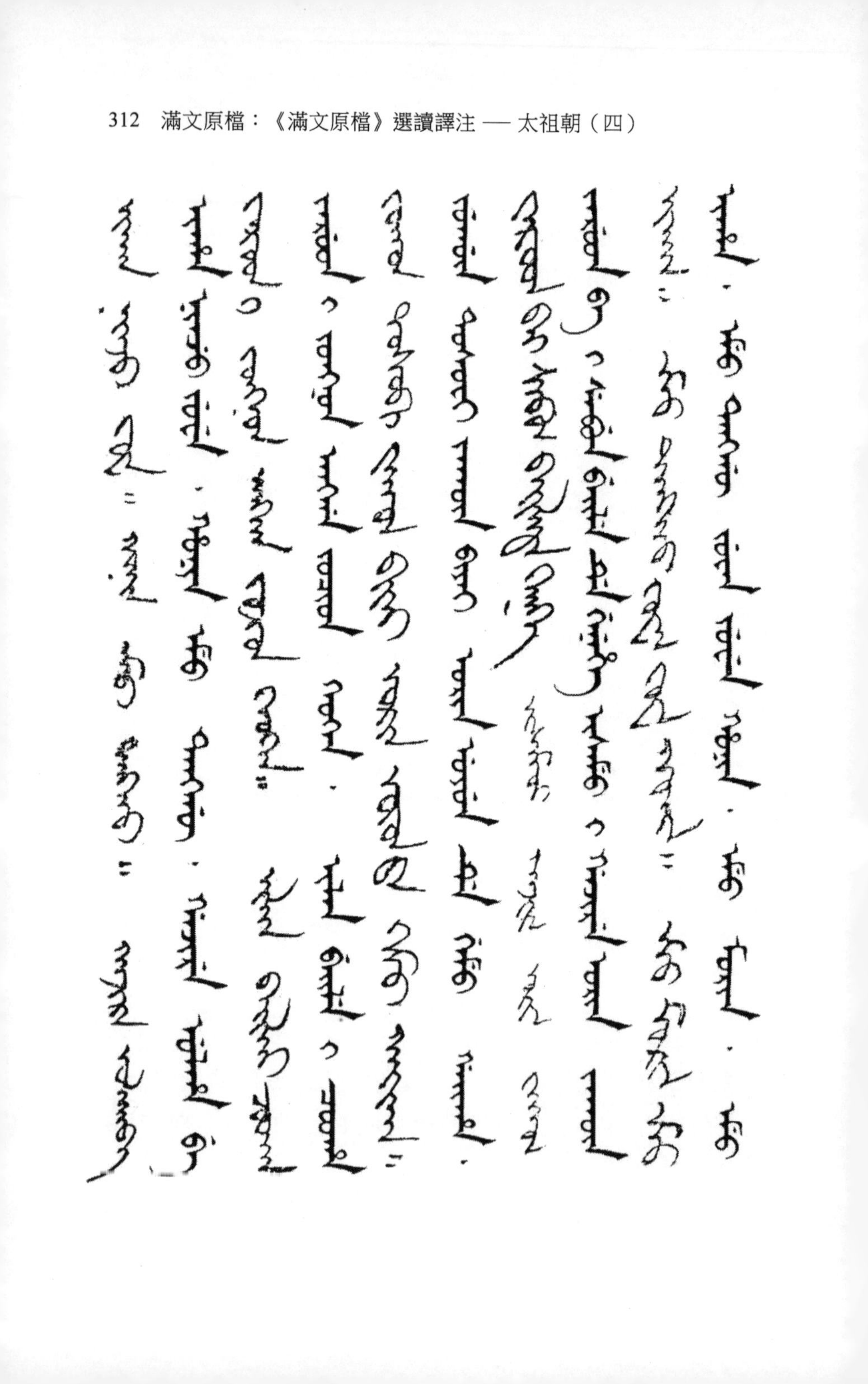

ihan ninju juwe, honin emu tanggū, gajire ulhabe jarut i jongnon, angga, jocit keoken, ilan beilei cooha jugūn tosofi jakūn biyai orin uyun de gemu gaiha. jarut bai sebun beile de genehe isamu i gajire orin jakūn ihan, emu tanggū juwan juwe honin, emu morin, emu

---

牛六十二頭、羊一百隻，所齎牲畜，於八月二十九日為扎魯特鍾嫩、昂阿、朱扯特扣肯三貝勒之兵腰截於途，俱皆奪去。其往扎魯特地方色本貝勒處之易沙穆所齎牛二十八頭、羊一百十二隻、馬一匹、

牛六十二头、羊一百只，所赍牲畜，于八月二十九日为扎鲁特锺嫩、昂阿、朱扯特扣肯三贝勒之兵腰截于途，俱皆夺去。其往扎鲁特地方色本贝勒处之易沙穆所赍牛二十八头、羊一百十二只、马一匹、

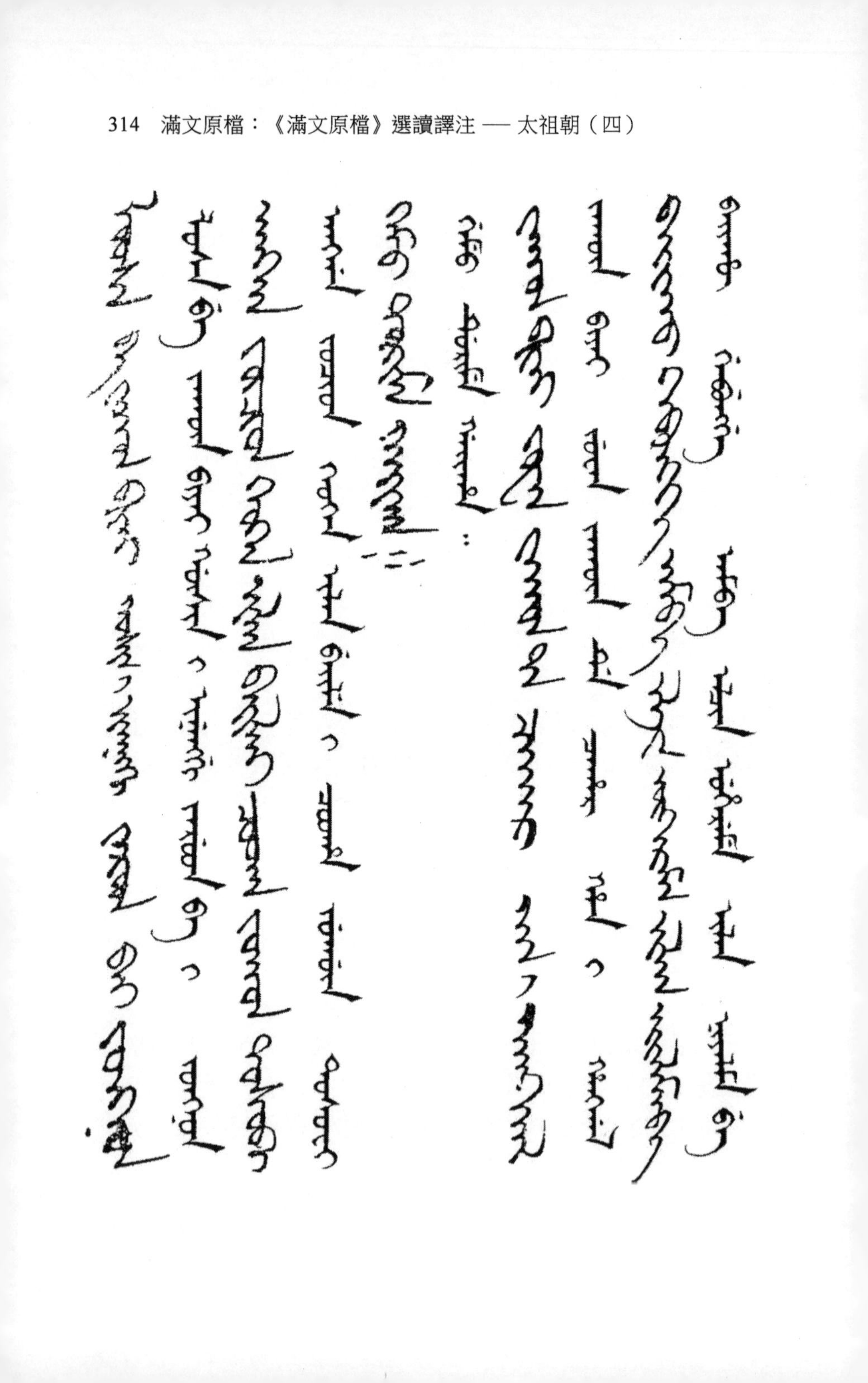

losa be jakūn biyai gūsin i inenggi jarut bai jongnon, angga, jocit keoken ilan beile i cooha jugūn tosofi gemu durime gaiha.
jakūn biyai juwan jakūn de, cahar han i hanggal baihū gebungge amba elcin uhereme ilan niyalmabe

---

騾[64]一頭，於八月三十日為扎魯特地方鍾嫩、昂阿、朱扯特扣肯三貝勒之兵腰截於途，俱皆被奪。
八月十八日，斬察哈爾汗名叫杭噶勒拜虎大使共三人，

骡一头，于八月三十日为扎鲁特地方锺嫩、昂阿、朱扯特扣肯三贝勒之兵腰截于途，俱皆被夺。
八月十八日，斩察哈尔汗名叫杭噶勒拜虎大使共三人，

---

64 騾，《滿文原檔》讀作“loosa”，《滿文老檔》讀作“losa”。係蒙文“laɣusa”借詞。

二十一、興兵征明

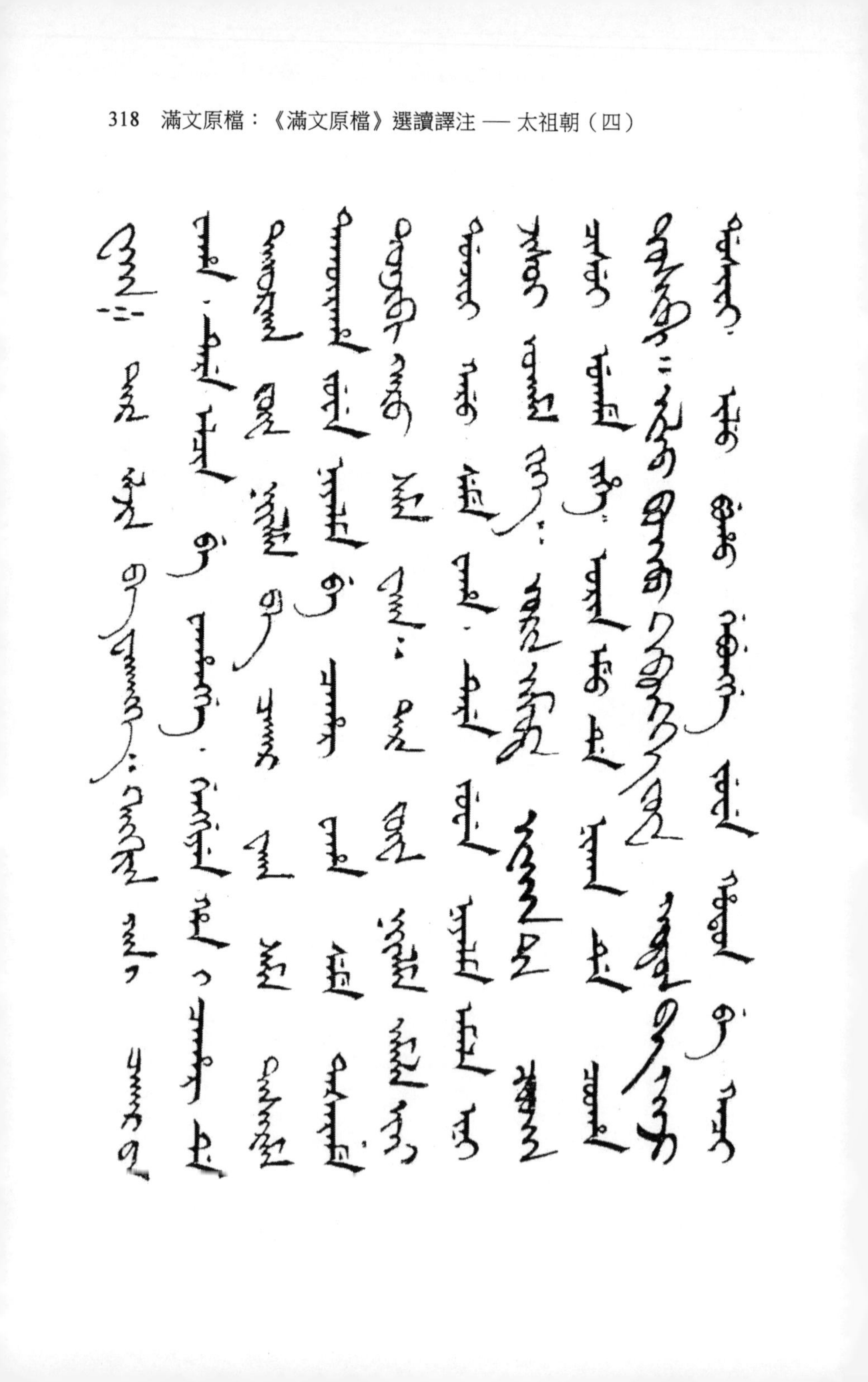

waha, tere elcin be wahangge, genggiyen han i cahar de takūraha juwe niyalma be cahar waha seme tašarame donjifi karu seme waha, tere juwe niyalma amala ini cisui ukame jihe. orin emu de nikan de cooha dosifi, ilu puho gebungge juwe hoton be kaci

---

所以殺其使者，乃因誤聽英明汗遣往察哈爾處之二人為察哈爾所殺，為報復而殺之，後來此二人自行逃回。二十一日，興兵征明，包圍名叫懿路、蒲河二城時，

所以杀其使者，乃因误听英明汗遣往察哈尔处之二人为察哈尔所杀，为报复而杀之，后来此二人自行逃回。二十一日，兴兵征明，包围名叫懿路、蒲河二城时，

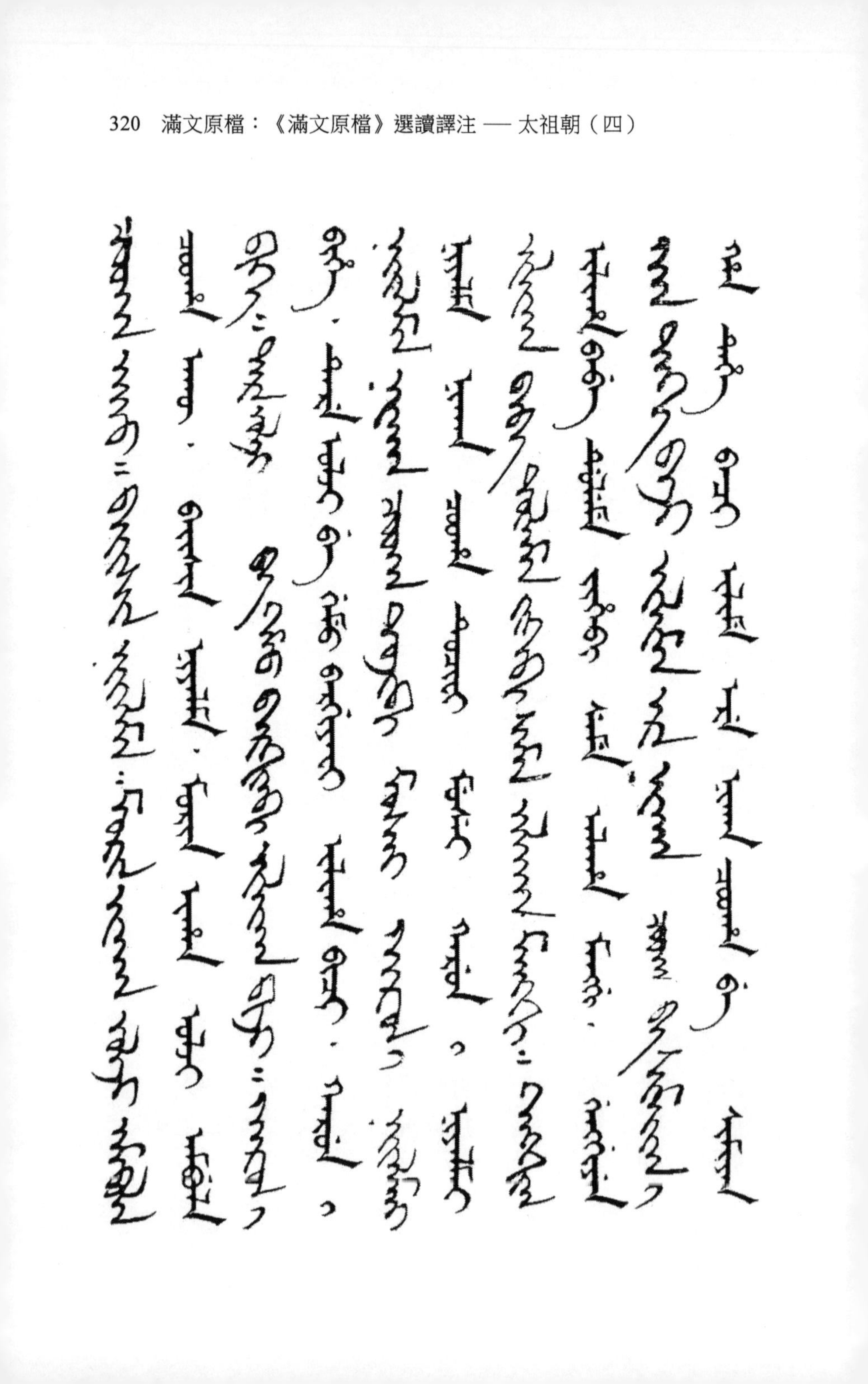

[illegible]

cooha akū, baisin niyalma, morin ihan olji ambula bihe. tere olji be gemu bargiyafi iliha bici, karun i niyalma nikan cooha tucifi musei karun i niyalmai iliha babe duleme jihebi seme alaha manggi, genggiyen han tehe baci ilime ere nikan cooha be simiyan

---

城中無兵，獲百姓[65]、馬、牛、俘虜甚夥。其俘虜方俱收完時，有哨卒來報：「明兵出來，已越過我等哨卒設立處而來。」英明汗自坐位起立曰：

城中无兵，获百姓、马、牛、俘虏甚伙。其俘虏方俱收完时，有哨卒来报：「明兵出来，已越过我等哨卒设立处而来。」英明汗自坐位起立曰：

---

65 百姓，《滿文原檔》、《滿文老檔》俱讀作 “baisin niyalma”，意即「白丁之人」。

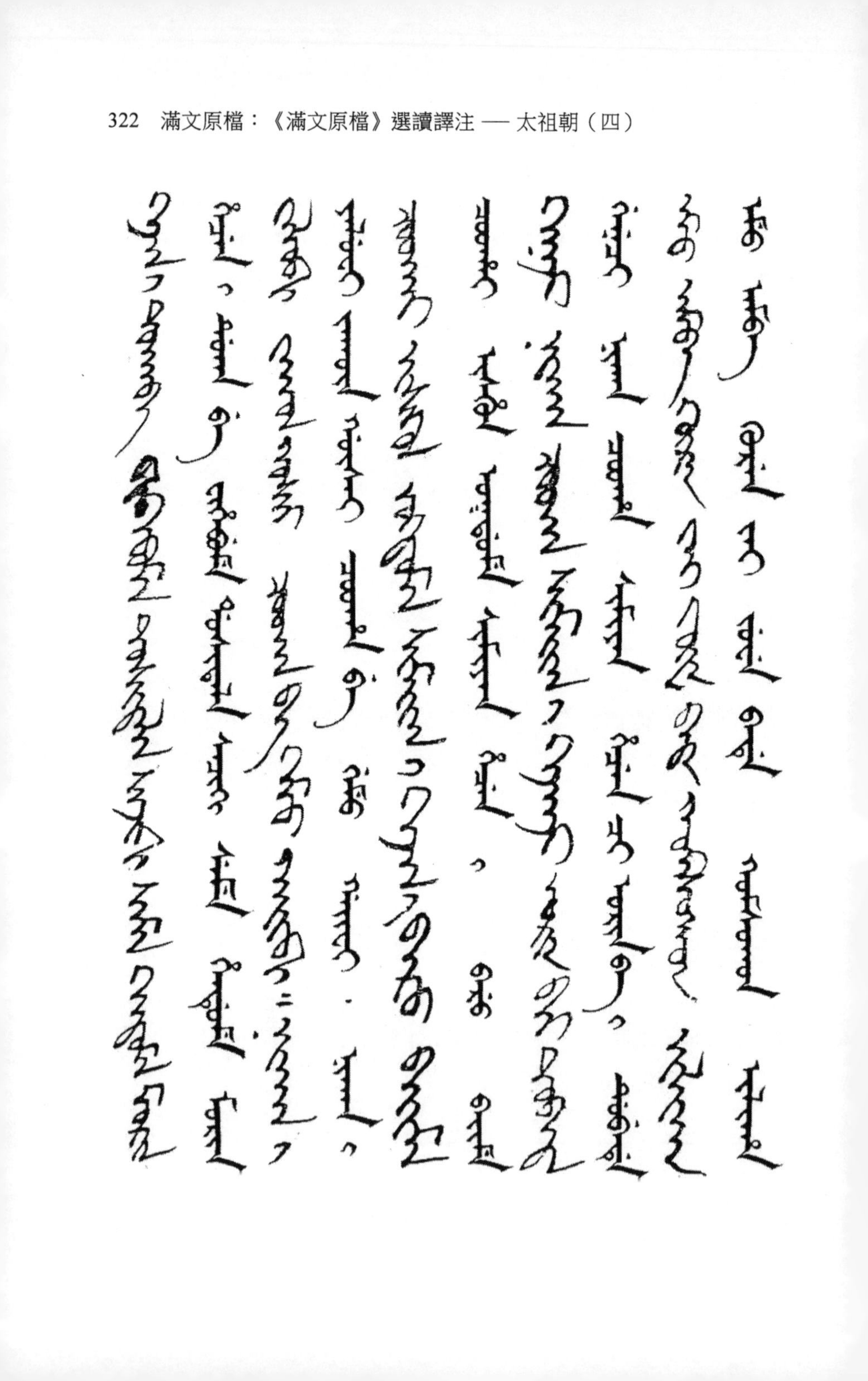

hecen i duka be fihebume dositala saciki seme hendume, morin yalufi jakūn gūsai cooha be gemu gaifi, nikan i coohai ishun okdome simiyan hecen i baru baime geneci nikan cooha simiyan hecen ci orin ba i dubede emu amba kuren jai juwe bade komsokon iliha

---

「可追逐此明兵填塞[66]於瀋陽城門砍殺之。」言畢，乘馬盡率八固山兵，迎擊明兵，奔向瀋陽城而去，在距瀋陽城二十里處有明兵一大隊，另有少許兵分立於兩處，

「可追逐此明兵填塞于沈阳城门砍杀之。」言毕，乘马尽率八固山兵，迎击明兵，奔向沈阳城而去，在距沈阳城二十里处有明兵一大队，另有少许兵分立于两处，

---

[66] 填塞，《滿文原檔》寫作"bikebume"，《滿文老檔》讀作"fihebume"。按此為無圈點滿文"bi"與"fi"、"ke"與"he"之混用現象。

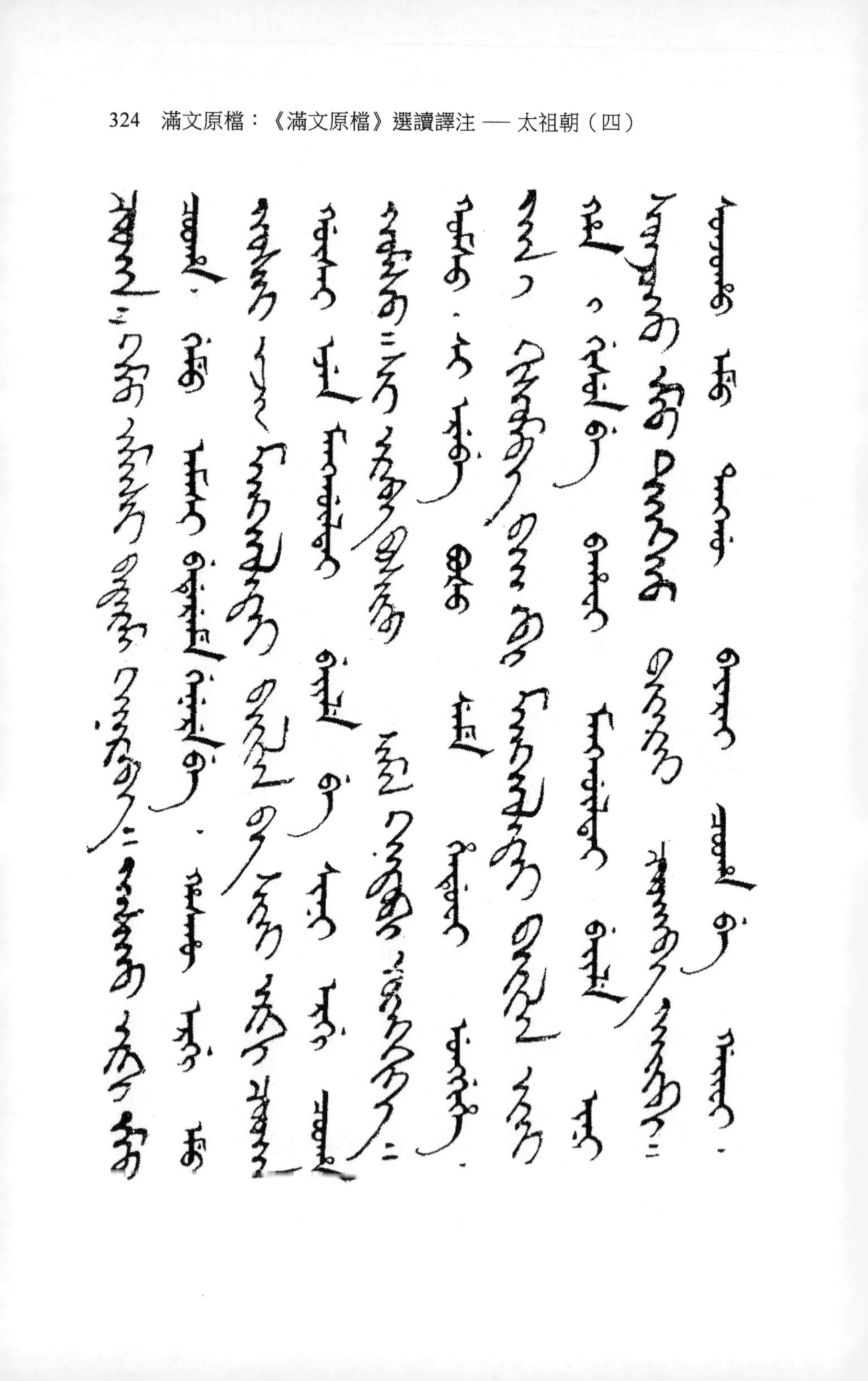

cooha, gemu amasi bedereme generebe. hashū ergi emu gūsai ejen manggūltai beile be sini ergi cooha komso, si erebe bošo seme hendufi unggihe. han i gisumbe bahafi manggūltai beile ini sonjoho emu tanggū bayarai coohabe gaifi,

---

見我兵至，俱皆撤退回去。遂命左翼一固山額真莽古爾泰貝勒曰：「爾方兵少，爾可追殺之。」言畢，遣之。莽古爾泰貝勒奉汗命後，即率其所選巴牙喇兵一百名，

见我兵至，俱皆撤退回去。遂命左翼一固山额真莽古尔泰贝勒曰：「尔方兵少，尔可追杀之。」言毕，遣之。莽古尔泰贝勒奉汗命后，即率其所选巴牙喇兵一百名，

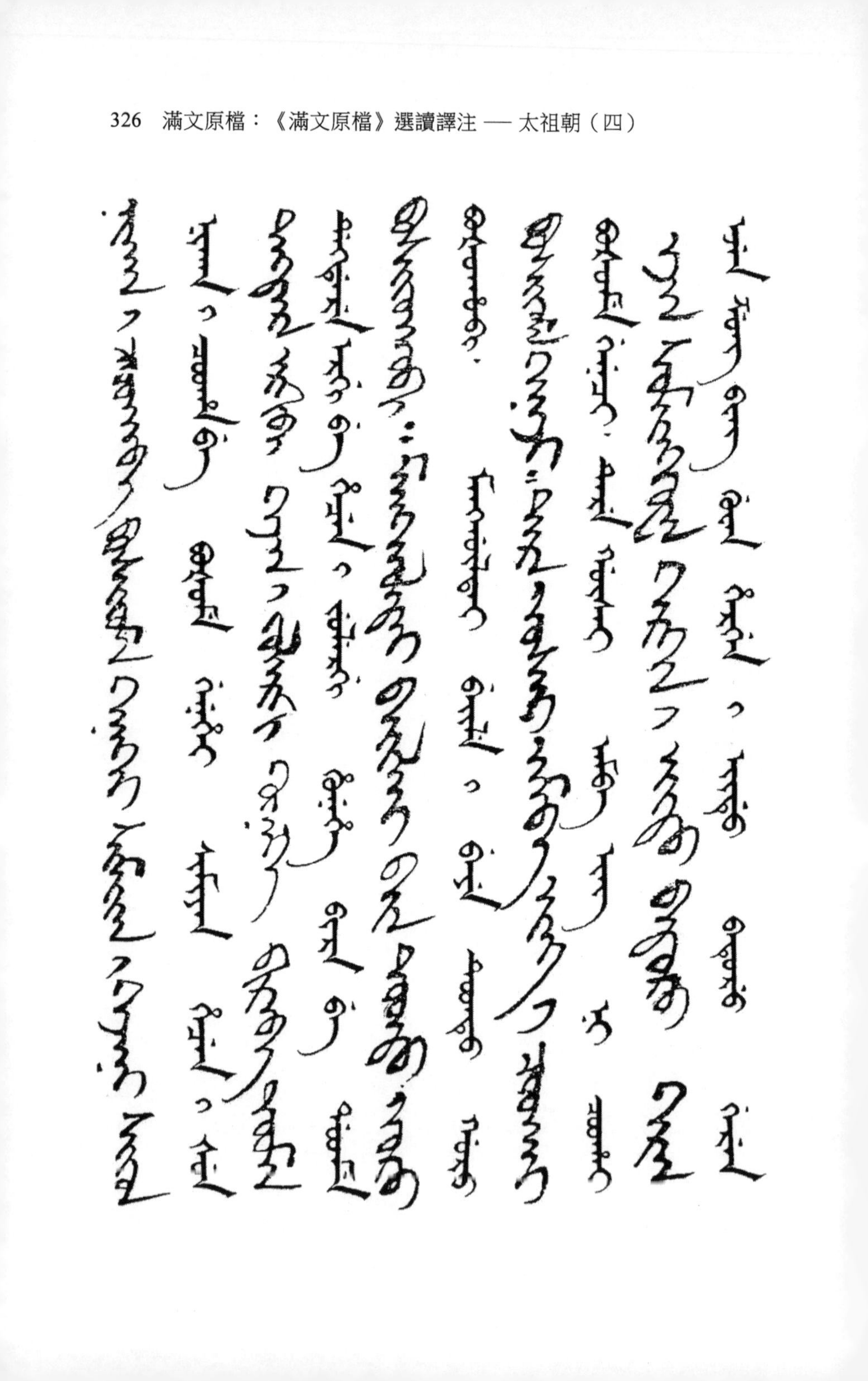

[illegible]

nikan i coohabe bošome genehei simiyan hecen i šun dekdere ergibe hecen i julergi hunehe birabe doome bošohobi. manggūltai beilei beye tuttu goro bošome geneci, tere gūsai amba ing ni coohai ejen dzung bing guwan hergen i eidu baturu geren

---

一直前往追擊明兵，越瀋陽城東，渡城南渾河追擊。莽古爾泰貝勒親自追擊至如此之遠，而其固山大營主將總兵官銜額亦都巴圖魯

一直前往追击明兵，越沈阳城东，渡城南浑河追击。莽古尔泰贝勒亲自追击至如此之远，而其固山大营主将总兵官衔额亦都巴图鲁

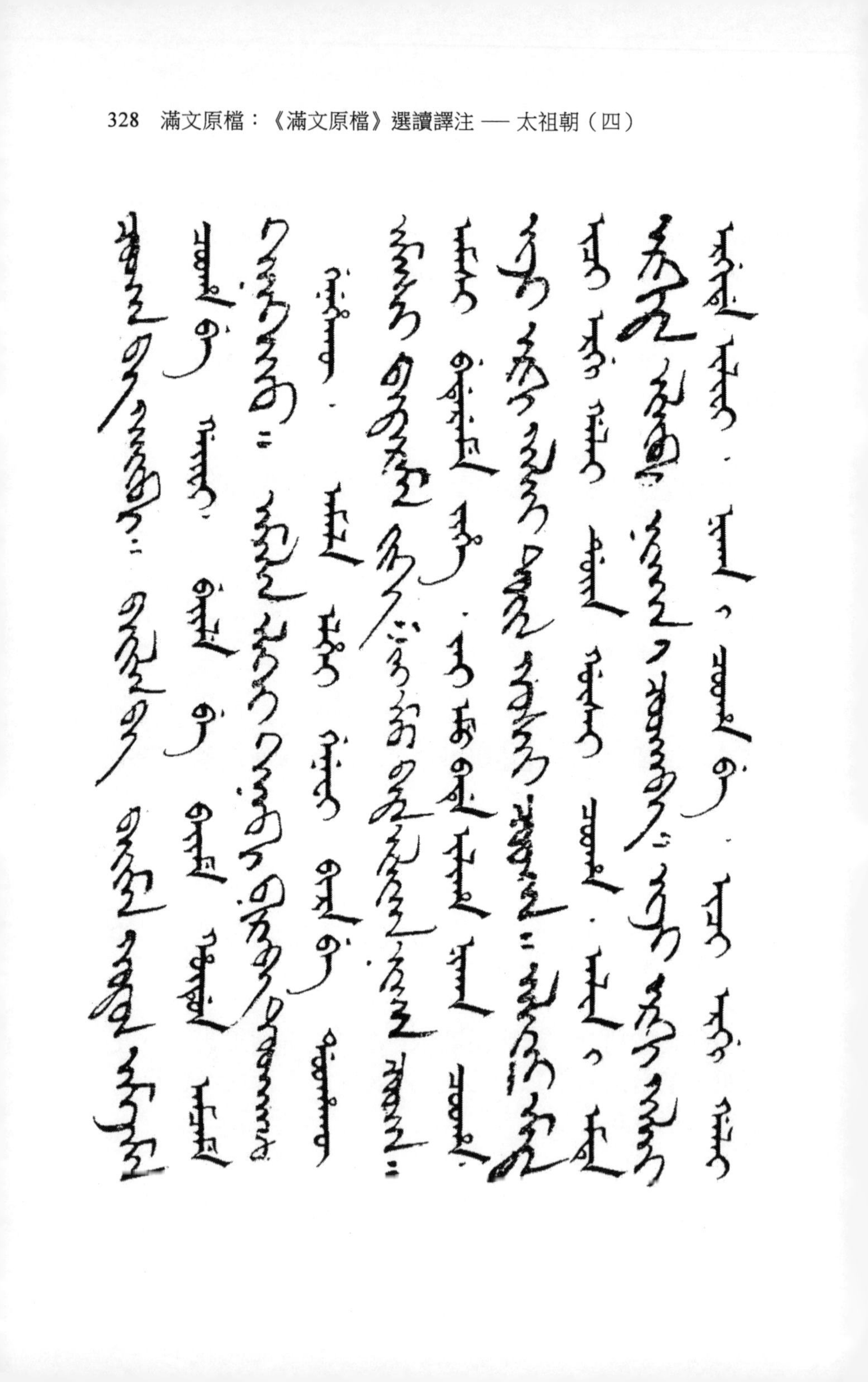

cooha be gaifi, beile be baime hūdun amcame genehekū, amala elhei genefi bira be doohakū amasi bedereme jihe. jai emu bade iliha nikan cooha, ici ergi galai duin gūsai cooha, alin i emte ergide ilifi, nikan i coohabe, ici ergi galai

---

竟未率其眾兵迅速前往緊隨其貝勒，而在後緩行，未渡河即退回。立於另一處之明兵，因右翼四固山兵各立於山之一側，

竟未率其众兵迅速前往紧随其贝勒，而在后缓行，未渡河即退回。立于另一处之明兵，因右翼四固山兵各立于山之一侧，

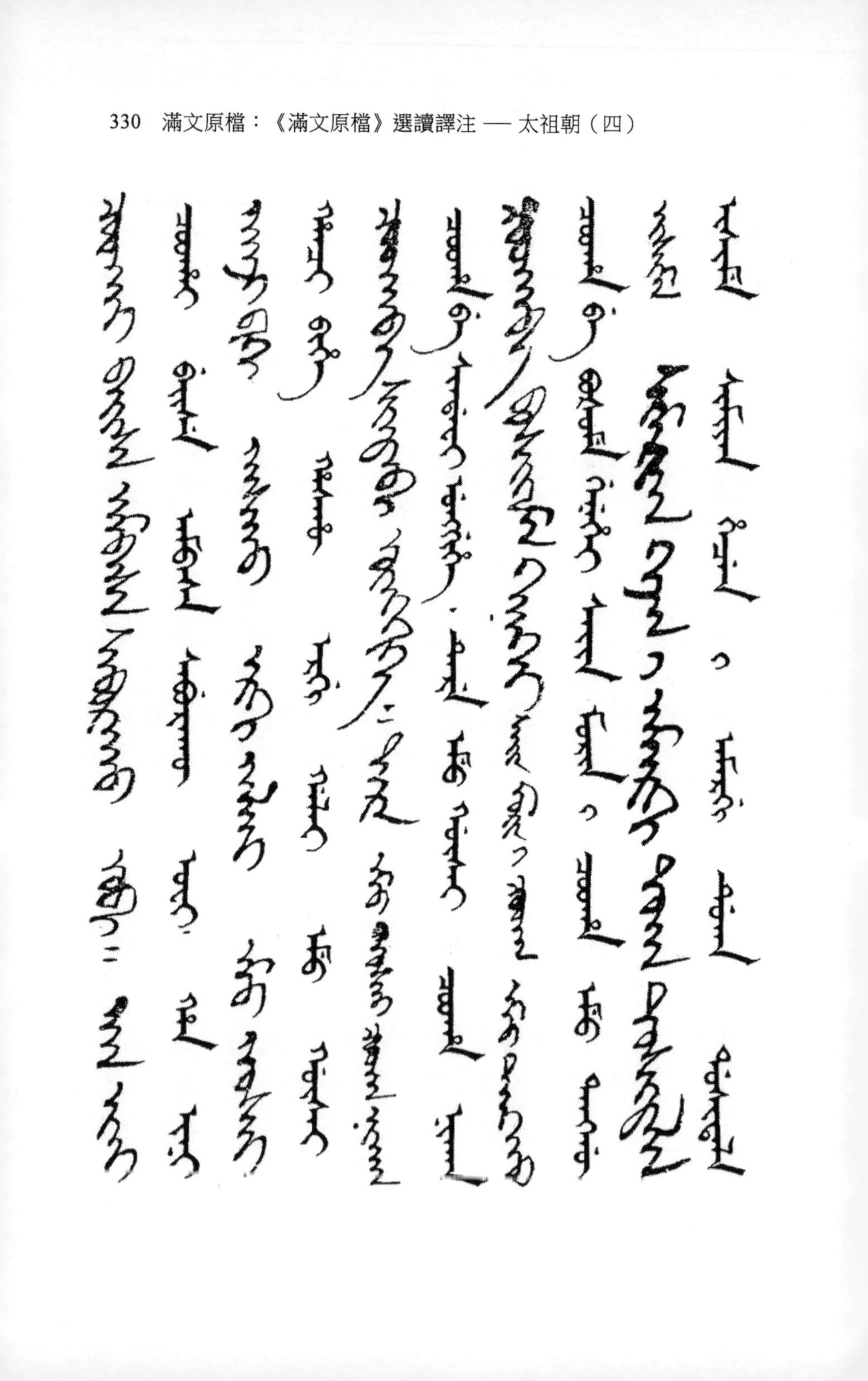

coohai beise ambasa saburakū ofi, han ini hanci bihe hashū ergi galai emu gūsai coohabe sindafi unggihe. tere emu gūsai cooha nikan coohabe bošome genehei sain morin i cooha emu tanggū isime simiyan hecen i amargi duka dositala

---

右翼兵諸貝勒大臣未見該處明兵。汗乃遣其近身處左翼一固山兵前往追之。此一固山兵一直前往追擊明兵。另遣精銳騎兵百名，進擊至瀋陽城北門，

右翼兵诸贝勒大臣未见该处明兵。汗乃遣其近身处左翼一固山兵前往追之。此一固山兵一直前往追击明兵。另遣精锐骑兵百名，进击至沈阳城北门，

二十二、賞罰分明

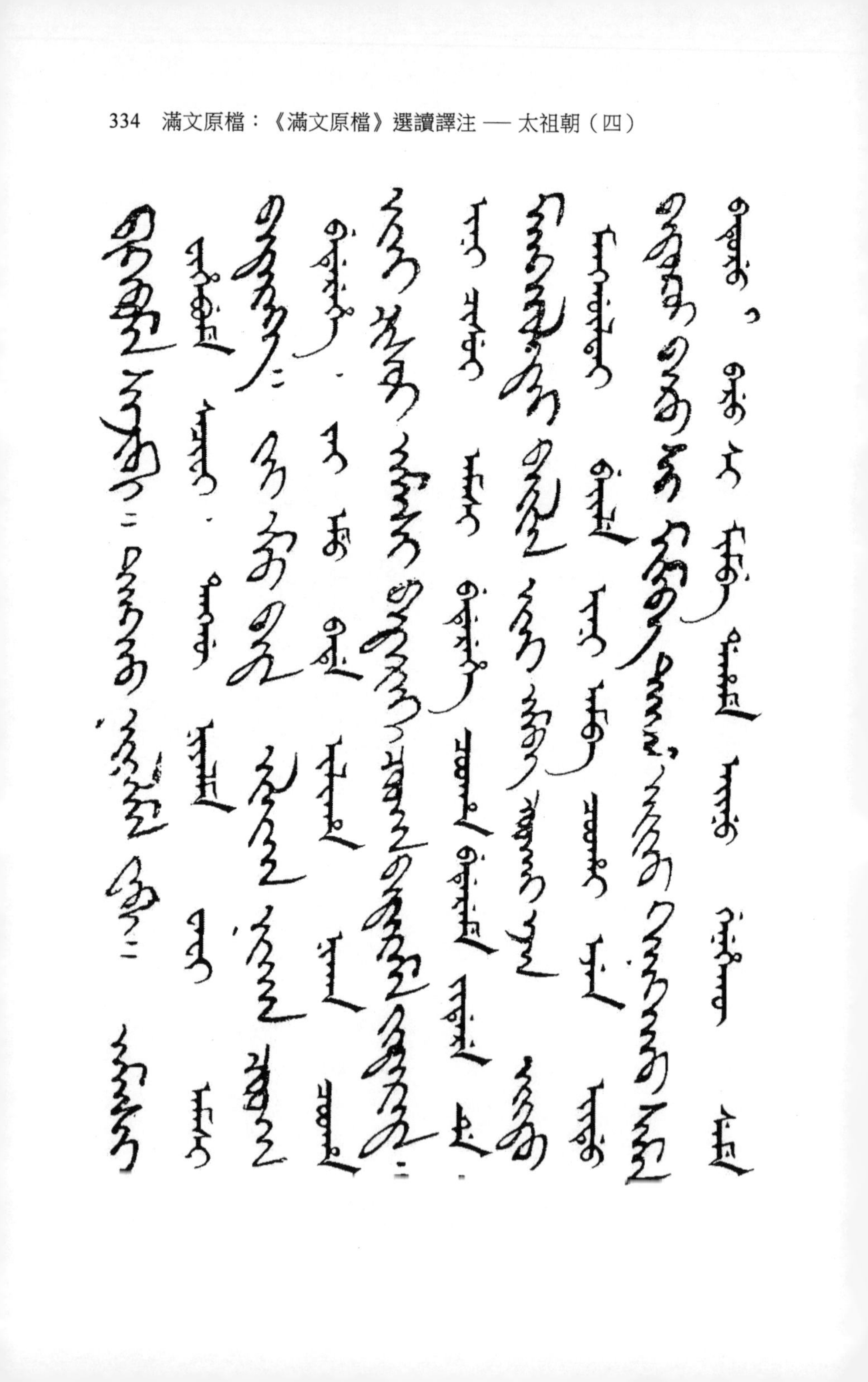

fihebume sacifi, tanggū niyalma wafi amasi bederehe. jai emu bade iliha nikan cooha ini cisui amasi bederehe. cooha bedereme jiderede, manggūltai beile ini amba coohai ejen eidu baturui baru, si mimbe dahame ainu genehekū seme

---

堵塞砍殺，殺百人後返回。於另一處立營之明兵，自行退回。班師時，莽古爾泰貝勒謂其大營主將額亦都巴圖魯曰：「爾為何未隨我前往？」

堵塞砍杀，杀百人后返回。于另一处立营之明兵，自行退回。班师时，莽古尔泰贝勒谓其大营主将额亦都巴图鲁曰：「尔为何未随我前往？」

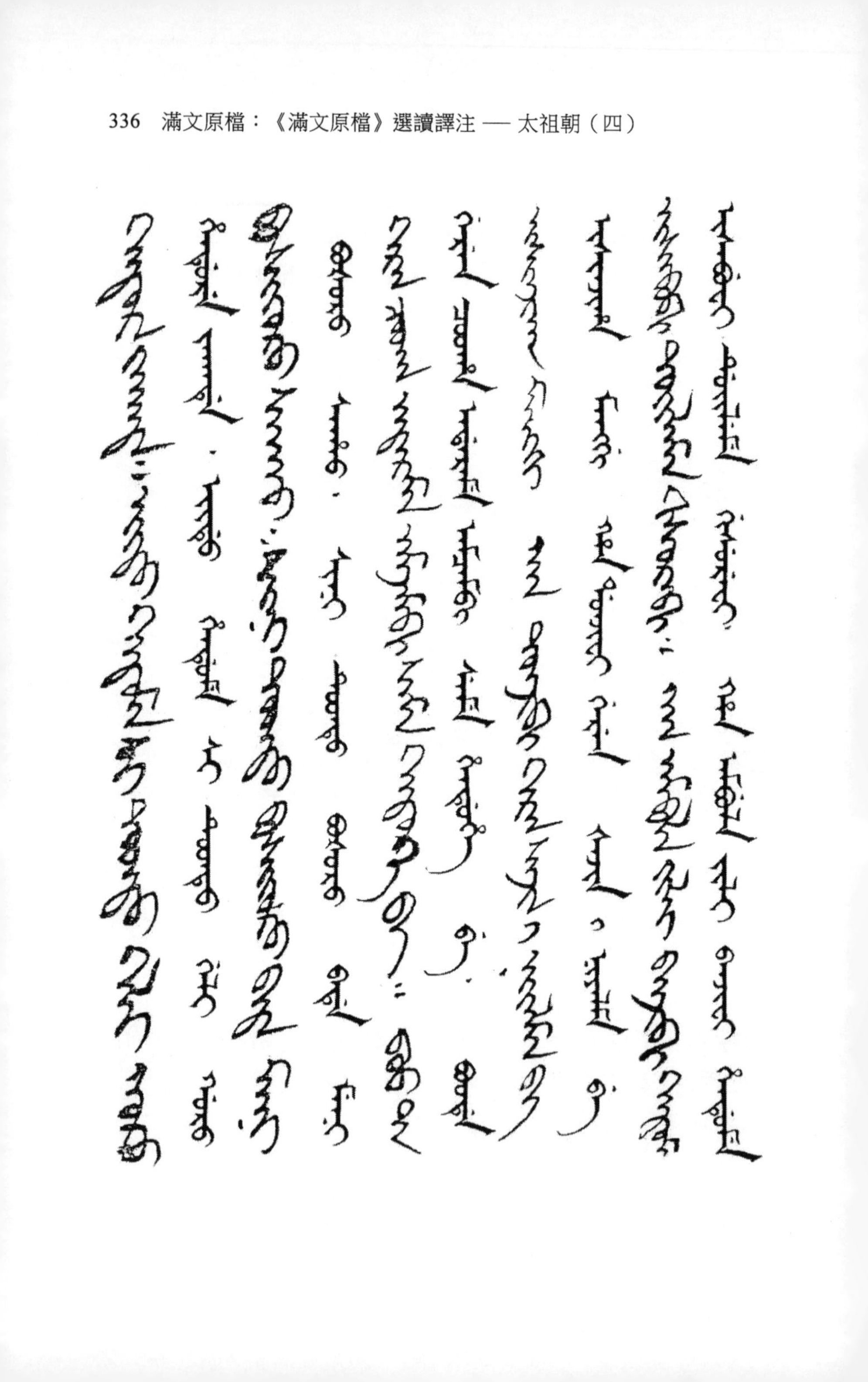

hendure jakade, eidu hendume, si tuttu geli goro bošoro sahao. sini tuttu bošoro bade, meni geren cooha adarame amcambi seme henduhe be, boode isinjiha manggi, han donjifi geren šajin i niyalma be isabufi duileme gisurefi, han ambula jili banjifi hendume,

---

額亦都曰：「不知爾追擊如此之遠，爾如此追擊，我等眾軍如何追趕？」回到家後，汗聞知後，令聚集眾執法之人審議。汗大怒曰：

额亦都曰：「不知尔追击如此之远，尔如此追击，我等众军如何追赶？」回到家后，汗闻知后，令聚集众执法之人审议。汗大怒曰：

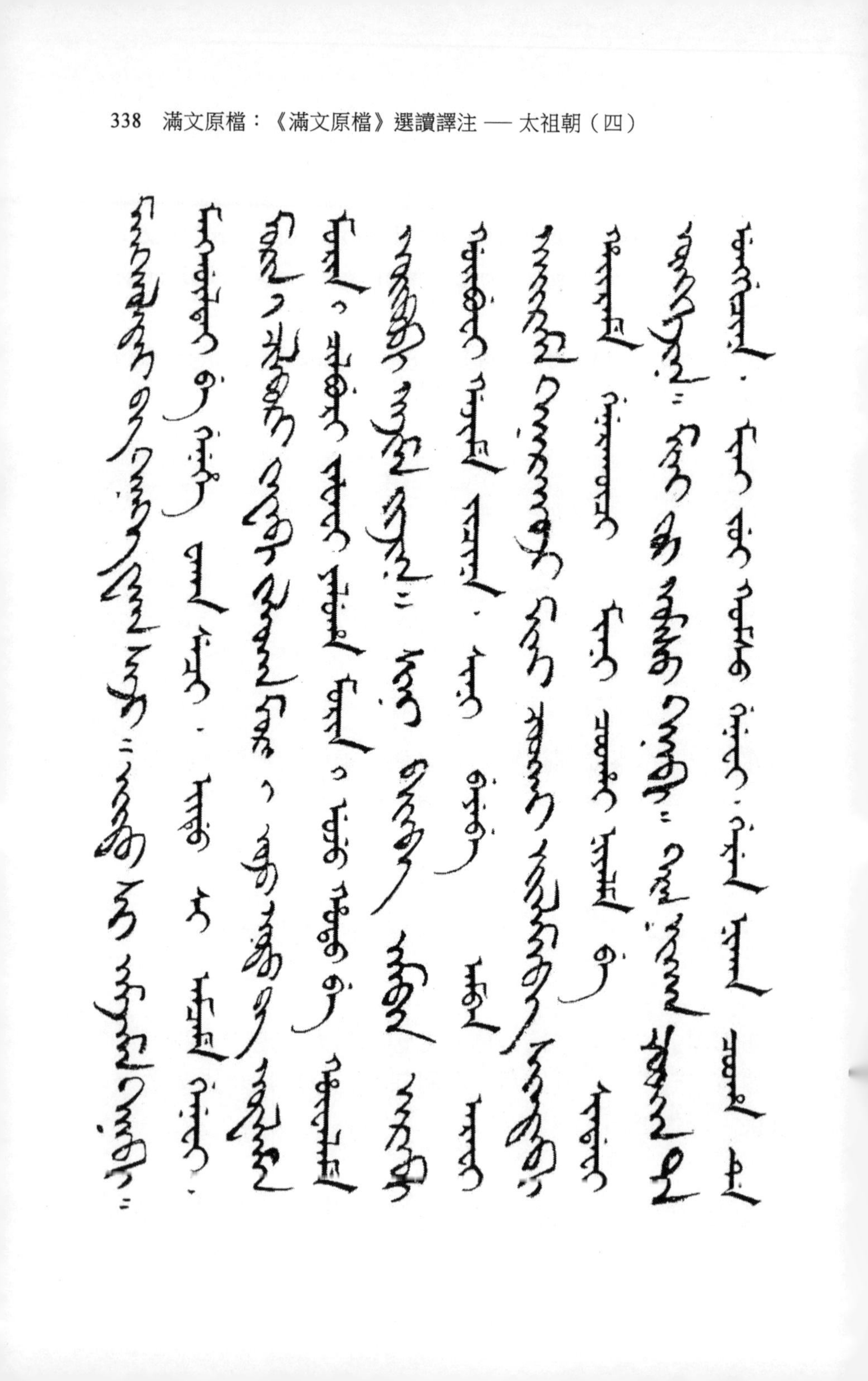

manggūltai be genehe waka seci, eidu si amcame genefi, morin i cilburi jafafi yaluha morin i uju hoto be hūwalame goibufi gajime jicina. sini beyebe amban arafi hairame generakūci mini coohai niyalmabe sindafi unggicina. mini jui komso genefi, geren nikan cooha de

---

「若謂莽古爾泰不當前往，爾額亦都即當追趕前去，抓住馬繮，即使打破馬之頭蓋骨也要帶回也。委任爾自身為大臣，若愛惜性命不去，亦當另遣我兵丁前去。我子兵少，孤軍前去，若為眾多明兵所圍困，

「若谓莽古尔泰不当前往，尔额亦都即当追赶前去，抓住马缰，即使打破马之头盖骨也要带回也。委任尔自身为大臣，若爱惜性命不去，亦当另遣我兵丁前去。我子兵少，孤军前去，若为众多明兵所围困，

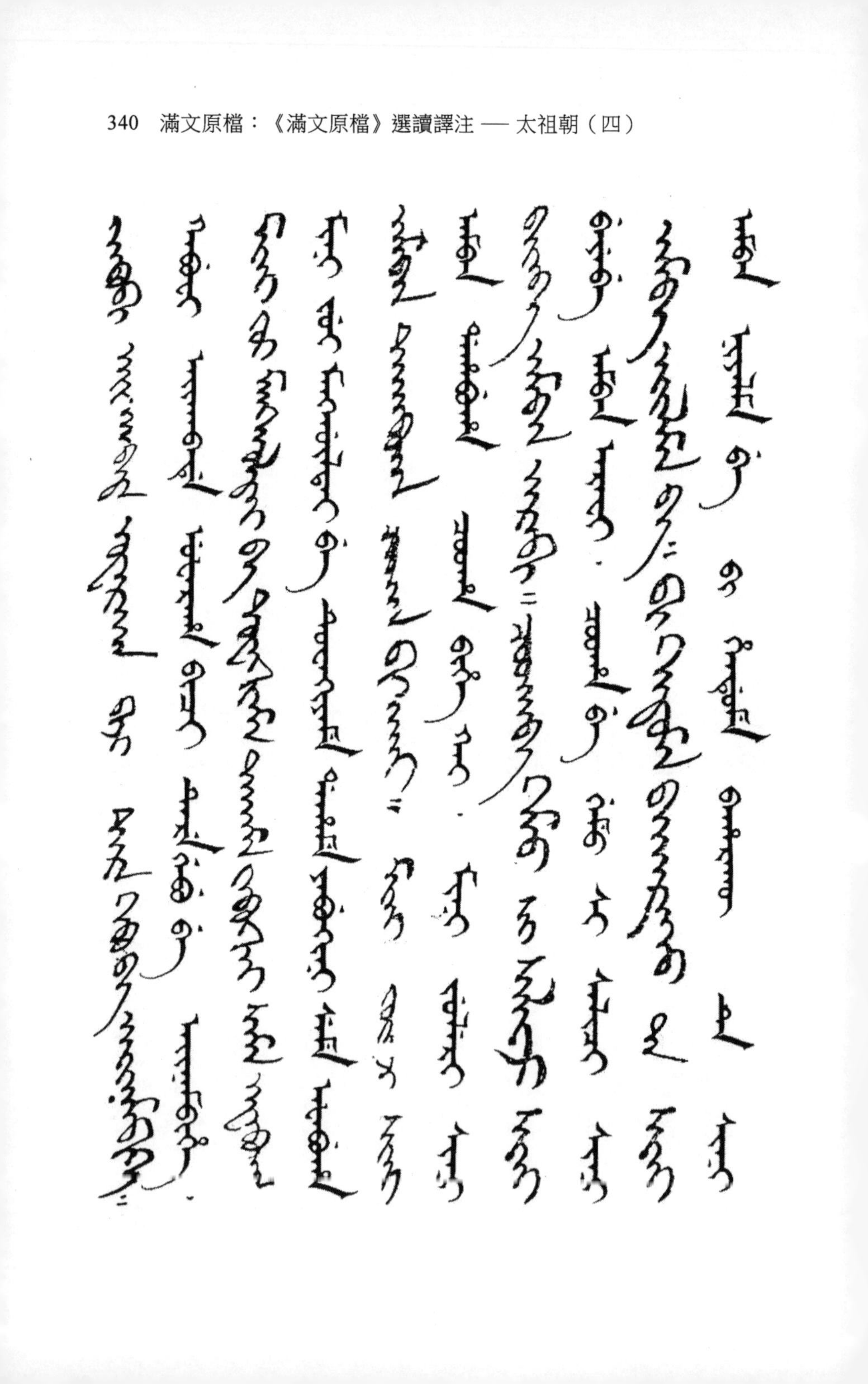

kabufi, aikabade ufaraha bici tere gebu be ainambihe. mini jui manggūltai be tuwakiyame dahame yabukini seme afabuha amban dahabuha cooha bihekai. mini juleri sini beyebe amban arafi, coohabe gemu si salici sini amban niyalma be bi hendume baharakū. te sini

---

若有差失，其名譽怎麼來着？令爾守護我子莽古爾泰隨行，而委任為大臣領兵也！爾在我面前身為大臣，兵丁俱皆由爾專擅，爾為大臣之人，我豈不得訓爾耶？

若有差失，其名誉怎么来着？令尔守护我子莽古尔泰随行，而委任为大臣领兵也！尔在我面前身为大臣，兵丁俱皆由尔专擅，尔为大臣之人，我岂不得训尔耶？

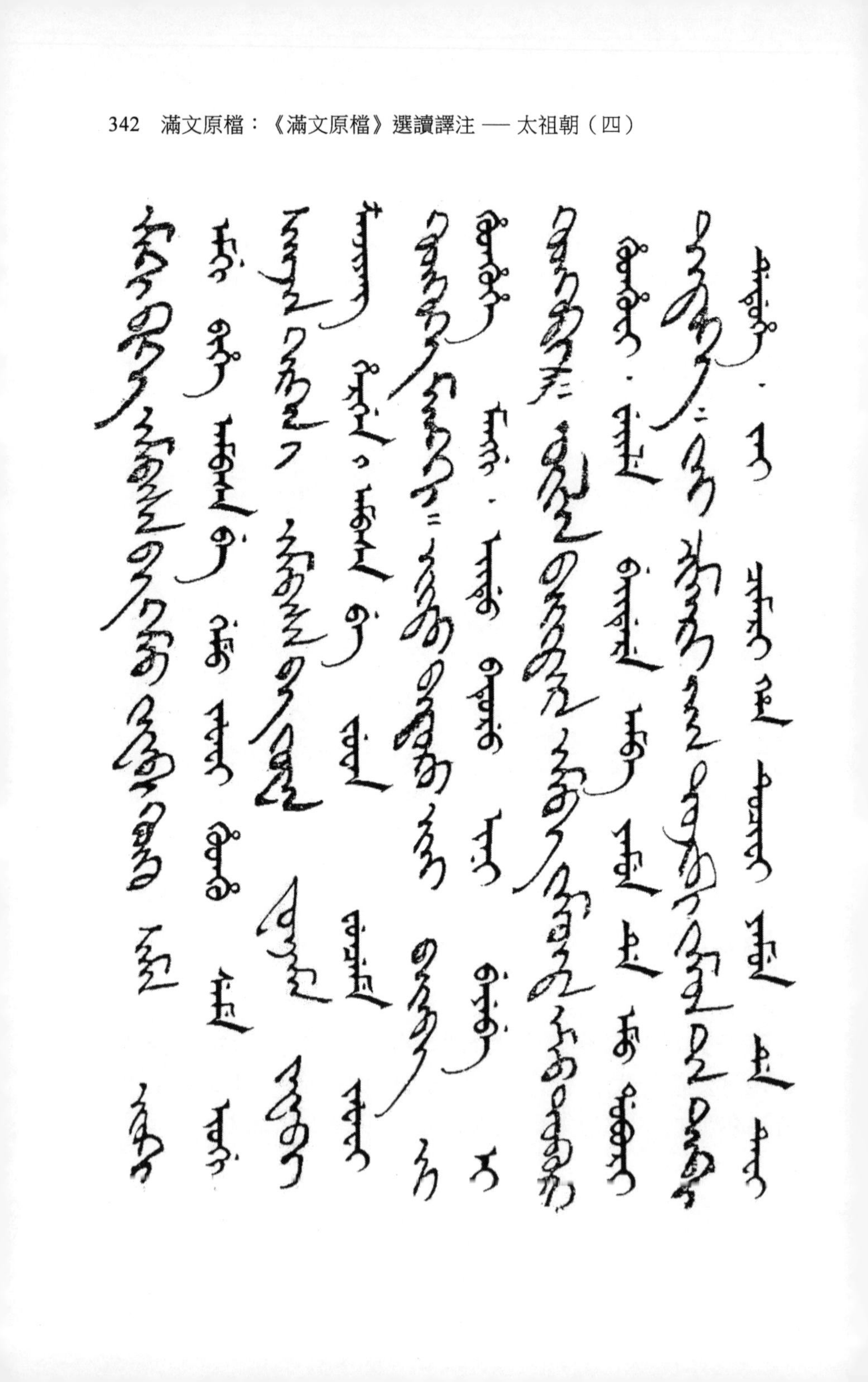

emgi bihe ambasa be gemu jafafi huthu seme, iogi ts'anjiyang hergen i ambasa be juwan funceme jafafi huthuhe manggi, eidu baturu ini beyebe i huthufi, weile beidere amba yamunde emu dobori deduhe. jai cimari han tucifi yamun de tefi

---

今將與爾同行之諸大臣俱皆捕拏綑縛。」遂將遊擊、參將[67]銜大臣十餘人拏獲綑縛後，額亦都巴圖魯本人綑縛審擬之罪於大衙門留宿一夜。翌日晨，汗御衙門，

今将与尔同行之诸大臣俱皆捕拏捆缚。」遂将游击、参将衔大臣十余人拏获捆缚后，额亦都巴图鲁本人捆缚审拟之罪于大衙门留宿一夜。翌日晨，汗御衙门，

---

[67] 參將，《滿文原檔》寫作"sanjan"，《滿文老檔》讀作"ts'anjiyang"。按此為無圈點滿文拼讀漢字譯音時"sa"與"ts"、"ja"與"jiya"、"n"與"ng"之混用現象。

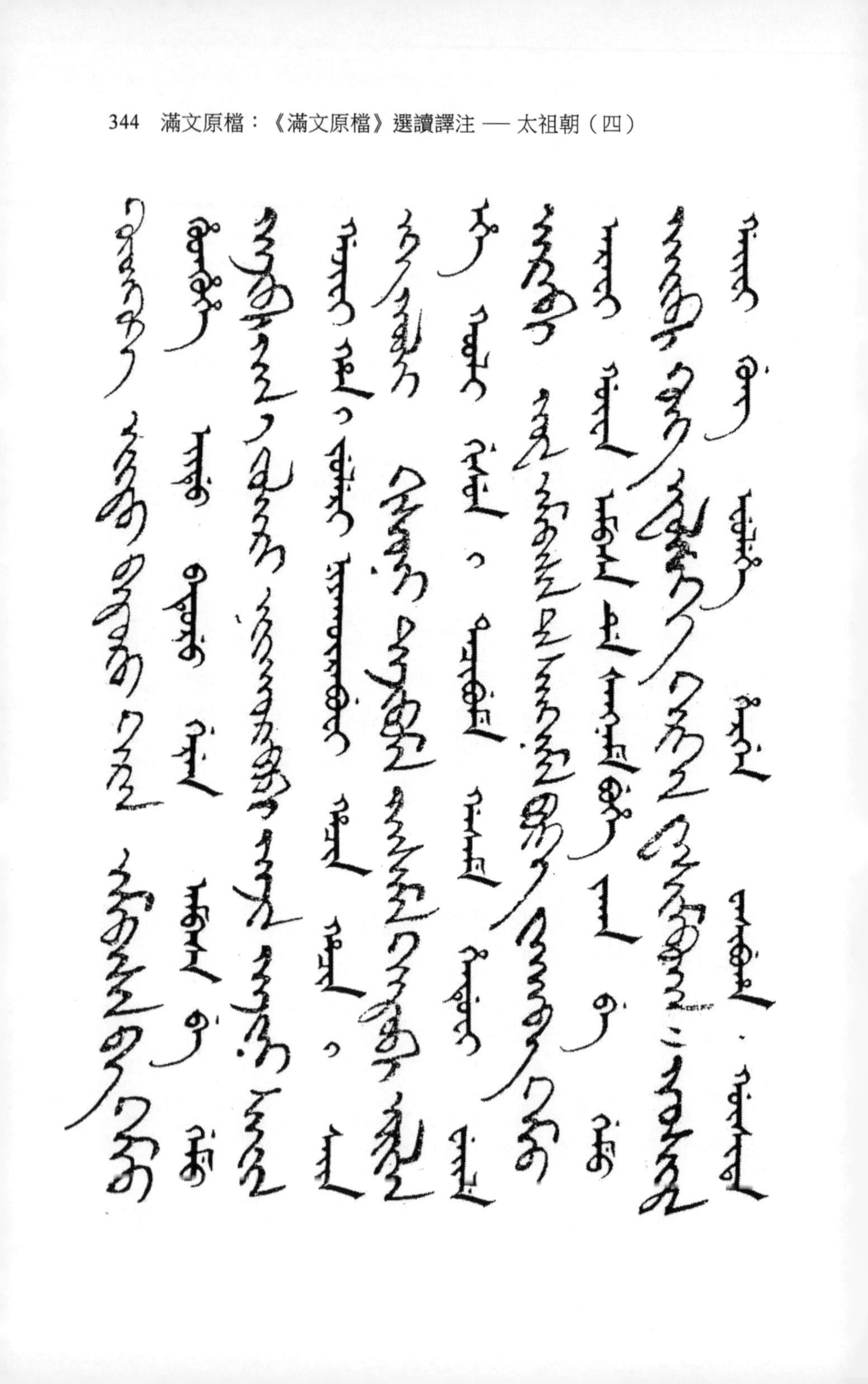

huthuhe eidu baturu geren ambasa be gemu gajifi han i juleri niyakūrabufi, hacin hacini sain ehe kooli gisun i tacibume gasame hendufi, weile arafi, gūwa ambasa de šangname buhe jakabe gemu gaifi, gung efulehe hergen wasibuha. gusita

---

命將綑縛之額亦都巴圖魯及眾大臣俱解來，令其跪於汗前，以種種善惡之例怒誡之，並治以罪，將其以其他大臣之名所賞賜之物俱皆奪回，銷其功，貶其爵，

命将捆缚之额亦都巴图鲁及众大臣俱解来，令其跪于汗前，以种种善恶之例怒诫之，并治以罪，将其以其它大臣之名所赏赐之物俱皆夺回，销其功，贬其爵，

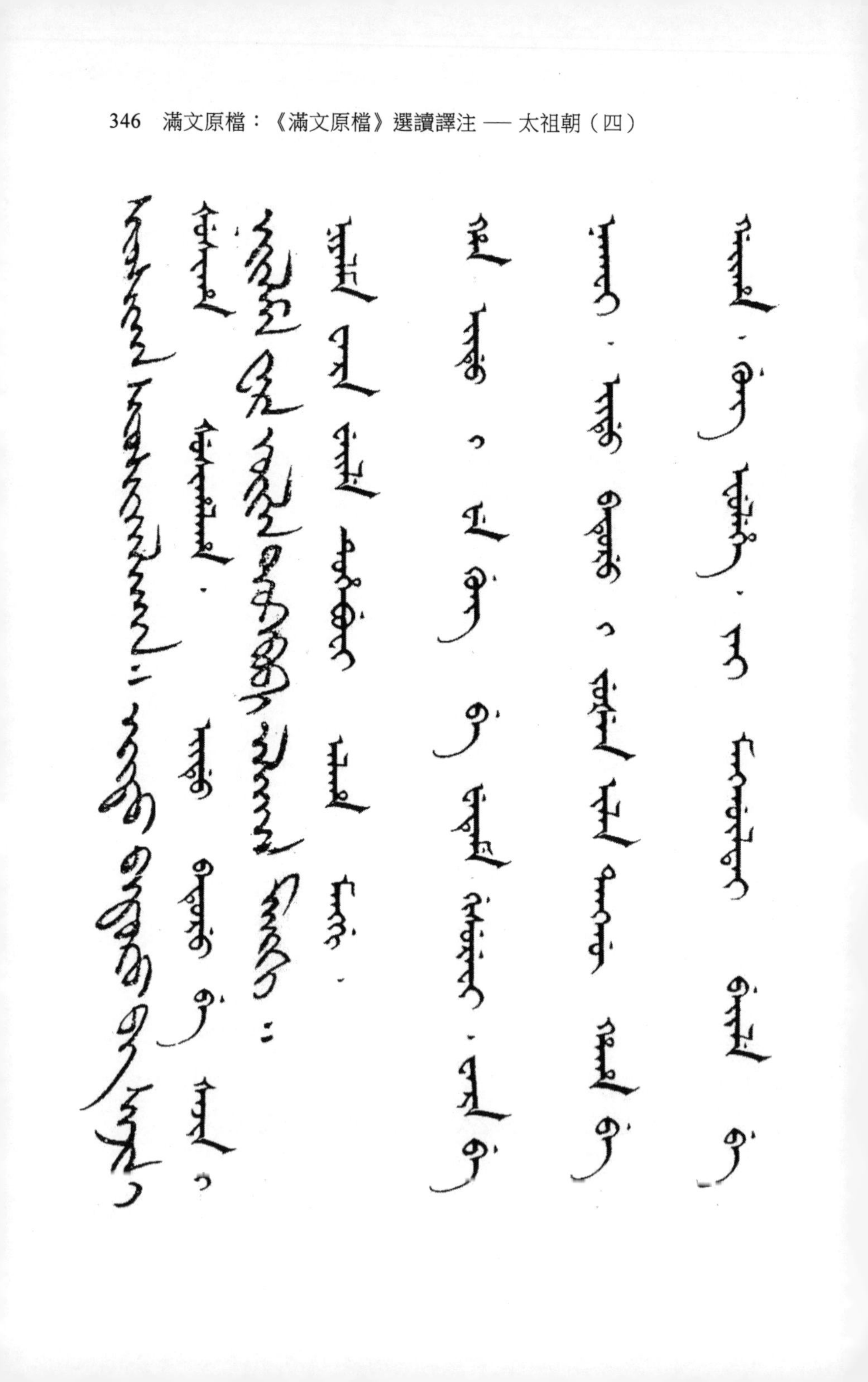

šusiha šusihalaha. eidu baturu be šajin i niyalma wara weile tuhebufi alaha manggi, han eidu i fe gung be feteme gisurefi, wara be nakafi, eidu baturu i jušen ilan tanggū haha be gaiha, gung efulehe. jai manggūltai beile be

---

各鞭三十。執法之人擬額亦都以死罪入告，汗根究額亦都舊功，免其死，奪取額亦都巴圖魯諸申三百男，銷其功。

各鞭三十。执法之人拟额亦都以死罪入告，汗根究额亦都旧功，免其死，夺取额亦都巴图鲁诸申三百男，销其功。

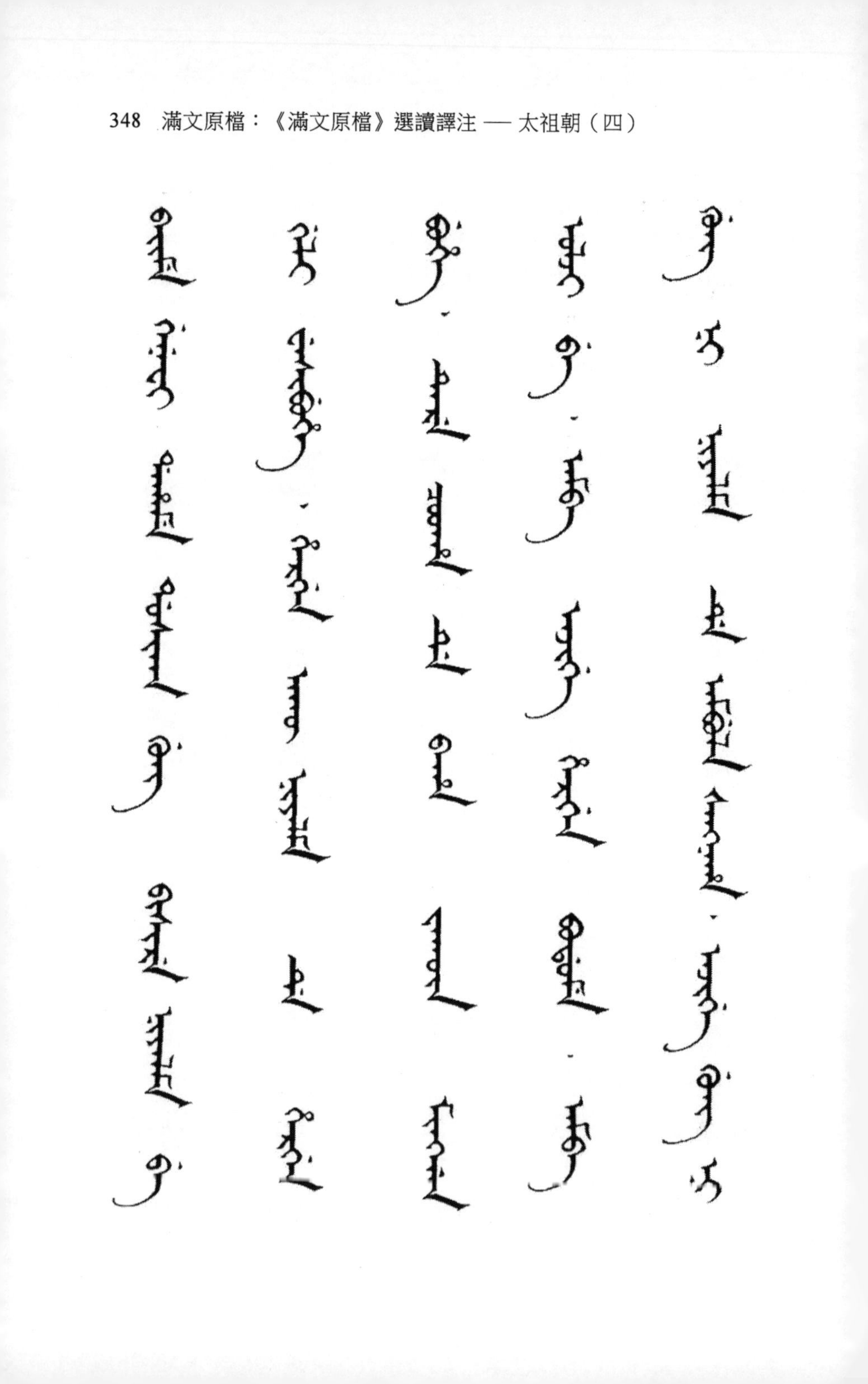

baime genefi dahame dosika gung bisire niyalma be geli wesibuhe, hergen akū niyalma de hergen buhe. tere cooha de baha jakūn minggan olji be, amba ajige hergen bodome, amba gung ni niyalma de ambula šangnaha, ajige gung ni

---

再者，前去找尋追隨莽古爾泰貝勒進攻有功之人再晉陞，無爵位之人賜以爵位。為兵所獲八千俘虜，按爵位大小，大功之人多賞，

再者，前去找寻追随莽古尔泰贝勒进攻有功之人再晋升，无爵位之人赐以爵位。为兵所获八千俘虏，按爵位大小，大功之人多赏，

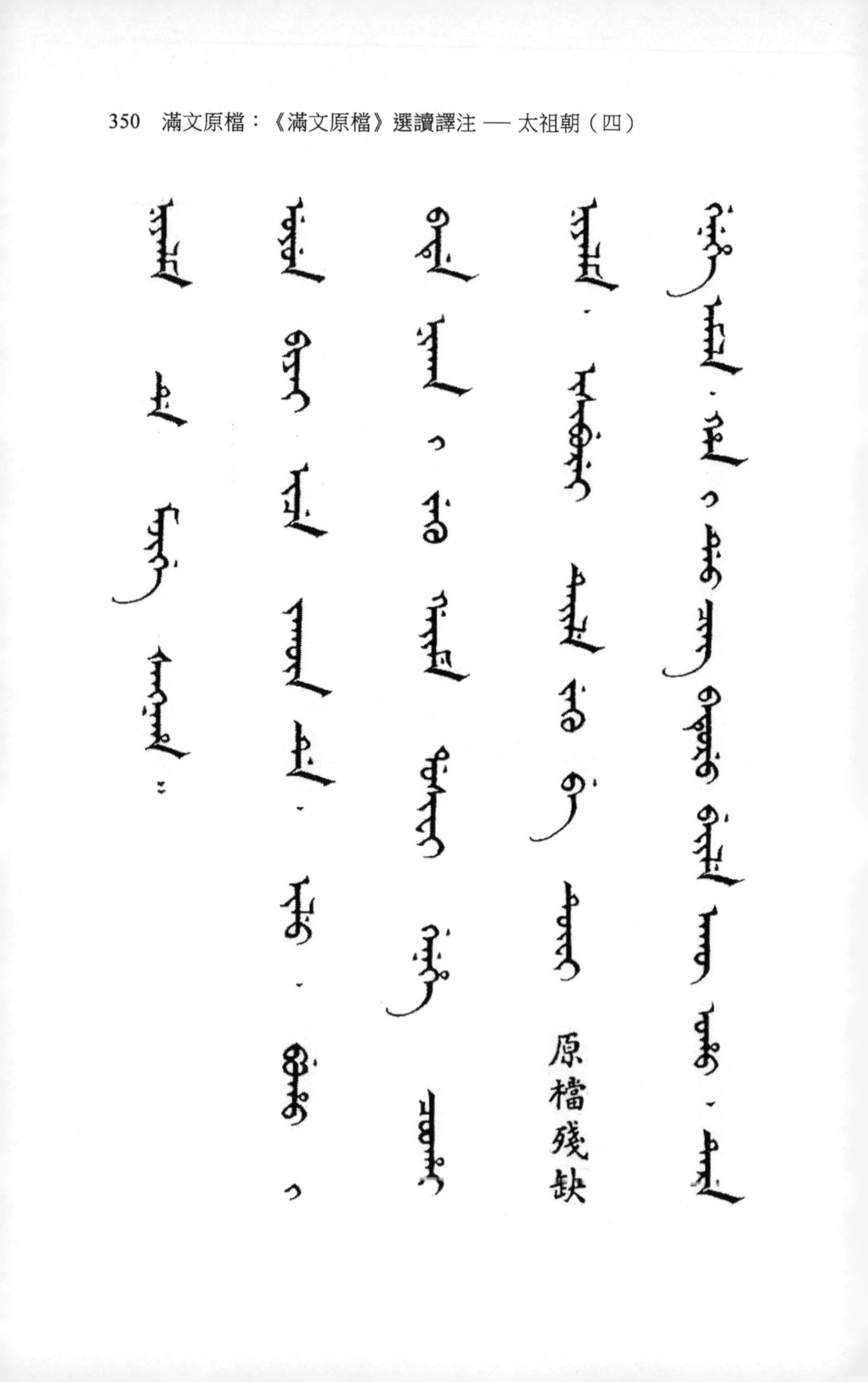

原檔殘缺

niyalma de majige šangnaha.

uyun biyai ice jakūn de, ilu, puho i bade, nikan i jeku gaime dosifi genehe coohai niyalma, isiburei teile jeku be tūfi〔原檔殘缺〕genehe amala, han i deo cing baturu beile akū oho, tere〔原檔殘缺〕

小功者少賞。

九月初八日，進入懿路、蒲河地方，取明之糧。前往之兵丁，所至盡力打糧〔原檔殘缺〕，前往之後，汗弟青巴圖魯貝勒薨，其〔原檔殘缺〕。

小功者少赏。

九月初八日，进入懿路、蒲河地方，取明之粮。前往之兵丁，所至尽力打粮〔原档残缺〕，前往之后，汗弟青巴图鲁贝勒薨，其〔原档残缺〕。

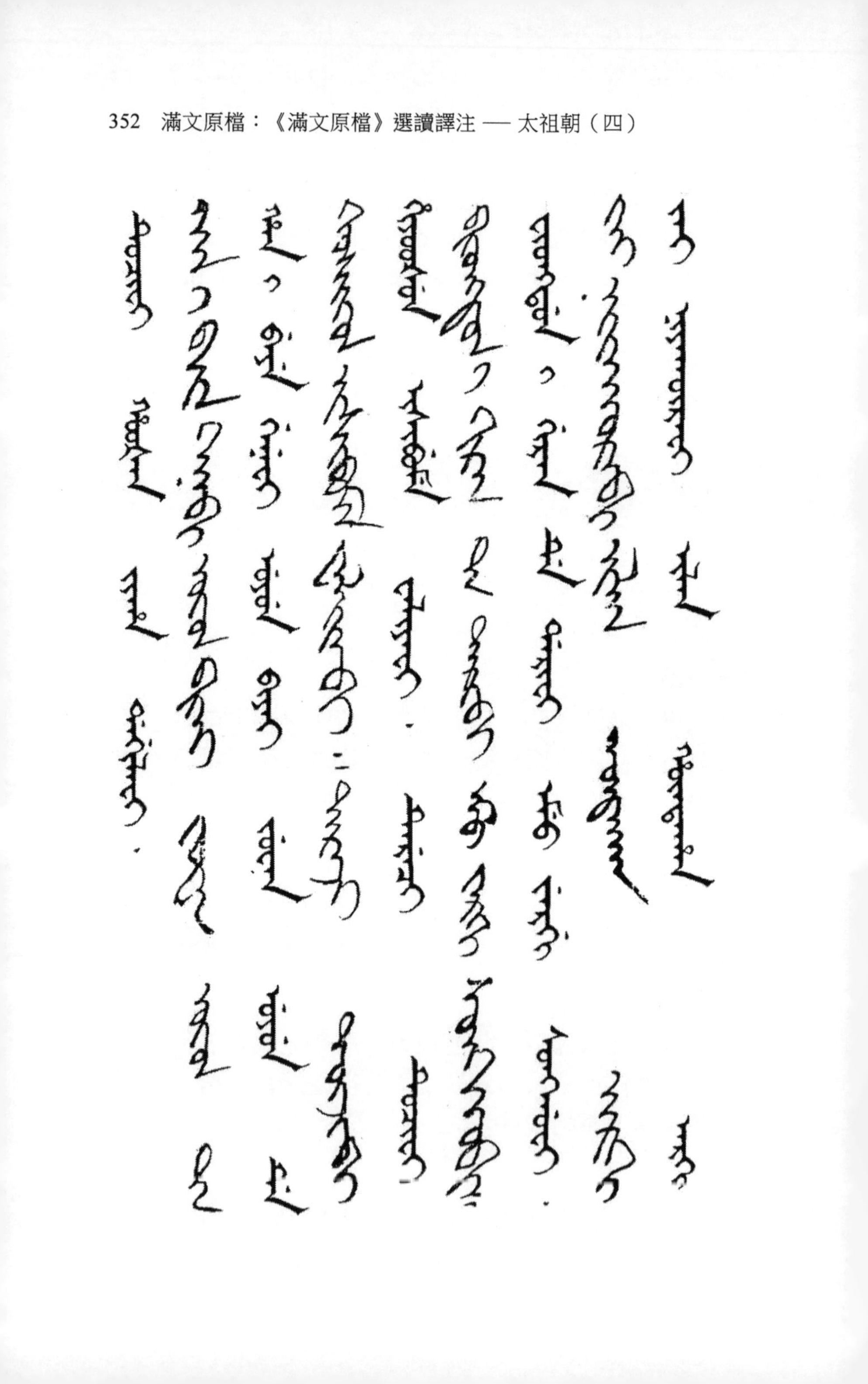

tucifi hoošan jiha dagilafi,
han i beye genefi uyun biyai juwan uyun de hiyoošun isibume waliyafi, tereci tucifi fiongdon i giran de darifi emu jergi songgofi, jai niyakūrafi ilan hūntahan arki

---

出，預備紙錢。汗親臨，於九月十九日祭奠[68]。由此順便至費英東墓[69]，哭泣一回，下跪奠酒三杯。

出，预备纸钱。汗亲临，于九月十九日祭奠。由此顺便至费英东墓，哭泣一回，下跪奠酒三杯。

---

68 祭奠，《滿文原檔》寫作 "kiosijon isibume walijabi"，《滿文老檔》讀作 "hiyoošun isibume waliyafi" 意即「致孝敬祭墳」。祭奠，規範滿文讀作 "hisalame wecembi"。

69 費英東墓，句中「墓」，《滿文原檔》、《滿文老檔》俱讀作 "giran"，意即「屍骨」，此以「屍骨」借代「墳墓」義。墳墓，規範滿文讀作"eifu"。

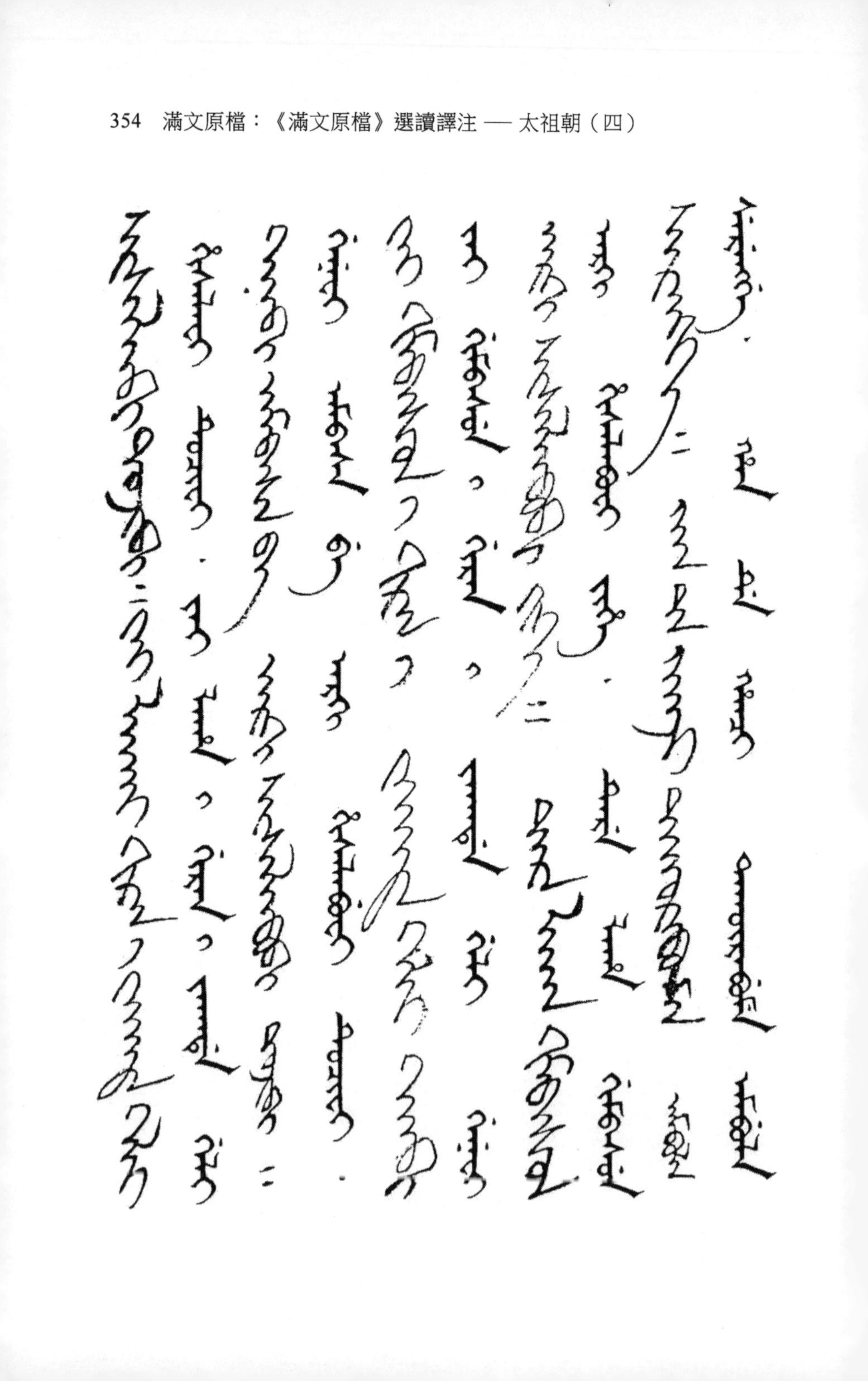

hisalafi tucifi, jai lahai giran i jakade geli genefi ambasa be arki hisalabufi tucifi, jai gimbasun i giran i jakade geli genefi arki hisalabufi jihe. tere laha gimbasun serengge, han de hanci takūrabume ambula

---

又至喇哈墓，命諸臣奠酒[70]。又再往吉木巴遜墓，令從臣奠酒而回。其喇哈、吉木巴遜者，皆汗近身差使

又至喇哈墓，命诸臣奠酒。又再往吉木巴逊墓，令从臣奠酒而回。其喇哈、吉木巴逊者，皆汗近身差使

---

[70] 奠酒，《滿文原檔》讀作 “arki sisalabufi”，《滿文老檔》讀作 “arki hisalabufi”。

二十三、阿敏台吉

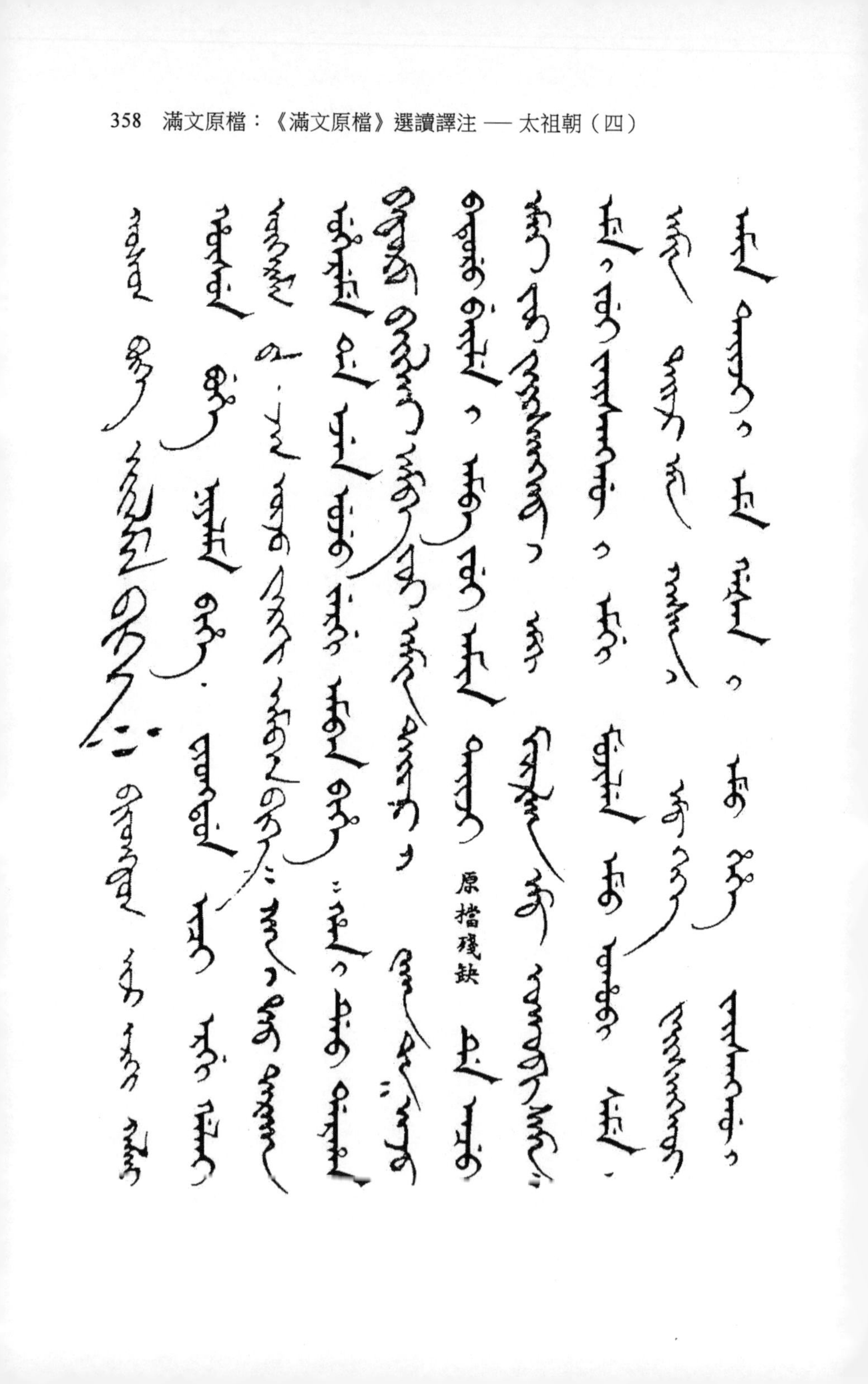

原檔殘缺

hūsun buhe niyalma bihe. fiongdon ici ergi galai uhereme da ejen, uju jergi amban bihe. han i deo darhan baturu beile i amba jui amin taiji〔原檔殘缺〕de encu eme i jui jaisanggū i emgi mujilen emu ohobi seme, amin taiji i eme gašan i emu hehe jaisanggūi

---

極為出力之人。費英東原為右翼總管主將頭等大臣。汗弟達爾漢巴圖魯貝勒之長子阿敏台吉〔原檔殘缺〕與異母之子宰桑古同心相與。阿敏台吉之母及村中一婦

极为出力之人。费英东原为右翼总管主将头等大臣。汗弟达尔汉巴图鲁贝勒之长子阿敏台吉〔原档残缺〕与异母之子宰桑古同心相与。阿敏台吉之母及村中一妇

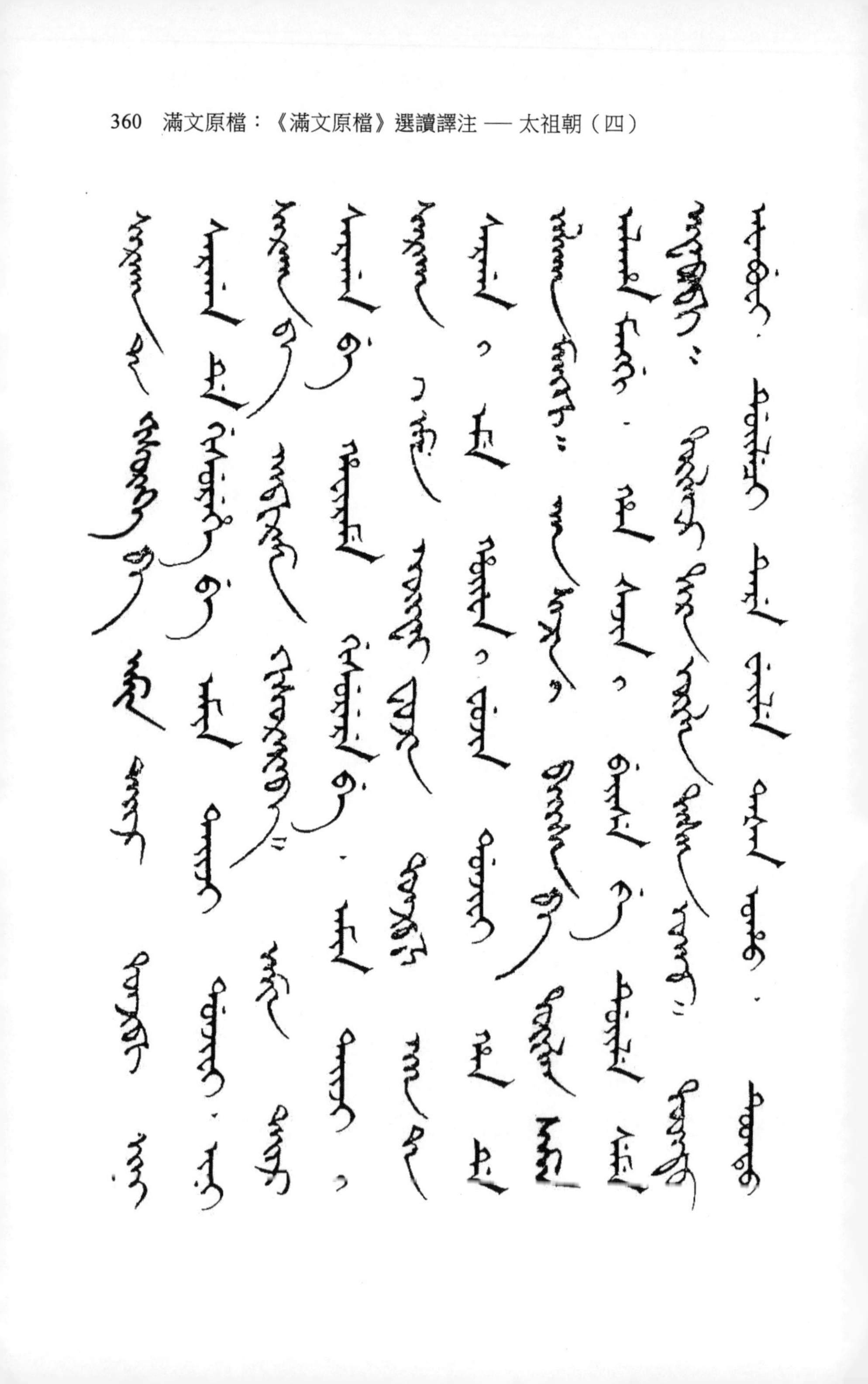

sargan de gisurehe be amin taiji donjifi ini sargan be hafirame gisurerebe, amin taiji i sargan i eme hoifai fujin donjifi han de alaha manggi, han šajin i beise be duile seme afabufi, duileci tere weile tašan oho, tuttu

---

告訴宰桑古之妻。阿敏台吉聞知後，逼問其妻。阿敏台吉妻子之母輝發福晉聞知後，告之於汗後，汗交由執法諸貝勒審理。經審理，以其事為虛假，

告诉宰桑古之妻。阿敏台吉闻知后，逼问其妻。阿敏台吉妻子之母辉发福晋闻知后，告之于汗后，汗交由执法诸贝勒审理。经审理，以其事为虚假，

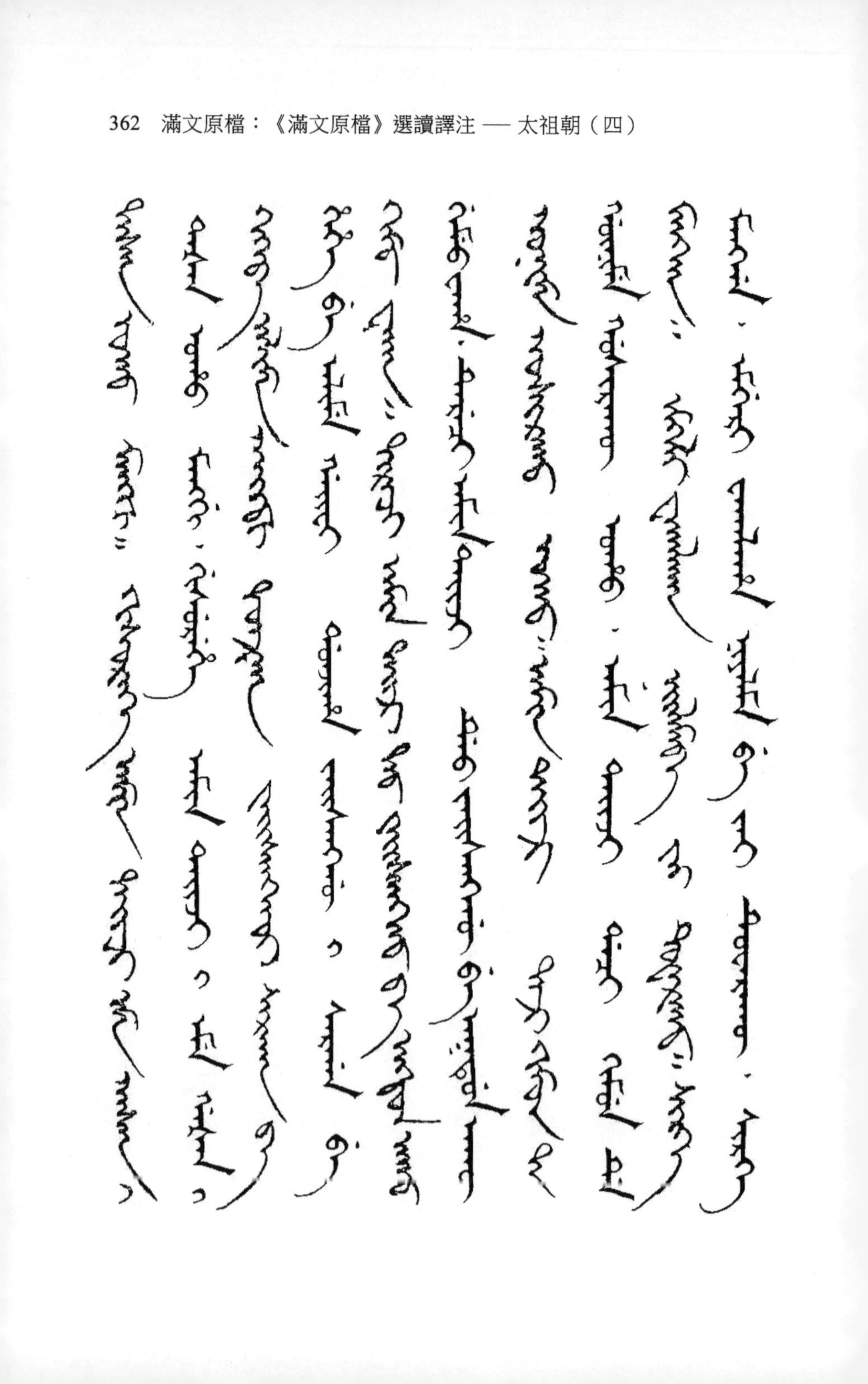

tašan oho manggi, gisurehe amin taiji i eme gašan i hehebe alime gaifi donjiha jaisanggū i sargan be gemu waha. tereci amin taiji deo jaisanggū be akdun akū gūnime gosirakū oho. amin taiji daci kimun de mangga, emgeri wakalaha niyalma be jai tuwarakū, sirke

---

此事既虛假不實，遂將傳謠阿敏台吉之母、村婦及聽信謠言之宰桑古妻子，俱皆殺之。從此，阿敏台吉不再信任其弟宰桑古，不加眷愛。阿敏台吉原本好記仇，不再理會既有過錯之人，

此事既虚假不实，遂将传谣阿敏台吉之母、村妇及听信谣言之宰桑古妻子，俱皆杀之。从此，阿敏台吉不再信任其弟宰桑古，不加眷爱。阿敏台吉原本好记仇，不再理会既有过错之人，

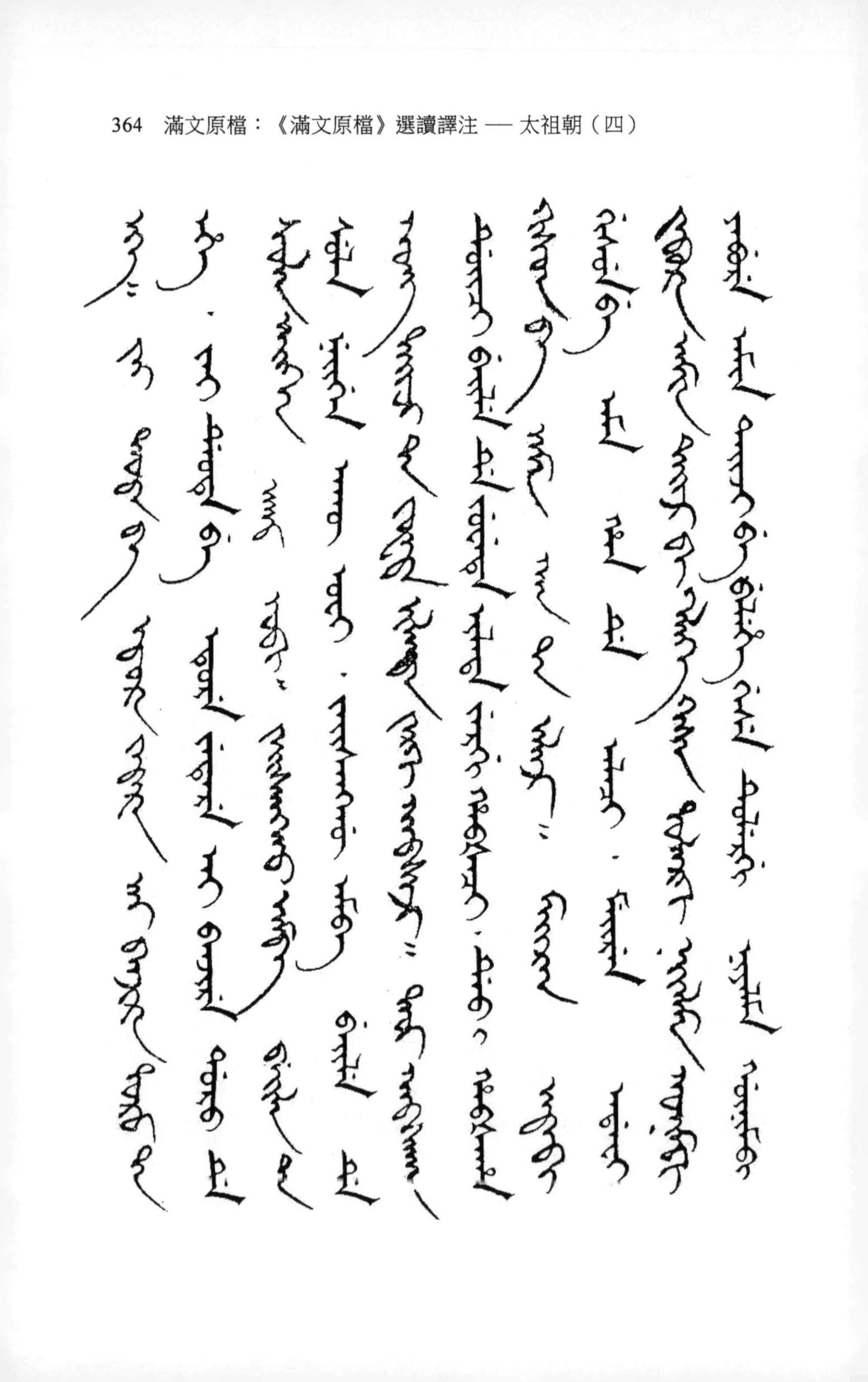

ehe, jai deote be eture jetere ai banjire doro de sula neigen akū ofi, jaisanggū amba beile de, hong taiji de juwete ilata jergi habšaci, deo i habšaha gisun be ama han de alaci, meiren adafi yabure amin taiji be belehe gese tulergi niyalma gūnimbi

---

永以為惡。再者於諸弟衣食生計，厚薄不均。宰桑古二、三次訴諸大貝勒、洪台吉。但是，若將弟弟所控訴之言告知父汗，外人以為猶如誣陷並肩同行之阿敏台吉，

永以为恶。再者于诸弟衣食生计，厚薄不均。宰桑古二、三次诉诸大贝勒、洪台吉。但是，若将弟弟所控诉之言告知父汗，外人以为犹如诬陷并肩同行之阿敏台吉，

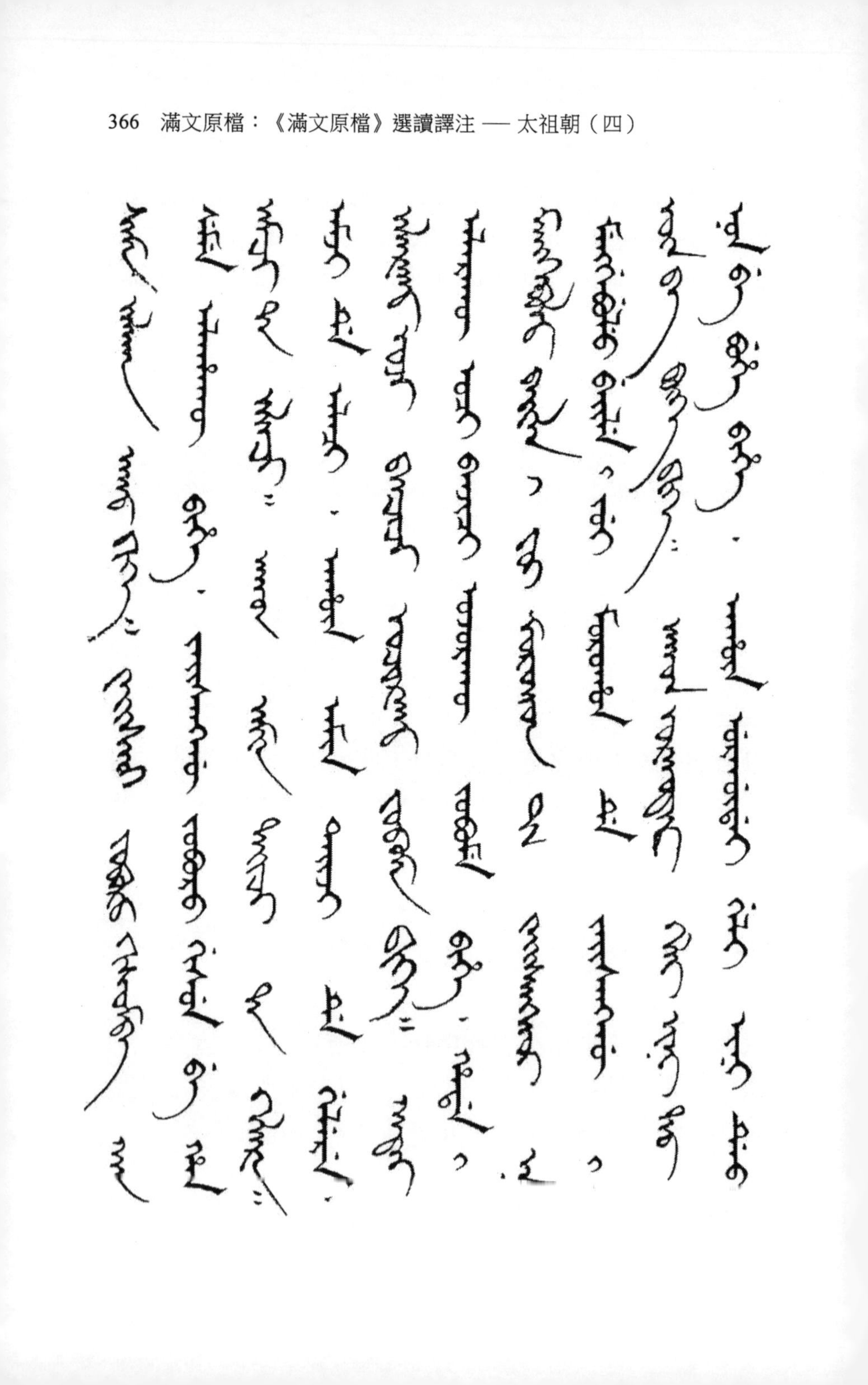

seme alahakū bihe. jaisanggū joboro gisumbe han amji de alaci, ahūn amin taiji de gelere, alarakū oci banjici ojorakū jobome bihe. hadai menggebulu beile i jui morohon de jaisanggū i non be buhe bihe, ahūn urgūdai geli ini deo

---

而未告知。宰桑古若將受苦之言告知汗伯父，但畏懼其兄阿敏台吉；若不告知，又苦惱不能安生。宰桑古之妹曾嫁給哈達孟格布祿貝勒之子莫洛渾為妻，

而未告知。宰桑古若将受苦之言告知汗伯父，但畏惧其兄阿敏台吉；若不告知，又苦恼不能安生。宰桑古之妹曾嫁给哈达孟格布禄贝勒之子莫洛浑为妻，

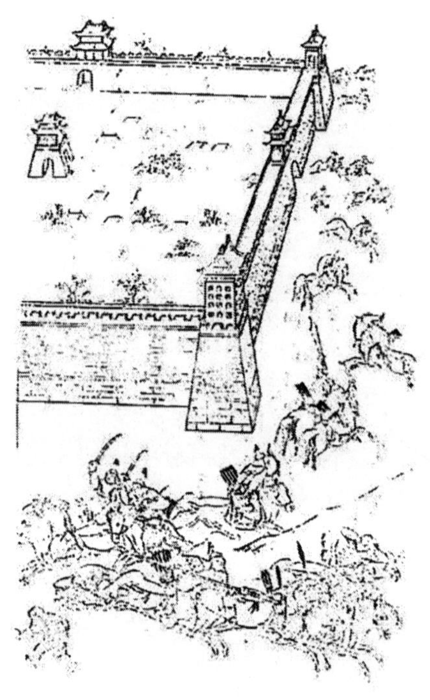

二十四、姊妹夫妻

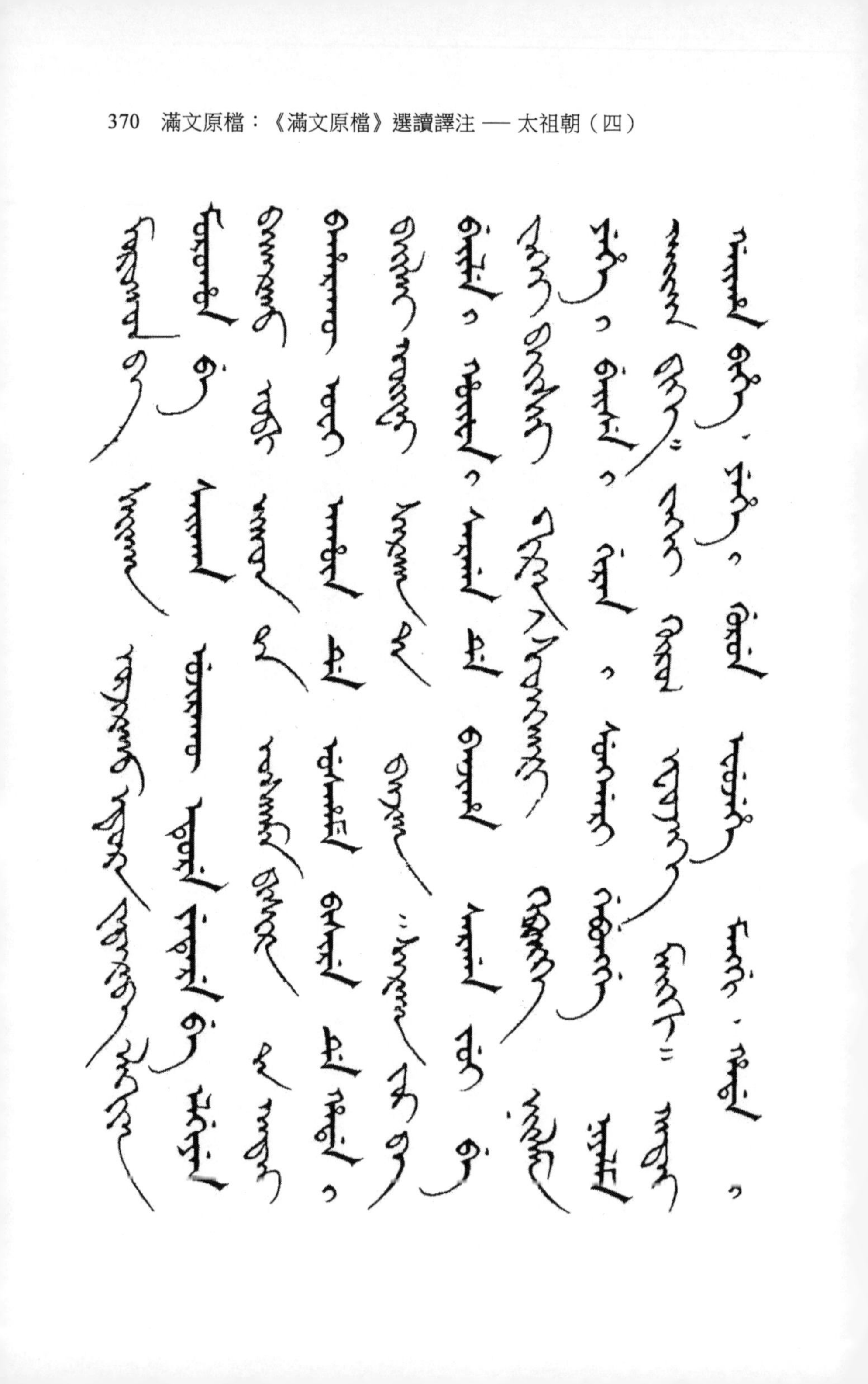

morohon be saikan ujirakū eture jetere be elgiyen baharakū ofi ahūn de ushame bisire de, hadai beilei hoifai sargan de banjiha sargan jui be yehei beisei giran i sunggari gebungge niyalma gaiha bihe, yehei gurun efujehe manggi, hadai

---

因兄烏爾古岱又不善養其弟莫洛渾，衣食不足，故怨恨其兄。葉赫諸貝勒之後裔[71]名叫松阿里之人，曾娶哈達貝勒輝發之妻所生之女為妻。葉赫國亡後，

因兄乌尔古岱又不善养其弟莫洛浑，衣食不足，故怨恨其兄。叶赫诸贝勒之后裔名叫松阿里之人，曾娶哈达贝勒辉发之妻所生之女为妻。叶赫国亡后，

---

71 後裔，《滿文原檔》、《滿文老檔》俱讀作 “giran” 意即「屍骨」，訛誤，應更正為 “giranggi yali”，意即「骨肉」，義較近似。後裔，規範滿文讀作“enen”。

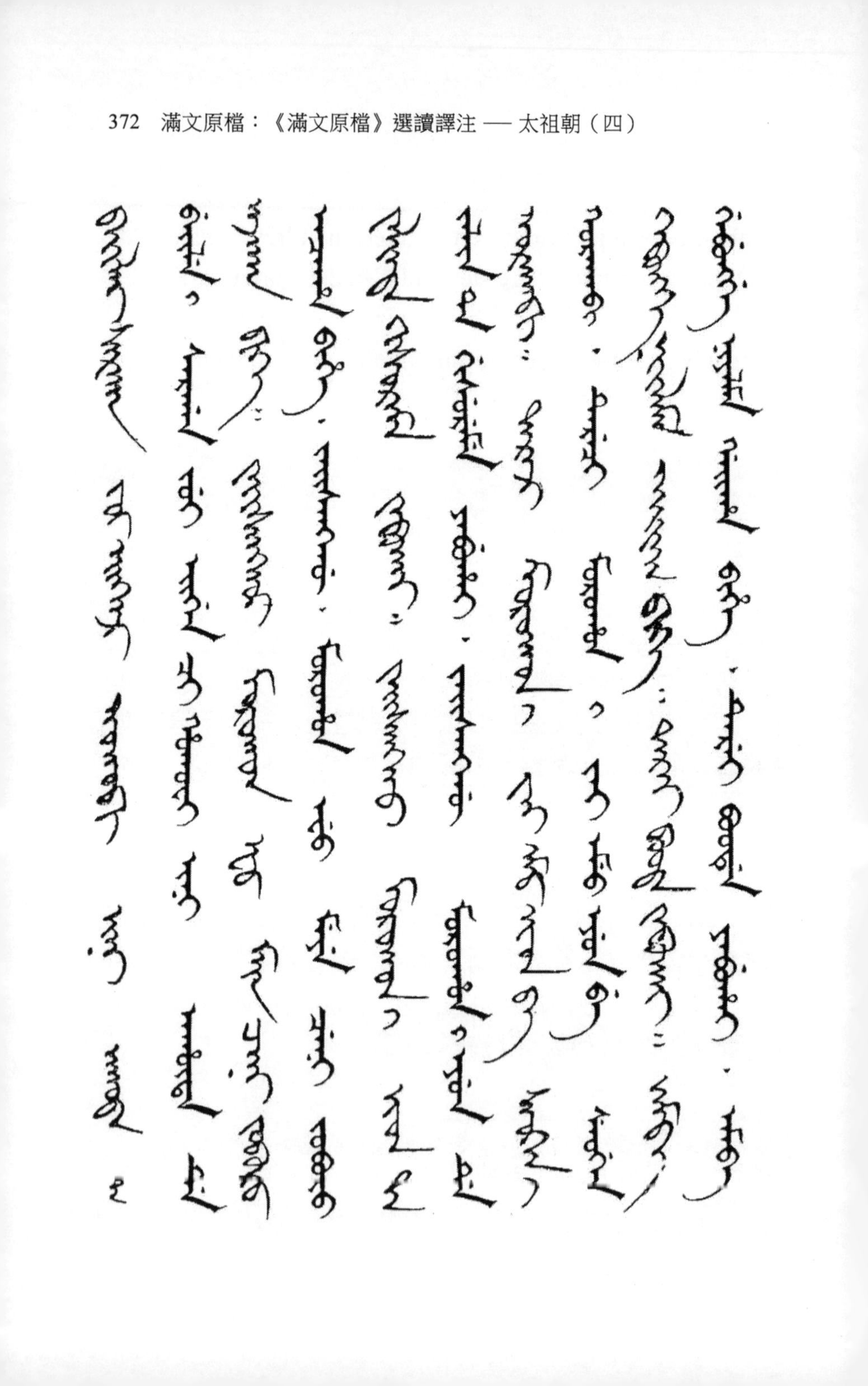

beile i sargan jui eigen ci hokofi ini ahūta de acaha bihe. jaisanggū morohon efu meye ceni joboro jalinde gisureme yabuhai, jaisanggū morohon i eyun de korakabi, tereci morohon i jai emu eyun be seogen gebungge niyalma gaiha bihe, terei boode yabuhai, amba

---

哈達貝勒之女休夫後，與其諸兄相好同居。宰桑古與莫洛渾是姊夫與妹夫，常相往來，彼此訴苦。宰桑古與莫洛渾之姐通姦。有名叫叟根之人娶莫洛渾之另一姊為妻後，從此常往其家行走，

哈达贝勒之女休夫后，与其诸兄相好同居。宰桑古与莫洛浑是姊夫与妹夫，常相往来，彼此诉苦。宰桑古与莫洛浑之姐通奸。有名叫叟根之人娶莫洛浑之另一姊为妻后，从此常往其家行走，

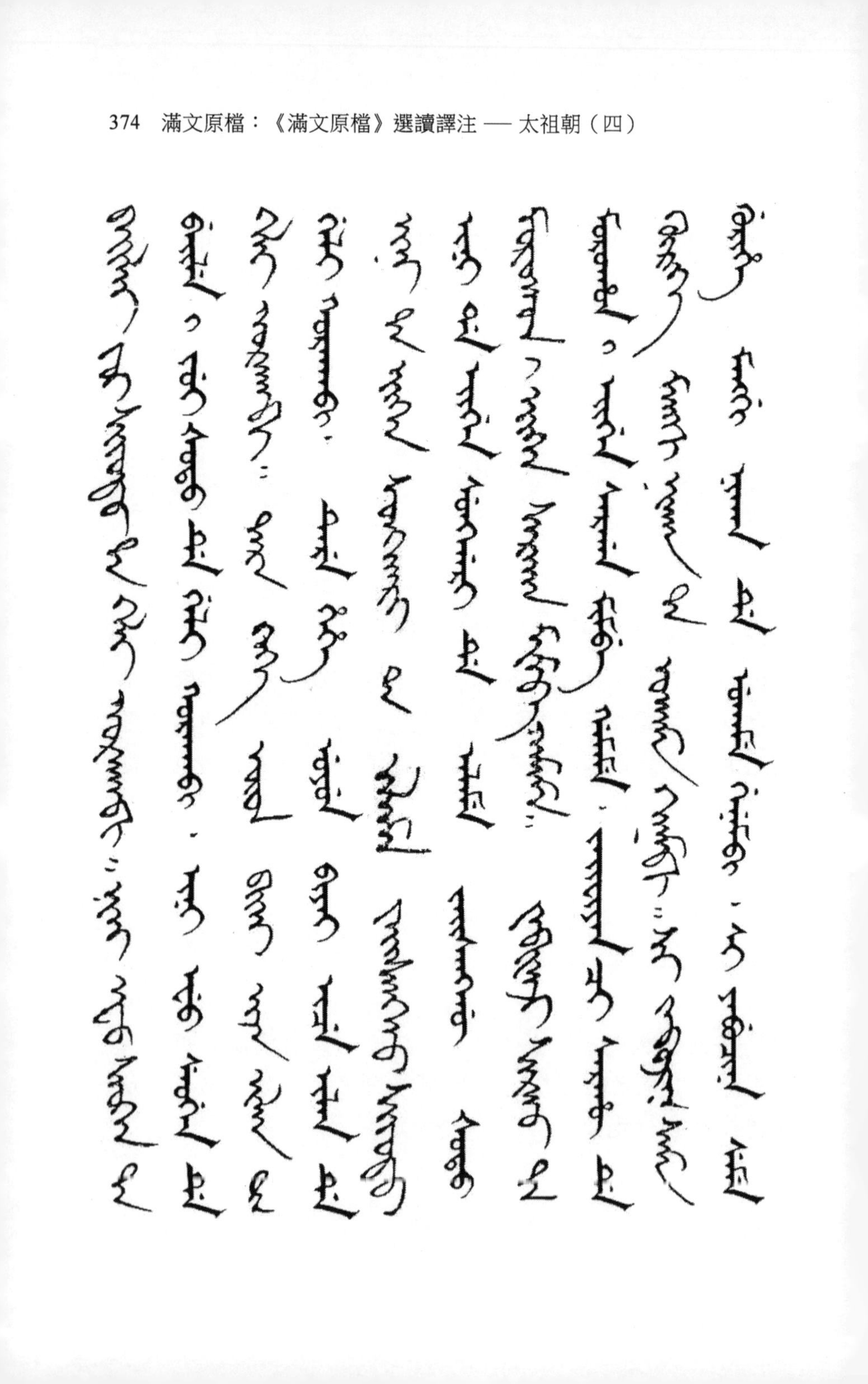

beile i jui šoto de geli korakabi, ini efu seogen de geli korakabi. tere hehe uyun biyai ice ilan de ini da eigen sunggari de alame, jaisanggū šoto morohon i eigen sargan mimbe gamame jaifiyan ci sarhū de gurihe manggi nikan de ukame genembi, si yabucina seme

---

又與大貝勒之子碩託通姦，又與其姊夫叟根通姦。此女於九月初三日告知其原夫松阿里曰：「宰桑古、碩託、莫洛渾之夫妻，將攜我自界藩移居薩爾滸後，逃往明國，爾亦同去吧！」

又与大贝勒之子硕托通奸，又与其姊夫叟根通奸。此女于九月初三日告知其原夫松阿里曰：「宰桑古、硕托、莫洛浑之夫妻，将携我自界藩移居萨尔浒后，逃往明国，尔亦同去吧！」

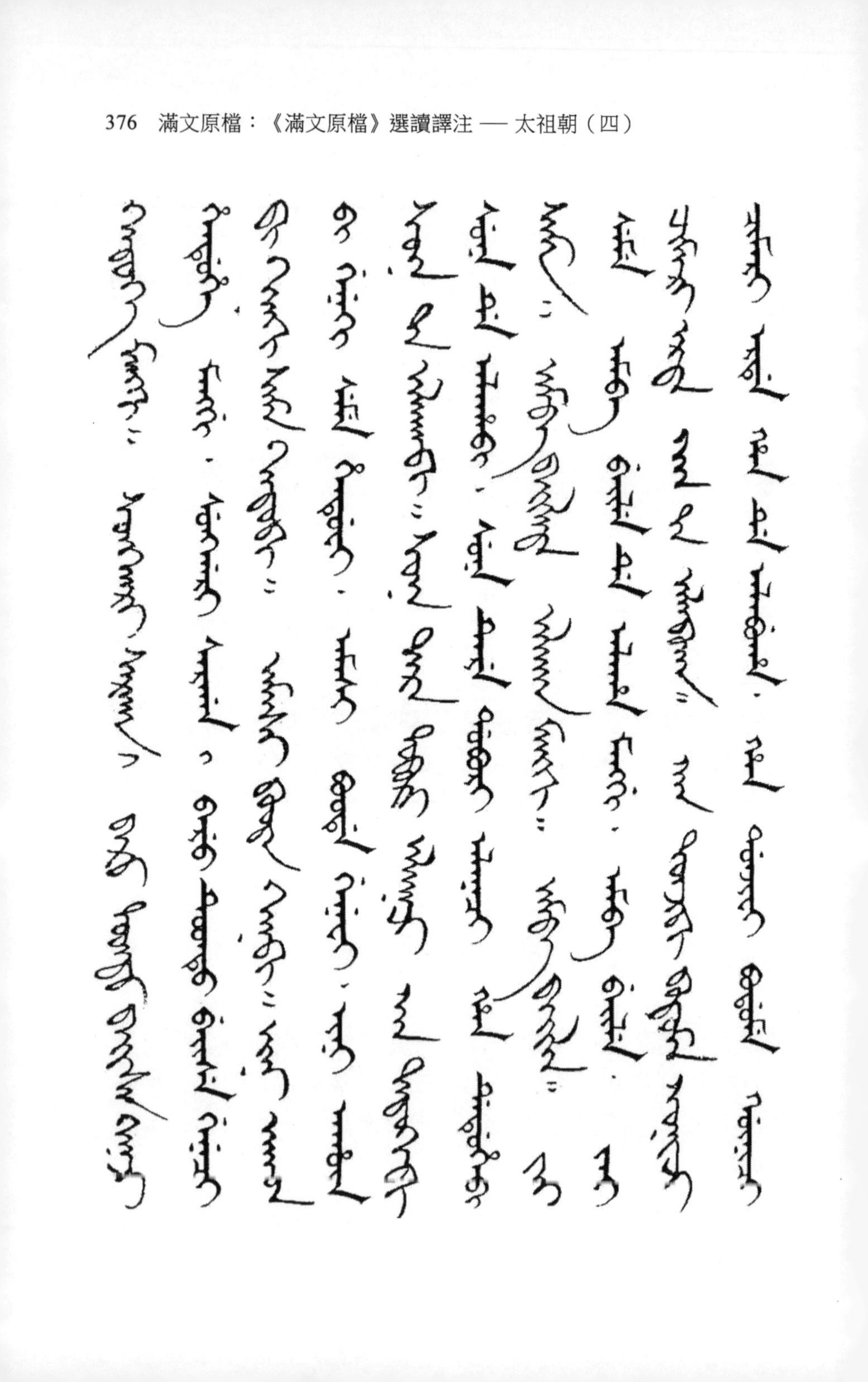

henduhe manggi, sunggari sargan i baru tuttu beise geneci bi geneki seme hendufi, amasi boode genefi, ini ahūn suna de alahabi. suna tere dobori alanaci han deduhebi seme, amba beile de alaha manggi, amba beile jai cimari erde han de alabuha, han donjifi bodome gūnici

---

松阿里謂其妻曰：「若諸貝勒皆前往，我亦欲前往。」言畢，返回家裡去，告知其兄蘇納。是夜，蘇納往告時，汗已就寢，而告知大貝勒。翌晨，大貝勒告知汗，汗聞知後思索，

松阿里谓其妻曰：「若诸贝勒皆前往，我亦欲前往。」言毕，返回家里去，告知其兄苏纳。是夜，苏纳往告时，汗已就寝，而告知大贝勒。翌晨，大贝勒告知汗，汗闻知后思索，

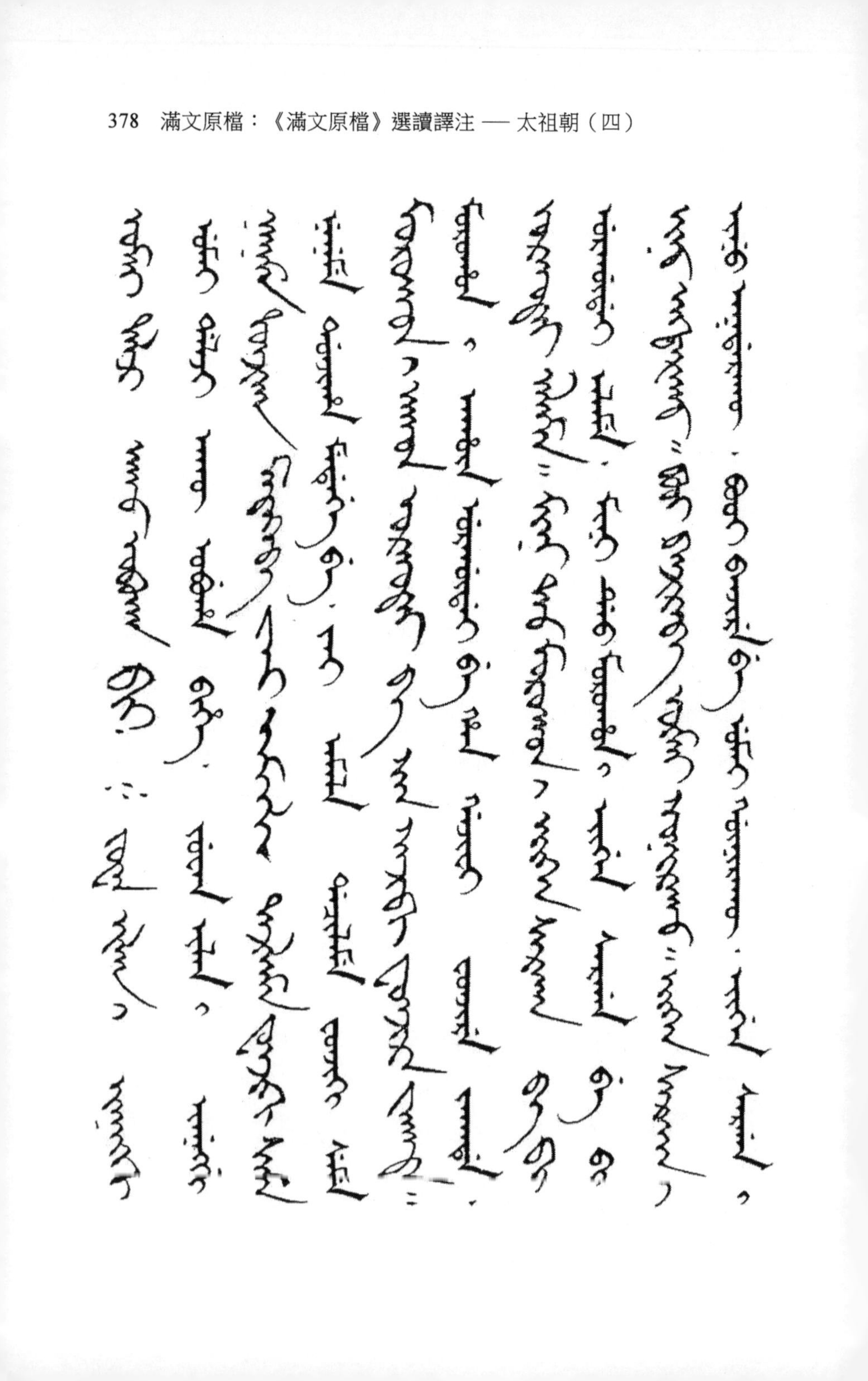

umai dalji akū obuha bihe. juwan ilan i inenggi neneme donjiha medegebe jai amala dacilame fonjiki seme morohon i ahūn urgūdai be han gajifi fonjire jakade, urgūdai alame, mini deo morohon i eigen sargan be, bi inu akdarakū, booi banjirebe umai gūnirakū, eigen sargan i

---

並不相干。十三日，因欲打聽先前所聞信息，而召莫洛渾之兄烏爾古岱問之。烏爾古岱告曰：「我弟莫洛渾夫妻，我亦不信任，並不顧念家中生計，

并不相干。十三日，因欲打听先前所闻信息，而召莫洛浑之兄乌尔古岱问之。乌尔古岱告曰：「我弟莫洛浑夫妻，我亦不信任，并不顾念家中生计，

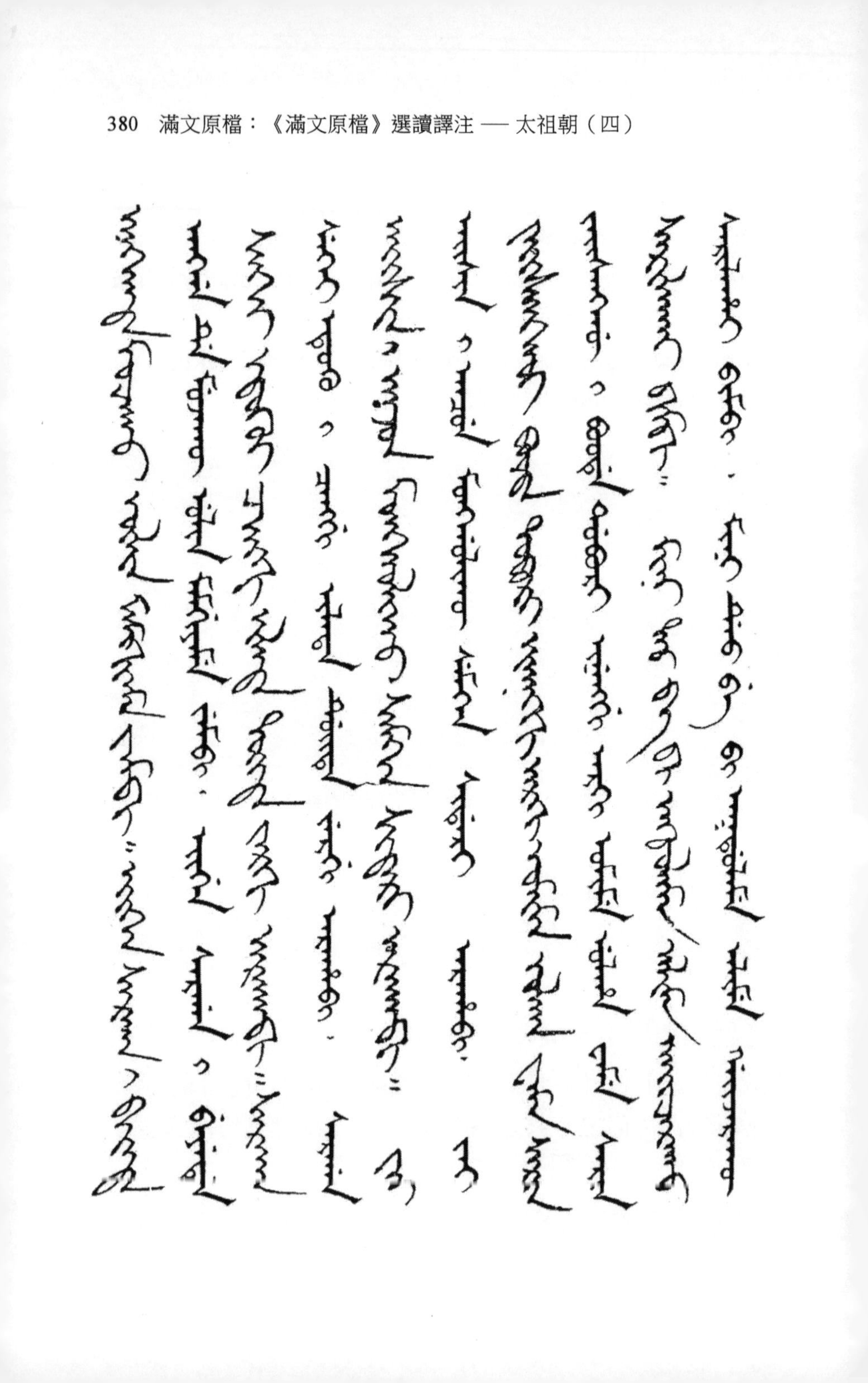

anggade mujakū ulin mamgiyame jembi, eigen sargan i beyede sekei etukui canggi ilata duite jergi arahabi. sargan aisin i ancun, monggolikū, semken, sideri arahabi. jai jaisanggūi boode dobori inenggi arki omime ulha wame sarin sarilahai bimbi, mini deo be bi akdulame alime gaijarakū

夫妻揮霍財物，非常貪食。夫妻身上以純貂衣製作之衣服各三、四襲。其妻以金製作耳墜、項圈、手鐲、腳鐲。再者，宰桑古家中日夜飲酒，宰牲設宴，我弟弟我不敢保證，

夫妻挥霍财物，非常贪食。夫妻身上以纯貂衣制作之衣服各三、四袭。其妻以金制作耳坠、项圈、手镯、脚镯。再者，宰桑古家中日夜饮酒，宰牲设宴，我弟弟我不敢保证，

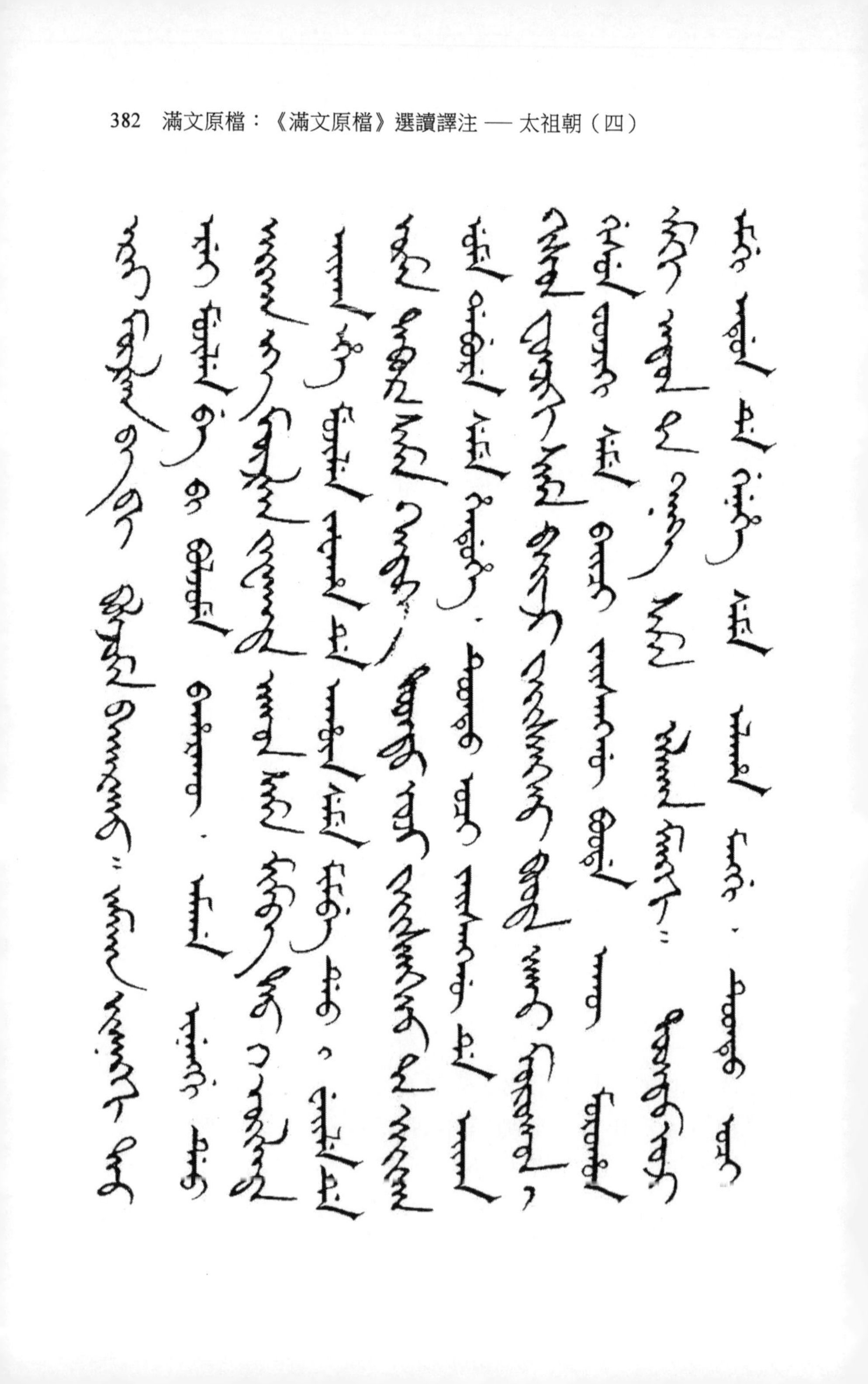

erei mujilen be bi boljome baharakū, amaga inenggi deo aika ehe mujilen jafahade ahūn seme mimbe deo i weilede ume dabure seme henduhe. tuttu oci jaisanggū de aika gisun fonjiki seme baici, jaisanggū boode akū morohon emgi adun de genehe seme alaha manggi, tuttu oci

---

其心叵測難料，日後我弟若懷惡心，毋以弟之罪牽連於為兄之我。」若是那樣，又遣人往尋宰桑古詢問有何話說，經告知宰桑古不在家，與莫洛渾同往牧群。

其心叵测难料，日后我弟若怀恶心，毋以弟之罪牵连于为兄之我。」若是那样，又遣人往寻宰桑古询问有何话说，经告知宰桑古不在家，与莫洛浑同往牧群。

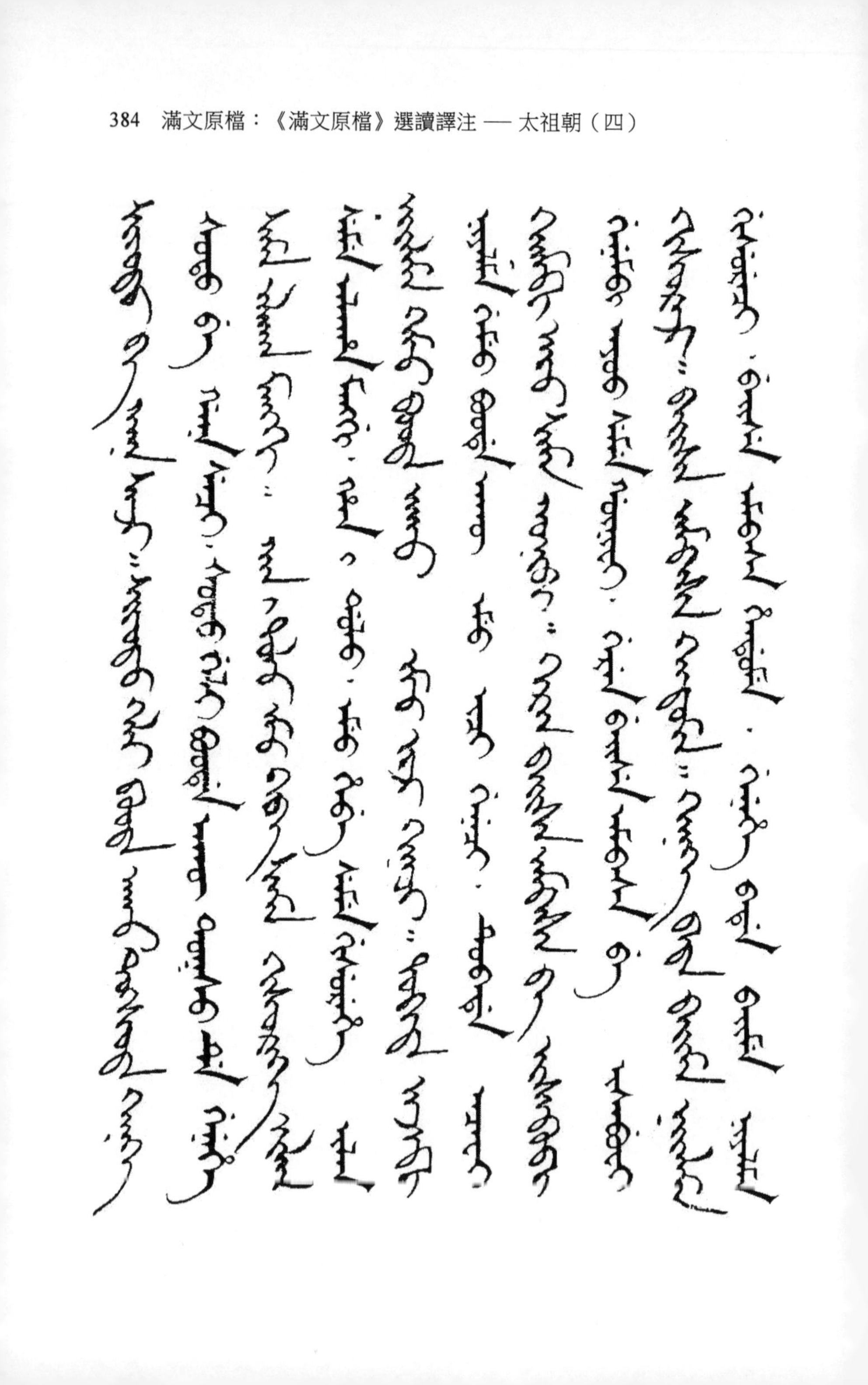

šoto be gana seci, šoto geli boode akū toksode genehe seme alaha manggi, han i dolo emu hebe seme gisurehe ilan niyalma gemu boode akū emu ici geneci, tubade acafi genembi ayoo seme gūnifi, geren beise ambasa be isabufi gisureci, beise ambasa hendume, genehe bade baime niyalma

---

若是那樣，又命召碩託，碩託亦不在家，已往莊屯。經告知後，汗心中想，三人俱不在家，往同一方向而去，在那裡會合後恐想逃走，乃召集眾貝勒大臣商議。諸貝勒大臣曰：

若是那样，又命召硕托，硕托亦不在家，已往庄屯。经告知后，汗心中想，三人俱不在家，往同一方向而去，在那里会合后恐想逃走，乃召集众贝勒大臣商议。诸贝勒大臣曰：

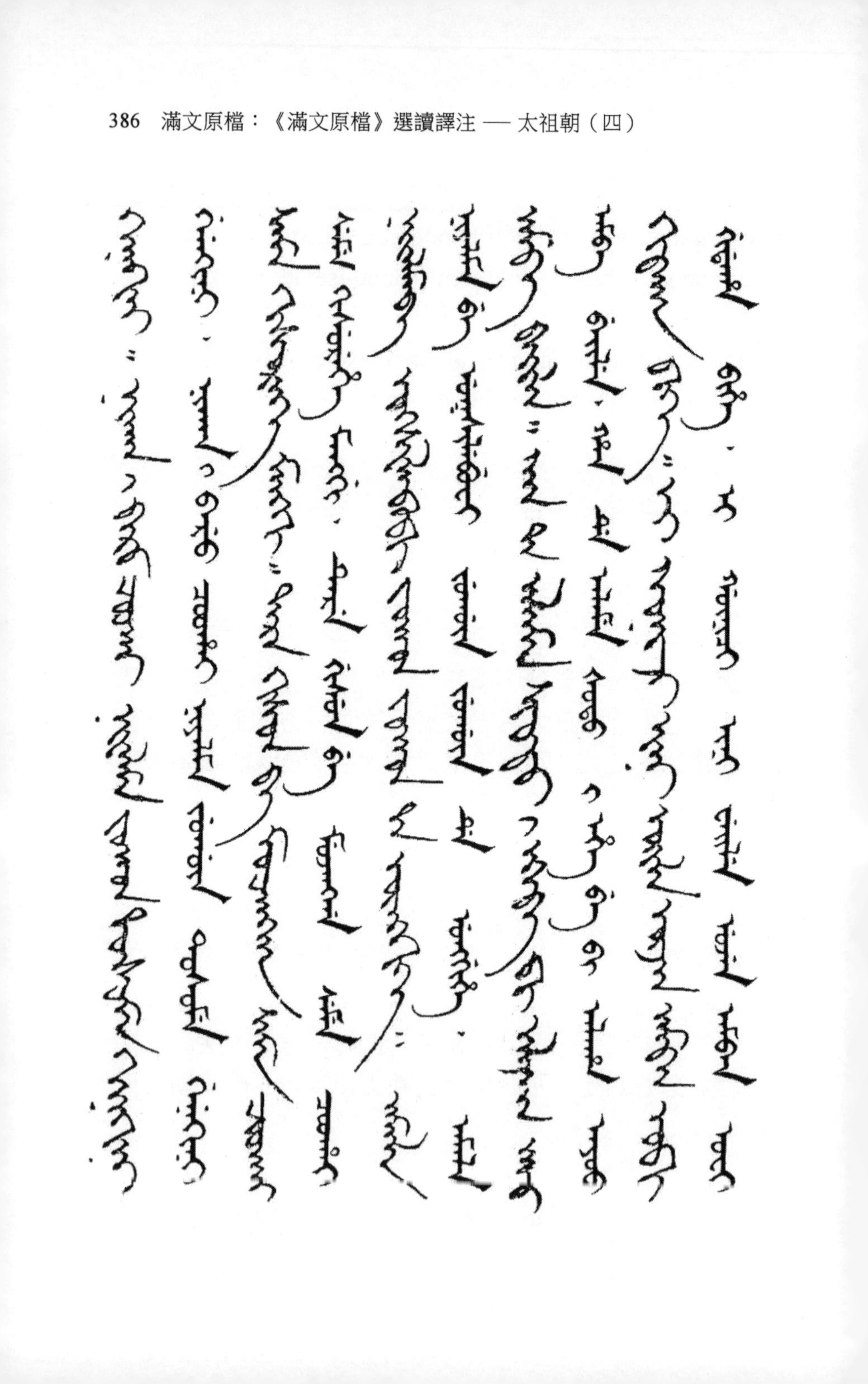

genekini, nikan i baru coohai niyalma jugūn tosome genekini seme gisurehe manggi, tere gisun be mujangga seme coohai niyalmabe uksilebufi jugūn jugūn de unggihe. amala amba beile, han de alame šoto i ehe be bi alaha ayoo gidaha bihe, i gūnici ini weile ujen amban ofi

---

「可遣人前往彼等所去之處搜尋，再遣兵丁堵截通往明國之路。」汗以其為是，乃命兵丁披甲，派往各路。其後，大貝勒告知汗：「碩託之惡，我惟恐告發，曾隱瞞之，他自己認為，因其罪重大，

「可遣人前往彼等所去之处搜寻，再遣兵丁堵截通往明国之路。」汗以其为是，乃命兵丁披甲，派往各路。其后，大贝勒告知汗：「硕托之恶，我惟恐告发，曾隐瞒之，他自己认为，因其罪重大，

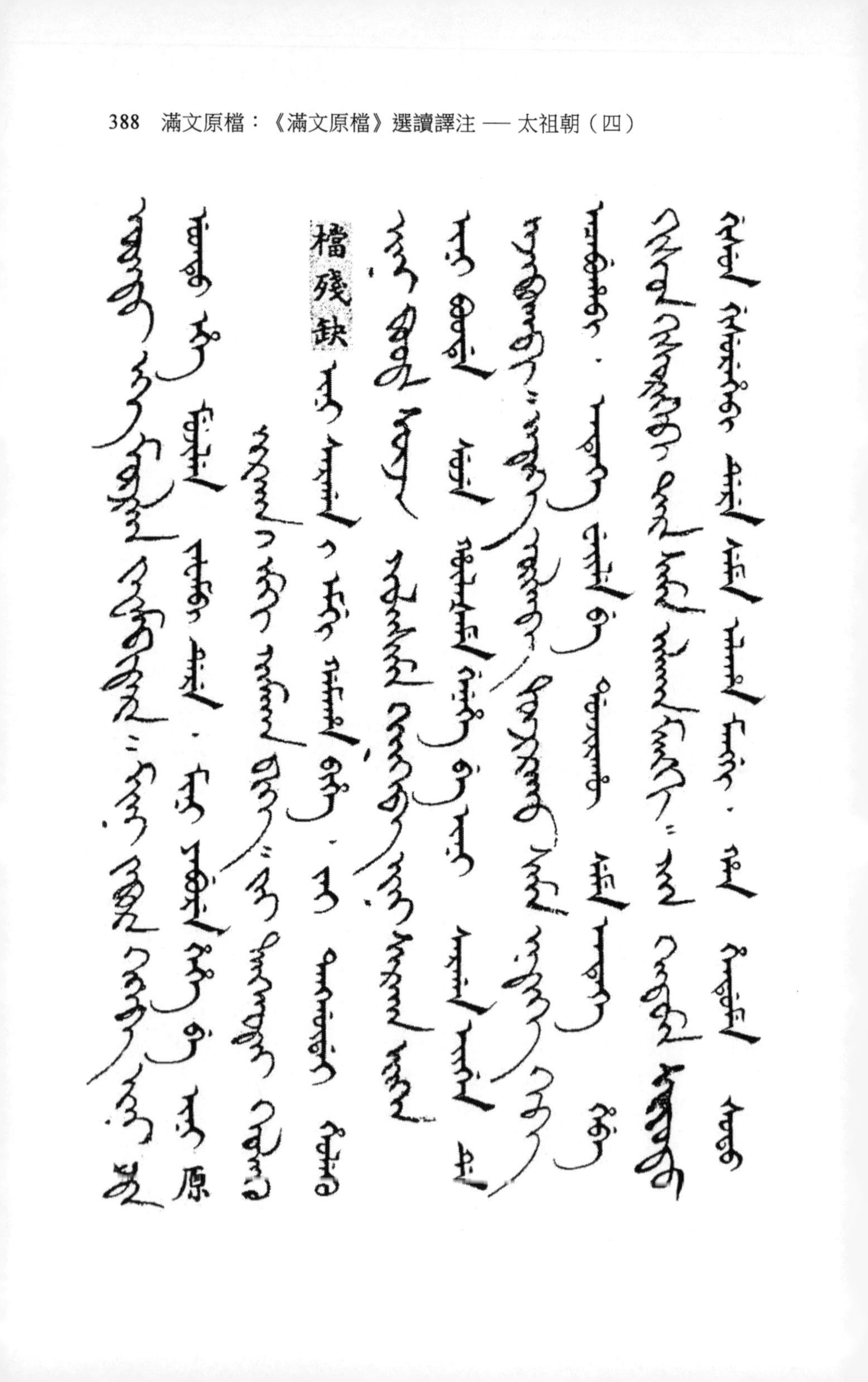

檔殘缺

原

uttu ehe mujilen jafambi dere. mini yabure hehebe ini〔原檔殘缺〕ini sargan i emgi gamaha bihe. jai tanggūdai, heoleku ini boode suje hūlašame genehebe ini sargan eigen de acabuhabi, enteke weile be donjirahū seme, enteke hebe gisun gisurehebi dere seme alaha manggi, han hendume, šoto

---

故懷此惡心也。彼曾攜我所聘之婦，其〔原檔殘缺〕與其妻同往。再者，湯古岱、侯勒庫前往其家中交易綢緞，其夫迎合其妻，或恐如此之罪為人所聞，故如此合謀也。」經告知後，汗曰：

故怀此恶心也。彼曾携我所聘之妇，其〔原档残缺〕与其妻同往。再者，汤古岱、侯勒库前往其家中交易绸缎，其夫迎合其妻，或恐如此之罪为人所闻，故如此合谋也。」经告知后，汗曰：

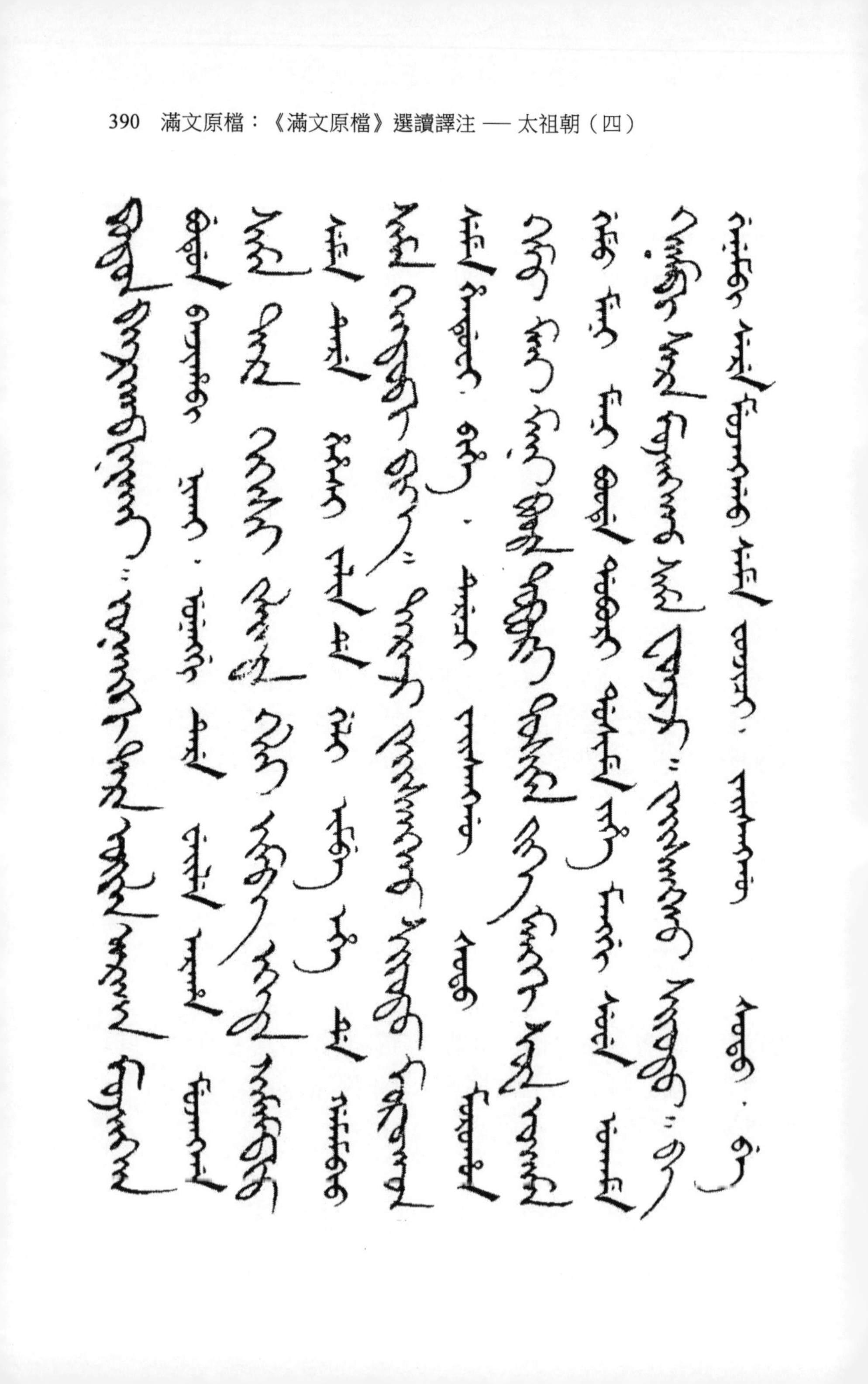

[illegible]

budun banjihabinikai, unenggi tere weile araha mujangga seme tere hehesi jalinde geli imbe ehede gamambio seme hendufi bihe. tereci jaisanggū, šoto, morohon gemu meni meni boode dobori dosime jihe manggi, suwe ukame genembi sere mujanggao seme fonjici, jaisanggū, šoto, be

「碩託生來庸懦也，誠然犯罪是實，豈能認為因其婦女又引其為惡耶？」其後宰桑古、碩託、莫洛渾俱於入夜後各自返家。詢問：「爾等欲逃跑，果否？」

「硕托生来庸懦也，诚然犯罪是实，岂能认为因其妇女又引其为恶耶？」其后宰桑古、硕托、莫洛浑俱于入夜后各自返家。询问：「尔等欲逃跑，果否？」

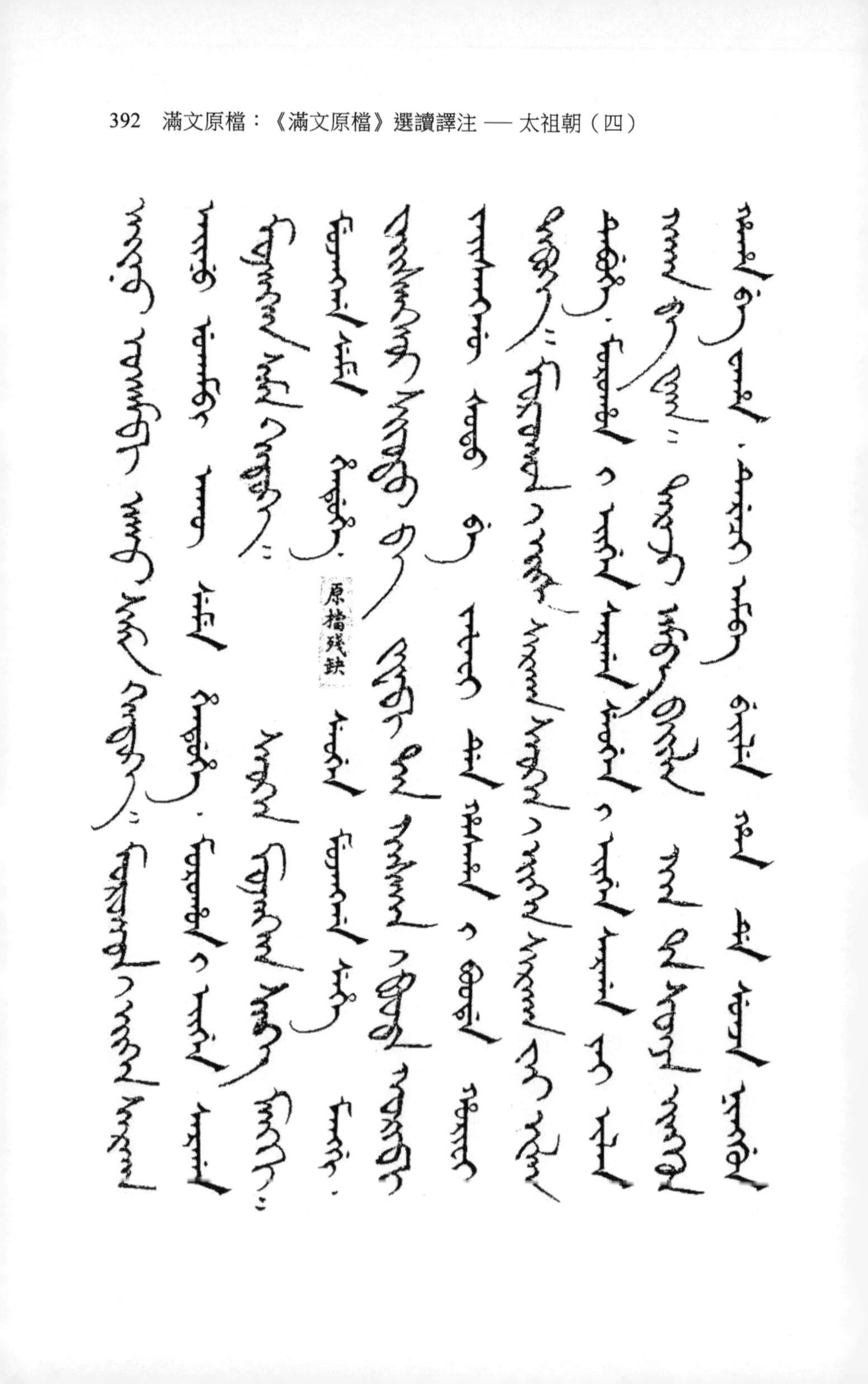

原檔殘缺

ainu ukambi akū seme henduhe. morohon i eigen sargan mujangga seme henduhe.〔原檔殘缺〕seogen mujangga sehe manggi, jaisanggū, šoto be jafafi den hashan i boode horifi tebuhe. morohon i eigen sargan seogen i eigen sargan jai ilan haha be waha. tereci amba beile han de sunja ninggun

---

宰桑古、碩託曰：「我們為何逃走？無此事。」莫洛渾夫妻曰：「確實有此事。」〔原檔殘缺〕叟根亦稱：「確有此事。」乃執宰桑古、碩託圈禁於高柵屋內，使其居之。莫洛渾夫妻、叟根夫妻及男子三人殺之。其後大貝勒

宰桑古、硕托曰：「我们为何逃走？无此事。」莫洛浑夫妻曰：「确实有此事。」〔原档残缺〕叟根亦称：「确有此事。」乃执宰桑古、硕托圈禁于高栅屋内，使其居之。莫洛浑夫妻、叟根夫妻及男子三人杀之。其后大贝勒

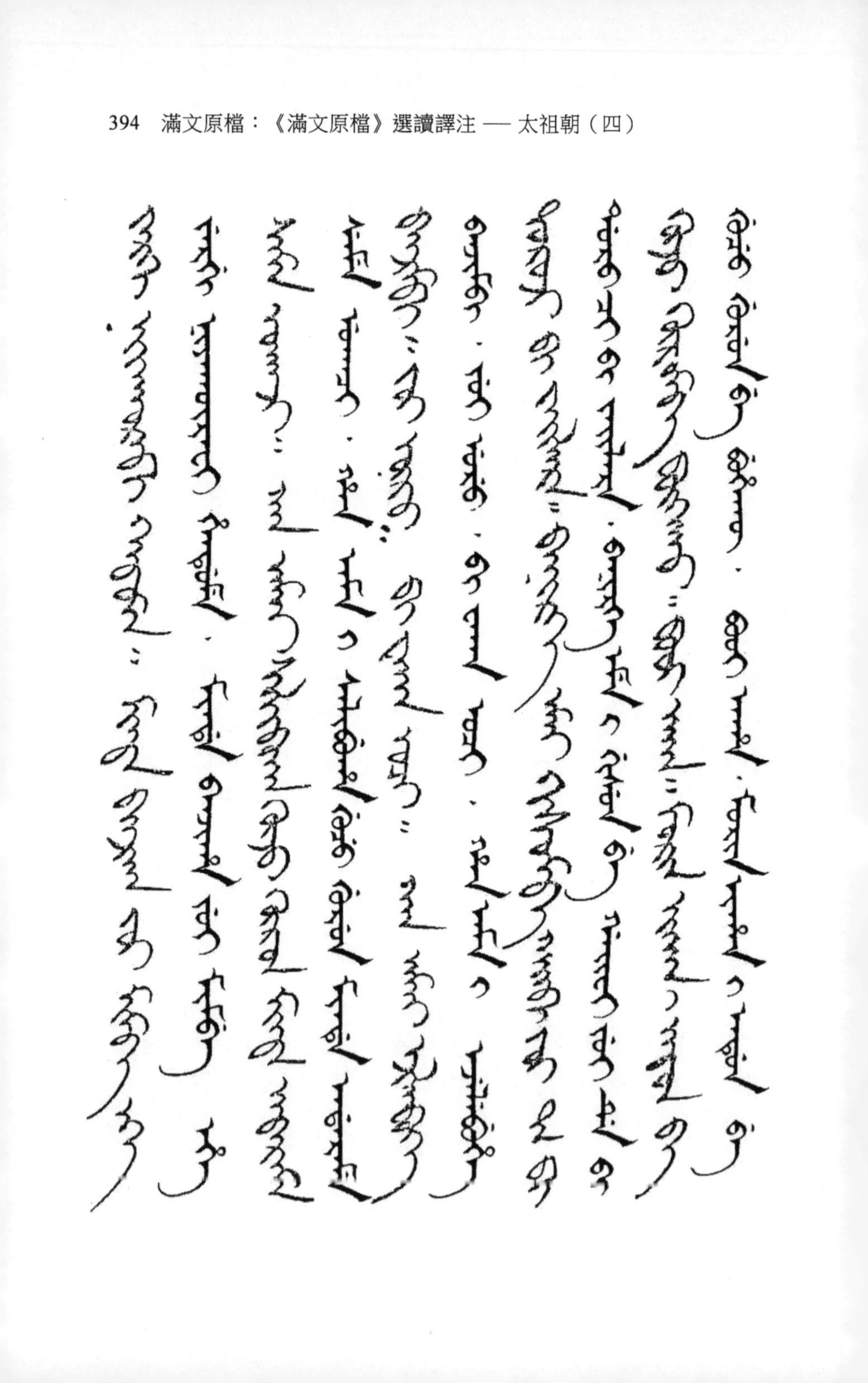

jergi niyakūrafi hendume, minde banjiha jui mimbe ehe seme ukaci, han amai salibuha gucu gurun minde adarame banjimbi. jui uru, bi waka oci, han ama i ejelebuhe doroci bi jailara, banirke eme i gisun be gaifi jui de bi gucu gurumbe buhekū, booi aha, morin ihan i adun be

---

五、六次對汗跪曰：「若我親生之子，因厭惡我而逃走，則汗父令我專主之僚友、國人，將何以為生耶？若子是我非，則我將迴避汗父令我掌管之政，聽信繼母之言，我不給兒子僚友、國人，不給家奴、馬、牛牧群，

五、六次对汗跪曰：「若我亲生之子，因厌恶我而逃走，则汗父令我专主之僚友、国人，将何以为生耶？若子是我非，则我将回避汗父令我掌管之政，听信继母之言，我不给儿子僚友、国人，不给家奴、马、牛牧群，

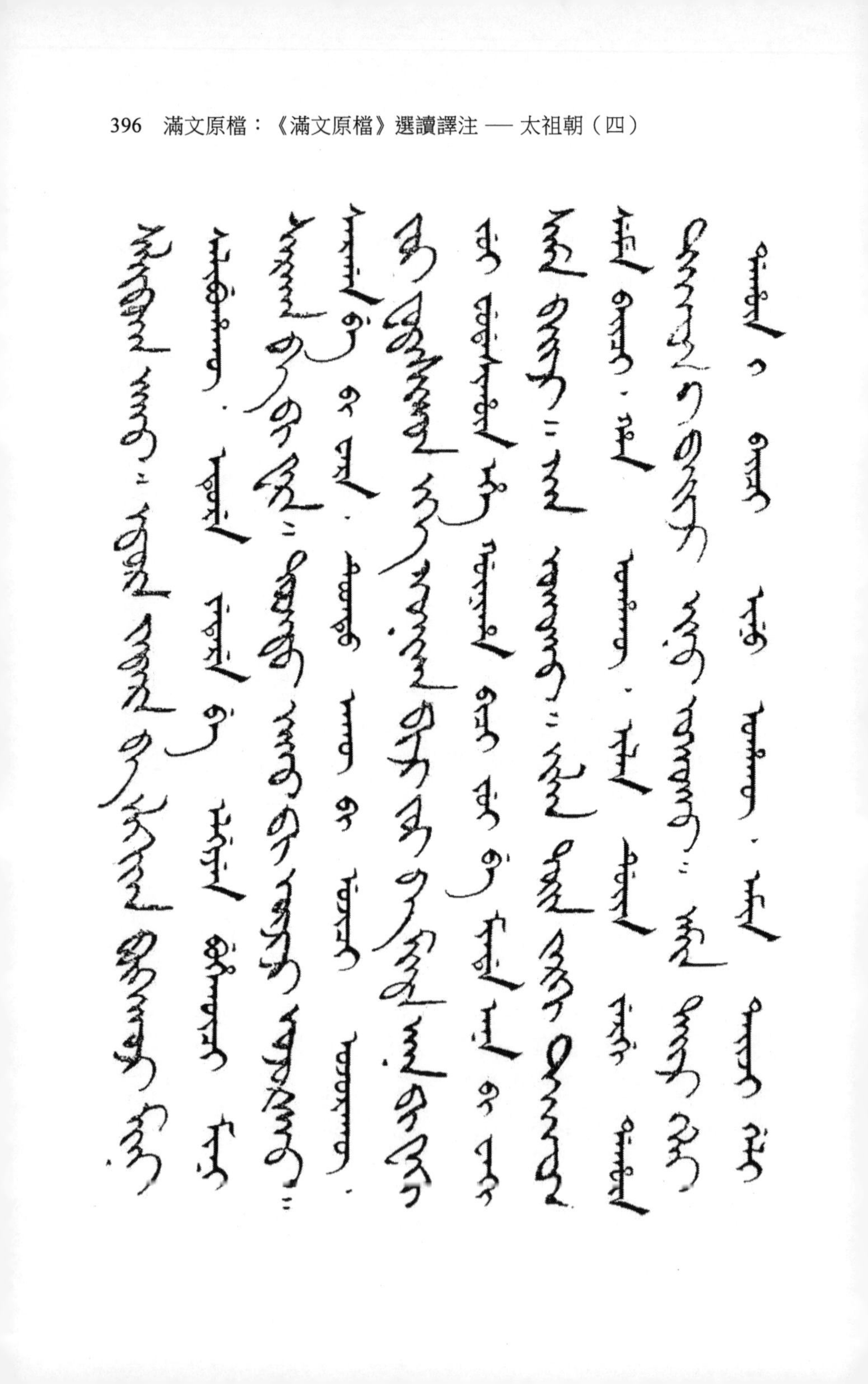

salibuha akū. eture jetere be elgiyen buhekūci mini sargan be bi wara, tuttu akū bi ujici ojorakū. jui fudasihūn ehe gūniha bici jui be minde ana bi waki seme baici, han ohakū. ilan duin jergi dahūn dahūn i baici inu ohakū, amin taiji geli

---

若不充足供給衣食，則我將殺我妻。否則，我不可養之。子若萌惡逆之念，可將子交我，我欲殺之。」如此乞求，汗未依從[72]。又三、四次一再請求，亦未依從，

若不充足供给衣食，则我将杀我妻。否则，我不可养之。子若萌恶逆之念，可将子交我，我欲杀之。」如此乞求，汗未依从。又三、四次一再请求，亦未依从，

---

[72] 未依從，《滿文原檔》寫作"okoko"，讀作"ohokū"，《滿文老檔》讀作"ohakū"。

二十五、父子兄弟

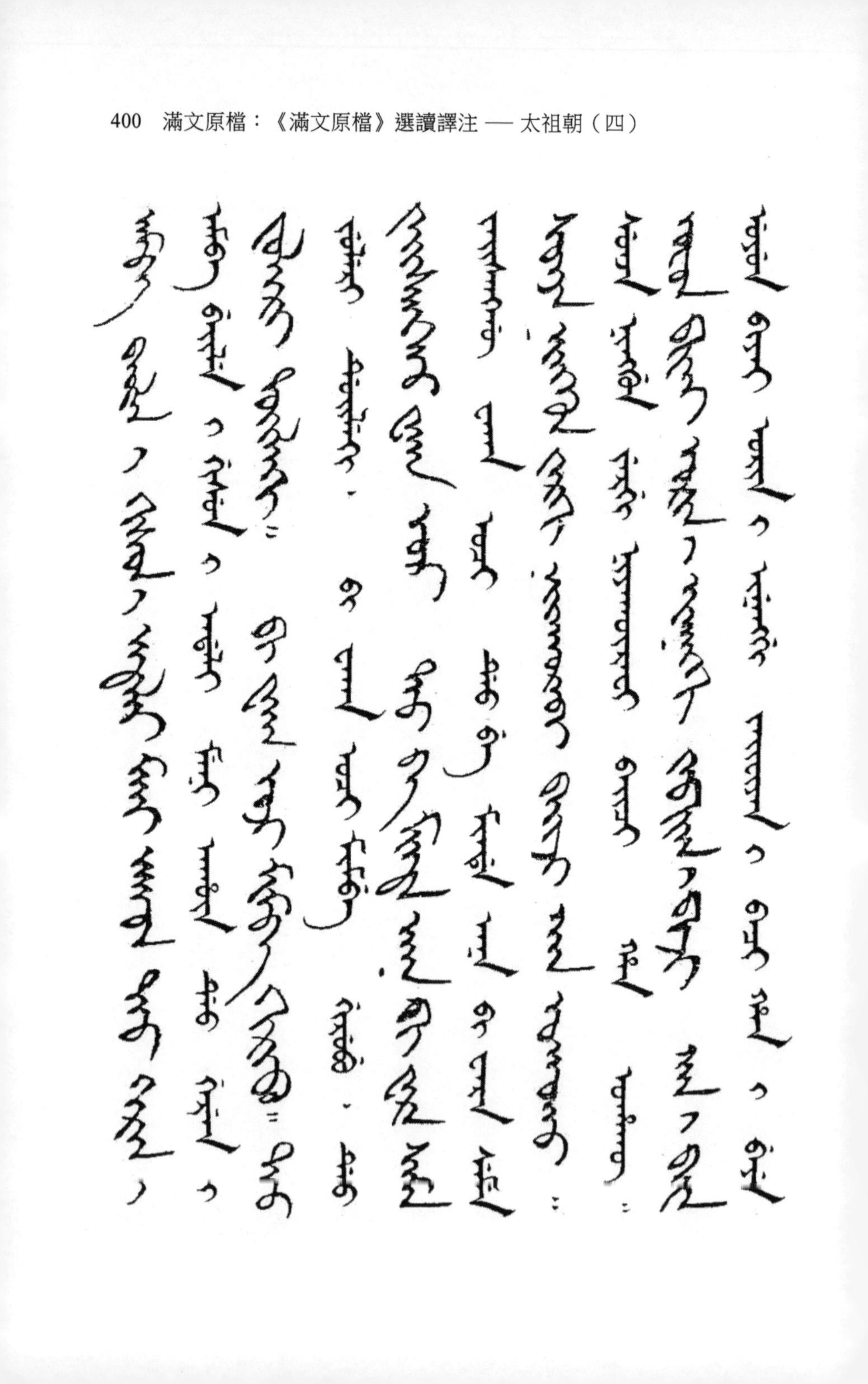

amba beile i gisun i adali meni ahūn deo geren i julergi duileki, bi waka oci mimbe girubu. deo jaisanggū waka oci deo be minde ana bi wara seme sunja ninggun jergi niyakūrafi baici han ohakū. uyun biyai orin i inenggi jaifiyan i baci han i beye

---

阿敏台吉亦如大貝勒之言，五、六次跪請曰：「請當眾人面前審理我兄弟，若是我不對，則可羞辱我；若是弟宰桑古不對，則將弟交我，我將殺之。」汗未依從。九月二十日，汗自身自界藩地方

阿敏台吉亦如大贝勒之言，五、六次跪请曰：「请当众人面前审理我兄弟，若是我不对，则可羞辱我；若是弟宰桑古不对，则将弟交我，我将杀之。」汗未依从。九月二十日，汗自身自界藩地方

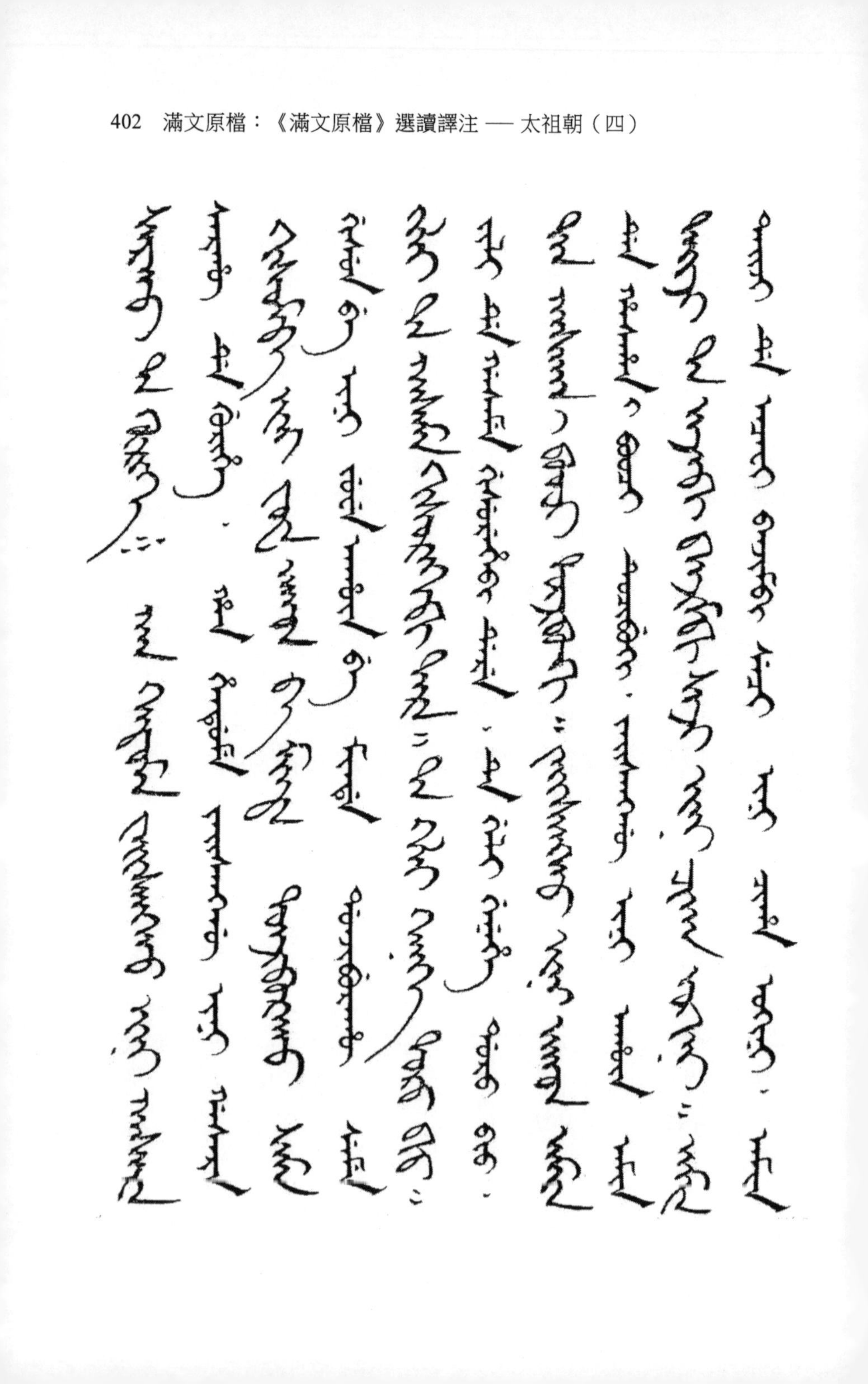

sarhū de gurihe. han hendume, jaisanggū ini gasara gisumbe, ini juwe ahūn be minde donjiburahū seme jili de gasame gisurehebi dere. te geli genehe doro bio. den hashan i booci tucibuki. jaisanggū ini ahūn amin taiji de acafi banjimbi seci ini ciha okini. amin

---

遷至薩爾滸。汗曰：「宰桑古因畏懼其兩位兄長恐怕我聞知，始忿怒訴說其怨恨之言也。今豈又有逃走之理耶？可從高柵屋内放出。宰桑古若欲與其兄阿敏台吉和好相處，可聽其自便；

迁至萨尔浒。汗曰：「宰桑古因畏惧其两位兄长恐怕我闻知，始忿怒诉说其怨恨之言也。今岂又有逃走之理耶？可从高栅屋内放出。宰桑古若欲与其兄阿敏台吉和好相处，可听其自便；

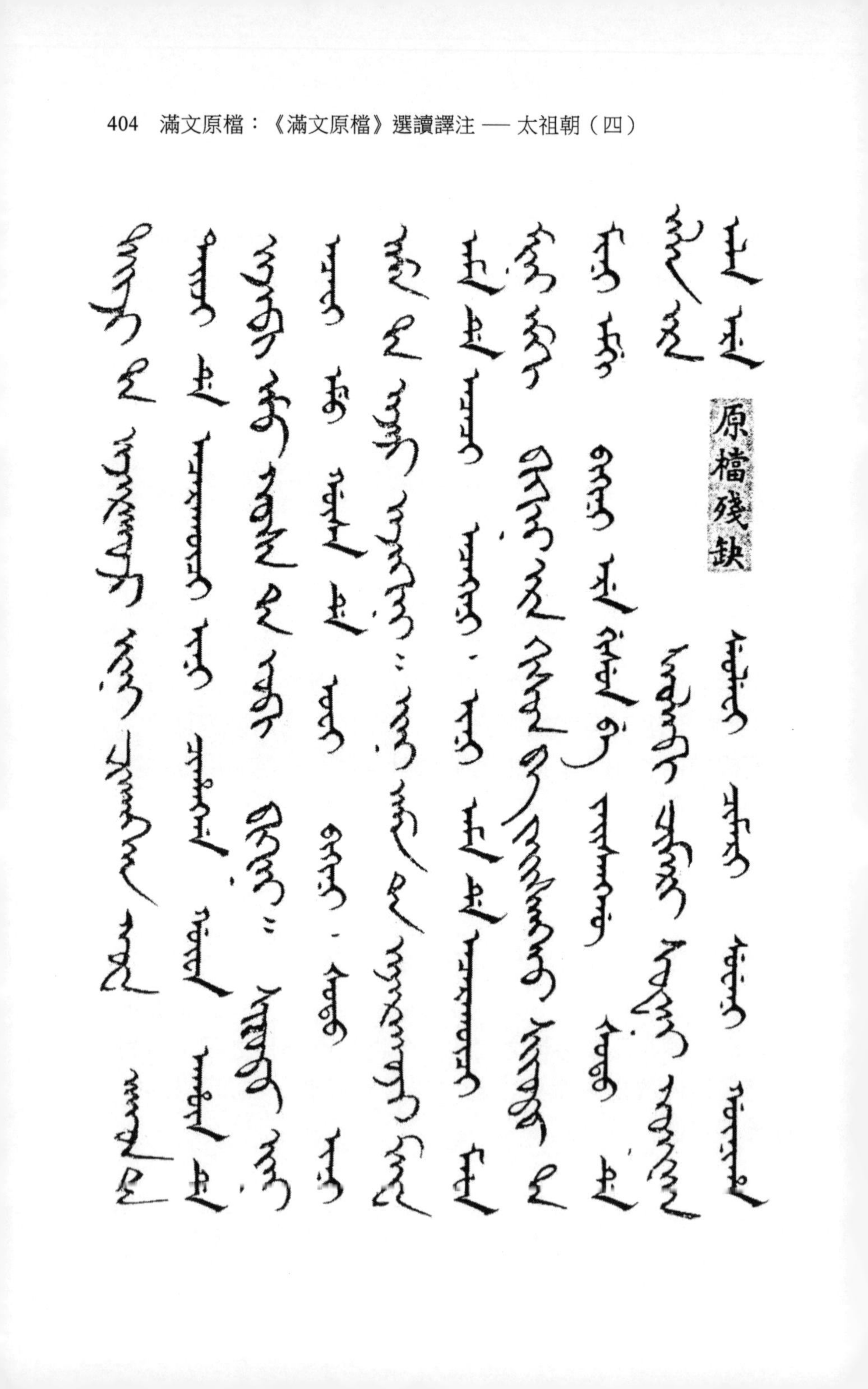

原檔殘缺

taiji de acarakūci, ini cihangga gūwa ahūn de acafi emu gūsa de ofi bikini. šoto ini ama de acaci acakini, ini ama de acarakūci mafa mini emgi bikin.i ere gisun be jaisanggū, šoto de ala, ere 〔原檔殘缺〕 seolefi cimari suweni gūniha

---

倘若不願與阿敏台吉和好相處，則任由他與其他兄長在同一固山相處。碩託若欲與其父同住，則聽其同住；若不願與其父同住，則可與祖父我同住。可將此言告知宰桑古、碩託二人，令其〔原檔殘缺〕思之。明日，可將爾等之意

倘若不愿与阿敏台吉和好相处，则任由他与其它兄长在同一固山相处。硕托若欲与其父同住，则听其同住；若不愿与其父同住，则可与祖父我同住。可将此言告知宰桑古、硕托二人，令其〔原档残缺〕思之。明日，可将尔等之意

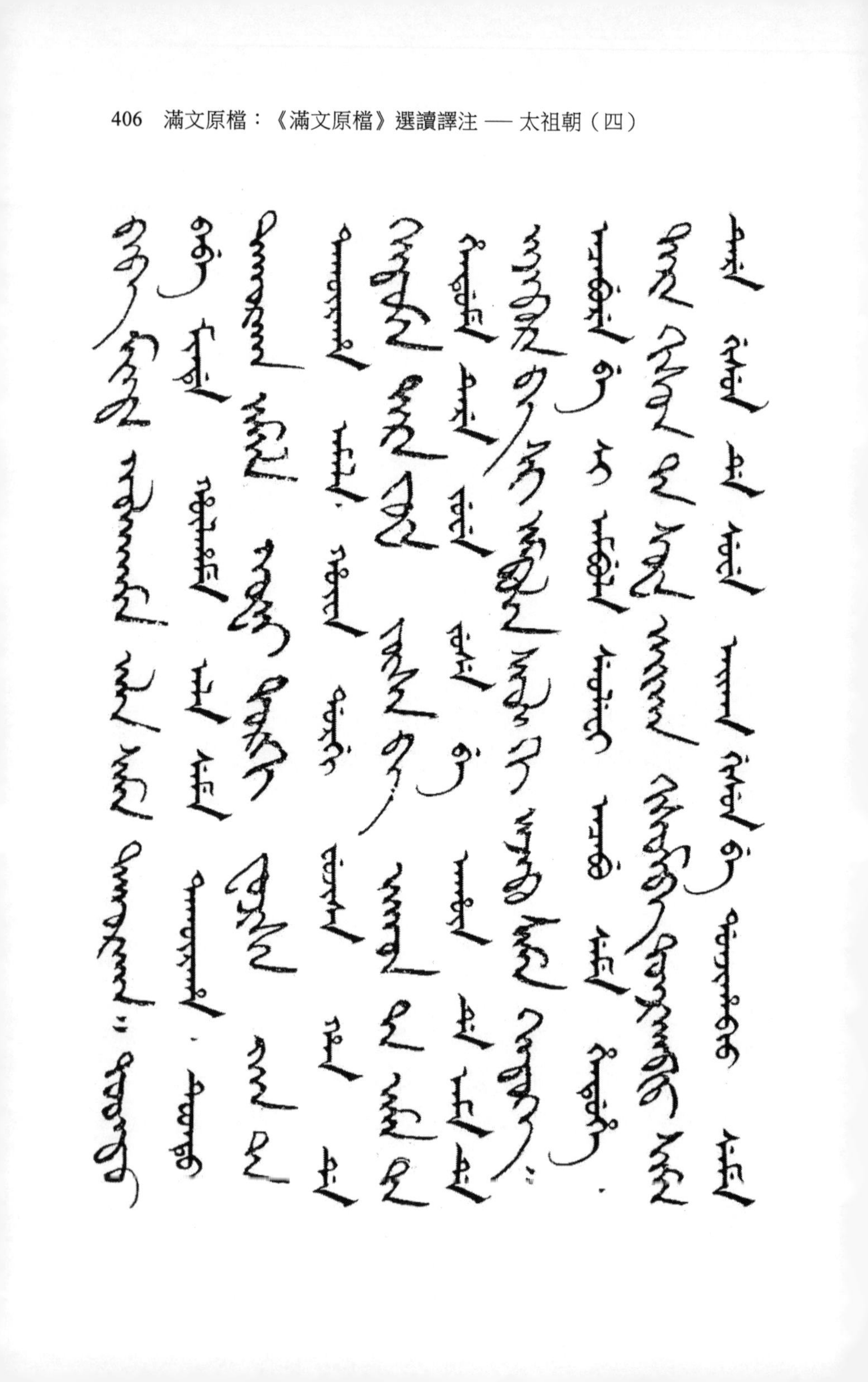

babe minde hūlhame ala seme takūraha, tuttu takūraha amala, hūwa i dorgi fujisa han de hendume tere juwe juse be ahūn de ama de acabure be si ambula seolefi acabu seme henduhe, tere gisun de suwe aika gisun be donjihabio seme

---

暗中告知我。」諭畢，遣之。如此差遣後，院內眾福晉告訴汗曰：「倘使此二子與其兄，或與其父同住，爾應多加思考。」為此言，汗問曰：「爾等是否聽到什麼話？」

暗中告知我。」谕毕，遣之。如此差遣后，院内众福晋告诉汗曰：「倘使此二子与其兄，或与其父同住，尔应多加思考。」为此言，汗问曰：「尔等是否听到什么话？」

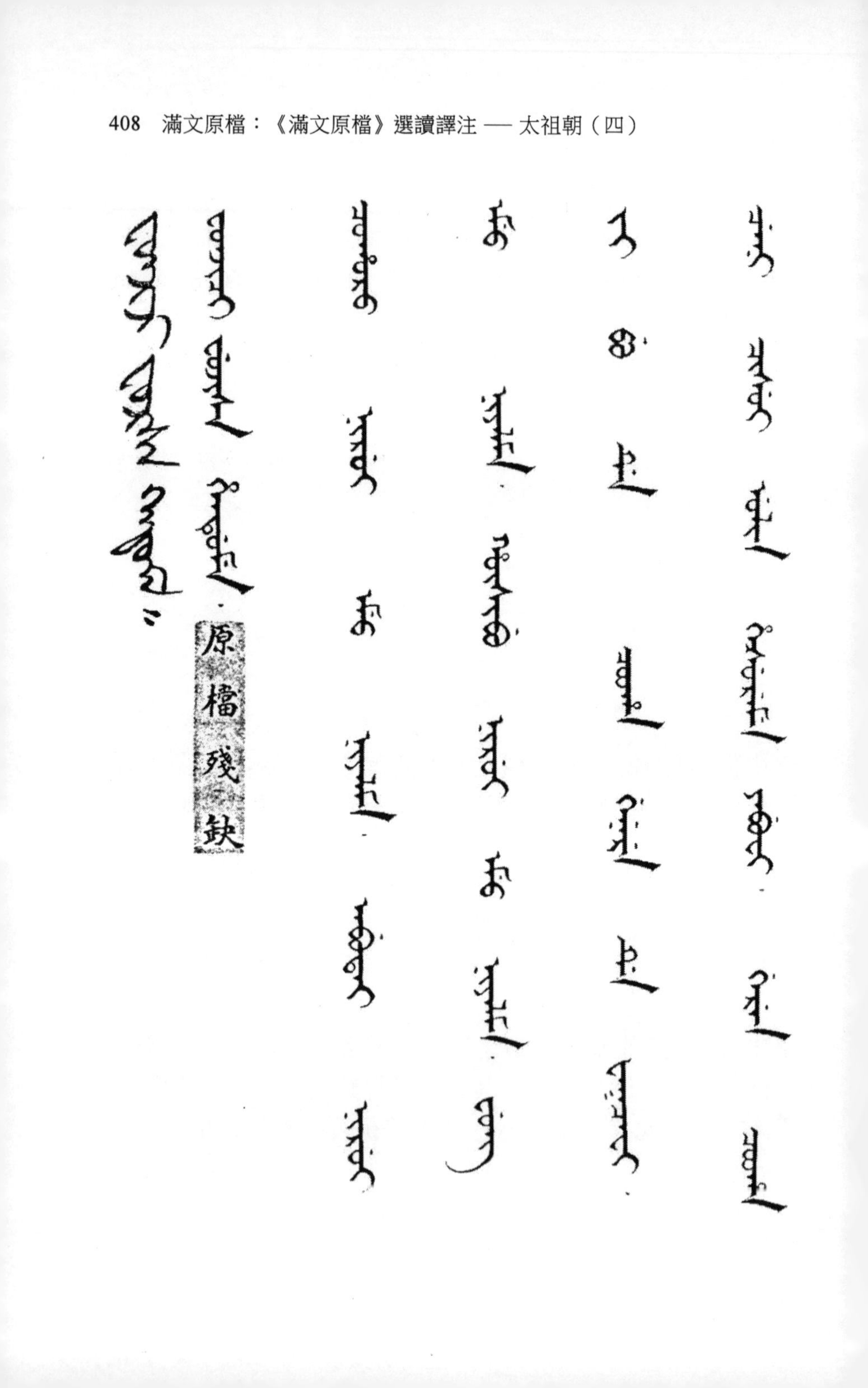

原檔殘缺

fonjici fujisa hendume, 〔原檔殘缺〕 cohoro nirui emu niyalma, abutai nirui emu niyalma, hūsibu nirui emu niyalma, fung ji pu de cooha genere de fakcafi, ceni cisui ulin hešureme yabufi, geren cooha

---

問之，眾福晉曰：〔原檔殘缺〕綽豁洛牛彔下一人，阿布泰牛彔下一人，胡希布牛彔下一人，於進兵奉集堡時離隊，彼等私自搜掠財物，

问之，众福晋曰：〔原档残缺〕绰豁洛牛录下一人，阿布泰牛录下一人，胡希布牛录下一人，于进兵奉集堡时离队，彼等私自搜掠财物，

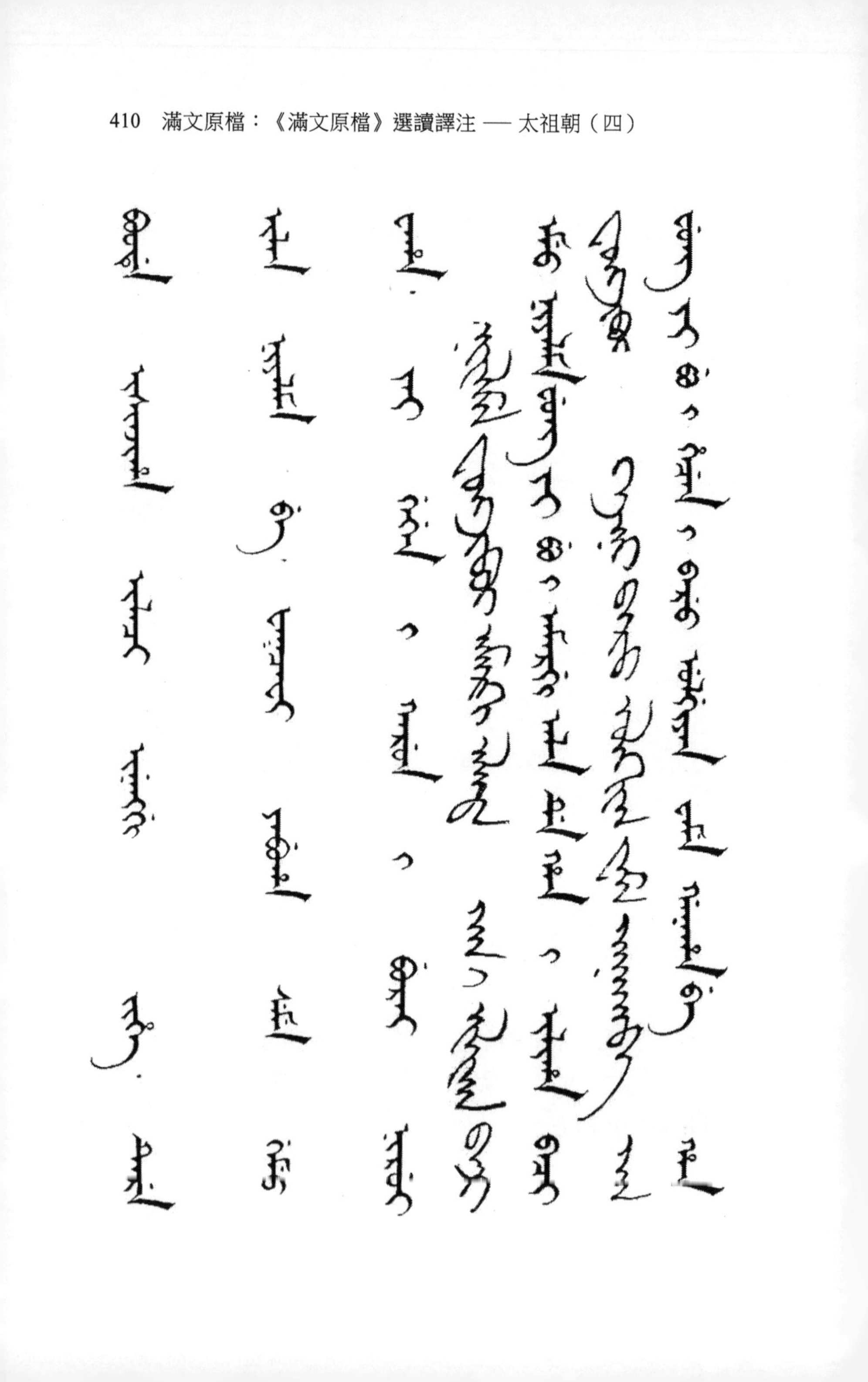

boode isinjiha ilaci inenggi jihe, tere ilan niyalma be fakcafi yabuha seme gemu waha. jai gegen i karun i burai nirui emu niyalma fung jipu i amargi alade han i iliha baci fung jipu i heceni baru ulgiyan wame ganahabe han

---

班師後三日始歸，遂將離隊三人俱皆殺之。再者，格根卡倫布來牛彔下一人，從奉集堡北崗汗立營處殺豬攜往奉集堡城。

班师后三日始归，遂将离队三人俱皆杀之。再者，格根卡伦布来牛录下一人，从奉集堡北岗汗立营处杀猪携往奉集堡城。

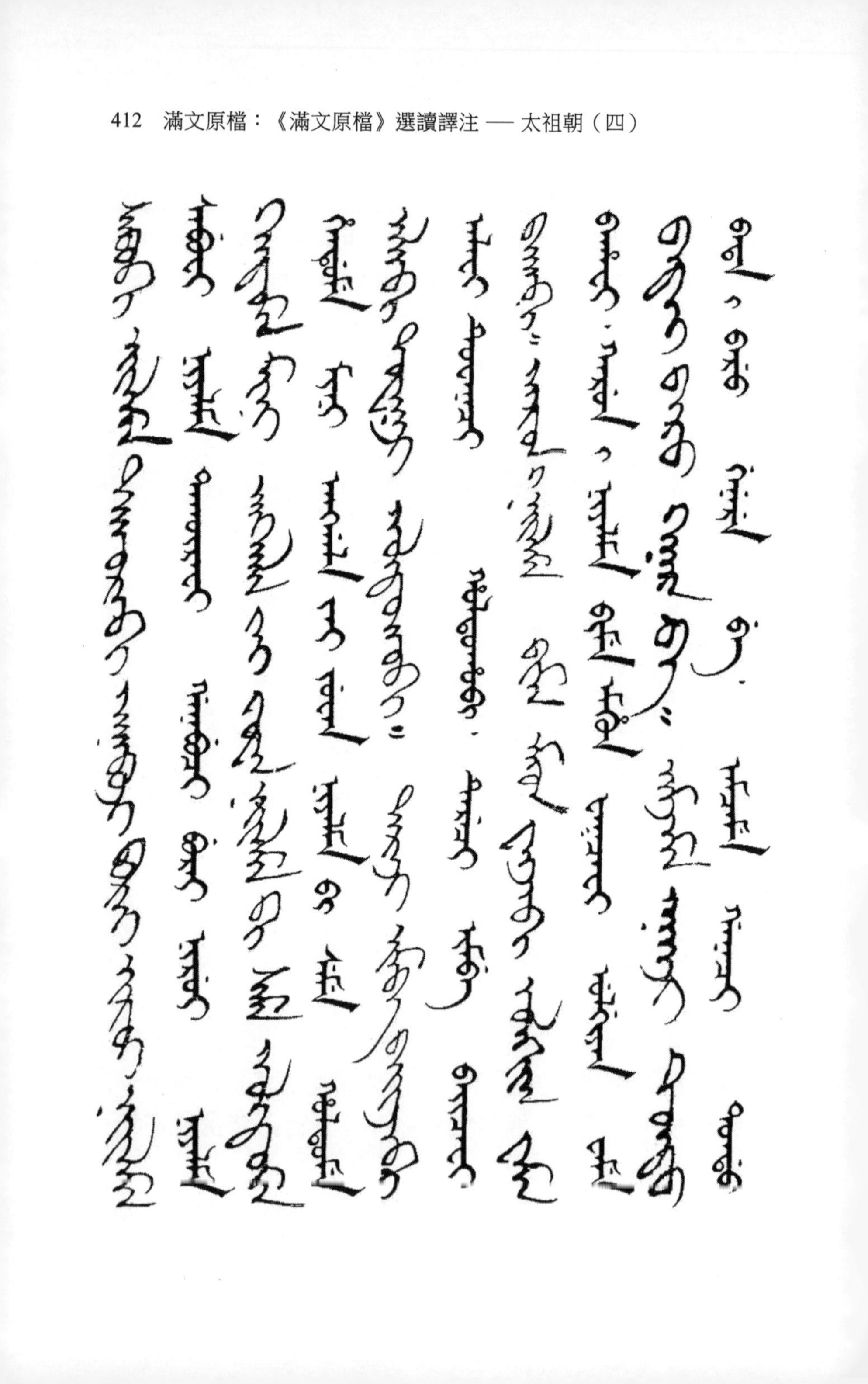

sabufi niyalma takūrafi ganabuci. burai nirui niyalma hendume, mini anggala jai juwan niyalma bi seme holtome alafi tuwanaci holtohobi, tereci imbe baicafi bahafi, karun i niyalma bime emhun fakcafi ulgiyan wame batai baru genere be, amcame ganaci tondo

---

汗見之，遣人拏獲。布來牛彔下之人謊稱：「不僅只有我，還有十人。」遣人前往查看，知其謊報，遂將其查明，以哨探之人擅自離隊[73]殺豬，投往敵人方向而去，追及拏回時，

汗见之，遣人拏获。布来牛录下之人谎称：「不仅只有我，还有十人。」遣人前往查看，知其谎报，遂将其查明，以哨探之人擅自离队杀猪，投往敌人方向而去，追及拏回时，

---

[73] 離隊，《滿文原檔》寫作 "wakjabi" (陰性 k)，《滿文老檔》讀作 "fakcafi" (陽性 k)，意即「離散」。按此為無圈點滿文 "wa" 與 "fa"、首音節字尾 k 陰性（舌跟音）與陽性（小舌音）、"ja" 與 "ca"、"bi"與 "fi"之混用現象。

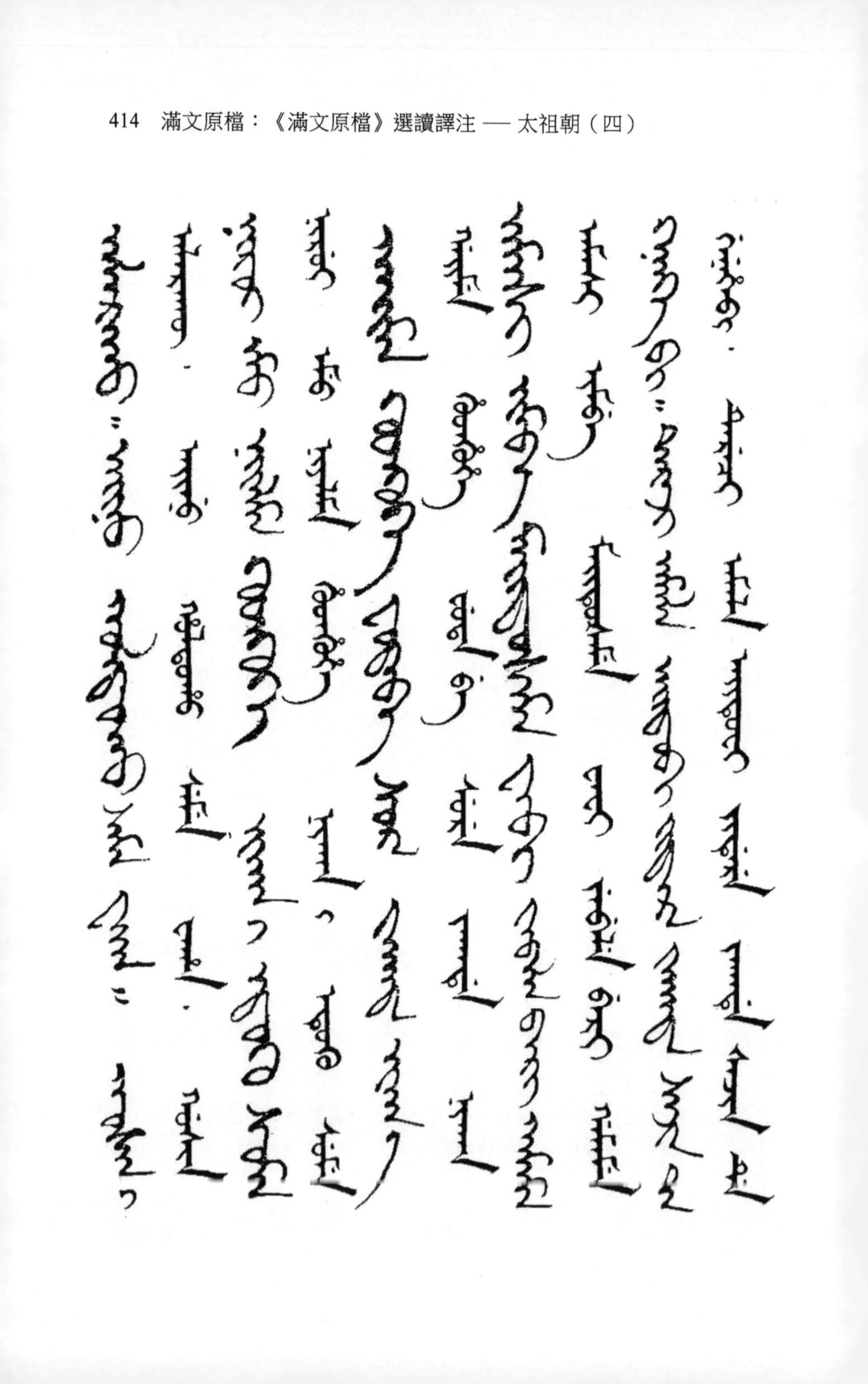

alarakū, ainu holtoho seme waha. gosin nirui emu niyalma huthuhe nikan i etuku sume gaime huthuhe futabe sure jakade, nikan amasi imbe maitušame wafi jebele beri gamame genehebi. tereci amala aitufi jidere jakade, šajin de

---

又不告以實情，為何撒謊，遂殺之。郭忻牛彔下一人，欲取被綑縛明人之衣服而解開縛繩，明人返身用棍棒將其打殺，奪取撒袋、弓箭而去。其後死而復甦回來，

又不告以实情，为何撒谎，遂杀之。郭忻牛彔下一人，欲取被捆缚明人之衣服而解开缚绳，明人返身用棍棒将其打杀，夺取撒袋、弓箭而去。其后死而复苏回来，

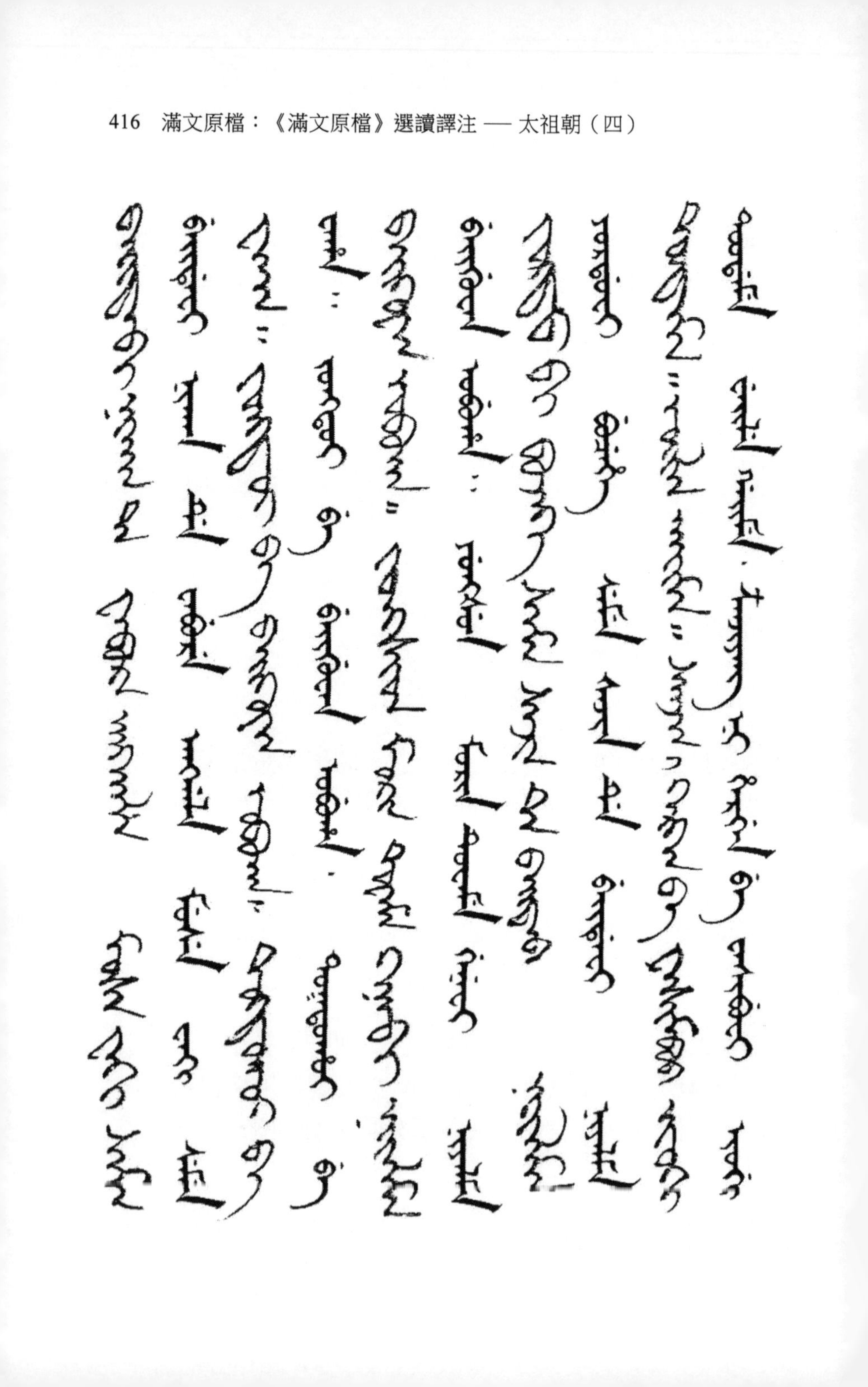

beidefi nikan de wabure anggala muse waki seme waha. jongtoi be beiguwan obuha, toktohoi be beiguwan obuha. yungšun morin tuwame genefi niyalma yordofi bucehe seme šajin de beidefi niyalma toodame, weile gaime, ts'anjiyan i hergen be wasibufi iogi

---

按律審擬，與其為明人所殺，不如我等來殺，遂殺之。以鍾托依為備禦，以托克托惠為備禦。永順前往驗看馬匹，以骲頭箭射人致死，按律審擬，以償人抵罪，貶參將為遊擊。

按律审拟，与其为明人所杀，不如我等来杀，遂杀之。以锺托依为备御，以托克托惠为备御。永顺前往验看马匹，以骲头箭射人致死，按律审拟，以偿人抵罪，贬参将为游击。

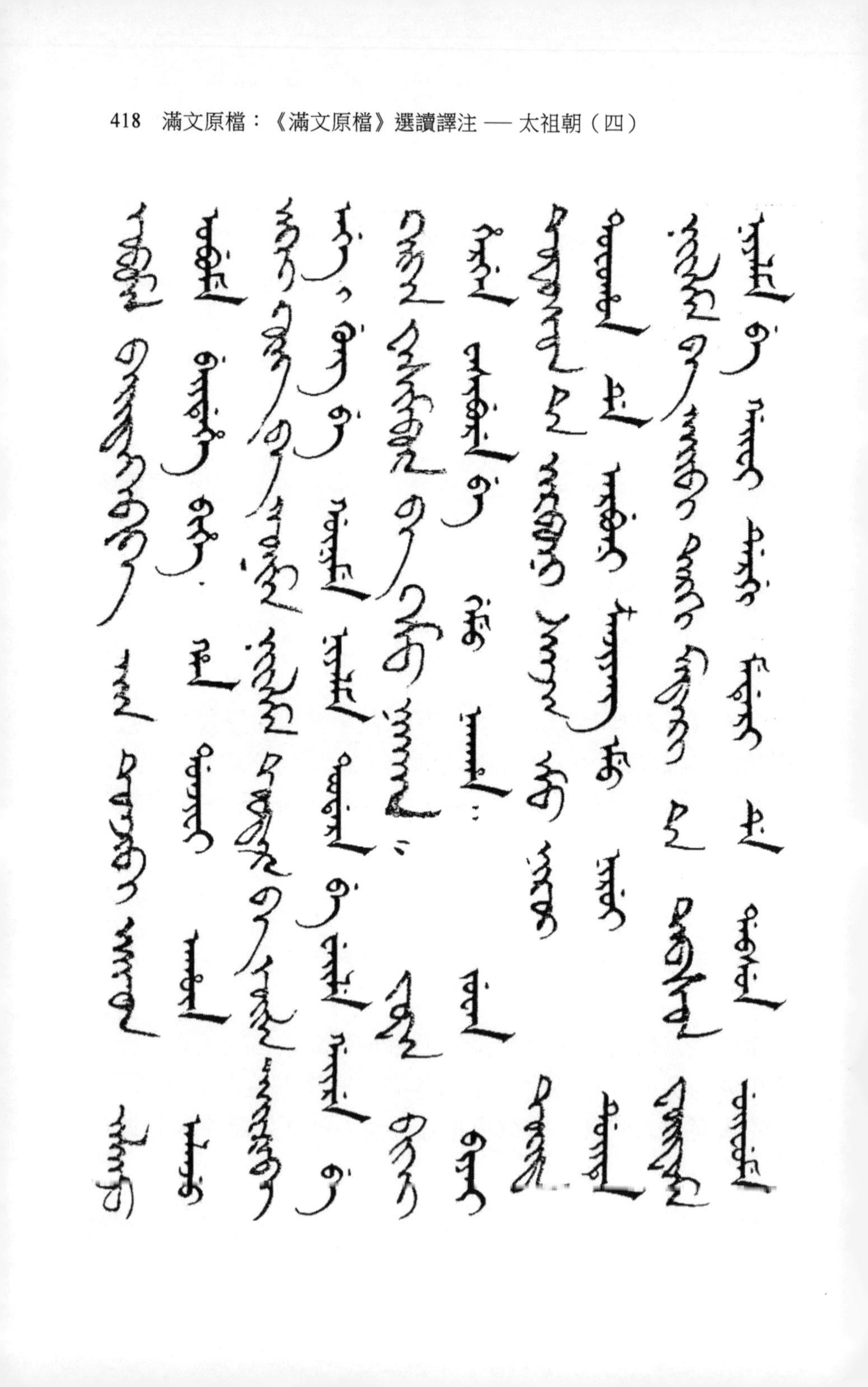

obume beidehe bihe. han donjifi ahūn alanju agei gung be gūnime niyalma toodara be weile gairebe hergen wasimbure be gemu nakaha. juwan biyai tofohon de arbuni ts'anjiyan emu nirui duite niyalma be gaifi dergi mederi de dabsun fuifume

---

汗聞之，念及其兄阿蘭珠阿哥之功，將償人抵罪及貶銜，俱免之。十月十五日，參將阿爾布尼率每牛彔各四人至東海熬取食鹽，

汗闻之，念及其兄阿兰珠阿哥之功，将偿人抵罪及贬衔，俱免之。十月十五日，参将阿尔布尼率每牛彔各四人至东海熬取食盐，

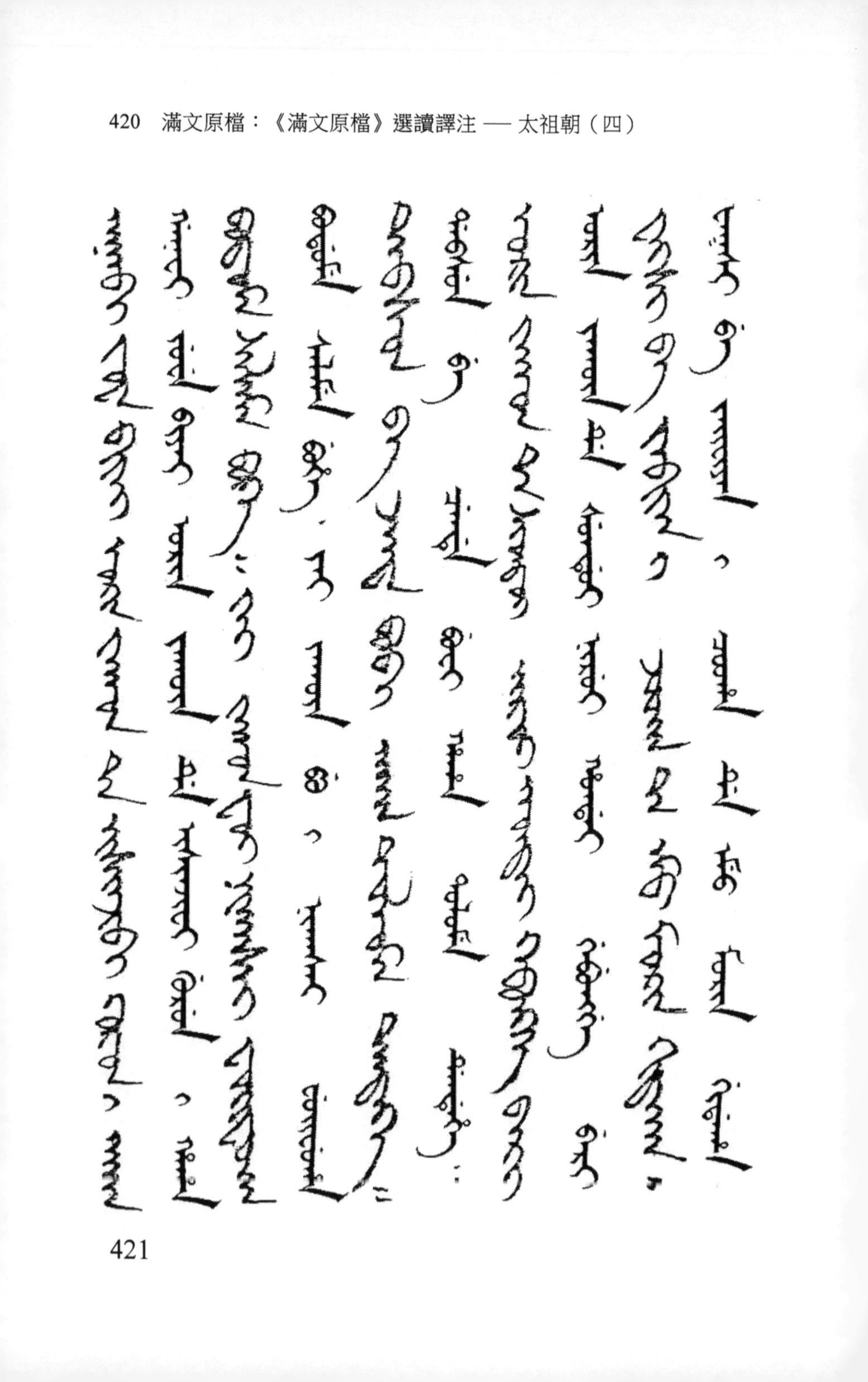

ganafi, juwe biyai orin jakūn de isinjifi gurun i haha bodome salame buhe. jai jakūn pu i nikasai fuifuha dabsun be cende bufi haha tolome dendehe. orin jakūn de šundui nirui hondai gebungge beri faksi be jaifiyan i cooha de emu morin gidaha,

---

於二月二十八日返回，按國中男丁計丁散給。再者，八堡漢人所煮之鹽，計丁分給彼等。二十八日，順堆牛彔下名叫渾岱之弓匠於界藩軍中隱匿馬一匹，

于二月二十八日返回，按国中男丁计丁散给。再者，八堡汉人所煮之盐，计丁分给彼等。二十八日，顺堆牛录下名叫浑岱之弓匠于界藩军中隐匿马一匹，

二十六、逃人治罪

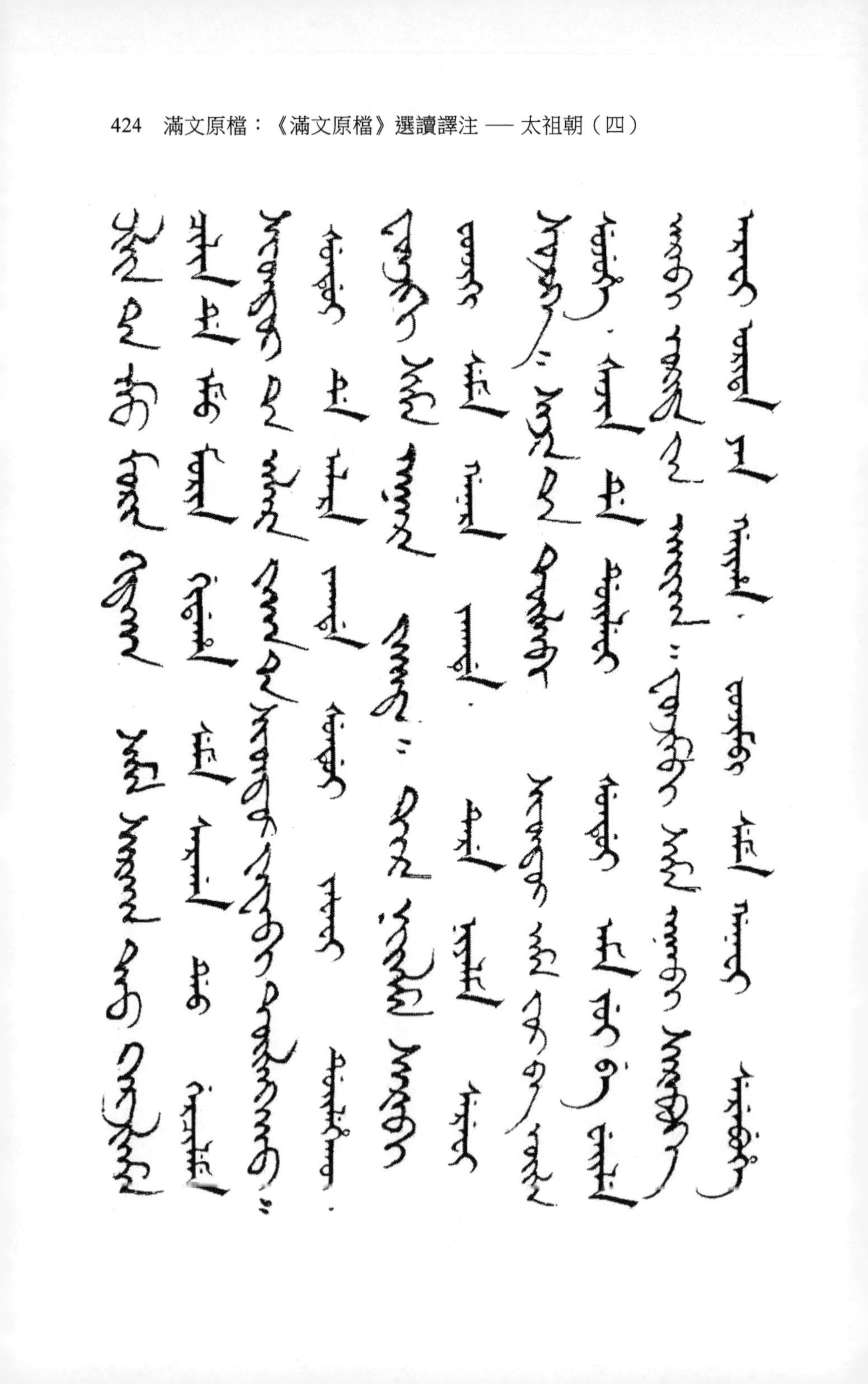

cilin de emu morin gidaha seme, sargan deo gercileme šundui de alara jakade, šundui jafafi duilehekū, fonjiki seme ganara jakade, tere niyalma serefi sujuhe. šajin de duilefi, šundui ama jui be weile arafi orita yan gaiha. fonjimbi seme ganafi serebuhe

---

於鐵嶺隱匿馬一匹，其妻、弟首告於順堆，順堆並未拏捕審理。後欲遣人拏問時，其人發覺逃走。按律審擬順堆父子治罪，各罰銀二十兩。

于铁岭隐匿马一匹，其妻、弟首告于顺堆，顺堆并未拏捕审理。后欲遣人拏问时，其人发觉逃走。按律审拟顺堆父子治罪，各罚银二十两。

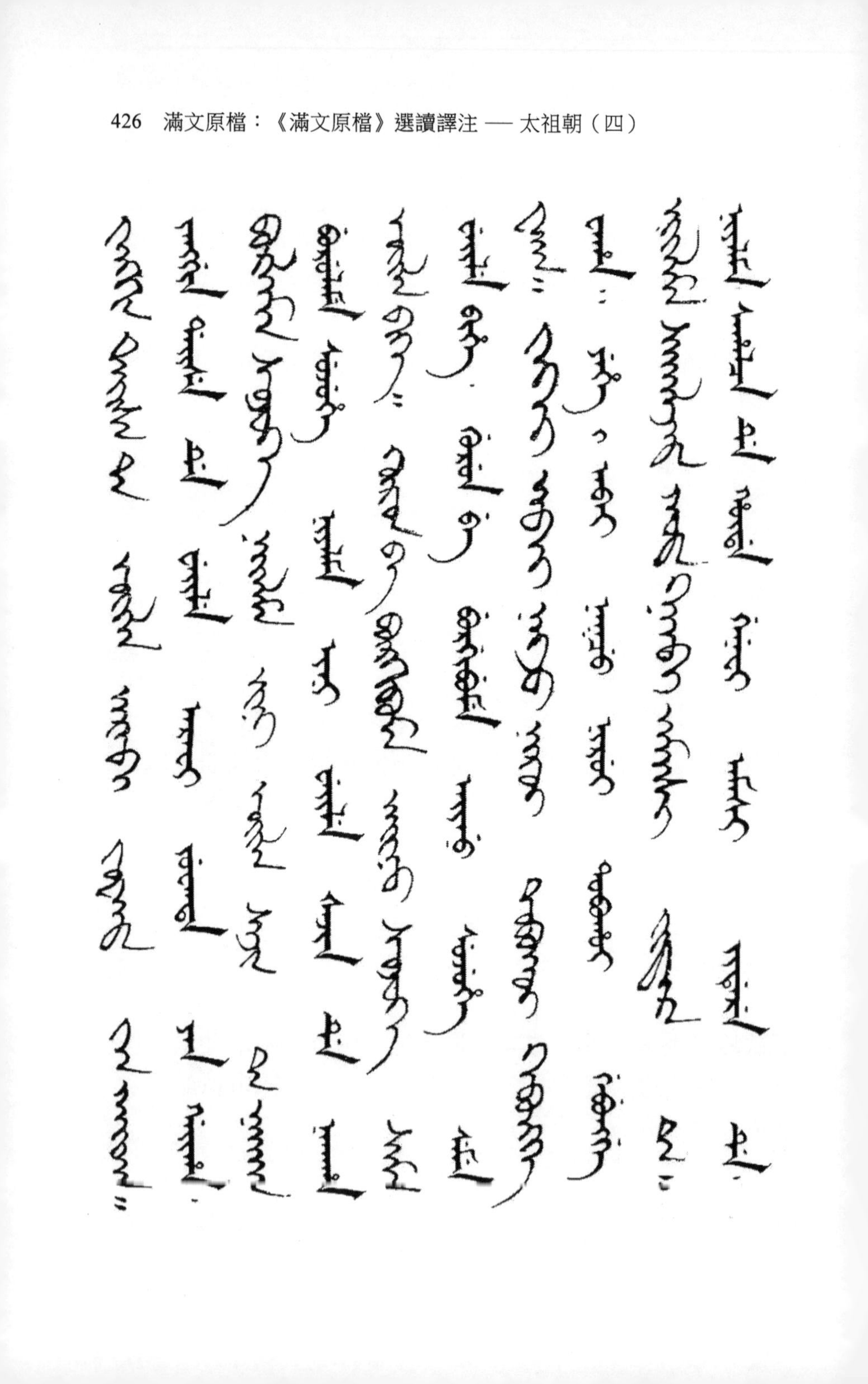

janggin daise de weile arafi juwanta yan gaiha. burulame sujuhe niyalma ini weile šajin de nakaha weile bihe, gurun be burgibume ainu sujuhe seme waha. yehei abai nakcu nirui tobohoi gebungge niyalma sahalcade hūda genefi amasi jidere de,

---

其因詧問而令知覺之章京、代子治罪，各罰銀十兩。逃走之人，其罪按律免治其罪，而以亂國何故潛逃而殺之。葉赫阿拜舅[74]牛彔下名叫托博輝之人，前往薩哈爾察貿易返回時，

其因詧问而令知觉之章京、代子治罪，各罚银十两。逃走之人，其罪按律免治其罪，而以乱国何故潜逃而杀之。叶赫阿拜舅牛录下名叫托博辉之人，前往萨哈尔察贸易返回时，

74　舅，《滿文原檔》寫作“nakjo” (陰性 k)，《滿文老檔》讀作“nakcu” (陽性 k)，係蒙文“naɣaču”借詞。

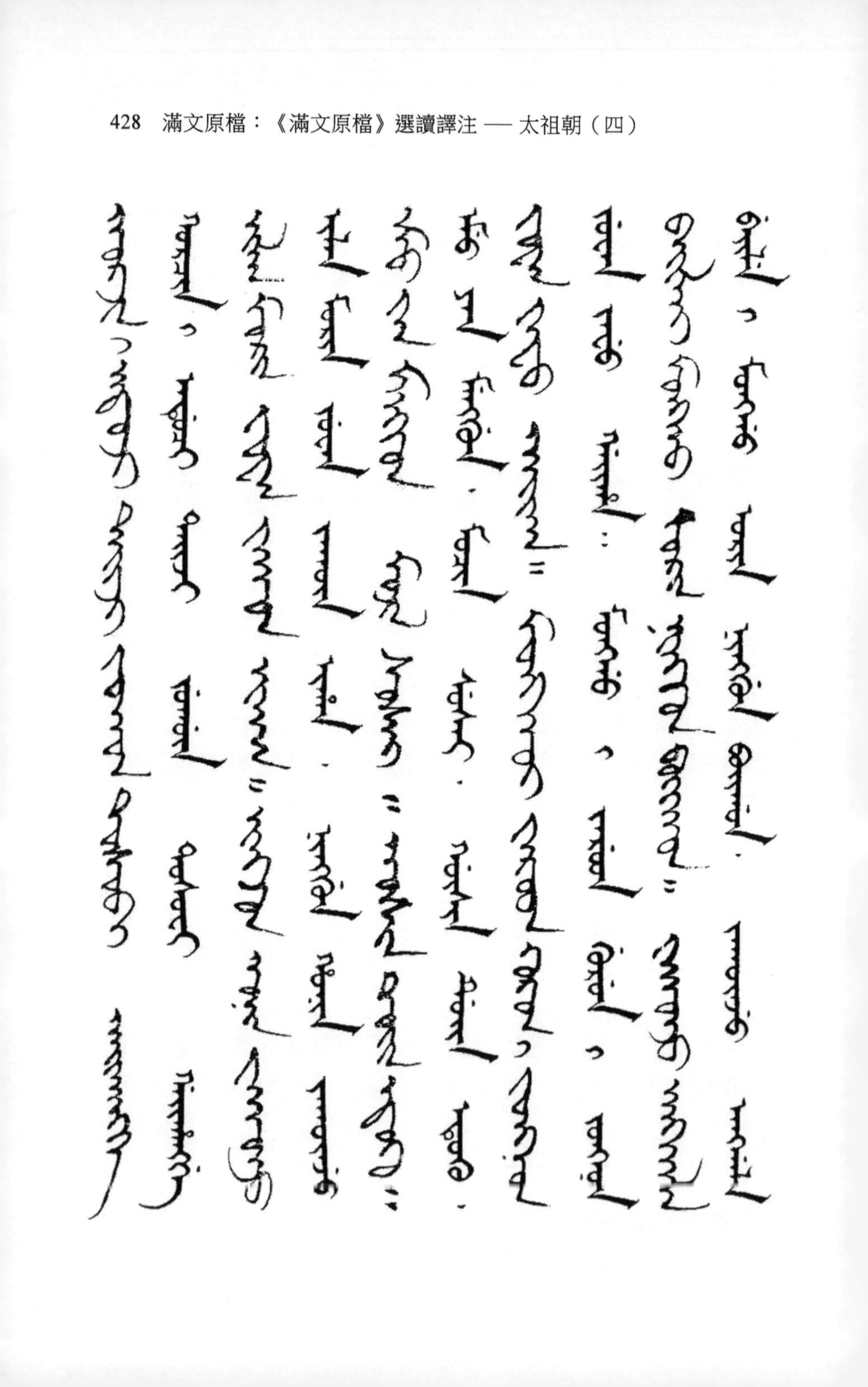

korcin i aduci taiji jugūn tosofi gaihangge, ilan morin, juwan jakūn ihan, ninggun honin, jakūnju emu yan menggun, mocin susai, gūsin duin etuku, juwan jafu gaiha. monggoi jarut gurun i jongnon beilei monggo orin ninggun boigon, jakūnju anggala

---

科爾沁阿都齊台吉於途中邀截，奪取馬三匹、牛十八頭、羊六隻、銀八十一兩、毛青布五十疋、衣三十四襲、氈十張。蒙古扎魯特國鍾嫩貝勒屬下蒙古二十六戶八十口人，

科尔沁阿都齐台吉于途中邀截，夺取马三匹、牛十八头、羊六只、银八十一两、毛青布五十疋、衣三十四袭、毡十张。蒙古扎鲁特国锺嫩贝勒属下蒙古二十六户八十口人，

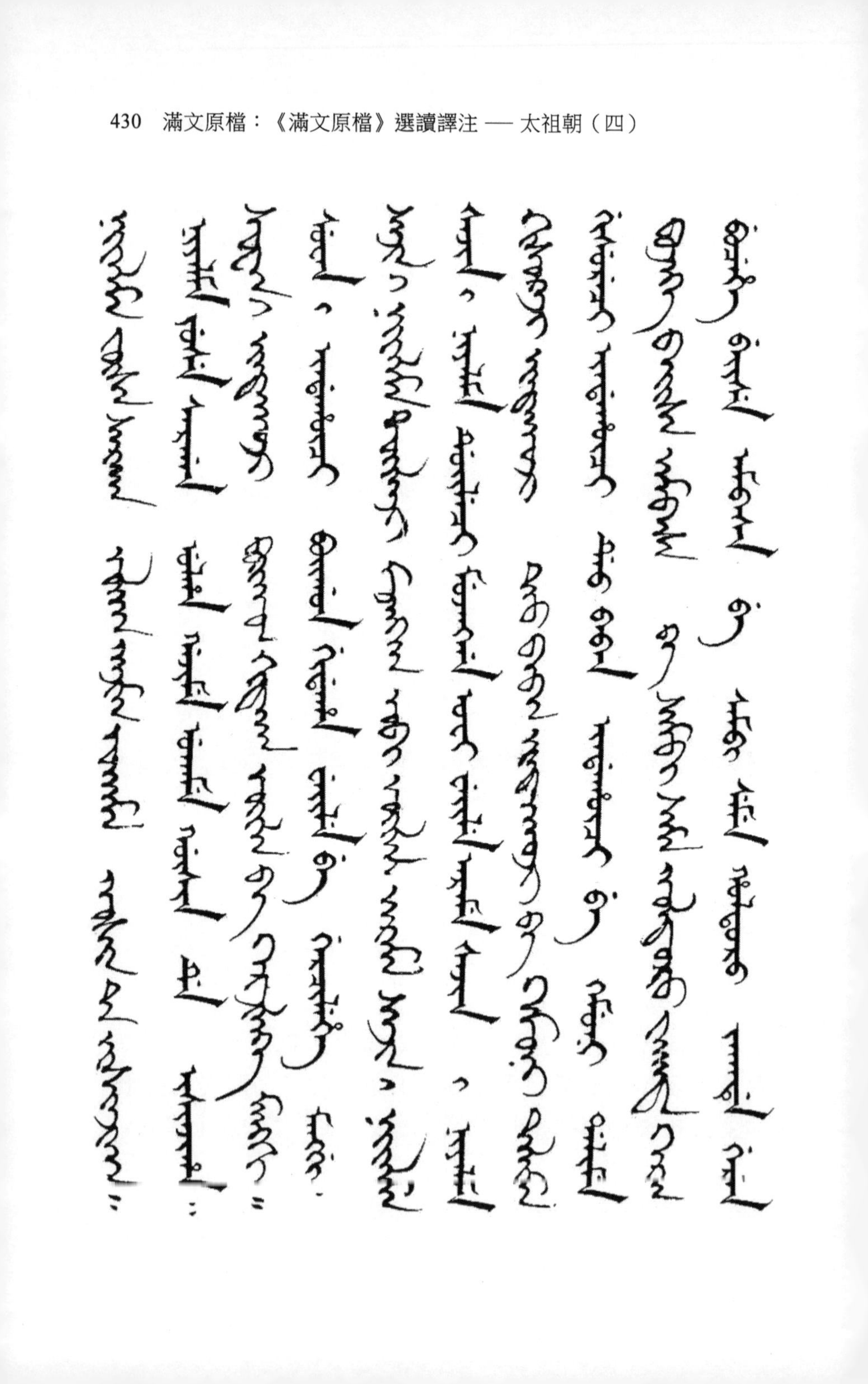

niyalma, juse sargan ulha gajime ukame gūsin de isinjiha. suwan i indahūci boigon gidaha weile be gercilehe manggi, šajin i niyalma duileci mujangga ofi weile arame šajin i niyalma gisureci indahūci deo baban indahūci be kemuni dalime bucehe beise ambasa be sambi seme holtoro jakade, geren

---

攜其妻、子、牲畜逃走，於三十日到來。蘇完之音達呼齊因隱匿戶口之罪被首告，執法之人審擬屬實，執法之人審議其罪，音達呼齊之弟巴班仍包庇音達呼齊，謊稱已故諸貝勒大臣知之。

携其妻、子、牲畜逃走，于三十日到来。苏完之音达呼齐因隐匿户口之罪被首告，执法之人审拟属实，执法之人审议其罪，音达呼齐之弟巴班仍包庇音达呼齐，谎称已故诸贝勒大臣知之。

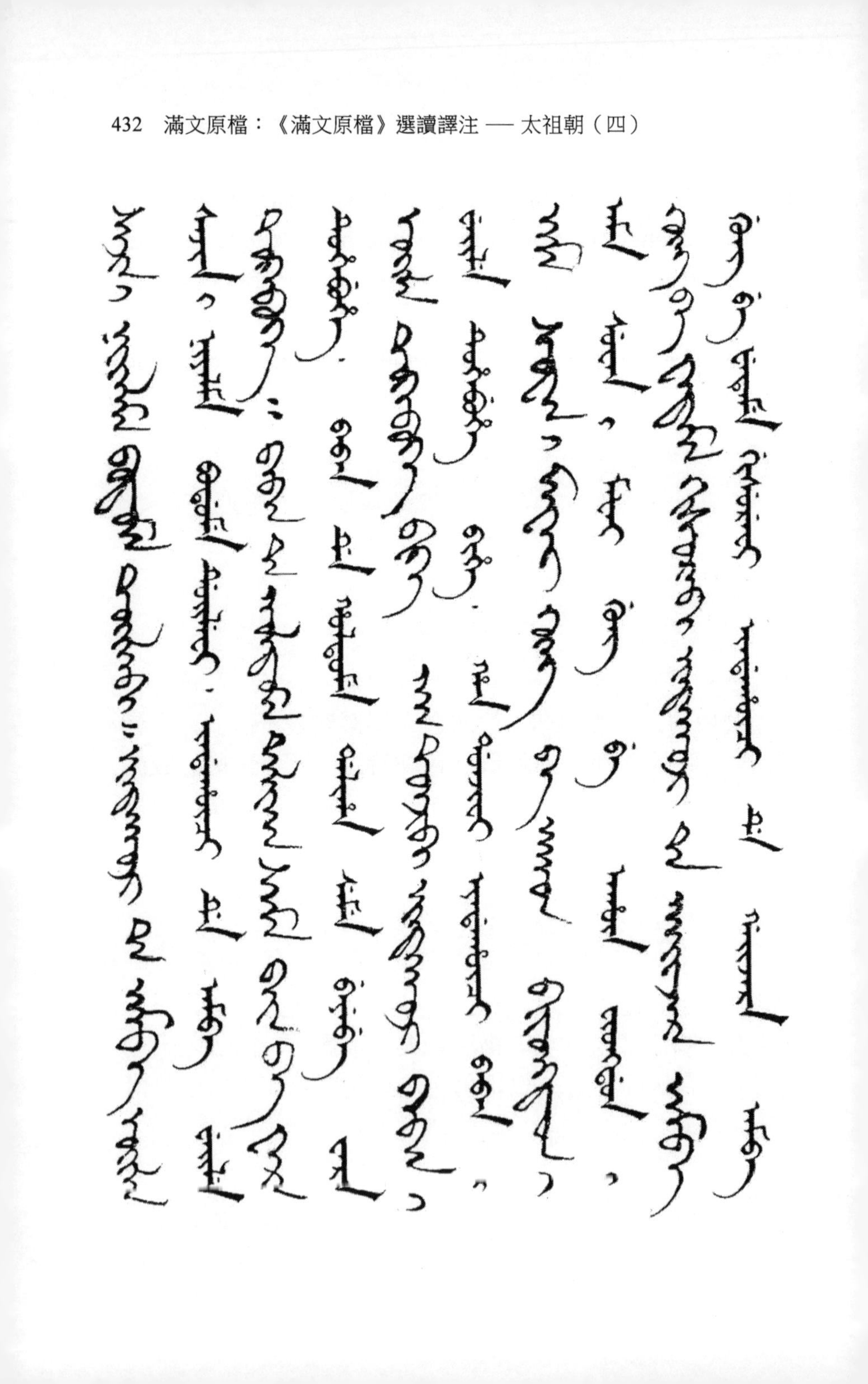

šajin i niyalma bodome duilefi, indahūci de amba weile tuhebuhe, baban de holtome daliha seme beyebe wara weile tuhebuhe bihe. han donjifi indahūci baban i ama suwan i mafai gung be, ahūn fiongdon i gung be, feteme gisurefi indahūci de gaijara amba

---

諸執法之人忖度審理，擬音達呼齊以大罪，巴班撒謊包庇，擬以死罪。汗聞之，追念音達呼齊、巴班之父蘇完之祖之功，兄費英東之功，免音達呼齊之大罪，

诸执法之人忖度审理，拟音达呼齐以大罪，巴班撒谎包庇，拟以死罪。汗闻之，追念音达呼齐、巴班之父苏完之祖之功，兄费英东之功，免音达呼齐之大罪，

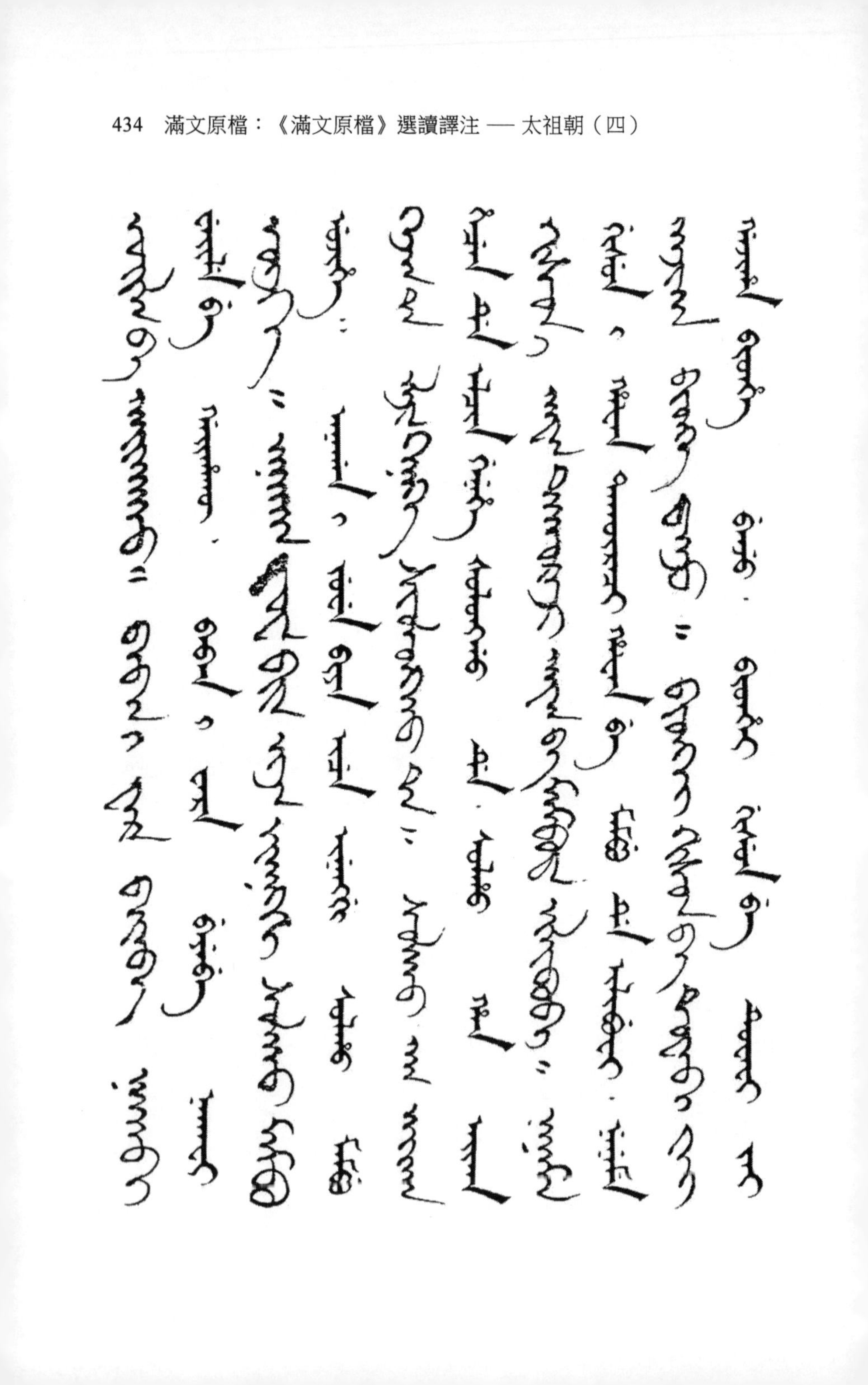

weile be gaihakū, baban i wara beyebe nakafi ujihe. anagan i juwe biyai ice inenggi solho mampu hecen de elcin genehe šolonggo de, solho han aika gisun i hafan takūraci hafan be mampude ilibufi, neneme gajiha bithe benju, bithei gisun be tuwafi, jai

---

巴班免其死罪，收養之。閏二月初一日，諭遣往朝鮮滿浦城之使者碩隆國曰：「朝鮮王若遣言官前來，則令該官停於滿浦，送來先前齎至之文書。閱其書中之言，

巴班免其死罪，收养之。闰二月初一日，谕遣往朝鲜满浦城之使者硕隆国曰：「朝鲜王若遣言官前来，则令该官停于满浦，送来先前赍至之文书。阅其书中之言，

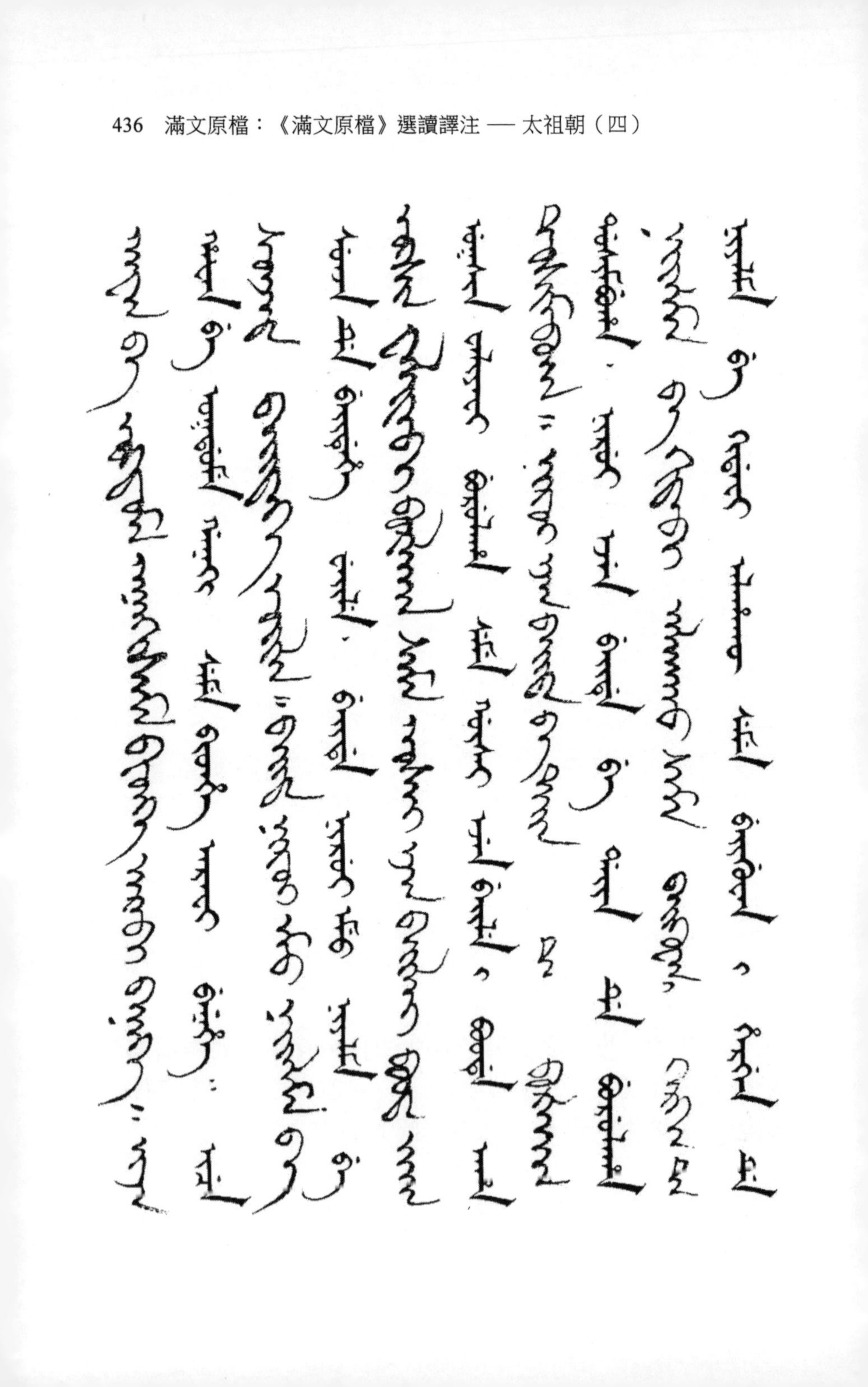

hafan be okdome ganaki seme bithe arafi benehe. ice sunjade beidehe weile, beide nirui emu niyalma be uksin waliyafi burulaha seme gūsai ejen beile i boode aha dosimbuha. nirui ejen beide be dain de burulaha niyalma be gidafi alahakū seme beiguwan i hergen de

---

再行迎接來官。」遂繕寫文書送去。初五日，審理罪案，貝德牛彔下一人，因棄甲敗走，沒入固山額真家為奴。以牛彔額真貝德隱匿未報臨陣敗走之人，

再行迎接来官。」遂缮写文书送去。初五日，审理罪案，贝德牛录下一人，因弃甲败走，没入固山额真家为奴。以牛录额真贝德隐匿未报临阵败走之人，

二十七、畫地爲牢

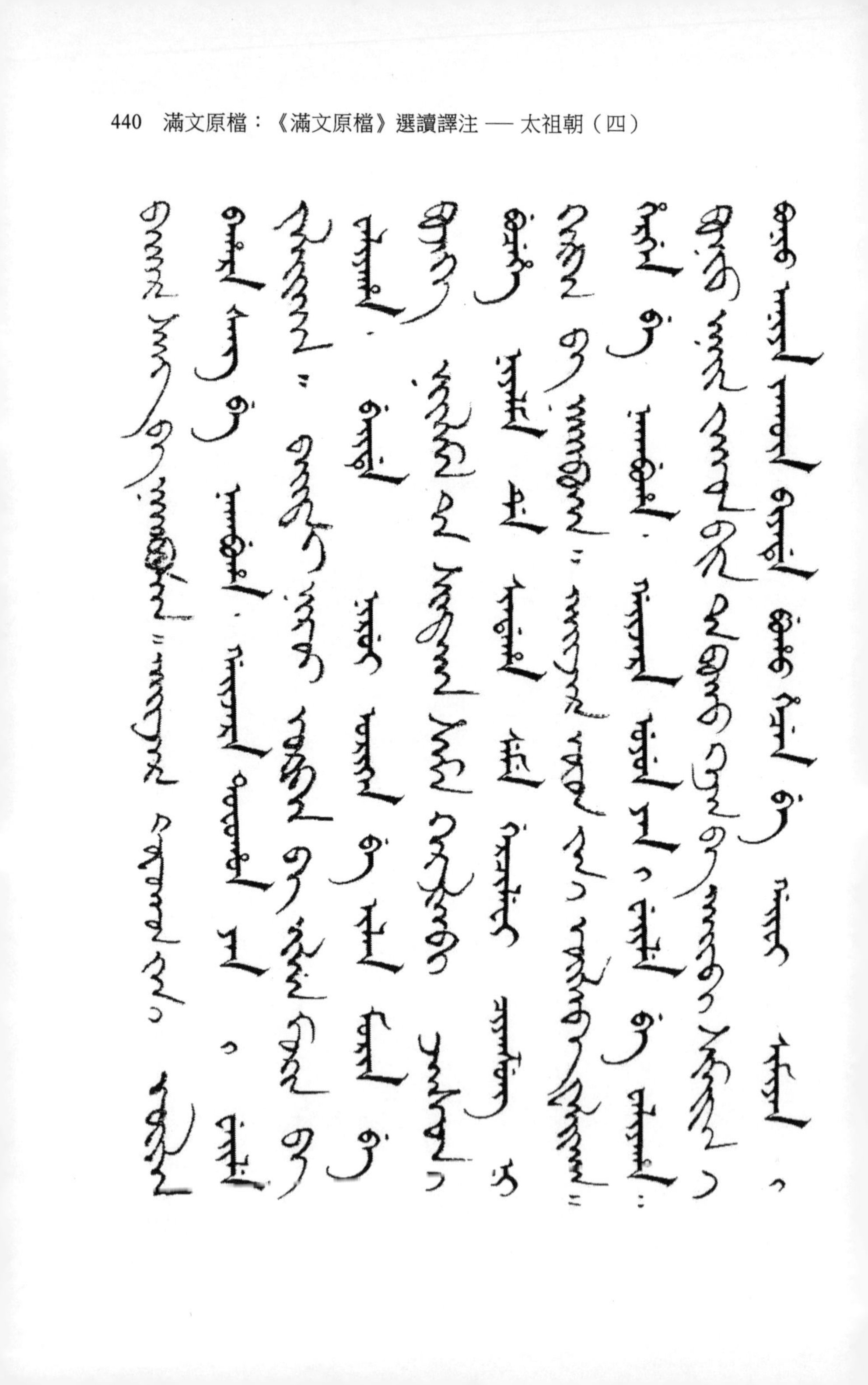

bahara šang be nakabuha, gaijara tofohon yan i weile waliyaha. beide nirui oriken be ilan morin be bucehe niyalma de sindaha seme gercilefi, ciyandzun i hergen be nakabuha, gaijara uyun yan i weilebe waliyaha. bonio aniya jakūn biya de puho hecen be gaifi simiyan i

---

停其備禦銜所得之賞，以抵補所罰銀十五兩之罪。據首告貝德牛彔之鄂里肯以馬三匹為死人殉葬，乃革其千總[75]之銜，免其罰銀九兩之罪。申年八月，攻取蒲河城，

停其备御衔所得之赏，以抵补所罚银十五两之罪。据首告贝德牛彔之鄂里肯以马三匹为死人殉葬，乃革其千总之衔，免其罚银九两之罪。申年八月，攻取蒲河城，

---

[75] 千總，《滿文原檔》寫作"canson"，《滿文老檔》讀作"ciyandzung"。按此為無圈點滿文拼讀漢字音譯詞時"can"與"ciyan"、"so"與"dzu"、"n"與"ng"之混用現象。

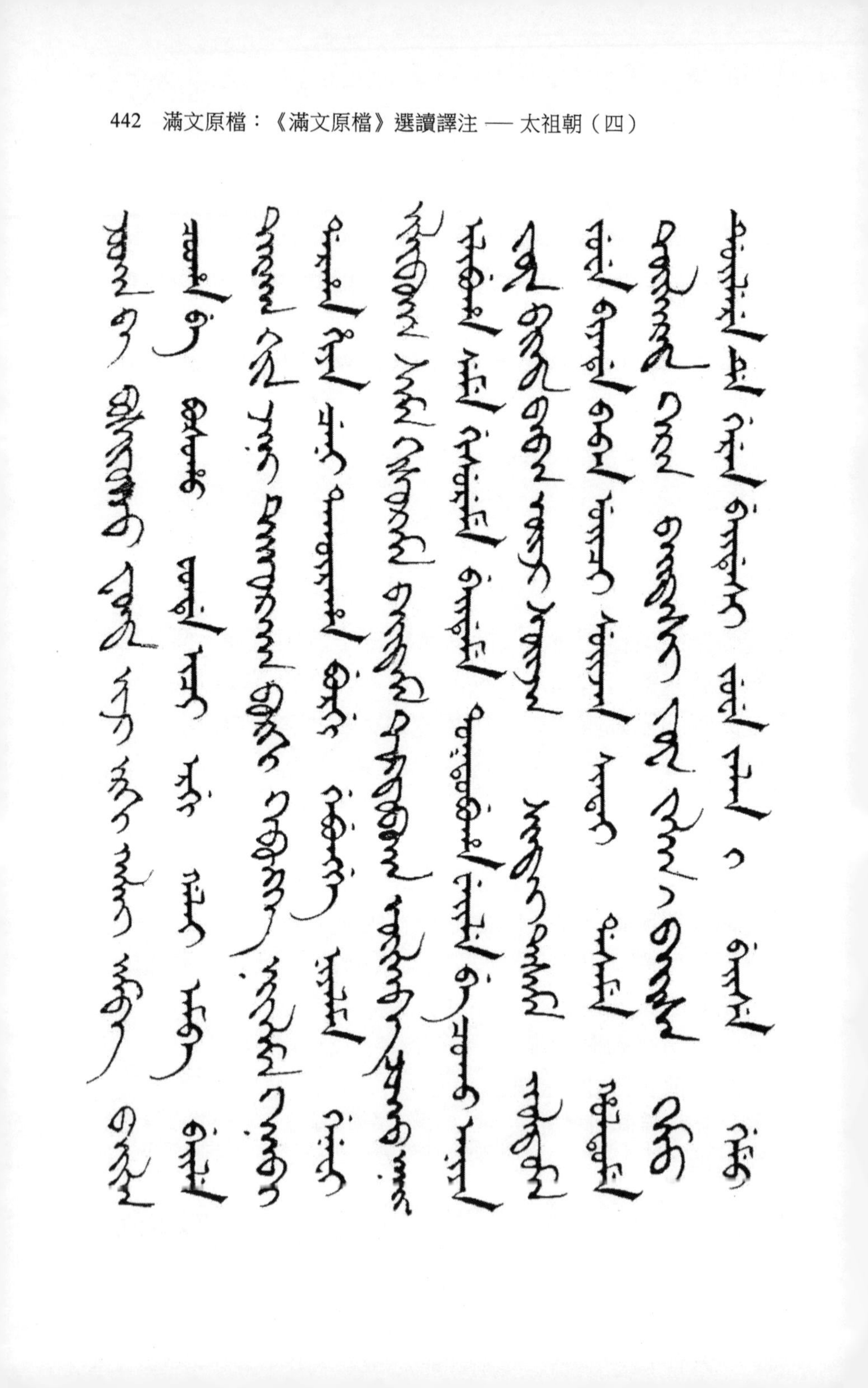

cooha be bošoho fonde, ici ergi galai amba beile darhan hiya ceni takūraha burgi gebungge niyalma genefi ilibuha seme gisureme beideme toktobuha weilebe. coko aniya juwe biyade baban, uici, suijan, sintai dasame holtome duilerede geren beidesi juwe jalan i beise gemu

---

追逐瀋陽明兵之時，右翼大貝勒、達爾漢侍衛所遣名叫布爾吉之人前往阻止，故審議定罪。酉年二月，巴班、偉齊、隋占、新泰等弄虛作假復審時，使眾審事官及二甲喇之諸貝勒俱信之，

追逐沈阳明兵之时，右翼大贝勒、达尔汉侍卫所遣名叫布尔吉之人前往阻止，故审议定罪。酉年二月，巴班、伟齐、隋占、新泰等弄虚作假复审时，使众审事官及二甲喇之诸贝勒俱信之，

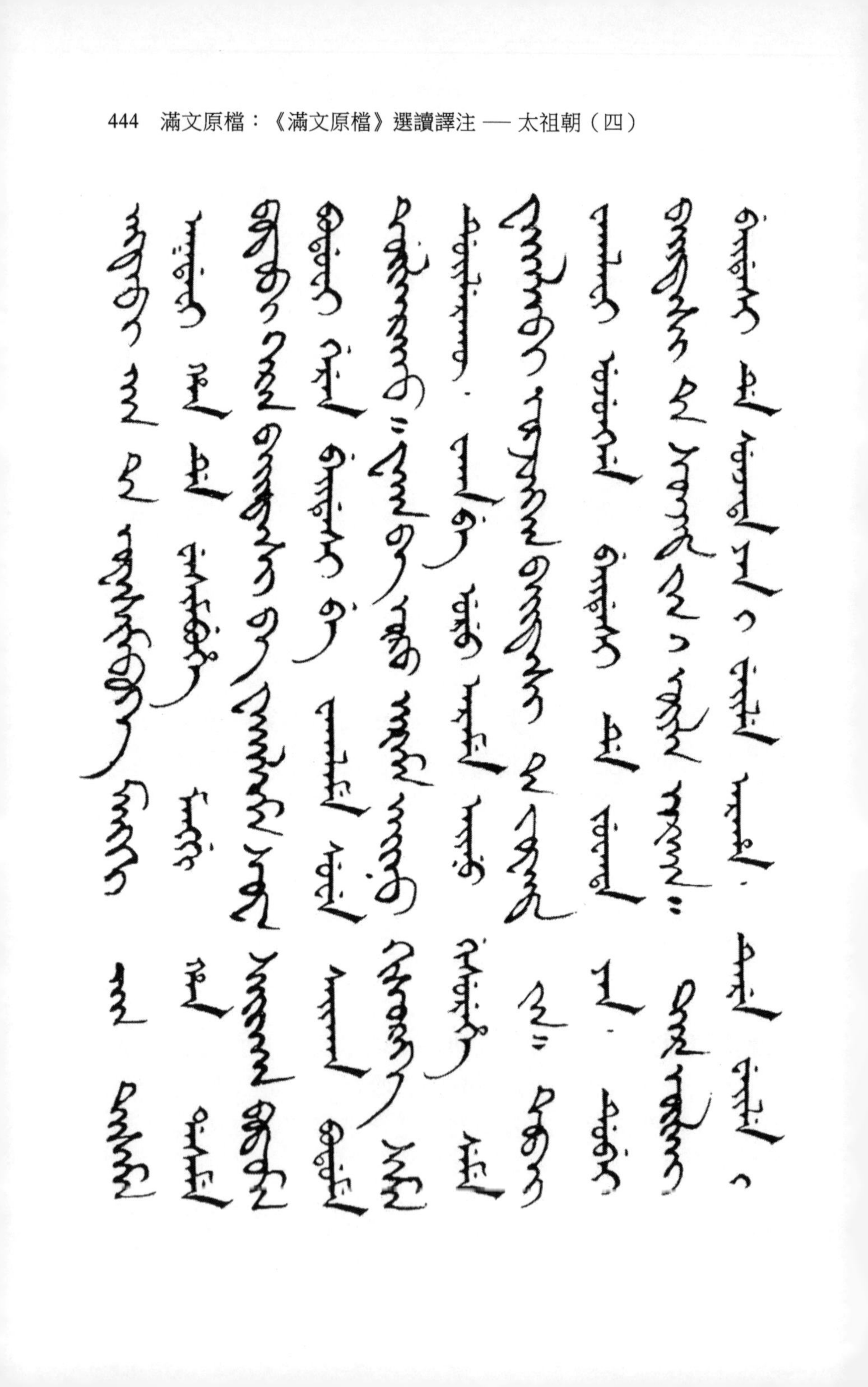

akdafi han de wesimbuhe manggi, han dasame bodofi geren beidesi be wakalame, suwe saikan bodome duilerakū, waka be uru arame ainu gisurehe seme wakalafi, ujungga beidesi de juwanta yan, dubei beidesi de sunjata yan i weile araha, tere weilei

---

啟奏於汗。汗復查核，責問眾審事官曰：「爾等不善加審核，為何以非為是？」乃定為首審事官各罰銀十兩，末等審事官各罰銀五兩，以治其罪，

启奏于汗。汗复查核，责问众审事官曰：「尔等不善加审核，为何以非为是？」乃定为首审事官各罚银十两，末等审事官各罚银五两，以治其罪，

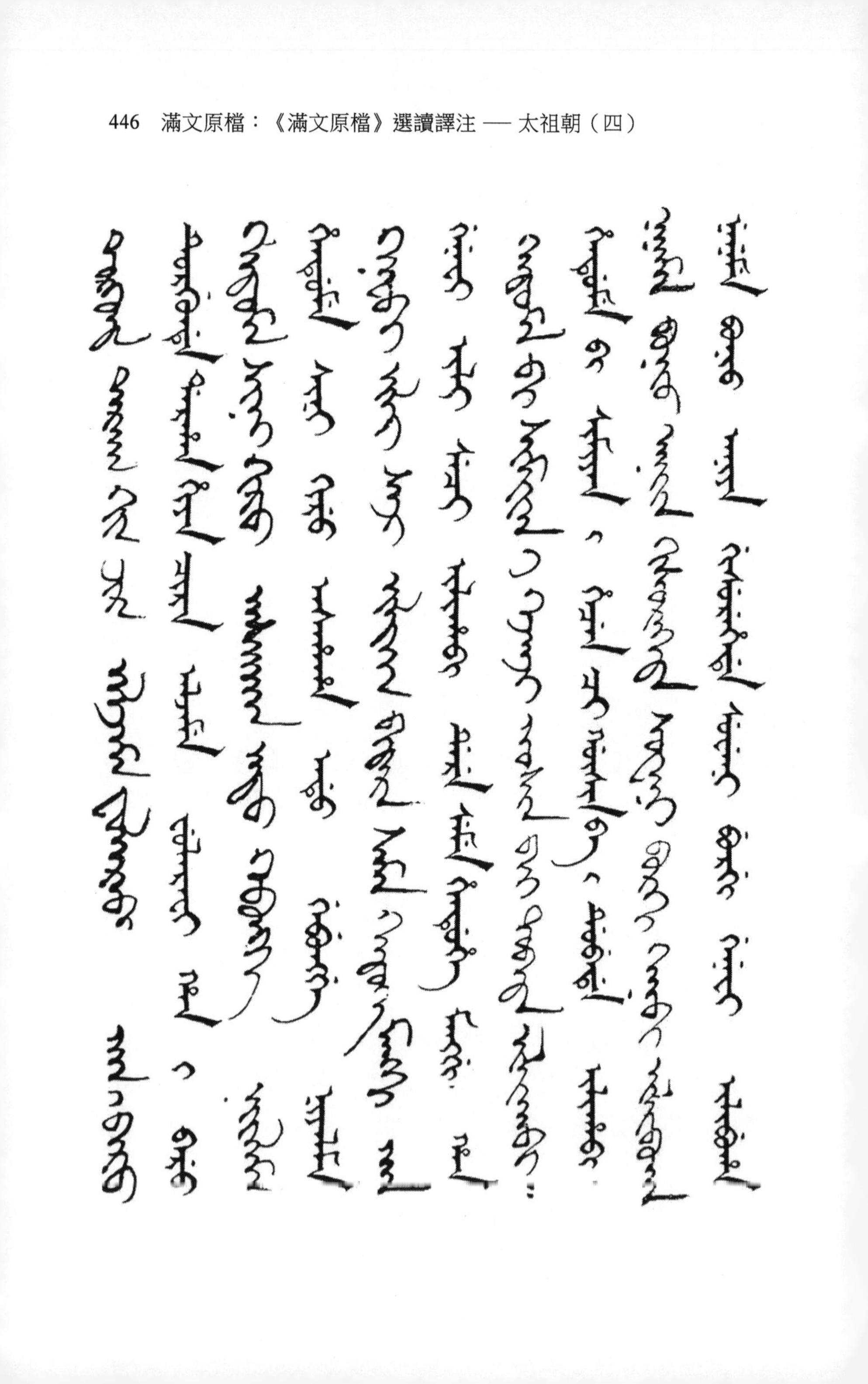

turgunde, darhan hiya cira aljame fularafi han i baru hendume, sini kiru ashaha adu gebungge niyalma genefi ili seci ilihabi dere seme henduhe manggi, han hendume, bi simiyan i hecenci gūsin bai dubede ilihabi, neneme bonio aniya gisurehede suweni burgi genefi ilibuha

---

因為其罪案，達爾漢侍衛面紅耳赤犯顏謂汗曰：「爾遣名叫阿都之人執旗前往阻止方止吧！」汗曰：「我距瀋陽城三十里外立營，先前申年議定，係爾等屬下人布爾吉前往阻止也。

因为其罪案，达尔汉侍卫面红耳赤犯颜谓汗曰：「尔遣名叫阿都之人执旗前往阻止方止吧！」汗曰：「我距沈阳城三十里外立营，先前申年议定，系尔等属下人布尔吉前往阻止也。

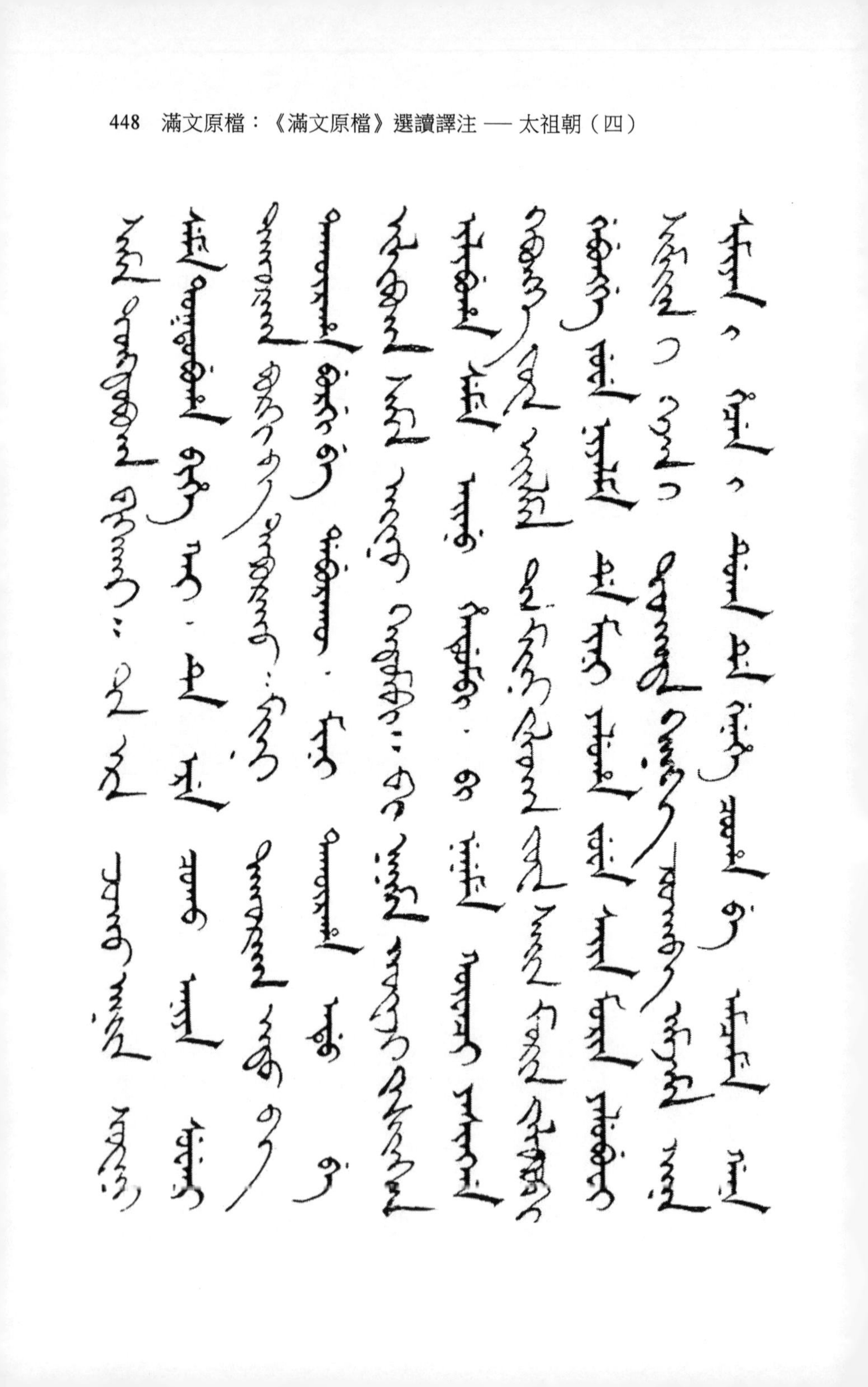

seme toktobuha bihe kai. te ere coko aniya suweni takūraha burgi be daburakū, mini takūraha adu be ilibuha seme ainu hendumbi. bi neneme kūwaci yasingga gebungge juwe niyalma de mini yaluha juwe sain morin yalubufi simiyan i hecen i dukade genehe cooha be amcame gana

---

如今酉年，為何又云與爾等所遣之布爾吉無涉？乃我所遣阿都阻止耶？我先前派遣名叫夸奇、雅星阿二人，乘我所騎好馬二匹，追趕前往瀋陽城門之軍，

如今酉年，为何又云与尔等所遣之布尔吉无涉？乃我所遣阿都阻止耶？我先前派遣名叫夸奇、雅星阿二人，乘我所骑好马二匹，追赶前往沈阳城门之军，

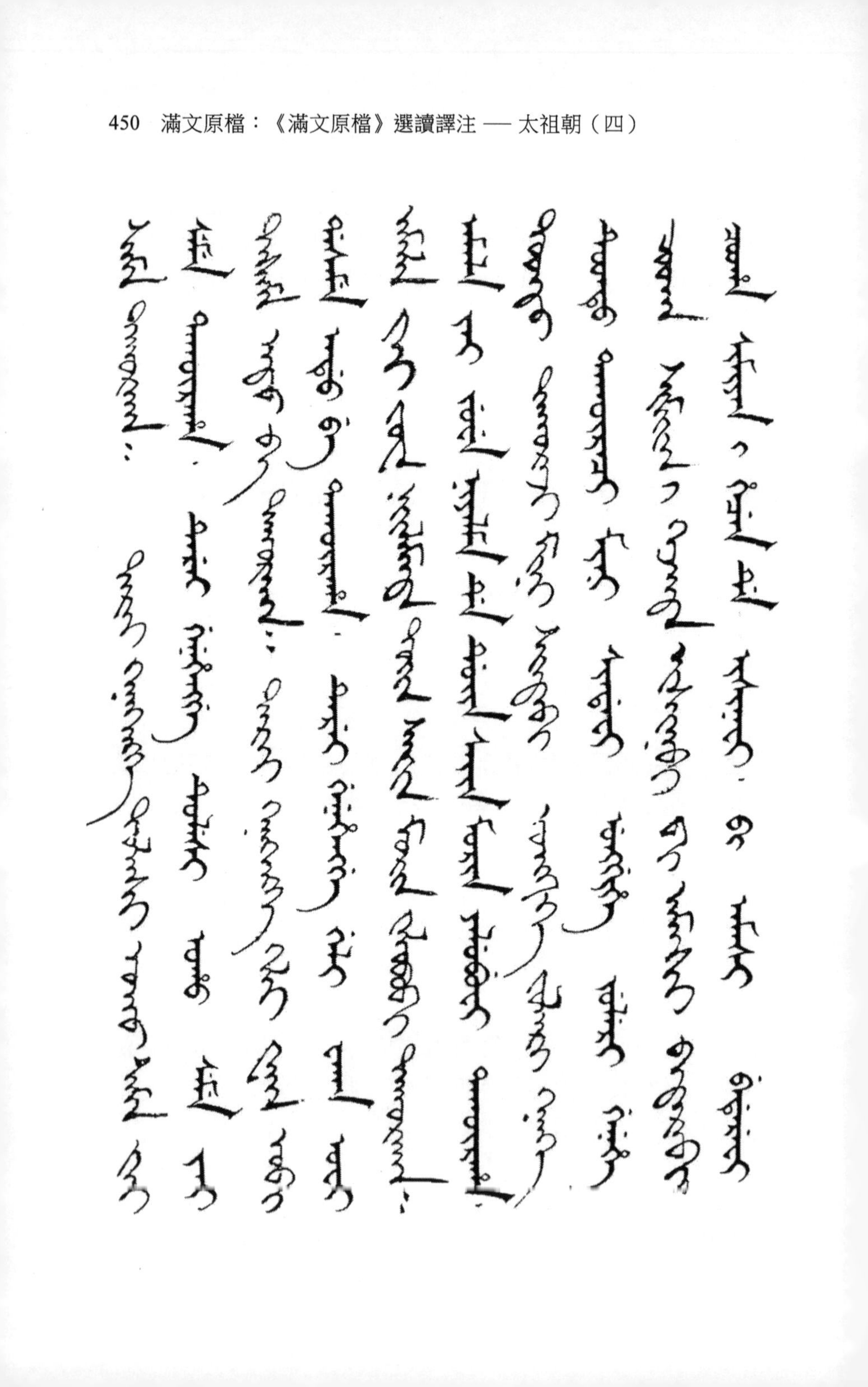

seme takūraha, terei genehengge tulesi oho seme, jai dasame adu be takūraha. terei genehengge geli waka ofi amala jai juwe niyalmade duin sain morin yalubufi takūraha, tuttu takūraci mini sindafi unggihe juleri genehe cooha simiyan i hecende isinafi, bi amasi bederefi

---

但因其所往過於向外，故再遣阿都前往。因其所往又不對，後來又再遣二人乘好馬四匹前往，如此差遣，探知我先前所遣之兵已至瀋陽城下，我遂退回

但因其所往过于向外，故再遣阿都前往。因其所往又不对，后来又再遣二人乘好马四匹前往，如此差遣，探知我先前所遣之兵已至沈阳城下，我遂退回

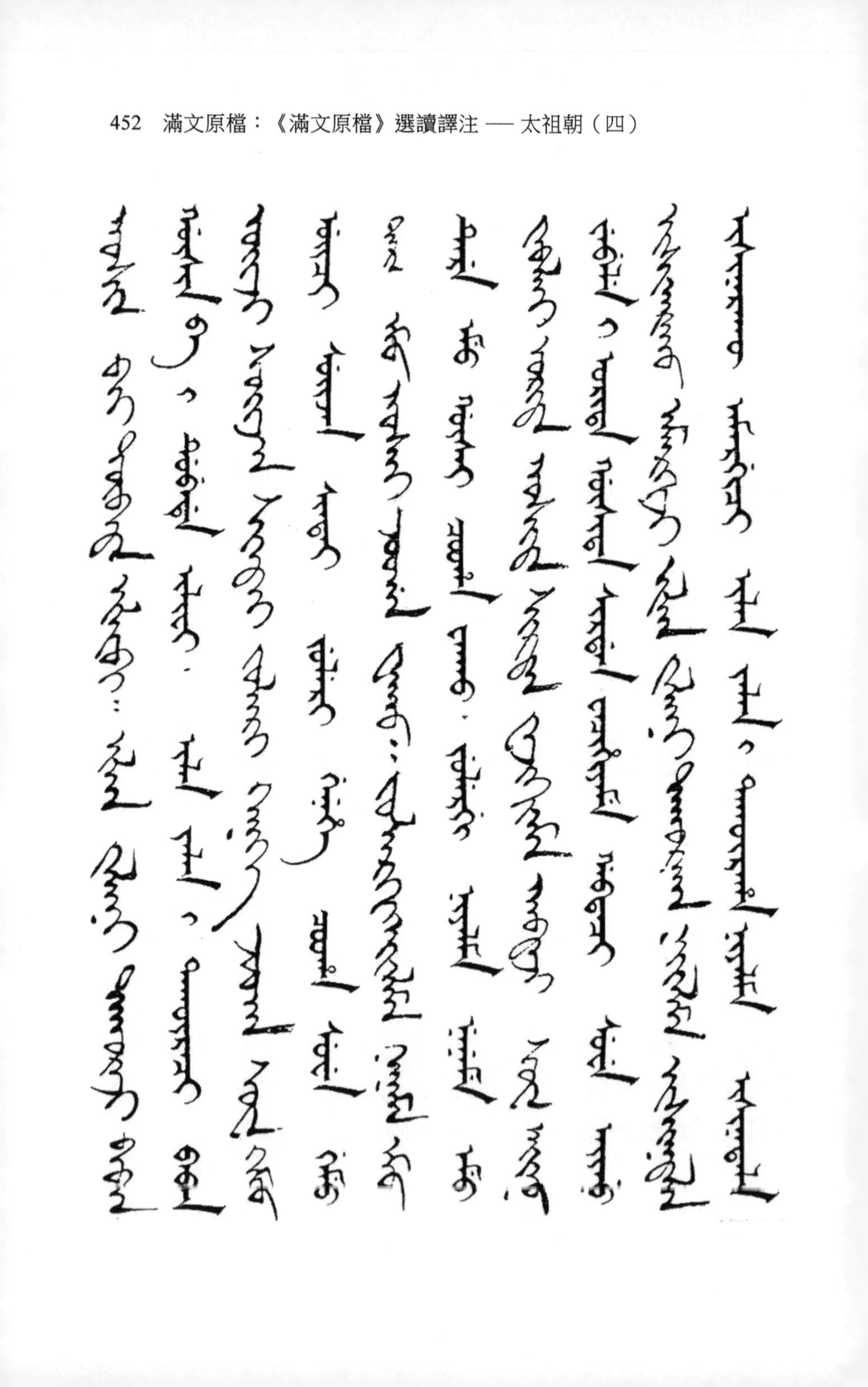

gūsin bai dubede ilifi, ilan jalani takūraci baban, uici, suijan, sintai juleri genehe cooha suwe gemu tere emu gūsai cooha wakao. julergi niyalma neneme emu jebelei orita gūsita sirdan wacihiyame gabtaci suwe ainu isinarakū. amargici ilan jalan i takūraha niyalma isinatala

---

立營於三十里外。三次遣人前往，巴班、偉齊、隋占、新泰與先遣前往之兵，豈非俱皆爾等同一固山之兵耶？在前面之人已射盡一撒袋各二、三十箭，爾等為何不至？直至後面三次所遣之人抵達，

立营于三十里外。三次遣人前往，巴班、伟齐、隋占、新泰与先遣前往之兵，岂非俱皆尔等同一固山之兵耶？在前面之人已射尽一撒袋各二、三十箭，尔等为何不至？直至后面三次所遣之人抵达，

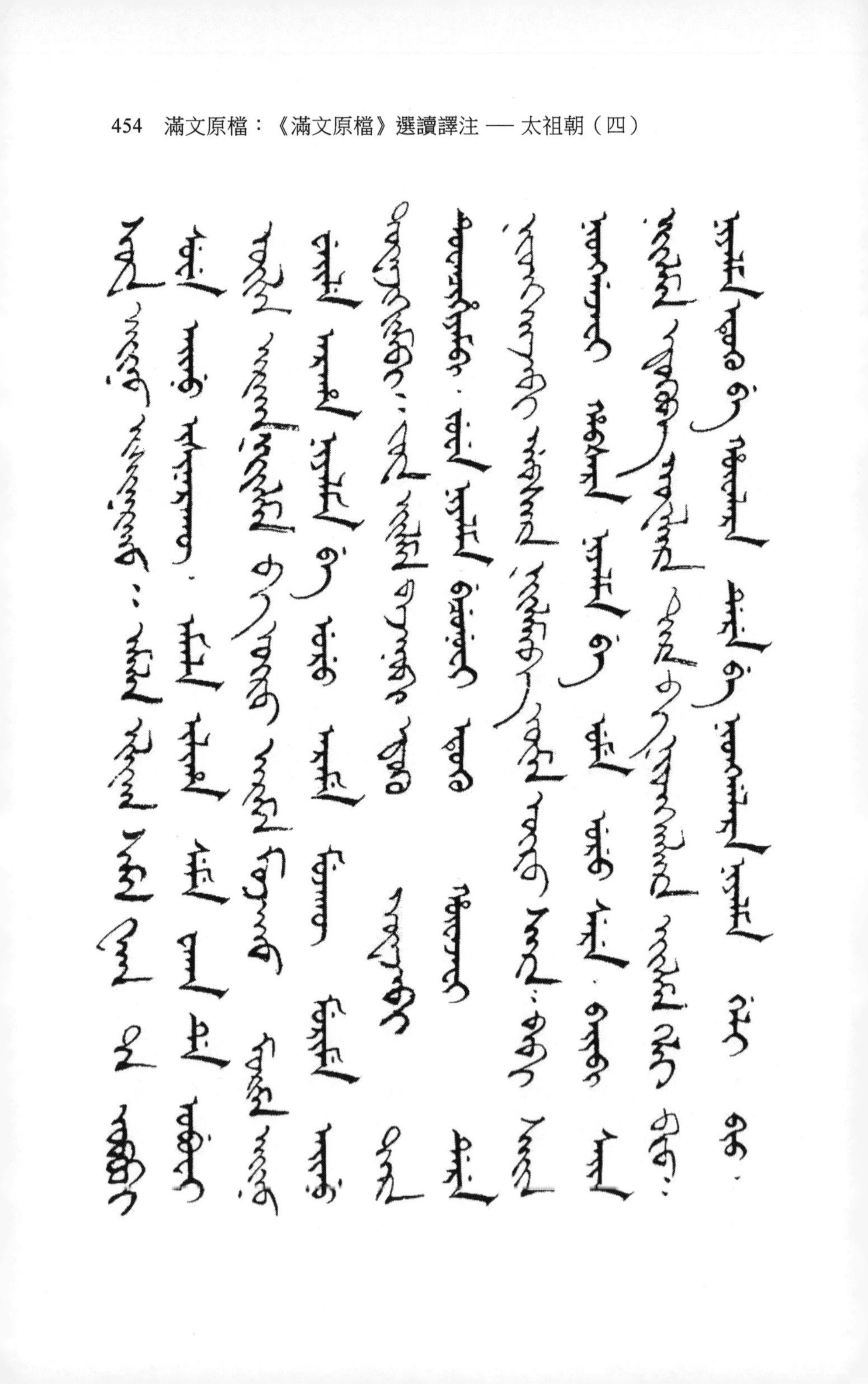

suwe ainu isinarakū. amala iliha seme waka de obufi weile araha niyalma be uru arame mujakū murime ainu tuwancihiyambi. juwe niyalma becunufi etuku hūwajafi dere nionggajafi habšara niyalmabe ume uru sere, baibi sain niyalma etukube hūwalara dere be nionggalara niyalma geli bio.

爾等為何不到？後面停下不進，因其不對而治罪之人，爾等為何以為是而強為更改耶？二人相鬥，衣破面傷，勿以控告之人為是。豈又有平白無故撕破好人之衣，抓傷人之面者耶？

尔等为何不到？后面停下不进，因其不对而治罪之人，尔等为何以为是而强为更改耶？二人相斗，衣破面伤，勿以控告之人为是。岂又有平白无故撕破好人之衣，抓伤人之面者耶？

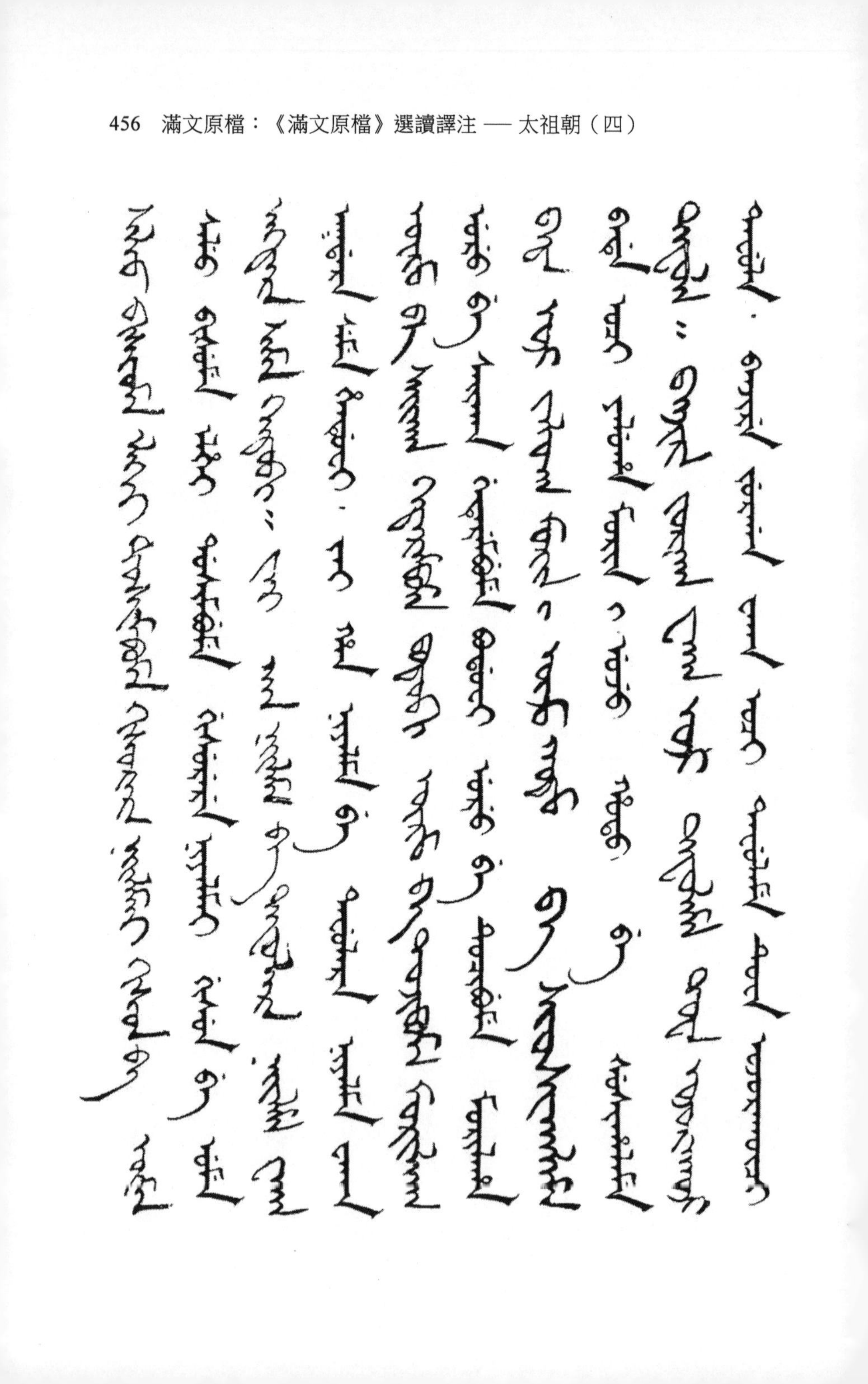

salu bišume elhei dosimbume gisurere niyalmai gisun be ume akdara seme hendufi, jai han niyalma be tafulara niyalma waka uru be saikan geterembume bodofi uru be tucibume morilaha bade oci yaluha morin i uju hoto be šusihalame tafula, banjire jurgan waka oci tafulame tuwa. ojorakūci

---

其手捋鬍鬚泰然而談之人，其言勿信。」又責之曰：「再者，勸諫汗之人，須好好地明辨是非，指出是者。倘若汗騎在馬上，即鞭打其所騎馬匹之頭蓋骨以諫之。倘若生業非義，亦可諫諫看。

其手捋胡须泰然而谈之人，其言勿信。」又责之曰：「再者，劝谏汗之人，须好好地明辨是非，指出是者。倘若汗骑在马上，即鞭打其所骑马匹之头盖骨以谏之。倘若生业非义，亦可谏谏看。

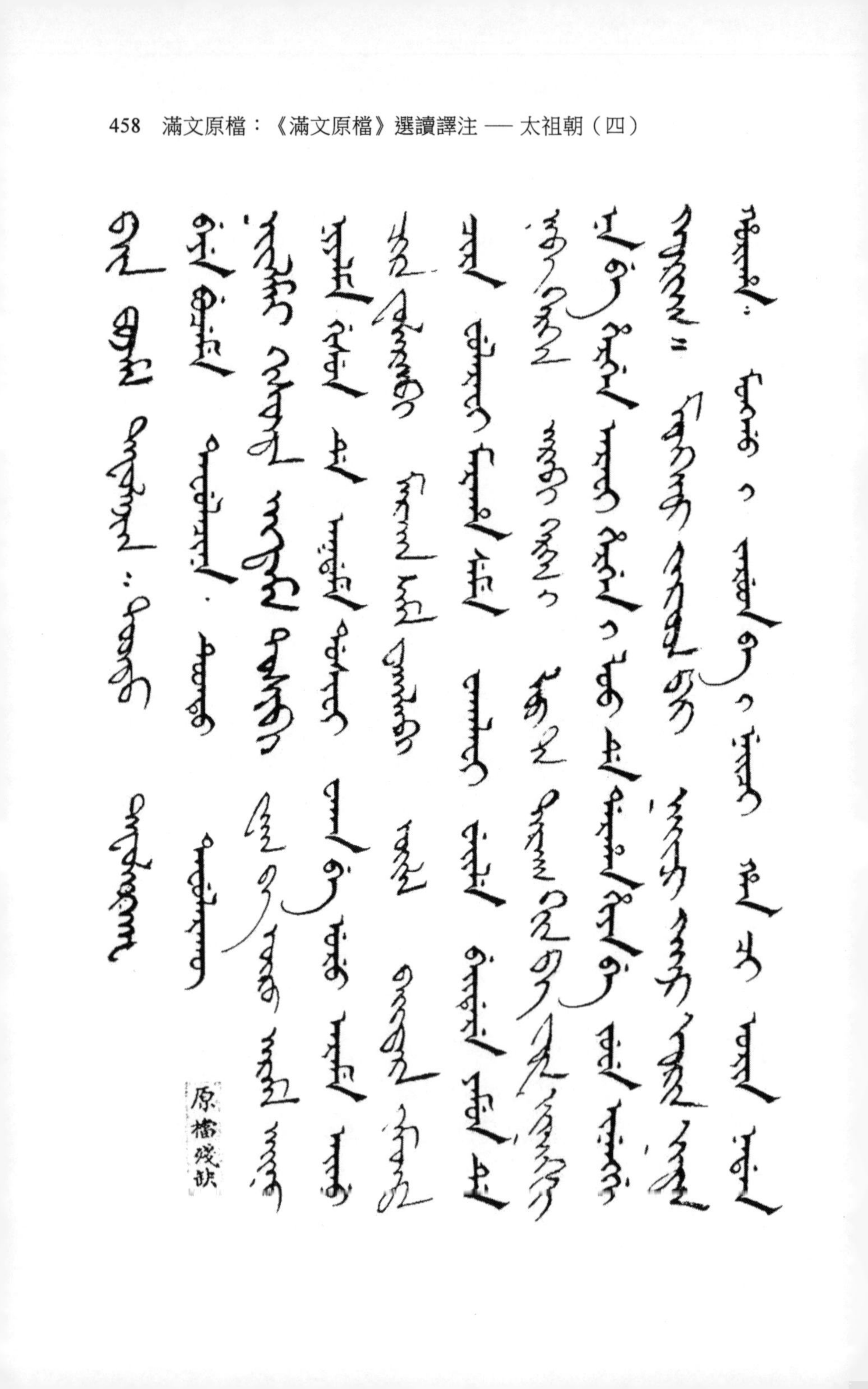

原檔殘缺

beye buceme tafulacina. tuttu tafularakū〔原檔殘缺〕niyalma gisunde akdame dosifi waka be uru arame ainu cira fularafi maraha seme wakalafi, weile beidere yamunde nabe hergen arafi hergen i loo de darhan hiya be juwe inenggi horiha. monggoi jarut ba i neici hanci orin nadan

---

諫而不從，即當死諫。爾既不如此勸諫〔原檔殘缺〕且信他人之言，以是為非，變色強辯，欲何為耶？況問刑衙門畫地為牢，將達爾漢侍衛囚禁於字牢[76]內二日。蒙古扎魯特地方內齊汗屬下二十七戶

谏而不从，即当死谏。尔既不如此劝谏〔原档残缺〕且信他人之言，以是为非，变色强辩，欲何为耶？况问刑衙门画地为牢，将达尔汉侍卫囚禁于字牢内二日。蒙古扎鲁特地方内齐汗属下二十七户

---

[76] 字牢，《滿文原檔》讀作“na be hergen arafi hergen i loo de”，意即「在地上書寫文字作為牢獄」。句中「loo(牢)」，規範滿文讀作“gindana”。

二十八、歸附絡繹

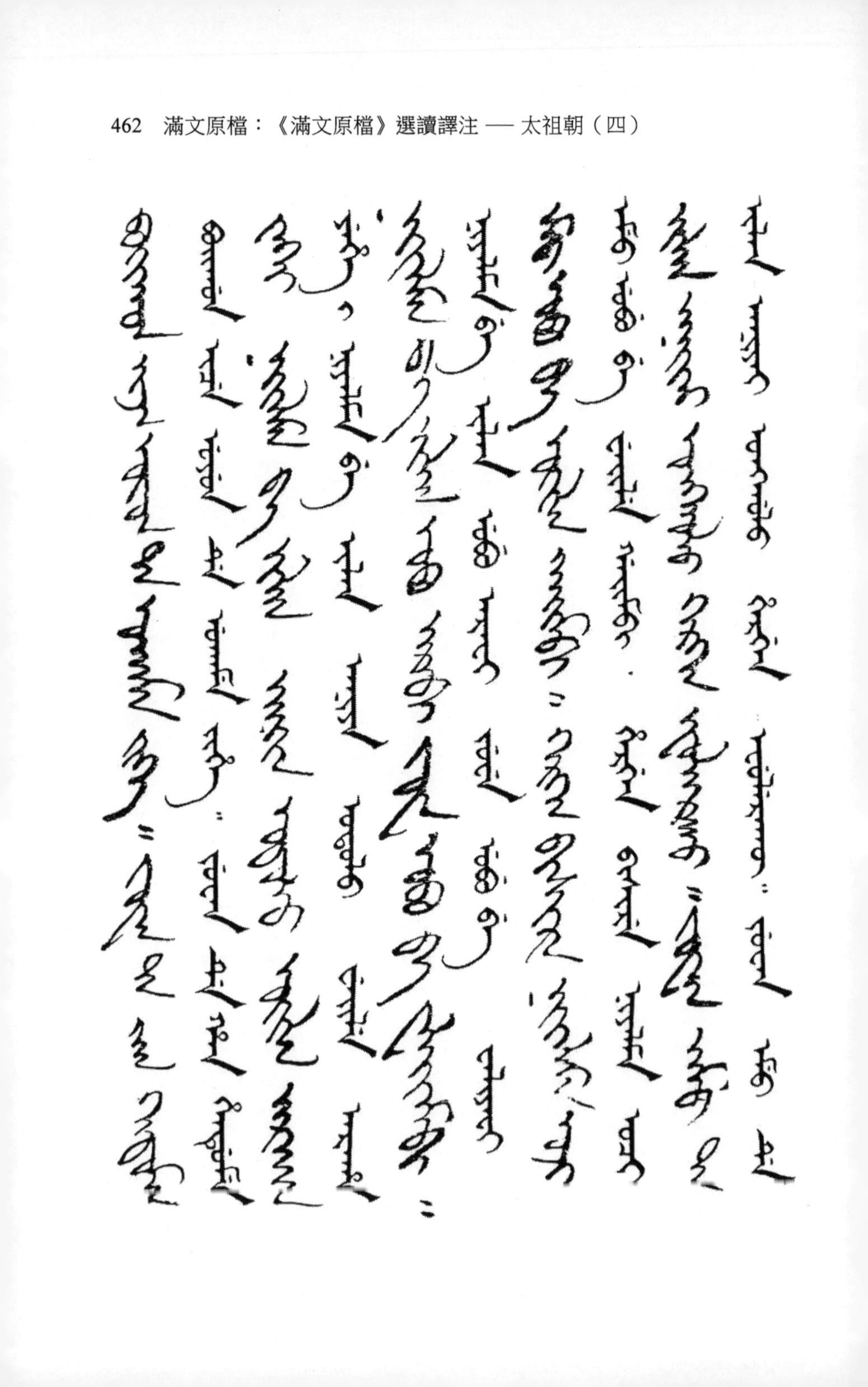

boigon ice uyun de ukame jihe. juwan de han hendume, yehei niyalma be ilan aniya otolo weile araha niyalma be ilan ubu arafi juwe ubu be waliyafi emu ubu be weile gaimbi. hergen bisire niyalma oci ilan aniyai onggolo hergen efulerakū. juwan emu de

---

於初九日來投。初十日，汗曰：「葉赫之人，將其三年內犯罪之人，分成三份，免其二份，罰其一份。若是有爵位之人，三年之前，不革其爵。」十一日，

于初九日来投。初十日，汗曰：「叶赫之人，将其三年内犯罪之人，分成三份，免其二份，罚其一份。若是有爵位之人，三年之前，不革其爵。」十一日，

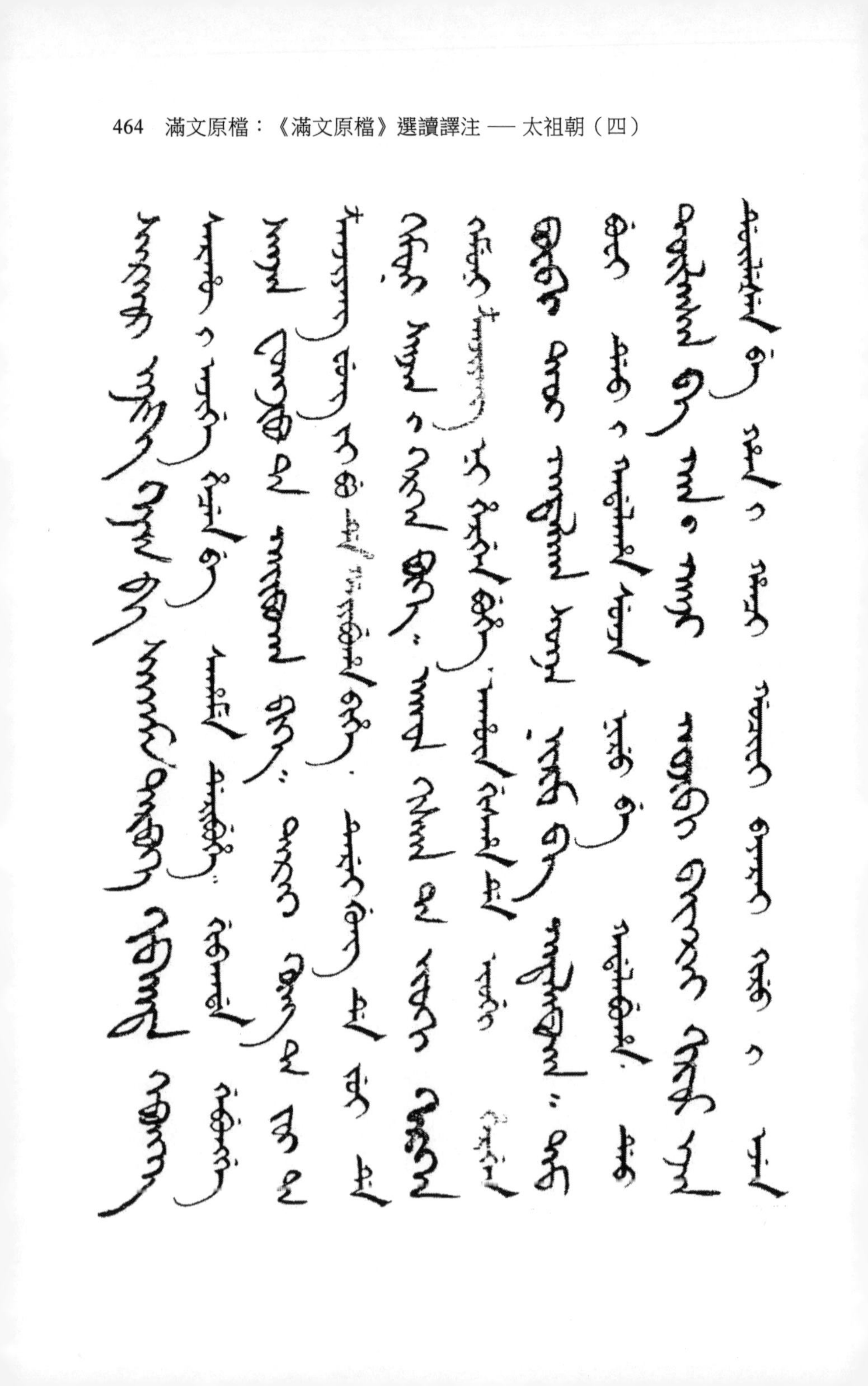

sarhū i ajige hecen be sahame deribuhe. gibkada gebungge ts'anjiyan fungjipu de gaibuha bihe, terei gung de jui de kemuni ts'anjiyan i hergen buhe, ahūn gisha de iogi hergen bufi deoi kadalaha sunja niru be kadalabuha, deo duilešen be han i hanci gocifi, bayarai kirui ejen

---

始築薩爾滸小城。名叫吉布喀達之參將，於奉集堡被擒。因其戰功，仍授其子參將之銜，授其兄吉思哈遊擊之銜，令管其弟所管之五牛彔，拔其弟兌勒申為汗前親信、巴牙喇纛額真。

始筑萨尔浒小城。名叫吉布喀达之参将，于奉集堡被擒。因其战功，仍授其子参将之衔，授其兄吉思哈游击之衔，令管其弟所管之五牛彔，拔其弟兑勒申为汗前亲信、巴牙喇纛额真。

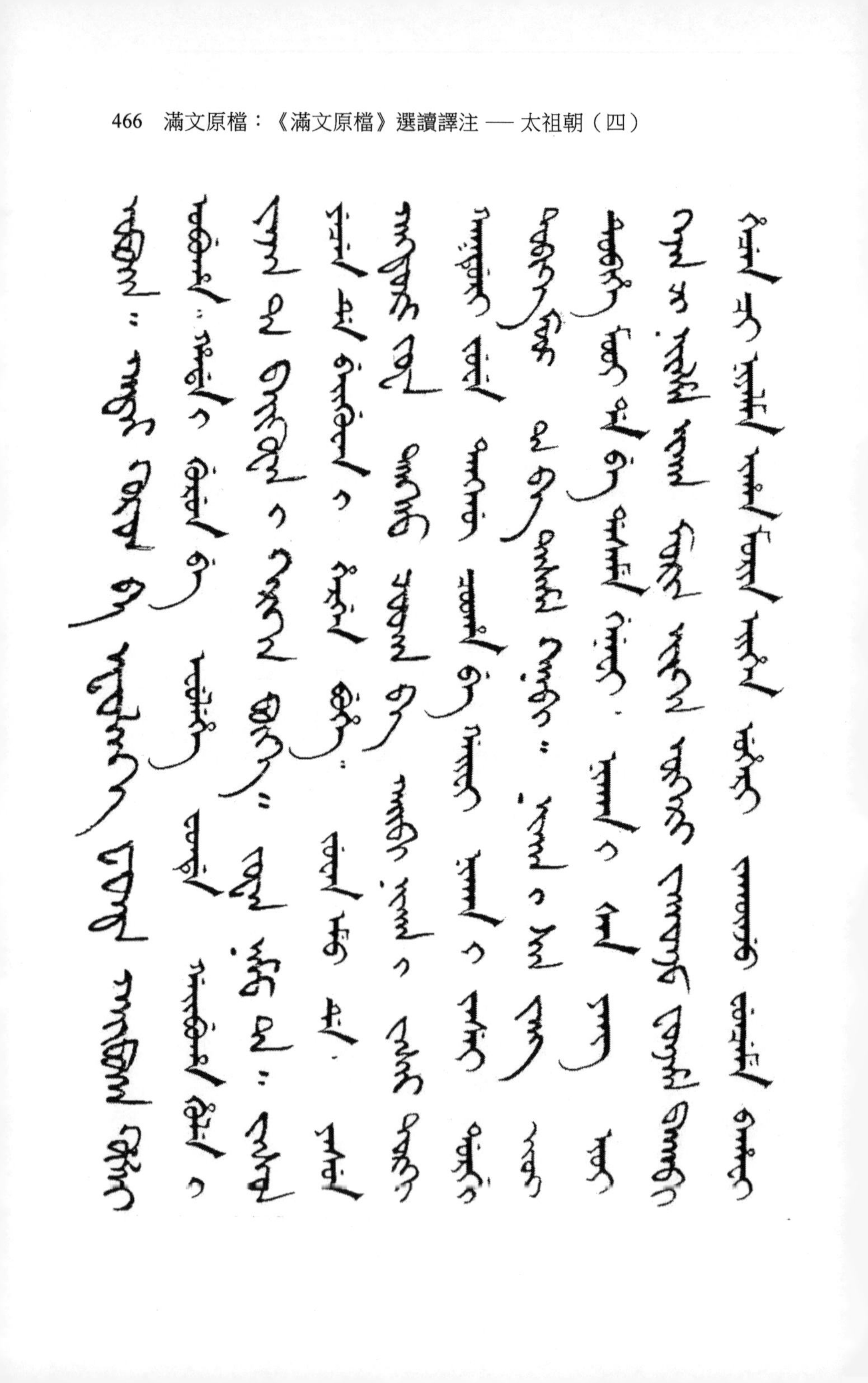

obuha. hadai gurun be efulehe fonde, gaibuha hulei yecen de beiguwan i hergen buhe. juwan emu de, yasun, kakduri juwe tanggū cooha be gaifi nikan i jasei dorgi tubihe mooi da be dasame genefi, nikan i šan yang ioi hecen ci niyalma ihan morin eihen uheri jakūnju funceme bahafi

---

授克哈達國時被擒之呼勒路葉臣以備禦銜。十一日，雅遜、喀克都里率兵二百前往明邊界內整修果木，略明山羊峪城，俘獲人及牛、馬、驢共八十餘而還。

授克哈达国时被擒之呼勒路叶臣以备御衔。十一日，雅逊、喀克都里率兵二百前往明边界内整修果木，略明山羊峪城，俘获人及牛、马、驴共八十余而还。

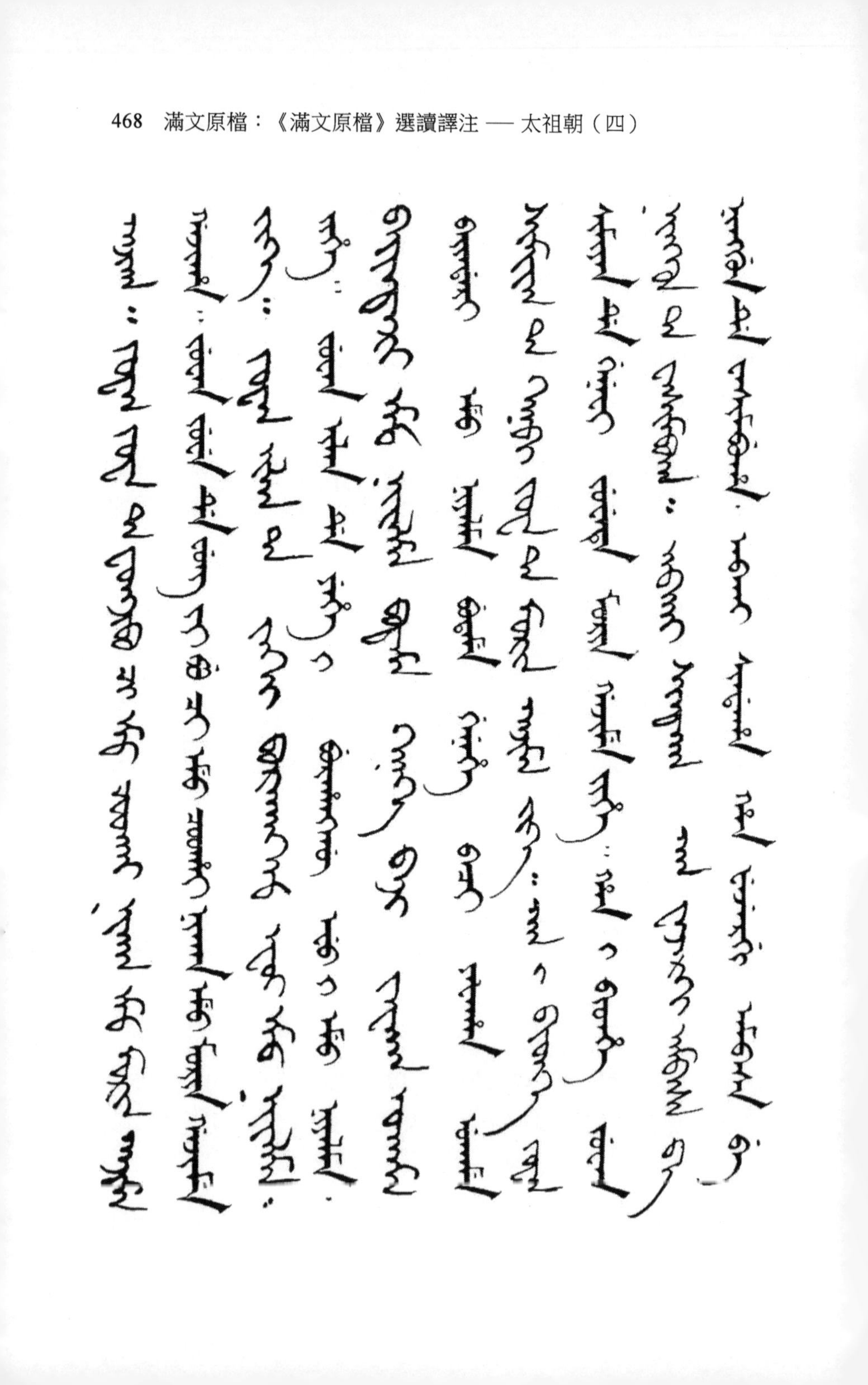

gajiha. juwan juwe de fung ji pu ci emu coohai nikan emu morin gajime jihe. juwan ilan de yehei burhanggū efui emu niyalma, baindari emu niyalma butame genehe baci yafahan ukame simiyan de genefi juwete morin gajime jihe. han i bithe juwan ninggun de wasimbuha, abkai sindaha han fejergi ambasa be

---

十二日，有明兵一人攜馬一匹自奉集堡來歸。十三日，葉赫額駙布爾杭古屬下一人與拜音達里屬下一人，自狩獵處徒步逃往瀋陽後各攜馬二匹來歸。十六日，汗頒書面諭旨曰：

十二日，有明兵一人携马一匹自奉集堡来归。十三日，叶赫额驸布尔杭古属下一人与拜音达里属下一人，自狩猎处徒步逃往沈阳后各携马二匹来归。十六日，汗颁书面谕旨曰：

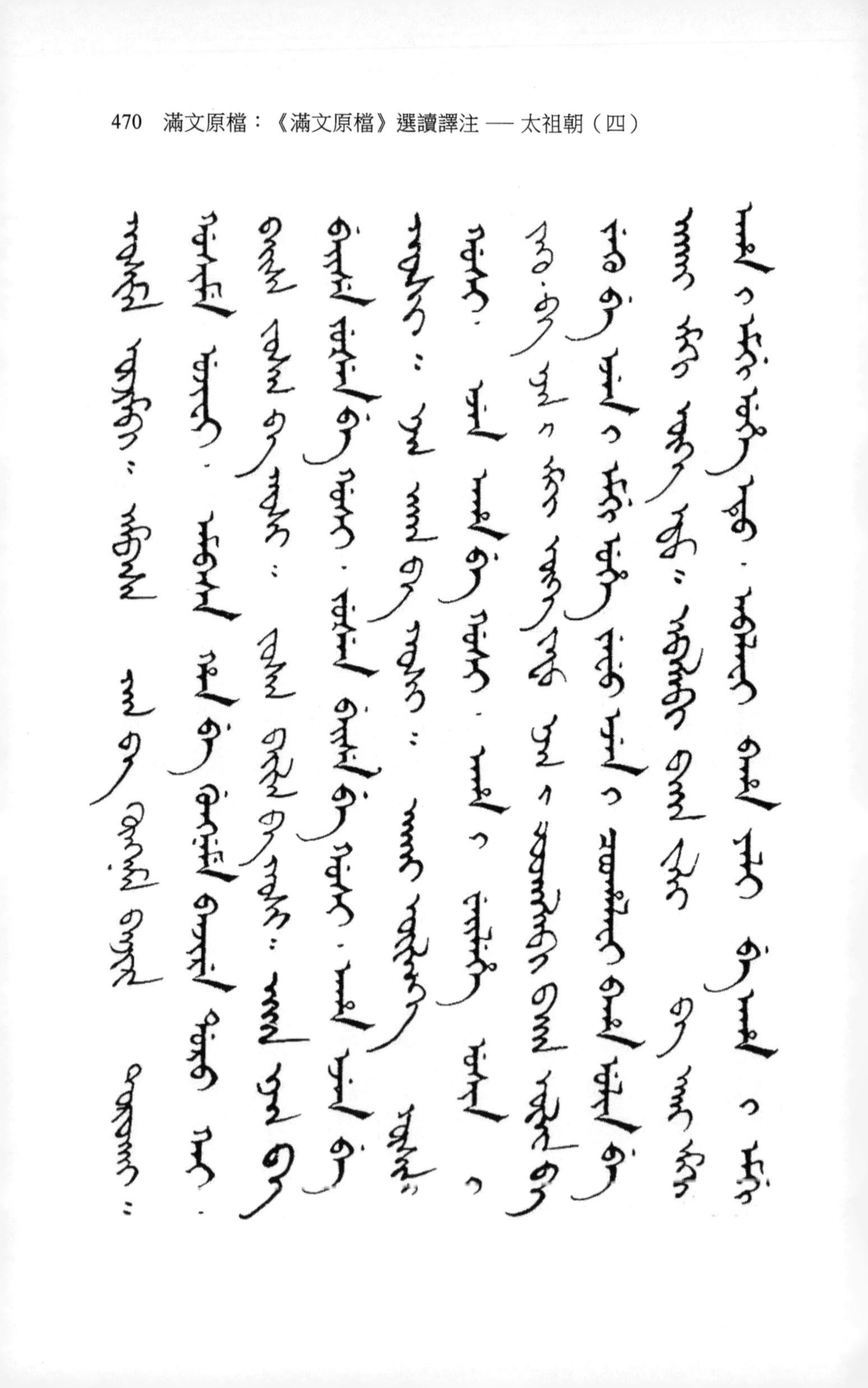

gosime ujifi, ambasa, han be gungneme banjire doro kai. beise jušen be gosi, jušen beise be gosi, aha ejen be gosi, ejen aha be gosi. ahai weilehe usin i jeku be ejen i emgi uhe jefu, ejen i coohalafi baha ulin be aha i emgi uhe etu, abalafi baha yali be aha i emgi

---

「天授汗恩養屬下諸臣，諸臣尊崇汗，乃禮也。諸貝勒眷愛諸申，諸申眷愛諸貝勒，奴才眷愛主子，主子眷愛奴才。奴才耕種之糧，與主子共食，主子出陣所獲財物，與奴才共穿，獵獲之肉，與奴才共食。」

「天授汗恩养属下诸臣，诸臣尊崇汗，乃礼也。诸贝勒眷爱诸申，诸申眷爱诸贝勒，奴才眷爱主子，主子眷爱奴才。奴才耕种之粮，与主子共食，主子出阵所获财物，与奴才共穿，猎获之肉，与奴才共食。」

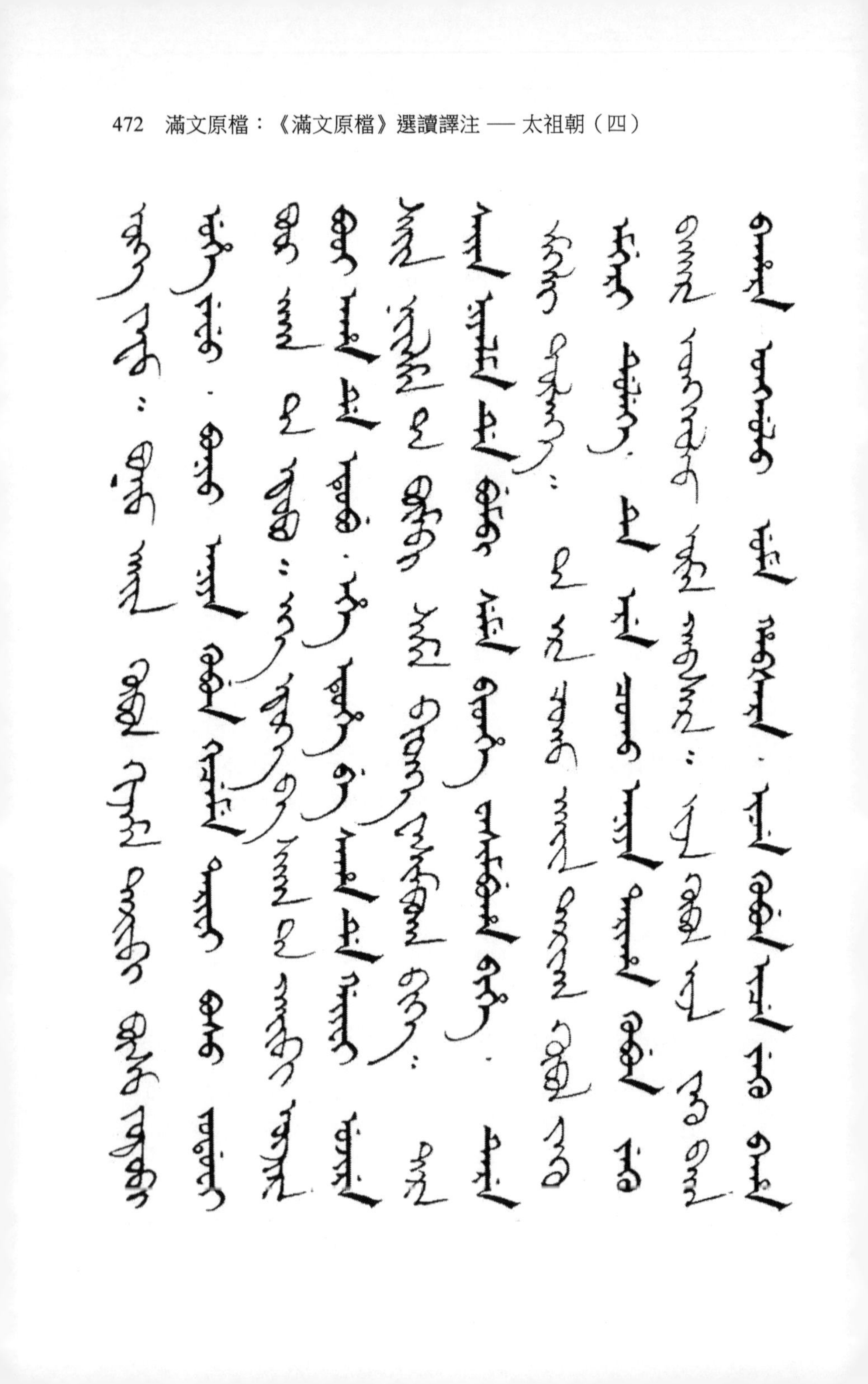

uhe jefu, bonio aniya kubun kiceme tarifi boso jodofi booi aha de etubu. ehe etuhe be saha de gaifi ujire sain niyalma de bumbi seme bithe wasimbuha bihe. tere emgeri duleke, te ere coko aniya tariha kubun jeku bahara onggolo ume habšara, ice kubun ice jeku baha

---

申年，頒降書面諭旨曰：「令勤於種棉織布，以供家奴穿着。見衣着襤褸者收之，交與善養之人。事屬既往，今酉年，所種棉糧收獲之前，毋庸告訴。新棉新糧收獲後，

申年，颁降书面谕旨曰：「令勤于种棉织布，以供家奴穿着。见衣着褴褛者收之，交与善养之人。事属既往，今酉年，所种棉粮收获之前，毋庸告诉。新棉新粮收获后，

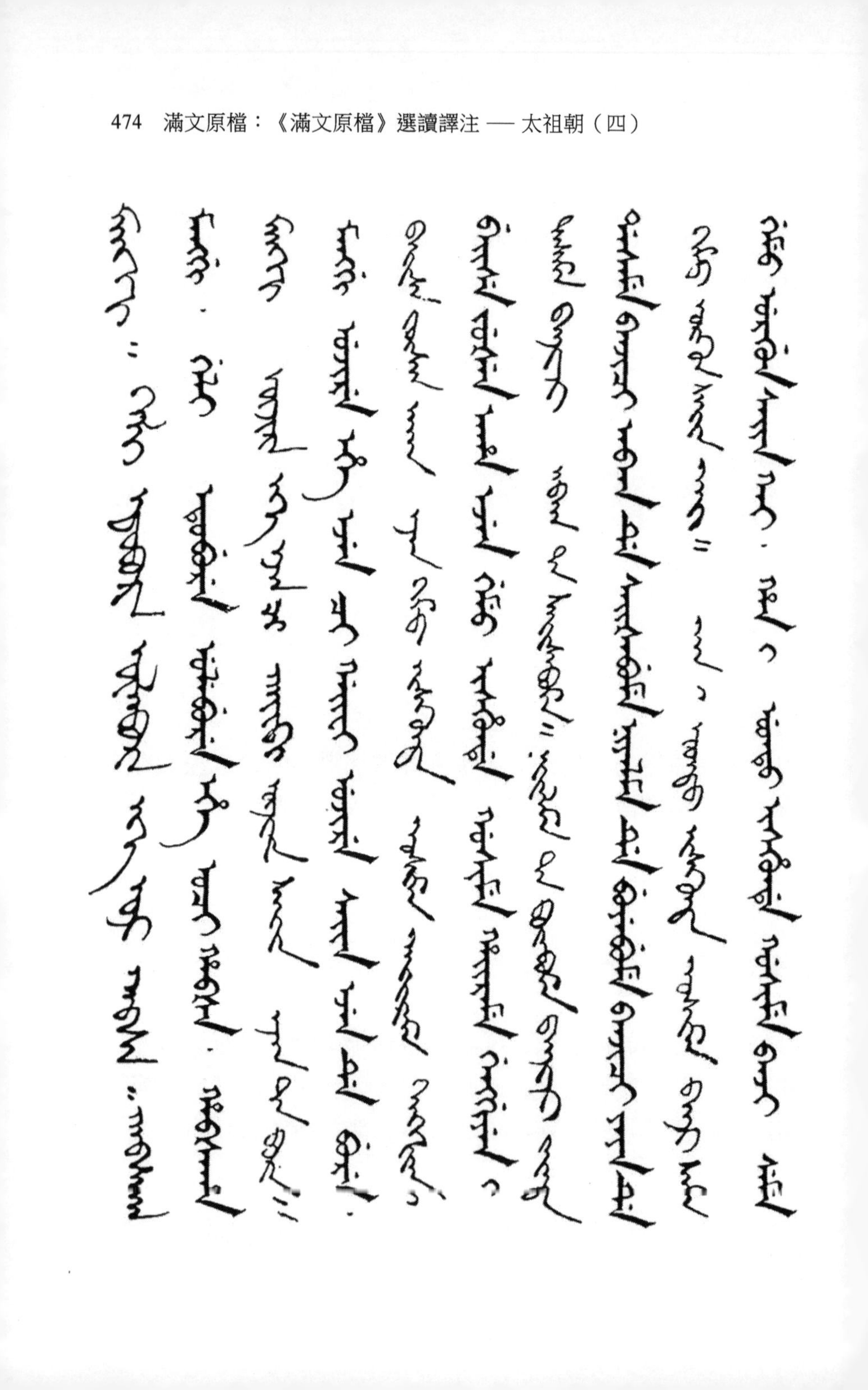

manggi, geli etubure ulebure ehe oci habša. habšaha manggi ujire ehe ejen ci gaifi ujire sain ejen de bure. beise, jušen, aha, ejen gemu ishunde gosime hairame genggiyen i dasame banjici abka de saišabume niyalma de buyebume banjici yayade gemu urgun sain kai. han i uttu ishunde gosime banji seme

---

衣食若仍惡劣，聽其訴訟，既經控訴後，即從不善養之主抽取，交給善養之主。貝勒、諸申、奴才、主子，俱皆相互眷愛，清明營生，蒙天嘉佑，人若幸生，則人人俱皆歡忭也，宜如此相互眷爱生活。

衣食若仍恶劣，听其诉讼，既经控诉后，即从不善养之主抽取，交给善养之主。贝勒、诸申、奴才、主子，俱皆相互眷爱，清明营生，蒙天嘉佑，人若幸生，则人人俱皆欢忭也，宜如此相互眷爱生活。

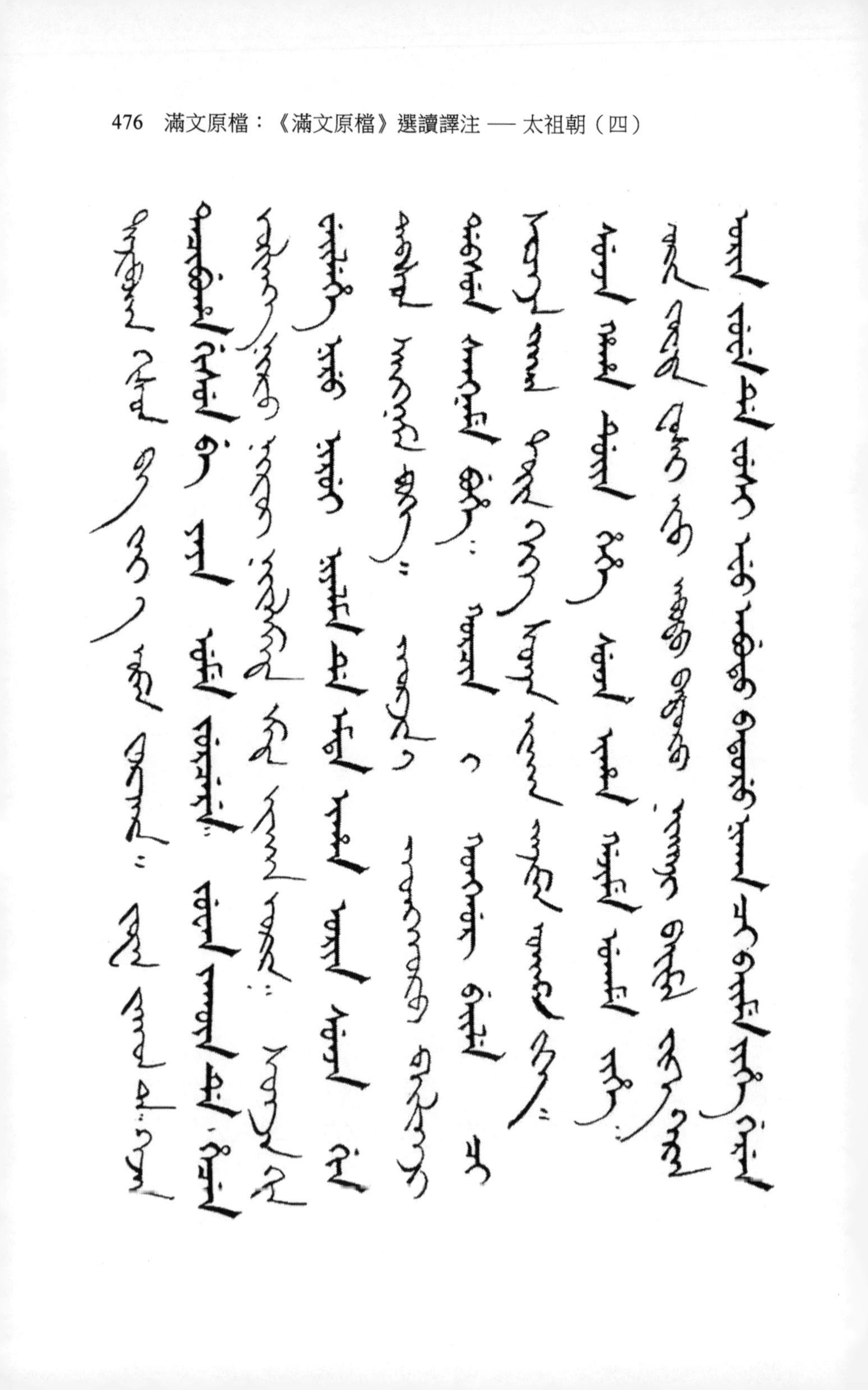

tacibuha gisun be yaya ume jurcere. juwan jakūn de, hecen weilehe niru nirui niyalmade emte ihan orin sunja gin dabsun šangname buhe. korcin i konggor beileci sunja haha duin hehe sunja ihan gajime ukame jihe. orin juwede fusi efu abutu baturu nikanci baime jihe geren

---

汗訓諭之言，人人勿違。」十八日，賞賜築城之牛彔，牛彔之人各賞牛一頭、鹽二十五斤。科爾沁孔果爾貝勒屬下五男四女攜牛五頭逃來。二十二日，撫順額駙、阿布圖巴圖魯與從明來投之

汗训谕之言，人人勿违。」十八日，赏赐筑城之牛彔，牛彔之人各赏牛一头、盐二十五斤。科尔沁孔果尔贝勒属下五男四女携牛五头逃来。二十二日，抚顺额驸、阿布图巴图鲁与从明来投之

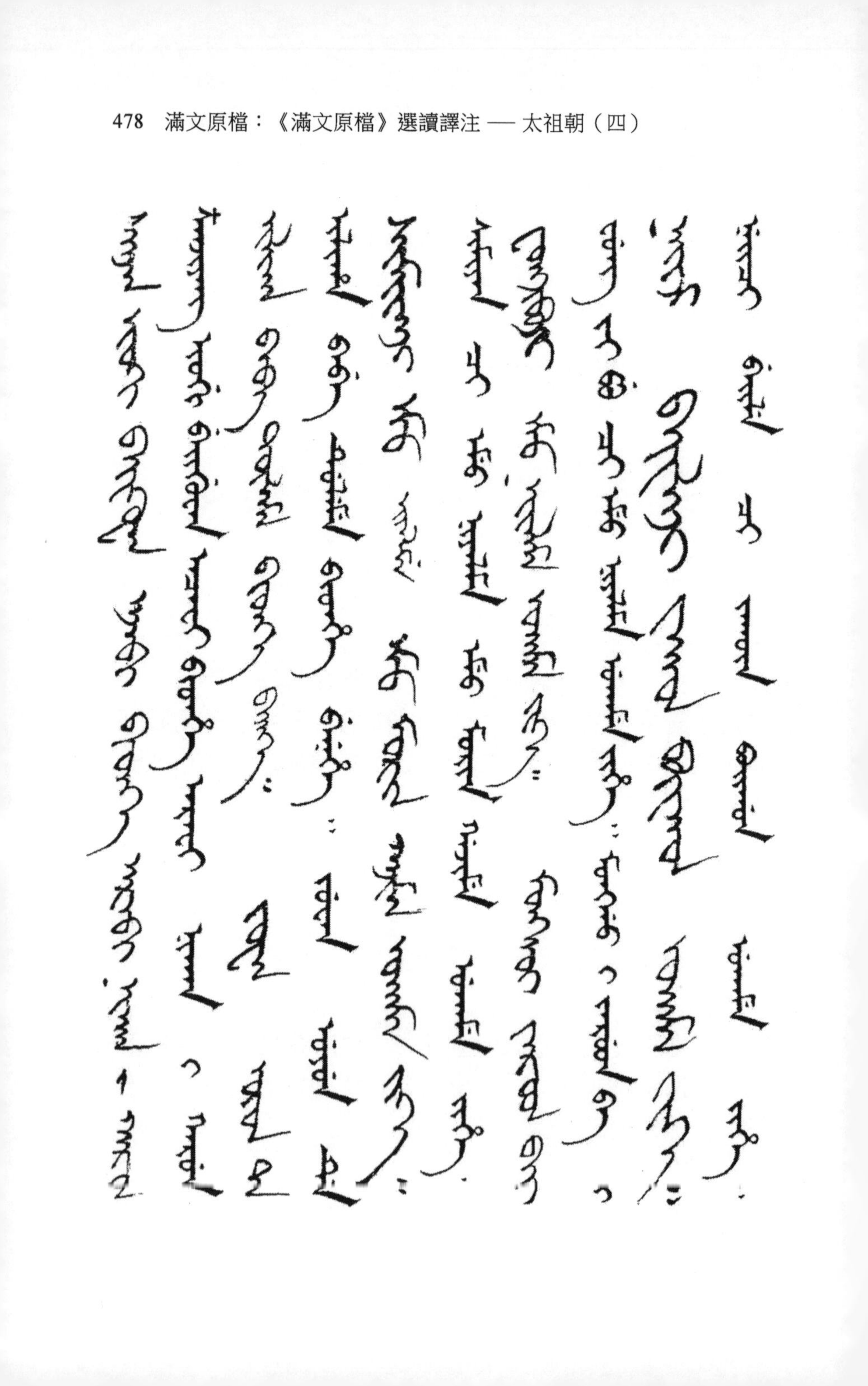

ts'anjiyan iogi beiguwan acafi bithe arafi nikan i karun iliha babe duleme bithe benehe. juwan uyun de simiyanci emu niyalma emu morin gajime ukame jihe. fungjipuci emu niyalma ukame jihe. monggoi jarut ba i neici beile ci jakūn boigon ukame jihe.

各參將、遊擊、備禦等聯名致書於明，越過明設立哨所之處齎書送去。十九日，有一人自瀋陽攜馬一匹逃來。有一人自奉集堡逃來。有八戶自蒙古扎魯特地方內齊貝勒處逃來。

各参将、游击、备御等联名致书于明，越过明设立哨所之处赍书送去。十九日，有一人自沈阳携马一匹逃来。有一人自奉集堡逃来。有八户自蒙古扎鲁特地方内齐贝勒处逃来。

二十九、譴責葉赫

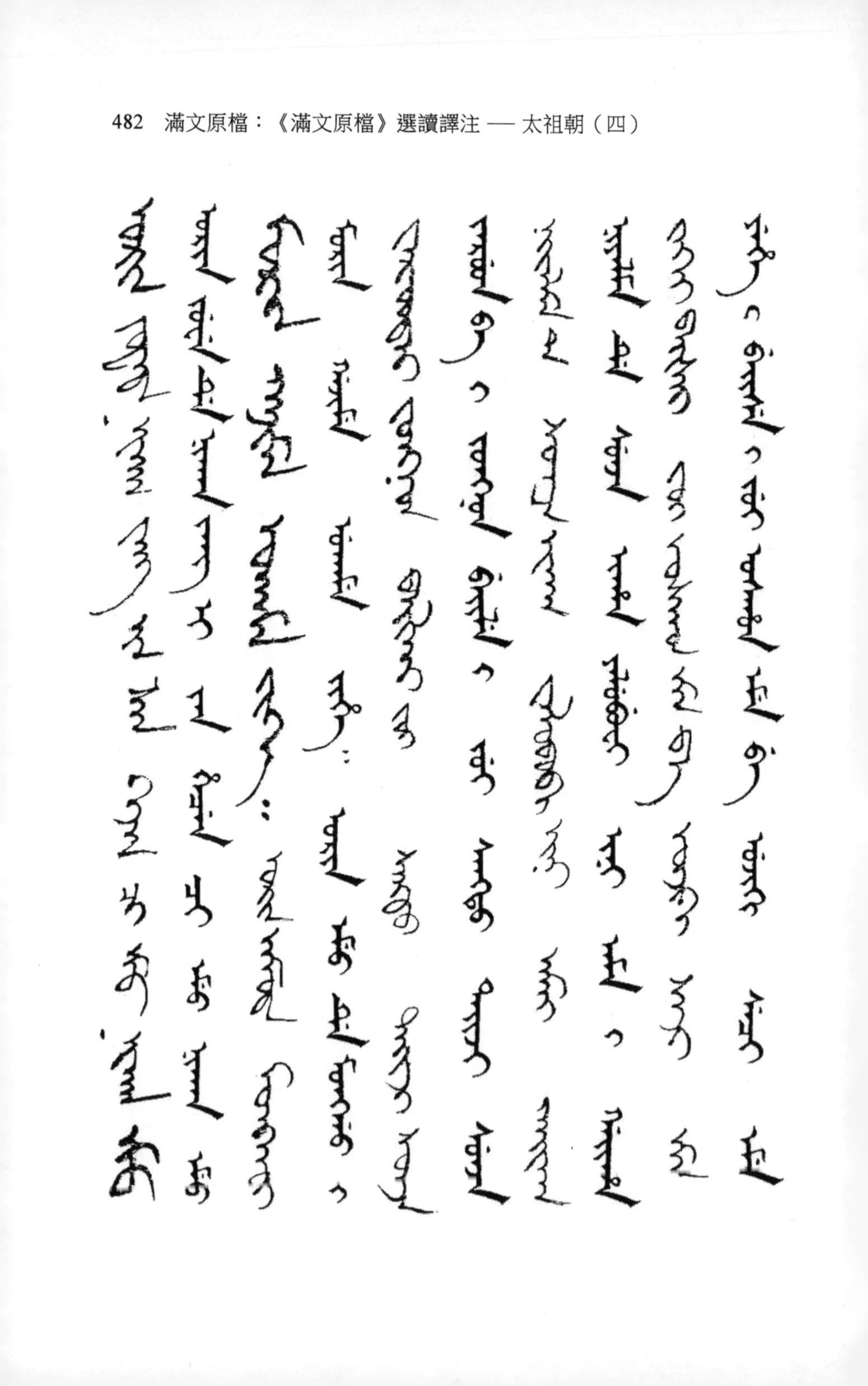

orin juwede nikan jang in jan hecen ci emu nikan emu morin gajime ukame jihe. orin emu de monggoi jarut ba i jongnon beilei jui sangtu taiji sunja niyalma de sunja ihan yalubufi ini amai gaiha yehei beisei jui oshon eme be ujiki seci eme

---

二十二日，有一漢人自明彰儀站城攜馬一匹逃來。二十一日，蒙古扎魯特地方鍾嫩貝勒之子桑圖台吉遣五人為使乘騎五牛前來報稱，其父欲娶葉赫貝勒之女為其庶母而養之，

二十二日，有一汉人自明彰仪站城携马一匹逃来。二十一日，蒙古扎鲁特地方锺嫩贝勒之子桑图台吉遣五人为使乘骑五牛前来报称，其父欲娶叶赫贝勒之女为其庶母而养之，

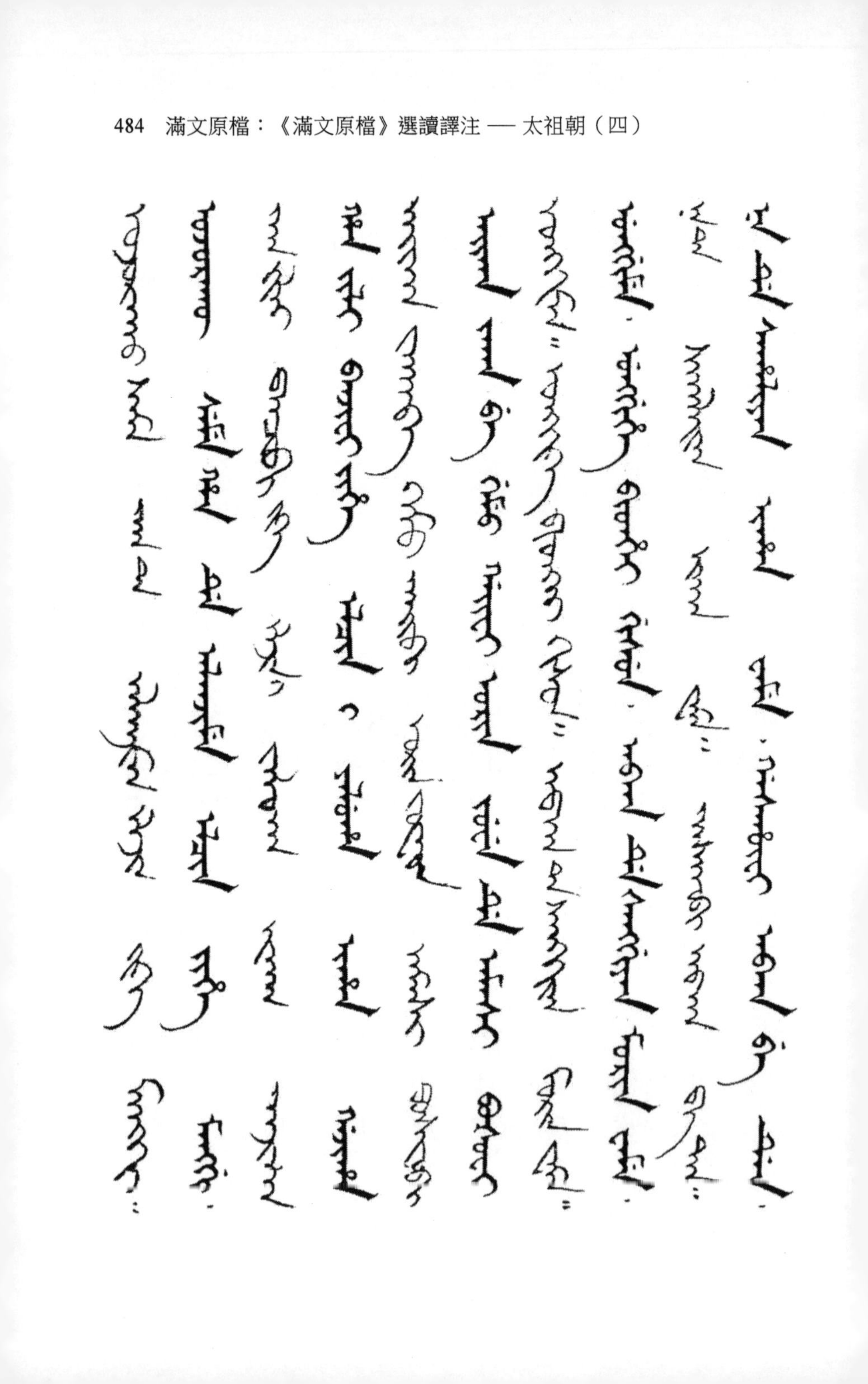

ojorakū seme, han de alanjime elcin jihe manggi, han jili banjifi jihe elcin i yaluha ihan gajiha aika jakabe gemu gaifi, orin juwe de amasi bošofi unggime, unggihe bithei gisun, abka de šanggiyan morin wame, na de sahaliyan ihan wame, gashūfi abka be den,

---

其母不允云云。汗聞之動怒，將來使乘騎之牛及所攜諸物俱行奪取。二十二日，將來使驅逐回去。致書曰：「先曾對天刑白馬，對地刑烏牛盟誓。

其母不允云云。汗闻之动怒，将来使乘骑之牛及所携诸物俱行夺取。二十二日，将来使驱逐回去。致书曰：「先曾对天刑白马，对地刑乌牛盟誓。

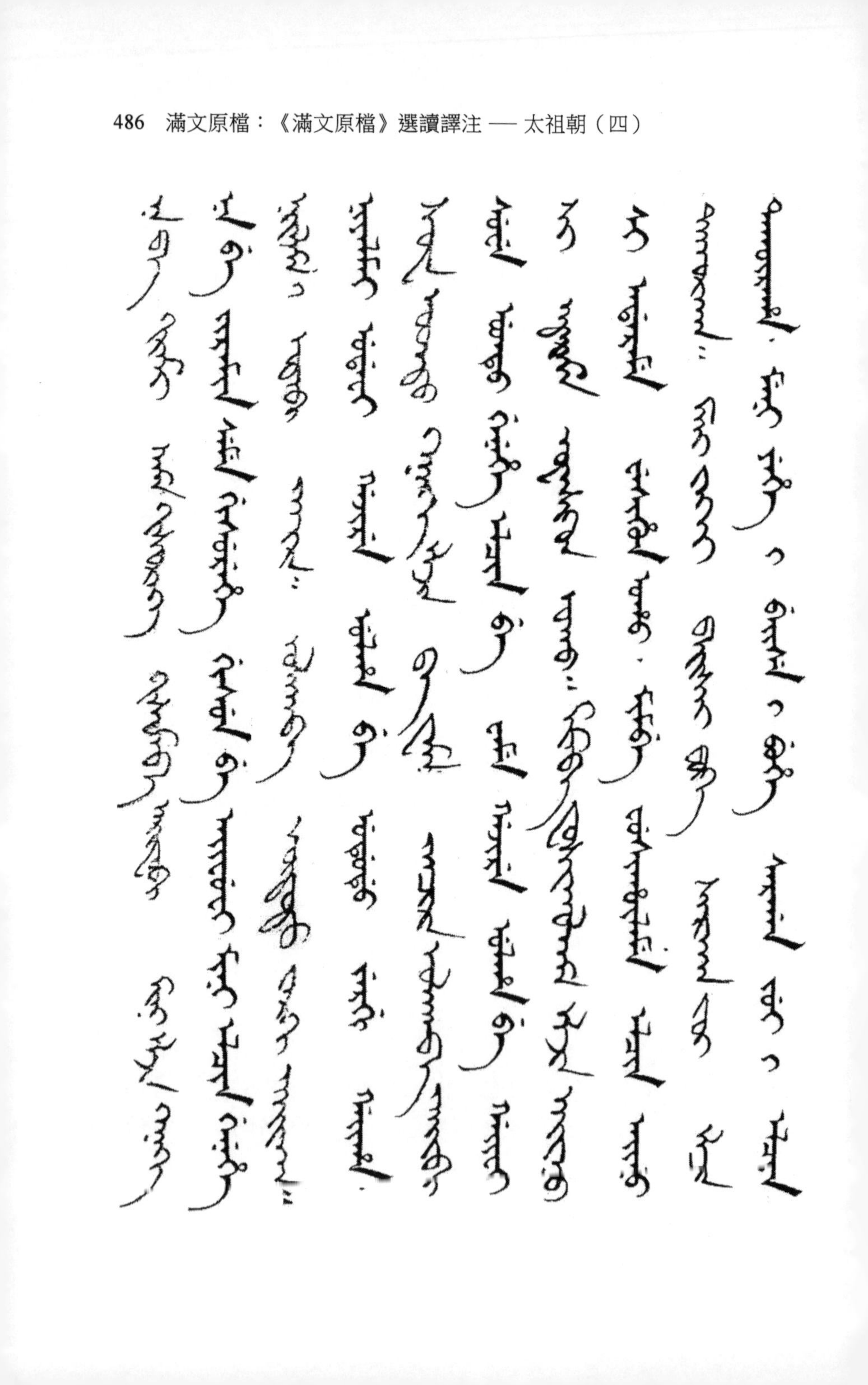

na be jiramin seme gisurehe gisumbe aifufi mini elcin genehe niyalmai udafi gajire ulhabe ududu jergi gaiha, suwe uttu genehe elcin be wame gajire ulha be gaifi, si adarame wesihun oho, mimbe fusihūlame, elcin ainu takūraha. meni yehei beise i buhe sargan jui i elcin

---

其後爾負天高地厚之誓言，屢次奪取我前往使者所購買之牲畜。爾等如此殺我前往之使者，又奪取牲畜。爾如何高高在上而鄙視我耶？差遣使者又欲何為？若非葉赫貝勒所聘我女之使者，

其后尔负天高地厚之誓言，屡次夺取我前往使者所购买之牲畜。尔等如此杀我前往之使者，又夺取牲畜。尔如何高高在上而鄙视我耶？差遣使者又欲何为？若非叶赫贝勒所聘我女之使者，

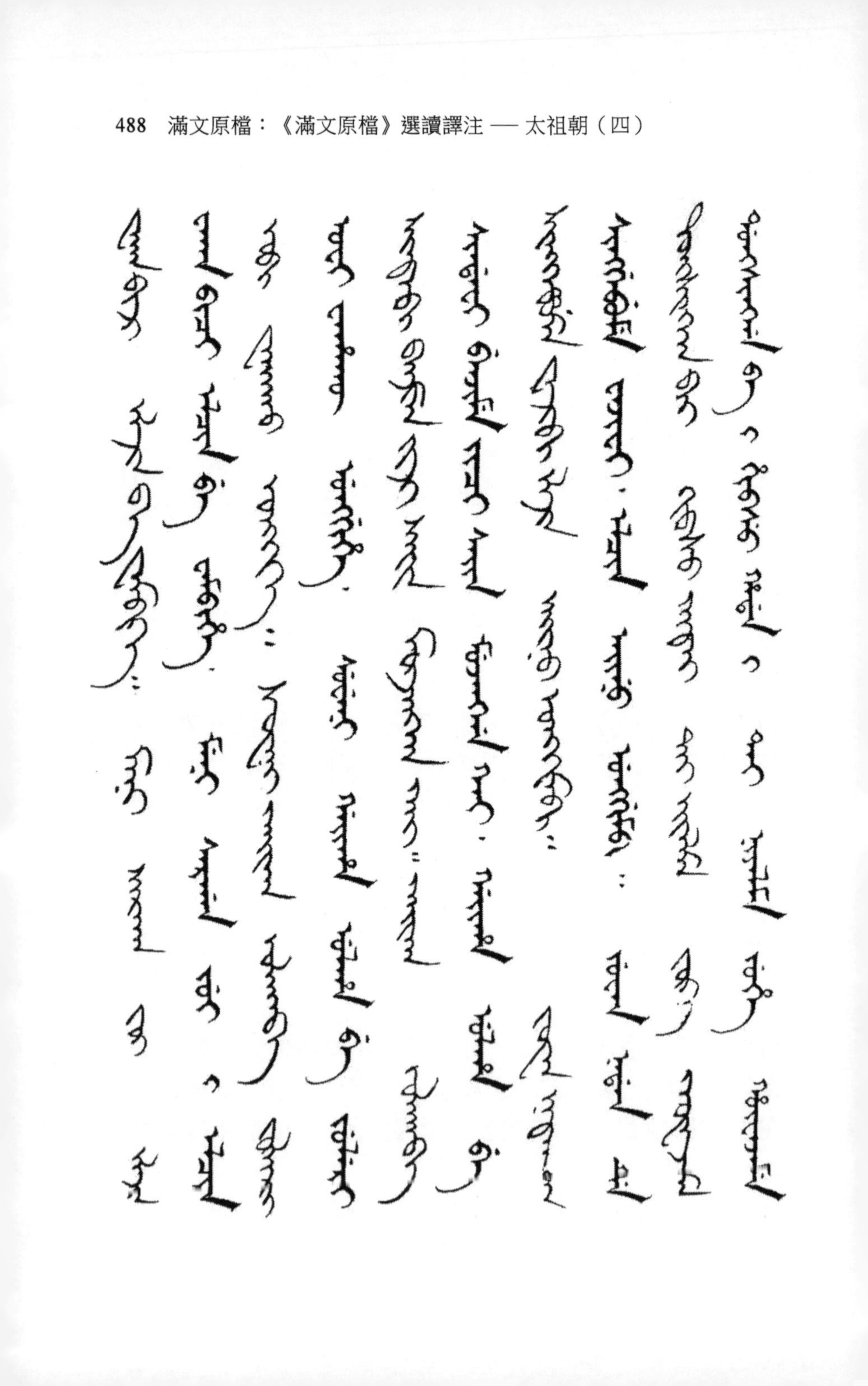

waka bici elcin be wambihe, meni sargan jui i elcin ofi wahakū unggihe. suweni gaiha ulhabe juleri sindafi benjime jici sain mujangga kai. gaiha ulhabe singgebume wajifi elcin ainu unggimbi. juwan nadan de dongsingga bai hibsu hadai tai niyalma juhe hūwajame

---

則將使者殺之，因係我女之使者，故未殺而遣還。爾等若將所奪牲畜先行送來放在面前，則確實是美事也。所奪牲畜既已吞盡，則遣使又欲何為？」十七日，董新阿地方喜布素峰台之卒，

则将使者杀之，因系我女之使者，故未杀而遣还。尔等若将所夺牲畜先行送来放在面前，则确实是美事也。所夺牲畜既已吞尽，则遣使又欲何为？」十七日，董新阿地方喜布素峰台之卒，

三十、掘井飲水

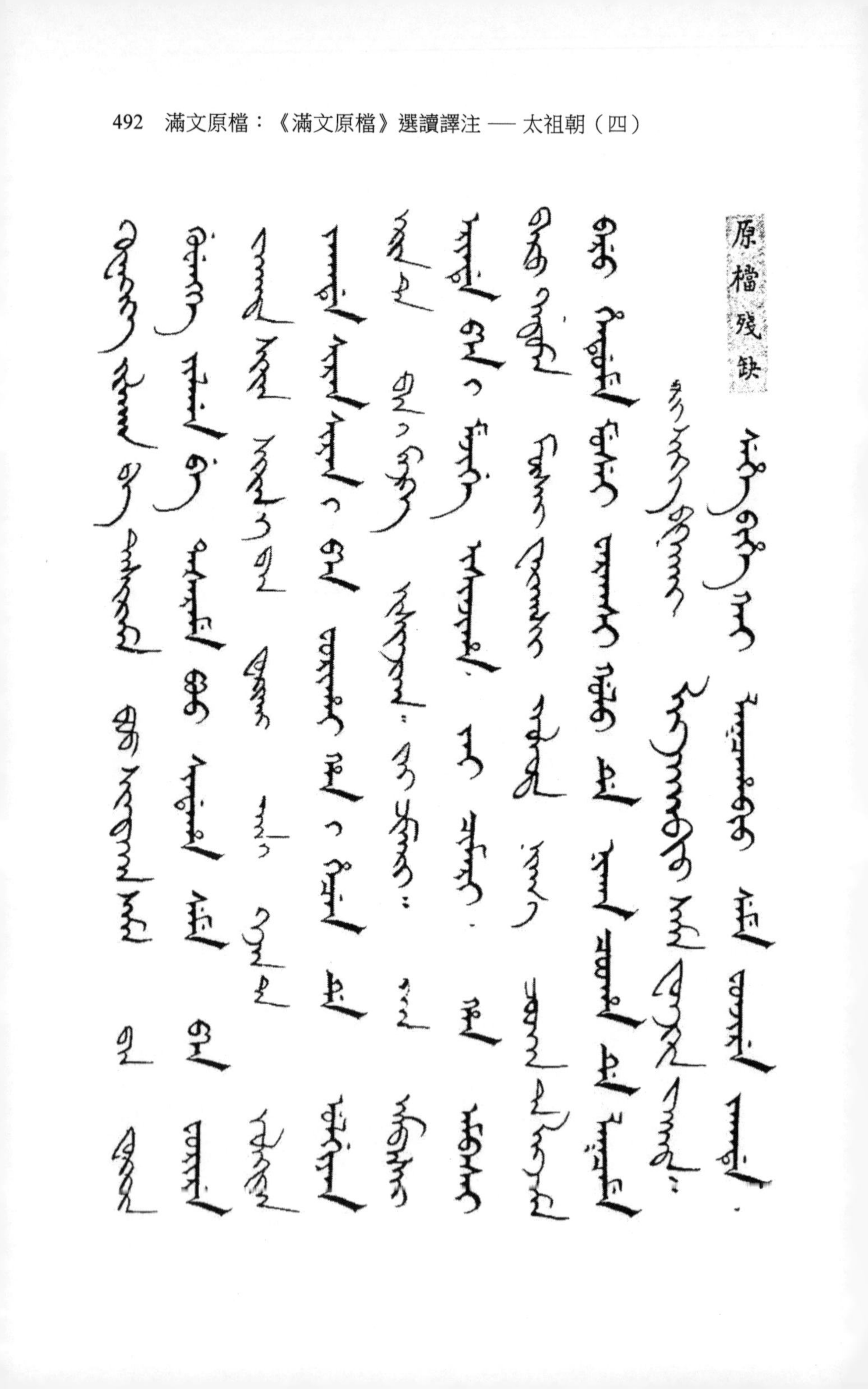

原檔殘缺

guwengke jilgan be tašarame poo sindaha seme pan forire jakade, siran siran i pan forihai han i hecen de ulgiyan erinde pan i mejige isinjiha. jai cimari, han ambasai baru hendume, musei warkasi golode nikan cooha de lakcame〔原檔殘缺〕sehe bihe kai, lakcahabio seme fonjire jakade,

---

因將冰破之響聲誤為放礮，故擊打雲牌，各汗相繼擊打雲牌。亥時，雲牌信息傳至汗城。翌日晨，汗謂諸大臣曰：「曾聞我瓦爾喀什路為明兵阻斷〔原檔殘缺〕也。詢問果否阻斷？」

因将冰破之响声误为放炮，故击打云牌，各汗相继击打云牌。亥时，云牌信息传至汗城。翌日晨，汗谓诸大臣曰：「曾闻我瓦尔喀什路为明兵阻断〔原档残缺〕也。询问果否阻断？」

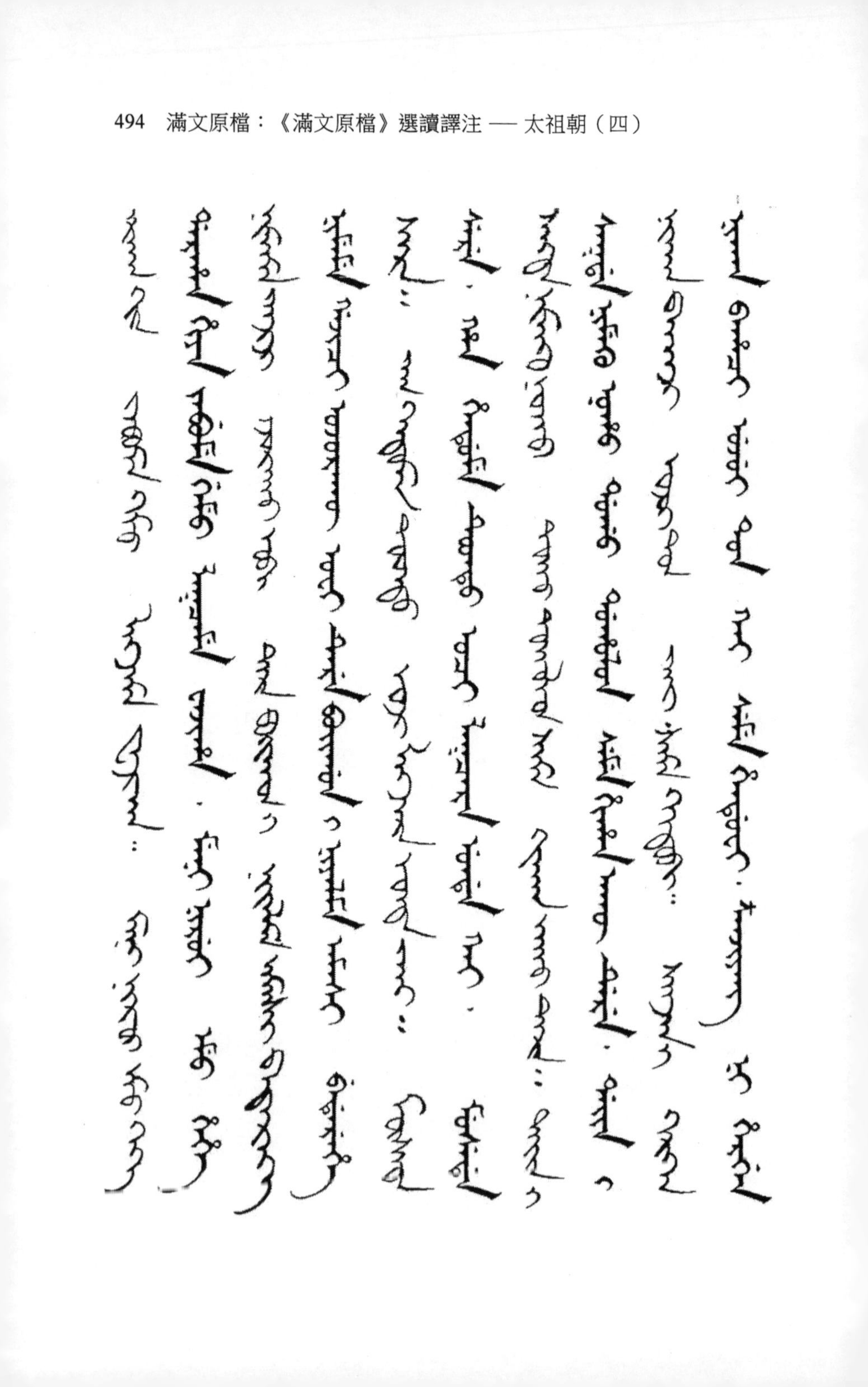

darhan hiya jabume, gemu lakcame wajiha, meni nirui emu hehe nimeme gajici ojorakū ofi, tere boigon i niyalma amasi bederehe sere. han hendume, tuttu oci lakcara unde kai. musede sakda nimeku noho dogo doholon seme hihan akū dere, dain i nikan bahaci ujui ton kai seme hendufi, ts'anjiyan i hergen

---

達爾漢侍衛答曰：「據聞俱已阻斷，我牛彔下一婦女因病不撤，其人戶均已撤回。」汗曰：「若是如此，則尚未阻斷也。對我等而言，老病瞎跛，雖不足惜，但是，若為陣中明人所獲，則所關甚鉅也。」諭畢，遣參將銜

达尔汉侍卫答曰：「据闻俱已阻断，我牛彔下一妇女因病不撤，其人户均已撤回。」汗曰：「若是如此，则尚未阻断也。对我等而言，老病瞎跛，虽不足惜，但是，若为阵中明人所获，则所关甚巨也。」谕毕，遣参将衔

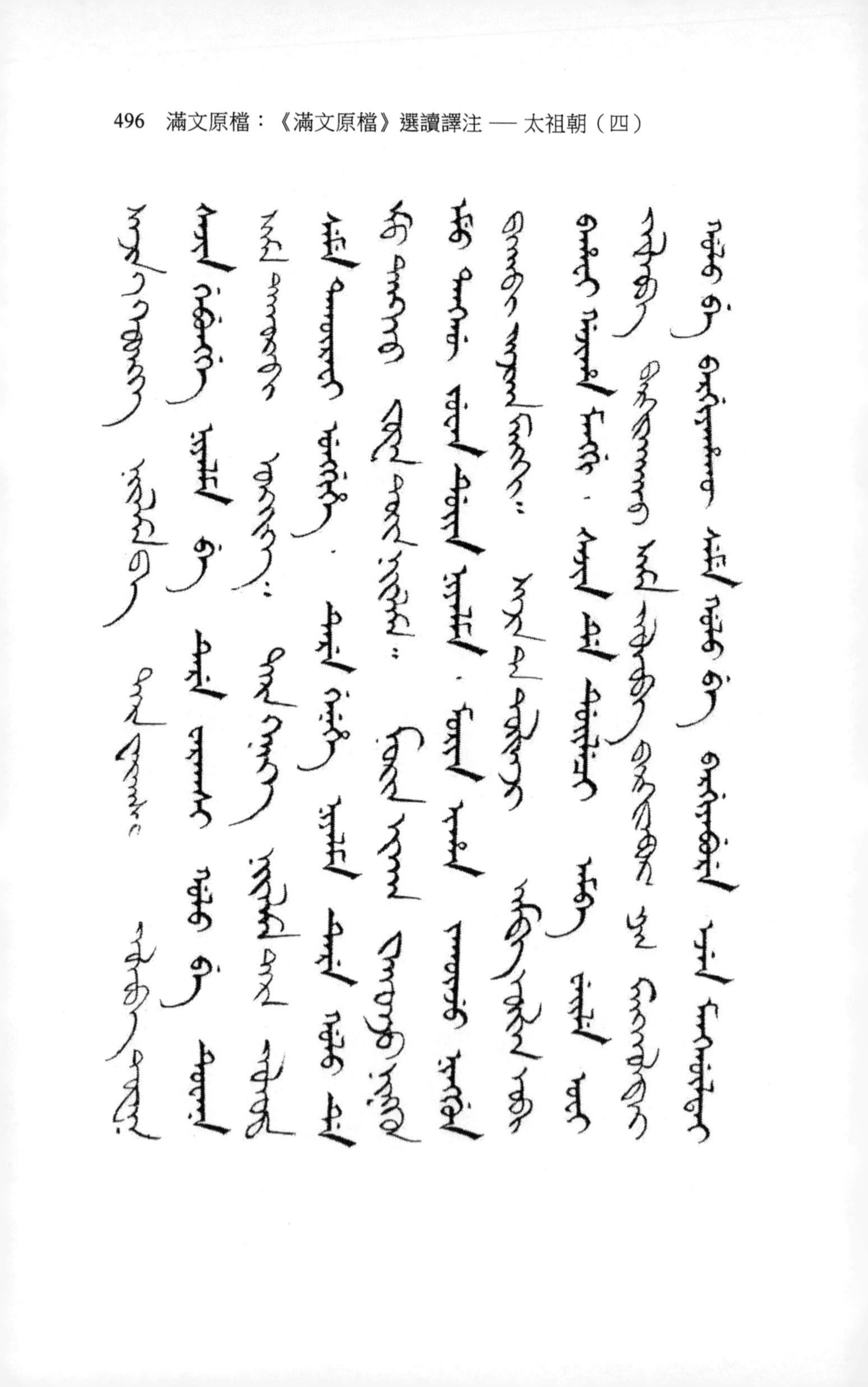

šajin gebungge niyalma be tere warkasi golobe tuwana seme takūrafi unggihe. tere genehe niyalma tere golode emu tanggū juwan duin niyalma, morin ihan jakūnju ninggun bahafi gajiha manggi, šajin de duileci amba weile ofi golobe bargiyahakū seme golobe bargiyabure ejen manggūltai

---

名叫沙津之人差遣前往探察瓦爾喀什路。前往之人於該路俘獲一百一十四人及馬、牛八十六頭而還。經法司審理，因係大罪，而將已收該路之主莽古爾泰貝勒以未收該路

名叫沙津之人差遣前往探察瓦尔喀什路。前往之人于该路俘获一百一十四人及马、牛八十六头而还。经法司审理，因系大罪，而将已收该路之主莽古尔泰贝勒以未收该路

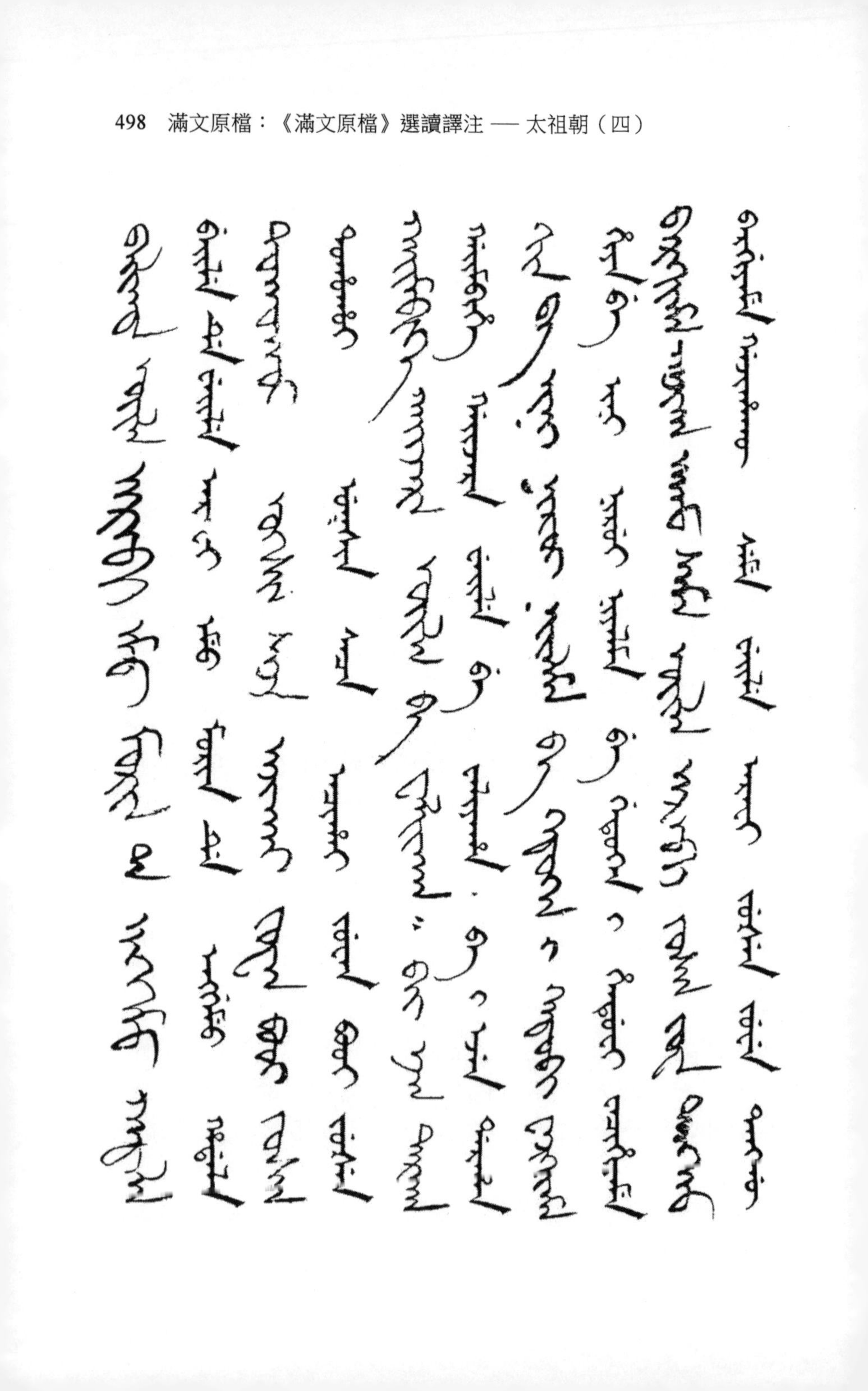

beilede weile arafi emu morin de enggemu hadala tohohoi uksin saca acihai juwan booi jušen gaimbihe, gaijara weile be waliyaha. bai ejen darhan hiya be ini nirui niyalma be getuken i hendufi wacihiyame bargiyame gajihakū seme weile arafi jušen juwe tanggū

而治罪，擬罰奪馱載盔甲套鞍轡之馬一匹、諸申十戶，後又免其所罰之罪。因該地之主達爾漢侍衛未將其牛彔之人盡數收回，而治罪，奪其諸申男丁二百人。

而治罪，拟罚夺驮载盔甲套鞍辔之马一匹、诸申十户，后又免其所罚之罪。因该地之主达尔汉侍卫未将其牛彔之人尽数收回，而治罪，夺其诸申男丁二百人。

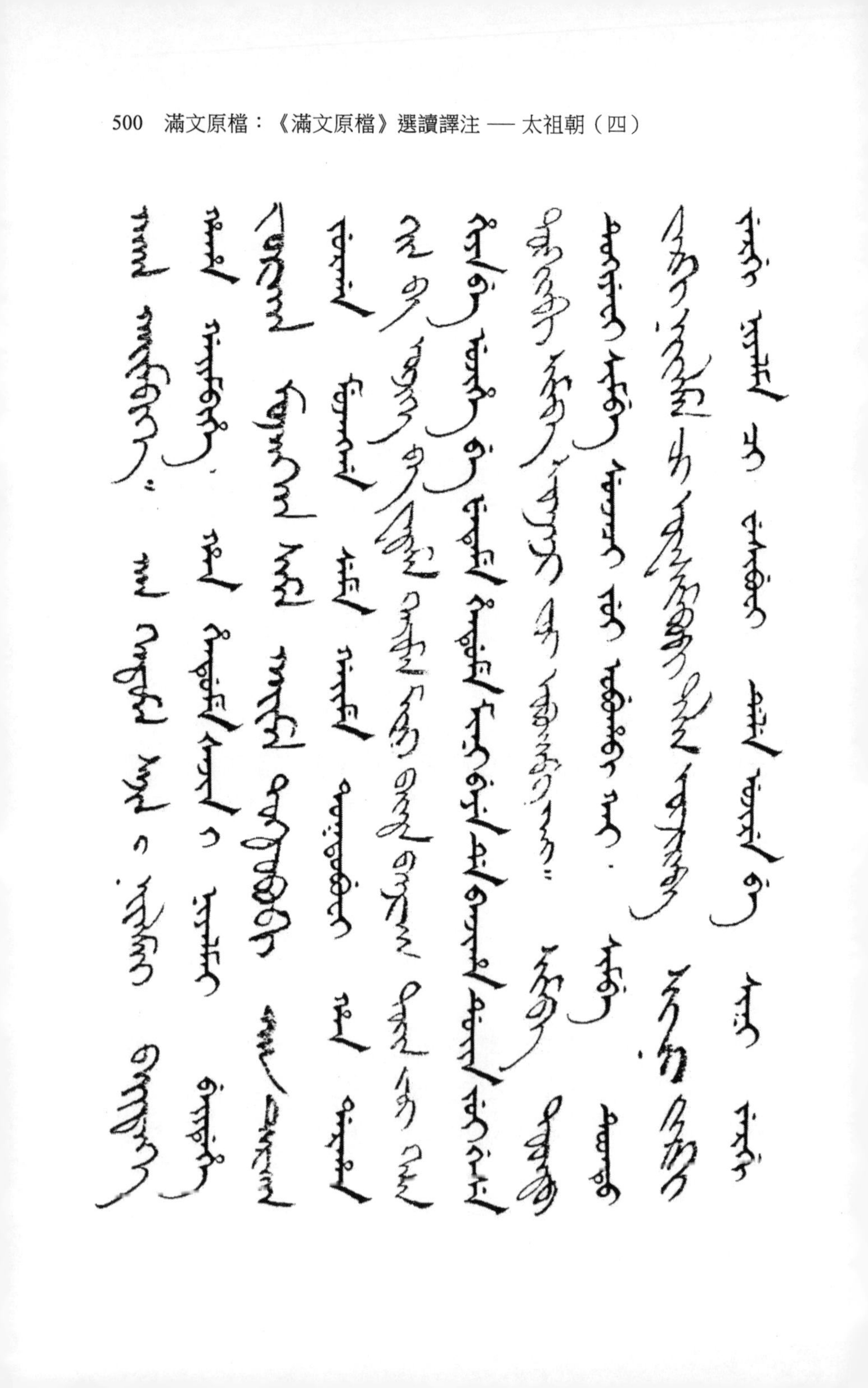

haha gaimbihe. han hendume, šajin i niyalmai beidehe jurgan mujangga seme gaime toktobufi, han darhan hiya be ujihe be feteme hendume, mini beyede banjiha duin jui gese tukiyefi simbe sunjaci jui obuhabi kai, simbe tuttu jergi niyalma ci wesibufi dele ujire be sini jergi

---

汗曰：「執法之人所審屬實。」准照所擬定罪。汗又追究所豢養達爾漢侍衛曰：「我舉用如同親生四子，視爾為第五子也，擢拔而豢養，

汗曰：「执法之人所审属实。」准照所拟定罪。汗又追究所豢养达尔汉侍卫曰：「我举用如同亲生四子，视尔为第五子也，擢拔而豢养，

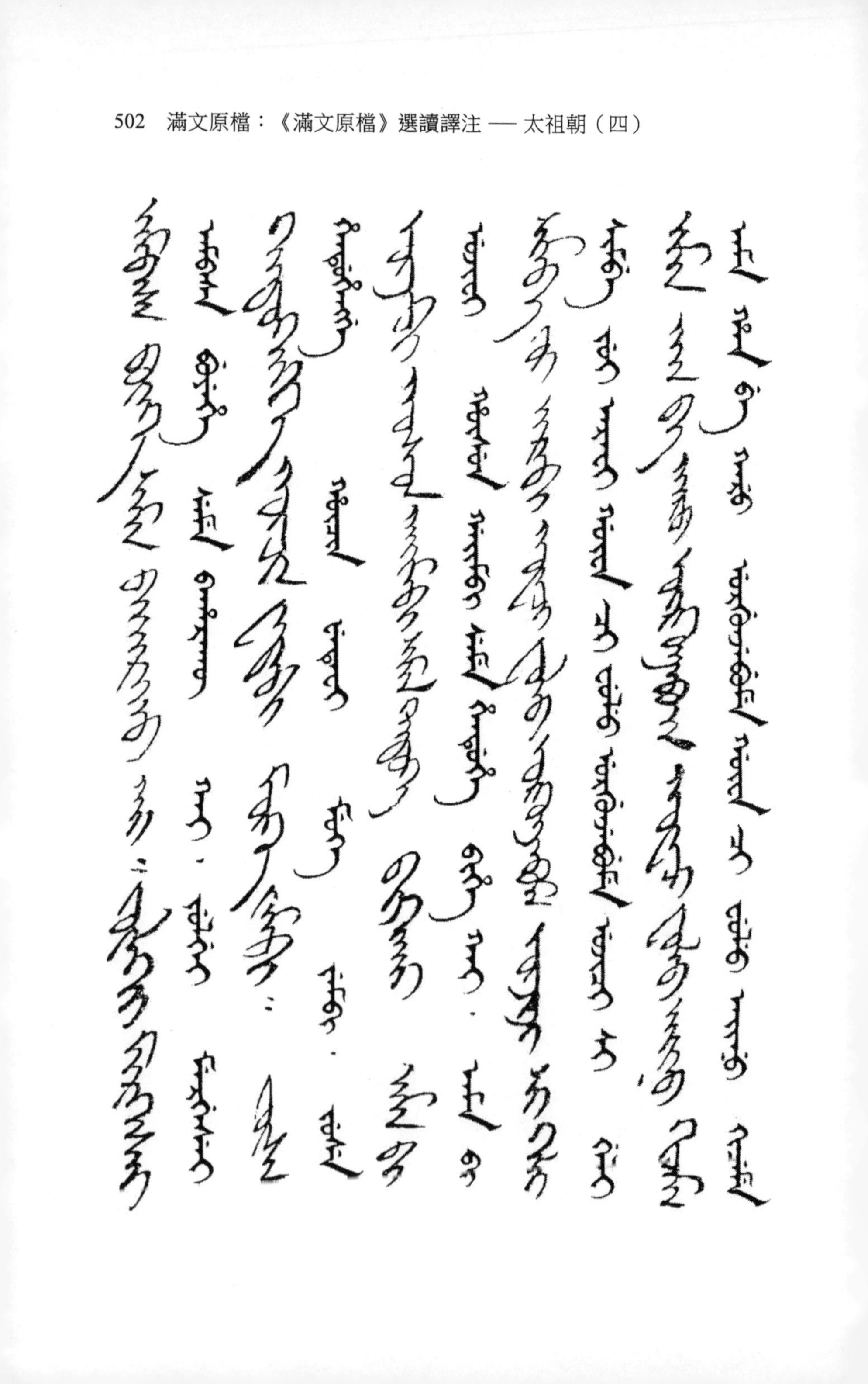

ambasa buyehe seme baharakū kai. julgei mergesei henduhengge hūcin fetefi muke jembi, juse ujifi hūsun gaimbi seme henduhe bihekai. ama bi simbe jui arafi gūwaci fulu urgunjebume ujici si geli ama han be karu urgunjebume gūwa ci fulu ainu kiceme

---

此乃與爾同等之諸大臣所想要而求之不得也。古聖先賢有言：『掘井飲水，養子得力。』為父之我，以爾為子，較他人更加喜爱恩養，爾又為何不較他人更加喜悅還報於父汗，而勤加管理耶？

此乃与尔同等之诸大臣所想要而求之不得也。古圣先贤有言：『掘井饮水，养子得力。』为父之我，以尔为子，较他人更加喜爱恩养，尔又为何不较他人更加喜悦还报于父汗，而勤加管理耶？

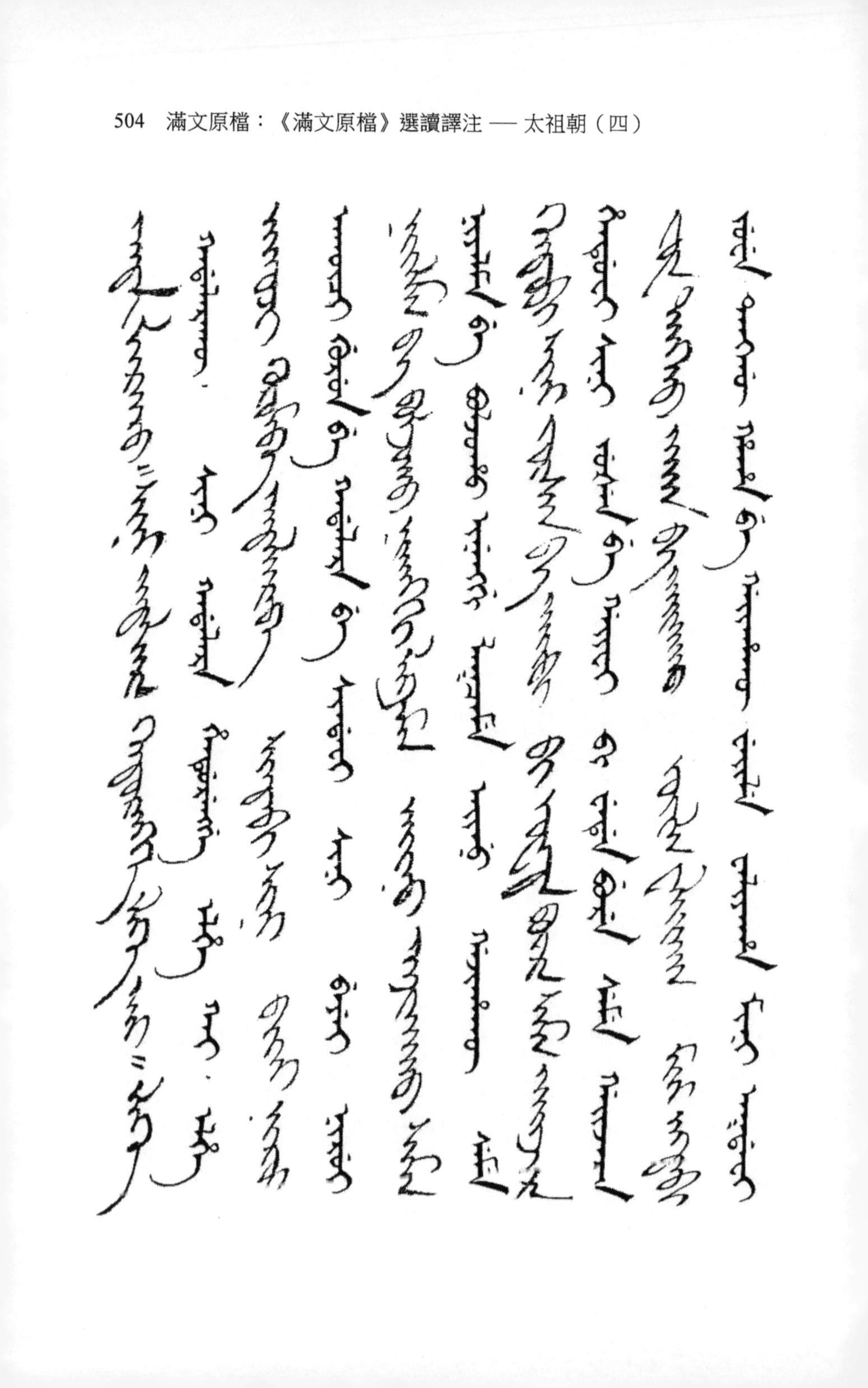

kadalarakū. sini kadalara hendurengge elhe kai. elhe akūci gurumbe kadalarabe sindafi sini beyei nirui niyalma be boljoho inenggi lakcame ainu gajihakū seme hendufi, sini jušen be gaifi bi wede bure seme, gaijara juwe tanggū haha be gaihakū weile waliyaha. mini akdafi

---

爾之所管即所謂優柔也，若非優柔，所管國人因何廢弛？為何未將爾自己屬下牛彔之人如期收回耶？」又曰：「籍沒爾之諸申，我將賜給何人？」遂命免其罰奪二百男丁之罪。

尔之所管即所谓优柔也，若非优柔，所管国人因何废弛？为何未将尔自己属下牛彔之人如期收回耶？」又曰：「籍没尔之诸申，我将赐给何人？」遂命免其罚夺二百男丁之罪。

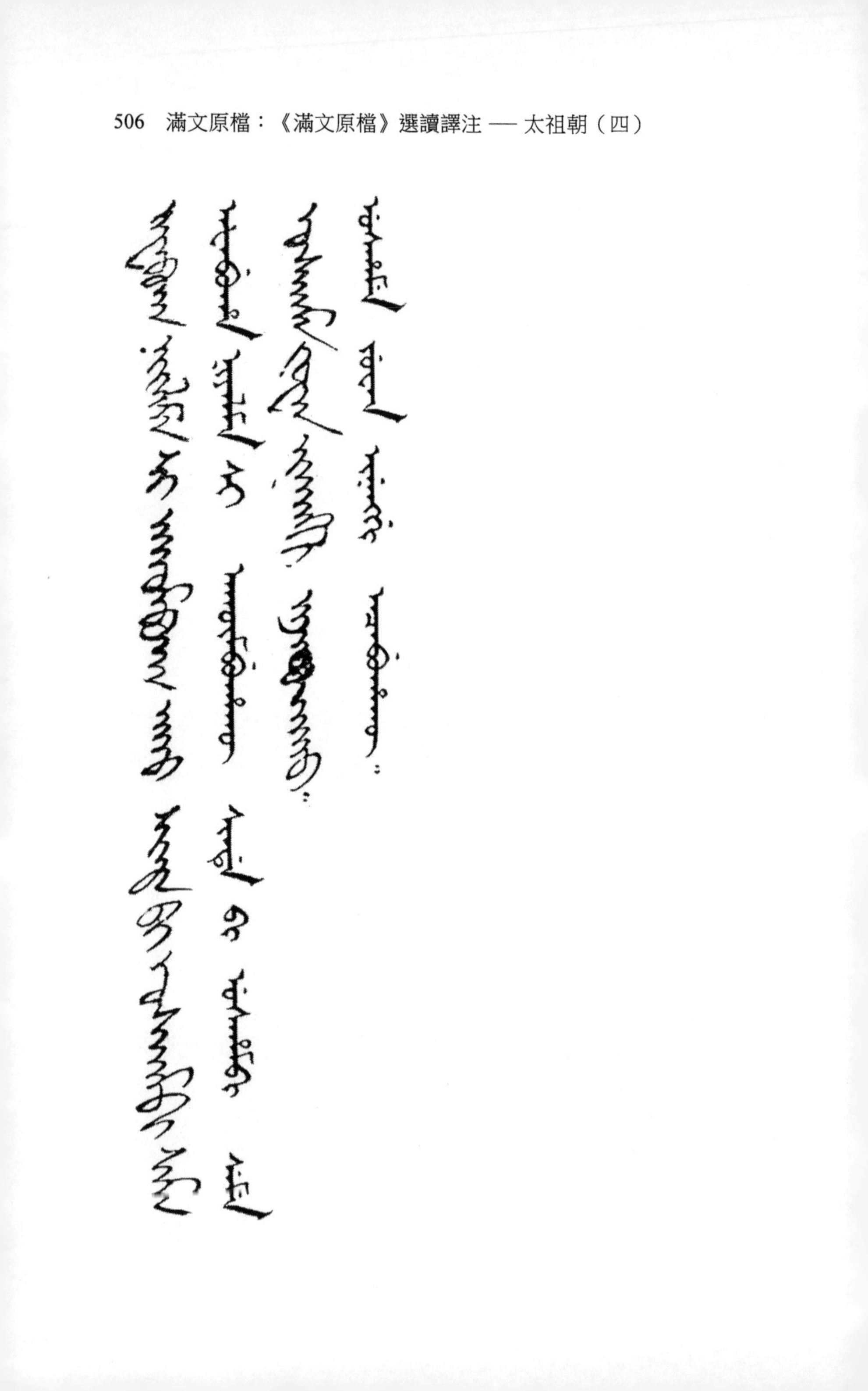

afabuha niyalma si akūmbuha akū, sinde bi ushambi seme ushame, juwan inenggi acabuhakū.

又曰：「素為我所信任之人，竟未盡所委任之事，於爾我殊甚痛恨。」因惱怒，故十日未准覲見。

又曰：「素为我所信任之人，竟未尽所委任之事，于尔我殊甚痛恨。」因恼怒，故十日未准觐见。

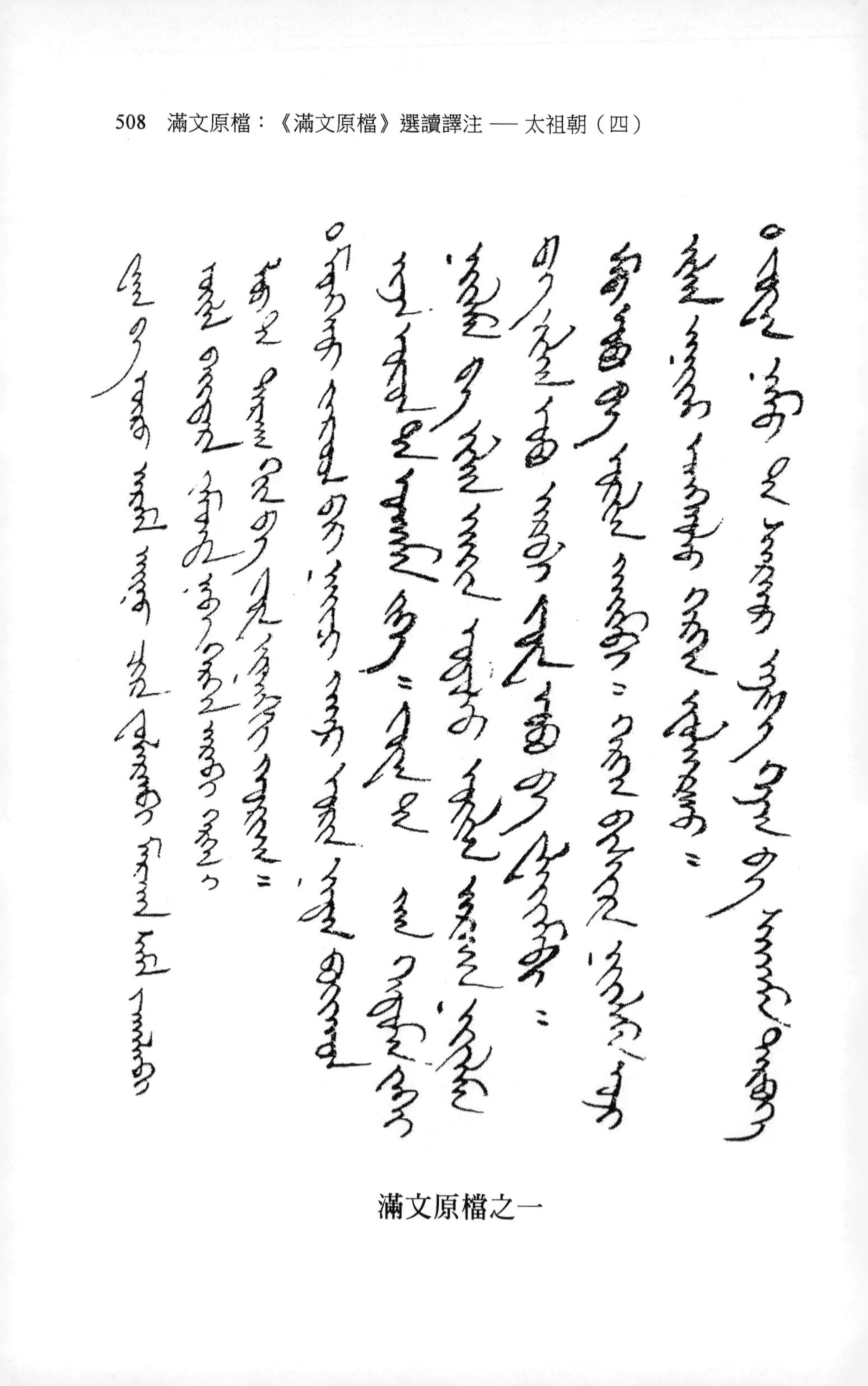

滿文原檔之一

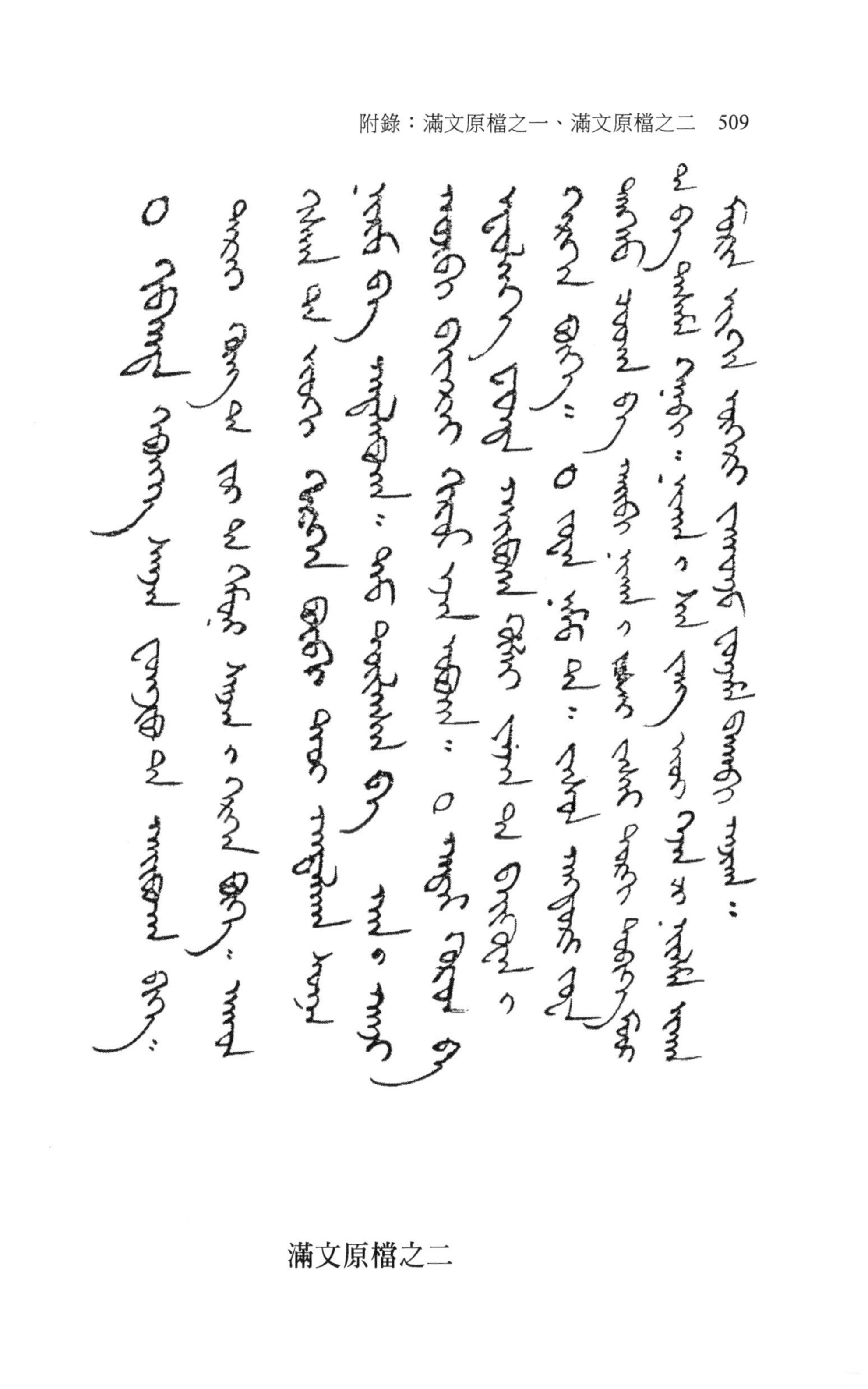

滿文原檔之二

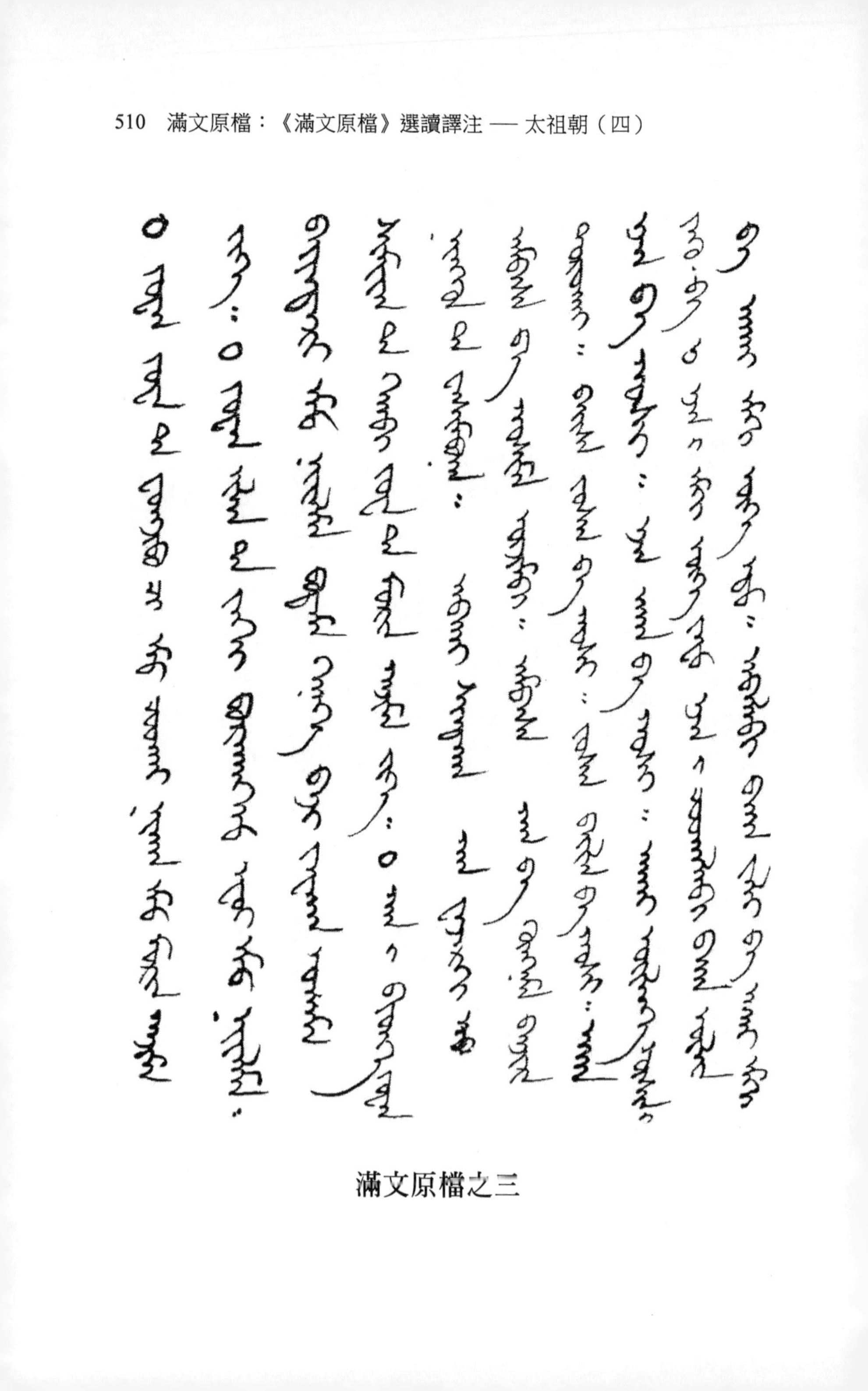

滿文原檔之三

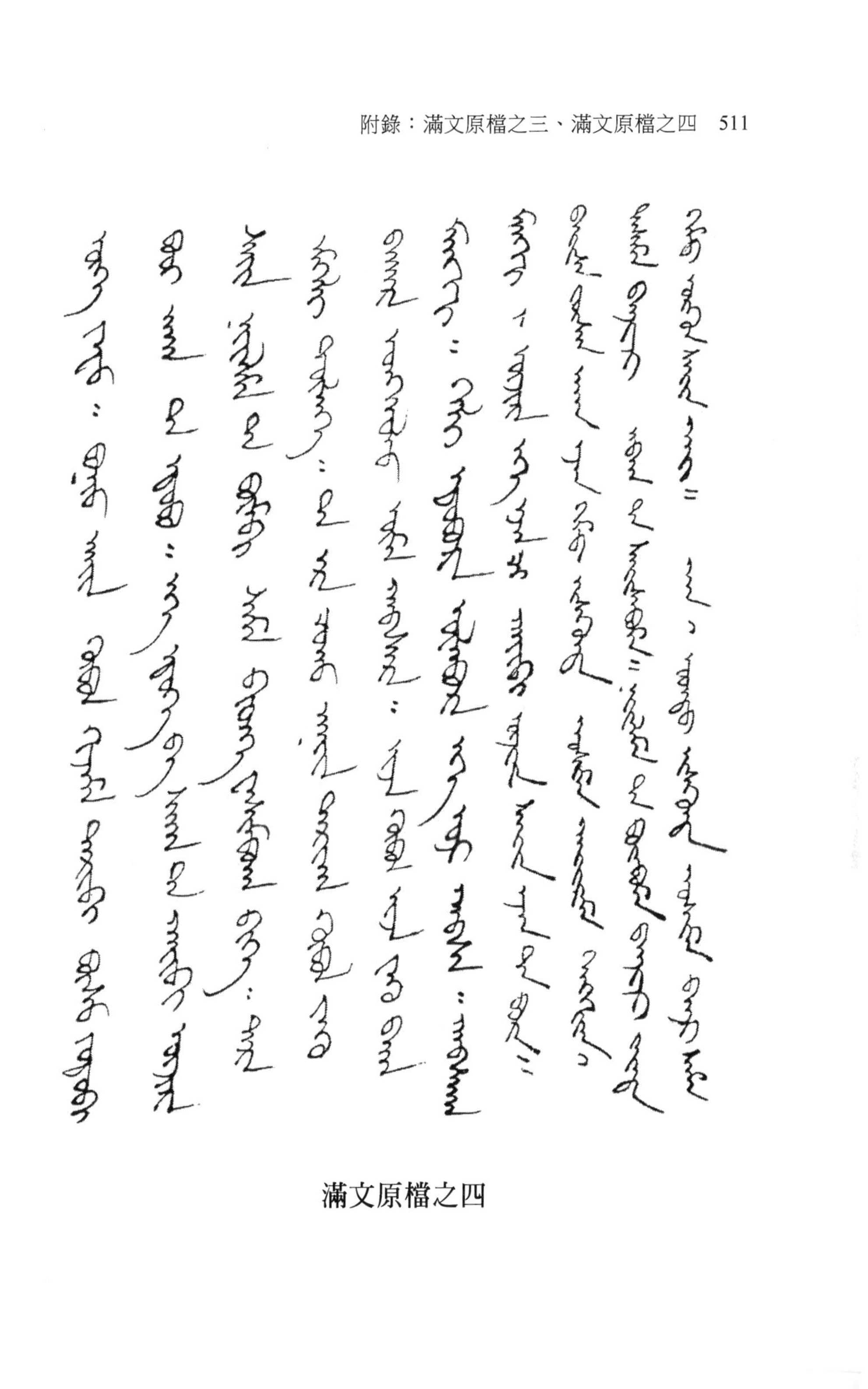

滿文原檔之四

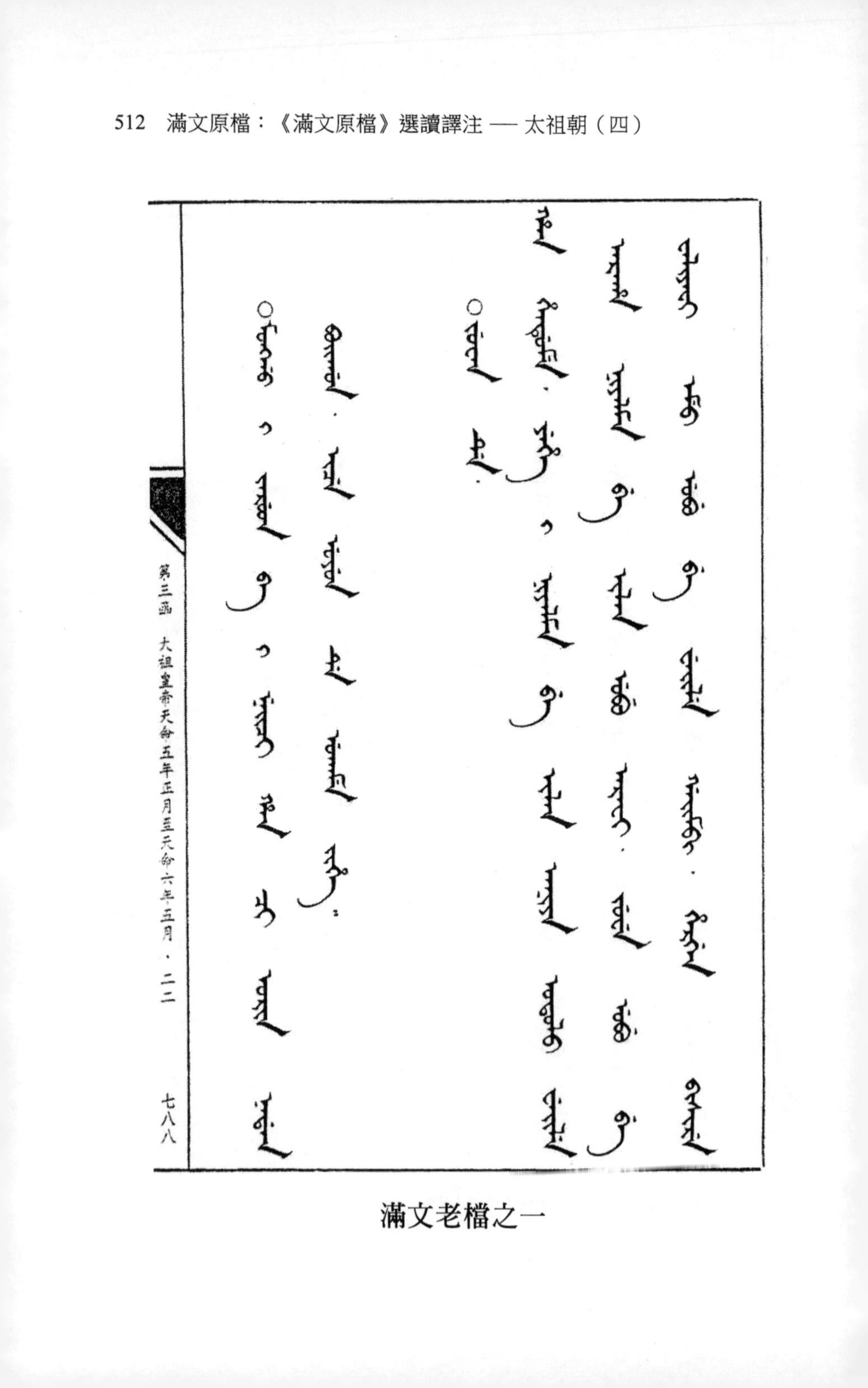

[illegible]

第三函　太祖皇帝天命五年正月至天命六年五月・二三　七八八

滿文老檔之一

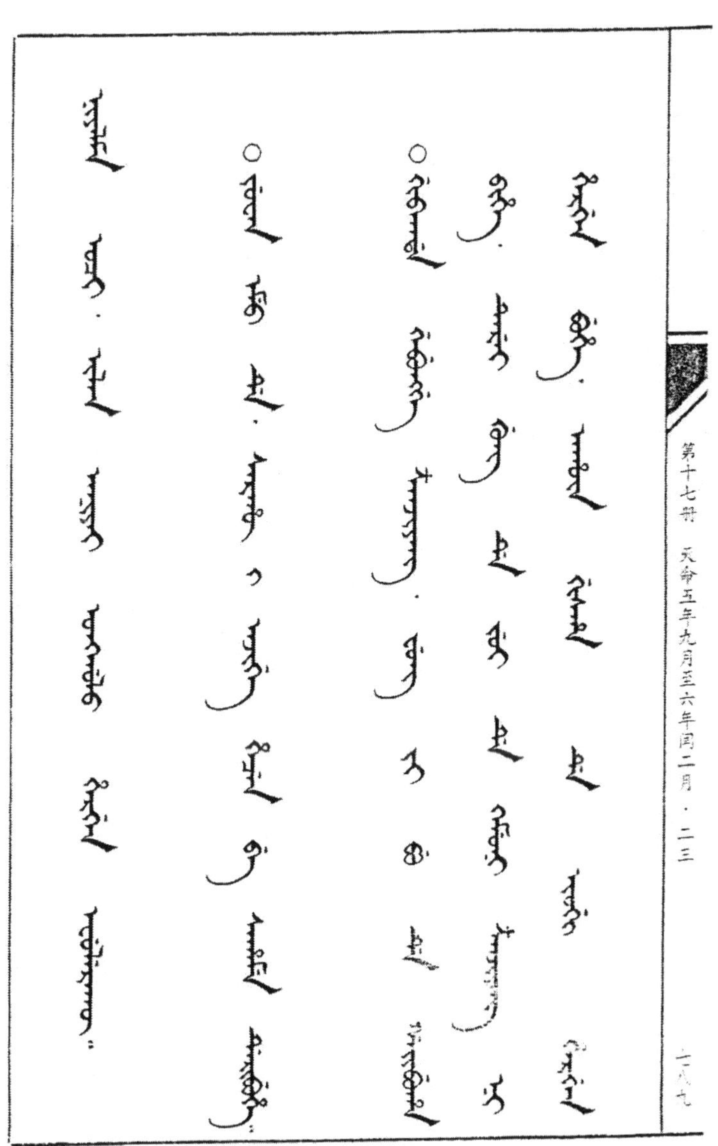

滿文老檔之二

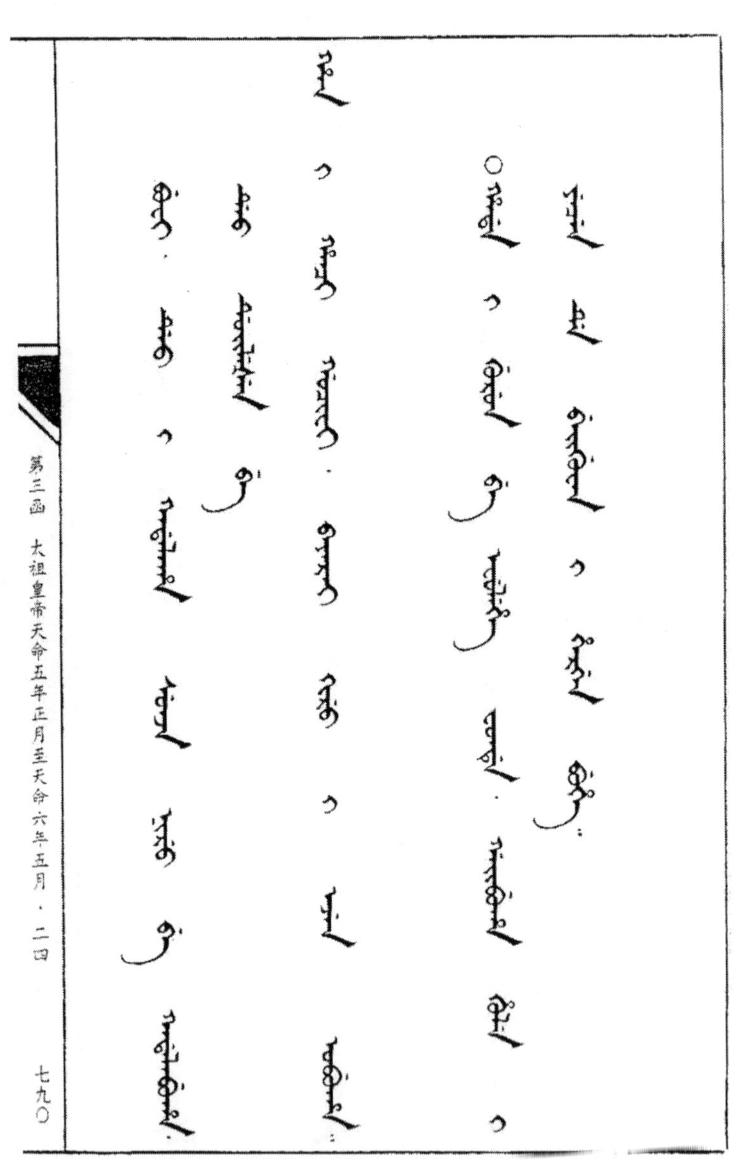

第三函　太祖皇帝天命五年正月至天命六年五月・二四

七九〇

滿文老檔之三

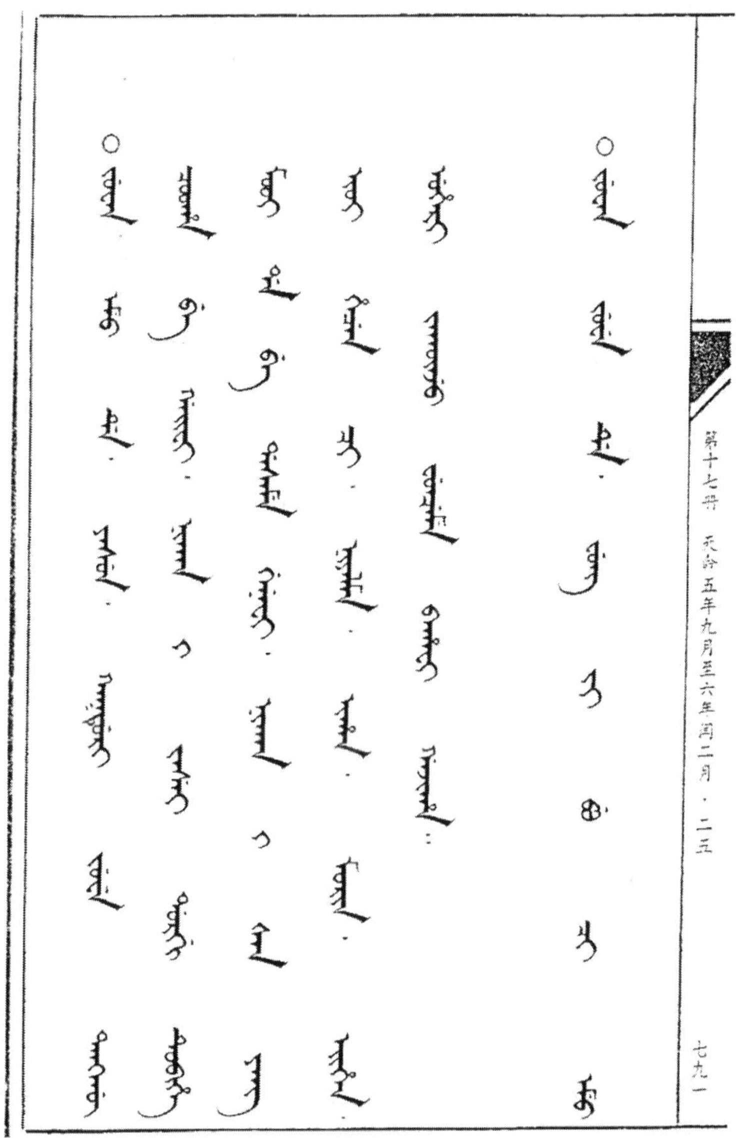
第十七冊　天命五年九月至六年閏二月・二五
七九一

滿文老檔之四

致　謝

本書滿文羅馬拼音及漢文，由原任駐臺北韓國代表部連寬志先生精心協助注釋與校勘。謹此致謝。